不见上仙三百年

完结篇

木苏里 著

中信出版集团 | 北京

不见上仙三百年

完结篇

目录

萧复暄，
我又梦见你了。

乌行雪，没人在害怕，
也没有人在哭。
你想醒了吗？

从此往后，
两个人的事完整如初，
再不会只有一个人记得。

免者、赦也、百罪皆消、
昭者、旭日之明也、光辉灿烂、

第五卷

照夜城

第 62 章 归来

宁怀衫此生难得经历如此剧痛。

那痛来得猝不及防，他只觉得头脑空白一片，等缓过神来才发现自己跪在地上，“哇”地吐了一大口血。

他感觉自己快要被撕成碎片时，剧痛又毫无征兆地消失了，算是给他留了条命。

他喘息着，缓了很久，才勉强抬起手擦了嘴边的血，再抬眼发现封家不见了。高塔、封家家主、封徽铭，还有棺木等全都消失不见了，仿佛从未出现过。

这里俨然是一条山道。

宁怀衫踉跄着站起来，指尖搓出一团火，看着周围土石颜色。发现这儿不是别处，正是落花台。

通往照夜城的那个落花台。

“这是回来了？”宁怀衫咕哝了一声，因为刚吐过血，声音嘶哑而虚弱，“城主，咱们好像回到照夜城了。”

“城主？”宁怀衫叫了两声，没有听到任何回音。他猛地转头看向身后，只看到浓得化不开的雾。

就在他以为自己又落单了的时候，雾里出现了高高的人影。

他抬起指尖，用火团照明，终于看清来者：只见天宿上仙身上披着寒雾，怀里横抱着一个人。

那是面容素白的乌行雪。他看上去像是睡着了，并没有显露丝毫疼痛难忍的狼狈，甚至连眉心都不是皱着的。

就好像只要有任何人伺机靠近，他依然会眸色清明地睁开眼。

若是以往，宁怀衫一定以为城主只是在小憩，可眼下不同。因为他还没靠近就感觉到了乌行雪身上透出来的寒气，被冻得打了个激灵。他还看到乌行雪指尖泛着淡淡的青，唇间抿着一抹血线。

“怎么回事？！”宁怀衫吓了一大跳，踉跄着迎上去，“是从封家出来太难受吗？”

“不对啊。”宁怀衫疑惑地看了自己一眼，哑声道，“我都还能站起来，城主不可能——”

天宿沉声打断道：“因为都落在他身上。”

宁怀衫倏然没了音。怪不得……怪不得那剧痛忽然消失了，原来全都落到了一个人身上。

“那赶紧进城！我——”他正想说他同方储住的地方能容人，落个脚不成问题。结果刚张口就感觉劲风横扫而过！

天宿沉着脸一言未发，已然抱着城主掠下山去。

宁怀衫差点儿被风掀翻，在原地愣了片刻，爬起来就追！

他还没说地方呢，天宿能知道他住哪儿吗？不可能的。这么掠进城，肯定是直奔雀不落去了！可一来雀不落自主封禁了，二来那附近满是人，要是看见了城主的脸……照夜城不得翻了天？！

正如宁怀衫所想，雀不落附近确实有人。

偌大一座照夜城，虽是魔窟，却同人间城镇相似，乍看起来甚至更热闹一些。酒池肉林销金窟，该有的，不该有的，这里都有。

曾经，整座照夜城哪里有人都不奇怪，除了雀不落。

因为雀不落在照夜城的最深处，独占一角。当初乌行雪挑中了这处地方，便再没有其他邪魔敢挨着落脚。

当年的雀不落附近空空荡荡，没有片瓦半砖。但凡有人出现，就会显得格外突兀，简直是明晃晃去送死的。

可如今不同。自从乌行雪落入苍琅北域，所有人都觉得他必死无疑，不会再出现了。雀不落附近的空处便被陆续填上了。

邪魔们依然心怀忌惮，不敢把府宅修在这里，便修了其他东西——酒坊、赌坊、“花”坊，什么热闹修什么。

人人都知道新城主觊觎着雀不落，人人都很好奇，人人都想离这里更近一点儿，能窥探得更多一点儿。

于是，现今的雀不落附近成了照夜城里人最多的地方。唯有那座府宅空置了整整二十五年，寂寂寥寥。

那座赌坊位置最为特别，北面傍着酒坊，南面朝着雀不落；酒坊的几个大池里泡着的皆是邪物毒物，充斥着各种古怪叫声和醉后斗闹。雀不落却连飞鸟都不敢过。

常年流连赌坊的大小魔头早已习惯北面哄闹、南面死寂的环境了。这天夜里，却忽然觉得南面扫过一阵风。

二楼窗边的几个人打了个寒战，咕哝道："好端端的，怎么就突然冷下来了？"

他们摸了摸脖颈上的鸡皮疙瘩，松了松筋骨正要继续，就听有人说："看窗框！"

他们转头一看，就见寒风扫过的时候，窗框上结起一层白霜。

众人一愣。能让窗框结霜的那可不是什么寻常的风。他们上一回看到这种"所过之处皆霜寒"的场景，还是在二十五年前……

那一刻，叫声翻天的赌坊骤然陷入一片死寂。所有人都死死盯着那片白霜，像是凝固一般。

接着，在死一般的寂静中，离窗边最近的人轻声说道："那边门外有人。"

"哪边门外？"问话的人的声音更轻。

窗边的人咽了一下口水，目光落在窗外，眼睛一眨不眨，道："雀不落。"

"哪儿？！"

听到那三个字，所有人都扑向了窗边。

雀不落封禁了二十五年。即便众人把赌坊、酒坊修筑得再高，从窗边俯瞰下去，也依然看不到任何府宅院内的景象，只能看到终年不散的雾和树冠模糊的形状。

唯有门前那片地方的雾薄一些。而此时，那里多了一道长影。

所有人都睁大了眼睛，恨不得将那片薄雾扫开。但没有用，不论他们怎么看，都看不清来人。

邪魔惯来冲动，有人已经抓住窗框要翻下楼，却被其他人一把拦住。

"记得前阵子的传闻吗？"

"你说苍琅北域？"

苍琅北域崩毁，里面锁着的那位似乎没死。

这传闻放之四海皆有人会信，除了在照夜城。因为没有谁比邪魔更清楚苍琅北域的威力，他们不觉得有谁能活着从里面出来。更何况在这些天里，除了那个不明不白的传闻，他们也没听说其他。

有人说天宿上仙萧复暄似乎还活着，在花家和大悲谷都现过身。

要跳下楼的邪魔盯着窗框上的白霜，脸色变了好几变，最终还是嗤声道："不可能的，别自己吓唬自己。你哪怕跟我说门口那个人是天宿，都更可信一点儿！”

“这更不可能，哪个仙能无声无息进照夜城？”

“也是……”他们说着，忽然觉得方才紧张的自己十分可笑。

“风声鹤唳、故弄玄虚！”他们先看了看窗台上的霜，又看向被浓雾笼罩的雀不落，相互宽慰道，“咱们城里想进那座宅子的人多了去了，保不齐会出那么一两个没有自知之明的。”

就连新城主薛礼，当初破门不成，都搭进去一条手臂呢，何况其他人？光是被绞碎在院外的，少说也有好几十个了。

这里从不乏作死的人，也就这几年才少了而已。

“一会儿可以去门口捡尸了，我最近炼的药正缺人呢。”一个妖道打扮的人说了一句。

其他人怔了片刻，又换了嘴脸：“哦？那就要讲一下先来后到了。”

“我也缺活人呢，谁不缺？不如各凭本事。”

他们掏出了各式囊袋，像夜伏的饿狼，看戏一般等着看那人如何惨叫，如何被封禁撕得粉碎，再如何被群起而分之……

却见煞白电光像一张巨网，笼罩了雀不落终年不散的云雾。它们自云雾起，疾速下落，蔓延过巨大府宅的所有屋脊瓦玉，猛地朝门前撞去——三十三道电光，三十三声惊响。

那座空寂已久的府宅像照夜城的心脏，在封禁大开的瞬间猛地一震！

层层云雾被震得骤然一散，又骤然聚拢。除了趴在窗边的人，几乎无人看清那一瞬息的变化。他们只在云雾聚拢的瞬间，听到了府门洞开的声音。

那道长影跨门而入，转眼便消失了。紧接着，又有另一个人影急掠而来，跟着进了门。

照夜城不少人对这个急掠而来的后者有几分熟悉，从身形动作辨认出他是宁怀衫。

他进门前还开口说了一句话，很短，也有些模糊。但穿过云雾传进众人耳中，却如平地一声惊雷！他叫了一声——城主。

没人知晓那一刻整个赌坊有多寂静，甚至整座照夜城都在一刹那沉默下来。周围所有楼阁都受到了雀不落那一下巨震的波及，以至每个人都顿住了动作，朝同一个方向望去，满脸是惊疑不定和难以置信。

直到在那死寂之中，雀不落高大的宅门轰然闭合，又震起一片尘烟，赌坊二楼才终于有人动了一下眼珠，出声道：“城主？”

这一声犹如滚油入水。下一刻，整座赌坊都炸开了锅。

一夜之间，几乎所有邪魔都知晓了一件事：照夜城城主乌行雪回来了。

照夜城被这件事炸翻天的时候，城主自己却一无所知。

他陷在长久的昏迷中，以邪魔之躯，缓慢地消解着曾经灵王承受的那些东西。他很疼，也极冷。但他又习惯了这些，所以依然眉目平静，就像在坐春风宽大的窗边支着头打盹。

他不知道自己被人抱进了雀不落。十二里山道、三十多道封禁雷霆，那人一刻都没有松过手。他同样不知道，有人将灵识抽空，至烈的气劲涌进他四肢百骸，血脉同流。

他只在被那股气息倾身包裹时，于昏沉中梦见了一些往事。

第 63 章 “知己”

当年在仙都，关于灵王和天宿的传闻多而纷杂。

一部分人说他们关系亲近，是难得的知己。这多半是因为坐春风接待最多的来客是天宿，而频繁出入南窗下的除了天宿本人，便是灵王。

还有一些人则说他们脾性相斥，常有矛盾。这大抵是因为他们往来时总会找两句由头，而这由头又总是“赔罪”。

灵王不常在仙都，天宿不与人闲聊。传闻落进他们耳里的少之又少，难得听说也都是置之一笑。至于那些微妙的、往来拉扯的细枝末节，从来都只有他们自己知晓。

或许是因为劫期太冷，乌行雪梦到了某一年寒冬。他带着童子从人间归来，发现坐春风的屋檐下和窗棂上挂了长长的冰凌。

其实仙都是没有四季之分的，各座玉瑶宫府的院前院后是什么景，都看瑶宫主人的喜好。坐春风是仙都少有的一隅，风景与人间四时同色，有风霜雨雪，也有艳阳天。

那阵子刚巧碰上人间最冷的一年，于是坐春风就从玉瑶宫变成了冰宫。

两个小童子“嚯”地叫了一声，颠颠地跑过去，一边跺着脚直搓手，一边又忍不住去够那些玉色冰凌。够到后捧在手里嗞哈嗞哈喘着气，两手来回倒着却不撒手，看得乌行雪哭笑不得，问道：“你俩这是什么毛病？”

小童子们解释道：“大人，它冻手，但是好看。”

冻人是真的冻人，但这景配上仙都的云浮瑶宫，也确实赏心悦目。

其中一个小童子嘀咕说：“不知天宿大人今日何时来，这东西三掰两掰就没了，来晚了可就看不着了。”

乌行雪道：“谁跟你说了他今日要来。”

小童子纳闷道："不是一贯如此吗？"乌行雪觑了一眼他的脑袋顶，没吭声。

不知从何时起，乌行雪每每回到仙都，所见到的第一个人总是萧复暄。这似乎成了不言而喻的约定，但架不住童言无忌，非要点他几下。

另一个小童子揣起袖子焐手，一本正经地回忆道："况且上回大人说了，等咱们坐春风挂满冰凌，要摆了好酒等天宿来看。"

乌行雪其实记得，但还是揪住童子的发髻道："哪回？"

小童子"哎哟"一声，咕哝道："就是上回嘛。"

"正事记不住，这种倒是张口就来。"乌行雪懒懒地说。

小童子委委屈屈，哼哼唧唧，却还在惦记天宿看不看得着冰凌的事。

倒是大一些的小童子道："别哼哼了，看得着。方才灵台仙使不是说过嘛，天宿大人这几日正巧在仙都，咱们大人回来了，他想必一会儿就到。"

乌行雪拢了罩衣，风姿飒飒地往屋里走，嘴上却道："两个小东西，哪来那么多想必。"

小童子嘴巴说个不停，脚也没停过。可能是有一阵子没回仙都了，有些"人来疯"。他家大人一句话都没嘱咐呢，两个小东西就已经搂着酒壶，摆好了杯盏。

结果万事都张罗好了，却被意外之客打搅了。

那天具体是因为何事，乌行雪一点儿也记不起来了，只记得桑奉、梦姑，还有当时执掌雪池一带的或歌来了坐春风。

原本是说事情，也不知怎的，聊着聊着话便长了起来。尤其桑奉这个碎嘴子，简直一刻不得歇。

灵王很少怠慢来客，酒就摆在那儿，没有只给看不给喝的道理。于是有景又有酒，几位仙友兴致极高，一待便是大半天，从晌午聊到入夜。

那天的坐春风与人间同步，入夜时分还飘了些雪。饶是见过世间诸景的神仙也难免心动。梦姑与或歌趁着酒兴，于雪中探身，折了几根冰凌。

桑奉拎着酒壶，说了一句："云骇所言不虚，美酒就该待佳人。"

他说这话时，灵王其实没太注意听。因为刚才落雪时，他隐约听见了一点儿动静。就像是有人停在高高的屋檐上，抱着剑倚着飞檐一角朝这边静静看了一会儿，又在桑奉说完那句话后，转身离开了。

整座坐春风，除了乌行雪，似乎再无人觉察。就连他自己，都有一瞬间怀疑是不是酒后的错觉。

但无论是与否，这场酒灵王都喝得心不在焉，心里就像被什么东西不轻不重地挠了一下。

桑奉他们是何时走的，他也记不清了。只记得客人走后，坐春风陷入沉沉的安静里。小童子操使术法收拾着，杯盏叮当作响。

乌行雪听了一会儿，实在静不下心，忽然起身，便出去了。

“大人你去哪儿？”小童子在屋里问了一声。

“醒酒，不用跟。”他随口答了一句，便没入夜色里。

他嘴上说的是“醒酒”，三落两落就落到了萧复暄的地界。

他看见南窗下亮着灯火，小童子或站或盘腿坐着，一点儿也不讲规矩，三三两两打着哈欠，嘟嘟哝哝，偶尔进出几趟，主屋里却不见他们主人的踪影。

乌行雪没在屋里看见人，便下意识看向了最高的一片屋檐。果不其然，他看见一道身影坐在檐上，屈着一条腿，手肘架在膝上，手里还松松握着剑。

南窗下是仙都煞气最盛的地方，那片屋檐所处的位置便是一个阵点。有时候天宿会在那阵点之上静坐凝神，压一压煞气。

一般而言，这种时候最好不要去试探、打搅，会激起天宿本能的警惕心。但此刻的灵王心思不宁，忘了这点。

他脚下一踏，轻落在那片高高的斜檐上，弯腰伸手要去拍天宿的肩。结果下一瞬就是天旋地转！

他伸出去的手被萧复暄一把抓住，反身一压——等回过神来，他已然被抵在屋檐上，天宿的剑在方才的一瞬间里出了鞘，剑尖几乎贴着他楔进玉瓦中。

萧复暄握着剑半跪在地，低头看着他，狭长的眼睛眨了一下，才恢复清明。

他薄唇动了一下，似要说话却没有说话，过了片刻才低声道：“你怎么来了？”

剑依然楔在一边，他也依然半跪着，没有让开。剑气甚至还在流转，只是没有再向乌行雪逼近分毫。

而乌行雪居然也没有挣脱，过了半晌才道：“我来看看天宿大人在做什么，刚才可曾去过什么地方？”

萧复暄半垂的眸光看着他：“比如？”

乌行雪：“比如坐春风。”萧复暄没答，长长的眸子里映着细碎的光。

这几乎是默认。默认他去了坐春风，默认他听见了桑奉那句“美酒待佳人”，默认他又离开了……

南窗下高高的屋檐陷入长长的安静里，像是某种对峙。过了片刻，萧复暄低沉地“嗯”了一声，承认道：“我去了坐春风，不太高兴，又回来了。”

乌行雪心里又被轻挠了一下。他看着那人，鬼使神差地开口道：“萧复暄，我原以为你不会因为这种事不高兴。”

萧复暄的眸光扫过乌行雪的脸，又看向乌行雪的眼睛，轻声道：“所以灵王为何来这儿？”

乌行雪眨了一下眼睛，道：“来赔罪。”

第 64 章 所梦

“赔罪”两个字说得太轻，几乎只是动了唇。

萧复暄没听清，低头靠近了许多：“什么？”他微微侧了脸，半垂着目，仿佛只是附耳过来。

这方屋檐却忽然有了私密之地的意味，连风都绕行而过。

那一瞬，有小童子在院下询问：“大人，屋上怎么有剑声，发生何事了？”

那声音又远又模糊，乌行雪却有种被窥破了什么的错觉。他听见萧复暄答了小童子一句：“无事，我在……待客。”声音太低，小童子根本没听清，倒是滚在乌行雪耳窝里。

说最后两字时，萧复暄终于转过眸光，看着乌行雪。

乌行雪懒声道：“没人把客这样抵在屋上……”

萧复暄眸光落在他眼里：“嗯。”

乌行雪又说：“况且待客要摆酒，你没拿上来。”

萧复暄终于动唇，道：“酒你同别人喝过了。”

乌行雪：“我可以同你再喝一回。”

萧复暄：“不必。”他说着不必，声音却没有半分冷调。

乌行雪眸光几乎是蒙眬的：“那怎么才能哄天宿高兴？”

萧复暄：“为何想让我高兴？”

乌行雪酒意上头，舔了一下唇道：“因为……”他其实尚未想到要怎么说，但也用不着想了。他半眯了一下眼，恍然感觉自己手指被扣紧，而萧复暄则侧头低下来……

他还梦到了雀不落。好像上一刻他还在南窗下的屋檐上，下一刻就到了雀不落的窗边，以至梦里的乌行雪都有些茫然。

他看见窗外的院子里积着雪，让人想起坐春风里挂满廊檐的冰枝。只是屋里不再有小童子大摆杯盏，也不会有人不顾夜色来赏景。

院里的雪极厚，光是看一会儿都冷得心惊。他也确实是冷的。寒气从骨缝里往外蔓延，那是搂着暖炉，烧上汤婆子或是烤一盆炭火都缓解不了分毫的冷。

他披着一件薄薄的素衣，倚在窗边，似乎刚从榻上起来。

他看见方储从旁边的屋子匆匆跑出来，手里抱着一件狐裘大氅。那大氅似乎用什么东西焐过，还没裹上身就能感觉到一蓬暖意。

“城主，把这个披上吧！”方储进屋后抖开了大氅。

乌行雪却摆了摆手，答道：“我用不上，放回去。”

方储咕哝道：“可是劫期很冷的。”

乌行雪说：“是吗？我倒觉得还行。”

方储劝道：“这才刚开始没两天，后面只会越来越冷。”

乌行雪瞥了那大氅一眼，说：“我哪回用得上这个了？”

方储的嘴唇嚅动了几下：“城主确实一贯不爱多穿，但是……”

乌行雪：“但是什么？”方储欲言又止，朝他的手指尖觑了几眼。

乌行雪顺着他的目光垂了眸，看见自己的手指尖泛着淡淡的青。他再抬眼，方储已经避开了目光，不敢多看了。

乌行雪轻捻了几下指尖，运转着体内气劲。劫期期间，气劲运转起来果真难受极了，每一寸血脉都凝滞着，就像冻住的川流。强行冲开的过程犹如针扎，密密麻麻刺着经脉要穴。

那是一种绵密的痛……

乌行雪却丝毫没有表现在脸上，一周天气劲运完，手指上的青色便褪了下去，乍一看白皙干净，没有一点儿异状。

他把手摊开，让方储看清楚：“你再看呢。”方储搂着大氅，无话可说。

乌行雪又道：“方才不过是因为刚睡醒。”

方储勉勉强强“噢”了一声，一副想反驳又反驳不了的模样。

其实邪魔碰到劫期，不想显露丝毫弱处也是十分正常。毕竟照夜城群魔环伺，从来都不是什么安全之地。

但眼下他们是在自家的府宅，附近惯来无人，也不会有谁看见，多穿一件大氅总归能暖和一点儿，何乐而不为呢？方储不明白。

但乌行雪就是不穿。他倒是问了方储一句：“还有酒吗？”

方储一听，觉得不穿大氅，喝点儿温酒也行，于是连忙点头道：“有啊！城主你稍等会儿，我去拿酒！”

他顺手要把狐裘大氅挂在屋内的木架上，却被乌行雪挡了：“别挂那里，哪儿翻出来的送回哪儿去。”

方储满脸纳闷，但也不敢多问。

劫期本就难熬，哪怕没脾气的人都会变得阴晴不定。他哪儿敢触城主的霉头？于是方储只得把狐裘大氅送回偏屋，老老实实搁回柜里。

于是乍看起来，就好像雀不落从没有谁觉得寒冷难耐，也从没有谁翻出过那件狐裘大氅。

方储很快拿了两壶酒和杯盏过来，还顺手搓了个掌心火，偷偷地将酒温了一下。

于是乌行雪接过酒壶时，触及了一片温热。

他抬了眼，就见方储猛地弹开，缩回到屋角，讪讪地道："城主我……我听闻这酒温着更好喝。"

乌行雪这回倒没怪他，只道："那你听没听过，这酒温着喝容易醉？"

方储张了张口，连忙摇头："不知道。我错了，城主。"

方储低头认错。

乌行雪把酒盏抛回去，道："我不用这个。"

这不是仙都的玉醑，入口醇厚，不如玉醑清甜；这里也没有同他当窗对酒的人，犯不着拿着酒盏慢悠悠浅酌。

他只是看着院里的冰枝，还有青雾下高高的屋檐一角，忽然想喝酒了。

照夜城的酒确实不一样，曾经他喝上半天玉醑也只有薄薄酒意。如今两壶就已经有些懒了。他闭了一会儿眼再睁开，眸光含着清明月色，并不混沌，却像蒙着一层浅浅的雾。

他倚着窗沿，忽然开口问方储："雀不落这些窗户是开在北边吗？"

方储愣了一下，被这没头没尾的话弄蒙了，过了片刻才道："是啊……是在北边。"

人间市井百姓家，屋子总爱坐北朝南，向阳，门窗也都爱开在南边。但照夜城毕竟是魔窟，从来都同人间相悖。

邪魔们可不管向不向阳，只管自己舒不舒坦。整座照夜城的格局都是悖逆的，城里的府宅也大多坐南朝北。最南端就是雀不落。

乌行雪不可能不知道这一点，所以突然发问就显得有些奇怪。

方储疑惑道："城主为何忽然说起这个？是有什么古怪吗？"

乌行雪眸光依然落在窗外，道："没什么古怪，就是忽然想起来，顺口一提。"他以前很少主动与人说起这些，这会儿大抵是……酒意上头。

他静了一会儿，眸光从屋外收回来，落到了窗下，忽然轻声道："方储，你那窗下有什么特别之物吗？"

方储摇了摇头："没有，窗下无非泥地、矮花、小石子，没什么特别物事。"

乌行雪又喝了一口酒，咽下去，垂眸看着低矮草木，道："那为何有人惦记着窗下呢？"

方储被问住了，倒不是问题有多难，而是从他家城主口中问出来实在稀奇罕见。他想了很久，道："那……多半是因为住得高吧。"

乌行雪笑了一声，头也没回，觉得他这答案像是一句废话。

方储硬着头皮道："住得高，窗下的东西就不一样了。随便往窗下一扫，能看到的东西又多又远。说不定能成一道景呢，那惦记一下便无可厚非了。"

乌行雪听着，听着，脑中忽然闪过一个模糊的念头。那念头闪得极快，他几乎没能反应过来，只是渐渐地收了笑意，握着酒壶白玉沿口，怔怔地望向窗边。

"住得高……"他的嘴唇动了一下。那一瞬间，他似乎又看见了一片萦绕不散的雾，看见雾里有巨大的坟冢，还有一座高高的塔。

有人飞身上塔顶，提灯而立，站在窗边，朝下望过来。他记不清那是在看他，还是看向更远处的平安城镇了……而后灯光在雾里化散成片，那道人影抬手敲响古钟。

"当——"

那道钟声几乎响在脑中。

那个刹那，乌行雪感觉自己闭上了眼，身上的痛觉和冷意骤然加重，好像劫期忽然就进入了最难过的关头。

那一年的劫期来势汹汹，比任何一年都难熬，比任何一年都更冷、更难受，以致乌行雪的意识有一段时间近乎空白，无所感知。

他记不清自己是怎么撂下酒壶的，也记不清是怎么让方储离开的，又是如何闭合门窗，给主屋套了禁制的。

那禁制是双向的，别人难进，他也难出，以免他昏昏沉沉之下做出什么难以收拾的事。

他只记得禁制刚落成的那一刻，背后忽然多了一道气息。

有人无声无息地进入了院落，甚至进到了他的屋中，却没有惊动其他人。

出于邪魔本能，他抬手就要抓武器。可他的屋里既没有刀，也没有剑。他抓进手里的居然只有一枚梦铃。

当年斩断的京观乱线太多，那些乱线中的神木碎枝落到他手里，他原本打算毁得干干净净，一点儿不留。可临到头来还是犹豫了，将碎枝上包裹的白玉精剥下来，做了"梦铃"这个小东西。铃铛的模样同那座高塔上的钟相似。

自那之后，每当他再斩断某条乱线时，总会在最后的瞬间摇响手中的白玉铃铛，给那些因为线断了而就此湮没的人造一场美梦。

哪怕那些人本不该出现在世上，哪怕他们依然要死去。

他给很多人造过梦，让他们忘却一些事，或是相信一些事。

就像当年高塔上的那口钟的钟声一样，铃声响起的那一瞬，至少在梦里没有痛楚，万事太平。但眼下这一刻，白玉梦铃被乌行雪攥在手里，铃顶的尖角重重硌着掌心，凉丝丝的钝痛让他从劫期的混沌中挣离片刻，清醒了几分。

他握着白玉梦铃，嗅到了身后人的气息。他比任何人都熟悉那道气息，哪怕闭着眼、背着身都能嗅认出来。

“萧复暄……”他攥着梦铃转过身。萧复暄就站在门边，黑沉沉的眸子一转不转地看着他。

“这里是照夜城。”他说。这里是魔窟照夜城，不是那个敞着院门的坐春风，任你想来就来。

他还想说你为何偏要挑这个时候来？但这话莫名有些狼狈，他不喜欢。于是他紧抿着唇，没有说出来。

萧复暄就那么沉沉地看着他，说：“我知道这是照夜城，也知道你下了禁制，但我进来了。”

非但进来了，还分毫未伤。就好像那些禁制通通避开了他，没有攻击他。而乌行雪下禁制时几乎神志不清，一切都出于本能或下意识……

这句话将那些下意识的东西直白地剖出，摊开来，遮掩不了也否认不了。

于是乌行雪没再说话。他攥着手里的东西，同门口的人对峙着。

那一瞬间被拉得极长，同样安静无话，同样带着纠缠不清的东西，几乎让人想起当年南窗下的屋檐……却又截然不同。

当年他是灵王，如今他是魔头。他要度过邪魔必经的劫期，但他不想在萧复暄面前度过。是谁都行，但不能是萧复暄。

于是他张口便是一些咄咄之言，想要激得对方离开。他背在身后的手紧攥着白玉精做的梦铃，脸上却带着笑，歪头冲那人说：“你知道邪魔有劫期吗？见过劫期里的魔头是什么样吗？听过邪魔重欲吗？”

他知道萧复暄打交道最多的就是邪魔，杀得最多的是邪魔，降刑最多的也是邪魔。

闭着眼睛都能想到天宿上仙厌恶什么——那些邪魔特有的东西，横行无忌、荒淫无度……他张口闭口皆是那些，等着萧复暄冷脸离开。

其实，想惹天宿不高兴真的很容易，他曾经半真半假地招惹过无数回。偏偏这次……

他说尽了那些连他自己都厌恶的东西，萧复暄却一步未动，始终目光沉沉地看着他。良久之后开口道：“都听过。”

乌行雪倏地沉默下来。他静了一瞬，道：“你既然什么都听过，什么都知道，又偏偏挑这个日子来——”

屋内灯火映在萧复暄眸中，灯火微晃，那双眸子便化开一片光亮。

乌行雪顿了一下，避开目光，转头朝屋内抬了下巴继续说道："你是要做我这个魔头的入幕之宾吗？"

屋里静下来。片刻之后，萧复暄低沉的声音响起来："对。"

我来做入幕之宾。

乌行雪心脏蓦地一跳。很难形容那一瞬间的感受，他怔在原地，良久之后乍然回头，只觉轻风一扫，萧复暄已然到了面前。

乌行雪动了一下唇，却没出声。他几乎在萧复暄过来的同时出了手，肆张的邪魔气如无端阔海的浪涛一般汹涌而出。狂风裹挟着寒霜似的杀机猛扫而过，动静大得惊人，却又因为禁制，通通锁于门窗之内。

这里是照夜城城主下了禁制的一隅，是世间最危险的地方，也是最私密的地方。

而那些能让人身首分离的杀气，在触碰到萧复暄的瞬间戛然刹止。而那一刹那的歇止注定了一个结局——依然是天旋地转，依然是剑气贴着要害而过，依然是近在咫尺却分毫不伤。

他们似乎总会弄成这样。只是当年的灵王被抵在屋上，如今的魔头被抵在榻上。

剑气贴着乌行雪的颈侧，独属天宿的气息笼罩着他，锋芒毕露却并不危险。萧复暄依然如当年一般半跪着，低头看着他。

萧复暄的眸光顺着鼻梁落下来，声音沉而低缓："你想激我走。"

乌行雪的手上气劲还没撤，极寒的气息顺着指尖流泻而出，白色的薄霜从他的手指蔓延到萧复暄的手指上。乌行雪动了动唇，道："我在等你走。"

萧复暄看着他，片刻后沉声道："等我走了，你想找谁过劫期？"

乌行雪心头轻轻一跳。就像是被人轻扎了一下，一种难以描摹的感觉瞬间包裹了整个心脏。他忽然答不出话了。

过了很久，他才闭了一下眼，说："没有谁。"

"没别人。"他又低低说了一句。他答出这句话的瞬间，手指上的寒霜缓缓褪去，萧复暄的气劲顺着指尖涌灌进来。

就像有人点了一盆火，火光灼烈，暖意煦和。那股暖热的气劲近乎温柔地流淌在他的血脉里，所过之处，他的皮肤不再那么冰冷苍白，慢慢显出血色。他闭着眼，比何时都敏感。

他听见萧复暄说："你喝酒了。"

不知为何，简简单单的四个字忽然让他有些恍然，一时间不知今夕何夕。好像他还在仙都，同别人喝了早早备好的酒，惹得天宿不高兴了。

他上门赔罪，却被抵在南窗下的玉瓦屋檐上。

天宿的气劲顺着血脉流淌进心脏，乌行雪皮肤上淡淡的血色也一路从薄衣下透出，肉眼可见地顺着脖颈漫上来，一直到唇间。

他想起过往，舔了一下唇睁开眼。他说："萧复暄。"

"嗯。"对方半合着眼眸低头看过来。

乌行雪微微张口，就听见萧复暄的声音响起。他低声说："乌行雪，我昨夜梦见你了……"

很久以前，仙都众仙常说，他们不会做梦。因为他们总入凡人的梦，总应凡人所求，知道梦境多为虚妄，而他们比谁都警惕虚妄。

后来他们又说，日有所思夜有所梦，大抵是他们功德圆满，所思不够深、不够多、不够重。再后来，他们终于承认，或许成了仙就不会再梦见什么了。心思再深、再多、再重也无梦。

对他们来说，此生恐怕只有在那枚白玉铃铛的影响下，才能好好做上一场梦。这一点，乌行雪比谁都清楚。

这世间神仙无梦，但萧复暄说，我梦见你了。

第 65 章 醒来

很久以前宁怀衫曾经跟方储说过，如果这世上有一个地方永远不会出现神仙，那一定是雀不落。

他此生最难以想象的事，就是在雀不落里看见神仙。后来宁怀衫又悄悄跟方储说，他此生最难以想象的事是城主不在，而他们要与天宿上仙同室共处。

如今，两件都让他碰上了……宁怀衫站在城主的卧房里心想：我何德何能？

他何德何能一个人同时摊上这两件事？可能是造了大孽吧。

从他追赶过来，亲眼看见雀不落自我封禁的大门被天宿一把轰开开始，他就处在一种拍案惊奇的状态里……要么他在做梦，要么他疯了。

二十五年了，就是打死他也想不到，时隔二十五年，他进雀不落居然得靠天宿上仙。他跨过门槛的时候眼珠子都直了。

雀不落很大，连廊横折，屋宇众多，那布局本身就是一个阵。任何陌生人进到这里都极容易迷失在连廊之间，分不清哪间是哪间，更别提找到城主的屋子了。

因为过于震惊，宁怀衫差点儿连指路都忘了。

踏进连廊他才猛地想起来，结果刚要张口，就见天宿连步子都没顿一下，直直掠向了城主的卧房。那真是……熟门熟路。

宁怀衫直接一脚踩空了三层台阶。踩空的时候他还想说“方储，你赶紧来看看”，可惜方储不见踪影。

他一路跟着天宿进门，想插手却全然插不进去，直到看着天宿把他家城主抱到卧榻上，才终于找到插话的时机，深吸一口气，出声道：“天宿……”

他想说其实城主无论陷入何种境地都会留一点儿神识，睡了也罢，不省人事也好，说句作死的……他和方储曾经一度荒谬地觉得，哪怕是殁了，他家城主都会留一点儿神识。

那点儿神识其实比清醒的时候可怕，触及就是杀招，乱碰就是死。

当初他们几个趁着崩毁混进苍琅北域时，所见就是如此。明明城主上一刻连气息都几不可闻，下一刻就撕了朝他扑过去的凶物，轻轻落在枯树枝丫上。

宁怀衫当时觉得，他家城主甚至是落到树上后才恹恹地半睁开眼，以致他们平日还敢同城主好好说几句话，那夜却一直在抖，就是怕城主当时不清醒。

而这种状态在劫期尤为明显。

他想说城主以前过劫期时非常、非常不喜欢身边有人，到了要紧关头，都是将屋门全封，谁都听不见屋里半点儿动静。结果他刚说完两个“非常”，就看见天宿俯身轻碰了一下城主的额头。

宁怀衫一时间竟想不明白这动作是探灵还是探温。若是探灵，手指就行；若是探温……探个屁，劫期身冷如冰，靠近就能感觉到，用得着探？

接着他又看见天宿垂着眸，指弯抵着城主脸侧，拇指轻抹了一下。抹过的地方似乎有了一点儿浅淡血色，只是转瞬又化作苍白。

宁怀衫细细琢磨了一下，不敢动了。

这时天宿才转脸扫了他一眼，蹙着的眉尖还没松开，道：“你方才要说什么？”

宁怀衫退后一步，道：“我没有说话。”

他在那一刻想起了很多片段——他想起先前在封家看见的那一幕；又想起了刚进照夜城时，城主所设的青冥灯给天宿放行；还有更早时候，看得他满头雾水的一些反应和举动……

他忽然福至心灵地意识到一件事——天宿上仙要帮他家城主过劫期。

怎么帮，不知道。反正他跑就对了。

“天宿，我先……”宁怀衫也不知道自己在说些什么，胡乱找了个借口道，“方储迟迟没有动静，我找找。”他说完便一溜小跑出了卧房，刚跨过门槛，就听“砰”的一声，房门贴着他后脑勺关了。

宁怀衫：“……”他感觉自己慢一步就被夹死了。

他刚下台阶，忽然听见院外有模糊的人声，由远及近。隐约的话语声中夹杂着“城主”“前城主”之类的称呼。

宁怀衫愣了一瞬，心说不好！雀不落开门那么大动静，三十三道雷霆砸下来，整座照夜城的人，只要不聋不死的，估计都知道了。会有多少人闻声而来，其中又有多少人心怀不轨，可想而知。

但雀不落的自封已经开了，在这些人的团团围聚之下，简直就是院门大敞……

宁怀衫头皮都炸开了！他在照夜城是有些名声，但眼下方储不在，雀不落双将就剩他一个。两拳难敌四手，他怎么扛得住？

他一边心说完了大蛋，一边两手凭空一抓。眨眼间，毒气四溢——他拉下脸就要往门口掠去时，忽然听闻若隐若现的锵然金鸣。

宁怀衫脚下一顿，循声抬头。就见雀不落上空有金光闪过，仿佛湖面偶现的粼粼波光，自穹顶直贯而下。

那金光流至东南西北四面，将雀不落层叠的楼阁连廊和偌大的院落罩得严严实实。

宁怀衫没怎么见过这种东西，张口怔愣好半晌，直到嗅到一股寒霜冷铁之息，才后知后觉地意识到这是天宿布下的、包裹整座雀不落的封禁结界。

封禁结界落下前，院外隐约的、嘈杂的人声由远及近。结界落全时，那些嘈杂就通通被屏挡在外了。那结界犹如金刚不破的铜墙铁壁，不仅屋内尚在昏睡的乌行雪，就连屋外的他都被护在其中了。

宁怀衫忽然百感交集，心情有点儿复杂。一个上仙，护着魔窟照夜城这座人人觊觎的空寂府宅。而这曾是照夜城最大的那位魔头的住处。

很神奇，他仰着脸，有一瞬居然觉得似曾相识。就好像曾经他和方储也在这座宅子里嗅到过天宿的仙气。

就好像更久远之前，他也这样仰着脸，看着自家城主站在高高的屋檐上，拎着玉酒壶，笑着邀另一个人来。

宁怀衫怀疑自己中邪了。他这会儿太需要方储在身边了，可方储那个天杀的始终不见踪影。

宁怀衫走到院落边，伸手捏了个诀，探了一圈院外气息。他探到了很多陌生或熟悉的人，还探到了薛礼身边常跟着的那个笑面下属。就是没有方储。

他觉得有些奇怪，掏了一张符纸出来，咬破手指划了几道丢出去。他最擅用毒，符纸没怎么学，却好像天生会一点儿似的。

不过他身为一介小魔头，这种天赋居然不在杀招上，无师自通的都是些无趣的东西——寻人、传信，都是孩童打闹才会用的小招，最离谱的是还会点灯、放烟花。

他一度怀疑上一世的自己要么日子过得太好，教他的人逗他玩儿，要么是纯傻子。

他寻人符捏得很熟，匿了气息丢出去。可出乎意料的是，那符纸并没有朝着落花台或是哪个方向去，而是漫无目的地打了几个旋，就自己烧着了。

符纸翕张着火星落了地，宁怀衫愣住了。

这种符术百年来传承不断，不论是仙是魔，使起来大抵是一样的，即便再往后世传，也不会有什么变化。

这种突然落地只有一种可能，就是人不在了。起码在现世寻不到他。

“不会还在过去没出来吧？”宁怀衫咕哝着，又扔了两次寻人符找方储，都是同样的结果。

那贼能活的医梧生呢？宁怀衫又换了个对象，连扔了好几张寻人符，发现医梧生和方储一样。

他们居然真的没有被扫出来，还在过去。是出岔子了，还是碰到什么了？

宁怀衫惊疑不定，一时间又不方便出雀不落，只好一提衣摆在白石台阶上坐下，一边习惯性给城主守门，一边试着给方储和医梧生传信。

宁怀衫坐着的这片台阶，当年的方储也坐过。

乌行雪给卧房落了禁制，房里的动静便分毫传不出来，里面的人也不会出来。方储心里清楚，那其实是对他的一种保护，毕竟不清醒的城主着实很可怕。正是因为知晓这一点，他才能做不到不管不顾。

雀不落院里的雪积得很深，冷得惊人。方储依照过往习惯，在自己屋内避了一夜，等禁制外扫的杀意退了便回到卧房边，守着城主的门。

他一边运转内劲驱寒，一边盯着院落内外的动静。就是在那时候，他察觉到了有生人闯入。

“不知死活……”方储当时低低地嘲了一句，飞身上了屋顶。他在城主那里学过一招，分了神识攻往一处的同时，匿着气息直扫向另一处。

如此费了一小番工夫，他从一处隐蔽角落揪出来两个想要窥探的玩意儿。

树下有血池，方储把那两个玩意儿捆扎好了，封住口鼻，想了想，还是走到卧房窗边。

那扇阔窗是离卧榻最近的地方，此时正紧闭着，镂花的间隙里一片深黑，看不见里面的景象，也听不见里面的声音，一片死寂。但方储知道，乌行雪能听见他的声音。

于是他深吸了一口气，轻轻地敲了敲窗棂，说：“城主，有人活腻味了，乱闯雀不落，不过我已经捆好了，不会有什么麻烦。我搁在血池边了，等城主出关再料理他们。”

方储不知道的是，他叫着“城主”时，一窗之隔的屋内，一只瘦白的手从帷帐中伸出来，先是攥住了窗棂上的一处雕花，又滑落下来。它摸到了安静躺在角落的白玉铃铛，手指划过的地方，铃铛变得潮湿起来。

混乱之中，浅淡的血味夹杂着冷铁之息缓缓流泻出来，充斥了整方秘地。

有人的声音透着哑，在混乱的声息之后说：“萧复暄……我是不是杀过你？”

我是不是杀过你，于那座高塔……数不清究竟有多少次。

那一瞬间，一切感知都清晰而强烈。他眼里既有倏然迷蒙的潮雾，还有自眼底弥漫而起的红。

或许正是因为太过强烈，几乎刻入骨髓。乌行雪在那一刻醒了过来。从梦中脱离的瞬间，劫期渗入骨髓的寒意变得浓重起来，像怎么都挥扫不开的雾。

同样变得清晰的，还有另一个人的气息。那人的气劲源源不断地涌入乌行雪的经脉，与身体里汩汩不断的血液一道往心脏涌去，充斥全身。

那些气劲涌过的地方，附骨之疽般的寒冷便会稍稍缓和一些，像是将冰冷的手浸入热泉里……但也只是一瞬。

这种寒暖相交的混乱感，与梦里全然重合。太多梦里的片段纷至沓来，太多情绪涌进心口，他一时间弄不清自己想说什么，要做什么。

他睁不开眼，也张不开口。最终只在心里轻念了一声：“萧复暄……”

他本以为对方听不见，没人能听见。但是他错了。

他们的气劲纠缠相连。

萧复暄的声音依然贴着心脏，在他身体里响起：“醒了？”

“萧复暄。”乌行雪又轻念了一声。

“我在。”对方又沉沉应了一句。

梦里最后那句话伴着南窗常开的高塔一并涌上来，乌行雪哑声问：“萧复暄……你的住处为何叫南窗下？”

萧复暄静下来。

“是因为住过京观的那座塔吗？

“萧复暄，我是不是杀过你？

“我是不是……不止一回杀过你。”

那一刻，就连身体里汩汩流淌的血液都变得安静无声。唯有包裹心脏的气劲带着温沉的震颤——萧复暄说：“忘了。”他的声音消失片刻，又响起来：“我只管如今。”

他像是哄人一般，沉沉说：“乌行雪，你梦见我了。”

灵王有法器，名为“梦铃”，仙人妄图一梦都有赖于它。而世间最难有梦的人，就是灵王自己。除非手握梦铃，受了影响，否则生死爱恨皆难入梦。哪怕成了魔头也依然如故。

可是现在，他手上没有梦铃，甚至腰间也没坠着。

那枚小小的白玉铃铛被远远地搁在榻边的角案上，于他全无影响。但他入梦了。

萧复暄说：“你也梦见我了。”

你杀过我、救过我。如今梦见了我……

听到这句话时，乌行雪的呼吸骤然一轻。周身血液顷刻流淌起来，那些气劲伏在所有命门，护着心脏，所过之处，皆是天宿灼烈和煦的气息。

那一刻，寒冷和痛楚有一瞬的缓和，乌行雪终于睁开眼。他看见萧复暄净如寒玉的双眼，同数百年前在仙都初见时一样。那双长长的眸子含着灯火的光，他的视线顺着鼻梁垂落。

数百年前在仙都的屋檐上如此。数十年前在雀不落的卧榻上如此。现在还是如此……

第 66 章 还礼

对照夜城的邪魔来说，这一夜大概无人能眠。

雀不落自我封禁解除时的三十三道雷霆惊天动地时，城内一众邪魔、妖道但凡两腿能动的，几乎都到场了。实在抽不开身的，也都放了符纸、傀儡等种种东西代为察探。

于是，雀不落周遭的每一栋楼阁都满满当当。有些不爱与人打交道的，便落在了屋脊檐顶上。乍看过去黑影幢幢，或远或近围了一圈。

确实有种群魔环伺的意味。有人在嘈杂声中问道：“你们先前就在，见到城主了？”

“没见到脸。”

有人出声纠正：“前城主。”

“前不前，难说。”

“就是，还有的看呢。”

“所以当真是城主回来了？”

“你这话问的，众所周知，那宁怀衫和方储跟着城主的时间最久，怎么都算是心腹了吧？就连他俩先前都打不开雀不落的大门，还有别人能开？”

有人顺嘴讥嘲道："说到这个，我又要叹一句可怜了。"

"谁可怜？"

"姓宁的和姓方的啊。"

"哦？此话怎讲？"

"我听闻之前苍琅北域崩毁前，那宁怀衫和方储出了城？"

"出了。我那日刚好回城，瞄见了，也没带多少人，我还以为就是寻常出门，觅点儿活人。现在想来，没准儿真是去苍琅北域了。"

那讥嘲的人又接话道："所以说又蠢又可怜，都修了邪魔外道了，居然讲忠心。忠心又能怎么样？跟了那么多年，连个进门的资格都没有，城主眼里的两条狗罢了。"

宁怀衫乱扔符纸盯着院外动静时，恰巧借着符纸听到了这么几句。他手里的动作顿了一下，过了片刻，撇着嘴翻了个白眼。

其实当年城主刚出事时，他心里确实生出过这种想法。任谁手忙脚乱地回到住处，却发现自己连门都进不去时，都会感到丧气和介怀。

也是在那时候，他后知后觉地意识到，自己一直留在雀不落并不是全然出于畏惧，而是真的把这里当家了，所以他格外生气。

他这人脾气本来就差，那阵子更是状如恶犬，逮谁咬谁。结果咬到了方储头上，被方储按着狠狠地打了一场。那是真的……血都被打出来了。

当然，方储也没落着好。两人打完，又一并闭关休养了好一阵子。

就是在闭关的时候，方储跟他说："等出了关，你自己滚去试一试。一试你就知道了，雀不落那道把咱们也挡在外面的封禁不是城主落的，应该是雀不落自己封的。"

后来宁怀衫真去试了，差点儿把命试进去半条。于是他又跟方储打了一场，又一起闭关了两个月。但他不得不承认，方储说得对。

照夜城的其他人或许辨认不清，也不会费那心思去辨认，但他和方储对城主的禁制气息太熟悉了，那确实不是城主落的。

这点让他的心情好了一些。也是从那天起，他和方储都觉得"雀不落"这个地方不一般，多少沾点儿灵。

那时候方储就说："没准往后有人会盯上雀不落，封禁了也好。"果真一语成谶——新城主封薛礼一来就盯上了。

照夜城里少有人知晓，宁怀衫和封薛礼其实交过手，就在薛礼想进雀不落的那天。

方储常说宁怀衫"狗脾气"，宁怀衫自己也承认，他的个头和模样因为炼毒的关系停在少年时期，于是脾性也定格在了那时候，沉不住气。

他自打听了方储的话，觉得“有人会觊觎雀不落”，有事没事就去雀不落附近“巡逻”，于是便同封薛礼撞上了。那是他第一次看清封薛礼的模样。

那人浑身充斥着一种违和感，因为出身仙门的关系，生了一张标准的“道貌岸然脸”，颈上却有一大片纹绣，文的还是花，一直蔓延到左侧下半张脸。有一笔刚好文在嘴角，就显得他那边嘴角始终是弯着上翘的，而另一边又很平直。

宁怀衫看了一眼就觉得别扭得很，十分不讨喜。更何况对方还想进雀不落，那便是万分不讨喜。

其实宁怀衫本可以静观其变，等封薛礼自己被禁制打回去。但他压不住火，骂骂咧咧地就冲上去了。好在他虎得有限，还知道利用一下雀不落的自封。

照夜城的人都知道封薛礼被雀不落的禁制断过一只手，养了很久才养回来。但没人知道，那是宁怀衫连激带引的结果。

不过那天的宁怀衫更惨一点儿，差点儿丢了命。之所以说“差点儿”，是因为他承接对方杀招的时候，身体里陡生一道屏障，护了一下灵。

宁怀衫起初不明白这屏障从何而来，后来连续几日他都冻得打战，如坠冰窖，才渐渐反应过来是怎么回事——那是他来到雀不落的第几年来着？有一次修习时出了岔子，反反复复病了好些天。那阵子他头脑混沌，总犯错，某日就被城主叫住了。

那时候他怕乌行雪怕得要命，看见对方抬手，登时觉得自己要死了，吓得闭上了眼。结果就感觉头顶被拍了一掌。那一掌其实不重，但落下的时候，仿佛被当头泼下一大桶冰水，连血都冻住了。

宁怀衫当时打了个激灵，过了半天才满脸苍白地睁开眼，问城主：“这是什么？”

城主睨了他一眼，道：“还能是什么？惩罚啊。”

后来他回想，那语气有点儿吓唬人的意味。但当时的宁怀衫是真的怕疯了，总觉得城主在他身上下了术法，以致后来一整年，他都担心自己会突然发作，爆体而亡。

再后来迟迟不见任何动静，他便忘了。直到承接封薛礼杀招时才又想起——那道关键时刻保命的屏障，或许就是城主当年下的术法。

城主脾气阴晴不定，那一下很可能是因为那日心情尚可，随手之举，说明不了更多。

可是……看，没人把他和方储当狗。照夜城里没有邪魔会论感情，但是偶尔也有人值得付出一点点忠心。

所以他才会心甘情愿地去闯苍琅北域，如今又心甘情愿地坐在台阶上守门，然后翻着白眼，听院外那群觊觎者讥嘲叫嚣。

他又捏了两道符，一道继续探着方储的踪迹，一道探出院外。

就见那些邪魔妖道围聚在这里，却只动嘴不动手，像隐性的僵持——谁都想知道归来的前城主还有昔日几成威力，想知道如今解了封的雀不落能不能进。但没人想当第一个，于是都在等……

“夙的。”宁怀衫索性朝后靠住墙，枕着手臂翘起了腿，嗤嘲着那些人，权当看戏。

没过片刻，有人终于忍不住了。

动手的不是别人，正是封薛礼那个笑面下属。那下属整日弯着的眼睛、弯着的唇，像三条细长的弧。那表情仿佛是被固定在他脸上，几乎从没变过。因此得了个名号，叫作“笑狐”。

笑狐一抬手，一柄弯月似的刀便闪着银光横扫出去，直冲雀不落。

就听“当”的一声重响！刀刃于虚空中撞上结界，就见金光迸溅，泰山般的威压骤然荡开。只见银光一闪，刀刃已经被撞了回来。因为威压太盛的关系，被撞回的刀刃力道更大，速度更快，疾如电光。

破风之音呼啸而过的瞬间，有两个离得近的人来不及闪躲，被刀风扫到，身体骤然僵直。

他们讥嘲的表情还停留在脸上，下一刻头颅一歪，整个脑袋便滚落下来。

笑狐抬着手要接弯刀，看见那一幕浑身一紧，然而已经来不及收回手了。他只感觉手掌一凉，想要握住刀，却感觉不到自己的手指。他怔了一下，看见半只手掌“啪”地掉落在脚边。

雀不落四周明明落满了人，却在那一刻陷入死寂，良久之后，又骤然沸腾。

宁怀衫二郎腿也不晃了，霍地直起身。就见那笑狐攥着自己的手，朝雀不落深深看了一眼，转头便消失在夜色里，不出意料是去禀明封薛礼了。

宁怀衫朝卧房的窗棂看了一眼，纠结要不要同房里的天宿说一声。

虽然在他眼里，狗屁封薛礼抵不上他家城主一根手指头，本不用怕。但他总觉得对方妖得很，古里古怪的，看不透。他走到窗边，手都抬起来了，忽然想起方储当年的劝告。

方储说：“千万不要在劫期敲城主窗户，哪怕只是通禀两句话也不行。”

宁怀衫当时还纳闷：“为何？你干过？”

“干过。”方储当时竖起两根手指，答道，“一来无人回应，一点儿动静都没有，城主根本不回话；二来，后来城主解封出来也没提，我以为他没听见，又同他说了一遍，他的表情十分……”

宁怀衫：“十分什么？”

方储也不知道怎么形容，半晌道：“反正很复杂，别干这种蠢事就对了。”

眼下方储不在，但宁怀衫决定听他一回，忍住了敲窗的手。

这一整夜宁怀衫都过得不安心。他始终提防着，一边担心城主在劫期出问题，一边担心封薛礼挑这种时候来。

好在直到第二天晌午，封薛礼都没来添堵……但他还是敲了一回窗户，因为临近正午的时候，他放出去的不知第几张探寻符终于有了动静，还是个不错的动静——他看见方储回来了，走在通往雀不落的路上。

那小子不知在过去的那条线上经历了什么，看起来十分疲惫，面色苍白，倒是断臂已经长好了。不过探寻符毕竟比不得肉眼，只能感知个大概，具体还得等他进门再说。然而……

天宿的结界将整座雀不落裹得严严实实，宁怀衫并不知道怎么放方储进门，但他更不可能任由方储在外面待着。于是他探头探脑地摸到了卧房的窗边，踌躇片刻，终于还是抬手敲了窗户，下意识叫道：“城主？”

彼时，宁怀衫所叫的人正眯着长长的眸子，连呼吸都是抖着的。

他的手指搭着萧复暄的小臂，原本刺目至极的青色早已从指尖消退下去，那双手白得近乎透明，指骨关节处却泛着浅淡的红。那是先前攥得太用力又慢慢松懈后的血色。

怎么一路变成这样的，乌行雪已经全然记不清了。那些失焦和恍惚终于缓过去，他隐约听见有人叫了他一声“城主”。

他转头朝旁看去，眼里的湿雾还没散。窗上投映着外面人的影子，宁怀衫和当年的方储不同，叫完城主并没有自顾自往下说，居然在那儿等人应。

邪魔惯来无所顾忌，当年的桑煜在人前都毫不收敛。

偏偏他这个魔头不一样。让他这时候去应宁怀衫，根本不可能，他的嗓子哑得厉害，一个字都不想说。于是他收回眸光，懒懒地碰了天宿一下，示意对方去应。

宁怀衫又叫了一声“城主”。

卧房的禁制倒是没解，里面依然漆黑一片，寂静无声。终于，一缕金光剑气自镂花窗格间扫出来，正对着宁怀衫当空炸了一个字：

说。

第 67 章 两路

宁怀衫十分困惑，但他认得这剑气是天宿的，于是将困惑问了出来：“天宿……你为何不直接说话啊？说话不是更方便一些？”

天宿：“……”

乌行雪一向知道自己这两个下属有多棒槌，但他第一次意识到原来可以这么棒槌。他先是气笑了，一转头看到萧复暄的表情，就真的笑了。

他的瞳仁在潮湿时显得极黑，带上笑时，眸里的光被眼睫浓长的影子打散成星星点点。那笑便带了亮色，透着一抹狡黠。

这抹狡黠在仙都时常有，后来便极少见了，直到从二十五年的鹊都长梦里醒来，忘干净前尘往事时，才又露出来。他懒得动，附和着窗外人低声道：“问你呢，为何不直接说话？”

萧复暄看着他。天光透过窗上的雕花投进来，像一道道斜长的线，明暗交错。

明明有气劲相连，不开口也能传音。但萧复暄不。他的声音里也透着一点儿沉沉的哑，问：“还冷吗？”

乌行雪抿了一下唇，睁开长长的眼缝说：“萧复暄……”

“嗯。”

“你故意的？”

“没有。”

就是有。开口说话是故意，问冷不冷也是故意，明明气劲就埋在血脉里，什么都知道。何止冷不冷、热不热？大魔头闭上眼，平心静气地岔开注意力。

但是天宿埋在血脉里的气劲又开始轻触着四探了。没过片刻，乌行雪刚缓过来的呼吸再次重了起来，道：“你别……”

萧复暄气劲探了一圈，眉心却蹙了起来：“乌行雪。”

“……嗯。”

“为何还会冷下来？”

乌行雪好一会儿才抬眼：“什么冷？”他自己其实尚未觉察。

或许是余留的潮热，他腰上甚至有一层极薄的汗。又或许是他曾经忍受过太多鲜明的寒意，这种蛰伏着的、将有未有的冷便感知不到。

反倒是天宿的气劲探得仔细，比他要敏锐一些。

乌行雪自己试着感受了一下——发现这种情况下不太适合瞎感受。

“真的不冷。”他道，“起码这会儿不冷，可能只是一点儿残留。你先把气劲撤出去。”

萧复暄的眉尖还蹙着，似乎并不能接受“寒意只是一点儿残留”这种说法。但他被魔头盯看着，静了片刻后，还是把气劲一点点收了回去。

那一瞬，堂堂天宿竟然显得有点儿听话。

乌行雪弯着眼睛直起身，冲窗外抬了抬下巴，用口型道：“你理一理人。”

萧复暄：“……”

于是窗外的宁怀衫看见又一道剑气炸出来：

说事。

宁怀衫也不问为何不说话非要炸字了，炸就炸吧，反正用的也不是他的剑气。

他答道：“是这样，我刚刚探到方储回来了，正往这边来。但天宿你的结界封住了雀不落，我不知道如何让他进门，总不能一直让他在外头待着。”

这次不知为何过了好一会儿都没回音。

宁怀衫：“？”照他平时那个急脾气，他都想扒着雕花窗棂往里看了，怎么回得有一搭没一搭的？这话有什么问题吗？没有啊。

宁怀衫瞎琢磨了一会儿，房里的人总算有了回音。

这回居然不是剑气炸字了，他家城主的声音透过窗棂传出来，有些模糊：“方储？”

宁怀衫一喜：“城主你醒了？！城主劫期过得还顺吗？”问完他还意犹未尽，想了想城主刚刚那道声音，忧心道：“城主你的嗓子怎么这么哑？”

三句话问完，他家城主又不吭气了。没过片刻，一道符纸飞出来。

宁怀衫连忙接住，就见纸上有浅淡的金色，浮着一个“引”字。

这回不再是剑气炸字了，也不是他家城主说话了。天宿的声音透过窗棂传出来，一如往常，还是低低冷冷的，只是同样带着一点儿哑：“引他进来。”

还好宁怀衫这根棒槌没问“天宿你嗓子怎么也哑了”，保住了一张爱叭叭的嘴。

他眨了眨眼，翻看着天宿的符纸，一边咕哝一边往大门走，刚走两步，又退回来提醒道：“对了大人……”他说完顿了一下，心说，奇怪，我为何要叫大人？

但他也懒得多嘴更正，便继续道：“咱们雀不落四周可热闹了，从昨个到现在，那赌坊、花坊、酒肆里的人就没断过，满满当当的，都巴巴地盯着咱们雀不落呢，看一夜了。”

他想说咱们是不是也得提防一下，有点儿心理准备。结果就听天宿道：“噢。”

他等了一会儿，没等到“噢”的下文，心说行。

他也不是真的傻子，房里那两个人如此淡定，表明城主的劫期应当度得还算顺，起码不至于因劫期影响而忌惮雀不落外面那群人。

宁怀衫便放了心，捏着符纸大步朝门边走。

这种接引符他其实没有用过，但符术嘛，总跑不出那些门道。于是他捏着符纸跳上雀不落高高的院墙，蹲在墙上等着。

方储走过来之前，宁怀衫还咕哝道：“当年坑我来试封禁，害我受了一顿皮肉苦，在床上趴了那么久，如今总算让我等到机会，报复回来了。你且等着，我一定等你被封禁打个半死再拖进门。”

他跟方储常年如此，常吵架也常打架，总是合不来又总待在一块儿，可能上辈子有点儿孽缘。

可真等方储到了门前，宁怀衫又翻了个白眼，一手捏着符纸瞄准了人，一手屈着食指“啪”地将符纸弹出去。

方储低头搓着手指，似乎要捏个诀往院里传音，结果符纸不偏不倚粘到了他额头上。

方储可能以为自己中了埋伏或是邪招，脸色一冷就要揭符纸。

宁怀衫忙道：“别揭啊！你是不是傻？我就要来这一张，揭毁了你就进不了门了。”粘上了接引符，结界于方储而言便不存在了，宁怀衫的话清清楚楚地传进他耳里。

方储愣了一下，抬头朝墙头看过来：“是你？”

宁怀衫翻了个白眼：“哎我天，不是我难道是城主或者天宿蹲在这里给你扔符？你想得美。”

方储在光里眯了一下眼睛，才冲宁怀衫道：“那不至于，我又没疯。我只是没想到你会这么老老实实蹲在墙头给我开门。”

宁怀衫“呵”了一声：“我这人向来大度，你才发现？这也就是我了，但凡换个人，不得把你按在门上好好报复回来？这可是大天宿的结界。”他自夸完，又催促道：“你进不进？别杵在门外，回头引来其他人。”

方储倒是盯着大门，还有些迟疑。可能是那句“大天宿的结界”让他有点儿怵，也可能是怕宁怀衫作弄他，弄张假符纸。

宁怀衫太明白对方这点儿心思了，冷眼朝赌坊、酒肆一带扫了一圈，说：“这附近都围着人呢，昨晚那个谁……笑狐也来了，我不至于在这种时候作弄你，赶紧进来。”

方储这才迈了步。结界划过一道金光，果然没有挡他。刚进门，他额上的接引符就自燃了。方储掸开纸灰，看见宁怀衫从墙头跳下来，飞身落在他面前。

“你这胳膊彻底长好了？”宁怀衫直接伸手去捏。方储愣了一下，侧身避开他的爪子。

宁怀衫：“好你个方储，我关心你，你还躲我？”

方储道：“你下手没轻没重。”

宁怀衫撇了撇嘴，倒也没否认。他确实手重，以前就有过先例：把人家刚接上的断指给揪下来了。但这不妨碍他拉起个驴脸，说：“不让碰就不碰呗，知道你这胳膊长得不容易。”

他嘴上这么说着，还是将方储那只手上上下下打量了一遍：“长得还挺好，看不出断过，是嫩肉，回头吓唬门外那群人足够了。果然……”他嘀咕着。

“果然什么？”方储问。

“果然还得离天宿远点儿才能长。”宁怀衫说，“有仙在旁边压制着，确实不行。”

他原本还想问方储在落花山市碰到了什么，怎么迟迟不出来。结果朝卧房一瞥，发现卧房的禁制居然撤了。他登时顾不上问了，大步朝卧房走去，叫道：“城主！”

方储跟在他后面，也朝卧房大步走去，低声问了宁怀衫一句：“城主怎么样了？”

宁怀衫道：“不清楚，我问了，城主不答。不过劫期应该过得还算顺。”

方储“噢”了一声。再抬眼，他们就看见乌行雪抱着胳膊倚站在门边。他穿了一件薄衣，又披了一件雾似的罩衫，还是那副懒懒的模样，脸上似乎有了血色，不再那么苍白了。

方储跟着宁怀衫叫了一句：“城主。”

乌行雪似乎被光照得晃眼，抬手掩了一下，而后眯着眸子冲方储道：“你一个人回来的？见着医梧生了吗？”

方储愣了一下：“医梧生？”

宁怀衫咳了一声，摸了摸鼻梁，冲方储解释道：“他原本跟着我们的，被我……唔，劝了几句，单独跑了。不知道你后来有没有碰见他。”

方储摇了摇头：“不曾碰见。”

乌行雪转头看了看身后。萧复暄拎了一件厚氅衣过来，道：“我灵识还跟着，他没受封家波及，不曾被扫出来，这会儿……”

他顿了一下，似乎在确认。片刻后，他轻轻蹙起眉道：“刚到大悲谷。”

第 68 章 诈人

“大悲谷？”乌行雪有些讶然。

“嗯。”萧复暄应道。

乌行雪轻声道：“他居然真的去了。”他脸上表情不明，但多少能听出几分遗憾。

宁怀衫偷偷朝他家城主觑了一眼，表情变得有些讪讪：“我错了，城主。我不该对医梧生说那些话的。他本来没打算去，怪我，瞎撺掇。”

他对医梧生的情感十分别扭，既有愤恨，又有可惜，原本很是复杂。这会儿他们几个都从过去离开了，唯有医梧生还孤零零地走在那条线上，独自挣扎。

这么一想，他又由衷愧疚起来，揣着手老实认错。

他脾气又别扭又冲，以前就常干混事。干完又常会后悔，总是一边威胁方储不准告状，一边悄悄收拾残局。什么时候收拾干净，什么时候才敢出现在城主面前。

倘若实在收拾不了，就会哆哆嗦嗦地去认错。每次认错，城主都会倚着门说：“你哪里错了？你没错。要不我给你作揖认一个吧。”

那语气真是……啊……宁怀衫光想一想都头皮发麻。他都做好准备，要再麻一回了，却听见他家城主道：“你说得对。”

宁怀衫：“？”他张着嘴抬起头，就听见他家城主不紧不慢道：“确实算你的错。”

宁怀衫：“啊？”

乌行雪：“啊什么，你不多那几句嘴，医梧生这会儿已经好好上路，去过下辈子了。”

宁怀衫满头雾水，表情逐渐困惑起来，他家城主的反应好奇怪！

事出反常必有妖。宁怀衫不知所措地朝天宿看了一眼。后来他意识到，这一眼多少有点儿求助的意思。不知从何时起，他竟然觉得天宿能在关键时刻按住他家城主。

可是没用，天宿看都没看他一眼。

宁怀衫提心吊胆地看回来，乌行雪冲旁边一抬下巴，轻声说：“去。”

宁怀衫往他抬下巴的地方看去——那个方向前前后后有六间屋子、四道连廊、一所亭子、一座高阁，还圈围着一汪极深的寒潭。

这是让他去哪儿？宁怀衫默默地伸手，借着袖子遮挡，狠狠掐了方储一下。

方储："……"

方储可能是痛的，手指一抽，转头问："做甚？"

宁怀衫在心里翻了个白眼，借着掐人的手指传音过去："救命啊还能做甚？你快帮我理解理解，城主让我去哪儿？"

过了好一会儿，方储才传音回来："你问我，我又问谁？"

宁怀衫绝望了。这世间瞬息万变，连方储都开始见死不救了。他心里居然有一点儿酸。

宁怀衫抬头时，乌行雪的眸光正扫过他，又轻轻地落在方储身上，估计是看见了两人的小动作，猜到他们在悄悄传音。这下方储更不会帮他了。

好在城主还是给他留了活路，张口给了句明话："去那间屋子，自己封门反省。"

宁怀衫垂下脑袋，"噢"了一声，心里却抓耳挠腮。他家城主往事全忘，居然能精准拿捏他的死穴——他这种性子，打骂都行，受得了皮肉之苦，却受不了闷。让他自封反省，还不如给他两剑放点儿血呢。况且以前城主也没这癖好啊……

宁怀衫动了动嘴唇，无声认命。可他一抬头，就见城主的脸色又在日光下变得苍白起来，先前隐约浮现的血色好像突然就消下去了。他怔了一下，道："城主，你的手指……"

乌行雪露出来的手指居然又泛了青，明明前一刻还好好的。

方储也盯着那处，片刻之后主动给宁怀衫传了音："不是说城主劫期过得还算顺吗？"

宁怀衫："我猜的，这不是有天宿帮忙吗？我以为会很顺。没想到……"

方储又传音道："还有，天宿他……"他顿了一下，似乎过于诧异，不知从何问起。

宁怀衫心说：我可太懂你这诧异了！你没回来那会儿，可是我一个人在承受这些！他故作镇定道："你想说天宿怎么会帮城主过劫期？"

方储静了静："是。"

宁怀衫卖了个关子："这就说来话长了，回头慢慢同你讲。"

方储："……"

比起解释给方储听，宁怀衫更担忧乌行雪的状态。他盯着乌行雪的手指问："城主，怎么会冷得这么快？"

说话间，他甚至能感觉到一股寒气缓缓在院里散开，冻得他一激灵。

都到这种程度了，那岂不是非但没缓和，还更严重了？！宁怀衫这么一想，脸都白了。

乌行雪垂眸看了一眼，将手指笼进袖里，道：“还行，不碍事。”

这语气倒是符合照夜城的魔头们在劫期强作无事的脾性，但他垂下眼的时候，神色又有些恹，好像劫期的难熬掩都掩不住。

宁怀衫又转头去看萧复暄：“天宿……”

一贯寡言少语的天宿抬了抬眼皮，轻蹙眉心，居然应了他一句：“多半是我这躯壳的问题。”

躯壳？宁怀衫愣了一下，紧接着便听见方储传音道：“天宿这状态似乎也有问题。”

宁怀衫这才反应过来，答道：“唔，看来不是本体，多少有些影响。更何况仙魔体质相冲……”他越想越觉得完蛋！

这劫期可别度出个两败俱伤来！那岂不是让狗屁封薛礼平白占了便宜?！宁怀衫这么想着，立马冲乌行雪道：“城主，我不自省了！医梧生的错我认，但等城主劫期过了再说，不然我不放心！”

乌行雪却道：“你大可放心反省，有方储。”

宁怀衫：“……”也是。方储向来稳重一点儿，以往每逢劫期都是事事操心，确实一个人顶自己俩。

宁怀衫撇了撇嘴，无从反驳。

错已经犯了，躲是躲不过的。宁怀衫垂着脑袋，一步三回头地往偏屋走。嘴里咕咕哝哝说：“方储，都靠你了，方储，要是出事，我可跟你没完。”

结果他一回头，发现方储的脸色不太好看。

宁怀衫：“？”这么舍不得我?

宁怀衫倒是老实，让他自封反省，他就实实在在地把屋子给封了。

就听“咣咣”几声响，宁怀衫的禁制就把那间偏屋给围了起来，整间屋子便静下来，一片漆黑，听不见一点儿动静。于是偌大的雀不落似乎只剩下了三个人。

乌行雪从那一角收回目光，看向方储。方储也刚好看过来。他的眸光扫过两人，又倏地垂下，没多对视，像往常一样，是个听话又不碍事的下属。

乌行雪也没多看他，道：“你在这杵着做什么？”

方储才抬头，语气里带了一丝担忧：“城主的身体……”

乌行雪：“刚刚不是说了吗，不妨碍，该怎么就怎么。”

方储点了点头，道：“城主有什么只管吩咐。”

乌行雪摆手道：“用不着。”作为城主，他一向我行我素，不会事事交代。他说完便往屋里走，刚转头，似乎想起什么般，突然出声道：“噢——对，你去晒书阁帮我——”

方储抬起头，等着他的下文。甚至在乌行雪犹豫出神时，还轻轻提醒了一声：“城主？”

乌行雪又神色恹恹地说：“算了，拿不拿也没差。”

方储动了动唇，看神色似乎想劝他。但最终还是垂下眸子，没多话。

“我还得再封一日，你看着点儿外面。有事传符进来，单敲两下窗棂我可听不见。”乌行雪半是咕哝地扔下一句，转身进屋。下一刻，就听“砰”的一声，屋门紧闭，禁制带着霜寒气落下来。

照夜城人人皆知，乌行雪盛极之时，气劲扫过之处遍生寒霜，眨眼就能结出一层冰白。但这次禁制落下来，只有门窗角落浅浅泛了一点儿霜色。

方储扫了一眼，面上忧色未散。他在门前站了一会儿，没有去自己屋里，而是走到院里，找了空处坐下，似乎在替自家城主守门。

乌行雪将屋门一闭便侧了身，透过雕花空隙朝外看。他的手指搭到门上时，那些泛青的痕迹早已无影无踪，那抹恹恹的神色也全然不见了。要是宁怀衫这个专门拆台的棒槌看见，一定要目瞪口呆夸一句：“好会演！”

可想而知，当年仙都南窗下十二童子都是尽得谁的真传了。

乌行雪眸光未收，看着院里的方储，轻声同身边人说道：“神色倒是镇静得很，被我突然发问也没紧张……”

众所周知，雀不落楼阁层叠、屋宇众多，布局像个阵。外人闯进来，倘若没有领路的，想找个地方都成问题，冷不丁听到指使，必然会慌。可方储神色无异，一丝一毫的愣神和不安都没显露。

“嗯。”萧复暄瞥了他一眼，像是猜透了一般，替他开了个头，“但是……”

乌行雪挑眉一笑，眼里透着光：“但是抵不住我使的诈。”他手指轻轻一弹门扇，道：“晒书阁是我信口胡编的。”

他让方储帮忙去晒书阁拿点儿东西，方储神色无异地等着下文，淡定听话，挑不出一点儿问题。可是……雀不落根本没有“晒书阁”这个地方。

第 69 章 反复

其实最初宁怀衫说“方储回来了”时，屋里这两位便起了戒心。这大约是同太多邪魔打交道所练就的能力，譬如小憩时忽然睁开眸子，或是被惊扰时拔剑便攻。

有些人出现得太巧，有些事发生得刚好，都会让他们多留一分心眼。

萧复暄给宁怀衫的那道接引符，本可以再加一道手脚——沾上人身时借机深探一二，倘若不是方储，直接拦在结界之外便可。

如此固然干脆，但也只剩干脆了。

在他们看来，与其把不知目的的人挡在门外，不如把对方单独放进门，不动声色地圈在自己眼皮子底下，能引出的东西或许多得多。所以萧复暄给宁怀衫的，真的是一张简单的接引符，不多探、不攻击，全然不会惊动对方。

这人既然冒险顶了方储的模样进到雀不落，一定有他想做的事。

乌行雪往门外看了一会儿，见“方储”在廊边坐下后，微微朝屋子这边偏了一下头，又很快偏回去。但这举动算不上什么破绽，可以说是在听动静，也可以说是下属纯粹的忧心。

之后他便始终背对卧房坐着，没有立刻四处转看。如此一来，他便没有显露更多出来，一时间很难判断他是谁。

“还挺沉得住气。”乌行雪道。

萧复暄：“在等时机。”

乌行雪又轻声道：“嗯，但凡有点儿心眼的都知道要等。刚关门就迫不及待到处乱跑的，那是宁怀衫。”

宁怀衫在偏屋里打了个惊天喷嚏。

“哪个活腻味的骂我？”他盘坐在榻上，揉了揉鼻子，又扭头朝院里看了一眼，嘀咕道，“天煞的方储，还真就一动不动在那坐下了，以往好歹还知道看一看我。”

他全然不知道“方储”并非本人，还在琢磨着悄悄传个信，拉方储陪他聊一聊天，互骂也行，反正他不能这么闷着。

宁怀衫想了想，手指搓了个诀，朝窗户缝隙外弹去。那是他以前挑衅方储惯用的伎俩——一道气包裹着一句传音，挑上两回，方储就会拉着驴脸过来问他是不是有毛病。

就见他那道气随风过去，“咣”地拱了一下方储的腰，传音道：“你不是方储。”

“方储”：“……”他被撞得晃了一下，又顷刻定于原位，似乎有一瞬间的紧绷，转头朝这处看过来。

宁怀衫看在眼里，坏笑一声，心说果然。方储那里有块痒痒肉，被拱两下必定会蹦起来。他把对方的紧绷当作了怕痒的反应。于是他又搓了一道气随风送出去，又“咣”地拱了一下“方储”的腰，传音道：“你变了，我被城主勒令反省，你居然没来嘲笑我，你已经不是那个方储了。”

“方储”：“……”这回他有了准备，被拱了也纹丝不动，依然一转不转地看向这里。

不过在听完宁怀衫的传音后，他慢慢地转回头，收了视线。似乎决心不再搭理。

然而这反应落在宁怀衫眼里，那就是故作不痒。宁怀衫舔了舔虎牙，忽然就不无聊了，从这种较真中体会到了一丝乐趣。所以他接连搓了好几道气送出去。

一串连环拱后，“方储”站起身。

宁怀衫瞬间来了劲儿，等着对方打过来。结果就见“方储”走动几步，似乎是换了处地方待着，刚好在他的视线死角——他要再想这么传音，得先轰上城主的卧房窗户。

给宁怀衫一百个胆子他也不敢这时候轰，于是他不甘不愿地老实下来，又陷入了孤零零的沉寂里。

乌行雪和萧复暄将这场单方面的胡闹看了个完完整整。最初乌行雪觉得宁怀衫是个活傻子，得亏关起来了，否则留他跟“方储”待在一块儿，鬼都不知道会出什么事。

但宁怀衫那么虎着，虎着，居然帮他们试出了一点儿蛛丝马迹。

萧复暄看着“方储”换了个地儿坐下，道：“背太直。”

这正是乌行雪想说的。先前并没有这么明显，毕竟方储本身也不像宁怀衫，站、坐都还算有样子，不会歪歪斜斜到处瘫。

但被宁怀衫这么乱七八糟连“拱”好几下，这一点就凸显了出来。这人的站姿和坐姿简直算板正。

乌行雪道：“这种仪态在照夜城可不多见。”就连乌行雪自己都跟这词不沾边，他清瘦挺拔，却远没到“板正”的程度。萧复暄倒是用得上，医梧生则稍稍文弱了一些。

总之，这种人多多少少跟仙沾边，譬如……出身仙门。

“难道是那个新城主封薛礼？”乌行雪嘀咕着。

倒也不无可能，封薛礼确实是仙门出身，乌行雪被锁进苍琅北域后，他才叛出家门，入了照夜城，保留着仙门的仪态习惯再正常不过。

而且照夜城的风吹草动必然避不过新城主的眼，雀不落何时开封禁，乌行雪身边有没有人，宁怀衫进没进门，方储进没进门，想知道都并非难事。只是……

萧复暄道：“他手下无人？”

乌行雪：“怎么可能？自然是有的。”

萧复暄：“那何必亲身犯险？”

这确实是个怪处，雀不落对他来说绝对是处险境，没必要亲自混进来，万一出了岔子，得不偿失。除非这人常年身居高位，从不把险境当险境，抑或是有不得不亲自来的理由。

如此一来，乌行雪就更不想惊动对方了，想看一看对方究竟奔何而来。

然而那“方储”性子格外稳，另挑了一处清静地方坐下，便再没有新的异动。不知是在等天黑，还是在等什么。

要说静观，乌行雪并不会落下风。当年灵王五感尽失能静坐三年，眼下等上一时半刻，一日两日，不过尔尔。

但真这么一转不转地盯着，又有些傻。魔头不想白瞎这些时间，便问萧复暄：“医梧生那边怎样了？”

萧复暄正要静心去探，就听魔头又道：“你那灵识是如何探的？是像一道影子那么跟着，还是附着于人？”

修行中人似乎天生就懂这些，灵识类神，灵魄类魂，修得深了，自然就运用自如。很少有人会问：你那灵识怎么用？

一个成过仙又成过魔的人，在问凡人都很少会问的话。

萧复暄轻蹙了一下眉，偏开脸。过了一瞬又转回来。

乌行雪没反应过来，被弄得一愣，模糊的声音里带着笑音道：“你那灵识探的时候，有法子让我跟着看吗？”他还是有点儿不放心医梧生。

萧复暄让开一点点：“有。”

乌行雪：“当真？”

萧复暄：“嗯。”

“那试试。”魔头还顺嘴提了要求，“同知同感那种。”

天宿“嗯”了一声，然后倏然放出了浩瀚气劲。

魔头：“……”

“你等等。”大魔头背抵着门，“不行，不来了。”一天半了……他简直怕了这招了。

天宿倒是被他的反应弄得一顿，薄薄的眼皮抬了一下道：“只是气劲。”

魔头：“……”这话说得很正经，但他接都不知道怎么接。过了片刻，他眨了一下眼道：“不对啊，你是在唬我吗，萧复暄？”

萧复暄：“没有。”

乌行雪：“那就不对劲。”

萧复暄：“哪里不对劲？”

“你要探听我的所知所感，把气劲渡过来也就罢了。”乌行雪道，“如今是我要探你的，不该反一下吗？怎么还是你把气劲渡过来？”

萧复暄倒是没反驳。他点了一下头，手腕轻转，手掌朝上，一副由着魔头摆弄的模样，低低沉沉地道：“那你渡。”

魔头渡不了，因为不会。于是兜了一圈，想要同知同感，还得让萧复暄把气劲探进来……魔头这会儿可能不太行。

乌行雪拍了拍面前的人，轻声道：“气劲收回去，我不看了。”

萧复暄：“医梧生不管吗？”

魔头道：“不管了，医梧生靠你了，我盯院里那位去。”

萧复暄合眸静处，似乎是顺着他所留的灵识去探大悲谷了。

乌行雪依然抱着胳膊靠着门，时而看萧复暄，时而盯着院里。他的手指搭在臂上，被雾似的灰色罩纱衬得更白，总让人想到院里堆积的厚雪。

过了好一会儿，他的手指尖上又隐隐泛起了一层青色。乌行雪先是朝萧复暄瞥了一眼，才看向自己的手指。他垂着眸，轻搓了几下，那层青色才又慢慢被压下去，恢复洁白。

这就是他不想让萧复暄的气劲探进来的原因，他的身体真的又开始滋生冷意了，怕被萧复暄探到。

他想起那个梦以及梦里的往事，当年萧复暄来雀不落帮他过了劫期，照理说应该不会再有反复。可后来他去杀桑煜那帮邪魔时，身上依然寒得惊心。

他不记得发寒是什么原因了。仙魔相冲？抑或是别的什么。

他当时应该借由一些法子瞒过了萧复暄，让对方以为他一切都好。如今他办法太少，该怎么瞒呢……

第 70 章 遗憾

乌行雪在雀不落盯着“方储”时，数百年前的那条线上，一道长影无声无息地出现在大悲谷前。

那人身量极高，宽肩劲腰。他一身皂衣皂靴，腕上箍着银色束腕，显得整个人利落挺拔。头上的斗笠压得极低，遮住了大半张脸，远远看去，只能看到薄唇和线条干净的下巴。

不是别人，正是来探的萧复暄。

乌行雪先前问他，借着一抹灵识探察，是像一道影子还是要附着于人。

正常来说应是前者，灵识无形无状，意随风动。但萧复暄有些特殊，他的灵识是可以化形的。比如眼下这个身着皂衣的人。

他跟着医梧生的踪迹落身于大悲谷前，抬眸望出去，微微诧异。

这是他第一次来到这条线上的大悲谷，一时间竟然认不出来——这座大悲谷并不荒凉，也不颓败，依然有风沙，却没有常年笼罩的、灰黄色的尘雾，谷口甚至算得上热闹。

萧复暄粗粗一扫，就看到了客栈、酒家、茶肆和拴马桩。到处都搭着马棚，配着长长的马槽，供往来的车马队歇脚。

眼下的马棚都是半满的，茶肆酒家外面的草棚坐着不少人，打扮不一，可见这条深谷日常有多少人往来。真是全然不同的大悲谷。

萧复暄在茶肆的草棚里看到了医梧生。

明明已经到了大悲谷口，过了长长的栈桥就是目的地，医梧生却没有急着行路。他坐在一张四仙桌边，同一对夫妻合了桌。

那对夫妻看上去愁容不展，女人怀里抱着个孩子。孩子用厚厚的袄子裹着，连脸都掩上了，一副生怕受了风寒的模样。

男人则从怀里小心地掏出一样东西。那是神仙庙里常见的平安符，叠成了一个小纸块儿。他把符纸展开，就见里面有一撮香灰似的粉末。

男人把粉末倒进面前的茶碗里，冲女人怀里的孩子努了努嘴。

萧复暄曾经见过这种做法，民间有人得了疑难杂症，不知如何是好，便会这么做——找座灵验的庙宇，求点儿香灰化点儿符水。

想必这对夫妻就是如此。

女人迟疑了一下，咬了咬牙，就要把茶碗拉到面前来，却被一只手摁住了碗沿。

出手的不是别人，正是医梧生。他依然裹着厚厚的布巾，掩到鼻梁，乍一看就是个怕冷的书生。

他冷不丁地插手，弄得女人一愣，男人更是拧了眉斥道："你做什么？"

医梧生抬起眼，眸光温润："在下不才，见过一些失魂之症，这病症若是在小儿身上，会显得像死胎，面色青紫，摸不着脉象，探不出鼻息。"

他这话说得没头没脑，却让那对夫妻骤然变了脸色。

医梧生又道："其实，只要没有浑身凉尽，心口还有一点儿热，便是还有一口活气。用丹药顺下去，把那口活气顶上来，就有得救。"他顿了顿，道："倘若耽误了时机，等到心口那点儿热气也散了，就真的神仙难救，无力回天了。"

这一套说辞放在任何一个陌生人身上，都有几分像骗子。偏偏经由医梧生之口，就显得真切可信。尤其他的衣襟还带着清苦的丹药味，像个穿行山野的游医。

那对夫妻对视一眼，又猛地转头看向他。那个女人突然便红了眼眶，一把抓住医梧生的袖子，道：“先生精通医术？先生能不能救救我儿，他……他跟你说的一模一样。”她说着，掀开盖布，露出怀里孩童的脸。

萧复暄瞥扫过去，那孩童果真像死胎，面色乌青泛紫，闭着眼，看不出一点儿生气。但他能探到，那孩童确实还有一点儿残余的活气。

女人抓着医梧生的袖子，抽抽噎噎道：“他前些日子睡觉魇住了，之后就一直没醒，成了这副模样。他们都跟我说没救了，摸不着脉，已经没了。但我知道他还活着呢！他不是冷冰冰的，昨天手指还动了一下！我们原本是想去梦都求那些仙门的，梦都有个封家，可昨夜听闻，那封家出了事，正挂着丧。我们也是没法子了，才临时跟着一路镖队来这儿。”

萧复暄听到“封家出了事”，眉目轻动了一下。这条线既然没被斩断，便一直在延续，想必所谓的“出事”，就是他和乌行雪当日在封家的所作所为。

“封家？”医梧生也怔了一瞬，“封家出事了？”

女人点了点头：“听说有座什么塔塌了，先生认得封家？”

医梧生又回神道：“噢，没有……略有耳闻。”他垂了眸，不再多提，只把那碗融了香灰的茶水拉到自己面前：“你这符灰是从哪里弄来的？”

女人转头指了指大悲谷：“山庙里求的，都说这里很灵。”

医梧生：“山庙？”

女人：“对，就是入口那座。”

萧复暄闻言，转头朝她所指的地方看去，就见大悲谷入口处有一座庙宇，就像当年供奉过云骇又撤了神像的那座庙宇一样。

医梧生也看着那处，片刻后才恍然回神。他从大悲谷收回目光时，看见了萧复暄。

因为萧复暄化形时改变了容貌，又戴着斗笠，医梧生并没有认出他来，只是眸光轻顿了一下，像与陌生人撞了视线似的，客气地点了一下头。

他掏出药囊，倒出两颗小小的丹丸，又同小二要了一碗水，将那两粒丹药在水里化开。

他在道旁折了一根草，冲那对夫妻说：“慢慢喂进去，也别在这四面受风的茶棚里坐着了，找个避风处，用热的东西给他焐着心口，轻拍他的后心，拍一整夜。明早若是一口浊气吐出来，就能醒。”

那对夫妻眼泪当场就淌下来了，抓着他的袖子就要给他磕头。

医梧生连忙拦住，劝道：“别在我这儿耽搁了，快走吧。”说完，他也没法在茶棚坐下去了，匆忙起身出来，刚巧到了萧复暄旁边。他冲萧复暄拱了拱手道：“见笑。”他以为萧复暄在等茶棚的空桌，指了指自己空出来的椅子道：“我该走了，公子放心坐。”

萧复暄沉声道："不必。"

医梧生愣了一下："公子不是要歇脚喝茶？"

萧复暄："不是。"

医梧生："那公子也是要从谷里过？"

萧复暄想了想，指着大悲谷口的庙宇道："我去那里。"

医梧生愣了，良久后，笑道："巧了，同路。"

萧复暄听着这句话，忽然想起了乌行雪半垂着眼、略带遗憾的神色。他默然片刻，问医梧生："你去那庙宇，是有所求？"

医梧生"啊"了一声，半晌道："算是吧。"

"所求何事？"

医梧生笑笑，没有立刻答。直到过了栈桥，眼看着庙宇近在咫尺，医梧生才道："我也不知道我所求何事……"

当初在山路的岔道上，宁怀衫几句话便让他生出了犹豫之心。他们在数百年前，他有机会更改过去，他或许不用死，可能还有长长的一生。多诱人的一件事。

仅仅就是一念之间，他选择了独行。

同乌行雪他们分开后，他其实并没有立刻赶往大悲谷。他找借口说"有东西落在了落花山市，要回头去寻"，便真的回到了落花山市，随便进了一间最热闹的茶楼，在窗边怔怔地坐了一整日，莫名有些怅惘。

那是一种十分古怪的心思，他自己都不知道自己在怅惘什么。

他慢吞吞地耗了一天，又慢吞吞地动身去大悲谷。数百年前没有那些各门各派的禁制，他若是真急，行路可以很快，但他没有丝毫赶路的意思。

这一路上，只要看见带病的人，他便过去帮把手，散几粒丹药。

当初自花家启程时，他的药囊满满当当的，如今一路下来，里面的丹药所剩无几。刚刚那对夫妻用去了最后两粒，药囊便彻底空了。

来到大悲谷之前，他还在心里自嘲过，心说：医梧生啊医梧生，你这一路散药救人，是在减轻愧疚吗？是因为想要做一些违逆之事，所以广施善行？哪怕过栈桥时，他都是这么想的。

可当他真正站在庙宇前，离一切只有一步之遥时，他却静下了心。

医梧生看着庙宇大门，忽然开口问道："公子可曾有毕生不能释怀的遗憾？"

这话对于陌生人而言十分唐突，尤其对方还是个年轻人，"毕生"二字从何谈起？若是放在民间，定会被批一句"不吉利"。

与其说是问别人，他更像是在问自己。他的声音不高，显然没有指望别人会答。

其实萧复暄也没想到自己会答这句唐突问话，但当他回过神来时，听见自己沉声答道：“有。”

第71章 古怪

医梧生一愣：“是……”他下意识想问是何遗憾，但又很快反应过来，但凡牵扯上“毕生”，哪里是一句两句能说明白的？即便说了，也绝非旁人所能体悟的。

那是自揭伤疤换一句唏嘘，医梧生着实问不出口，他不是这种人。

他连忙摆手道：“这回是真的唐突了，我今日……”他顿了一下，叹笑一声，道：“我今日所感颇多，总有些恍惚。言语失度之处，烦劳公子多包涵。”

身边的人沉默着，不知在想什么，听了他的话才回过神来，沉声答了一句：“无妨。”

说话间，有人走上前来，冲医梧生行了个礼，道：“您是来上香的吗？”

那是庙宇的斋公，穿着修行的海青，梳着仙门弟子常见的简单发髻，会向前来进香的来客散香。斋公在几大主城的庙宇里常见，山野则少一些。

现世的大悲谷自从封禁后便空荡荒凉，没有斋公。没想到在数百年前的这条线上，又见到了如此热闹的景象。

斋公抽了长香，三根一股，捏着递过来。

医梧生当然不是来上香拜神的，他同这大悲谷只有孽缘。但他看见斋公笑眯眯的，满面热情，便没有推拒。

他接下那三根长香，眸光复杂地看了一会儿，忽然出声道：“小师父。”

“客人何事？”斋公正犹豫着要不要给萧复暄递香，毕竟在他看来，这位皂衣侠士冷冷的，不像是会求告神仙的模样。

医梧生捻着香，温声问道：“敢问小师父，这是哪一年啊？”

斋公的年纪放在仙门，也就与刚入门的小弟子相仿，可能很少碰到医梧生、萧复暄这样的香客，被问得一愣，眨巴着眼睛疑问道：“啊？”

医梧生笑了笑，拍了拍自己的额头说：“实不相瞒，我先前生过一场大病，总会糊涂，常辨不清日子，见笑了。”

会来庙宇上香的，多多少少都有些事，生病是最为常见的。斋公立马点头信了。他客客气气地答道：“这是岁宁二十九年。”

医梧生“噢”了一声：“岁宁……”

“岁宁”这个年号太久远了，对他来说其实很陌生。依照书册所记，这个年号并没有用很久。落花山市被烧尽的那一年，人间的年号从“岁宁”改为“清河”，想借年号里的水平息天火。

之后，“清河”这个年号用了二百七十五年，医梧生就出生于那期间。

直到乌行雪被囚进苍琅北域，人间年号才又改作“天殊”。

医梧生冲斋公拱手道谢：“多谢小师父告知，岁宁二十九年，我记住了。”

斋公摆手道：“哎，这有什么可谢的。”他转身去给其他来客递香，走开好几步，又忍不住回头看了医梧生一眼，小声咕哝着：“好奇怪的香客……”

一个年份而已，记下的时候神色居然认真得出奇，好像这个日子于他而言极为重要、极为特殊似的。

那斋公犯着嘀咕的时候，医梧生已经拿着香跨进庙宇，倒是萧复暄在庙宇门边顿了一下步。

曾经在仙都的时候，他其实很少留意人间的年岁更迭。他看得见寒暑交替，也会记住一些特别的日子，诸如三月初三落花台开山市。

但要忽然问他，这是哪一年，便是为难人了。不过大致印象倒还在。

如果没弄错的话，岁宁二十九年……云骇应当已经死了。

这条乱线是封家家主弄出来的，为的是他那双早早夭亡的儿女。他所影响的也多是同他有关联的人，而那些人与仙都的关系甚小。倘若无人干涉，这条乱线里的云骇多半也不在了，这地底应当已经有了那座神墓，云骇就被镇在里面。

可眼下看这庙宇热闹的样子，透着一丝不寻常。萧复暄想了想，抬手轻拍了一下斋公：“劳烦。”

斋公吓一跳，转过头来：“呃……您有事要问？”

萧复暄以剑柄一指庙宇：“这庙所供何人？”

斋公眨巴眨巴眼，觉得这位香客比方才那个还怪，但还是老老实实回答：“大悲谷山神。”

“大悲谷山神？”

“是。”

萧复暄问：“这山神可有名姓？”

布香人答：“自然是有的。”

萧复暄：“谁？”

斋公看向萧复暄的眸光越发奇怪，毕竟没有香客会问这样的问题——都来庙里敬香了，居然不知道神仙叫什么？

斋公抬手向天行了个礼，以示恭敬，道：“仙官名号云骇。”

萧复暄愣了一下：“谁？”

斋公耐着性子又重复一遍：“云骇。”这两个字他说得清晰无比，绝不可能听岔。

那便没错了，真当是云骇。这条乱线上的云骇居然真的还在。

他所执掌的是大悲谷，而非最初的人间丧喜，那说明他还是触犯过天规，于灵台跪过罚，也接过天诏调令。只是还没堕回人间。

由此可见，他命数的变动不算大，但确实变过。

萧复暄沉吟片刻，觉得有些古怪——封家那些动静真的能影响仙都，乃至影响云骇的命数吗？更古怪的是……这座庙宇里面没有神像。

他面前的这座庙宇里，那方龛台上分明是空的，没有立任何神像。只有一张长长的供桌，上面摆着香炉。

这同现世大悲谷的庙宇一模一样。可现世那座庙宇里之所以没有神像，是因为云骇死了，再无人记得他。曾经的神像后来被立在地底的仙墓里。

进入那座庙宇的百姓上香时从不会说“我在拜山神”，都是说“我在拜这座大悲谷”。

眼下在这条乱线里，斋公口口声声说着“仙官名号云骇”，说明云骇活着，并没有被世间遗忘。那为何龛台上没有神像？

萧复暄问道：“神像在何处？”

斋公似乎头一次被问这种问题，有些蒙：“什么神像？”

“龛台上的神像。”

斋公愣了半晌，道：“我也不知神像去向，我来这里布香时这龛台就是空的。”

萧复暄蹙了蹙眉。

斋公又道：“据说曾经是有的，后来一夜之间消失了。”

“无人追究？”

“追了啊，但是遍寻无果，就像凭空不见了似的。常来这里的也就是些百姓。百姓总不至于偷盗神像，更没能耐悄无声息地毁掉神像。”

民间碰到这种事，总会把理由归给天。既然摸不着头脑，怎么也查不到结果，那便是天意使然。

斋公说：“听闻后来也试着补过一尊，但是不抵用。今日立上龛台，明日就空空如也，仍是一夜之间就消失了。四处追找，也还是遍寻无果。”

斋公说：“所以后来人们都说，可能注定该是如此吧，便不强求了，于是自那之后龛台便一直空着，香客们也都习惯了。实不相瞒——”斋公挠了挠头道：“若不是公子忽然问询，我都觉得没有神像才是常态，都忘了其他庙宇是有神像的。”就好像理应如此，天生如此。

他正说着话，忽然听见庙宇内传来一阵惊呼，不知出了何事。隐约能听见香客们七嘴八舌的议论：

“人呢？怎么好好的不见了！”

“方才还在！”

“好像从这处石砖翻下去了？”

……

斋公还没明白是怎么回事，就觉得眼前一阵劲风扫过。他只是眨了一下眼，那位问了他好些怪问题的公子已经没了踪影，似乎擦着他飞身掠进了庙。他自己也是修行之人，被劲风扫过的那一刻，后知后觉地感到了一丝仙气，以及收敛的威压。

斋公吓了一大跳，好半晌才回神。他匆忙跨进庙宇里，问道：“发生何事了？”

几个正在进香的百姓指着一块巨大的方形白石说：“方才那个香客，就是布巾掩到鼻子、斯斯文文的那位，走到这边忽然就不见了。”

“我瞧着这白石板似乎动了一下，但太快了，我也弄不清是不是眼花了。”

“我好像也瞧见了。”

“好好的石板怎么会动？”

“就是……就是像活板门一样翻转了一下。”

“这板下不会是空的吧？”

众人悚然一惊，围着那块方石敲敲打打，却没找到任何能证明它动过的痕迹。

庙宇里，香客面面相觑时，萧复暄已然追着医梧生的踪迹，落到了这座庙宇的地底。他飞身落下时，心里的古怪又重了一分。而他在站定，抬眸看见一座极高的神像时，面色慢慢地冷了下去。

这座神像模样俊美，身形颀长，一手搭白幡，一手托青枝，青枝顶上绽着一朵妍丽的花，掩着神像的一只眼睛。

不是别人，正是云骇。而这地底空间不论是入口，还是里面的景象，都同他们走过的那座大悲谷墓地一模一样，以至那一刻萧复暄都怀疑，倘若他沿着曲折长道往前走，走到底，还能看见云骇被镇压在那里。

可是方才听那斋公说的，这条乱线上的云骇分明还活着，他还好好地执掌着大悲谷。他没有堕入人间，没成邪魔，没被遗忘，自然不需要有人替他修一座地底仙墓。

那为何这座庙宇地底还有这些东西？

第 72 章 活阵

萧复暄越发觉得古怪。他在圆室内巡看了一圈，没有找到医梧生的踪影，地上倒是有一些轻微痕迹——医梧生从那块活板翻落下来之后，似乎被什么东西引去了墓穴深处。

萧复暄没再耽搁，立刻朝墓穴深处掠去。

已经走过一次的路，再走一遍自然驾轻就熟。他甚至记得那些放着童子像、童女像的地方，所以每经过一处，他都会停一下步，一剑击碎墙壁，看一眼。

越看他的脸色便越沉，因为他停步的每一处，都能找到一尊童子或童女像。

唯一的区别是这里的大悲谷没有“点召”过无辜百姓，所以童子像、童女像里干干净净，没有扭曲的尸体，没有抓挠的痕迹，也没有干涸的血。

一路走下来，依然是三十三尊童子像、童女像，一尊不多，一尊不少。一切都像是复刻，但又有种说不出来的别扭感。

随着墓道越走越深，这种感觉也越来越重。萧复暄飞身掠至墓穴终点，踏进了那处最大的圆室。

意料之中，这处圆室中立满了高高的神像，就像险峻的石林。寻常人需要高高地仰起头，才能看清那些神像的面容。这给人一种极强的压迫感，叫人不敢高声语。

这些林立的巨石神像脚下也有龛台，龛台背面也刻着字，应当是神像的名号。

龛台上蒙着一层厚厚的灰。萧复暄半蹲下，伸手抹了那些灰尘，露出清晰的字样。

梦姑，掌京观。

或歌，掌雪池。

桑奉，掌不动山。

……

连立在这里的神像都一模一样。萧复暄甚至能感觉到脚下隐隐有阵局流动。

在现世里，大悲谷底的这些神像共同构成了一个巨大的阵局。那阵是用来镇压云骇，使其永世不得见天日的。眼下在这条数百年前的乱线里，云骇还活着，无人可镇，那这阵局布来又是何用?!

萧复暄沉吟不语，在那些巨石神像当中穿行了一遍，忽然发现一个问题。他终于明白为何总有一种别扭之感了——因为这个大悲谷底下的神墓，并非完完全全复刻现世，而是反着的!

他们曾经在现世大悲谷里见过的巨石神像，是桑奉像立于最前，梦姑立于最末，或歌立于中间偏左。

一路走过去，应是先见桑奉，再见或歌，最后才是梦姑。而眼下在这里，梦姑立于最前，桑奉立于最末，或歌还是立于群像中间，偏的却是右！所以他一路走来先见梦姑，再见或歌，最后才是桑奉。

意识到这点的瞬间，萧复暄再回想起墓穴入口处的云骇神像，发现也不对——一手举白幡、一手托花枝没错，但左右也反了。

这整座墓穴并非复刻现世，而是镜像。在民间术法中，最常用的东西之一也是镜子，代表以假乱真的投映……还有翻转。

萧复暄拧紧了眉。要说以假乱真——此处是假，现世是真。此处布置得同现世几乎一样，确实可以以假乱真；要说投映——此处既然被布置成了这样，必然是有人想要将这里的某种东西投映到现世；而要说翻转——现世的神像巨阵起的是镇压之效，让被镇之人永不见天日。若是逆转，那岂不是……让阵局所作用的人生气勃勃、枯木返春?!

萧复暄面色一变！他掌心一抵剑柄，剑鞘端头带着澎湃气劲重重杵地。

金光迸溅中只听一声巨响！脚下隐隐的阵局骤然清晰起来，那些荧光既像长线，又像流动的水丝，纵横交错形成一张巨大的网，一直蔓延到圆室尽头。

看荧光流动的方式，确实是全然倒逆的!

阵局被强行激起的那一刻，圆室里骤起狂风。那风在巨像中快速穿梭，转眼就形成了长龙似的风旋。

风旋顺着阵局的流动方向，朝某一处猛扫而去。倘若在现世，那个方向有埋着云骇的深穴。

萧复暄半刻未待，踏风而行，一步百丈，顷刻间便如利剑楔地一般，稳稳地落在那处。

落地的同时，他在风里听见了一声闷哼，还瞥见了一道清清瘦瘦的影子。他再次以剑贯地，悍然将长龙似的风刹止下来。

风歇之时，长影露出样貌。不是别人，正是落下来的医梧生。

医梧生自从进了这座大悲谷的庙宇，便感觉很不对劲。他深知自己已是强弩之末，那口残魂日渐微弱，就像逐渐烧尽的灯烛，只剩最后一豆荧荧之火。

但托天宿的福，这种消亡之感是温和的，温和到他怀疑残魂消散的瞬间，他都不会感觉到痛苦。但他踏进庙宇后，那口所剩无几的残魂忽然躁动起来。

那一刻他便笃信，这庙里定有古怪。所以他没有进香，而是沿着供台走了一圈，果不其然，顺着那块活板方石掉到了地底下。

刚落地，他那口残魂便疯狂战栗起来。可见，那古怪确实是源于地下。

残魂战栗的感觉十分难受，眩晕使他几乎睁不开眼。医梧生就在那种浑浑噩噩的状态里，仅凭直觉，一路跌跌撞撞地走到了墓穴终点。

他停驻的地方，就是古怪最强的地方。光是站在这里，他便感觉体内那口残魂颤抖得快要散了。

那是一种极其矛盾的感觉——因为残魂太过躁动，他感觉自己下一刻就会倒地，再也起不来。但同时他又能体会到一种诡异的生机。

就像……就像烛火将熄的时候，有人在旁边扇了道风，引得火苗强行蹿起。

他看不见自己的脸。倘若能看见，他会发现那个刹那，他苍灰如纸的脸上竟然显露了一分血色。

那种残魂狂颤的感觉被一道剑气和扫来的狂风打断。医梧生下意识抬袖掩住脸，两脚扎地，强行稳住自己的身形。等到狂风骤停，他放下挡风的袖子，惶惶然抬起眼，看见了一道穿着黑色劲装、戴着斗笠的身影。

医梧生在昏沉中愣了一下，茫然中闪过一丝错愕。好一会儿，那错愕终于消失，他摇头失笑道："怪不得……"医梧生看着对方压得极低的斗笠，以及改换过的陌生模样，轻轻地叹道："我当是谁，原来如此……"

在大悲谷前第一眼看见这人时，他便觉得对方绝非凡物。只是世间修行者众多，而他当时心事重重，并没有多想。如今再想，真是怪不得。怪不得对方不像香客，却要来这座庙宇，怕是循着他的踪迹来的。

医梧生轻轻拱手行了个礼，道："天宿。"

他其实想说，辛苦天宿跑这一趟了。但这一趟因他而起，一声"辛苦"太过轻描淡写；他其实还想说一句"惭愧"，但他已经站在大悲谷里了，甚至走到了墓穴的最深处，就站在埋着云骇的深穴旁边。此情此景之下，那声"惭愧"也说不出口了。

更何况，他也顾不上了，因为那口残魂刚安定了片刻，又颤动起来。

霎时间，医梧生连站着都很艰难。但他毕竟曾是执剑之人，不想显得太过虚弱。于是他掐了掐手指，让自己清醒些许，张口道："天宿，这里有古怪，应当有阵。就在……"他借着这句问话半跪于地，伸手指着地面的泥石道："就在……这里。"说完，他的手没再收回来，就那么撑着地。因为一旦收了，他便会歪倒在地。

他在心里苦笑一声，想：那就太狼狈了，丢花家的脸。

他的手掌撑住那块地面的时候，那口残魂猛地搏动了一下，就好像有细丝似的生机顺着手掌要往他身体里涌。

医梧生在混沌中眨了一下眼，屈着手指将手掌撑离地面。他蹙起眉，听见了天宿的回答。

天宿说："确实有阵。"

医梧生心里模模糊糊有了预感："此阵……何用？"

是啊，此阵何用呢？其实他们心里那个答案已经渐渐明了，只差最后一点儿辅证而已。

此时医梧生眼前已经一阵一阵泛起了黑，手指都是抖的，但他强行稳住了，蓄起最后一道力，一掌轰击在泥石上。

这一掌，萧复暄都没料到。他微怔一瞬，看见地面泥石蓬然乍起，被掀翻至一旁，露出下面的一道深穴。

这条乱线上的云骇还活着，所以意料之中，深穴里并没有躺着人。但这深穴也并非空的，而是盘绕着葱郁虬然的枝蔓。那枝蔓上伤口纵横，却在阵局供养下生机勃然，遍生着花苞。

而在枝蔓的生根之处，浓郁的血味伴随着一股淡香骤然散开，萧复暄在嗅到那味道的瞬间，便明白了这是什么——有人取了自己一点儿灵肉骨血，做了局，以自身漫长的生命供了这么一道阵。

单看这道阵，根本意识不到它的目的是什么，因为阵里只有枝蔓和花。布阵之人费了如此周章，仿佛就养了一些花枝而已。

但萧复暄他们不同，他们进过现世的大悲谷，见过埋葬于深穴的云骇，更见过自云骇心口凭空长出的那些藤蔓。

当时萧复暄他们便感觉藤蔓和云骇像是共生的。藤蔓不死，云骇便活着。但他们没有找到藤蔓的根源，自然无法细究。

直到今日，直到此时此刻，他们总算明白过来——那些藤蔓真正生根之处并非云骇的心口，而是在这里，是以阵局供养的这株根茎。

如此一来，这座镜像的地底墓穴究竟作何用处，便再清楚不过。

当初他们一直没明白，花信究竟做了什么才让云骇活下来，长久地存在于人世间。

如今，一切悉如所见。

是以命供命。

第 73 章 魂散

任何一个同花信打过交道的人，看到脚下这个以命供命的阵局，都会惊诧万分，因为这不像他们认知中的花信会做的事。

灵台十二仙之首花信是仙都最典型的存在——温和但并不温柔，悲悯但从不悲伤。他就像龛台上的神像一样，姿容平静，身形板正，数百年如一日，从未变过。

他曾经因为那个爱玩笑的徒弟短暂地出现过一丝人味，后来云骇不在了，那点儿并不明显的人味也消失得无影无踪……不仅是绕了一圈，回归原状，甚至比原状还要再极端一点儿。

曾有人私下评价，那样的花信就像是一尊行走的神像，没有一丝一毫属于人的一面。所以不会有人想得到，他居然会费如此大的周章，只为把一个已死之人强拉回来。

这不该是灵台仙首所做的事，甚至透着一股邪劲儿。他知道自己不该，所以他做得不动声色又隐蔽，将这个以命供命的巨大阵局藏在了人间之外，藏在这条乱线上。

他用灵肉骨血供着这座墓穴里的枝蔓，再以这共生枝相连，辗转而曲折地供养着现世那个死在他剑下的云骇。

乍一看，他行事谨慎，法阵不易被发现也不易被破坏，细想之下却处处都是漏洞——一来，他该如何确保现世的地底神墓无人闯入？又该如何确保墓里的云骇不会遭遇意外？

二来，眼下是一条不该存在的乱线，他所做的一切都像是浮在云端。一旦这条线被斩断，这个阵局就不复存在，共生枝蔓无阵供养，自然活不下去，那么现世中的云骇也会一并灭亡。

这两者，只要发生其一，于花信而言便是耗尽心力，忙了一场空。而这些问题不难想到，他会容忍这些漏洞存在，不留任何后招吗？不会的……

萧复暄看着穴中的花枝，脸色慢慢沉下来。先前他和乌行雪都以为这条乱线是因封家而起，只因封家家主想要复活一双儿女，在梦中人的指点下，借神木之力横生出这条线，所有因果都尽数归于封家。

可如今再想，恐怕并非如此……否则，世间曾出现的乱线多如牛毛，怎么花信偏偏就挑中了封家这条，将阵局藏于其中？又偏偏是这条被遗漏在数百年的岁月里，没有被斩断。

这么看来，那个指点过封家家主的梦中人是谁，不言而喻。

封家是吸引一切注意力的幌子，花信才是真正想要开这条线的人。他既然指点封家开了这条线，又不希望这条线被有威胁的人发现，比如独立于灵台之外的天宿或是灵王，那他一定会留下一些布置，在这条线被闯入时做点儿什么。

比如，在乌行雪和萧复暄想要追着封家的线索往下查时，将他们扫出这条线。甚至……安排点儿什么，跟着他们出来。

萧复暄想到了乌行雪的雀不落。此时此刻，雀不落的院里就有一个跟在他们后面回来的“方储”。种种猜测纷乱庞杂，从他脑中闪过其实只用了一瞬间。

萧复暄沉思的那一瞬间，穴中的枝蔓突然动了起来——它们就像蛰伏的蛇虫忽然听闻春雷，开始迅速地抽条拔节，紧收的花苞倏然展开，那是最正的一种红，像血一样，妍丽中透着妖异。

民间有种说法：不能让家养的牲畜尝血，一旦尝过了，胃口便野了，再也回不去了。

眼下这些枝蔓便是如此，它们受着灵肉骨血的供养，也已经“野”了，一旦觉察有生人入阵，嗅到鲜活的灵肉骨血，便忍不住想要汲取更多。

枝蔓抽条时，整个阵局开始嗡嗡震动。一股巨大的吸力拔地而起，就连萧复暄这具化身都有灵魄震荡之感，何况是只剩一口残魂的医梧生呢？！

半跪于地的医梧生身形晃了一下，完全抵抗不了阵局的吸力，连跪都跪不住了。

一声轻微的撕裂声响起。萧复暄猝然抬眼！

就见医梧生口鼻上的黑色封布出现了一道裂口，再多等一刻，那封布便会彻底碎裂。一旦碎裂，那口残魂要么会在阵局的作用下被枝蔓吸收，要么会就此消散。无论哪种都再救不回来。

萧复暄当即抬手，指间捏了一道诀横甩过去，想要将那黑色封布稳住。

谁知，就在那道浅淡金光将要触及封布的瞬间，医梧生轻轻地偏了一下头，让开了。

萧复暄正要再捏一道诀，却已经来不及了。那条黑色封布在阵局的狂风巨力中碎裂，露出医梧生久未露出的脸，神情平静温和。看来刚刚那一偏头，确实是他有意为之。

这一举动让人始料未及，萧复暄怔住了：“你……先生来大悲谷不是有所求吗？”

医梧生的残魂战栗不息，两耳嗡鸣不断，但还是模糊听见了这句话。

是啊……来大悲谷时，他确实是有所求的。但他其实一直没有想明白，自己究竟所求何事？是贪恋人间，有憾事未尽，所以想来到一切祸患的根源，做点儿什么，让自己得以活下去？

直到跨进庙宇，落到地底，浑浑噩噩走到这处深穴旁边，医梧生都以为自己是这样想的。

他修为尚可，但没有成仙，还是一介凡人。畏惧死亡，人之常情。

他一直以为，在这份贪恋和畏惧之下，他是想要做点儿什么的。可当他掀开泥石，隐约看见深穴里虬然的枝蔓，嗅到枝蔓下深浓的血味和尘土气时，他忽然静了下来。

那一会儿，他眼前一阵一阵发着黑，体内残魂如风中之烛抖动不息，他其实已经没有精力去思索什么了。但他毕竟仙门出身，见过太多太多阵局，哪怕猜也猜得出来。

他膝下这片处心积虑的巨阵，是为了救活某个人。“活”这个字，太能蛊惑人心了。

他以为自己会在那一刻兴奋起来，或是受到宽慰——看，即便我做点儿什么也无可厚非，我从来都不是第一个，也不是最后一个。可是很奇妙，他在那一刻感到的居然是平静。

他满身死气，半跪在疯长的枝蔓中，如醍醐灌顶——他其实并不想做什么。他好像……从未想要做什么。

他所求的并非改天换命，让自己活得再长久一些，尽管他确实舍不得这个人世间。

他所求的其实就是这一刻而已。他只是想来到这里，来到大悲谷，进入这座理应埋葬着云骇的神庙里，站在可以更改天命的节点上，给自己一个清晰的答案。

他对自己说：就到这里吧，医梧生。

他早逝的爹娘曾经说过，他出生不足半月便能抓物，抓的第一样东西便是一柄木雕的剑。那时候，人人都说他会成为一名以剑入道的大成者，威风凛凛。

四岁那年，他跟着爹娘行经郊野，看见山庙里有流民凄凄哀吟，痛呼不绝。身着素衣之人路过听闻，在那流民额间敲打几下，摸了一粒丹药让人咽下。之后，那哀哀切切的哭声便止了。

他问爹娘那是何人，爹娘说：“兴许是梦都一带的游医。”

自那之后，他便一心想做一个能止哀哭的人。

他十四岁拜入花家，当日便在腰间挂上了药囊，囊中常备各类丹药，以备不时之需。从入门弟子到花家四堂长老之一，至今百余年，那药囊一日不曾离身，也一日不曾空过。

他走过世间许多地方，听过许多哀切哭声，也救过许多人。如今，最后那两粒丹药在大悲谷前散给了百姓。

他的药囊已空，尽过全力，孑然一身轻。

少年时候，他常同花照亭、花照台聊起市井杂闻，聊过诸多关于“起死回生”“从头来过”的传说，最终总会一本正经地下结论说：有悖天理人伦，不可为。

当年花照亭叹笑他像个老先生，花照台则会故意逗他说：“‘小古板’话可不能说得太满，你活气生生的，当然会说不可为，真碰到这种事那就难说了。”逗完她又觉得不吉利，补道：“呸，碰不着。”

这一刻，他终于可以横跨百年回那个小姑娘一句话了。

“吾妻照台……我碰到了咱们常聊的事，幸而能答一句，初心未改。”

那口残魂本就只剩荧荧一点儿，激荡之下碎无可碎。蒙着口鼻的黑色封布碎裂之时，医梧生再不用屏息，叹息似的笑了一声，接着凝起最后一点儿气劲，自己将那残魂震得烟消云散。

那豆荧荧火光，“噗”地灭了。

残魂散开的那一刻，他掌中还攥着萧复暄给他的那张帛纸，传了最后的话。

他说：“我欠天宿你一声多谢。代问另一位好。将来若是有缘再见，应当又是百年……”

即便见了，也认不得了，或许会指着那两位说：“神仙。”这倒也不错。

很久以前，花照台假模假式给他算过命，说他们缘分很深，一世不够，怕是三世都有余。她说下一世要再过上很久很久，兴许数百年，他会投身军帐，成一名行伍之人。

他当时颇不解风情，说：“行伍之人多短命。”

照台拍了他一下，道：“那我也改不了，就祝你碰见贵人吧。”

他想了想道：“行，你先算再下一世。”

照台说：“再下一世……唔，托贵人的福，在你手上做了记号。”托贵人的福，据说他们自小相识，青梅竹马。他们会相濡以沫过一生，乐善好施，行医救人。

他听完，道：“那便说好了，不能反悔。”很早以前，他们就已经说好了一切。

如今该往前了。

他生于清河一百七十七年，却殁于更早的岁宁二十九年，世间罕见。

一生百年，极长也极短，他有诸多憾事未尽，心愿未了，可凡人一生皆如此，无一例外。所以魂散之时，他是带着笑的。

庭有青梧傍井生，朗月照台花照人。他要去赴那个故人之约了。

第 74 章　薛礼

照夜城城西有一座跟周遭格格不入的府宅。

一来这座府宅并不大，相较那些喜欢摆排场的邪魔妖道的府宅，就像是某个刚入照夜城的人修建的。他仿佛料定了自己不会长久窝缩于此，像处临时的落脚地。

其他邪魔的府宅里常有地穴或者水池，用来养一些不可为外人道的东西。要不就有一个偌大的花园，用来埋一些剩物。这座府宅却什么都没有，只有一个不大的庭院，围着几间屋子。

二来照夜城的人喜欢浓重的颜色，放眼望去，到处都是棕黑褐红，起初是为了遮掩血迹，后来慢慢就成了多数邪魔的偏好和习惯。这座府宅却以青色、白色为主，青是玉色的青，白也不是纯白，带着一点儿芙蓉粉调。

这座宅院刚出现时，路过的邪魔不知其来由，还讥嘲调侃道："怎么，这是哪个书生要来咱们这里修书院了吗？门额上居然挂着块儿'礼'字匾额。"

"不一定，没准是哪个大家闺秀，受够了那种虚情假意的没趣日子，决定投身照夜城了呢。"

"我看啊，都未必。这楼阁，还有这对玉雕的守门兽，哎你看，这额心还点着一点儿朱砂呢，又恶心又矫情！"邪魔咽下粗口，道，"怎么看怎么像那帮仙门的做派。"

"多虑了，哪个仙门的疯了来照夜城落脚？"

"说到仙门……"

"唔，不会是……封，新城主吧？"

没多久他们便发现，修这座府宅的还真是他们的新城主——封薛礼。搞得后来很长一段时间，那些邪魔都不敢从这府宅门口经过，生怕被揪进去算账。

照夜城的邪魔们对于城主，总是有点儿怵的，但怵法不大一样。当年乌行雪在的时候，雀不落附近方圆数里都没有人敢落脚。而封薛礼当城主时，他们只是稍稍回避。

只因为在很多人看来，封薛礼这城主之位来得不那么令人服气，坐得也并不稳当。

当年封薛礼刚到照夜城的时候，照夜城正是一片乱象——仙都崩毁尚不足一个月，崩塌时，浓重的仙气自天上流泻人间，而且好死不死的，因为照夜城里邪魔聚集，就像一个巨大的活靶子，那些仙气自然而然地全朝这里涌来。

那些邪魔跟人间的仙门倒是能斗一斗，有些厉害的，碰到独行的小仙也不落下风。但整个仙都的仙气涌过来，就不是他们能承受的了，以致当时照夜城的邪魔活活地受了好一阵子的罪，差点儿以为要就此魂飞魄散，死得干干净净了。还好后来出现了一丝转机，才保住了命。

当时照夜城的邪魔要么躲在地穴，闭关不出，要么元气大损，作不了妖。

封薛礼就是在那个时候出现的，时机不早不晚，刚刚好。据说他来照夜城的时候，两手空空，只带了一个随从。起初还不愿意修筑府宅，就在照夜城随意找了一家客店，一住就是很久。

照夜城的客店能是什么好地方？倘若没点儿能耐，住着住着很可能人就没了，消失得无声无息。

封薛礼刚住进客店，关于他的消息便暗暗传遍了照夜城。

都说城里来了个怪人，长得……说是“大家闺秀”也没错，装扮像仙门，走路姿势、说话神态也像仙门，颇为板正。走在街上，说是出门踏春的书生都有人信。唯一带了几分妖邪气的，就是他左边脖颈一直蔓延到侧脸的纹绣。

照夜城里，吃住赌玩从不用人间银两，金银珠宝对邪魔来说着实没用，远不如修行器物来得划算。封薛礼住客店的时候，偿付住宿费用的是灵石灵器，也是仙门中人的癖好。

据说他那随从掏起灵石来都是一把一把的，那锦袋好比无底洞似的，这就不是普通仙门会有的手笔了。

后来照夜城的邪魔悄悄一打听，才知道他是封家人。封家现任家主封居燕是他姐姐，长老封非是是他哥哥。他是那一辈的幺子。而这个幺子过去极少露面，毫无存在感，几乎不为人知。

照夜城的邪魔们平日里没少跟仙门打交道，越大的仙门仇恨越深，譬如花家、封家，那都是老对头了。就冲这点，他们怎么可能看封薛礼顺眼呢？所以当初封薛礼住在客店时，几乎夜夜遭袭。

整座照夜城里但凡能动的邪魔，都去跟他“打了个招呼”，原本想给他一点儿颜色瞧一瞧，让他吃点儿苦头。谁知去了的人，没有一个落着好的。

于是封薛礼在客店住了一年之久，他自己倒是毫发无损，照夜城的人却个个都添了点儿彩。

邪魔众多的地方，只讲一个道理——谁强谁说了算，谁厉害谁就是城主。

但对封薛礼，大家虽然都在他手下吃了亏，却都有些不服气。因为在这些邪魔看来，自己受了仙都崩毁时的仙气影响，并非最巅峰的时候，只是封薛礼来的时机刚巧，占了个天大的便宜。

为了证明封薛礼占了便宜，有些邪魔隔三岔五就要去找一下茬。他们也不恋战，一见自己占不了上风，扭头就跑。这么来来回回拉扯了小半年，依然没能让封薛礼受一点儿伤。

后来又是半月，他们总算得知封薛礼受伤了！但伤他的不是某个人，而是雀不落的封禁。

也是自那时起，照夜城尽人皆知，封薛礼之所以一直住在客店，不修自己的府宅，是因为想要霸占雀不落。

所有邪魔的注意力都被引到了雀不落上，每天挖空心思地钻研雀不落究竟有何特殊，让封薛礼惦记至此。这么一来，找封薛礼茬的人反而少了。

而封薛礼自那之后就在客店闭了关，养他那只被雀不落封禁斩断的手。等到众人再听闻他的消息，就是修建那座“粉雕玉砌”的临时府宅时了。

那府宅实在小，根本住不了几个人。但对封薛礼这个怪人来说足够了。后来照夜城内追随他的人不算少，却从没有人能在他那座府宅里久留，跟他一块儿住的始终只有那个从封家跟出来的随从。

那随从以一张雷打不动的笑脸闻名，就是如今的“笑狐”。

此时此刻，这对从封家出来的主仆就在“礼”宅的敞屋里。

来过“礼”宅的人都知道，这里真的有一间屋子，没有窗，只摆了一道屏风。屋里整整齐齐地摆着一些桌案和蒲团，乍一看，十分像人间的书院。

不过，如果有仙门中人看见，会发现这布置更像仙门常有的弟子堂。

这会儿“弟子堂”的那些桌案后并不是空的，每个桌案后的蒲团上都坐着一名少年。

这些少年十来岁模样，有着少年人抽条拔节时特有的身形，头发束得高高的，手里都握着一支笔，面前摊着长长的竹简。

他们坐也坐得很不老实，有些支着一条腿，有点儿野；有些虽然老老实实盘着腿，却总爱前后左右晃荡，手里的笔也不好好抓着，像舞剑一样暗暗比画着。

一看就是那种对书本没什么耐心，却痴心于剑术的少年人。

笑狐就站在一边，朝这些少年人瞥了一眼，又立刻收回视线。每到这种时候，他从来都是不敢多看的，因为这些少年人通通没有脸……

这是一种极为诡异的场景：七八个少年人占了“弟子堂”所有的桌案，一举一动都生动至极，与活人无异。但他们确实不是活人，他们都没有脸。

第一次碰到这种场景时，饶是笑狐也吓了一跳。他当时就问了封薛礼：“少爷，这些是……”

当时封薛礼朝那些少年看了一眼，回答道：“弟子堂的布置。”

笑狐听到这句回答，有些毛骨悚然。说花瓶、笔架、屏风之类的是布置摆设还能理解，说那些少年是布置摆设，当真有点儿古怪。笑狐当即又问：“为何都没有脸？”

封薛礼道：“这样就好。”之后，封薛礼聊起了别的，笑狐便没再追问。

直到某一天，笑狐从那些少年中穿行而过时低头多看了几眼，忽然发现那些少年虽然动作各异，有的在埋头看竹简，有的握着笔勾勾画画，有些在拿符纸捏成团，但他们似乎长得一模一样。

虽然没有脸，但从手、发旋、身形能看出来，他们是同一个人。

这么一想，“弟子堂”的场景就更诡异了，以致那段时间，笑狐看着封薛礼，隐隐感觉他有点儿说不上来的疯劲。

可是怎么会呢？笑狐有点儿想不通。他算是跟封薛礼一起长大的，以前的封薛礼明明不是这样。

他是十来岁在街上乞讨时被封家带回去的。听闻封家常会收留一些弃儿，就连家主封殊兰也并非老家主亲生女儿，而是收留的养女。

笑狐刚进封家时，封殊兰已经当了多年家主。

那时候，笑狐听过一些来源不明的传闻，说封家不知是体质有异，还是受过妖邪诅咒，总是难有嫡亲的子嗣。封殊兰则不同，众人皆知，她有三个孩子。

老大名叫封非是，或许他出生时也带着一点儿传闻中的“诅咒”，天生体质不佳，灵魄不稳，不论修什么都有个上限。不过他年纪不大便灵慧过人，人情通达，饱读书卷，所以封家上下都很喜欢他。

老二是个女儿，比封非是小一岁，名叫封居燕，据说极小的时候就能驱动灵剑，根骨奇佳，是个绝好的修行苗子。只是性格又倔又硬，与兄长截然相反。

幺子封薛礼则比他们小得多，封非是十八岁那年，封薛礼刚出生。

据说封薛礼幼儿时就有些怪异，别的孩童时常哭闹，饿了也哭，困了也哭，难受了哭，不见人也哭。但封薛礼极其安静，一天里大多数时候都在睡，总是闭着眼蜷缩在那里，一动不动，连呼吸都近乎无，乍一看甚至分不清他是否活着。那模样吓坏过很多人。

封家人本以为他长大会好一些，但是没有。他三四岁时也依然安静极了，很少说话。向他说什么、问什么，他都只是点头或摇头。有时候发起呆，就像一个空空的躯壳。

他经常一个人蹲在院内的树下，盯着树下的泥土，一看就是一晌午。也不知是在看成串而过的蝼蚁，还是别的什么。

他不喜欢火，不喜欢烧东西的烟味，也不喜欢刀剑相击的声音。有时候看到弟子们拿着剑路过，他就会从树下站起身，“咚咚”地跑进屋里，但又会忍不住探头看一眼那些弟子的背影。

这种脾性习惯，实在不该出生在仙门。

好在封殊兰并没有因此厌弃这个幺子，反而很是溺爱——不喜欢火，就不让他周围出现火；不喜欢刀剑，就不让他练剑。这么大一个门派还养不了一个不懂术法的人吗？

封薛礼似乎很喜欢他那哥哥姐姐，幼年时候就常坐在弟子堂的台阶上，目光一转不转地盯着封非是和封居燕，看他们练体术。一到两人练剑，他又一声不吭地跑了。

封非是和封居燕经常上一刻被那个小东西盯得毛骨悚然，头皮发麻，下一刻又被他扭头就跑的背影弄笑。

不过年龄差距摆在那里，封非是和封居燕又一向刻苦，没什么时间陪着幺弟玩闹。时间久了，多少有些生疏。

封薛礼八岁之后，就不再去弟子堂看兄姐了。他整日待在自己房里，大门不出二门不迈的。

封殊兰怕他闷坏了，一心想找个人陪着他。

笑狐就是那个时候进的封家，他进封家后唯一要做的事，就是陪着封薛礼。

笑狐少时就常被说性格迂执，因此并不讨人喜欢。但这一点在封薛礼面前成了优点。因为性格迂执，所以答应了“陪着封薛礼”，便一刻没有离开过，几乎日日夜夜都在一起。

无论封薛礼要去哪里，无论要做什么，旁边永远都有个他。

如此长年累月下来，哪怕再闷、再内敛的人，也会有变化。所以，封薛礼在笑狐面前说话一日比一日多，从最初的点头、摇头，慢慢变成了应答，再后来偶尔会接话，甚至会主动聊天，也会笑。

在笑狐看来，封薛礼在极长的一段时间里，始终是一副有些文秀的少爷模样。所以，曾经的他从未想过有一天他居然会跟封薛礼一并叛出封家，来到被称为“魔窟”的照夜城，甚至还成了照夜城的新城主。

封薛礼的变化是从何时开始的，他其实记不清了。他只知道封薛礼从小就常爱出神，经常望着某一处半天都不动弹，眸光怔怔的，一眨不眨。一般这种时候笑狐是不会惊扰的，只在旁边守着。但有一次例外。

那次是有人来院里，笑狐便拍了封薛礼一下，叫他回神。那一刻封薛礼猛地一僵，眨了眨眼，转头看向他的时候，眼神十分奇怪……那是一种古井无波的打量，就像一个陌生人在透过那双眼睛看他似的。

那一刻，笑狐心里生出一个古怪的念头——这个人好像不是封薛礼。但很快他就把这念头清出去了，因为下一瞬，封薛礼又变成了他最熟悉的模样，就好像方才的陌生是一种错觉。

再后来，这种情况就频繁许多。

有一次笑狐实在没忍住，问他："少爷，你……是少爷吗？"

封薛礼愣了一下，道："这问题好生古怪。"

笑狐又问："那为何刚刚那样看着我？"

封薛礼想了想，道："我只是胡乱想一些事情，有时反应不过来。我刚刚是如何看你的？会叫人不舒服吗？"

笑狐道："不会。你随意看。"

那次之后，笑狐就不再问了。他这人性格迂执，当年被领进封家时答应了要陪着封薛礼，就会一直陪着，什么都无所谓。

好像就是从那时起，封薛礼的性格越来越古怪，他有时文质彬彬，带着几分腼腆，会被一点儿小事逗得笑起来，有时又透着一点古井无波的高深莫测。

这显得他有些割裂，也有些诡异。

他虽然跟其他人往来不算密切，但时间久了，这种诡异感终究会被觉察。他从小就性格古怪，所以大家只觉得他是越大越古怪了，不做他想，慢慢地便有些怕他，刻意避着他。

封薛礼少时不碰刀剑，后来突然就能碰了，所以剑法和术法倒也没有落下太多，偶尔灵光乍现，那剑术隐隐竟有大成者的风范。

所以封居燕当上家主后，最初是有意让这个幺弟协管弟子堂的。但她和封非是也觉察到了封薛礼的古怪脾性，或许是有所顾虑，又或许是单纯地不喜欢，他们又改了主意。

时间久了，封家上下但凡长眼睛的都能看出来，封居燕和封非是是一道的，封薛礼则游离在外。

在笑狐看来，封薛礼跟他那对兄姐的分裂似乎是注定的，但他没想过会是这样的分道扬镳、背道而驰。他甚至找不出一个爆发点。

二十五年前，因为仙都崩毁，人间仙门也一片混乱，封家自然不能例外。但那些混乱并没有波及封薛礼的那间院子。他如常入睡，却在深夜忽然睁眼。

那一刻，那种高深莫测的感觉格外浓重。笑狐记得他站在窗边，听着封家弟子在院外往来的脚步声，忽然开口道："我要去一个地方，你不用跟。"

那一刻，笑狐其实是有些难受的。他没应答，而是拿起自己常用的那柄弯刀，走到封薛礼面前，沉声道：“少爷去哪儿我去哪儿。”

直到扫翻了一群封家弟子，打破了封家结界，一路御风而行，不知破了多少禁制，引了多少仙门乍动，笑狐才惊觉不对。

但他说过，不论封薛礼变成什么样，不论要去哪儿，他都跟着，决不食言。

一日之后，封家少了个幺子，照夜城多了一个邪魔。

也就是从那天起，那个文质彬彬的少爷再没出现过。无论日夜，笑狐所见的都是那个古井无波的、高深莫测的封薛礼。

自从到了照夜城，封薛礼就越来越不像原本的他了，陌生中还隐隐透着一股平静的疯。比如布置了眼前这座“弟子堂”。

在笑狐记忆里，封薛礼的剑道、术法都是在自己院子里修的，根本没去过几回弟子堂。为何到了照夜城，反而要在府宅里弄间弟子堂出来呢？还有“弟子堂”里这些长得一模一样的少年……乍看起来，就像是在怀念什么似的。

有那么一瞬间，笑狐又生出了那种久违的念头——他感觉眼前这个封薛礼，似乎根本不是他数十年如一日陪着的那个人，好像是一个陌生人，占着封薛礼的躯壳，用封薛礼的眼睛波澜不惊地看着他。

“作何盯着我？”封薛礼忽然平静出声，抬眼看过来。

笑狐猛地回神。他挥去脑中古怪，问封薛礼：“少爷之前让我紧盯着雀不落的动静，如今乌行雪回来了，少爷为何始终没有动作？我再去盯一盯？”

封薛礼走到其中一名少年身边，拍了一下少年的手腕，道：“剑刺出去不能向下撇，抬高。”他说话的语气，就好像那少年是活人一般。那股子疯劲在那一刻最为明显。

笑狐脸色变了变，又敛了下去，垂眸等着回答。

封薛礼调教完少年的动作，才直起身，冲笑狐道：“不用去。”

笑狐一愣：“为何？那雀不落的动静我们岂不是总要落后一步才能知晓？”

封薛礼道：“不会。”他静了静，见那少年又犯了错，再次拍了对方一下。一边耐心地纠正少年的动作，一边回答笑狐说：“那边有人盯着。”

笑狐面露疑惑……还有谁会帮封薛礼盯着？

与此同时，雀不落已近入夜。

安安静静守在卧房外的“方储”忽然动了一下，朝卧房的方向瞥了一眼。或许是逆光的原因，他的眉眼有些模糊，似乎是轻蹙了一下又很快松开。

那个动作快得几乎看不清，乌行雪却看进了眼里。他轻轻地搓着泛青的手指，将寒气缓缓地往里收。

他的注意力都在“方储”那一瞬间的表情上，没有注意到身后入定已久的人忽然动了一下，像是灵识终于归了体。

他指尖的白霜正要融下去，就感觉手指被人握住，萧复暄的声音沉沉响起来：“果然还是冷的。”

第 75 章 推测

乌行雪一怔，心说不好，失算了。他还没开始瞒呢，要瞒的那个人就悄无声息地回来了，抓了他一个现行。

怪就怪院里那个“方储”。早不动，晚不动，一天下来了，偏偏在这个时候有动静，分了他的神。

可真会给我找麻烦。乌行雪朝屋外的“方储”瞥了一眼，在心里记了一笔，然后转回身。

大魔头想瞒的事哪儿能轻易就认了？他冲萧复暄矢口否认道：“哪里冷，我不冷。”然后下意识将手往回抽。

但他没能抽得回来，因为被萧复暄捏住了指尖。乌行雪动作一顿，没再继续抽。

萧复暄垂眸捏着轻捻了几下，撩起眼皮看着他，低声戳穿道：“你的指尖是潮的。”

那是霜化之后的触感，但魔头是不会认的。他回答：“那是汗。”

萧复暄可能也没想到他能说出这种瞎话，默然片刻又戳穿道：“哪儿来的汗？”

魔头：“不好说。”

萧复暄：“……”事实证明，为了瞒住某些事、唬住某些人，魔头什么鬼话都能说，包括装弱、哄人、耍流氓。

萧复暄眯眼看他，半晌没说话，也不知是被气到了，还是服了。对峙好一会儿，他点了一下头，沉声道：“好。”

乌行雪一看这模样，直觉不好。果不其然，下一瞬，天宿气劲就一声不吭地狂涌过来，顺着被他捏住的手指尖就往里钻。

如果说手指上显露的潮气还能狡辩成一点儿残余，那么被气劲探到的就难解释得多。

乌行雪其实想要挡一下。萧复暄去探寻大悲谷的那段时辰里，他一边盯着院里的“方储”，一边运转体内的气劲，摸索出了一点儿新的门道。

所以这会儿，他如果要强行拦住萧复暄涌进来的气劲，其实是可以办到的。但一来，这么一拦适得其反；二来，他看见了萧复暄垂眸时紧蹙的眉头。

他怔了一瞬，将原本祭出来要挡气劲的那些通通撤了。

萧复暄的气劲就像他的剑意一样，冷冽而锋利。单凭这点，也能感受到他因担心而起的一丝不高兴。但涌过要穴时，那股气劲又会蓦地柔和下来。

他极为仔细，几乎是一毫厘一毫厘地探过去。探到某一些地方时，乌行雪能听到他凭借气劲响在身体里的声音，低低沉沉地说："这里是冷的。还有这里。"

起初他的不高兴就摆在眉宇间，十分明显。后来探到的地方越来越多，眉心越拧越紧，那种不高兴反而慢慢消失了，只剩担心。

"乌行雪，为何有这么多处是冷的？"他问。

确实，周身上下又开始滋生寒意的关窍有数十处。唯一值得庆幸的是，虽然那数十处关窍的寒意加在一块儿也够人受的，但探寻时，每一处关窍的寒意还不算浓重。

乌行雪想了想，答道："方储跟我提过，劫期末尾其实会有一些反复。"

都说邪魔劫期的本质就是安抚或镇压那些死在他们手里的命魂。而那些大魔头手上沾染的鲜血太浓，死去的人太多，便会格外难镇压一些，会有反复也着实正常。

"所以可能拖拖拉拉的，但不是什么大事，也不难熬。"乌行雪说。他自认这说法合情合理，解释完萧复暄的眉头就能松开。谁知对方沉沉地道："你当年不是这么说的。"

乌行雪："……"完犊子，忘了这茬。他静了一瞬，轻声答道："我不记得了。"

他半垂眼眸时，眼下会有一道长长的弧影，瞳仁里的光亮就会被遮掩在那抹影子里，看不太清。再加上他眼尾微微下垂，说话的时候常常显出一种无端的孤寂来，引人难过，于是什么步步紧逼的问题就都问不出来了。

乌行雪看了萧复暄一眼，又垂下眼，遗憾道："我想不起来。"

萧复暄："……"

乌行雪见萧复暄不说话了，松一口气。他正要再扯别的，就听见萧复暄的声音又响起来："你说其他邪魔的劫期有多拖拉、多难挨与你无关，你的不会。"

乌行雪："？"

"你的劫期从不反复。"

"……"

"命魂也好，劫数也罢，镇下去就不敢再兴风浪。"

"……"

萧复暄说着这些话时，眉头倒是慢慢松开了，又慢慢变成了面无表情："你当初让我用气劲去探，半分寒气都无。"若不是因对方如今记忆不全，没那么多办法瞒天过海，他还发现不了此事。"所以乌行雪，"他眸光沉沉看着面前的人，道，"你又骗我一回。"

乌行雪万万没想到，那么多年前的旧账天宿都翻出来算。他一时理亏，辩不了什么。

他眯起眼，余光里，萧复暄的颈侧有一道不深不浅的伤口。在不久前，他曾埋首于此，咬着那里，咽下口中的血。

其实他始终觉得邪魔度过劫期的方式混乱而荒唐，也始终不太能接受自己唇间沾染着血，尤其抗拒咽下那些血时本能生起的难耐和满足感。

那份感知会提醒他很多东西……但萧复暄混淆了他的感知。乌行雪眸光迷离了一瞬，然后靠近那处伤口。

萧复暄感觉脉络里的血液朝那处涌去，他半垂的眼眸瞬间变得深浓。

过了片刻，乌行雪抬起头来，唇缝染着殷红的血色。他舔了下唇，将血咽下去，体温便缓缓地升了上来，皮肤上泛起了薄薄的一层颜色，像是映着朦胧灯火的玉石。

他这会儿的声音温温和和的，带着一点儿沙："看，暖和起来了。"

直到这时，萧复暄的心才慢慢落下来一些。他最担心的并非劫期有多久，会不会反复，而是出于一些原因，如此不起效用，只是饮鸩止渴。但看乌行雪眼下的模样，似乎是有用的，起码咽了血就会有变化。

"所以就是劫期反复而已，不是什么大问题，就是有点儿费你的脖子。"乌行雪说着又带了几分说笑之意。只是他似乎还是不喜欢沾血的感觉，话音落下便抿了抿唇，在那个瞬间又下意识轻蹙了一下眉。

那动作极快也极微小，可能他自己都没有觉察到，却被萧复暄看在眼里。

他又说："你先把气劲撤出去，养一养自己的血气。"

萧复暄看了他一会儿。过了片刻，他咕哝道："院里还有人。"

提到院里的人时，萧复暄的眉心蹙了一下。

乌行雪转头朝门外瞥了一眼——那个"方储"似乎也意识到自己突然起身会引人注意，所以起身后并没有朝卧房靠近。而是站了一会儿，松了松筋骨。

这倒是宁怀衫和方储常会做的动作，但这个"方储"做得不太习惯。

一般来说，常年身姿板正的人确实很少如此松筋骨。他就像曾经见过其他人这样，这会儿忽然想起，便学着做了几下。

那个"方储"又朝卧房看了一眼，转身去了别处。看那个方向，他似乎总算想起来，作为“方储”，他应当要去看一看被勒令反省的宁怀衫。

乌行雪怕宁怀衫那个傻子被骗，留了一点儿心眼盯着，才转头问萧复暄：“对了，你见到医梧生了吗？”他以为会听到萧复暄答说“见到了”或是“没有”，萧复暄却没有立刻回答，而是沉默了一瞬。

就是那一瞬间的沉默，让乌行雪敏锐地意识到了什么。他问：“医梧生出什么事了吗？”

萧复暄：“嗯。”他顿了一下，沉声道：“他魂散了。”

乌行雪愣住。过了好一会儿，他才又道：“怎么会？他不是去了大悲谷，没进去吗？”

他忽然发现人真的很奇怪。他当初听见宁怀衫说医梧生可能要去大悲谷时，心里有些说不清楚的遗憾；如今听见萧复暄说医梧生魂散之后，他还是遗憾。

这种感觉他坐在神木树冠上俯瞰人间时从未有过，成仙后总体会其一，成魔后总体会其二。如此至今，才总算体会到了一分所谓复杂的“人之常情”。

萧复暄道：“进了。”他想了想之前医梧生所说的话，又道：“他说自己所求就是走进大悲谷。”

乌行雪点了点头。这个答案在意料之外，又在意料之中。他也曾担忧医梧生真的会做些什么，尽管那只是一条衍生而出的乱线，并非真正的过去。但他确实担忧过。

可担忧归担忧，他总觉得医梧生最终什么也不会做。这大概又是一种奇怪的“人之常情”。

事实证明，果真如此。对方什么也没做，只是平平静静地走向了尽头。

乌行雪又问：“他魂散前有说什么吗？”

萧复暄说：“让我代问你好。”

乌行雪轻轻地“噢”了一声。都说神仙只会悲悯，不会悲伤。都说邪魔从不在意人间的死活。但当他听到医梧生离去，魂散前像寻常故交一样给他留了一句音信时，他确实生出了一丝难过。

乌行雪沉默良久，忽然开口说：“如果神木还在就好了。”

萧复暄一怔：“为何这么说？”

乌行雪答道：“如果神木还在的话，可以把医梧生埋在神木脚下。别的难说，定能保他下一世长命百岁。”可惜。

萧复暄道：“是吗？”

乌行雪笑了一下：“人间说的，传了不知多少代。不过神木本就代表着生死轮回，埋在树根下便沾了机缘。”

萧复暄道："那神木脚下岂非埋遍了人？"

乌行雪摇了一下头。能见到神木的都是新生或将死之人。新生婴孩不记事，见过也不会留有任何印象；将死之人意识迷离，从来都顾不上其他。

从始至终只有一个前世的萧复暄，在自己将死时还背了一个从战场上捡回来的孩子，在得见神木时，认认真真地埋到了神木脚下。

就连当年的白将自己，裸露于荒野的尸骨被人们发现后也送去了京观。所以真正被深埋于树下、埋得位置极正的人，至今也只有那个无名又苦命的孩童而已。

这也算是世间独一份的机缘了，不知那个孩童转世之后过得可好，在如今的乱世中又成了谁？

乌行雪怔然回神，问道："那……有法子将医梧生带回来吗？"他记得之前在大悲谷时，那些被折断肢体塞进童子像、童女像的百姓，是被那些仙门弟子用内藏乾坤的囊袋带回去的。

他说着，眸光朝萧复暄腰间的锦袋瞥了一眼。也不知灵识离体，能不能用得了躯壳上挂着的锦囊。

萧复暄道："有法子，但现在不行。"

乌行雪疑惑道："怎么了？"

萧复暄答道："大悲谷地底有异状。"他将大悲谷地下那个"以命供命"的巨阵告诉了乌行雪。

乌行雪听罢，眉心一皱："你是说，花信借着那条线上的阵给现世里的云骇续着命？一直在供养着他？"

萧复暄："看阵局确实如此。"

乌行雪道："那我们之所以会在封家巨震时被横扫出来，是因为封家的动静惊到了花信？"这猜测跟萧复暄所想八九不离十。由此可见，那条线上要么有花信本人，要么有花信的布置，才能在觉察到他们闯入的时候将他们清扫出来。

乌行雪顺着思路想下去，忽然又朝院里转了头。他目光一转不转地盯着宁怀衫闭门反省的屋子，道："若是照这么说，那个从落花台出来的'方储'岂不就是——"乌行雪回过头来，看着萧复暄，只动了唇，却没有出声："花信本人所化，或是为花信所用的人所化？"

萧复暄沉吟片刻道："也不排除是真方储被占了躯壳。"

乌行雪听到这句，脸色蓦地沉下来。他不得不承认，萧复暄所说的这一点似乎最有可能。

他自己如今想起来的那些片段里，无一例外，都没有出现过花信的身影。

他并不记得花信究竟是一个怎样的人，所有的认知里除了萧复暄告诉他的，剩下的都来自云骇的诘问。

在极为有限的认知里，花信似乎是位典型的“仙”，想必做事也是如此，板正、平静中带着几分严谨。他能把给云骇续命的阵藏在那种地方，应该不至于莽莽撞撞地易容假扮成另一个人。

他应当会考虑到一些情形，比如万一易容被解，会被人核验躯壳等。最稳妥的办法，自然是直接占了原主的躯壳。

乌行雪沉着脸道：“如果当真占了方储的身体，那方储的灵魄……岂不是还徘徊在那条线上？”

萧复暄道：“所以我那抹灵识未收。”他就是考虑到这种可能，所以在医梧生魂散之后，用锦袋将跪化于地的医梧生罩了进去，带出大悲谷。

至于大悲谷地底的那个巨阵以及那些张扬的枝蔓，他并没有斩毁。一来，他担心动了大悲谷的这个巨阵，反而让一些线索变得混乱不堪，或是直接断掉；二来，这个假“方储”就在雀不落，就在乌行雪门外。若是花信安插的人也就罢了，若是花信自己，那便麻烦极了。他不想惊扰对方之后，引得乌行雪孤身犯险。

所以他不动声色地从地底的仙墓里退了出来，只在大悲谷入口的神庙边留了一点儿布置。倘若附近再有动静，他会立刻知晓。

布置好这些之后，他便离开了大悲谷，在过去那条线上探找着方储的灵魄。

听到萧复暄留了灵识在找方储，乌行雪稍稍放下一些心。但他脸色并没有缓和，因为他想到了另一个问题。他问萧复暄：“花信后来常下人间吗？”

萧复暄摇了一下头：“云骇不在后，他几乎没再以真身下过人间。”

乌行雪：“那他应该也没来过雀不落了？”

萧复暄：“他为何要来雀不落？”

乌行雪正要应声，一抬眼，看见天宿面无表情的脸。

乌行雪：“？”他的腿裹在银纹长靴里，束得又长又直，这会儿懒懒地抬了一点儿，磕了一下萧复暄的长靴一侧，道：“这样。”

萧复暄瞥了他那腿一眼，抬了眼皮等着听他的“这样”。

乌行雪说：“一会儿让‘方储’去门外贴个条。”

萧复暄：“符纸？”

乌行雪：“不是，字条。”

萧复暄：“何用？”

“写字。”乌行雪道，“就写……往后但凡有天宿以外的人来雀不落，通通打出去。”

萧复暄眯了一下眼，任由乌行雪眼里一点点浮起笑意。过了片刻才递话，接着先前的事说下去：“他没来过雀不落，然后……？”

乌行雪正了神色道：“他后来很少下人间，应该也没来过照夜城，更没进过雀不落。他专司祈福，监管灵台众仙，同宁怀衫和方储的接触应当很少。”

“很少”都是保守的说辞了，可能根本没打过照面。

萧复暄应道：“嗯。”

乌行雪说：“那就奇了怪了，倘若院里的‘方储’是他，那他从何得知我有这么个下属？照夜城里不让下属进宅院的邪魔应当不少吧，不可能谁都是心腹。他又从何得知他装扮成‘方储’，就能进雀不落的门呢？而且他既然没来过照夜城，也没进过雀不落，那是如何精准找来这里的？”

最奇怪的是，他虽然表现得同方储有些差别，但并非天壤之别，理应是刻意迎合了几分方储的样子。

“如此种种，他不像一个对照夜城和雀不落完全不熟悉的人。”乌行雪道，“恰恰相反，他像是知道一些，而且不是听说，更像是来过，见过。”不仅是对照夜城和雀不落如此，甚至对方储这个人也一样。

他看上去不像是完全不认识方储，随便逮住一个人就占了壳。倒像是知道方储，甚至见过方储，对方储有一些认知，只是这种认知远远称不上熟悉。

萧复暄道：“确实。”他对照夜城的了解其实也很有限，只将雀不落的位置记得清清楚楚。对方储，他不熟悉，但方储毕竟是乌行雪的手下，接触下来，他也知道方储说话、做事大致的样子。

倘若让他来学……不，倘若让他捏一个人来学，能学个六七分像，但绝对到不了十分。这个“方储”表现出来的正是如此。

乌行雪道：“如果他真是花信扮的，花信是如何知道这些的？”他盘算着：“要么是花信占据方储身体的时候，试着探过，问过……”

萧复暄却摇了一下头，沉声道：“光靠探问，容易遗漏太多。”有些事根本想不到去问，遑论一些细节。

乌行雪道：“要么就是花信能通过一些办法，看着，了解照夜城里的人和事。”这个猜想显然更接近一些。只是如果当真如此，会是依靠什么办法？

第76章 旧地

有什么办法能让一个人既可以看着那条乱线上发生的事情，又同时能看着现世发生的事情？乌行雪第一反应便想到了傀儡。

但萧复暄摇了摇头，说：“傀儡要做到如此，极难。”

乌行雪问：“为何？”

萧复暄答道：“傀儡很难做到同知同觉，何况在不同的线上。”

乌行雪想了想，觉得有些道理。毕竟傀儡考究的是操控之术，而操控总是耗费精神的。

要么将注意力放在自己身上，要么放在自己所操控的傀儡身上。长此以往，容易顾此失彼，很难保证自己不会遗漏信息。

当初云骇堕回人间，成为邪魔之后，不就捏了个傀儡，代替自己成了普通百姓吗？时间久了，也没顾得上去管傀儡过得怎么样。

由此可见一斑。这确实不是一个稳妥之法，以花信的性格应当不会用。那么……

乌行雪想起什么似的，又用银靴磕了萧复暄一下：“仙都的人，是不是常常喜欢丢一个躯壳，去人间行走？”

这还是当初他在苍琅北域看见萧复暄的棺椁时，听宁怀衫几个人所提到的。他们还说那是神仙们很喜欢干的事，多分几个躯壳出来也不成问题。

就好比眼前的萧复暄。

然而萧复暄摇了一下头，否认道：“也不会是。”

乌行雪一愣，问道：“这是为何？”

萧复暄道：“比傀儡还不如。”

乌行雪：“？”

萧复暄道：“躯壳再多，也是空空如也，灵魄只有一个。不过是从这个躯壳换至那个躯壳而已，更难兼顾。”

都说成仙之人其实并不在意许多，往往灵魄在哪个躯壳里，便以哪个躯壳为生。这话放在整个仙都都能用，挑不出什么毛病。

乌行雪听他提到灵魄，下意识又追问了一句：“那灵魄能分吗？”问完他便觉得自己说了句傻话。

都说人以灵魄生死轮回，可见其究竟有多重要，说一句此乃人之根本也没错，这种东西哪是说分就能分的？

萧复暄顿了一下。他似乎也没想到乌行雪会冷不丁问“灵魄能分吗”这种问题，表情中有一闪而过的诧异和怔愣。他倒是没有强调灵魄是人和仙的根基，有多么重要云云，而是直接给了结果：“就我所知，极少有人会这么做，但也并非全然不行。”

“灵魄居然可以分吗？”乌行雪轻声应着，低头看了自己一眼。

“看自己做什么？”天宿大人实在没忍住问了一句。

他这一看，其实只是一个下意识的动作，但落到萧复暄眼里，意义就很不一样了——毕竟乌行雪是一个听说灵识可以分时，会说“那给我也分一下”的人。

萧复暄可能生怕他看着看着，来一句“那你帮我把灵魄也分了试试”，立刻沉声补了一句：“那痛苦绝非常人所能承受。”

乌行雪抬起眼，正要张口，萧复暄又道：“仙魔之躯也一样。”

乌行雪又默默把嘴闭上了，挑起了眉。一贯寡言少语的天宿突然这么一句赶着一句，他怎么可能听不出来那点儿弦外之音？他说：“我倒也不至于什么都要试试。”

萧复暄淡声蹦了一句：“难说。”

乌行雪被噎了一下，一时间难以确定堂堂天宿以前是不是见过很多回这样的事，才会这么说。他摸着良心自省了一番，发现自省不出什么名堂，只得讪讪作罢，道：“所以花信也不大可能如此……是吗？”

萧复暄却没有立刻答话。他蹙着眉心，沉思良久，竟然觉得这或许是最为接近事实的猜想。那条乱线和现世如同两个人间，当中横亘着天堑，绝非一招傀儡术或是一些简单办法能够跨越的。

如若花信既想顾着过去那条线，又想顾着现世，长久稳妥、能二者兼顾的办法，似乎只有将灵魄一分为二，一半留在过去，一半留在现世。他原本觉得花信不至于此，但想到那个“以命供命”的大阵，又觉得不无可能。

萧复暄将这话说了。

乌行雪一时间竟无言。他觉得花信这人真是奇怪，能布下“以命供命”的阵局；能心思深重地借封家的手开出一条乱线；甚至能忍受常人难以忍受之苦，将灵魄一剖为二，看着“过去”和“现世”两条线……明明该做的、不该做的都做了，却就是不靠近大悲谷。

“他知道云骇已经死了吗？”乌行雪忽然轻声开口。

萧复暄抬了一下眸，似乎也觉得这问题难说。

“他是知道了但不愿意接受，所以权当不知道，依然固执地继续着他的行事，还是——”乌行雪顿了顿，道，“还是他早有办法，哪怕云骇真的不在了，也能再次强拽回来？”

若是前者，那只能评说一句疯得彻底；若是后者……乌行雪的眉心慢慢蹙了起来：如果是后者，那就确实有些麻烦。

但他总觉得以花信来说，后者的可能性远大于前者。那就意味着除了那个“以命供命”的阵局，花信还有别的路……这路不可能是临时起意，一定是早早就在布置。

乌行雪在心里条分缕析地盘算着："以命供命"的阵局在过去的乱线上，花信留了一半灵魄盯着。觉察到乱线有异动后，那一半灵魄占了方储的躯壳，跟着他们来到了现世，进了雀不落。而他的另一半灵魄始终留在现世，似乎也在时刻关注着照夜城。

乌行雪脑中忽然闪过一个念头："既然熟知照夜城的布局，那多半就是照夜城内的人，毕竟外人，哪怕是仙都难进来。照夜城又皆为邪魔，只有个别例外……"

他现在记忆不全，对照夜城的邪魔也知之甚少。仅有的一点儿认知都是从宁怀衫他们嘴里听来的。即便如此，还是有那么一个人，在照夜城的一众邪魔里显得有些特别。

萧复暄接话道："封薛礼……"

乌行雪："对。"

封薛礼。他刚巧是在二十多年前来的照夜城，那时候仙都尽毁，世间不再有灵台仙首明无花信。一个原本出身仙门的人，成了照夜城城主后，哪怕依然带着几分仙家习惯，在邪魔们看来也不会觉得奇怪或突兀。

最重要的是……封薛礼出身封家，刚好是在过去那条乱线上跟花信有牵扯的封家。

一旦一个点对上了，便处处都能对得上。在乌行雪和萧复暄看来，这答案几乎铁板钉钉。

可如果是封薛礼，那假"方储"为何进雀不落就有待深思了。之前两人以为是他们在封家闹出的动静惊扰到了那条乱线上的花信，花信将他们扫回现世后不放心，所以跟来盯着。

但封薛礼不同，据宁怀衫说，封薛礼觊觎雀不落很久了。

如此一来，这个假"方储"进了雀不落，倒是如愿以偿了一半。剩下那一半，就要看他究竟为何觊觎雀不落了……

乌行雪囫囵扫了一眼偌大的宅院——是这宅院所处的位置特别，在照夜城煞气最重的地方，还是这宅院里有什么特别的东西，惹了花信的注意？

与此同时，过去那条乱线上，萧复暄放出去的探寻符还在四处搜寻方储灵魄的痕迹。

那探寻符搜找得格外仔细，但凡方储经过的地方、留了灵魄气息之处，探寻符都做了标记。那标记显示，方储先在落花山市意外落了单，之后便总晚乌行雪他们一步。

可能坏就坏在宁怀衫当时离开落花山市去封家前，给方储留了标记。因那标记还没被方储注意到时，就可能被那条乱线上的花信注意到了。

总之，方储从落花山市离开后，没有往封家的方向去，而是去了另一个地方。在乱线所处的年代里，方储去的那个地方还状如散沙，有荒野、乱葬坟岗，也有零碎小城。

当时那里还没有名字，也没有人料想到它后来会成为魔窟照夜城。

萧复暄借由探寻符探到那处时，符纸所停留的地方好巧不巧是那里的极南端。对应现世的布局来看，是乌行雪的府宅雀不落所在的位置。

数百年前的这里还是一片荒凉野地，立着一些不知哪个年代留下的残垣，可仔细去看，会发现几分雀不落的影子——因为那片乱石围绕的寒潭，就是如今的雀不落连廊围着的那汪寒潭，寒潭后侧有个尖石林立的矮坡。

如今那矮坡还在，只是石上修造了一栋檐角高飞的小楼，正是宁怀衫闭门反省的那间屋子。

野地中有一口宽而深的废井，石围已经不见了，乍一看就像荒野里的窟窿。如今那窟窿变成了深池，四周堆积着洁白的厚雪，正是吞没过许多小邪魔的血池。

整座雀不落几乎没有改动过分毫，原本的东西都在。可见当年在这里落脚时，乌行雪并没有精心修造府宅的意思，一切都随原样。

只有一处不同：数百年前的这里，没有院里那株华盖亭亭的树。

第 77 章 来客

世间草木千千万，数不胜数，极高、极大者虽然不至于随处可见，但在荒郊野外，或是在照夜城这种地方，一点儿也不稀奇。所以，三百年了，从来没有人觉得雀不落院中这棵参天大树有什么特别之处。

别说其他人了，就连在雀不落住了数十年的人都没觉察到这树有什么不对劲。比如宁怀衫。

宁怀衫这会儿正待在闭门思过的小楼里，揣着袖子隔着门，斜睨着门外的人。他一会儿一道传音，一会儿一道传音，折腾了大半天。直到天色近晚，将将入夜，“方储”才舍得挪一下腿，不紧不慢地走过来看他。

宁怀衫原本心想：可算来了一张能陪聊的嘴，他也不用再在这里自言自语打发时辰了。看在这个分上，他甚至勉强原谅了“方储”之前的不热情。

然而他并没有高兴多久，就被一棍子打回原形。

因为“方储”虽然来看他了，但并不多话。他噼里啪啦说半天，“方储”

才应个一句半句的，肉眼可见的心不在焉，还敷衍！

宁怀衫拉着个驴脸，道：“哎，你不是来看我的吗？你老拿这半边后脑勺对着我算怎么回事？你老往那边看什么，有什么可看的？”

方储倒是也不慌，平静地答道：“那边有城主，你关在房里闭门思过，我自然不能放松，多看一会儿也是应当。”

宁怀衫张口就道：“放屁！糊弄谁呢？你当我傻还是当我瞎？”

方储怔了一下，终于收了片刻目光，朝门内瞥了一眼。尽管隔着一层门，但他好像能看见宁怀衫似的，目光不偏不倚地落在宁怀衫身上。

宁怀衫抬手指着院内道：“露个后脑勺给我，我就看不出来了？你明明是望着那处发呆呢，根本没盯着城主的门，还‘自然不能放松’……”

方储隔着门看了他好一会儿，才又转回去，道：“大差不差，有动静都看得见。”

宁怀衫皱起眉：“你今天说话真是奇怪。”

方储：“哪里奇怪？”

宁怀衫道：“哪里都奇怪……”他透过门缝，漆黑的眼睛忽然半眯起来，一眨不眨地盯着方储看了好一会儿，忽然开口道：“你说实话……”

方储抬眼看向他。

宁怀衫道：“你在落花山市是不是碰到什么了？你一有心事就是这副半死不活的样子。”

方储听到他那句“半死不活”，眸光微微动了一下，但没应声回答，只是又把头转了回去。

宁怀衫顺着他的视线，只看到院里那棵参天高树，没好气地咕哝道：“那树有什么可看的，格外好发呆还是怎么的？”

过了片刻，他听到方储缓声说道：“以前没机会……仔细看。”

宁怀衫嗤笑一声，道：“怎么了你这是？矫情死了。别告诉我是因为二十五年没能回来，这会儿看见院里什么东西都觉得不容易。”

方储又瞥了他一眼，居然应道：“差不离。”

宁怀衫翻了个白眼，但没再嗤嘲。相较他，方储确实心思多一点儿。太多年没能回来，盯着院里的一树一花频频感慨也不奇怪。宁怀衫勉强忍了他的酸气，并附和说：“不过也确实不容易。你看看咱们雀不落外面围着的人，哪个不是巴巴盯着这边？却连棵树都看不清。”

方储不知想到了什么，失笑道：“你这话……”

宁怀衫：“我这话怎么了？有问题？”

方储道：“没有。”他顿了一下，又道：“一点儿也没说错，多少人想看这棵树，一辈子都看不到。”

宁怀衫：“那是！”

众所周知，站在雀不落院外是看不清院里的东西的。哪怕是这棵参天大树，也萦绕在云雾中，从来都看不清。

一时间，就连宁怀衫都沾染了一点儿酸腐气，竟然也觉得这院里的一草一木都值得说道说道。他也看着那巨树发了会儿呆，喃喃道：“说起来，这树好像从来没变过……”

方储没回头，静了一会儿应道：“是吧。”

“它开过花，结过果吗？”宁怀衫突然意识到自己在这宅院里生活了数十年，每日抬头就能看见这棵树，却好像从来没有仔细看过它，以至这会儿努力回想起来，甚至不敢确定这树有没有开过花，有没有落过叶。

他以为是自己粗枝大叶，没注意。谁知他问完之后，却迟迟没有听到方储的回答。

宁怀衫一贯直来直去，立刻道：“你以前有事没事就看着院里发呆，就像现在这样。不会答不上来吧？”

方储：“……”

宁怀衫嘲笑道：“哎，说得跟真的一样，原来同我半斤八两啊！那城主每回说我心眼粗，我可真是冤死了！”在宁怀衫的印象里，这棵树好像是数十年如一日，没有过什么变化。

“应该没开过花，这么大一棵树若是开花，一定很惹眼。”宁怀衫咕哝着，忽然一惊。若是以前，他一定不会多作联想，毕竟区区一棵树而已。

这种参天之木在别处可能还会惹人多看几眼，在照夜城里却一点儿也不稀奇。照夜城里邪魔聚集，那些邪魔的宅院、洞府一个比一个不守城规。

别说是院子里有一棵大树了，甚至有些邪魔的洞府本身就是一棵树——说是受不了地气，放着屋子不住，就地立了一棵树，在枝丫间做个巨大的巢，整日就住在巢里，脚不沾地。

一切怪人怪事在照夜城都会变得稀松平常，没人会觉得一棵树有什么值得深想的。

但如今的宁怀衫不一样。他在封家那座高塔里，见过他家城主身前出现的神木虚影。

有那神木虚影在前，他再看院里这棵树就不一样了，总觉得这棵树跟那棵神木有什么关系。他下意识拱了一下手肘，想跟方储悄悄讨论一下，却一肘子拱在门上：“嘶——”

方储转头看他。

宁怀衫连忙道："没什么，没什么，我走神了。我就是在想啊，你说这树会不会……"

方储静静地听着，似乎对这棵树有着无限耐心。

但宁怀衫话没说完，又自己摇了摇头："应该不是，我乱想的。"封家高塔里出现的神木，仅仅是一道虚影就光华灿烂，叫人全然移不开眼，天然带着一股子说不出的仙气和神性。但院里这棵……唔。

他细想一番，笃定这树确实从来没开过花，也没结过果，甚至没有枯萎落叶的时候。好像无论何时抬头看，它总是那副郁郁葱葱的模样，就像山野里的常青树。数十年，甚至数百年如一日，顶多冬天时会积一些雪。

正因为每次看它都是老样子，才从没有引起过任何惊奇。

他对这树的唯一印象，就是明明华盖如亭却死气沉沉，从来没有鸟雀会落在上面，所以才得名"雀不落"。这模样跟神木虚影相差甚远，完全是两种。

宁怀衫在脑子里胡乱猜测，又胡乱推翻，忽然听见方储道："你这一句话没头没尾的，有什么弄不清的，回头去问城主不就行了？"

宁怀衫下意识道："问城主有什么用？他进了一趟苍琅北域，什么事都忘光了。现在对雀不落还没咱俩熟呢！还问他，说不定他要反过来问咱——""俩"字没出口，他忽然刹住了话音，拢在袖子里的手指猛地一紧！

不对啊！宁怀衫脑中如有雷霆轰落——乌行雪什么都不记得了，这点他跟方储再清楚不过。方储怎么可能会说出"去问城主"这种话？！

他猛地抬了眼，眸光穿过门缝看向外面的人。

那一刻，门外的"方储"也是若有所思。他听见宁怀衫那句"什么事都忘光了。现在对雀不落还没咱俩熟呢"，眼眸极轻地眯了一下。

在他若有所思的时候，照夜城那座"礼"宅的主人忽然有了动静。

封薛礼原本正不紧不慢地在"弟子堂"里点灯，三十多盏精巧的笼烛将弟子堂照得光明彻亮。点到最后一盏灯时，他的动作顿了一下。

下一刻，他直起身朝某个方向望了一眼，提着灯便朝门外走。

笑狐一愣，连忙闪身跟上，问道："少爷，这是？"

封薛礼道："出门。"

笑狐："去哪儿？"

封薛礼："雀不落。"

笑狐一愣，不解道："先前少爷不是说，不用去雀不落，那边自然有人看着？"

封薛礼："是啊。"

笑狐："所以现在是……"

“礼”宅大门在封薛礼脚前无声洞开，他提着灯迈过门槛，一瞬间便融进照夜城的雾里，朝雀不落的方向去了。唯有平静的声音落在笑狐耳里：“正是有人看着，才知道是时候去一趟了。”

萧复暄的躯壳有损，乌行雪劫期未过。雀不落的主人还忘了所有前尘旧事。若是等待时机，还有比这更合适的时机吗？

几乎是眨眼的工夫，照夜城极南处的雀不落门前便多了两道身影，正是封薛礼和追上来的笑狐。

封薛礼抬了一下手指，雀不落的天宿结界便像被什么撞击了一下似的，在金光颤动中发出了宛如击打钟磬的声响。

那声音响了三下，就像有人在彬彬有礼地敲门。

明白的人却知道，倘若这结界不是天宿所立，三声彬彬有礼的“敲击”结束，结界已经破裂了。立结界的人更是会一并受到重创。

不过，没等雀不落里的人有什么反应，雀不落周遭赌坊、酒肆里的人先行遭了殃。

那些人在这三声“敲门声”之下，灵魄就像遽然受到了极重的轰击。几乎所有人都“哗”地吐出一口血。仅仅一瞬间，赌坊、酒肆里的人就少了大半，退避离去。

而雀不落门前的封薛礼依然面容平静，视若无睹。他甚至斯斯文文地抽了一道符，随风送向结界，就像文人墨客去谁府上拜访时，还要递张名帖。

帖上省了姓氏，写着：

听闻城主归来，薛礼特来拜会。

第 78 章 目的

乌行雪问：“谁这时候来？”

萧复暄展开符纸给他看：“封薛礼。”

乌行雪露出了意外之色：“正说着他呢，他居然自己上门了。”他想起方才那“彬彬有礼”的敲击声，问萧复暄：“虽然我记不全了，但是料想照夜城也没有几个拜访时会敲门的魔头。这是花信的习惯？”

萧复暄：“敲门不是。”他抖了抖手里的符纸名帖，淡声道：“这个是。”

乌行雪意外之色更浓，下意识道：“知道得如此清楚，他常去南窗下？”

萧复暄：“？”

天宿难得露出如此困惑又一言难尽的表情，乌行雪有些想笑。但这又不是说笑的时候，连忙哄道："我就随口一问。"

过于随口了。天宿默然片刻，道："满仙都只有一个人拿南窗下当空门自由进出。"

确实，满仙都只有灵王一个人自如出入南窗下，其他人几乎百年都不敢登门一回。

花信当年作为灵台之首，同独立于灵台之外的天宿、灵王的交集只在寥寥可数的几次大事上，确实没有登过南窗下的门。而他跟仙都其他人还是有往来的，只是那些往来中多数带着几分公事公办的疏离和死板，很少出于私交。

花信登门的习惯，萧复暄还是从云骇那里听来的。

当初云骇就抱怨过："明无仙首就连登门造访都一板一眼。每回去我宫府，明明院门大敞毫无阻拦，他就是不进，负手站在门外，让他那几个小老头子似的童子往我宫府里递名帖。"云骇当作闲谈，半是玩笑地比画道："那种人间名帖不知两位大人可曾见过？丝帛或是压着花茎的纸，折上两道，连名带号地写着字，甚至会写上为何造访。那可真是……真是……"他总是做不出评价，说着便摇头笑起来，最后又总会收了笑，长叹一声道："我好歹算是他门下弟子，他却总是端得如此客气。"

当时灵王应道："听闻过几回，倒是没有亲眼见过。不过明无仙首似乎也不常登谁的门。"

云骇听了又高兴起来，端了酒杯冲灵王举了举，一饮而尽："那看来我还是沾了几分弟子光的。"

后来听闻云骇耗费了很久，终于让一板一眼的明无花信改变了一点儿，去云骇宫府时不再递名帖了，但去其他宫府时依然如故。

没想到这么多年过去，这习惯对着其他人半点儿没改。

乌行雪看着萧复暄手里的符纸名帖，说："虽说人间好递名帖的人也不少，但总不至于事事都如此巧。看来之前猜得没错，这个封薛礼十有八九就是被花信占了壳。"想了想，又道："他还真是不加遮掩。"

一般来说，若是不想让人看出躯壳内的灵魂究竟是谁，多少会更改一些行事习惯。但是花信的做法却奇怪又矛盾——那些阵局弯弯绕绕，布置得十分谨慎；但在习惯上又似乎不那么在意。

是笃定萧复暄和乌行雪对他了解太少，认不出来，还是已经无所谓会不会被认出来了？

乌行雪琢磨着，问萧复暄道："如果猜测得对，方储的躯壳里有他一半灵魂，封薛礼的躯壳里有他另一半。放他进门后，那他可就齐全了，倘若真的动起手来，我们的赢面有多大？”

萧复暄道：“他只有一个人。”

乌行雪道：“对，照理说这可是二对一，所以才奇怪。”

世间既然传言说他杀了灵台十二仙，起码说明他在巅峰时期跟花信对上，绝对不落下风。

他这会儿劫期反复，骨子里的彻寒不知为何怎么都根除不了，说不好何时又会反扑。而萧复暄并非本体，又有灵识分在过去那条线上，正找着真正的方储的灵魄。

两人皆有耗损，距离巅峰时期恐怕甚远。但是花信也没好到哪里去。他在仙都覆没时即便没有真的死去，也一定遭了创，又将自己一分为二，给云骇布了个“以命供命”的阵局，照理说损耗应该也很重。

不论怎么算，都是二打一，花信占下风。一个占下风的人，为何会这样堂而皇之地登门呢？

不过眼下不是细想的时候，两人对视一眼，决定开门迎客。只是在萧复暄大开结界时，乌行雪又拽住他，故意拖延。

所谓的拖延其实只有片刻，但这片刻落到有心之人眼里，就是另一番意思了。

笑狐见递出去的名帖迟迟没有回应，压低声音对封薛礼说：“少爷，他们会不会权当没看见，坚决不开结界？”

封薛礼：“不会。”

笑狐：“为何？”

封薛礼平静答道：“堂堂照夜城城主，何种情况之下才会把自己封在结界内，坚决不见外人？”

笑狐瞬间明白：“见不了的时候。”比如状况太差、开结界风险太大的时候。

照夜城一众邪魔不是傻子，如果始终封门不出，大家心里自然明白。那还会让你安安稳稳地待在结界内吗？

笑狐又道：“他们会不会已经开始布置了，就等咱们进府宅当瓮中之鳖？”

封薛礼道：“那也不是坏事。”

笑狐：“为何？”

封薛礼：“需要在这种时候临时做布置来防人，可见状况欠佳。”

笑狐点了点头，恍然大悟。他家少爷自从来到照夜城，便始终如此。透着一股隐隐的疯劲，又事事都古井无波。仿佛这世间从仙都到魔界，他都见识了个遍，再没有什么能惹他惊慌的事情。但他家少爷单论年岁，在仙门子弟中也只能排个中列，也不知从哪里来的气质。

不过他琢磨片刻，又觉得不对：“少爷……可就算宅院里的人状况欠佳，那些防人的布置一旦落下了，对咱们来说还是有些风险的。”

封薛礼道：“换作你，身灵有损之下，所做的布置是护着院子，还是护着自己？”

笑狐：“当然是自己。”

封薛礼：“那便行了。”

笑狐面露疑惑，封薛礼道：“我不是来杀人的。”他并非来杀人的，他只是要借院子里那棵树的力而已。

当年神木封禁之地的一些事被灵王发现之后，禁地里的神木便再无踪迹。

起初他以为是灵王为了杜绝后患，将神木毁了个干净。后来他极尽办法，终于在一次机缘中得知：灵王生于神木，在那种因果牵系之下，是无法毁掉神木的。

所以神木还在，只是被灵王隐匿了起来。

他那时以为神木还在封禁之地，只是灵王用了一些法子，于是再无人能得见。直到很久以后，他顺着种种线索，查到了雀不落院里的那棵巨树。

那棵树看起来实在寻常，除了生在雀不落，几乎再没有第二处特别的。

没有人会把这棵树同神木联系起来。但它真的是神木。

他不知道当年灵王究竟用了什么办法，让神木陷入了三百年的沉睡，像一株普通的参天大树一样抽枝散叶，站在雀不落结界的这片云雾中。

曾经只有新生或濒死之人才能看见的神木，如今只要踏进雀不落的院门，抬眼可见。只是这棵树上已经嗅不出半点儿神性和仙气了，只有鸟雀都不敢落脚的沉沉死气。

他想做的只是让这棵巨树醒过来。

他耗了这么多年，费尽心思，竭尽办法，布置好了所有，只剩最后几步。只要这棵参天巨树能醒过来，只要神木重现于世，剩下的就很容易了。所以他不是来杀人的，他只是要动一下那棵树。仅此而已。

动那棵树最大的阻碍就是灵王本人，而此时的乌行雪记忆全失，将前尘往事忘得干干净净。听那宁怀衫的意思，连院里这棵树是什么来历都记不得了。

当真是天助了他一把。

这念头闪过的那一刻，雀不落四周金光流动，在锵然的回响声中，院门“吱呀”一声，凭空打开，朝来者大敞着。封薛礼抬高手里的灯，照了一眼前路，而后抬脚跨过高高的门槛。

院里的人果真将结界撤去了一瞬，对他们没有丝毫阻拦，以至笑狐跟进门时，心里又忐忑起来。

他心想：之前迟疑半天不开门，能说一句“状况欠佳”，如今毫不设防开门迎客又是怎么个说法？他压低声音叫了一句“少爷”。不过少爷一点儿回应都没有。

封薛礼不是没听见，而是那一瞬间他眯起了眼，没顾得上。因为当他踏进雀不落大门时，终年萦绕的雾气在眼前散开，露出了院中情景。他发现，传说中连廊组成的迷阵都被人撤了，是以他进了门，绕过一扇石屏风，甚至不用多走一步就看到了院落的最中央。

那是那棵参天大树矗立的地方。

原本在卧房里的两个人不知何时站在了院内。乌行雪搂着一个暖手炉站在树边，萧复暄更是直接抱着他的“免”字剑背倚着树干，面无表情地看过来。

那两个人圈围之下，那棵连鸟都不落的大树被防得严严实实。

封薛礼：“……”

第 79 章　枯荣

一瞬间，封薛礼怀疑自己被戏耍了。但凡换一个人，就该指着院子里的场景质问宁怀衫了——这就是你所谓的前尘往事一忘皆空，什么都不记得了？

不过封薛礼没有。

照夜城里但凡跟宁怀衫打过交道的人都知道，这人的性子有些直，想让他不动声色地戏耍别人，着实有些难度。所以封薛礼瞬间便明白，失忆这事应当不假。只是忘了多少事，又想起来多少事便难说了。

乌行雪和萧复暄如今围着这棵树，究竟是因为真的想起来了还是半推半猜的，有待试探。所以封薛礼只怔了一瞬便镇静如常。

他依然是一副彬彬有礼的模样，似乎还守着仙门封家残留的规矩，冲院里的乌行雪颔首，行了个简礼，开口道：“不曾料想，寒冬腊月，城主居然会在院里迎客。”

“院子里景好啊，爱看的人多，这两天照夜城的人净围着我这雀不落打转了，吵得很。”乌行雪着一身素袍，显得清俊高挑，几乎融在景里。他仰头看了一眼高高的树，又瞥向封薛礼，上下打量了一番，道：“你不就是来看景的吗？”

这话直得噎人，听得一旁的笑狐心里咯噔一下！刚进门就这么说话，还怎么继续下去？怕不是要直接开打。

笑狐垂在身侧的手捏紧了弯刀的柄。

但乌行雪说到末尾又弯了一下眼睛，像说了一句玩笑，没有要动手的意思，给笑狐弄蒙了。他用余光瞄了一眼自家少爷，发现封薛礼依然提着灯。烛火都没晃一下，波澜不惊。

封薛礼就像在闲聊一样，对乌行雪说："确实。"

笑狐："……"他扭头看自家少爷，就听对方毫不避讳地说："一座府宅能在无主的境况下自封二十多年，固若金汤，任谁都会心生好奇，想一探究竟。来看景，不奇怪。"

封薛礼说得坦然平淡，仿佛他也同照夜城那些大小魔头一样，并不知晓神木或是什么秘密，只是好奇，只是想趁着城主不在霸占一座宅邸。

这在照夜城，简直太正常了。

他说话天生带着一种安定感，一句再没道理的话，从他口中说出来，都会有种说服力。笑狐听完便觉得"我们来得对"。

封薛礼又说："屋主不在，来了叫闯。屋主既在，便是拜访。我来拜访城主，看景只是顺便。"

乌行雪点了点头，依然弯着眼，道："拜访总要有些交情在先，我似乎……从来没见过你？不过你认人倒是很快，进门就冲我叫'城主'。"

笑狐心里又是一紧。他知道自家少爷在雀不落里安排了眼线，听乌行雪这么说，要么是发现了，要么是揪着这一点在试探。

他又看了少爷一眼。就见封薛礼的目光穿过长廊和树影，落在院中那两个人身上，沉默了一瞬。

那一瞬间，给笑狐一种物是人非的感觉。就好像院中分隔而立的三个人曾经见过，彼此认识，或许还有过瓜葛，如今又成了陌生人，说着平生素未谋面的话语。

不过这感觉转瞬即逝。因为封薛礼开了口，答得依然滴水不漏："恐怕连照夜城外的人都听说过，城主随身从不带剑，虽然不曾谋面，但还是十分好认。"他说着，眸光扫过了抱剑的萧复暄。

照理说，封薛礼凭带不带剑认出乌行雪没什么问题，但他应该没法立刻认出萧复暄。毕竟他过去只是封家一个深居简出的幺子，顶多也就翻阅过仙谱。仙谱上的画跟本人相差甚远，不该认出来。所以封薛礼顿了一下，道："不知这位是……"

他只是顺口提一句，显得自己更加符合"封薛礼"一点儿。自古仙魔相冲，没有哪个仙会承认自己混迹于照夜城。他料想萧复暄会编一个假名，然后这寒暄话语便被揭过了。

谁知抱剑的人抬了抬眼皮，冷声丢出来三个字："萧复暄。"

封薛礼："……"

笑狐："……"

好，这是揭不过了。

笑狐那张数十年没变过的笑脸差点儿当场崩了。

"天宿上仙萧复暄？"他没忍住，低声道，"你……他不是已经死……已经殁了吗？"

天宿看着这边，沉声蹦了一句："传闻已经死了的人多了，能有几句真。"

这话又是何意？

笑狐正欲开口，余光瞥见自家少爷提着的灯火轻晃了一下。他转头看去，就见封薛礼垂眸看向火光，眼神便被掩在了影子里，看不清晰。

笑狐的心莫名又是一跳，他感觉刚刚天宿那句话似乎戳中了自家少爷的心思。从这句话开始，他的一边眼皮突突地跳动起来，不像什么好兆头。

说实话，来雀不落之前，他虽然觉得少爷此行有点儿突然，但他心里是算过的——雀不落里真正需要忌惮的人只有乌行雪一个。宁怀衫也好，方储也好，他都打过交道，知道深浅。如果加上少爷在雀不落布下的"眼线"，他们说不定还能占个上风。

但如今多了个萧复暄……这要怎么打？要不是听话惯了又顾及颜面，笑狐能拽着封薛礼原路退出大门。

但现在这样，退是退不了了……笑狐瞥见自家少爷身形轻动了一下，像是垂着眸，在沉默里极轻地叹了一口气。抬眼时，他不退反进，提着灯抬脚就朝院里走。

"少爷？"笑狐小声叫了一句。

封薛礼丢给他一句："你可以先行回府。"

听到这句话，笑狐真的慌了。他当然不会回府，大步跟上去。

他想问封薛礼究竟想要做什么，但这场合实在不好问，于是他只能紧紧攥住手里的弯刀，以便需要的时候能以最快的速度出手。

邪魔一贯不守常规，但凡换一个人，可能就视长廊如无物，径直横穿过红漆廊柱，一步踏进院中央了。

但封薛礼没有。他看起来不紧不慢的，就像真的只是来访一个故交似的，提着灯踏步上了台阶，又沿着长廊拐过两道折弯。

踏进院中的时候，封薛礼开口道："我心下有些疑问，不知当讲不当讲？"

乌行雪挑眉看过来。

封薛礼道："照夜城人人都对这座府宅满怀好奇，人人都想知晓这处地方究竟有何奥秘，如此绕着这里团团打转，不得其解，整整绕了数十年。如今……”他的目光扫过乌行雪和萧复暄，淡声道：“城主和天宿上仙这样站在院里，就不怕被我看出来这府宅最不能动的东西在哪里吗？”

乌行雪这下真的笑了。笑完，他平平淡淡地说：“你不就是冲着这个来的吗？”他静了一会儿，道：“没说错吧，明无仙首？”

“明无仙首”这四个字落下来的瞬间，偌大的雀不落寂静无声，落针可闻。

笑狐扭头的动作之大，几乎能将脖子当场拗断。他瞪大了眼睛看向自己跟随了近百年的人，脑中惊雷不知劈了多少道。等他回过神来，就听见自己声音颤抖，问道：“谁？”

不仅他，雀不落角落的楼阁里，宁怀衫看出“方储”不对劲儿后，生怕这个“方储”憋了坏，要对乌行雪和萧复暄做点儿什么，正在想办法在不惊动对方的情况下，把假“方储”拖住。

结果刚要动手，就听见雀不落的结界被敲响了，来的不是别人，正是封薛礼！

封薛礼都进雀不落了，他能坐视不理?！于是宁怀衫也顾不上闭门思过了，撤了禁制就冲向院里，结果就听见这么一句“明无仙首”，当场左脚绊右脚，一个踉跄，朝前栽去。

偏偏他冲得太急，不偏不倚栽向的人正是封薛礼。

宁怀衫当场眼一闭心一横，心说与其丢尽老脸，不如假装偷袭！他手指尖迅速聚起青黑之气，准备还了当年封薛礼的一个杀招。但他还是慢了一步——在他出招之前，他眼前已然掠过一片白。

那应该是封薛礼的手掌，要朝他头顶伸来。

那一瞬间似乎被拉得无限长，宁怀衫清晰地感觉到对方手掌碰到他额头的触感。他下意识地周身一绷，准备蓄力迎接当头一击。

却没想到，那只手只是抵了一下他朝前磕的额头。宁怀衫都蒙了。

如果数百年前，王都问天寮的那些差人还活着，看见这一幕一定会觉得似曾相识。当年云骇第一次见到明无花信时就是如此——追着一只松貂穿过回廊，差点儿冲撞了来客，被花信以手掌抵住了额头，挡住了栽倒之势。

同样的朱红廊柱，同样的折道，同样有石台阶连接到院里。只是一晃数百年，故人不再，面目全非。

“封薛礼”抵住宁怀衫的那一瞬，也顿了一下。不知是这场景让他想起了一些陈年旧事，还是仅仅意外于自己的反应。

“封薛礼”垂着眸，道：“传闻仙都崩毁，众仙不再，世上哪里还有什么明无仙首？他不是……死了吗？”说完，他手腕一翻。

宁怀衫额间感觉到掌劲，瞳孔骤缩。下一瞬，背后有一道厉风裹住他，将他从“封薛礼”面前猛地拉离。

等他回过神，他已经落在他家城主和天宿上仙身边了。

“真有你的，让你锁在楼里反省，总想着开门。我准你出来了？”乌行雪看也不看他，轻声说道。

宁怀衫不明就里：“城主这究竟是怎么回事?！封薛礼怎么成明无仙首了?！”他其实更不能明白的是，就算对方真的是明无花信，城主为何要戳穿？就连他发现“方储”不对劲时，都知道不能立马惊动对方，最好挑一个合适的时机杀对方一个措手不及。

他家城主和天宿没道理想不到这一点。

乌行雪自然想到了这一点，但他没有选择那么做，恰恰相反，他和萧复暄每一句都在激“封薛礼”。他们想激得“封薛礼”出手。

如果对方是花信，那他一定耗费了很多年，查了很多事，也做了很多布置，才会借“封薛礼”的壳蛰伏在照夜城，把主意打到雀不落这棵树上。

要动雀不落不是易事，按照常理，他一定会把这件事放在整个局的尾端。所以乌行雪才要去激对方。

他把“明无仙首”这个名号直白地亮出来，就是想告诉“封薛礼”：再掩藏也毫无意义，一旦被确认是明无仙首，整个雀不落一定会严防死守，不会再给可乘之机。

如果要动手，不会有比眼下更好的时机，所以花信今日动也得动，不动也得动。

而花信一动，就必然会牵连出一些线索。他们就能借此知道一些尚未知晓的、不曾想起的，或是被隐瞒的事。

这办法确实有一点儿险，但他能从灵王变成照夜城的魔头，过去应该也没少行过险事。

借着将宁怀衫拉到身边的动作，乌行雪一个侧身，背后空门敞露。那只是一个瞬间，但那一瞬间足够被伺机之人捕捉。

宁怀衫惊呼道：“对了城主！方储他——”话音未落，“方储”已然拔剑而至，直冲乌行雪背后空门。

他并非方储，所以有着远超方储的剑速和威压。那一招快如疾电，但凡没有准备之人，根本反应不及。

乌行雪却在那一刻，背对着剑锋，冲萧复暄眨了一下眼睛。他歪了一下头，用口型道：“该天宿大人救我了。”薄唇刚动，萧复暄已然闪身而至。

独属于天宿的凛冽气息迎面而来，扫过他的时候，萧复暄已经落到了他背后。就听“锵”的一声响，惊天动地。

那是两剑相抵的金石之音。那一声直贯九霄，整个雀不落如被狂风横扫，就连那棵参天巨树上厚积的雪都瞬间一空，被扫上了青天。下一刻，那些雪铺天盖地地落下来，笼罩了整个雀不落。

萧复暄替乌行雪挡招的那一刻，那棵参天大树刚好无人看顾，“封薛礼”就在那一刹那提灯而至——他像一抹混在狂风里的山岚，于漫天的雪末中伸出手，手掌覆于巨树脚下的泥土上。

而另一手提着的灯在那一刻猛然一抖，灯里的火陡然旺盛起来，蹿了数十丈，环绕着他形成了一道火墙，将所有人屏挡在外。

火势之高，映得这半边天都殷红一片。

他在照夜城待了二十五年，环绕着整个雀不落精心布了一个阵。他不知道乌行雪对神木做了什么，才让神木失去了仙气和神性。但他其实也不用知晓得那么清楚，既然失了仙气和神性，那就让它重新拥有。

让一棵树拥有仙气和让一个人拥有仙气本质并无区别，这和“点召”其实是一个道理。

他虽然不是天道，做不了真正的“点召”，但可以做到“近乎点召”。更何况树还是那棵树，骨子里的神性还在，他不需要真正“点召”什么，只要做到“近乎”便足够了。

哪怕一天或是一瞬都行，只要神木存在一瞬，他就能借其力完成所有。

“点召”大阵需要的所有，他早就在这四周布置好了，雀不落周围的赌坊、酒肆、花坊……那些楼阁之下，都是他早早埋好的阵石。

他现在只需要将最后一道符文写在这片泥土上，以血和之，就成了。

他的手指落在泥土上，血淅淅沥沥顺着长指蜿蜒向下，洇进泥土里。划下字的时候，雀不落周遭的阵局嗡然启动，缓缓流转起来。

萧复暄和乌行雪只是要借机试探他布置了哪些东西，并不会当真让他做完所有。所以他们故意露了空门，让了一招之后，便即刻转身。

金光之下，剑招带着萧飒气劲悍然而至，就要将那通天火墙一斩为二——那一瞬间，却出现了一丝变故。

先前他们奇怪过，为何明知是“一对二”的局面，“封薛礼”却敢亲自找上门来？直到这一刻，终于露出缘由。

先前“封薛礼”来雀不落“敲门”的那三声，几乎让整座照夜城的邪魔都听得清清楚楚。

于是城内开始暗流涌动。

新旧城主对峙，大小邪魔自然不会直接掺和，一个个退避三舍，但其实没有一个真正离开了，依然盯着这边的一举一动。因为他们深知，不论封薛礼和乌行雪谁更胜一筹，一场对峙下来，两边都会有所损耗。

谁占上风重要吗？不重要。他们最希望的是两败俱伤，如此一来，他们就能从中分一杯羹了。

一个稍微厉害一点儿的邪魔若是死了，灵肉皮骨必定会被其他人瓜分得干干净净，毕竟那可是大补之物，比没日没夜的修行来得简单多了。

谁不馋呢？更何况如今对峙的是新旧城主，那是两个魔头，若是也能瓜分一下，那简直是天降横福。

对他们来说，无论怎样都能讨到好处，这热闹怎么能不凑？所以赌坊、酒肆里的人虽然空了大半，但浓重的邪魔之气犹如寒夜阴云一般，在城内迅速聚拢。甚至那些在人间作祟的，都得了消息返往照夜城。

这和先前纯粹看热闹时不同，那些大大小小的邪魔都暗地里做起了布置，打算当一回“黄雀”。于是整座照夜城充满了剑拔弩张的气氛。

他们自己或许尚未意识到，但他们确实在不知不觉间跟着封薛礼动了起来，成了暗中的助力。

那些大小邪魔的布置单拎任何一个出来，对乌行雪或是萧复暄来说都起不了大用，有些或许能引起一些麻烦，有些纯属充数。

但当那些各不相同的布置层层叠叠，在雀不落周围越积越多时，那些数以千万计，如云如盖笼罩的邪魔之气就产生了另一种效果——都说仙魔相冲，如此靠着万千人聚集而成的邪魔气，影响了天宿仙气。

这种影响无声无形，天宿本人却最有感受。所以萧复暄在一剑斩上那道火墙时，剑气有一刻的凝滞。

他眉心一紧，脸色倏地冷下来。而就是在那一瞬间，“封薛礼”似乎在泥土上急急划下了最后一笔。

“点召”这棵参天巨树的大阵终于完成，金光自“封薛礼”掌下散出，像流动的水一般顺着泥土和树根蜿蜒向上。

那金光似乎要在树干上流淌成字，却在笔画相接之时，忽然散开。就好像由于某些缘故，这“点召”对它起不了作用。

“封薛礼”轻声自语：“怎会如此……”不应该的。只要这是那棵神木，这阵就能成。可为何成不了？他又加了一道。

巨树战栗之下，笔画依然连不起来，散得干干净净。“点召”依然不能成。

“封薛礼”没有看到，在他背后，火墙之外，乌行雪垂在身侧的一只手忽然蜷了一下。

他低头一看，发现他的两只手腕上都显出了隐隐流动的符文。一只手正流，一只手逆流。而正流的这只手上，出现了跟巨树一样的反应。

萧复暄觉察到了这些。他似乎总能觉察到这些。他转过头，看到乌行雪两手符文的瞬间，眸光一沉，唇上无色。

“这是……”萧复暄低低的声音有些干涩，“分灵？”

“分灵”两个字落进乌行雪耳中时，他脑中忽地一静，仿佛周遭一切都不存在了，他回到了亲手给自己落下这些符文的那一刻。

“封薛礼”百思不得其解：乌行雪究竟做了什么才让神木全然丧失神性仙气，沉睡了整整三百年？

他总在想：这是另一种封禁？是给神木加了什么护罩？

其实两者皆非，而是分灵。乌行雪分了神木的灵，将其生生一分为二。

传说神木总是半枯半荣，半生半死。他从中一剖为二，荣的那一半在雀不落，长成了郁郁葱葱却不落鸟雀的参天大树，至于枯的那一半……则贯穿了苍琅北域三十三层洞天。

就是他最初醒来时站着的那株灰白枯木。

他睁眼的那一天，就像当年在神木上化出人形时一样，站在高高的枝上。只是头顶没有终年不断的落花，脚下也没有人语喧嚣的集市。只有苍琅北域里一望无边的寒潭。

第 80 章 牵连

符文出现，过往的重重迷雾终于被拨开了一点儿。

两手符文流转之时，乌行雪恍然记起分灵那一刻的感觉。萧复暄说得没错，确实是常人难忍、痛不欲生。

不过那种痛之于他，要更特别一点儿——他化生于神木，躯壳里的灵魄为虚，神木之灵才是实。所以分灵之时，那棵终年落花不断的参天巨树依然寂静如昔，所有痛楚都落在他身上。

那是像影子一样的痛，摸不着，碰不到，连缓解都不知从何下手，但又真实地存在。

那是世间独一份的奇怪感受，他身体毫发无伤，躯壳里的灵魄让世间任何一个人来探，都是完好无缺的。可实际上，他真正的灵魄已经随着神木被一分为二，再也没有完整过。

正逆两种符文隐藏在他的身体里，代表着神木的两半，一手是枯，一手是荣。所以当初花家弟子给他贴探魂符，想查他是不是邪魔时，他下意识换过一次手。因为他两只手腕探出来会是不同的结果：一只是常人不该有的枯竭死气，一只是看不出问题的活气。

哪怕他前尘忘尽，不记得这些事了，却也没有伸错过手。每一次将手腕递出去，每一次抓住萧复暄，每一次让萧复暄的气劲顺着指尖涌进来，都是用那只带着活气的手。

而那些气劲游走在他身体里，哪怕经过所有经脉和要穴，也发现不了任何端倪。因为他躯壳里是一副虚的灵魄，无论怎么探，结果都是安然无恙。

萧复暄看着他这两手分灵符文，脸色前所未有地难看："难怪……"

难怪无论怎么做，乌行雪所谓的"劫期"总是不能好转；难怪那些寒意总是像附骨之疽一样驱散不开，刚压下去便又滋生新的，连源头都踅摸不到。

一切皆出于此。乌行雪真正的灵魄早已大损，一分为二。身体里的这一副只是用来哄人的虚影而已。根源不动，对着虚影，不管怎么休养都是徒劳无功。

"你——"他抬眼看向乌行雪，苍白的薄唇动了一下，正要开口，背后忽然传来一道爆裂声响。

萧复暄回头望去，乌行雪也猛地抬眼。

原来封薛礼所布下的"点召"大阵屡次不成后突然显露异状，那些从照夜城四面八方流向雀不落院中的大阵灵气剧烈波动起来，就像是陡然沸腾的水。

参天大树上忽隐忽现的金字顺着树皮的纹路迅速褪下去，褪到虬然的树根处，整片泥土便在花信掌下龟裂开来。

每一道裂纹底下都有呼啸的罡风，像是地底深处的巨龙腾然而上。

那风瞬间缠裹住封薛礼的手掌，以力可拔山之势将他猛地往下一拉——但凡普通的仙门弟子或是普通邪魔，处在这种境况之下，要么会被那道巨力拉扯得粉身碎骨，直接吸卷至地下；要么会在挣脱之时被生生撕断一臂。

但封薛礼都没有。他提着灯的手一转，灯火在杆头划了一道晃眼的圈。光圈所至之处，威压外放，如斩铁利刃，连罡风都生生割开。

那缠住他的罡风骤然一断，他一把收了手掌，像青烟一样瞬间消散在风里。下一刻，他的身影就出现在了院子另一角。

大阵不成就会崩塌消殒，而这动静就是崩塌消殒时的一种反噬。封薛礼身形如烟，避开得恰到好处。

树下的"点召"大阵聚起的澎湃灵力像看不见的海潮，长啸着朝四面八方轰然泄去。那道爆裂之声就是在这时响起的。

乌行雪抬眼便感觉到扑面而来的澎湃之力，下意识就要抬手相击，却感觉自己被人整个护进怀里。

萧复暄的肩背冲着高树和崩塌的大阵，一手护着他，一手握着长剑一转，向身后横斜一挡——“锵！”

金石相撞的尖锐脆响之下，火星自剑刃迸溅而出。那澎湃的灵力就这么被他强挡于剑气之外。飞溅的火星灼热晃眼，乌行雪眯了一下长眸，听见萧复暄干涩的声音沉沉响在耳边。

他说：“乌行雪，你怎么下得了手？”

分灵之痛非常人所能承受，即便是仙，也如同被活撕一般，肝胆俱裂。你怎么下得了手？

“我……”乌行雪张了张口，无言以答。因为他说不出什么来，说不清自己为何如此，为什么走到了给神木“分灵”这一步。

但某一瞬间，也许是因为刚刚那个“点召”大阵多少起了一些效力，他隐约感觉自己脑中闪过了一些事，只是匆忙之下没能捕捉住。

梦铃的作用之下，那些记忆就像被蒙在一片巨大的黑色幕布里。如今因为封薛礼的“点召”大阵对雀不落的这棵巨树有了几分刺激，而这种刺激又落到了他身上。于是，那黑色幕布似乎隐隐要掀开一隅。

乌行雪怔了一下。怔愣之间，他嗅到了一股浓重的血味。

怎么回事？乌行雪眉间一紧，问萧复暄：“谁的血，你的？”

“不是。”萧复暄答。他猛转过身，两人循着血味看去，发现是封薛礼流了血。

封薛礼退至院墙边，依然仰头看着那棵葱郁的巨树。他在掌中迅速划了两道，眼也不眨就将满是血的手掌抬起来，攥成拳，血液顺着拳轮淅淅沥沥在地上滴成了一洼。

他并没有显露太多不甘之色，也没有因为大阵不成，就露出太多狼狈相。他的神情甚至依然是冷静的，只是因为放了一洼血，显得有些苍白无色。

但他的举动透着一股隐而未发的固执。

笑狐方才被澎湃的灵力狠撞了一下，重重砸在院墙上，腹背受力，吐了好大一口血。

他之前因为那句“明无仙首”惶然无措，惊惧不已，甚至连出手都忘了。在这重重一击之下才恍然回神。

他又想起曾经无数次冒出来的那个念头——他陪着长大的那个少爷似乎慢慢消失了，或是隐匿在了这具躯壳的某个角落里，再出不了声。如今这个总是面容沉静却又隐隐透着威压的封薛礼，其实是别的人。

他一直避免去想这个问题，一方面是不愿意接受；另一方面是觉得偌大一个封家，好歹是人间赫赫有名的仙门，封薛礼又是封家幺子，上面有一对当家的兄姐，不管关系亲近与否，应当不会有人如此胆大妄为，在封家眼皮子底下借用幺子的躯壳。

他想不出有谁能做到这种事，可如今，一句“明无仙首”让一切都有了答案。

是啊，如果作祟者并非来自人间，而是比仙门更高的存在呢？如果是明无仙首，想在封家眼皮底下做这种事就没什么难度了。

可普天之下，活人躯壳那么多，堂堂仙首如果要借活人躯壳返魂，为何偏偏挑中了封家这个连门都极少出的幺子呢？是封家有什么特别的，还是这个幺子有什么特别的，连明无花信都要另眼相看？

更何况，那是明无花信啊……那是人间仙门最为推崇的灵台仙首，各处供奉最多的一位仙人。他的画像挂在很多地方，他的神像镇在许多城宅。

曾经，不只百姓，就连仙门子弟也常冲着他发愿。而不论是画像还是神像，他始终半垂着眉目，提着他的仙宝“照世灯”，带着仙山白鹿，平和地看着所有人。好像俗事皆与他无关，世事又都落在他眼里。

那样的人，为何会变成如今这样？

笑狐看着封薛礼的身影，看着他那片从颈侧蔓延到侧脸的纹绣在苍白皮肤的映衬下越发明显，心里不知为何，翻涌着说不出的复杂滋味。

他很难说那是震惊、难以置信，还是其他。但种种心思在看到封薛礼满手是血后，就全都被抛到脑后了。

“明无仙首”也好，他看着长大的少爷也好，笑狐一时间什么都顾不上。他近乎本能地掠到封薛礼身边，张口就叫了一句：“少爷！”他捂着心口，一边攥着弯刀护住封薛礼的背后，一边道：“少爷，你又要做什么？为何要放这么多血？！”

“你退开。”封薛礼没答，只是淡淡说了一句。

“少爷！”

“退开。”

第二次话音沉沉落下时，笑狐已然被一股无形之力撞开，连退数丈。而在他被撞退之时，封薛礼一脚踏在了自己淅淅沥沥滴出来的血洼里。

顷刻间，他足下生出花。长长的枝蔓从血洼里长出，同大悲谷底缠裹着云骇的那些花枝一模一样，也同他颈侧的纹绣图案一模一样。

那些枝蔓如无数条细长的灵蛇，朝前铺散开去，眨眼间就要朝那棵参天大树上攀爬。

涌动的灵力中透着一股不仙不鬼的邪气，顺着枝蔓一路向前，游荡在整个雀不落的院中。

那些枝蔓将土地龟裂之处覆盖得严严实实，将裂缝也拉合起来。而那灵力则让断裂崩毁的“点召”大阵重新联结。

看到这一幕，乌行雪瞬间明白过来——封薛礼确实执着，他居然还想要再试一次。

对封薛礼而言，他并没有看到乌行雪两手浮现又隐去的符文，也从未踏足专囚邪魔的苍琅北域，毕竟那是萧复暄执掌的地盘。

他从没见过那棵贯穿三十三重洞天的枯树，便不可能意识到那棵枯树与雀不落这棵树的关联。所以，他无从知晓神木被分过灵。

在他看来，眼前的巨树就是那株神木，他查过很久，没道理弄错。只要这是神木，他就能成功。

既然一阵不行，那他就再起一阵。他已经耐心地等了这么多年，不该轻而易举就退缩，否则先前的数百年又算什么呢？

他不能退，也没有什么可退的。

记不清是什么时候了，曾经有一个人说过：“不依不饶也不是什么坏事，反正我不觉得是坏事。只是偶尔显得直冒傻气而已。但那又如何呢？我行我的，他说他的，碍不着我。”

说这话的那个人当时不知因为何事有些愤愤，兀自说了好一会儿，忽然话锋一转，问道：“这世上有什么事能让你不依不饶吗？眼下你一定是没有的，不知将来会不会有。我……”说话的人摇头一笑，“哎”了一声，道：“我能有幸得见吗？我可实在好奇。”

当年他没什么可答的，因为那人说得颇有道理，他无从反驳，也无从预见什么。

倒是今日，他能答一句：“如今有了。”可惜，早已无人在等这个答案了。

但那也无妨。不依不饶不就是如此吗？哪怕无人在等，无人在看，他还是要再试一试的。

灵力不够，就再拉一些人。阵不够重，就再添点儿血。

那些花枝修补完大阵之时，照夜城青灰色的天际云霄雷动，那些围聚向雀不落的大小邪魔都在那一刻感觉有风从脸侧扫过，带着不知从哪里来的花木香气。

他们在那股香气里迷茫了一刹那，忽然感觉脚下灵力涌动。

地底下仿佛有一个竹泵，巨大的吸力缠绕上他们的双腿，以致他们动弹不得，只能任由周身的邪魔气劲朝脚底疾速流去，像是被什么人抽了过去。

邪魔们惊疑不定！

“怎么回事？”

“我……我动不了！”

“这是遭算计了？！”

“一定是。”

“谁干的？谁有如此胆量——”

“这还用问？你说还能是谁？”

确实，整座照夜城也找不出第三个人。果不其然，很快他们就发现，身体里疾速流逝的邪魔气都涌向了雀不落。这是被人生生借用了。

借用者不是别人，正是“封薛礼”。他这些年布在照夜城的各种阵局纷纷起了效用，在这一刻帮了他一把。他不论躯壳还是灵魄也都受过创，远非巅峰之态，但靠着这些借来的邪魔气，便能再翻一番。

他并非莽撞之人，还留了后手。如果“点召”大阵今日就是不能成，那他也能借着这些邪魔气扭转阵局，在雀不落这棵参天大树周遭布下一片能容他穿过的禁制。

如此一来，此后若有合适的时机，他依然有办法来到这棵树下。

“封薛礼”如此打算着，长身带风，一步就要踏至巨树跟前。然而他的长靴刚要点地，就感觉迎面横扫过来一道霜冻之息。

那是一种让人闪避不了的寒气，被那股寒气撞上的瞬间，就好像整个人从外到里被冻住了。他能感觉到自己眉上结了霜，不仅如此，就连五脏六腑仿佛都在那一刻裹上了苍白的薄霜。

这种极寒的气劲只有一个人有……不是别人，正是乌行雪。

“封薛礼”猛地刹住，就见乌行雪修长的手指已然到了眼前。那股霜冻之息就是从他的袖间指中流泻而出的。乌行雪长指一屈，“封薛礼”再次化作一缕烟尘，消失于指前。

“以少敌多，明无仙首何必呢？”乌行雪的声音仿佛也带着霜寒气，在扑簌落下的雪雾里显得轻而模糊。

那抹烟尘又瞬间聚于乌行雪身后，速度之快，连眨眼都不及。“封薛礼”手指一拨，提着的灯火便是一个环扫，火光顷刻将乌行雪笼于其中。这时他才开口答道：“未必。”

“什么？”乌行雪一怔。

“未必是以少敌多。”“封薛礼”完完整整地答了一句。

话音落下的瞬间，乌行雪眉心一皱，直觉不太妙。果不其然，他只感觉眼前一晃，无数灯烛在他眼前燃烧起来。他能看到数不清的灯火在风里微微晃着，煌煌火光联结成片，变得模糊至极。

那种体验着实不舒服，就像被灯火晃得失了明，遑论分清东西南北了。

乌行雪能感觉到，封薛礼这一招环扫并非攻击，而是意图将他困在这囹圄之地。灯火笼上来的那一刻，他隐约看见封薛礼的招式冲着萧复暄去了。

乌行雪心头一跳，直觉有些古怪。为何围的是他，攻击的是萧复暄？

他才是在劫期里的那一个，众所周知劫期时邪魔不能大动气劲，说一句“虚弱”也无可反驳。但凡正常人要挑一个对招，也该挑他，而不是挑萧复暄吧？

为何“封薛礼”反其道而行之？除非……除非在“封薛礼”看来，萧复暄此时更受牵制。或者“封薛礼”做了什么，让萧复暄此时更受牵制。

想到这一点，再思及刚刚那句“未必是以少敌多”，乌行雪面色一沉，急于从这囹圄中出去。但他不记得任何破阵之招……

乌行雪眼里时常浮动的笑意此刻一星半点都看不见，微微下垂的眼尾让他显得冷峻异常。

如果不记得破阵之招，那就只能强开了。但“封薛礼”并非寻常之人，他布下的囹圄同萧复暄布下的笼罩着雀不落的结界恐怕相差无几，不是三两招就能冲破的。

而乌行雪身无利刃，两手空空。他垂在身侧的手指轻轻地搓了搓，白霜骤然从指尖结起，朝上蔓延。极寒气劲运转之下，就连呵出来的气似乎都能转瞬成冰。

他两手一绷，浓重如海潮的邪魔气倾泻而出，伴随其的是更为浓重的杀气。

“封薛礼”将雀不落一划为二，把乌行雪和萧复暄分隔开。他借着照夜城万千邪魔气息对天宿的阻碍和影响，与萧复暄斗在一起。

在这种境况下，他身边还有笑狐和“方储”，萧复暄那边却只有一个宁怀衫。倒算是他以多敌少了。

他本以为能借此获得一丝先机，哪怕只有一招的时间，只要让他能够再开一次阵局便足够。很快他就发现自己错了。

听见另一处囹圄崩塌的巨响时，“封薛礼”诧然回头。明明乌行雪记忆全失又尚在劫期，明明劫期中的邪魔动用气劲的限制极多、内损极大，明明那片囹圄应该能困住对方好一阵子，明明……

再多的预设在此时都成了虚影，在那道崩塌声响起时他就该明白，他今日是讨不着丝毫好处了。

其实“封薛礼”的预设并不算错，乌行雪周身的气劲运转起来确实干涩凝滞。而且每运转一周，每落一道杀招在囹圄之上，他就更冷一些。

到最后，他冷得浑身泛疼。但他碰到了一丝转机。就在他冷得几乎再出不了招时，他忽然感觉身体里僵冷凝滞的气劲顺畅地流转起来，仿佛春水在暄和暖风中缓缓解冻。

这就好像一个久病之人忽然自愈一般。

乌行雪顾不上多想，攫取了那点儿凭空生出的暖意，化于周身气劲之中。没过片刻，他的面容便不再那样苍白无色了。

在缓过来的瞬间，他的四道杀招强横地劈落在囹圄四象上。每招落地时，几乎带着九天玄雷之势。

一时间砂石飞溅，地面像是被一把无形的剑分劈，显出数十丈深的地裂！

封禁他的囹圄在那一刻隆隆作响，最后一道杀招落下的瞬间，巨大的裂痕自天贯下，整个囹圄分崩成无数碎片。

囹圄崩裂之时，乌行雪透过裂缝一眼看见了萧复暄。对方一招“免”字剑出手，巨大的金影当空劈落，直奔封薛礼而去，脸色极冷，身上倒是不见有伤。

还好……乌行雪轻轻松了一口气，但很快他又身形一僵。因为他击破囹圄之后，为了去帮萧复暄一把，又一次攫取住身体里莫名滋生的那一点儿暖意，想要再运转一周气劲。

就在那时，他清晰地看见萧复暄剑气凝滞了一瞬，脸色生冷之下不见血气，握剑的那只手从虎口处渗出了血。

那一刻，乌行雪心里忽然闪过一个念头——他方才突如其来的好转并非没有源头，是萧复暄。这个念头冒出来时，他有一刹那的惊疑不定。

于是他又试了一次，借着那暖意再度运转气劲。这次刚一运转他就立刻停下了，因为他发现萧复暄的状态真的在随他而变。

他在逐渐好转，萧复暄脸上的血色却越来越淡。这是……怎么回事？

第 81 章 渊源

乌行雪已经很久没有想到过鹊都了。自从意识到那是一场凭空生造的大梦，他便再也没有回想过任何梦里的细节。

但在这一刻，他忽然想起了曾经在话本上看到的一个故事。

说来也很巧，那话本刚好是他在苍琅北域睁眼前翻看的那一本。那故事是其中之一，明明十分简单，但他当时倚靠在榻边，一手支着头，一手捻着书页，莫名看了好久。

久到连管家都忍不住问他：“是什么故事让您看难过了？”

当时他还怔了一下，回神疑问道："难过？"

管家点了点头，指着自己的眉心说："瞧着是这样，您垂着眼，这里还皱着呢。"

当时的乌行雪恍然失笑，松了眉心道："噢，没有的事。一个小故事而已，又怎么会看得难过呢。"管家面露好奇。

乌行雪索性就同他讲了几句："说是有一位老者，素来喜爱花草，种了满满一院。有一年春初碰见奇景，风和日丽的时候乍起雷霆，不偏不倚地劈在他院里，劈得满地狼藉。老人家心痛不已，觉得费心养护的花花草草必然要变成一片焦灰，活不下来了。谁知那满院的花树还真就活下来一株。活下来的那株花树如期在暮春三月抽枝散芽，但不知是因为那晴天乍起的雷霆还是旁的什么，那株花树开出的花很是奇异。"

管家问："怎么个奇异法？"

当时他"唔"了一声，轻声道："见过并蒂莲吗？照这话本里说的，应当就如那并蒂莲一样，一枝双生……"

管家赞叹道："那可真是世间少见，是天降的奇缘，是好事啊。"

他却静了一会儿，道："难说。"

管家："您为何这么说？"

"因为……"他捻着书页，又不知为何怔了一会儿，才道，"这话本里写着，那一枝双生的花并没有都开得很好。这边生机勃勃时，另一边便带着枯相；这朵好了，那朵就糟了。"

管家有些遗憾道："那确实有些可惜……"

他轻轻地"嗯"了一声，应着管家的话，手指抵着书页又道："还不止，其中一朵颇霸道，总是它开得更好一些。"

管家答道："多汲了养分吧。"

他半垂的眸子眨了一下，又抬眼冲管家道："所以说……这哪里能算是天降的奇缘？恐怕也就那朵占了先的花会这么想，对另一朵来说，怕是孽缘。"

管家也不知该如何应和，这确实是个小故事，两朵花而已，谈不上什么难过不难过的。他瞥了那书册好几眼，奇怪道："这话本……"

"话本怎么了？"

"这话本从哪里来的，好似从未见过。"

梦里的乌行雪当时顿了一下，道："随手拿的。"

管家问："木架上的吗？我昨个儿带人洒扫，似乎没见着。"

他答道："可能搁在一边了。你去忙吧，我再看会儿。"

那就是话本里一个占不了多少篇幅的故事，不甚起眼，乌行雪却在这时忽然想起来。

如果鹊都种种是一场生造的大梦，梦里的一切不可能真的毫无来由，也许那些话本以及话本里的故事都是一些下意识的反应和提醒。

眼下他和萧复暄之间的牵连，让他不由得想起那双生的枝芽。而他就像是那朵占了大半养分的花。

只是这种牵连究竟从何而起？是因为白玉精包裹着神木，就像是一种滋养，由此而生，还是因为萧复暄在他身上留下过什么？

乌行雪很想问个明白，但眼下并不是一个能好好问话的时机。他深深看了萧复暄一眼，转瞬便出手插进了战局。

他们的身躯、灵魄皆有损伤，又有这种此消彼长的牵连，对上“封薛礼”，其实已经算不上“二对一”了。

更何况“封薛礼”这一行带上了几乎整座照夜城的大小邪魔，严格而言，应当反一反，算是以少敌多，“封薛礼”才是多的那一方。

这场战局却并没有陷入胶着，或者说只胶着了很短的一段时间。

神仙也好，邪魔也罢，一瞬的时间对他们而言有时却极长。在须臾里足够发生很多事——诸如乌行雪将要将寒气煞人的手指抵上“封薛礼”的喉咙时，发现对方在命悬一线的那一刻，居然还朝神木看了一眼。

那一眼给乌行雪一种错觉，仿佛只要能换取时机去动神木，“封薛礼”甚至可以生生挨下他这一招。乌行雪的手指在那一刻顿了一下。

“封薛礼”在那顷刻之间隐约听到了一句问话。其实乌行雪并没有真的问出来，但招式的停顿间，“封薛礼”知道乌行雪想说什么。

那恍然听见的，不过是多年前的一句折影而已。他知道乌行雪要说：“我见过太多世人执着于神木，祸人祸己，从没料到你会是其中之一。”

曾经在仙都，明无仙首同灵王和天宿并不算相熟，说过的话寥寥可数。他们三人极为有限的一点儿交集，大概就是那个叫作“云骇”的人了。除此以外，他们连一声客套的“仙友”都称不上。

所以“封薛礼”开口答道：“既然不是‘仙友’，就谈不上‘料到’或是‘没料到’。”

乌行雪听到“封薛礼”依然不见波澜的声音，愣了一下。因为他心中虽然是这么想的，但他并没有把那句话问出口，而对方却像是听见一般回答了。

乌行雪：“你……”

就听见“封薛礼”又道：“这话灵王——”他顿了一下，似乎想要改口为“城主”，但话已至此，索性也就继续往下说了：“你在二十多年前就已经问过了，我不过是再答一回而已。”乌行雪蹙起眉。

“封薛礼”道：“灵王还道，强借神木之力有违世间之理。一事引万事，无辜受牵连者不可估量。”

乌行雪一点儿也不记得了，但这话确实没错。只是从此时的“封薛礼”口中说出来，着实奇怪。因为对方正做着所谓“有违世间之理”的事情，固执得惊人。

“封薛礼”说：“如今灵王若是还想再提，我也依然可以再答一回：我都知道。”

有违常理也好，牵连无辜也好。这些话他全都知道。

怎么会不知道呢？曾经他也说过无数次这样的话，同很多人讲过这样的道理。

灵台的明无仙首，那是世间百姓供奉最多的神仙。他嗅着那些香火，不用细数也知道龛台底下跪过多少人。他有大小神像三万尊，画像更是不可胜数。

他的神像立在无数百姓的屋子里，听过不知多少俗事杂语，所以他比任何人都明白一件事——有些道理知晓归知晓，真要违背，谁都拦不住。正因为明白，所以不会回头。

这样的事，他见得太多了，多到面对任何事他都可以波澜不惊。

他曾经恪守着数不清的道理，从不觉得那些条条框框是什么束缚，因为那都是他所赞同的。他不多插手人间事，在恰当的时候降一些福祉。同样的话不多说，同样的人不多劝，点到即止，事不过三。

这些零零碎碎的事拼合在一起，就是仙都同人间的界限。他一度觉得泾渭分明，很有道理。

他将这些道理讲给很多人听，总是讲得很平静，对方听得进去那是好事，听不进去便迟早会吃些教训，他不多干预。但后来他忽然意识到，世间总有例外。

“世间总有例外”，这话也是一个道理。而如此简单的道理，他居然用了那么久才明白。

再后来，他便有了很多“例外”——同一个道理他不知重复了多少次，冲的还是同一个人，语气也不再平静。

他曾经气到说不出话来，也曾经斥责过一个人，一字一句地问他：“何事可为、何事不可为点得明明白白！你当那只是废纸一张？！”

他对那人说：“世间不讲道理的事浩如烟海，你管了一件，就得管另一件……”

他也说过：“仙凡有别，入了仙都就不能再多插手人间事了。”

他甚至还对那人说过：“迟早有一日……”

“迟早有一日”这种话，在凡间都是说给痛恨的仇者听的。他们从不是仇人，但他居然说过那么重的话，只是为了让对方听进去那些道理。

而如今，那些他一字一句讲过的道理，正一点一点粉碎在他手里。他这些年做下的很多事，都违背了他曾经说过的那些道理。

他见过世间许多人，喜欢在做下一些事之后辩解一句“是我糊涂了”。但他说不出这句话，因为他从来都很清醒。他清醒地看着自己做的每一件事，清醒地数着自己违背的每一条天理，清醒地看着自己布下的那些阵局。

阵局里流淌的血，阵局里牵连的命，他都看着呢。所以百来年了，从没有人能劝他，也没有人能拦他。

只是如今，在同乌行雪和萧复暄交手的刹那，他数百年冷静的清醒中突然生出了一丝不解。于是他在扑面而来的凛冽寒气中看向乌行雪的眼睛，说道：“灵王所见之事绝不比我少，就不曾有一日觉得不公吗？”

乌行雪蹙眉之时，萧复暄的长剑悍然而至！

“封薛礼”急速后掠，动作之快，掀得整座雀不落上雪雾当空。他以灯挡于眉间，而后一个矮身，游龙一般，化为一缕长烟，瞬间融于漫天雪雾。

乌行雪却隐约听到了他的声音。

“封薛礼”模糊的声音散在各处，几乎找不到一个发声点。他说：“是我疏忽，灵王就算所见之事再多，如今也忘了大半。”

乌行雪眸光极静，背与萧复暄相抵，刹那便扫过整个院落。却听“封薛礼”继续道：“这倒也不失为一件好事。否则或许你也会问一句，凭何——”

话音重重落下的时候，那抹烟气已然聚向那棵巨树。但它拢过去的同时，“免”字剑的剑影割破长风，不偏不倚刚好穿过那抹烟。

“少爷！”笑狐扑过去的时候，“封薛礼”显出人形。他一向齐楚的衣衫终于乱了一些，下颏有一道细长的线，血珠就顺着线朝下滑落。

笑狐立于“封薛礼”身边，他们四周环绕着天宿剑气，愣是不可进也不可退。

“封薛礼”抬手抹了下颏的血，依然眉眼不动如山。他在金光剑影里平淡开口道：“曾经有人问过我这样的话，如今巧有机会，我替他问问二位……”

萧复暄手中的长剑锵然楔地，肩背挺拔地挡于乌行雪身前，冷声道：“讲。”

“封薛礼”道：“他说这世间但凡修行之人必有所求，要么求长生，要么求强体，也有大慈大悲者求的是人间太平。他说耗费百年、竭尽全力飞升入了仙都，却忽然什么都不能求了。都说仙凡有别，入了仙都就不能插手太多人间之事。那么当年又何苦修行飞升呢？就为了端坐在龛台上，嗅着人间香火，旁观上百年、上千年而不动吗？倘若如此，仙都的长生与死了又有何分别？这道理若是不对，那违背了此等道理就受天罚的人，该不该问一句凭何？那些因为触犯天规屡屡被贬的仙，执掌的都是凄冷之地。车马匆匆行经，无人停留的大悲谷；坟冢连天，不见活人的京观；只有荒土和幻影，百姓避之不及的不动山；终年雷霆环绕，连仙迹都罕至的雪池……那些地方哪来香火供奉，被贬过去便是等着被打回人间。废仙台就挨着坐春风，灵王亲眼所见一定比我多得多，就没有一刻觉得不公吗？”

更何况还有神木……

“封薛礼”即便再能查，也不可能知道得清清楚楚。但他凭借所知晓的也能猜个一二。灵王同神木因果相连，世人加诸神木之上的种种祸端、层层麻烦，必然让灵王吃了不少苦头。

于是他说：“你平白承受着那些生死恩怨、爱恨情仇，不觉得不公吗？不会问一句凭何吗？”

不过封薛礼没有等乌行雪回答，毕竟一个前尘尽忘的人，恐怕也不会记得那些事，自然也答不出什么来。倒是他自己，在这一声声的问话中已经有了答案。

他觉得灵王应当是有不甘的，也会觉得不公，甚至可能问过“凭何如此”。

他静静道：“想必是有的……否则堂堂灵王又为何会在三百年前从仙都堕回人间，仙气尽丧，成了邪魔。”

这话说出来时，乌行雪的眼眸动了一下。

最后那个字落下时，萧复暄瞬间到了封薛礼面前。剑芒刺出的刹那，他冷冷的声音穿风而过：“你所言之事，同你所做之事有半分关系吗？”

“没有。”“封薛礼”未做任何掩饰，“代问而已。”当年那人问他，他答了许多，天上地下滔滔不绝。而如今，那些曾经回答对方的话已经劝阻不了他自己了。

他只是把这个问题递出去。至于他自己，已经无所谓了，因为他连对错都不在意。

既然总有不公，那就不用再讲什么道理。

“祸及一人是错，祸及百人、千人、万人也是错。都是错，遑论大小。”

这条路他当年踏出了第一步，就只能往前，退也退不回原点了。

“救百人、千人、万人是救，救一人也是救。同样遑论多少。”

倘若这条路成了，他救了自己想救之人，也算得偿所愿；倘若没成，因果报应一并受之，那就是咎由自取。他什么都想到了，也什么都清楚。

“救一人能换得自己一句甘心。”“封薛礼”挑着灯火，抬眸道，“救那百千万人又换了些什么呢？轮回走上一遭，谁都记不得，平白受罪而已。”他说最后几个字时，浓重的邪魔气倾泻而出。

乌行雪和萧复暄攻过去时，“封薛礼”陡然改了路数，居然不避不挡，就要以躯壳当头迎之。两人没有料到他会突然如此，脸色一变，在招式临头之时强收了一点儿攻势。

毕竟那躯壳是封家幺子封薛礼的，严格而论，是平白遭受了牵连。他们若是不收势，而对方又全然不避，那躯壳定然会落得一个粉碎的下场。

但这时收势，也略晚了。

眼看着乌行雪的手指已经触到对方额顶，照常理来说，下一刻对方便会颅骨尽碎，关窍血流如注。躯壳的灵魄也会因此被剥离。

可就在那时，乌行雪忽然感受到一股反推之力，就像有一双无形之手挡在“封薛礼”那具躯壳的命门前，与他对上了掌。

而古怪的是，那股反推之力与他自己的气力一模一样，角度全然相反，就好像有另一个乌行雪护了一下那具躯壳似的。不仅如此，萧复暄的剑招也被那股无形之力拦了一下，以至那具躯壳居然没有受半点儿伤。

怎么回事?！乌行雪心生疑惑，却在嗅到那股护力的气息时明白过来。

那护力的气息他再熟悉不过了，是他自己，或者说是神木的味道。之所以会有这种护力，只有一种可能——这具躯壳受到了神木的祝福和庇佑，这一世应当长命百岁。

这样的人，他只能想到一个……当年被前世的萧复暄埋于神木树下的那个孩子。

变化往往在转瞬之间。

乌行雪来不及细想了，因为“封薛礼”不避不挡，等的就是那个时机——在他和萧复暄强收攻势之下，只要“封薛礼”不死，就能抓住那一瞬的空隙。

事实可证，“封薛礼”抓住了。他挑中这具躯壳就是为了这一点——为了乌行雪和萧复暄杀不了他。如此一来，他便能攫取反杀的机会。

因为神木的关系，“封薛礼”不想对乌行雪祭出杀招。但他又得让那两个人都顾不得他，于是那杀招便直贯向萧复暄。

刹那间，“封薛礼”和“方储”在灵魄共振之下，两边同攻。

威压顿时如群山莽岳，倾轧而来。灯火如炬，一照百里。

赶过来护主的笑狐承受不住，在威压之下霍地跪趴在地。若不是那杀招并非冲他而去，他此时恐怕已经肝胆俱碎，被压成一张薄皮了。

他艰难抬头，就见几乎整个雀不落都陷在“火”里。他甚至听到了宁怀衫的嘶声痛呼，但他什么都看不到。一切都陷落在火里，他一个人也看不见。

那其实有些可惜……

倘若他再向前一点点，或许就能依稀看见他心心念念很久的少爷——那个生来便不喜欢烟味也不喜欢火的，他看着、陪着长大的人的灵魂在躯壳里显露了一瞬。

就在“封薛礼”的杀招贯向萧复暄的时候，那个被侵蚀了很久、几乎再无声息的微弱灵魄忽然挣了出来，极为短暂地占据了躯壳。

或许是这火光和烟味同数百年前荒野上的战场上的有几分相像，让那具微渺的灵魄感到了似曾相识。他看了萧复暄和乌行雪一眼，在自己反应过来之前，将祭出杀招的手收了回来。

凡人一旦入了轮回，就不会记起上一世的事了，除非灵魄脱离躯壳，又碰到临死前所见的场景。所以他应当是记不得的。但或许是因为他的躯壳被旁人所占，他屈居一隅，微弱得近乎要散了，与濒死无异，居然依稀想了起来。

他想起自己为何讨厌火光和烟味了，因为那一世他就蜷缩在那样的战场一角，在堆积如山的尸首边，被焦煳味和血味淹没。

他同那个年代里的许多孤苦孩童一样，在战场上哭着找寻家人，在尸野中逡巡，流浪，最后死在那里。

他就死在那样的战场上。

他原本该被埋在那片荒野，或是同其他尸首一样被聚集，送去某一个全是孤魂的陌生之地。但是都没有。

他在临死前梦见爹娘来接他，下意识伸手抓了一把，抓住了谁的衣摆。于是那人背着一个素不相识的孩童尸体，穿过漫长的寒夜和荒野，将他埋在世间最好的地方。那里有一棵极高的树，一直在落着花。

爹娘说，人要记恩，于是他惦念至今。直到这一刻，终于得偿所愿。

萧复暄在火光中抬了眼，看见“封薛礼”眸光骤散又骤聚，他似乎嗅了一下气息。

那双眼睛仿佛久不曾看过人世了，居然透着几分少年孩童的茫然。他怔了一瞬，猝地收回了祭出杀招的手。

那一刻，那个陌生的封薛礼穿过火光看过来，用极模糊的声音说了一句话：“多谢。”说完那道身影便散了，似乎已经急速退去。

雀不落里的火光在同一时间褪淡，消散。最后一抹猩红隐去时，萧复暄瞥见了一抹白。

他转头朝那抹白色看去，就见雀不落的那棵巨树树根上多了一道长长的裂口，不知是“封薛礼”的阵局所致，还是方才那些杀招引起的。而他瞥见的白色，就在裂口附近。

那是一抹白玉精，顺着树干蜿蜒而上，要去护住裂口。而就在那抹白色仿佛有灵一般去包裹裂口时，他隐约听到了一声极轻的响动。那响动声中透着一点儿喑哑，但他依稀能分辨出来。

那是铃铛的声音。

那是梦铃声响。

第 82 章　伊始

乌行雪低头看去，就见自己腰上坠着的小小铃铛竟然在晃动，仿佛对树根上流淌的白玉精有所感应似的。

那梦铃上的裂痕明明还在，尚未修复，他也没有亲手去摇，但梦铃就是响了。尽管只有很轻的一声，尽管透着喑哑，但它确确实实响了。

乌行雪没弄明白它为何忽然作响，他此刻也顾不上弄明白了。因为在梦铃发出轻响的那一刻，他尘封的记忆骤然松动，数不清的场景和画面纷至沓来。

那些曾经最为熟悉的记忆如海水一样扑过来，他淹没其中，站着，看着，却带着一种恍如隔世的陌生感，就像一个倚坐窗边的闲散之人，翻看着讲别人的话本。

良久之后，他才在涌上来的情绪中慢慢意识到，话本里的人是他自己。

后来的一切是以什么为开始的呢……噢，是了。落花山市。

数百年之前，还是灵王的乌行雪就误入过封家那条乱线。

那天，他在落花山市的封禁之地里看见了数以千计的灵缚，察觉到那些灵缚因萧复暄而聚集，所以他改动了萧复暄的记忆，而后去了封家。

他就是在那里意识到时间不对的。但他没来得及斩断那条线，因为在质询封徽铭之后、他动手之前，他被那条乱线横扫了出来。一并被扫除的，还有他在那条线里的大半记忆。

他忘了自己进过那条乱线，也忘了在封禁之地以及封家见过的所有，甚至连怎么回的仙都，都有些模糊不清。只记得等他回过神的时候，他已经身在坐春风里了。

坐春风跟人间相似，总是过着一样的日子，有着一样的时辰。后来乌行雪对很多事都记不大清了，却总记得那天他回神后的愣怔。

当时坐春风外的天色有微微的亮意，那种干净如水的青蓝从乌色的天边透出来。那时候已经是暮春了，扫过宽大窗棂的风却依然带着凉寒。

乌行雪盯着那抹青蓝色好一会儿，又垂眸看着支着头的手，半晌才回过头，眸光扫过整间屋子。

小童子里算作哥哥的那个正巧跨过门槛进来，手上装模作样搭着个拂尘。那拂尘洁白的尘束快有他半人长了，就显得他格外小。

小童子一进屋就道：“大人！大人！你可算有动静了，我们以为你碰着什么事了，回来后就一言不发坐在窗边。”他说着，注意到自家大人神色不对，疑惑道：“大人……你看什么呢？这屋里怎么啦？”

他跟着乌行雪扫视了一圈屋内，没觉察有什么不对，只看到墙边有他们两个小童子漏扫的松子壳。他默默挪了几小步，挡在松子壳前，把拂尘背到身后抖了一下，悄悄地把松子壳清了。

那点儿小动作其实全落在乌行雪眼里，若是放在平日，他定然觉得好笑，借机逗这小不点儿几句。但这会儿他全无心思，轻蹙着眉，问小童子：“我在这坐了多久了？”

小童子道：“唔……两个时辰吧，也快一夜了。”

乌行雪轻声重复：“一夜？”

小童子不明所以，点头道：“对啊。”

乌行雪：“所以我昨夜就回来了？”

小童子眨巴眨巴眼：“是啊。”

乌行雪沉默下来，眉心却依然不见松。

小童子很少见到他家大人如此表情，问道：“大人，你怎么啦？”

乌行雪没有立刻回答。他其实也说不清是怎么回事，只是觉得自己似乎漏掉了什么事，以至于眼前的一切都显得有些恍惚，不那么真实。

他自己的腰间挂着梦铃，给别人造过一场又一场的梦，对这种陡然间的恍惚便格外敏感。

但他又知道应该不是梦，毕竟这世间能给他造梦的，除了他自己，应该很难找出第二个人了。

窗台上有浅绯色的落英，小小的，积攒成了一堆。乌行雪用手指拨了拨花瓣，又轻轻捻了一下。花瓣的触感微微凉，但真实至极。

他看着花瓣，缓声问小童子：“我是哪天出门的，又是哪天回来的，回来后又发生了什么，你还记得吗？”

小童子点了点头：“记得啊。”

乌行雪：“那你说说看。”

小童子蒙了。他们兄弟两个跟着灵王久了，便不那么怕了，有话也直说。于是他直言道：“大人，你是嫌屋里太静了让我解闷吗？还是怕我变笨了，时不时要考我记不记得往事？”

乌行雪终于失笑，轻蹙的眉心松了一些，半真半假道："对，考你呢。快说，说错了要罚的。"

小童子委委屈屈地"噢"了一声，站直了开始背："大人是前日接了天诏出门的——"

乌行雪道："前日哪个时辰？"

小童子就像背不出书的学徒，翻着眼珠使劲想了一会儿，含含糊糊地道："应当是……应当是未时吧。"

乌行雪点头："差不多，继续。"

小童子道："大人前日未时接了天诏要出门，说这次事情有些麻烦，不肯带上我们……"小不点儿说着、说着，有了情绪，强调道："看着我们满地打滚也不肯带。"

这话其实没错，乌行雪听他说着，脑中便有那两个小童子抱着梁柱撒泼的画面。

他们确实闹着要跟，他也确实没带。因为他这回接的天诏只看一眼就知道十分烦琐，涉及的百姓不少。但凡人名一多，地点一多，必然不是斩断一条线、两条线就行的。

尤其是其中还涉及了孩童。

每到这种时候，他便不会带上身边这两个小童子。

一来，往来于不同的乱线其实损耗很大，即便乌行雪自己都常有不适，需要休养调整，更何况这两个小童子呢。

二来，他怕那两个小童子看到一些孩童的经历，会想起他们当初在荒野飘零的日子。

三来，满仙都的童子、仙使大都不是真正的人，唯独他身边这两个例外。这两个小童子在很久以前曾是活生生的人，既然是人，便有心，有情。他不太想在这两个小童子面前清理那些乱线里不该存在的人。

人间的孩童就应当含着松子糖，提着上元灯，扁扁嘴，逗逗趣，而不是去习惯生死杀伐。

小童子不知自家大人用心良苦，委屈完又道："后来大人就头也不回地走了，留下我们两个看屋子。"

乌行雪："然后呢？"

小童子说："然后大人还不过瘾，非要戏耍我们。"

乌行雪挑眉："有吗？"

小童子道："有啊！"

乌行雪洗耳恭听，小童子掰着手指头，道："大人走了没多久，日头刚要往西落，应当是刚到酉时，我们两个就接到了一封传书。”

哪怕乌行雪在乱线里耗费的时间再久，对其他人来说，也不过是眨眼之间，至多不过几个时辰而已。

小童子所说的酉时，正是他处理完天诏所说的那些事，刚到落花山市的时候。

山市热闹，稀奇古怪的小玩意儿多。每次到了那里，或是去人间其他有意思的地方，乌行雪都会丢一封传书，把那两个小童子召下来。嘴上说的是懒得拿剑，让他们帮忙抱着，做些杂事。其实是带他们四处走一走，游历一番。

每次这两个小童子都盼着传书，接到了自然很高兴，不过这回稍有些例外。

小童子说：“大人在传书里说，你到落花山市了，召我们两个下去。结果……”他重声说：“我们都要动身了，又收到大人的另一封传书，说山市今日有些混乱，一家胭脂铺子不知怎么翻了一辆推车，弄得满山道都是脂粉味，我俩会打喷嚏，就别去了吧，下回再说。”

小童子说完气哼哼地睨着乌行雪，乌行雪看他那模样，有些好笑。但那封出尔反尔的混账传书确实是他写的。

传书里的内容倒也不是瞎编，落花山市上一家胭脂铺子的一辆推车被撞翻了。眼下说起这件事，乌行雪还仿佛能闻见那股随风而走的脂粉味，浓得呛人。

不过他改主意并不是真的因为那一车胭脂，而是因为他刚到落花山市就见到了萧复暄。

说来有些奇妙，明明他和萧复暄在仙都时常在一块儿，明明去对方的宫府连门都不必敲，穿行自如，明明再熟悉不过，但在人间忽然见到对方，还是会觉惊喜。

那天傍晚，落花山市上了灯。那些灯连成长长一串，纸皮上绘的花在风里转着，煌煌成片。他隔着灯火，在山市的人潮中看见萧复暄。

穿梭乱线，清理、斩杀所带来的那些沉郁和困顿在那一刻消散不见。他抓着剑，冲萧复暄笑起来。

有那么一瞬间，乌行雪心里生出一个奇怪的念头。他忽然觉得……他和萧复暄之间的初见就应该是这样——在热闹的人间，在落花台下的山市里，在往来的人潮和灯影中蓦然相遇。

而不是在空寥的仙都。

乌行雪逆着行人，正要抬步，就见萧复暄已经走过来。他抬起的眼里映着灯火的光亮，问道：“天宿大人不是承了天诏去瑰洲，怎么偷偷来了这里？”

萧复暄看着他，道："等人。"

乌行雪的眼睛便弯了起来。但他佯装在人群里找寻一番，道："噢，等的是哪位佳人，我要暂避一下吗？"

萧复暄有些无奈地看着他："乌行雪。"他平日常叫"灵王大人"，带着几分故意。"乌行雪"这个名字他叫过几次，都是在私下，以至乌行雪听到这个名字从萧复暄口中叫出来，就下意识想起那些瞬间。

乌行雪舔了一下唇，不再扯什么"佳人"之类的，直言道："所以你是在等我，我召一回小童子还知道要传封书呢，你连个话音都不传，就这么干等？"

萧复暄："你不是也接了天诏？传音你未必能收到。"

当时的乌行雪被山市的光迷了眼，没有多想。很久以后再想起这句话时，他才忽然意识到，那时候萧复暄应该就知道他接了天诏，做了什么。否则不会那样回答。

那时候他听到萧复暄这句话，只是逗弄道："我又不住在这儿，办完事也常会去其他地方。倘若我这次去了别处，或者已经回仙都了，那你岂不是白等一场？"

萧复暄道："那就再一纸传音抓你过来。"

乌行雪用剑柄戳了他的腰肌一下："堂堂灵王，你用'抓'的？"

萧复暄垂眸想了想，改口道："捉。"

灵王抬脚就要冲他去，就见萧复暄似乎是半眯着长眸，带了点儿笑意，在银靴落下之时已然瞬移到了一步之外。

乌行雪就是在那个时候改了主意，两指一搓传书去了仙都，让那两个小童子别来了。他其实一直觉得自己和萧复暄的相处方式有些奇怪，不像那些结伴修行的仙友。

他见过很多修行的仙友，亲近中总带着几分刻板的疏离。

他和萧复暄并非如此。他们常在一起，但并不一直在一起。他接了天诏依然秘密下人间，萧复暄也依然独自斩邪魔。天诏并不互通，他们各办各事，各司其职。

在不熟悉的第三人看来，称一句"仙友"也不成问题。可是在旁杂人不常得见的私下，他们亲近至极。

乌行雪化生于神木，所知、所见、所觉都来自作为神木时聆听的那些。所以他对聚合离散、生死悲欢感受良多，却对世间繁杂多变的感情捉摸不透，那确实太难琢磨了。

他无所参照，一切随性，皆凭本能。直到在落花山市的那一夜，他与萧复暄在人语中和灯火里全无相约，忽然遇见，他才后知后觉地意识到……

之所以同仙友不一样，是因为他们总会欣喜。

堂堂灵王、堂堂天宿，真是稀奇。乌行雪给那两个小童子传第二封书时，心里便是这样自嘲的。

但当他传走书信抬起头，发现萧复暄在一步之外的地方回头等着他时，他又觉得稀奇便稀奇吧。

萧复暄的声音低低传来，问他：“忽然笑什么？”

他说：“没什么，只是觉得……这落花山市真是处好地方。”

萧复暄道：“这话你说过很多回。”

乌行雪在灯里笑着：“所以也不多这一回。”

他们沿着人潮和花灯信步而行时，乌行雪道：“不知人间这种集市能延续多少年，凡人一生不过数十年，落花山市自出现到如今早已过了百年，着实让人意外。”

萧复暄道：“新人总会来。”

乌行雪点头说：“也是，一生虽短，但这山市声名远播，总有新人来。说不定再延续数百年也不成问题。”

萧复暄“嗯”了一声，应着话，过了片刻道：“这么喜欢这里，是因为生在这里吗？”

乌行雪拖着调子道：“不全是，其中也有天宿大人一份功劳。”

萧复暄的脚步一顿。“我？”他想不出根由，问道，“什么功劳？”

乌行雪抬眸朝蜿蜒至远处的灯火长线看了一眼。他步子没停，比萧复暄领先了一步，而后转过身。他背对着人潮和灯火，将手里镂着银丝的剑挽了一圈，复扣于腰间，身形挺拔、英姿飒爽。他抬眼笑着，歪了一下头，答道：“陪我来的功劳。”没等萧复暄开口，他又道：“敢问天宿，倘若再过上一百年、三百年，甚至更久，我要来这落花山市走一走，你还奉陪吗？”

萧复暄看着他，片刻之后走上前来，眸光扫过乌行雪的鼻下，道：“记住了。”

乌行雪看着他走近，道：“我问你奉不奉陪，你答记住了是何意？记住什么了？”

萧复暄捏住了他另一只手里把玩的银丝面具，道：“记住要找你兑现。君子一言，一百年、三百年乃至更久也不能反悔。”他说完，抬起那银丝面具挡了一下灯火。

那两个不懂事的小童子就是在那时候回的书信。其实萧复暄走过来时就在两人周围圈了一道结界。小童子的书信“砰”地撞在结界上，让萧复暄也半抬了眼。

“谁的传书？”天宿的表情一言难尽，看得乌行雪笑起来。

他一把将那传书薅进来，道：“还能有谁？我那两个傻童子。”

天宿道：“要紧事？”

当然不是要紧事，而是那两个小童子都预备要出门了，又被自家大人堵回去，心有不甘，传书撒泼呢。要是如实回答，恐怕天宿大人要记他俩一笔。于是乌行雪帮那两个傻小子掩饰道：“唔，算是吧。”

答完他就生出了几分悔意，因为天宿一听是“要紧事”，倒也没耽搁，手指一动就把结界给撤了。

乌行雪：“……”天宿记没记账他不知道，反正他是记了那两个小童子一笔。

眼下回到了坐春风，小童子还有脸提，愤愤地道：“我们回了书信给大人，大人还不搭理我们。”

乌行雪干笑一声，心说哪来的心思答应你们，不打你们一顿就不错了。

小童子道：“所以后来大人在落花山市又做了什么，我就不知道了。反正应该是同天宿大人在一块儿吧，在落花山市待了一夜。”

乌行雪眨了眨眼：“等会儿，你怎么知道还有天宿？”

小童子认真答道：“噢，夜半时分，天宿大人来了一封书。”

乌行雪：“说了什么？”

小童子面露担忧之色：“天宿说大人周身发寒，问我们以前可有过此类情况。”他说着，把拂尘挂在脖子上，伸手在袖袋里掏了好一会儿，掏出一张符纸似的传书，递给乌行雪。

乌行雪看了，发现确实是萧复暄的传信，内容也确实与小童子所说的一模一样。

其实乌行雪对在落花山市的记忆最不确定的，就是夜里那一段。在他如今的记忆里，入夜之后他周身的寒气确实变重了，让萧复暄好一顿忧心。

那种浑身发寒、筋骨透着撕裂痛意的情况并非第一次。准确而言，他每一次穿梭于乱线之中，斩断那些不该存在的“过去”，再回到现世时，都会经历一番。

那大概是身为灵王天然要背负的痛楚，他经历了太多次，早就习惯了。那种冷痛常发于深夜，有时轻一些，他便像没事人一般忍着，不会被人觉察到那点儿不适。

有时则会重一些，那就不是单纯靠忍能挨过去的了，但他依然能控制着不在人前显露，等回了坐春风再调养。

这回大概是天诏让他处理的乱线太多、太麻烦，着实耗费了他不少心神，所以那种冷痛简直来势汹汹，便让萧复暄探到了，担心不已。

当时萧复暄眉心皱得极紧，问他这是怎么回事。其实乌行雪说不明白，也无从说起，只好道："可能之前办事的时候有些损耗，休养一下就好了。"

鉴于他常糊弄人，萧复暄许是没全信，便传了书信去问他那两个好骗的小童子。

好在这次乌行雪没说假话，小童子也没胡乱卖主。他们给萧复暄的回书同自家大人的说法差不多，回的是："以前大人办完事回来也会这样，总是没两天就好了。"

萧复暄又传书去问："如何好的？可有用丹药，或是旁的什么？"

小童子回信道："都不曾。大人每回都是静坐一两日，自然而然就好了。"

于是萧复暄也挑不出毛病，只能在乌行雪静坐休养时在一旁看护着。

乌行雪静坐时五感几乎是闭合的，感知不到周遭的事情，所以那一段记忆也十分模糊不清，就像身处在混沌之中。

那种混沌之感一直延续到第二日，他离开落花山市，回到仙都的坐春风。可能正因如此，他才总觉得自己漏了什么东西，或是遗失了某段记忆。

小童子说："大人是昨夜戌时回来的，一个人。"他强调了一下。

乌行雪听他这语气有些好笑，便道："一个人怎么了？"

小童子说："我们本以为，大人身体有所损耗的情形下，天宿大人定会把大人安稳送到坐春风再离开呢。"

乌行雪的记忆也模糊不清，但隐约记得缘由："他中途有事被遣走了。况且我调养一夜，已经好了。"

"我知道，大人昨夜回来时也是这么说的。"小童子道。其实那种一纸天诏将人遣走的事常有，他家大人也常碰上。何况人间的邪魔这些年猖獗起来，天宿事多也是正常。

他就是胡乱担心而已。

"不过昨夜天宿虽然不在，但大人身上有一道护印，应当是天宿大人留的。"小童子道，"一直到大人进了坐春风，护印才散。"

有护印在，倒是与亲身在侧没什么区别。

"看在这护印的分上，就不扣天宿大人存在这儿的酒了。"小童子咕哝了一声。

"这时候倒是知道护主。"乌行雪没好气道，"平日里卖我的时候也没见你们如此愤然。"

小童子挠了挠头，一脸讪讪。

乌行雪又道："再之后呢？"

"再之后？唔……大人你回来之后又静坐调养了一会儿，便支着头小憩了片刻。"小童子说，"再睁眼就是刚刚了。"

小童子这么一溜说下来，同乌行雪的记忆没什么差别。往来的传书又能做证，将前后都串联了起来，好像他在落花山市这一晚的经历确实如此，没什么问题。

乌行雪又兀自坐了好一会儿，方才对小童子说："好吧，可能是我睡糊涂了。"

小童子不明所以，问他："大人原本以为怎么了？"

乌行雪想了想，道："以为……以为有人对我做了些手脚。"

小童子道："怎么可能呢？大人可是灵王啊。"

小傻子语气十分骄傲，听得乌行雪哑然失笑，欣然点头道："有点儿道理。"

世间能对他做手脚的人屈指可数，做了手脚还难以捉查的更是万中无一。萧复暄倒是有机会，但天宿大人犯不着。而除他以外……总不至于是灵台天道。

所以那次从落花山市出来后，乌行雪并不记得自己在那天深夜去过客栈后院，进过封禁之地；他也不记得自己看到那些倒吊在庙宇里的灵缚时，心里烧起的蓬勃怒意；他同样不记得自己去过封家，质问过封徽铭：那些与萧复暄因果牵连的灵缚究竟由谁聚集？

他只记得在那之前和在那之后的事情，中间这段通通成了静坐休养时的一片混沌。所以之后，他如常在仙都又待了二十多年。

他竟然在仙都安稳地又待了二十多年……后来的他再想起那二十多年，只觉得茫然而荒谬，如芒在背，如鲠在喉。

第 83 章 谬事

二十多年对普通人来说，将近半生了，足以让黄口小儿拔节成人，足以让盛年之人垂垂老矣。但是对仙都之人来说，只是眨眼之间。

在那二十多年里，众仙各司其职，一如往常——乌行雪还是常接天诏去斩那些乱线，只是办完事后，他有很久都没有再踏足过落花山市了。

那就像是冥冥之中，他明明不记得那夜所见的事情了，也不记得当时的愤怒，但他下意识避开了那个地方。

而且每当他斩完乱线，要往落花台那个方向去时，总会横插进来这样或那样的事，以至他常在中途改变主意，要么径直回仙都，要么去别处。

那两个小童子倒是跟着他跑了不少地方，他和萧复暄也常在无事的时候易了容并行游历。

他们去过很多地方，很多……旧时仙友曾经执掌过的地方，大悲谷、不动山、雪池、京观等等。

那并不是什么美差。那些地方要么荒凉无际，要么阴煞沉沉，都有过不安生的时候，也都出过十分麻烦的邪魔，引发过不少祸乱。

不过很巧的是，或许曾经的旧友有灵，他们途经时，那些地方总还算得上太平，只有零星的腌臜凶物，甚至不用他们出手就已经被附近的大小仙门解决了。

萧复暄说，那几年是人间少有的太平年岁了。

人间似乎总是如此。落花山市刚出现那些年的祥和之景早已不再，之后便是一年胜过一年的邪魔之乱。每隔十数年或是数十年，总会出现一些大麻烦，搅得人间一片狼藉。

大小仙门林立成片，百姓们供奉的神像越来越多，仙都大半神仙的香火也越来越盛。

如此多的仙门，人间应该是一片盛景的。但是恰恰相反，百姓们的日子过得并不安定。

明明萧复暄常接天诏，那些极为棘手的魔头都被他斩杀、降刑，或被打入了苍琅北域。而那些没那么棘手的，人间仙门都有能耐料理，只是要耗费一些精力和时间而已。

照理说如此下去，迟早有一天，百姓能过上清净太平的日子，再不用惧怕邪魔肆虐。

有一回乌行雪经过曾经为皇都的废城，从残余的宽阔马道上走过时，问萧复暄："你还未被点召时，做过梦吗？"

萧复暄道："没有。"

乌行雪将信将疑："一次也没有？"

萧复暄道："嗯。"

乌行雪奇怪道："常人总要做些梦的吧，你是做了又忘了吗？"

萧复暄道："可能吧。"他转头看了乌行雪一眼，道："为何忽然问这个？"

乌行雪"噢"了一声，道："今早入城关，你去探山的时候，我听到马道边的茶肆里有人聊天，说他做了场美梦。梦见这世上的邪魔都被清理得干干净净，一个不剩，也不会再凭空出现。"

萧复暄听了，片刻淡声道："那仙都也便不必存在了。"

乌行雪道："那人还当真是这么梦的。他说世上魔头没了，仙都也一并没了，不会再悬在头顶上，云缭雾绕的。百姓们不是常常担心仙都哪天一个不稳会垮塌，砸他们个正着吗？那人说仙都没了正好，也不用再担心了。"

萧复暄挑了眉。

乌行雪说完，转头问他："你听了做何感想？"

萧复暄想了想，道："其实还不错。"

乌行雪听到他的答话，怔了一下，笑起来。那笑意是融在眼尾眉梢的。他拎着他的银丝面具，背手在身后。手指轻敲着，那面具便一动一动，颇有恣意之气。

他说："我也觉得不错，比现在好得多。世间没有仙都，也没有魔窟，主城有东西集市，比落花山市还热闹。花树满城，车马道干干净净，不会三步一个禁制，五步一个结界。人人夜里都能安眠。"

萧复暄听他说着，闲聊似的接话道："满城花树，应该会有很多鸟雀。"

乌行雪想了想那番情境，笑道："刚好，热闹。人间不是总爱改城名、改年号吗？说不定鸟雀多了，主城名字也跟着改了。"

萧复暄："改成什么？"

乌行雪明知是玩笑，却半真半假地出起主意，说："百姓最爱讨吉利，倘若真有满城喜鹊，一定个个都能笑得见牙不见眼，不如叫鹊都。怎么样？"

萧复暄道："百姓不知，你喜欢这个倒是听得出来。"

乌行雪"啧"了一声，飞身到了前面。他的面具依然背在身后，被手指敲得一挑一挑的，落着暮春的光。

可惜，那日聊笑中的"鹊都"没有丝毫成真的意思。人间依然祸乱不断，哪怕偶尔有几年太平无事，眼见着朝那场美梦靠近了，又总会在某一年凭空生出一些邪魔之乱。

萧复暄清扫过瑰洲，荡平过葭暝之野，去过赤谷，渡过无端阔海。但每一处地方总是清净不了多久，就又会出现新的邪魔。不知为何，好像永远都扫不干净，永远除不了根。

他们甚至找不到根在何处，仿佛天生有之。

那个谈笑中没有仙也没有魔，万事太平的鹊都，似乎永远都止于谈笑。

有时候，在某些间隙里，乌行雪会忽然想起落花山市，忽然觉得自己还是遗漏了什么。但很快他又会被其他事情攫走心思……然后日复一日。

这二十多年里，他们同仙都众仙的关系也一如往常。那些旧时仙友一一殒殁，余下的同他们交集不多。

他们还是和灵台众仙各行其是，互不干扰。听闻灵台众仙还是百年如一日，听着人间祈愿，但依然不多插手，偶尔遵循天诏降些福祉。那些陨落的诸仙在前，后来再犯天规的人便少之又少。

废仙台很久没有动静，以至尚在仙都的人慢慢忘却了曾经有仙被打落过人间。仙都仿佛一直以来都是如此，亘古恒常，从未变过。

但其实，仙都并非一直平稳无事。在那二十多年的末端，它曾经发生过一点儿变故。

那一晚着实让众仙都受了一番惊吓——南窗下镇着的那个极煞的涡点在那一夜不知为何忽然有了异动。有人传言天宿似乎承了伤，损耗有些重，以致没能完全压制住那些煞气。

整个仙都都震动了好一会儿，就像高悬的山崖忽生震荡，任谁都是一片心惊。

偏偏那天仙都震动乌行雪一无所知，因为他行完天诏归来，正五感皆丧地静坐着。那次的天诏很麻烦，乱线错综复杂，费了他好一番力气。

而且那条乱线牵涉的无辜者多到令人咋舌。虽然不像当初那条散修的乱线一样，需要乌行雪一遍又一遍地看着他们由生至死，但那样多的人，一一清理完，还是让乌行雪陷入了长久的沉默。

他从乱线里出来后就没有再开过口，回到坐春风，便直接在榻上合眼静坐起来。

两个小童子吓了一跳，匆忙过来，小心翼翼地摸了摸他的手腕，发现冷如寒冰。

他们不是第一次碰到这种情况了，知道那是灵王办完天诏之后会有的损耗。而这次可能损耗极大，所以才会如此。以往乌行雪就交代过他们，这种时候没必要咋咋呼呼乱着急，该干什么干什么，等他静坐调养完就好了。

但说归说，他们看到自家大人苍白如纸的脸色，还是会难过，会心惊。

小童子里的哥哥不敢惊扰乌行雪，把弟弟拉到了门边。两人就在门外守着，又能看着自家大人，又不至于吵到对方。

弟弟的性格毛躁一些，遇到事情也更慌张一些。他觑了乌行雪好几眼，压低了声音问哥哥："大人这回好像比以往都难受。"

哥哥道："或许是因为最近天诏接得有些频繁。"

弟弟"噢"了一声，点了点头，过了片刻又道："为何这些年天诏反倒变得频繁了？我记得大人以前说过，他处理的是一些残余的麻烦事。既然是残余，不是应当处理一件少一件吗？"

哥哥也没反驳，跟着咕哝道："是啊，你问我，我问谁？大人这会儿也不理人。”

弟弟倒是执着，道：“那……等大人醒了再问。”

哥哥也捂不住他的嘴，只能道：“随你，但你可别惹大人生气。”

乌行雪在静坐之时，总是五感皆闭的，将损耗降到最小才能最快恢复，不惹来无端的担心。所以这两个小童子的话，他其实并没有听见。但他们所说的，正是他近些年常会生出的想法。

他所斩的都是世人贪念作祟，假借神木之力引发的乱线。照理说，在他封禁神木之后，就不会再有新的乱线了。他斩的都是残余的旧麻烦，为何这么多年下来，依然不见少？

不仅不见少，这几年的天诏甚至还来得更频繁一些。

这种念头偶尔冒一下头，却极难捉住，更难验证。所以乌行雪虽然疑虑，却依然依诏行事。而这种疑虑在日复一日、年复一年的积累中越来越重，终于在那一天，积聚到了顶峰。

因为这道天诏涉及的乱线太多了，涉及的人也太过庞杂。

他实在难以说服自己，他作为灵王依天诏行事百来年，至今还有如此之多、如此复杂的残余。可如果不是残余，还能是什么？还能……是什么？

乌行雪在五感皆失的状态里静坐于榻上。他听不到小童子的叽喳议论，听不到仙都的一切动静，也听不到坐春风里丝丝缕缕的、与人间同步的晚风。

他在铺天盖地的黑暗和死寂之中，一遍一遍地叩问自己——如果不是残余，会是什么？会是什么……会是谁……

那些叩问就像心魔一样缠绕着他，每多问一句，沉郁而悲哀的情绪就更深一分。

就像一方无边的泥沼，他深陷其中，垂眸看着自己一点点往下落，一点点被淹没。而他陷得越深，身上彻骨的严寒和钝痛就越重，重到他闭了五感都能感觉到。

就好像那已经不是躯壳或是骨骼上的感觉了，而是心脏里、灵魄里的，挣脱不开也摆脱不掉。

以前小童子担忧的时候，他常耐心对他们解释说：“这是灵王的负累，该受的。”

常人不该在“过去”与现世中往来穿梭。他这样来去自如，总要受些应有的苦头，多少都会有损耗的。这是常事，就像萧复暄斩杀邪魔时也会受伤或是受邪魔气侵蚀一样。

各人各事，都有该承受的负累。

“但是别皱着脸呀。”他常安慰那两个一惊一乍的小不点儿，说，“不是有补偿吗？看，你们大人我能自愈。”

他总会承受那种严寒之痛，但是相应地，他也总能自愈。不会像其他仙人一样，又是要布阵，又是要丹丸药汤的，即便如此还是有越积越多的损耗。

他只要静坐上一两日，身上的严寒痛楚便自然消了，什么损耗都不会有。他也常开玩笑说，这或许是独属于灵王的福报。

这话虽然是用来哄小童子的，但于他自己又何尝不是一种慰藉？

他每每斩完乱线归来，便会陷入一种迷茫里，分不清自己是仙还是魔。如果是仙，不应该带去福祉吗？不是应该斩杀邪魔吗？为何他杀的很多都是生人？

如果是魔……那他又为何住在仙都？还有一个那样光明的封号，叫作“昭”？

他时常会在静坐中陷进孤寂，直到那种自愈之力盘裹上四肢百骸，像是冻水之下注入的暖流。每到那一刻，那种孤寂就会被暖流覆盖，缓缓淡化。

他会在心里自嘲一笑，然后想：看，还是有些福报的。

但今日不同。或许是因为那一声声回避不开的自我叩问，又或许是因为这一次的彻骨之寒比以往任何一次都要重，重到那股自愈之力有些压不住了。

于是，那种寒意冲破了闭合的五感，顺着灵魄、骨缝、心脏……各种地方朝他席卷而来，他冷得连指尖都僵了。

某个刹那，乌行雪忽然想起曾经闲聊时听闻的一些话。

听闻人间肆虐的那些邪魔，也并非真的百无禁忌、一生快活。他们也有难熬的时候，邪魔管那难熬的关头叫“劫期”。

传闻邪魔劫期的痛苦常人难以想象。

他们会觉得冷，那种寒意并非隆冬天的冰霜之寒，而是因他们动手杀了太多的人，阴怨缠身，所以冷。那滋味如附骨之疽，焐不热、驱不散，在邪魔体内滋生蔓延；他们还会痛，那也并非皮肉之痛，而是冤魂不甘惨死，试图反噬，于是日日夜夜啃食他们的灵魄，所以痛。

倘若邪魔想办法度过了劫期，那它们便会暂时蛰伏，等攒够了怨气卷土重来；倘若邪魔没能安然度过劫期，那就会体会到一种极致痛苦的死亡——霜寒冻骨，灵魄被撕咬得粉碎。

乌行雪回想着那些话语，某一瞬间忽然心生一种荒谬的念头。他心想……我不就是如此吗？

所谓“灵王的负累”，同邪魔的“劫期”有何分别呢？同样严寒彻骨，同样是灵魄深处的碎裂之痛，甚至……同样杀过不知多少人。

他甚至想：倘若我也是人间那种邪魔，我杀的人算少还是算多？恐怕连邪魔沾过的血都没有我多吧?

这个念头一旦冒出来，想压下去便难如登天。最令他茫然的是，他一时间居然想不出什么理由去压。

因为他是灵王?因为他是仙?因为他无可奈何，不得不为之吗?

他不记得自己曾经对谁说过，邪魔杀人，世间一些仙门侠士有时也杀人。区别是邪魔以杀人为修行，终其一生，无休无止。而那些仙门侠士是不得已而为之，也只有那么可数的几次。

可是他呢……他有尽头吗?

他曾经笃定，一些残余的乱线而已，终有一天他会将所有乱线斩尽，然后一切就都结束了。但现在他忽然不能确信了。

如果这件事没有尽头；如果他终其一生，只要当一天灵王，就不得不行一天天诏；如果他手下的亡人之数日复一日地累加，那他和邪魔又有什么分别呢?

连他自己也说不清了。他需要一些能说清的东西。

两个小童子在门口打了个哆嗦，才意识到屋里究竟有多冷。灵王身上的寒气全然遮掩不住，甚至波及了他们。

这得多冷啊！两个小童子对视一眼，慌忙跑进屋，凑头去看，就见灵王手指上一片冷冷的白色。那是……结出来的霜。

这下他们真的慌了，抓着灵王的手指摇了摇："大人——"

下一刻，灵王便倏然睁开了眼。

小童子心下一喜，道："大人，你可算醒了，吓坏我——""们"字还没出口，就见眼前的白影一闪。榻上已是空空，唯留下一片淡淡的冷雾。

小童子扑到窗前，叫道："大人！你去哪儿啊?"

片刻后，乌行雪的声音顺风而来，模糊中不知为何透着一点儿喑哑。他说："落花山市。"

他需要一些说服自己的东西；说服自己神木已经被彻底封禁，不会再被人利用，引出新的麻烦；说服自己一切生杀和无可奈何都能看到尽头；说服自己，他所做的一切总还是有效用的。

他想去落花山市。

那里常存乱世之中少见的安定和热闹；那里是神木的封禁之地。他要去看一眼。

可当乌行雪真的站在落花山市，那绵延十二里的灯火却并没有带给他安定和热闹之感。因为他沿着山路穿过人潮时碰到了一件事……

他站在一处客店前，看着不远处攒聚的人群，听着嘈杂议论的人语，嗅着夜风里浓郁得呛人的脂粉味，心脏如坠冰窟。

他看见一个瘦猴似的伙计爬到一个翻了的车摊上，冲嘈杂的人群解释道：“诸位客官莫急，莫骂，少安毋躁。那是隔壁李记的胭脂，出摊的时候不知怎么遇到了落石，被砸垮了摊车，胭脂水粉盒儿撒了满地，这会儿正清着呢。”

那一刻，胭脂粉末随风而起。乌行雪在那一瞬间闭上了眼睛。

那位瘦猴似的伙计说的话，只说开头，他就能在脑中接上下一句。因为早在二十多年前，他就在这里听过。

他碰到了萧复暄，给小童子传书让他们不用来时，还拿这打翻的胭脂水粉做了借口。

一模一样的场景，一模一样的人，说的是一模一样的话。人世间没有这样的轮回，只有一种东西会这样存留于世，那种东西叫作缚。

活人的灵魄被生生抽走，被捆缚在某地。躯壳就会变成缚，永远被困在某个地方，二十多年一场轮回。

黄口小儿能拔节成人，盛年之人会垂垂老矣。然后不断重复这个过程，重复其中的每一天。

他过去来得勤一些，相隔不过数月，至多不过一两年。每每来这儿，多是在看山间行人，或者……根本没有看谁，只是在看人间烟火。

偏偏这一次，刚好隔了二十多年，刚好够落花山市一场轮回到头。这或许也是一场冥冥之中的宿命。

冥冥之中，那个手握长剑的灵王合该要看到这一幕。他会在看到这一幕的时候大梦初醒。他会意识到这漫山遍野的热闹都是假的，他曾经夸口称赞过的落花山市早已不见活人。

那些嬉笑着，闲聊着，熙熙攘攘、来来往往的人，躯壳之内早已空空如也，与他用符纸折来平添热闹的戏子无异。

他明明就站在人间最热闹的地方，却清醒地知道这里其实是一片死地。

他是如何走近那家客栈，又是如何在后院找到进入封禁之地的入口的，他已经记不清了。

他只记得，当他站在封禁之地，看着焦土绵延数百里，那座庙宇之上倒吊着数不清的灵魄时，铺天盖地的荒谬和悲哀感将他笼罩。

看，落花山市里那些同他说过话的人正密密麻麻地被困在这里。他们的躯壳在落花山市里笑着，灵魄却在这里哭叫。这不是他所布下的封禁，而是背着他的第二次封禁。

可是……世间谁能做到在这里落下第二次封禁，却全然不为人知？不会有的。

因为无论是谁，灵台天道起码会知道。

这里为什么会落下第二次封禁？因为神木的封禁还是被钻了空，还在为有心之人所用。

无论这些事是谁做的，无论那人用了多少障眼之术，设计了多少遮掩之法，或许能避过世间所有人的耳目，避过他的耳目，但避不过灵台天道。

在铺天盖地的荒谬和悲哀感中，乌行雪恍然想起了当初被他遗忘的一些事，诸如那条由封家引发的乱线。而他被乱线横扫出来后便忘了那些事，当时他回到坐春风后，满心生疑却没能找到答案……

如今想来，他并非没有答案，而是下意识回避了那个答案。因为那答案太重了，常人不堪承受。

即便是他，也不堪承受。

可是如今，他自己一步步追过来，已经避无可避了。能让堂堂灵王记忆全失，忘记这些乱线的，还有谁呢？

只有天道。

灵台天道与他有特殊的牵连，也算是同根同源，皆由神木而生。

当初神木被封禁时，生死轮回化归于天，成了后来的灵台天道。而受凡人感念、化生成人的他，被点召成了仙都的灵王，赐字为“昭”。虽然同根同源，却终究不是同物。

天道无形、无状，亦无心、无情，凌驾于整个仙都之上。

它不问生死，只问善恶相依、福祸相随。既然这世间有仙，那便必然要有魔；既然有人生，就必然有人死。仙越多，魔越多。生死越多，不甘者便越多。

既然人间有贪嗔痴妄，既然神木尚存，那便永远有人能想出办法，钻其漏洞。反正引发的麻烦和乱线尽头，还守着一个灵王。

所以，他明明斩了数不清的乱线，却依然频频接到天诏；所以，只要神木存在一天，他所走的这条路就望不到头，他要杀的人就没有尽数。

乌行雪在那一刻几乎笑出来。他抬起头。封禁之地的上空并没有仙都那样苍蓝无际的天，只有一片望不穿的乌黑，像终年不散的浓雾。

他眯着长长的眼睛，眼里泛着微微的红。他想起那些乱线中的面孔，陌生的、惊恐的、无奈的、悲恸的……

无论哪一种，死去的时候神色都会变成空茫。这百来年里，他不知看过多少那样瞬间而至的空茫。

他望着那片望不透的天，动了一下唇。他想说……

你知道，那些看上去都是活生生的人吗？你知道这百来年里，我一共杀过多少那样的人吗？

他很轻地笑了一下。

灵王……受天赐字为昭。昭者，光辉灿烂。

他哪一样算得上光辉灿烂，又哪一样能堪当一句“仙都灵王”？

光是那些亡魂，就足够他成为这世间最该死的魔头了。

第 84 章　山火

那些倒悬在庙宇顶上的灵魄在哭叫中挣扎着，伸长了脖颈和手臂，像藤蔓一般试图朝乌行雪缠绕过来。乌行雪没避也没挡，任由那些攻击朝自己冲过来。

有那么一瞬间，那些灵魄愣了一下。它们近乎茫然地睁着布满血丝的眼睛，看着这个孤身站在旷野禁地里的人。

很奇怪，它们在他身上看到了蓬勃肆张的怒意，以及无边悲悯。

或许是他的怒意太盛，又带着威压，它们有点儿被吓到了；又或许是那种悲悯浩瀚如海，它们有了刹那的安静。

那是一幅极为诡异的画面——数以千万计模样可怖的灵魄拉长了身体，手指绷紧如利爪，却凝固一般停在了乌行雪身前，只差毫厘。

其中一个灵魄盯了他许久，茫然道：“奇怪，我好像见过你……”

乌行雪看着他拉长、变形的面容，良久后轻声应道：“嗯，是见过。”

距落花山市入口处不多远有一家茶肆，店里日日有一位先生拍着醒木说书，讲些不知真假的稀奇故事。店里的小二嘴碎话多，哪个客人进店他都要聊上好一会儿，常被调笑说热情过头。

有一回乌行雪斩了太多乱线，不想回仙都，便去了落花山市，在那茶肆的临窗处坐了一会儿。那个嘴碎话多的店小二搭着布巾过来倒水，冒冒失失地看了他好几眼，忍不住说：“公子瞧着有些郁郁，是碰到烦心事了吗？”

那时候乌行雪愣了一下，没有计较他出言莽撞，而是道：“我明明带着笑，你从何看出我有烦心事？”

店小二没答，只是一边擦桌子一边道：“公子往后再碰到烦心事，就来这儿坐坐。咱们这儿别的没有，就是热闹，我给您逗闷。”

茶水被店小二拉成长长的弧线，他一边得意扬扬地展示身手，一边道：“一壶茶下肚，再听一听话本，就什么烦心事都不见了。方才掌柜的交代了，给您免茶单。”他笑嘻嘻地说：“天大地大，客人最大，您高兴了再走。”

乌行雪记得他那张笑嘻嘻的脸，如今那张脸却拉得极长，要仔细看才能勉强认出。

那个当初给他逗了许久闷子的人，如今哭叫得两眼浮肿，不人不鬼地说：“我们好难受……你知道吗？我们好难受……你能明白吗……那真是生不如死。生不如死啊。”

乌行雪就那么听着，一字一句地听进耳里。

天道无形无情，不会管这世上某一个人的生死苦痛。但灵王不同。

怪只怪他化成了人，长了耳朵，长了心，所以他能听到所有的叱骂和哭喊，能明白那些灵魄口中说了一遍又一遍的“生不如死”和“我很难受”。

当荒谬和悲哀铺天盖地地漫到了顶，便是愤怒。而当愤怒又到了顶，就只剩下笑了。

灵王终究不算人。他不会哭，也从来没有哭过。他这漫长的一生，只会笑。

黑雾太浓，阴霾太重。他不想再看天了，便垂下目光。

他听见那些灵魄问：“你为何笑啊？”

他扯着嘴角，道：“因为可笑。”

他又听见那些灵魄问：“那你为何看自己的手？”

他看着自己手指上结了霜，透着冷冷的白，答道：“我在看……上面沾了多少血。”

灵魄说：“有血吗？明明很干净。”

他又笑起来，双眸落在眼睫的深浓阴影里，不透一点儿光。他说：“你们看不见而已。”

灵魄道：“那你就能看见？”

“嗯。”

“有多少？”

“太多了。”太多了，多到难以计数。

可即便难以计数，他也全都记得。

明明他的记性算不上很好，明明很多事扫一眼就过，并不入心，唯独将剑下杀过的人记得清清楚楚。每一张面孔，每一次合眼，每一回感受那些蓬勃跳动的心脏在他剑下慢慢微弱、安静，最后归于永久的死寂，他都记得清清楚楚。

死亡的静同世间任何一种安静都不一样，它会让所有喧闹都戛然而止，它会把人困在望不到边的云雾里，好像除了自己以外，再没有第二个人。

所以……他在安静无人的时候，从来都睡不好一场觉。那会让他想起太多人死去的瞬间。

如今，即便头顶有数千灵魄哭叫不休，他还是陷入了只有死亡才能带来的寂静里。

那种孤寂铺天盖地，他笑着站在那里。

他听见灵魄们议论纷纷，同他说：“你身上好像有黑色的雾。”

乌行雪扫量自己，道：“看到了。”一些黑色的、烟雾似的东西萦绕着他的手指、肩臂，甚至整个身体。

那黑雾让灵魄们有些瑟缩，它们半是畏惧，半是厌恶，再次陷入了躁动。整片封禁之地都被搅动得震荡不息。它们问：“这是什么？！这是什么东西？”

乌行雪静静地看着那些黑气缠绕满身，良久之后答道：“邪魔气。”

那是世间独一无二的矛盾场景——缥缈澄澈的仙气和丝丝缕缕的邪魔气出现在同一个人身上……出现在灵王身上，就像一种莫大的讽刺。

可偏偏又再合适不过，真的再合适不过了……他在心里说。

世上还有比他杀人更多的邪魔吗？凭什么同样沾血无数，那些邪魔会被斩杀殆尽，而他却端坐于九霄的云层上，安安稳稳地俯瞰人间呢？

凭什么……就凭那灵台天道要善要恶、要福要祸吗？这不公平。

乌行雪嗤笑了一声，闭上泛红的眼睛。再睁开时，他抬头看向那千万灵魄，问道：“想解脱吗？”

那些灵魄似乎没听懂。过了好久，它们才像是听明白了这句话，瞬间停止了哭叫、挣扎、责问和嘶吼。

那一刻，整片封禁之地寂静无声。那些灵魄眼中烧起了一团团明火，它们瞪大了眼睛，一眨不眨地盯着乌行雪，良久之后陷入了兴奋和癫狂。

想解脱吗？自然是想的，想得快疯了！

乌行雪看着它们，将那些拉长变形的脸一一看进眼里，看着它们难以置信、欣喜若狂的表情，看着它们几乎要冲他磕头，说“多谢”，说“神明下凡”，说“感激不尽”。

乌行雪轻声说：“好，那我送送你们。”

世人都道，那年三月初，落花山市开市没多久便起了山火，事出突然，无人能应对。

传说那山火炽烈汹涌，光辉万丈，一烧便是十二里；传说山火烧起的时候映红了整片天，连月亮都染上了血色；传说还有人听到火里的哭叫和悲鸣，带着不知归往何处的愤怒、不甘和恨意。

于是后来的人总会猜，那是天道降刑，那是天火。其实不是。

那火是当年的灵王自己放的。他生在那里，喜欢那里，最终……亲手烧了那里。

后来的很长一段时间里，乌行雪都记得那一幕——滔天的火光从封禁之地里烧出去，顺着十二里灯火蜿蜒而下。

很奇怪，他曾经一直觉得十二里很长，对凡人来说尤其长。倘若边走边逛，总是要耗费很久，有时候一夜也走不到头。

可火烧起来却只用了一刹那。仅仅一个刹那之间，热闹的、明亮的、令人依依不舍的所有就被吞没在了大火里，无边无际。

他看着那些往来嬉笑的人被大火包裹，皮肉皱缩。即便是那一刻，他们也不哭不叫，甚至在皱缩前，脸上还带着笑意。那些笑意一遍一遍地告诉他：这些都是空空的躯壳，它们早就不在了，你所夸赞的一切都是假的。

那些世人传言里的哭喊和恨意，都来自那些捆缚的灵魄。它们离乌行雪极近，所以乌行雪几乎是眼睁睁地看着它们从欣喜变得茫然，再变成怨恨。

它们在大火中挣扎着，嘶吼着，唾骂不休。

它们睁大了眼睛，透过火光盯着乌行雪，喊道："不是解脱吗？不是该还我们自由吗？不是应该……让我们活吗？"

灵魄们浑浑噩噩，被捆缚在此太久，已经弄不清了。它们以为解脱就是回归躯壳，自由地重新活过。可其实不是，它们脱离躯壳已经太久、太久了。它们已经算不上是活人了。

死者不能复生，这是世人皆知的道理。

它们的解脱其实是脱离捆缚，尘归尘，土归土，去往轮回转生。但没有人会喜欢离去的瞬间，所以它们不甘、愤怒、怨恨、痛苦……

它们在冲天的火焰里翻滚，尖叫，将所有的不甘、愤怒、怨恨和痛苦都宣泄到了那个说要送它们解脱的人身上。

而那个人从头到尾都没有动，甚至也没有眨眼，就那么站在由他而起的大火中，沉默地看着它们。

它们口不择言，哭叫："你骗我们！"

乌行雪没有解释。死在他手里的人太多了，不是每一场死亡都有解释。也不是解释了，那些故去的亡人就不恨了。

每一个死去的人应该都是恨着他的吧，无一例外，所以多一个少一个全无区别。

多几千，少几千也全无区别。

它们又叫道："你不得好死——"

乌行雪笑了。笑完，他合眸答道："好。"

他听见那些灵魄在归去之前嘶声尖叫，一遍遍地喊着"好难受"，喊着

"我会记住你，我会记住你"，喊着"你这个魔头"。

能让这些灵魄就此解脱的并不是简单的火，那火里融了灵王自己的一点儿灵魄。于是，那些灵魄被烧了多久，他自己就被烧了多久；那些灵魄死去时有多痛苦，他就有多痛苦。

但他依然站得笔直，像旷野里一棵挺拔的树。他承受着严寒和痛苦交错之感，在通天彻地的火光里抬起头，像是透过弥漫的黑云看着那不知何处的灵台天道。

他动了动唇，哑声道："看见了吗？这是凡人之死。"

第 85 章 劈灵

他和天道同根同源。不知那凌驾于仙都之上的灵台天道，能不能通过他这具躯壳，体味到哪怕一丁点儿……

恐怕是不能的。恐怕从来都不能。这才是最为荒谬、悲哀之处。

因为那个站在对立面的并非某一个人、某一件事。那是灵台天道，它碰不到，摸不着。所有的不甘与愤怒宣泄出去，甚至得不到一点儿回音，就像用尽全力刺出去一剑，却刺了个空。

它依然端着它所谓的平衡和道理：福祸相依，善恶共存，仙人有别……

因为仙人有别，所以同样一场大火，烧得凡人灵魄魂归尘土，烧得乌行雪灼痛入骨，但他的皮肉毫发无损。因为他有神性，他是仙人之躯。

即便先前因心神不稳，他已经邪气缠身，即便刚有数以千计的灵魄死在他手里，他依然算仙。

多可笑，他明明满身邪气缭绕，却依然算一个仙。

可世间还有第二个这样的仙吗？没有了。

满世间只有一个灵王，满手杀孽，不人不鬼，不伦不类。

只要神木存在一天，只要这样的灵王存在一天，那些剪不断理还乱的线，那些因为生死、贪心而起的祸端，就一日不得停歇。

这个念头在乌行雪脑中盘旋不散。

那些被捆缚于此的灵魄在火中散去后，封禁之地浑然一震，看不见的威压如水波一般荡开。大火灼烧的哔剥声响中，隐约传来了沙沙的轻动声。

焦土一片的旷野中忽然出现了一道虚影，那道虚影有世间最美的冠盖，如云如雾，如烟如霞。

那是隐匿于禁地里的神木虚影。此时因为隐匿之术被撤，终于在旷野中显露，就在乌行雪身后。

那棵参天巨树就那么站在乌行雪身后，像他投注于地上的长影。而他没有回头。他依然身形孤拔地站在火里，因为彻骨的冷和痛，光是站着都费尽全力。

过了很久、很久，他才仰起头，看着神木的冠盖笼罩于顶，花瓣不断落下，从未停歇。

他搓去指尖的薄霜，伸手想接住飘落的花瓣，却什么都没碰到。生死轮回从神木上剥离之后，这些落花就只剩虚影了，就像他所站着的这片山市一样，都已成了空。

假象而已。

他看着自己空空的手掌，很轻地眨了一下眼睛，片刻之后低声说道："我有点儿累了……"

他化身为人，被点召成仙至今，斩过数不清的乱线，收拾过数不清的烂摊子。他忍受过不知多少回难以忍受的皮肉之苦，每一次他都能一笑置之，摆一摆手就过去了。

唯独这次……可能过不去了。那些无尽悲哀的后面是愤怒，愤怒后面是漫无边际的空茫，空茫之后，是兜头而下的疲惫。他从来没有这么累过。

我是谁……我还应该如此存在吗……那一刻的灵王在心里问自己。

其实他在问出这句话的时候，就已经有答案了。在他把神木的隐匿之术撤去时，他已经打算好要做什么了。

他没有立刻动，而是站了很久。

他在那迟疑中自嘲一笑，心说：你看，即便做过仙，也能体会凡人将死之时的感受。确实有诸多遗憾，诸多不舍。

他甚至在某个冲动间想先回仙都看一眼。再去南窗下走一遭，他想看看萧复暄。

他喜欢那种亲近，那些因某一个人而起的欢喜。那同他坐在枝丫间看过的生死离散都不一样，是独属于两个人的。

这种牵连他第一次体会，无可参照，也形容不清。只知道凡人走到终时常会想家，他并非凡人，虽然化身于落花台，却也不算有家。

他无家可想，只有萧复暄。

他想起在仙都的初见，萧复暄隔着长长的白玉台阶抬眸看过来；想起南窗下的屋檐，萧复暄半跪着，低头看过来；想起在落花山市，萧复暄隔着漫漫灯火看过来……

想起有一回，他办完天诏的事回到仙都，恹恹懒懒的，不想动弹。他支着头倚着榻，撒了一片由纸人捏成的戏子，在他凭空造出来的戏台上敲着锣镲唱着戏。

他在咿咿呀呀的曲调中睡着，隐约听见有人掀帘而入。他懒洋洋睁开一只眼，萧复暄扶着桌案低头看他。

他听见萧复暄低低沉沉的声音响起，问他：“乌行雪，你怎么睡觉还要听着戏子敲锣镲？”

他不知怎么作答，迷迷糊糊玩笑道：“不然你来敲也行，敲得比戏子好听我就把两个小童子赏给你。”

那两个小童子呆若木鸡地站在门边，隔着一层帘子，也看不清屋里状况，小声问道：“我们要跟着天宿大人了吗？”

萧复暄答道：“免了。”他回完小童子，垂眸仔仔细细地看着乌行雪的眼睛，又朝那些戏子瞥了一眼，低声问道：“你是不是厌恶一个人待着？”

乌行雪当时怔了一下。

很多人听过他爱用纸人捏戏子的传闻，很多人猜测过原因，好奇时也大着胆子问过他。他说过很多玩笑似的理由。旁人虽不相信，但也并不较真，毕竟只是爱听点儿响动而已。

只有萧复暄，仿佛一眼能看穿他，问他是不是不喜欢极度安静的环境，是不是厌恶一个人待着。

当时他心里像是被人轻轻捏了一下，嘴上却否认了，说了些其他理由，遮掩过去。因为他不想让萧复暄深究他为何排斥极致的安静。

他不想让萧复暄知晓他杀过那么多人……直到如今，他也还是一样。

他想去看一看萧复暄，但他低头看了自己一眼，那些灵魄在大火中消散之后，他身上的邪魔气更多了。那丝丝缕缕的黑色烟雾缭绕着他，散发着邪魔才会有的气味，那是亡人的不甘和怨恨。

他要如何以这副模样出现在专斩邪魔的天宿面前……那会让他既难过又难堪。

他去不了。

凡人中的幸者在终时有家可归，但他……恐怕见不了那个人了。

他沉默良久，从袖里掏出符纸，折了两道扔出去。

那张符纸在雾里化作一缕春风，乘着青云直上仙都，替他去了南窗下。南窗下虽有灯火，却不见萧复暄踪影。

他当初为了逗趣，硬塞给萧复暄的十来个小童子攒聚在宫府门边，应对着宫府门外的来客。南窗下镇着仙都煞气最重的涡，一贯没有什么来客。这会儿却一反常态，来了好几位仙。

那些仙带着仙使前来拜会，面露担忧地问小童子：“方才仙都震荡不息，叫人实在担心，我们特来拜会一番，不知天宿大人怎么样了？”

小童子说：“我家大人不在宫府。”

仙人俱是一愣：“不在？”

小童子指着南窗下的一角说：“大人已将那作祟的煞涡压镇下去了，各位大人不必担心忽出祸端，至少暂时不会有事。”

仙人们长吁一口气，但还是客气而担忧地问了一句：“那天宿大人他……”

小童子作了作揖，道：“我家大人交代了一句有急事便不见了，许是今日灵神的损耗太重，去调养了。”

仙都众仙的灵神若是受了损耗，大多会在自己的宫府闭门调养。唯独天宿是例外，毕竟这南窗下需要他镇着煞气，根本不是个能调养的地方。他若是调养，都是去人迹罕至的洞天绝境。

仙人们又愁容不展道：“这仙都煞气当真如此之重，将天宿都损耗到如此境地？”

谁知小童道：“也不单单是仙都的煞气，各位大人不用那样担心。”

仙人们一愣：“哦？还有别的祸事？”

小童摇摇头：“也不是祸事，我家大人回仙都前正在处理滇外的邪魔之乱，正巧受了点儿损伤。之后……”小童琢磨着说：“之后也不知怎么，忽然就严重起来。就像……就像有什么隔空抽走了大人的仙元气劲似的。就是那时候，有点儿煞气压不住，便出了些动荡。”

话音落下的那一刻，那缕萦绕在南窗下院墙外的春风凝滞在如水的凉夜里。但院门内外无人知晓，也无人察觉。

那些仙人还在问：“怎会如此，哪有隔空损耗的道理？！”

小童子道：“是呀，我们也不知晓为何。不过也不止一回了，大人时不时便会碰到这种情况，只是先前不如这回严重。总之，劳各位大人忧心了。既然我家大人一时半会儿回不来，各位大人就先回去吧。”

那些仙人又关切了几句，便逐一告辞了。他们转身离开时，南窗下的小童忽然感觉夜风变得有些凉。那种凉意来得莫名，让他们打了个寒战的同时，心里变得闷闷的。

其中一个小童搓了搓脸，忽然听见一道模糊而沙哑的声音：“他……上一回碰到这种情况，是哪日？”

小童下意识答道：“半月之前。”他答完才反应过来，那些仙人的袍摆已经消失于远处，应当不是那些人问的。

那是谁？小童一惊，转身四下看了一圈，却只看到茫茫无边的夜色和淡淡的冷雾。

他隐约看见冷雾里好像有一道高瘦的影子，他快步过去，却发现雾里空无一人，只有扑面而来的风。

那风里有股冷气，吸进鼻中，叫他从心口凉到了脚底。紧接着，他听见那道模糊的声音又轻轻应了一句："好……"

小童子听着那话，觉得那声音有点儿像灵王，但又比灵王哑得多。

不知为何，或许是夜里风凉寂寥的缘故。他听见那声"好"的时候，心里莫名难受起来，那语调让他鼻子一酸，有点儿想哭。

或许当年灵王给他们几个动了手脚，于是在这一刻心有感应。他突然红着眼睛跑进屋里，抽了符纸要给自家去了极北之外的天宿传书信……

另几位童子也有些惴惴不安，来回转悠了几圈后，匆匆出门，要去坐春风看一看。

与此同时，坐春风那两个小童子也莫名难受极了，越来越坐不住，忍不住往南窗下跑去。弟弟太毛躁，甚至在白玉门槛上绊了个跟头。

他一声不吭地爬起来，就像不知痛似的，跟着哥哥朝仙都另一端跑去。跑着跑着，他感觉自己脸上有些凉，抬起手背抹了一下，不知为何抹了一手潮湿的水。

他在奔跑中拽了一下哥哥，轻声问："我为什么会哭啊……"

这些乌行雪都不知道。那缕替他去看萧复暄的春风，在他对小童子说"好"时便散在了仙都的夜幕里。而他本人还站在封禁之地的大火里。

烈火烧了不知多久，他却一点儿都不觉得灼痛。他只觉得冷，浑身发冷……

他被笼罩在神木巨大的阴影里，眸光落在地上空茫的一点，垂在身侧的手攥了起来，越攥越紧，攥得生疼。

他的嘴唇微动了动，极轻的声音重复了一句："半月之前……"

半月之前……半月之前，他也接过一道天诏，处理完乱线回来后也是周身冷痛不已，只是不如这次厉害。

当时小童子问他："大人疼吗？"

他摆了摆手，满不在意地笑道："一会儿就能自愈。"果不其然，他只静坐了不到一个时辰，便恢复如初。

这就是灵王的自愈。这就是他安慰小童子时常说的"灵王的福祉"。

他拿这个"福祉"安慰过那两个小东西，也安慰过自己。不知在多少个迷茫的日夜，他感受着自愈时温柔的暖意，对自己说：看，被叫一声"灵王"，还是有些福报的，不仅是负累而已。

到头来……就连那“福祉”都不是灵王天生有的。他的福报从来不是因为他所做的那些事，只是因为世间有一个萧复暄。

他这所谓的“自愈”自最初便有之，那时候他和萧复暄甚至还不相识。所以这绝不是萧复暄有意动下的手脚，是天生的牵连……

乌行雪看着自己的手，闭上眼睛，闭合了五感，试着让那自愈之力再动一下。

感受到那股暖流从血脉深处流淌而出时，他恍然睁眼，转身看向神木。意料之中，他看到白玉精顺着神木树根蜿蜒而上，将整个树根包裹住，就像是一种供养。

他和萧复暄之间的那种供养牵系恐怕就来源于此。

那一刻，他脑中闪过曾经听过的许多传言。

凡人嬉笑着说，世上有一种双生花，两朵生在一枝上。这朵盛开，那朵便有了枯相；凡人还说，这种牵连万中无一，也算是一种莫大的缘分。

很久以前，他第一次从神木化身为人时，第一次用白玉雕着人像时，第一次在仙都碰见萧复暄时，他也是这样想的：这是世间万中无一的缘分。

冥冥之中，他合该要碰到这样一个人，此生与之牵连至深。可如今他不这样觉得了。这万中无一的事在他看来是缘分，于萧复暄而言，却是说一句“孽缘”都不过分。

他凭何至此？

他一世挡了天雷死在树下，一世做了神仙，却还要供养灵王。

他凭什么？他凭什么！

乌行雪眼眸泛红，弯腰用手指轻碰了一下枝干上包裹的白玉精，温暖如同萧复暄的体温。他轻声说：“我送了那些灵魄一个解脱，也该送你一个啊。”

不只送你，还应该送这世间许多人一个解脱。

仙都有灵王一日，世间乱线便纠缠一日；世上有神木一天，贪心之人便永无尽处。

他于大火中抬了一下手，一柄镂着银丝的长剑便于天际直贯下来，横闯封禁之地，落入他手中。

他用指腹触摸着那白玉精所化的剑刃，剑刃上有与萧复暄灵魄一样的气息。他嗅着那股浅淡的气息，低声说：“最后一次。”

我再借你最后一次力。因为……因为可能有点儿疼。

这个念头落下的那一刻，灵王的长剑如惊鸿飞影，凛冽彻寒的剑气自天而下，顺着神木如云如雾的华盖直劈下来。

分劈灵魄是怎样撕心裂肺的痛，他在那一刻领悟得透彻至极。

世间任何人在极致痛苦的时候，都会挣扎一番，那是一种本能。他却在神木震颤时，咽下口里的血味，压着剑柄又用了一分力。

他闭着眼，在同知同觉中感到灵魄被分隔两边，一边是神木的枯相，一边是神木的荣相。

枯荣分割，灵魄撕裂。那棵参天巨树身上的灿烂银光随着剑刃向下褪去。褪到底端，便再无仙光。

与它一并褪去的，还有乌行雪身上的仙气。那一刻，他体内仙元尽碎。

原本隐隐冒头的邪魔气便占了上风，瞬间逸散，浓郁得如同无边浩海。

他看不到那片天了，但他在心里说：你要这世间神木长存，那我就劈了这神木；你要乱线尽头守着一个灵王，我便让这世间再无灵王。不是善恶依存吗？人间多了一个魔头，你要拿什么来挡？

他在剧痛的尽头再不能支撑，跪坐在神木残影面前。他就在那抹白玉精里跪着，袍摆铺散一地。血从各大要穴渗出来，很快便染得衣袍殷红一片。

他在昏沉中咽下了血味，在意识急剧流失的嗡鸣声中生出错觉，恍然听到萧复暄的声音，或许是当年树下的少年将军留下的残音。对方叫了他一声“乌行雪”。

他们平日爱说玩笑，总是“天宿大人”长、“灵王大人”短的，只有最亲昵的时候，才会叫名字。

乌行雪眨掉眼睫上的血珠，扯了一下嘴角。他想说，萧复暄，我可能……很久都见不到你了。也不知道，还有没有机会再听你叫一声“乌行雪”。

第 86 章 抹杀

萧复暄其实很早就察觉到自己的状态有些奇怪，早在他与乌行雪在白玉台阶上碰面之前。他会在某些时候突然陷入煞气裹身的情境，就像有人在隔空汲取他的仙元和气劲。

那是一种十分诡异的滋味，因为并不知道另一端的源头在哪儿，也不知那汲取何时会停。

起初他以为是自己在与邪魔交手时遭了暗算，被下了一些不知来处的禁术。但能做到神不知鬼不觉给他下禁术的邪魔实在寥寥，几近于无。

他试着寻过根、究过源。但那牵连十分缥缈，总是探到一半便没了踪影，既无符咒的痕迹，也无禁术的残余。

他坐镇于南窗下，那是仙都煞气最重的地方。当年所接的天诏里便提过：

那里若是镇不住，容易引得仙都震荡。万一某一日仙都无端崩毁，遭殃的就是人间百姓。

他自然不能掉以轻心，所以寻不到源头的那段时间里，他时常会去灵台，为的就是此事。

后来的后来，他再听闻仙都或是人间有谁说“灵台天道无所不知”时，总是冷冷淡淡地扫一眼，转身离去。

原因无他——倘若灵台天道当真无所不知，为何始终无法告知究竟是谁给他落了这种牵连，不知不觉地汲取着他的仙元、气劲？

要么灵台天道并非无所不知，要么就是明知是谁，却并不打算让他知晓，也不打算让他截断，只是任由这种牵连持续着。

如果是后者，就值得深思了。所以很早以前，萧复暄就对灵台天道甚为无感。

但他秉性冷淡，对世间诸多事情都是如此。无感并不影响太多，他只是对天道没有崇敬之心。这并不妨碍他镇守南窗下，也不妨碍他降刑于在世间横行作乱的邪魔。

只是在很长一段时间里，他对灵台天道是带着一分防备的。

或许是出于这种防备，也因为南窗下确实煞气太重太烈，不适合作为调养之地，所以他每回平白承受牵连，灵神有损耗时，都会以此为由去仙都之外的地方调养。

这世间适合他调养的地方同样寥寥，几近于无，因为他命格怪异。

也不知前世、再前世的他是何人，做过何事，总之他生来便带着煞气。又因为灵魄曾经碎裂不成形，经历过太多场生死，那煞气里还带着亡人才有的怨气。

倘若单看命格，称他一句“累世厉鬼”也不为过。偏偏他被点召成了仙，于是又带上了最为锋利纯粹的仙气。

因为这种矛盾之体，他进得了仙都，也镇得了南窗下；同样因为这种矛盾之体，他若有损耗，便极难找到好地方调养——仙气太重的地方会抑制他天生所带的煞气，而煞气太重的地方又会影响仙元。

萧复暄走过世间大多地方，终于找到了一处特别之地——他接过的天诏无数，却没有任何一道天诏是指向那个地方的。因为那里茫茫然不知其界，人迹罕至，既无仙迹也无邪魔踏足。倘若世上哪里能算得上无善无恶，无生无死，便只有那一处地方了。

那里比极北还要远，被称为极北之外。后来世间常有传闻提到“极北之外”，流传颇广却无人能至，也无人打扰。

于是在那之后，萧复暄偶作调养，便会去那里，划一方结界，静坐养息。

他曾经想要切断那种不知名的牵连，也当真有了办法。但他最终什么都没有做。因为他无意间发现，那种牵连的另一端是乌行雪。

意识到的时候，堂堂天宿哑然无话，在心里冲着自己好一番嗤嘲。兜来转去，牵连的另一端近在咫尺，他居然这么久才发现。

或许是因为每当灵神有所损耗时，他都会避在极北之外，前后几日也都会借口接了天诏而不回仙都，免得平白惹人担忧。于是，他们总恰好错过。

直到那一回在落花山市，他在灯火里等那个飒爽而来的灵王。

他在夜里发现对方周身冰冷如霜，气劲凝滞，明显是忍着难受故作无事。几经劝哄，对方才老老实实去榻上静坐调养。他本意是在旁看护，谁知那边静坐没一会儿，他的仙元、气劲就有了动静。

如此相互撞上，他才知道，自己始终探寻无果的那个源头近在眼前。

那种牵连忽然就变得不再恼人了。自那之后，萧复暄再没想过要截断它。

他转而在想另外两件事。一者，他想将这种牵连换一种方式，变得更隐秘一些。

既然他能发现，想必有朝一日乌行雪也会发现。他知道对方的性子，也料想得到对方发现时会是何种反应。他不想看见那个恣意的灵王露出难过或愧疚的神情。

所以，最好是永远也别发现。

再者，他都料想得到这一点，那无所不知的灵台天道呢？天道明知却无任何反应，任由这种隐患颇多的牵连延续，又是为何？为了让他们两个互相牵制？为了让他们不会有朝一日远超灵台？

不论出于哪种缘由，其中总是有些限制之意的。既然有牵制，又有限制，会不会某一天在灵台天道的作用之下，他们兵戎相见？

也不是绝无可能。毕竟曾经的曾经，他就是在刀剑相向之时第一次见到乌行雪。

在后来的很长一段时间里，萧复暄始终在想着那一分“可能”，他需要做点儿什么，或是留下些什么。等到某一日他们真的兵戎相向时，还能保有转机的余地。

他每次去极北之外调养，都会借着无所干扰冥想、凝思很久。

萧复暄明里暗里做过数不清的尝试，后来想到了一个还算妥当的办法。他已经想好办法了，也预先做了些准备。他原本都要动手了，就在处理完滇外邪魔之乱的那一天。

偏偏……所有事情都发生在那一天。那一天，他回仙都时被一点儿邪气侵扰。

那其实本不是什么大事，除了被乌行雪强塞的那一群小童子喜欢大惊小怪之外，甚至算不上什么损耗，稍作歇息便好。

谁知他歇了不足半刻，仙元和气劲便陡然一转，往牵连的另一端汹涌而去。那点儿不足为意的侵扰在这一刻陡然麻烦起来。

南窗下所镇压的煞涡就是在那个刹那躁动起来的，滔天煞气蓬然而出，几乎将整个南窗下包裹。

那个瞬间，萧复暄镇于涡的中央，几乎生出了一种错觉：好像他所在并非仙都，也并非南窗下，而是那个坟冢无数的京观。那里有着人间最重的煞气，曾经他的一些灵魄碎片就留在那里，镇在那里，日日夜夜在煞气中听见万鬼号哭，被啃灵噬心。

那是一种太过糟糕的滋味，罕有人能承受，仙也一样。否则偌大一个仙都，不会只有他能镇在这里。

可当天宿上仙被煞气密不透风地缠裹，心中所想却是“今日似乎格外严重，不知坐春风一切如何”。亦不知，这南窗下煞气震动，会对那人的静坐调养有何影响？

如此想着，他便不想再多耽搁。

那一刻，萧复暄紧拧着眉心，一遍一遍凝聚心头之血，贯以威压，将满仙都的煞气一寸一寸强钉回去。每钉一寸，他脸上的血色便少一分，但那股冷厉之气却全然不减分毫。

那一天，满仙都的人都看见那股冲天的煞气自南窗下而出，澎湃如海涛，汹涌逼人，几乎要吞没整个仙都。

这块凌驾于九霄云上的洞天绝境震荡不息，几处玉桥、玉阶上甚至崩出了裂缝，就连直通仙都的太因山和仙塔都跟着不得安宁，料想那夜人间百姓恐怕也难以安眠。

好在……还有天宿上仙。他们亲眼看着那些煞气如何被收束回天宿宫府，又是如何被一寸一寸钉回玉石之下。

他们在震荡消止之后，纷纷飞身而至，想去南窗下道一声谢，或是问询情况。谁知那些小童子说：“我家大人不在宫府了。”

萧复暄确实不在。他强镇下煞气的那一刻，几乎毫无迟疑地去了千里之远的极北之外。

这一夜的反常让他心神难宁。

他在身有损耗之下又镇了煞气，仙元、气劲难免被煞气侵蚀。恰逢乌行雪那边的调养已经中断，料想对方已经恢复了一些。他想趁着这个间隙把早有谋划的事做了，换一个长久的安心。

极北之外总是白雪皑皑，抬眼望出去，永远看不到边际。萧复暄足未踏地便落下一道结界，那结界将他圈于其中，踏雪无痕。

他垂眸端坐于漫天大雪中，将手中长剑搁在一边。下一刻，就见他周身卷起苍白的雪粒，随着气劲流转、打旋，将他笼于雪雾里。

等到那雾蒙蒙的雪歇止下来，显露结界里的人，就见萧复暄唇上带着一层殷红血色，手里躺着三枚黑色的丧钉。

从来都无人知晓他这三枚丧钉是何用处。世间常有传闻，“丧钉”这名字乍听起来攸关生死，不大吉利。那三枚棱角分明的黑色方钉看上去总是煞气沉沉，钉在一个上仙的耳骨上，更是矛盾至极。

只有萧复暄自己清楚，这丧钉轻易不能摘。

当初他灵魄碎裂，落在那些纷杂的乱线里。乌行雪每斩断一根，那些灵魄便得以挣脱。等到京观乱线斩完，他所有碎裂的灵魄终于魂归原处，从此，世间便有了萧复暄。

可碎裂的灵魄是不会无端凝聚如初的，而他的灵魄天生如此，更不会猝然相融。

那三枚丧钉，说起来与人间的棺钉有几分相似，是为了使他碎裂的灵魄强行相合，牢牢将其钉在躯壳里。

丧钉自钉下至今已有数百年，从未离过耳骨。如今第一次被摘下，他的灵魄便在躯壳里碎裂成渣。

很奇怪……明明原本就是碎的，一直以来都只是强行相合而已。但摘下丧钉，重新归于碎片时，他居然会感受到灵魄撕裂之痛。不是沿着某一道，而是沿着数不清的裂线，从不同的地方分崩，就像无数道半愈合的创口被强力撕开。

饶是生来如此、早已习惯的天宿上仙，唇间也带着血。

他在浓重的血味里抿着唇，解了腰间锦囊。锦囊里是早已备好的白玉精，之前每次去落花山市，他便会试着找寻一些遗落和残余。他不知道这白玉精从何而生，但他知道有人偏爱于它。

他低着头，将一部分灵魄生生抽离，融进白玉精里，然后仔细地将那白玉精雕琢成形。他要雕一尊灵王神像，在神像背后刻上供印，再将供印连在白玉精里的灵魄上。

如此一来，往后乌行雪若是再需调养，那牵连便都在这尊白玉雕像里，耗的是他预先分离出来的灵魄，不会直接作用在他身上。

他无须再在那些时刻避开坐春风，避到这极北之外。他可以像平日一样，掀帘而入，看着那人一点点恢复，重新显露血气和明亮笑意。

他始终记得有一次自己踏入坐春风，看见乌行雪倚坐在榻上，支着头，睡得并不安稳，一旁是纸捏的戏子和喧闹的锣镲声。

他在咿咿呀呀的唱调里蹙着眉，看着那个人，无端漫起心疼。

尽管乌行雪连哄带骗说了诸多理由，但他看得明白，对方不喜欢太过安静的地方，也不喜欢独自一个人。他想说……以后不会了。

萧复暄垂着眸，白玉神像在他手指的剑气间轻轻地翻转。他明明生了一副冷淡至极的眉眼，做的却总是用心事。

他手里的神像已有初形，所雕之人高挑挺拔，英姿飒爽，手里抓着一柄长剑，灿若煦日昭光。他半眯着眼，屈着指节轻弹了玉像一下，用低沉声音轻声道："乌行雪……"

他想问：你打不打算戴那个面具？但他说完那个名字，手指微顿，忽然怔住了。

那一瞬间，他躯壳里尚未弥合的灵魄猛地一震，那滋味就像在高崖之上一脚踏空。他心脏猛地跳了一下又骤缩起来，仿佛被一只无形的手紧紧捏攥住，良久之后才慢慢放松。

血脉回流时，一股毫无来由的慌意弥漫开来。这在凡人间，常被称为心有感应。

应当是心有感应吧，所以在乌行雪劈开神木、仙元碎尽、跪坐于地的时候，远在极北之外的人会在那个刹那忽然体会到铺天盖地的窒息与难过。

那个刹那说是极短，又极为漫长。

短到无人知晓发生了什么，更来不及有所应答；短到南窗下的小童子刚跑过一座拱桥；短到坐春风的那对小不点兄弟还没来得及抹掉脸上无端流淌的眼泪。

仙都曾经也有人落回过人间，从他不再是仙人的那一刻起，所有人都会慢慢将他淡忘。

乌行雪还是灵王的时候，在那废仙台下送别过很多旧友。他给很多人摇响过那个白玉铃铛，送对方一场囫囵美梦。等到梦醒后，他们什么都不会记得，自然也就不会难过。

他这样送过很多人……可轮到他时全然不一样。或许是因为他化身于神木，与天道同根同源，独立于灵台众仙之外，是特殊的存在；又或许他生劈神木、自碎仙元之行真的激到了那个凌驾于仙都之上的灵台天道，所以给了他比任何人都重的惩罚。

曾经给云骇他们的惩罚是被淡忘，而给灵王的惩罚是被抹杀……在他仙元尽碎、邪气裹身的那一刻，世间所有关于他的记忆通通消失不见。

南窗下的小童子正急急地要给自家大人传一封书信。他蘸了朱砂，却提笔忘言。

他握着笔，茫然地站在桌案前，半晌才被另一个跑进屋来的童子摇回神，问道：“你铺着纸做什么？”

他想了很久，愣愣地道：“我……我忘了。”他说：“好像有一件要紧事想跟大人说，但是……我忘了。”

那个刚跑过拱桥的小童子正招呼着身后的同伴，催促道：“快，离那儿还有……”他说着，说着，满脸的焦急被疑惑替代，步子也慢了下来。

他们莽莽撞撞地下了桥，又接连停下，相顾良久，挠头道：“等会儿，我们……我们要去哪儿来着？”

“唔……”

“奇怪，我们好好地为何从宫府里跑出来？”

“不知。”

“好奇怪，我跑得有点儿难受。”

“我也是……我心里好难受啊。”

那些小童子站了一会儿，莫名觉得累极了，明明从前没有这样难受过。

而那两个坐春风的小童子，抹着眼泪跑在仙都的晚风中。他们跑过了一片冷雾，再没有出来……就像灵王送上来的那缕春风一样，消散在漫漫长夜里，杳无云烟。

远在仙都一角的坐春风，院门外挂着长长的灯。那明亮成串的灯火于某一瞬熄灭，从此再没有亮起。

极北之外的漫天大雪里，萧复暄躯壳里的灵魄撕裂之痛反反复复，仿佛永无消止之时，以致他在某一刻生出错觉，好像那不仅是他自己的灵魄之痛。

可除了他自己，还有谁？还会有谁呢……

那漫长的痛楚终于缓缓休止，萧复暄睁开眼，双眸泛着红。他紧蹙着眉，沉默地垂下目光，看着自己手里握着的东西。

那是一尊白玉神像，高挑挺拔、英姿飒爽，手里握着一柄长剑。但它既无名姓，也无面容。这应当出自他手，是他亲手雕的。可所雕的是谁，他又为何摘了丧钉坐在这大雪里？

他长久地看着神像空白一片的脸，却记不起来。

他应当是忘了什么事，于是整个人世间都缺了一块。此后将近三百年，再没有完整过。

第 87 章 百年

落花台的那场大火究竟烧了多少天，恐怕没有人能算得清，就连乌行雪自己也记不得。

烈火焚身、灵魄撕裂、仙元尽碎……种种磨难加诸同一个人身上，任谁都不能清醒承受。他混沌又安静地在那方禁地里坐着。火烧了多久，他就坐了多久。

他不再是神性缭绕的不坏之躯，极度虚弱之下，那火也会留下伤。颈侧、后心、手腕、脚踝……越是靠近命门之处，越是容易感受到痛的地方，伤便越明显。

到最后，他的衣袍浸满了血。

后来人间传闻落花台被烧成焦土之后，因为烧死了太多人，浸了太多血，以至所有从那里流经的河流，进山时水色青白，流出来时就成了赤红，蜿蜒至整片莨暝之野。自那之后，就连莨暝之野的风里都带着一点儿枯焦血味，像锈蚀的冷铁。

但从没有人知道，那被风吹满旷野的血味其实来自灵王。

如果意识迷蒙的混沌能算一场觉，那乌行雪便在落花台里睡了一场漫长的觉。

等他睁眼醒来，那场大火已经熄了很久，十二里落花台烧无可烧，只剩他一人。那些前来施法扑火的仙门中人早已散去，曾经声名远播的山市在百姓口中也只剩下唏嘘。

乌行雪将衣袍上的血迹隐了，从旷寂的山道里走出来时，依稀看见了远处的城郭。城外有些茶摊、酒肆，支着长长的竹竿，挂着灯笼和旌旗。上面的字从“岁宁”变成了“清河”。

只是“睡”了一觉，却仿佛换了人间。

他在山外的岔道上碰到了一群百姓，男女老少都有。人群跟着一辆负着重货的牛车，在山下走得小心翼翼，边走还边四下张望，似乎生怕从道旁蹦出魑魅魍魉。

坐在牛车板沿上的一个姑娘眼尖，穿过山雾一眼瞧见他，先是吓了一跳，又惊道：“这落花台下居然还有敢独行的人？”

那吱呀慢行的牛车戛然一停，那群人纷纷停下，朝他看过来，惊疑不定。他们交头接耳地议论着，嗡嗡不歇。赶车的人身形结实，腰间还配了刀。

那人盯着这边，摸着腰间的刀问道：“这位公子从何处来？怎么一个人行在这山道上？你难道不曾听闻过落花台天火？”

那个眼尖的姑娘在旁补了一句：“公子是自外乡来的吗？这山里早前出过事的，有邪魔作祟！”

其他人纷纷点头附和，有人指了指头顶苍茫一片的天，说：“也不知是从哪里来的邪魔，估计是罪孽深重又格外难对付，引得上面都看不下去了，降了天火来罚，烧了不知多少日子。”

“那火烧起来的时候蹿得可高了！数十里外都能看见这里一片红。好多人听到了哭声。那真是怨气滔天。那么浓的怨气散不了多快，所以这里很容易出事！”

“对、对、对！经常有人说在这里看见冥火，还有许多吓人东西！”

“一个人来这里实在危险，附近城镇的人往来都是凑了堆儿的，跟着拉货的车马或是会些术法的人，公子你……”

“公子？”那些百姓七嘴八舌地说了好一会儿，却迟迟得不到回应，终于忍不住小声猜测道，“难不成他听不见？”

那时候的乌行雪确实听不太清。他周身余痛未散，五感僵顿。那些百姓的话语落在他耳里像隔着山海，模糊成片。他听得最清楚的，都是那些反复言之的词，说的是落花台作祟的邪魔和怨气滔天的哭喊。

他在凉寒的山雾里站着，静静地听着那些广为流传的话。

还是那眼尖的姑娘，否了一句：“应当不会，他瞧着不像……”

“不像什么？”

“不像是听不见的人。”

他甚至不像这里的任何一个人，同灰扑扑的山道格格不入。他一身雪色，在赤红山石和陡峭悬崖的映衬下，苍白得像山里的冬雾，仿佛高阳一照就散了。

那姑娘从车板上跳下来，壮着胆子朝他走了几步，试探着问道：“公子你是要去哪里？若是顺道，可以跟着我们一块儿……公子？”

她提高音调叫了两声，才见对方怔然回神，动了动唇答道：“北边，无端海。”

那声音是很好听的，像是很久没开口了，带着极为轻微的沙哑。但依旧不妨碍好听。

其他人见他答话了，也慢慢放下了惊疑、戒备。赶车的人拍了拍牛脊背，扶着腰间的刀跟过来，道：“无端海？也算是顺道吧，渡口就在那个方向。公子既然敢独行，多少会一点儿防身之术吧。若是会，一会儿同行就走在外沿。你可有带刀剑？”

那位公子身量比他还要高一些，他说话时总要微抬起眼，所以没注意到其他。他问完这句话，才朝对方腰间瞥去，就见那里只挂着一个铃铛模样的白玉坠，没有佩带任何利器。

他愣了一下，才听见对方答道："我没有剑。"

曾经的灵王懒洋洋的，手里不爱拿东西。他宫府里那两个小童子又爱嘟囔，经常跟前跟后地问他要活干，仿佛如果派不上大用场，就没有理由长住仙都似的。

于是每每带那两个小童子下人间，他都会让他们帮忙拿着剑，还给那两个小不点儿取了个诨名，叫"抱剑童子"。

若是小童子不在，那柄剑便常常被佩在腰间，与那白玉梦铃同在一边，行走时会轻轻相磕，发出响动。曾经他去南窗下，还未落上屋檐，院里的人就会抬起头来看向他。

那人说："早就听见了琅玉声响。"

他问："这么灵。有多早？"

那人道："一出坐春风便听见了。"

如今，他没有童子叽叽喳喳地跟前跟后，也没有谁会等在院里，听着玉响早早抬头。

那柄剑劈开神木灵魄后，随着满地的血和散去的仙元，化回了最初的模样——裹着碎枝的白玉精。他两手无物，腰间空空，不会再有剑了。

那赶车的男子和那姑娘走到近处，终于透过山雾，看到他脖颈一侧大片的灼伤。

那姑娘心软，倒抽一口凉气叫道："你在流血啊！"她浑身摸找了一下，掏出一块干干净净的布巾，掏了一点儿药粉撒上，递过来说："这么大的伤想来是很疼的，这药粉是城里仙门的人给的，你拿着捂——"

她话说到一半就顿住了，那个赶车的男子猛地拽住了她。他们的目光落在乌行雪脖颈的伤口上，眼睛渐渐瞪大。

那伤口正在以肉眼可见的速度弥合着。弥合时，丝丝缕缕的黑色烟气缠绕在伤口处，也缠绕在乌行雪身上……

这些百姓大概受过其害，所以一眼就认了出来。他们猛地刹住步子，凝滞一瞬，便惊声叫道："邪魔！你……你是！"

"他是邪魔！"

"快跑！有邪魔！"

山道由静变乱只是一瞬间的事。一瞬间，牛马嘶鸣，人群如溃堤。一瞬间，所有人都惊恐尖叫着，落荒而逃。

乌行雪听着他们尖叫，看着他们消失在山道尽头，清晰地记着他们仓皇回头时的眼神，那里面满是惶恐、不安、畏惧和厌恶。

他在归于死寂的山道上站了很久，弯腰拾起那块沾了药粉又掉落在地的布巾。他将布巾搭在峭壁的枯枝上，最后看了一眼曾经人语喧嚣的落花台，孤身往北去。

那个姑娘问他可有要去的地方，他静了很久，才给了回答。他确实有一个地方要去，就在无端海的尽头，叫作苍琅北域。

神木被一剖为二的灵魄需要一个地方安置，他想遍了世间各处，只有那里最为妥当。但那又是此时的他最不想去的地方。

他还不适应身上逸散的邪魔之气，不善运转，不会掩盖。

他能想象任何人看到这样的他时会有何反应，多半如同方才山道上那些人一样，尖叫着逃离，或是刀剑相向，带着畏惧、厌恶或是恐慌……他也能想象出与任何故人相逢的场景，想象再碰到仙都之人时，会是如何的景象。

唯独想象不了与萧复暄的相逢。

那一年是清河初年。乌行雪去了无端海边，却并没有过海。

他在无端海外沿的一处冰谷里静坐了十月之久，直到能将满身浓稠的邪魔气隐匿得一丝不漏，直到他在自己的躯壳里凝出一具完整的、以假乱真的灵魄虚相，才从那无人之地里出来。

他给自己易了容，捏了一副谁都探不出破绽的模样。他还逆转了气劲，改换了一贯的行招……他预想了数不清的情境，做了万般的准备，却在即将要过无端海时听说了一件事……

那天人间又值隆冬，无端海边下起了大雪。渡口的船篷下支起了防风灯笼，摇晃的灯影照得水面一片澄亮。乌行雪在那片亮色里眯起眼，眨去眼尾的雪粒。

他在垂眸又抬眸的一刻听到旁边某家仙门的几个人说："听说天宿上仙萧复暄很久不在仙都了……"

乌行雪一怔，乍然回头。他站在风雪里，听那几个人说话。他们说，萧复暄不在仙都了；他们说，他身负天诏禁令，大抵要在极北之外待上百年。

整整一百年，那个人都不会出现在人间了；整整一百年，他们都不会有相遇的机会，无论是冥冥之中还是不经意间，无论是在苍琅北域还是在其他地方……

他还在传闻里窥见一件事——原来从他劈开神木、碎裂仙元、成为邪魔的那一刻起，世间所有人都已经忘了他。

从未有人从神木高高的枝丫上跳下来。仙都也从来没有过一个灵王。

他不用再去设想倘若碰到萧复暄会是何种景象了……因为即便在百年之后，即便他们在最宽阔的街上迎面相撞，四目相接，也不会有什么。

他们与世间那些频频擦肩的陌生人别无二致，显得那整整十个月的迟疑和踌躇像个笑话。

第 88 章 闷雷

十个月对凡人来说，是一段既短又长的时日。

短在薄衣换成厚袄，这十个月也就过去了；长在这十个月的每一个夜晚，都因为频繁出没的邪魔妖物而显得漫漫难熬。

乌行雪隐藏好一半神木、离开无端瀚海的那天，人间又有一处闹起了邪魔之乱。但是最初乌行雪并不知晓。

他特地避开生人聚集的城镇，走了一条荒无人烟的山道。那是礼阁桑奉曾经执掌过的不动山，山下只有一些荒村的残迹——早已破败无人的房屋、堆叠错落的坟冢以及比房屋还要高的野草。

他本以为不会碰到任何活物，谁知在野草尽头碰到了一个故人。

说是故人其实不算贴切，那是他和萧复暄曾经一起救过的人，满打满算也只有过两面之缘——初见时，那人还是个扎着圆髻的小姑娘，捂着伤口，茫然地站在爹娘的尸体旁边，差点儿被流窜荒野的邪魔凶物咬断脖子。

他和萧复暄刚巧经过，斩了追她的邪魔凶物，帮她葬了爹娘。将她送回城镇之后，她在空荡荡的屋子里，抓着他的袍摆哭了好久。

离开时，萧复暄在桌上留了一盏能震慑邪魔凶物的驱灵灯。

后来偶然碰到已是十多年后，那小姑娘早已长大成人。她在行人往来的城关前叫住了他们。因为模样变了太多，他们还是靠眼下的胎记才将她辨认出来。

那姑娘补谢了曾经的救命之恩，然后看着他们十多年分毫未变的容貌高兴地说："我就知道，你们一定是神仙！"她还说："倘若以后还能有缘再碰见你们就好了……"

到如今又是数十年，倒是真的又碰见了。只是再碰见时，那位姑娘已是垂垂暮年，成了老人。

一个不经意间，就是凡人一生。

当年那个因为见到神仙而雀跃的姑娘，如今白发苍苍，弓着肩背，倒是眼下的胎记还如往昔，能依稀辨认出来。她不再能自如蹲跪起身，就连弯腰再直起，都要撑扶着旁边的树干。

她在几个坟包前抖搂下一篮用粗黄纸叠成的锞子，点火烧着。纸灰被风卷过来，扫了乌行雪一身。他才恍然记起，这坟冢里埋的似乎是她的爹娘，还是他和萧复暄帮忙造的。

这居然是数十年前他们并肩途经过的山道，如今却只有他一个人来。

老人用树枝拨锞子时，依稀觉察到有人。她抓过树枝上挂着的一盏灯，引了火点燃，提灯朝乌行雪的方向照过来。

那灯火明明十分昏黄，并不刺眼，照过来的时候，乌行雪却眯着眼偏开了头——那光亮让他躯壳里的虚灵一震，极不舒服。

他下意识觉得那火不寻常，那灯也有诈。他垂在身侧的手指一动，差点儿就要出招，却在抬手前瞥见了灯笼一侧熟悉的符文和熟悉的字。

那字劲瘦有力，弯折处总是锋利如芒。那字出自……萧复暄。

乌行雪在灯光里怔了一瞬，终于反应过来，那不是什么有问题的灯。那是他们曾经留给小姑娘的驱灵灯。

灯芯里融了仙术和药粉，灯台、灯罩上写着符文。凡间仙门也常用，他们点燃此灯，驱散一些邪魔阴魂。

乌行雪曾经见过很多回这种灯，还自己做过几个。他曾在灯罩上写画符文时同萧复暄说："这灯看着温温和和的，也算不上亮堂，不知照在邪魔身上会是什么感觉。"

当初说这句话的时候他从没想过，有一天，他自己能给后半句一个答案——这灯看着温和，照在邪魔身上，却如同眼被刀刺、身受火灼，叫人忍不住想抬手遮掩，想仓皇避让。

但乌行雪既没有抬手，也没有转身。他只是半眯着眼，在刺痛和灼痛中看着灯罩上的字。

他听见那个曾经雀跃地说着"你们一定是神仙"的姑娘，用一种沧桑的语气轻轻问道："你……是人是鬼？怎么在这荒山里转？"

乌行雪先前为了避人而做的易容早已消失，如今的模样与数十年前别无二致，但老人并没有丝毫反应。

那个曾经在人群里将他和萧复暄一眼认出来的人，如今满眼皆是陌生。

确实都忘了，确实无人再记得他了。

他看着老人警惕的模样，看着他们曾经送给她的灯，静了良久，道："我只是在山间迷了道。"他没有答那句"是人是鬼"，这问题如今听来实在难答。他顿了一下，冲老人说："还要行路，不多叨扰了。"他说着便抬了脚，眸光避开那驱灵灯，要往南去。

他身上的邪魔气总会在入夜时变得更重，寒风一吹，甚至觉得饿。那是邪魔的本性。

他不想在这处地方表露这种邪魔本性，因为这里曾经有过一些故旧往事，因为身后照着那盏萧复暄做的驱灵灯。

可偏偏天不遂人愿。

他就要离开时，天边浓云滚滚，忽然响起了一阵冬雷。

那时候乌行雪还不知道，在这样的惊雷天里，尤其是夜里，低劣一些的邪魔还有另一种本能，叫作“朝圣”。

它们在浑浑噩噩之际，会下意识朝附近邪魔气最浓、最重的人靠近，就像百虫乍惊。

于是，他终究没能清清静静地走出山道。那阵雷声落下时，天际蓦地一暗，与夜深时分无异。原本寂静无声的山脚荒地忽然响起了沙沙声。

那声音就像无数东西在朝这里极速窜行。

后来的乌行雪才知道，那时远处的城镇正在闹一场不大不小的邪魔祸乱，祸乱中的邪魔在惊雷声下依稀嗅到了他悄然逸散的气息，控制不住本能，纷纷调转脚步前往山里。

那是乌行雪第一次经历邪魔“朝圣”，数以千百计的低劣邪魔由四面八方窜向中心……

他就是那个中心。

他听到老人在惊呼，提着的灯左右晃荡着。那道让邪魔不舒服的灯火始终落在他余光里，照得他眼睛涩得发热。

驱灵灯对两三邪魔来说效用很大，但落到成千上万的邪魔堆里，作用便只寥寥。那乌泱乌泱的邪魔稍稍僵了一下便直窜过来，速度之快，如风如影。

它们并不掩盖自己身上的邪魔气息，数以千计地扑过来时，那浓重的气息就像泥沼，将乌行雪缠裹进去。

他顺手折了一根树枝。熟悉的剑招扫出去时，那些邪魔避闪不及，被凛冽的剑意横剖而开。

那一剑就像是撕裂了沉黑幕布。低劣的邪魔叫得歇斯底里，声音在山坳里回荡。它们会模仿人声，会假意哭叫。

乍看过去，就像无辜百姓间杂其中，在剑招之下身首异处，头颅滚落在地。其中一颗头颅滚到了乌行雪靴前，浓黑的邪魔气从断裂的伤口处流散出来。

那一刻，乌行雪眉心一跳。他定定地看着那张与活人相似的脸，又下意识回了一下头，朝那个老人以及她手里的灯看了一眼。

等他再转回头来，就见那颗断裂的头颅已经显了原形，露出了低劣邪魔阴物的古怪模样。

他垂眸看了片刻，忽然丢掉了手里的树枝，止了剑招。下一刻，蓬勃凛冽的冰霜寒气从他两手之间陡然扫荡出去。那风所过之处，所有邪魔都挂上了一层白森森的霜。

它们被冻得打了个激灵，又号叫一声，朝乌行雪直窜过来。因为没有被剑气直直剖开，这次它们得以窜到了近处。

它们刚张开口，露出沾了血的牙，就被一只冰冷的手抵住了头。那苍白手指猛地一屈，就听撕心裂肺的惨叫从低劣邪魔的喉咙里挤出来。就见它们浑身一震，过于突出的眼珠慢慢浮上了一层死气。再接着，寒霜就从它们头顶蔓延下去，瞬间包裹了它们。

乌行雪丢开一个，又攥住下一个。如此不知过了多久，他陡然惊觉：再没有新的邪魔扑上来了。彼时他手中还攥着一个邪魔的喉咙，那邪魔已经死透了，眼珠却一转不转地看着他。

乌行雪皱了眉，正要松开手，忽然感觉有什么东西源源不断地顺着手指涌进了血脉。那个被他攥着的邪魔，正以肉眼可见的速度干瘪下去，没一会儿就变成了一具空空的皮囊。

与此同时，他之前隐隐泛起的饿意平息了一些……他眼皮一跳，忽然想起曾经不知从哪儿听来的话。

传闻，世间邪魔多以活人为食，找不到活人时，也会用同类发泄，灵肉皮骨都不放过。

这同样是邪魔无法更改的本能……而就在他意识到这一点的时候，他的邪魔之躯已经比他先有了反应，更多倒下的死物开始逸散邪魔之气。

那是一副令人肝胆生寒的景象——荒野里，数以千计的邪魔在不到片刻的时间便全部丧生，周身裹着白霜。一眼望去像忽然而至的雪，盖住了这一片囫囵。而它们身上的邪魔之气正如流水一般疯涌而出，全部朝乌行雪涌去。

乌行雪低头看向自己苍白无色的手指。他看着那些属于邪魔的东西疯涌进自己的身体，看着手指因为那些东西渐渐有了血色，看着那双手在靴前投落下影子。

他知道，背后有一盏萧复暄的驱灵灯，那灯的光正照在他身上，而他不能回头。

就在那个瞬间，他忽然觉得被遗忘其实还不错。他被遗忘得干干净净，就不会有人在看到他时忽然叫住他，眸露难过或疑惑，问他：为何变成了这番模样？

第 89 章 重逢

像那样的“朝圣”，在后来的百年时间里，乌行雪碰到过很多回。

多到他再遇见时，面上已经不会再露出丝毫意外和惊诧了；多到他在那些低劣邪魔扑过来的同时，就能祭出足以覆盖整片莽原的霜；多到他能面不改色地攥住那些头颅，钳住那些咽喉，眼睛都不眨一下。

那些邪魔在死去的时候常常是睁着眼睛的，它们的眼里会逐渐流露出悲喜。那是它们曾经吞食过的无辜活人在它们的身体里残留的痕迹。

每到那种时候，乌行雪总是不眨眼睛。他总是静静地看着那些活人残留的痕迹慢慢出现，再消散不见。

倘若有人在那一刻从低矮处抬头看他，会发现这个如今赫赫有名的魔头眼眸里居然有悲悯之色。可惜，那时候落在低处的都是已死的邪魔，没有谁会那样看向他的眼睛。而等他丢开死物抬起眼时，已经恢复成了惯常的平静模样。

他早已习惯如此。

他在南边的荒野残城里挑了一个地方，将神木的另一半灵魄落根于此。那一半灵魄很快抽枝散芽，在荒野间长成了一株参天巨树。它同当年的神木有几分相像。只是它冠盖亭亭，却从不开花。

它明明生得一树繁荣之相，那股沉沉死气却能散出数里，以至叽喳鸟雀从不敢在此停留。

他又围着这棵参天大树落了一座院子，连廊楼阁，同当年处处皆玉石的仙都宫府很不一样。他好像不再用那种干净润泽的白玉了，院里更多的是石头，苍青色的、灰白色的、黑色的或是血一样褐红的。

他也很少再捏那些纸人戏子，来换一场热闹的安眠了。于是这偌大的府宅总是很安静，即便有人也不敢高声言语，他们怕他……

很多人怕他，听过他名字的百姓怕，蜂拥而至的邪魔也怕。任何活物只要踏进雀不落的大门，好像就会下意识放低音量，以至有时候这府宅近乎死寂，而乌行雪就在这片死寂里住着。

后来有人壮着胆子问过他，是不是特别讨厌喧嚣和吵闹。

他当时正出神，微微下垂的眼尾总显得他神色恹恹。问话的人没等到回音，以为自己说错了话，正要慌忙认错，却听他忽然开口答道：“也不是。”

问话的人听了答案，颇为诧异，正要接话，就听乌行雪又道：“但还是安静点儿好。”

对如今的他而言，还是安静一点儿好。

曾经他竭尽办法让自己忘记剑下那些亡人的尖叫与哭号，如今他却需要自己记住那些……他需要清清楚楚地记住那些，不能忘却。否则，他会真的习惯于邪魔生杀无忌的一切。

他已经习惯了太多事。他需要记住，自己并非为此而来的。

自从人间多了一个乌行雪，那些四起的邪魔之乱居然慢慢有了一些好转。

曾经，邪魔可以出现在任何地方，毫无预料，毫无征兆。即便天宿刚刚荡平这里，不出几年，依然会滋生新的邪魔。

人们试过太多办法，依然弄不明白为何会有那么多打不尽的邪魔，就仿佛他们是天生地养的，跟永远除不尽的青苔、野草一样，好像一条石缝、一片裂土、一片坟冢，随便一个常人注意不到的地方，都能成为邪魔的生地，以致很长一段时间，人们都活在一种怪异的恐慌里——好像身边的任何人，亲眷、近邻，甚至大街上擦肩而过的陌生者，都有可能在某一天被邪魔掏空躯壳，被同化成其中一个，然后再在某一天，将手伸向他们。

这种四处皆是、全无头绪的感觉实在糟糕。

可是从某一天起，南边的荒野废郊多了一座府宅叫“雀不落”。那之后，每到人间惊雷乍起、百虫乍动的时刻，那些散乱的邪魔妖物总会不知不觉地朝那座“雀不落”靠近。

那是邪魔的本能——趋近更强的人，要么臣服，要么杀了对方。

邪魔不讲感情，没有谁喜欢被压制，即便是本能作祟。所以他们中的大多数，在最初都曾试过要杀了乌行雪。他们一拨一拨地去，又一拨一拨地死在对方手下。

时间久了，找死的人终于少了一些。一部分转而老实下来，另一部分则开始好奇：为何世间突然出现了这么一个魔头？他得杀过多少人，手下有多少亡魂，才能有如此浓重的邪魔气？

他们百思不得其解，便觉得对方或许有特别的修行之法，诸如他那府宅所落的地方有玄机。

于是慢慢地，半是本能驱使，半是心有所动，越来越多的邪魔将修行之地选在南边，离“雀不落”不算远的地方。再后来，那里变成了邪魔攒聚之处。

一旦聚集，邪魔之气自然远超某一个人的极限。于是，更多、更远处的邪魔嗅到了那种气息，在惊雷之夜朝那里涌聚而去。

数年又数年，世间所有邪魔几乎都聚在了那个地方，而那个修造了“雀不落”的魔头给那里划了一道结界，取名“照夜城”。

照夜城的入口是落花台，落花台外还有葭暝之野。十二里群山和那片旷寂长野就像一道屏障。屏障里面是魔窟，屏障外面是人间。

有很长一段时间，人们总是惧怕突然出现的“照夜城”。他们觉得那里邪魔聚集，应当是比炼狱还可怕的地方。他们提起那里便说魔窟，提起照夜城城主便说魔头。厌恶和恐惧高过一切。

所以从未有人聊起，甚至从未有人意识到，其实在人间出现照夜城后的近一百年里，他们过得没那么惊惶不安了。

人间依然有邪魔作乱，但不会再像从前那样毫无头绪地出现在各处。至少所有人都知晓，那些邪魔有个老巢。而那些仙门也不再顾头不顾脚，茫然无措了。毕竟邪魔出城入人间，总要途径一些地方。

于是在那些年里，太多仙门与邪魔之间的冲突都爆发于葭暝之野。

那片长野实在奇妙。当年神木还在时，那些小国之间的战乱常发生于此，荒野上总是烟尘弥漫，尸骸遍地。这是一片死地，却保了许多未死之人家国平安。

后来神木被封禁，落花台陷入大火。这片荒野上又遍流血迹。它依然是死地，却预兆着将来百年都不会再有神木引发的贪心祸乱。

如今这片荒野常有仙魔兵戈相见，还是一片死地，又未尝不是福缘。

传说照夜城城主乌行雪常会站在焦土一片的落花台上远望葭暝之野，有人猜测他同那里有一些渊源。可他每每出城，总是绕行，从不会经过那片长野。

许多人好奇缘由，常做猜测，却没什么人敢真正张口去问他。其实即便有人敢问，他也不会作答的。

他不会同任何人说起，在葭暝之野的北端有一个半隐的龛台，龛台上是一座世间百姓很少供奉的神像，神像上刻着一个人的名字：萧复暄。

而那尊神像背后有一道印，是曾经两人逗闹之时萧复暄自己刻上去的，说是为了方便“捉”住某个在人间乱逛的人。

那印记与普通供印有些区别，同本尊之间的联系更深一些。它是萧复暄的眼。神像所见，即萧复暄所见。

他不想从那双眼下走过，他不希望抬起头时看到那尊神像半垂的眼睛。

那样的眸光曾经总出现在亲近之时，而不是在人间荒野，看着他魔气缠身，满手杀孽。

但他同时又清楚地知道……迟早有一天，对方会看见。

天宿上仙专斩邪魔，迟早有一天，萧复暄会接了天诏下到人间，于是他们将兵戈相见。

他有时骤然出神，会不可避免地想象那样一天。那会是何年何月，在人间何处？会是在照夜城下，还是在那片绕也绕不开的葭暝之野……

他想过许多地方，那些场景又总是模糊不清，有着挥散不去的冷雾和寂静长夜。

他甚至连长剑破风而来的声音都能想到了，临到头来却发现，那并非他设想过的任何一种。

那是人间春三月，梦都南边的一场杏花灯节。

乌行雪一如往昔绕开葭暝之野，要从那座城间穿行而过。他并未打算多作停留，却刚好撞上了仙门子弟护持的灯队。他无意搅乱佳节，索性退了一步，身形一掠，上了高楼。

这种难得的佳节，城间仙门都会解了宵禁，集市彻夜不歇。长街两边尽是店面，挂着长长的杏色的灯。

不过也不是每家店面都一派热闹，乌行雪暂避的这间便是其中少有的例外，早早熄了二楼灯火，只留了一楼的半间铺面。

他避在二楼的廊台上，站在昏暗无光的夜色里，半倚着朱漆廊柱，垂眸看着楼下的街。

这条街并不算长，灯流从那边拐过来，一路延伸到头也不过一里，不会蜿蜒到天边。但他看着那些灯火，听着街上百姓的闹声，看着熙熙攘攘的人群，还是晃了神。

他忽然分不清今夕何夕了，就像在似曾相识的灯火里乍然入梦……可偏偏有不识时务者，非要挑在这种时候来给人添烦。

乌行雪听到符纸轻动的声音时，垂下眸光沉了脸。

这种动静他太熟悉了，虽然如今到他面前找死的邪魔已经很少了，寥寥可数。但架不住总有那么几个觉得自己能钻上空子——比如看准了乌行雪不在雀不落，比如他身边空无一人，比如听闻他前一阵频频被人间仙门追寻拦堵，总该挂一些伤。最重要的是，那几个邪魔在潜随入城后，在几个仙门弟子口中听到了一个久违的名字……

听说仙都里的那位下来了。

天宿上仙不会无故下人间，倘若他真的来了，总要有魔头遭殃的。如今，还有比照夜城城主更大的魔头吗？所以他们想不远不近地跟着，看看能不能捡些漏子。

若是寻常，他们只要不先动手，乌行雪总是懒得费力捉人，任由他们跟着。偏偏这天他有些反常。

或许是不想见这似曾相识的灯会被人无端打搅，又或许是出于别的什么原因，冥冥之中，他莫名有些心神不宁，忽生烦躁，便将那几个碍眼之人翻找出来。

后来的情境乌行雪总是记不起，那天混进灯会的邪魔有多少个？五个还是七个？他忘了。

那天的很多细节琐事他也都记不清了，只记得他于瞬息之间杀了那些邪魔。霜寒裹身的尸首干瘪地躺在昏暗无光的楼阁地上。他看着那些邪魔眼里最后一点儿活气散尽，直起身来，手指上淅淅沥沥淌着血。

他在黑暗里站着，不知多久后，惊闻外面响起的锣镲声。

依照民间习俗，锣镲声响便是吉时到了，那些捧着灯火的人会在那一刻松开手。于是街市间那条长长的灯流在那一刻浮起来，星星点点地升入云霄。

他听着锣镲声乍然回神，片刻后动了脚步，走到廊台边。

那一刻，街市熙攘吵闹的人群里，有一个身量极高的人身裹长风，拎着长剑自街角而来。他天生一副冷情脸，面容无神色，就要从街市穿行而过，却在听到锣镲声响时恍然一怔，停了脚步。

满街的灯就是在那个瞬间升起来的。正巧楼阁之上的乌行雪垂了眸，而街市边的那个人抬了眼。

于是人间整整一百年，就在那片晃动的灯影里缓缓流过。

满街市的人潮还在随灯而走，雀跃不停，那声音应当喧闹翻天，于乌行雪来说却像是蒙了厚厚的绒布，什么都听不清。

灯火烂漫成片，亮得晃眼，他在那一片光亮里，看见了萧复暄。

他曾经觉得时节走起来很快，不过是由冬到春，再由春到冬。照夜城门前的青冥灯十年一转，到如今转了十轮，也就是白驹过隙间。

直到穿过夜里淡色的雾，撞上萧复暄的眸光，他才忽然觉得，一百年真的很长。

那一百年太长，就显得他们眸光相撞的刹那太短了。

集市的灯火恰巧从楼前挡了一下，让人什么都看不清。等到那灯火轻晃着升入云间，那个街角已经空空如也。就好像……对方的眸光只是恰好投过来，恰好多停驻了一会儿。因为放完了灯，百姓重新走动起来，于是他便收了目光，转身没入了人潮里。

当真与陌生人别无二致。

尽管乌行雪想过很多回，做了整整一百年漫长的准备，甚至觉得这样也好，并非坏事，可当这一幕真的发生时，心脏还是会难以抑制地钝痛，就像被锈蚀的刀拉扯撕磨。

楼阁之下，不知哪家弟子吹了一声轻悠的长哨，数百盏震慑邪魔的驱灵灯亮了起来，挂在集市两边，护这佳节一夜平安。

百姓在灯中行走自由，唯独乌行雪用手背挡住了眼睛。他嗅着手指上残留的血味，退了一步，退回到昏暗的楼阁里。

在这个位置，驱灵灯其实照不到。他看不到那些令邪魔不舒服的光了，但他挡着眼睛的手并没有放下来。他依然闭着眼，眼里灼烧一片。

后来乌行雪常常弄不清自己在那片昏暗无人的地方站了多久……应该并没有很久。因为他眼里灼痛还未消，就听见身后忽然有一道极轻的响动。那声音让他身形一僵，怔在原地。

那是长剑剑鞘与剑刃轻轻磕动的细响，就落在他身后不足半步的地方。

霎时间，整座楼阁便陷入了静谧。又过了片刻，身后人低低沉沉的声音才响起来，说：“你是……乌行雪？”

乌行雪手背下的眼睛睁开来，眼里红热一片。

第 90 章 听说

这年是清河一百年。

萧复暄身上的禁令刚消，尚不足半月。倘若将他的衣袖挽起来，便会发现他身上还有禁锢残余的咒痕，泛着淡淡的金色，同颈间那个天道所赐的“免”字相似。

只不过颈间是所谓的“赏”，身上却是罚。

整整一百年来，不论仙都还是人间都流传着这个说法——天宿上仙身负禁令，在极北之外待了百年。但他究竟做了什么事？因何背了禁令？又为何要消隐一百年之久？此中种种，却从来没有人说得清。

哪怕是同在仙都的灵台众仙，甚至是明无仙首，偶尔提及，也只能摇头说一句：“所知甚少。”他们唯一知道的，就是那一日天宿上仙曾经独闯过灵台。

落花台大火的那一天，萧复暄曾以灵识独闯天道灵台。

仙都灵台一共有十二座高悬于云霄的山峰，每座山峰各由一位仙人镇守，每位仙人又有仙使在侧，不可胜数。

那天，当那道灵识披着极北之地的风霜寒意，如凛冽冰剑一般直扫进灵台时，那些仙人和仙使无不震惊失色。

自始以来，从来没有任何人敢以如此姿态进灵台。无论是谁，无论是来受天之诏还是跪领天罚，都是自一道一道山峰走上去的。

从来不会有人这样……剑意狂张还带着煞气。

那些仙使甚至抬手挡住了脸。即便如此，他们还是能感受到灵识扫过时掀起的狂风，那风里有不知哪里来的细碎雪末，带着极北之外才有的肃杀味道。

闻到的那一刻，他们胆战心惊。仙都之人或许会认错其他仙人的气息，却不会认错萧复暄的。因为他一身仙气里裹着最浓重的煞气，独一无二。

正是因为独一无二，也正是因为瞬间就能认出来人，他们才更觉得心惊。

究竟发生了什么事，会让萧复暄情急如此?！众仙满目惊疑，毫无头绪。

那时候，他们已经从“灵王被抹杀”的短暂空白里回过神来，彻底忘却了灵王的存在，只觉得那日的仙都同数百年里的每一天一样，风平浪静，无事发生。所以他们想不明白，也来不及阻拦，只能失声叫道：“天宿！如此有违仙规啊！”

任何人都知道，灵台不能擅闯，如此有违天规。萧复暄必定也知道，但那道灵识就是一步未停。他们只隐约看到雪末寒风中天宿的虚影，面沉如寒冰，眸底一片红。

他们的惊呼和告诫转眼便落在后面，说着：“出什么事了？天宿为何突然如此?！”

其实就连萧复暄自己也说不清出什么事了。

他的躯壳还僵坐在极北之外的漫天大雪里，手中还握着那个没有完成的白玉雕像。他说不清究竟发生了什么事，只知道某个瞬间，一股毫无来由的悲意笼罩心头。

极北之外广袤无垠，他嗅着风里的雪味，冷得像万剑贯心。他抿着薄而直的唇，垂眸看着那尊雕像。在他自己反应过来之前，灵识就已经脱离躯壳，直贯仙都。

他说不清出了什么事，但他必须做点儿什么。他应当要做点儿什么，否则……否则……他甚至不知道“否则”之后该接什么，但他那道灵识已然如重剑一般，楔在灵台顶峰之上。

那一刻，那座悬于云端的高峰嗡嗡震颤，裂缝从萧复暄虚影的脚下蔓延开，碎石迸溅。

他攥着手里的剑，抬头道：“你做了什么？你究竟……做了什么？”

天道的抹杀不留余地，亦毫无痕迹。世间任何人都应当如此——他们会从短暂的空白中回过神来，该如何便如何，从此将这一日忘于身后。过去的所有空缺都会被一些“理所当然”的缘由填补干净，回想起来不会恍惚，不会疑惑。他们会觉得事情自始如此，世间从来都是那样，一分一毫都不曾变动过。

所有人都该这样，不会有任何例外。可偏偏……有一个萧复暄。

灵台众仙始终未能知晓，那一日的最高峰上、灵台案前，究竟发生了什么事。

其实那一天，他们曾亲眼看见十二座悬于云端的高峰地动山摇，南窗下的煞涡又掀狂澜。他们甚至在某一刻收到过诏令，纷纷身负法器赶赴山巅。

但后来种种，他们却都不记得了，因为那一日在灵台之上发生的事情也被一并抹去了。最终，他们只记得天宿灵识挟风而来的瞬间，以及那个众所周知的结果。

后来常有人说：“仙都众仙倘若违背仙规，得去灵台十二峰跪受天罚，但天宿是个例外。他毕竟是唯一受点召而成的上仙，独立于众仙之外。若是有违仙规，受的罚也不一样，便是那所谓的禁令。”

萧复暄灵识归体的那一刻，淡金色的禁令自他手腕经脉浮现，融贯周身，汇集于心口。那是无声的禁锢，以他身躯所在的极北之外、万里雪原为牢，将他封在那里。

曾经在万剑穿心的悲意之下略有松动的记忆，在禁令流转间一遍又一遍地被抹除、消杀。

他时常垂眸看着那尊白玉雕像，明明是一方死物，面容也一片空白。但他却觉得它是鲜活的，风姿飒飒又略有一些狡黠。

它应当是笑着的，矜骄里透着懒意，也会作弄人似的咕咕哝哝同他说话。但它始终不曾开口。

仙都人人都觉得，天宿上仙能镇得住无边煞气，耐得了茫茫死寂，应当是喜欢安静的，就连他自己也觉得似乎确实如此。但他有时候合眸坐在这万里雪原上，会忽然睁开眼睛。

他会抬起头，不知缘由地看向上方某一处，就好像那里有琅琅玉响，或是谁叫了他一声“萧复暄”。

可是没有。极北之外的上空永远是一片苍青色，间杂着雪的白，雾蒙蒙的，茫茫不知尽头。

有时他还会忽然生出一股执念，想把那尊神像雕完。他的指尖凝着不带杀意的剑气，构想良久，却怎么也想不出这尊神像有怎样的眉眼。

到最后，他又总是收了剑气，指弯轻轻地落在那尊神像脸侧。

他用锦袋将神像装好，那锦袋是他随手变出的，白布镂着银丝，同他一身皂色靴袍格格不入。他捏着锦袋愣了好一会儿，才将它悬挂于腰间。

淡金色的禁令一日流转三千三百回，一刻不曾停息，而他的心脏和这些下意识的习惯便同禁令拉扯不休。曾经那种毫无来由的万箭穿心之感，他日日都有，又日日都会归于平静。

倘若说整个世间都经历过一次关于灵王的抹杀，那么，这个看上去远离世间的极北之外便日日夜夜都在经历抹杀。

一遍又一遍，一日不清，一日不停。如此日复一日，才有了整整百年。

萧复暄从极北之地回到仙都的那天，人间正是三月。但他起初不知，因为偌大的仙都处处烟云缭绕，终年如此，看不出是哪个时节。

他穿过仙都入口，踏上高高的白玉台阶。灵台十二峰悬于云上，青灰相应，半隐半现。几个灵台仙使迤迤然经过，看见他时躬身行了仙礼，叫道："天宿大人。"他们依然有些怕他，不敢亲近也不敢多话，一如往昔。行完礼，他们便板板正正地转身，继续往灵台去。

萧复暄回到南窗下时，那十二个小童子恭恭敬敬地等在院门边。见到他时，整整齐齐地说："大人回来了！"

这些小童子甚是高兴，弯着眼睛带着笑，挑不出什么问题。萧复暄却极轻地皱了一下眉。

那动作确实很小，小到连他自己都没有意识到。他只是在某个瞬间感觉这些小童子有一点儿文静。

不过小童子都是礼阁所派，礼阁又惯来讲究，送出来的童子、仙使各个规规矩矩，举手投足都挑不出一丝毛病。他宫府里的这些相比于灵台仙使，已经稍稍有情一些了。

他独来独往惯了，其实根本用不着什么童子、仙使，当初礼阁将这十二童子送过来时，他本该原路退回。大概是鬼迷了心窍才忽然改了主意。

小童子从他进门便忙个不停，绕着他跟前跟后，将所有事情都照顾得妥妥帖帖。但他们并没有叽叽喳喳地说个不停，以至偌大的南窗下，看上去有这么多"人"，却并没有什么吵闹声音，依然很清净。

只在某一刻，有个小童子轻声感叹了一句："居然就一百年啦，好快。"

萧复暄本在换衣，闻言眸光一闪，沉声开口道："好快？"

小童子可能没料到他会接话，吓了一跳，搭在手上的拂尘都抖了一下。他下意识摇了摇头，过了片刻才反应过来，道："大人不觉得吗？"

萧复暄敛了眸光，将剑搁在一边，过了片刻才沉沉道："嗯。"他忽然反应过来，百年对仙人来说确实不算太长，有时候不过是弹指一挥间。而他之所以会觉得漫漫无期，大概是因为……极北之外，雪下得太大了。

他解下腰间的银丝锦袋，也要搁在一边。手指都碰到桌案了，却又蓦地停住。

小童子抱了他的剑，正等着同锦袋一块儿收起来，见状纳闷地眨了眨眼，过了良久才小心叫道："大人？"

萧复暄回过神来，见他伸手等着，淡声道："这个不必收。"

小童子点头应下，十分守规矩，没有多问。但他透过锦袋口无意瞥见一点儿，轻轻"咦"了一声。

萧复暄抬起眼皮，等他下文。

小童子捂着嘴，有点儿赧然。礼阁教导：窥看和乱问都是不得体的，他们理应万事妥帖，乖乖巧巧。但他家大人这么抬眼等着，他又不敢不答，最后支支吾吾道："大人，我不小心看见了锦袋里的神像，它怎么没有眉眼？"

萧复暄沉声答道："没雕完。"他已然换了一身一尘不染的劲袍，又将那个锦袋扣回腰间。小童子好奇看着，想问他为何一个没雕完的神像要这样随身带着，但最终还是没那个胆子。

小童子们规规矩矩地洒扫，还有些无事的便在门外守着，安安静静不多话。

明明应当如此，整个仙都都是这样。但萧复暄扫量了一圈，忽然觉得索然无味。他耐得住雪原的死寂，很少会有"索然无味"的念头。所以这念头出现时，连他自己都微微有些诧异。

他朝窗外瞥了一眼，抬脚出了门。

小童子匆匆跟出来，问道："大人要去哪里？"依照仙都常例，他们是要跟着的，于是一个两个都不再默然颔首"竖桩子"，抡着短腿追上了他家大人。

好在他家大人虽然看着一脸冷峻，不近人情，但并不会为难他们，虽然没说要他们跟着，但看到他们在追，还是停了一下步。

"大人是有事要办吗？"小童子仰头问道。

另一个小童子答道："必然是有事要办，你何时见过大人无事闲逛？"

又一个小童子点头附和："咱们大人从不闲逛，也从不串门。"

确实，天宿上仙从来不会去谁的宫府串门做客，南窗下也从未被人踏入大门拜访过。

他一贯独来独往，这在仙都尽人皆知。

然而没多久，这些小童子就慢慢觉出了不对劲。他家大人这架势不像是要办事，因为既没有往灵台去，也没有要下人间。反倒是几个飞身间，越走越远了。

又过了好一会儿，小童子终于意识到……他家大人好像真的在闲逛。说"闲逛"也不妥帖，因为他家大人并没有信步游庭的意思，可好像也没有目的地，夹在两者之中。

这弄得小童子满头雾水，十分纳闷。他们就这么并不"闲"地穿过了整个仙都，行到了一个极偏、极远的地方。

仙都其他地方都宫府错落，唯独这里不一样。这里放眼看过去云雾缭绕，偌大的地方只有一座空空的宫府，旁边还连着高高的废仙台，似乎从未有人在这里住过。

仙都的人对"废仙台"都是有些忌讳的，所以这里冷清无人，唯有萧复暄的经过短暂打破了寂静。

那一刻，忽然有人间的风轻扫过来。那风里还夹着不知从何而来的花瓣，在空中打了个旋，轻轻地拂过那座宫府空空的窗棂。

萧复暄就是在那时候抬了一下眼。他看着那蓬花瓣扫过窗棂，又落在白玉窗台上，浅浅积了一堆。他在风里眯了一下眼睛，眸光落在窗棂，久未回神。

他蓦地想起极北之外的莽莽雪原，目之所及是一望无际的苍白。他心下空寂无音，像是凭空被人剜去一块，只有淡金色的禁令流转了亿万次，也不曾停息。

萧复暄看着窗棂低沉开口，问道："人间如今几月？"

小童子愣了一下，答道："三月，春三月。"

另一个小童子顺势接道："大人为何问这个？要去一趟人间吗？"

小童子一语言中，没过多久，萧复暄就接到了一纸天诏。以往他所接的天诏大差不差，都是人间哪处又闹了邪魔之乱，并非寻常仙门所能抵挡，需要他去荡平祸乱。

可这次的却不同，天诏并没有让他去斩哪个邪魔，也不是要荡平哪个地方，而是让他去一趟苍琅北域。

苍琅北域由他执掌，所有被降刑的邪魔都被囚锁其中，不消几日就会受尽苦难、魂飞魄散。

那是一个令人间邪魔闻风丧胆的地方，但也不是无端矗立在那里，兀自运转的。每隔百年左右，他会去苍琅北域一趟，以仙灵护持，以保那个能够震慑邪魔的地方固若金汤，泰然安稳。

原本萧复暄下了人间就该直往北去，但他刚到人间便听闻南边多了一座照夜城。

听说，他在极北之外的这百年里，有个魔头在南边一处荒野落下宅院。从那以后，满世间的邪魔都往南边聚集。如此十多年后，那里就成了人间魔窟——如今的照夜城。而那个最初落下府宅的魔头，成了照夜城的城主。

萧复暄其实不该改道的。没有天诏的情况下，即便是他也不能妄自插手人间之事。但他在那天夜里鬼使神差地转了方向，只身往南去了。他本想去看一眼那照夜城如今几多规模，落在何处，又是何模样。

倘若真如传闻所说是魔窟，他恐怕迟早要接一道将其荡平的天诏。

从他所在之处赶往照夜城，一共有两条道。一条途经葭暝之野，另一条要从百姓城镇穿过。他挑了后者，因为葭暝之野有一座被他落了印的神像，可以替他看着那片无边荒野。倒是夜里的城镇更多几分险意，过去就常有邪魔趁着夜色入城作祟。

萧复暄握着剑踏入城关时，百姓所组成的人流正往长街去。他看见灯火从那条街市映照出来，煌煌成片，映得那些楼阁之上一片温黄。还有喧闹的人声顺着墙隙巷角传过来，融在春月微凉的夜风里。

他乍然停了脚步，回过神来时已然轻踏着屋檐，像鹞鹰一般落在了长街一角。

街市上人潮涌动，数十个仙门打扮的人护着灯流从他身侧经过。

很奇怪，那一瞬他忽然想起人间有个叫落花台的地方，那里也曾有极为热闹的山市，灯流宛如长龙，弯折起伏，绵延整整十二里。

他去过几次，都是随意走一遭。他一直以为自己对那里印象并不算深，直到此刻突然想起，才发现原来自己记得山市上的很多东西。

入口不远处的茶肆里总有很多茶客，说书人的醒木声能传到街上；有些客栈日日满房，有些门可罗雀；那里的灯点上了便不会熄，从开市起便日夜亮着。

越是夜晚，越是人声鼎沸。常有小贩扛着竹筒、竹架穿梭叫卖，竹架上插着孩童喜爱的吃食或是琳琅玩物，诸如竹编的鸟雀、铃铛、面具。有些客人挑得饶有兴致，会捏着面具掩在脸上比对。有时会掀开面具一角，露出笑来……

街市上的锣镲声就是在那时响起来的，萧复暄猝然回神，就见满街市的灯被百姓送入夜天。他抬眸望了一眼，眸光却在不经意间穿过交织灯影，看到对面高高的楼阁栏边站着一个人。

楼阁里没有一点儿灯火，那个角落昏暗无光，那个人的身形也模糊不清，似乎随时会随着夜风融散在薄薄的雾气里。

直到灯火从楼阁前轻晃而过。那一刹那，萧复暄嗅到了风里的邪魔气，也看见了那双眼睛。

灯火划过的时候，那双眸子含着一抹亮色，而当那人垂了眼睛，那抹亮色便化了。

一瞬间，萧复暄又想起了极北之外的雪原，他依稀记得禁令刚开始流转的时候，他不知为何好像体会到万箭穿心之感。

等反应过来时，他已经转至楼后，顺着半敞的窗扇落入昏暗无光的二楼。

他看到了满地的邪魔尸首，每一具都是干瘪模样。他同邪魔打过太多交道，只一眼便知，这是被更厉害的邪魔吸空了。

萧复暄怔了怔，抬起眼，看见栏边所站的人后掠了一丈。

楼外的灯影落在那人靴前，带着驱灵灯特有的味道。他避着那些光，站在浓稠的夜幕里。

他背对着离萧复暄，仅仅一步之遥。他垂着的那只手上还淌着血迹，身上是挡都挡不住的邪魔气，比萧复暄斩过的任何邪魔都要浓重。

用人间流传的话来说，他是百年一遇的魔头，应当以长剑穿心而过。

萧复暄看着面前的人，垂在身侧的手指动了一下，却不是握剑的那只手。那一刻，他仿佛要抬起手来，碰一下对方或是别的什么……但最终，他只听见自己开口问道：“你是……乌行雪？”

背对着他的人没有动，明明已经没有驱灵灯的光照进来了，他却始终没有转过身来。

萧复暄看不见他的模样，看不到他的眼睛，只听到他的声音里透着微渺的沙哑，良久之后应道：“为何觉得我是乌行雪，你认识他？”

屋里静了一瞬，萧复暄低低沉沉的声音响起来。他说：“我听说过。”

第 91 章 回避

不是认识也不是记得，而是听说。只是听说。

乌行雪静立着，依然没有回头。

他双眸的灼红还未褪去。他望着虚空中的某一点，问道：“那你……听说过的乌行雪是什么人？”他等了好一会儿，听见了答案。

萧复暄静了一下，说：“照夜城城主。”

又过了很久，乌行雪才轻轻应了一声：“噢。”他忽然觉得人真是奇怪。明明对这一幕早有预料，在过去百年的时间里设想过无数次，可真正听到这句答案，他还是会难过。

他居然还是难过。那滋味就像心脏前面抵着剑尖，他垂着眸，亲眼看着刃口一寸一寸缓慢地钉进去。他听见自己又一次开口，轻声说：“既然如此，那你一定也听过照夜城是什么地方。”

“听过。”身后的人说，“世间大半邪魔聚居之处。”

“大半邪魔聚居之处……”乌行雪重复着。

他的眸光依然落在那个虚空的点上，直到眼前的雾气褪下去，才眨了一下眼睛，说：“给你讲传闻的那人话一定很多，说得又啰唆又拗口。不如我来告诉你，常人提起照夜城，从来只有两个字——魔窟；他们说起照夜城城主，也只有两个字……”他顿了一下，道：“魔头。”

剑尖朝着心脏缓慢钉下去的过程太长、太难熬了，他可能没法笔直地站到最后，还不如他自己往前走一步，一钉到底。

手指上的血在地上滴成了浅浅一洼，他垂眸看着，声音像薄雾一样融在夜色里："给你讲传闻的人应该也只是听说，没跟那个魔头交过手。否则他就该告诫你，如果见到那个魔头，千万不要像这样跟他聊天说话。记得以最快的速度出剑，不然……"

他止了话音，听到身后那人应道："不然如何？"

"不然你就杀不了他了。"

话音落下的瞬间，整栋楼阁骤起寒风。那风遽然穿过，苍白的冰霜瞬间结满整个二楼。

那寒意带着排山之势，能让一个活人顷刻被封冻，再无呼吸。神仙也好、邪魔也罢，周身气劲都会在那一刻凝滞，难以流转。

所有同照夜城城主交过手的人都知道那一刻究竟有多可怕。因为只要他们慢一招，哪怕只是一眨眼的时间，也会被钳住咽喉。

那几根手指明明清瘦长直，看上去没沾过污秽也没承受过重物，却如寒铁重锁一般，只要被钳住，他们就再挣脱不开。很多人都是这样丧生在这只手里的……但这一夜有了例外。

金光剑影带着破风的清啸之音，几乎与白霜同时出现。寒冰封冻的瞬间，那道剑影刚好以锋芒相对。只听破冰之声乍然而起，碎冰和雪屑蓬然炸开。

两道威压气劲悍然相撞，一边是带着张狂煞意的纯洌仙气，一边是浓稠如墨的邪魔之息。

震荡之下，萧复暄看到了那个魔头模糊的轮廓，就被笼在雪末和黑雾中。不知为何，他忽然觉得对方两手空空，有点儿……单薄孤寂。他总觉得对方手里应该抓握着什么，一把刀或是一柄剑。

总该有些兵械法器。

或许就是因为那魔头少了一柄趁手的剑，所以后来他会以一把剑将那个魔头抵在地上。

那是一百年以来，他们相距最近的时刻，近到他们能在对方的眼睛里看见自己的影子。

萧复暄半跪于地，一手压着那个魔头的肩，一手握着剑。雪末从他鼻梁上扫过，他偏开头，眨去雪末又转回来，眸光从那魔头的脸上扫量而过。

很奇怪，明明是一个从未见过的人，明明那张脸上探不出改动了的痕迹，但他就是觉得对方易容了。

那双眼睛同那样的鼻梁、嘴唇很不搭，但他并不知道那双眼睛应该衬着什么样的脸。

那个魔头的眼睛里映着冰霜，而结满冰霜的地上有斑驳交错的血迹。或许是那些血迹的影响，魔头的眼睛里也有一层浅淡的红，淡到无法快速分辨。

他看着那层淡红色，听见魔头的声音响起。

那个魔头轻声问："为何你剑不出鞘？"

他的剑悬在魔头颈侧，正对着一处命门，却没有真的出鞘。而只要没有真的出鞘，就算不上真正的杀招。

萧复暄蹙了一下眉，没有出声回答。他说不清为何，甚至是因那魔头出声问了，他才意识到自己没有祭出杀招。

他握着剑柄的手攥了一下，在浓稠邪魔气息的包裹之下垂眸看着那个人，良久之后答道："还没到时候。"应当是因为还不是时候，他还没接到那道铲除魔头的天诏，所以才下意识留了一点儿余地。而不是因为别的什么。

魔头听了他的答案，半晌后道："这样啊……"

世间传闻，照夜城的大魔头生了一副并不像邪魔的容貌，还擅于蛊惑人心。这话有些道理。因为那双眼睛半合着的时候，眼尾微微下垂，给人一种错觉，就好像那一刻这个魔头是难过的。

萧复暄的心里弥漫起一种说不出来的滋味，没等他弄清，就感觉手指下倏然一空。

那个被抵在地上的人骤然化作一蓬雪雾，散开了。

萧复暄眉心一紧，接着便意识到，方才被他抵在地上的其实只是那魔头的一道化身。至于本尊……魔头的声音在稍远两步的地方响起，道："萧复暄。"

萧复暄倏地抬眸。对方叫完他的名字，却并没有后文，似乎只是以此确认他是不是那个专斩邪魔的天宿上仙。

那双眼睛背对着光，浓黑如墨。那个魔头看了他良久，开口道："下一次……"魔头沉默一瞬，道："别叫我乌行雪。"

话音落下时，那道高瘦的身影便再度如雪末一般散了。看到那雪末真的消散在风里，萧复暄才握着剑站起身。他忽然感觉……这楼阁里太旷寂了。

那日之后，照夜城在很长一段时间都被笼在阴云之下。

因为所有看见乌行雪回城的人都发现，城主神色懒倦里还透着几分恹恹。他的面容苍白无色，被清早的光亮一照，比云烟还要淡。这就显得他半垂的眼眸颜色极深，更叫人看不透了。

有些不知数的邪魔以为他灵神受损或是受了什么伤，是个可以趁虚而入的机会，于是接连几日都有人试着摸进雀不落。他们进得并不艰难，甚至算得上顺利。

但没过多久，照夜城的其他邪魔便意识到那些人进了雀不落，就再也没有出来过。

于是一时间，整座照夜城都有些躁动不安。没有人喜欢被一个绝对的强势者压制着，无声威胁着，但他们又摆脱不了本能。

那段时间里，曾经的一些论调又被提了起来。

有邪魔说："城主将这里划成魔窟照夜城，引得大半邪魔聚居于此，或许有别的目的。"

还有人附和说："早就这么说了，可惜没人信。"

其实也不是没人信，邪魔们最初聚居于此时，就有不少心怀猜疑的。但他们盯了乌行雪很久，也没看出端倪。

邪魔一贯随心所欲，喜欢当即的享乐。倘若数十年，甚至一百年都看不出端倪，他们便不会再费心思多想了。更何况同为邪魔，本性在那儿，谁会费劲去布一个上百年的局？

这些陡然丛生的猜疑论调依然没能持续很久，就像从前一样，不出几日便消散无踪，再没人提起了。他们从从容容地定居照夜城，好像生来就该待在这个地方似的。

那个杏花灯节后，乌行雪有很长一段时间没有踏出过照夜城。

后来他们又有过几次相遇，或许是冥冥之中天意弄人，又或许是仙魔之间的一种注定。每一次都是最不合适的状态，最不合适的场合，最不想被看见的时刻……于是每一次都是满地狼藉。

再后来去人间，乌行雪总会刻意避开一些地方，避开萧复暄有可能会出现的地方。他听过无数人叫他"照夜城城主"，也听过无数人说他"横行无忌、十恶不赦"，他都能寻常对待，置若罔闻。但他始终没法那样平静地站在萧复暄面前。

那滋味居然比分劈灵魄更难受。

乌行雪避了很久。听闻那段时间里，天宿上仙频接天诏，始终往来于北端。又听闻天宿明明总在北边办事，却时而会在南边出现。

他们就像以整个人间为界，兜兜转转。远的时候，他们隔着山海，在周围人的闲言碎语里听着另一个人的音信；近的时候，也就是一座城郭的距离。

有一回，乌行雪远远瞥见萧复暄的身影，当即背过身，一步千丈。而等他落脚于千里之外的另一处荒城，看着残楼和马道，忽然想起这是皇城废都。

他曾经和萧复暄一起走在这马道上，拎着的面具一下一下敲在指节上，他问萧复暄："若是有一天，世上无仙无魔怎样？"

他们当初是笑着闲聊过"以后"的，如今却快要习惯背身而行了。

那天，乌行雪在空无一人的马道上站了很久，也没能抬步。

这样的兜兜转转持续了好一阵子，直到有一天，乌行雪在大悲谷见到萧复暄。

第92章 易容

那天刚入夜，大悲谷里的风没歇过，尘雾弥漫。乌行雪看见一道高高的人影沉默地站在雾里，隔着长长的吊桥望着那片悲凉的巨谷。

他对那道身影太过熟悉，即便看不清脸，也知道那是萧复暄。像之前的无数次一样，乌行雪脚尖一转，想在对方察觉前离开。但他刚走两步，就隐约闻见了血味。

那股血味让萧复暄的身影上透出了一股寂寥，而那种状态在他身上很少见。

乌行雪刹住步子。良久之后，他极轻地叹了一口气，转回身。他给自己套上了最不容易被看破的易容，又在眼珠上蒙了一层很淡的白翳，甚至在眼尾加了一道疤。

他收敛了所有邪魔气劲，长靴踏在大悲谷的砂石地上，发出“沙沙”轻响。那响动声在夜里格外清晰，于是望向荒谷的人转过头来，看向了他。

乌行雪的脚步顿了一下。他站在对方的眸光里，顶着一张陌生的脸，用着陌生的声音，佯装成一个将要过谷的路人，开口道：“我……闻到这边有血味，所以过来看看。”

萧复暄的眸光在他脸上停留良久，才垂眸瞥了一眼自己的手。

乌行雪跟着朝那里看去，就见他握剑的那只手正淅淅沥沥地滴着血。也不知是哪里受了伤。

记忆里，萧复暄很少会有这样流血不止的情况，除非灵神受损极重。乌行雪盯着那些刺目的血迹，心里似乎被扎了一下。

他微不可察地蹙了一下眉，语气却压得像个萍水相逢的陌生人，就连好意也只是蜻蜓点水般：“你这手一直在流血，受伤了吧。我随身带了一些药，若是用得上——”

话未说完，萧复暄的手腕便动了一下，似乎是套了一层障眼术，那满手流淌的血瞬间消失得无影无踪。

他淡淡的声音响起来：“不必。”

果然，乌行雪在心里想。曾经仙都的人总爱说天宿上仙不近人情，最常说的回答就是“免了”和“不必”，让人找不到亲近和示好的空隙。

当初乌行雪觉得这话太过夸大了，他认知里的萧复暄只是看着冷而已，做什么、说什么，其实他都有来有回。

直到如今乌行雪才意识到，那些形容好像并没有错。一句“不必”，他便无话可接了。

乌行雪轻眨了一下眼，忽然有点儿后悔走过来了。他在心里自嘲一声，再抬头时却神色如常。他甚至还笑了一下，落落得体地道：“当真不用？”

“嗯。”

“那我就不多打扰了。”

萧复暄的眸光依然落在他脸上，看到他笑的时候，不知为何轻轻蹙了一下眉。就在乌行雪要转身走开时，一贯寡言少语的天宿忽然开口，沉声问道：“你不过谷吗？”

乌行雪一怔，回头道：“什么？”

“你过来只为问一句用不用药，不从谷里走吗？”萧复暄深黑的眼眸看着他，说话时眼前有一片淡淡的白雾。

乌行雪反应过来——荒野一带到了夜里，常有歹物伪装成人的模样，任谁多问一句都很正常。他神色自然地答道：“要过的，不过得等天明。”他说着，朝不远处抬了抬下巴，“你看，要从谷里过的人都在那里等着呢。”

那里支着一片茶棚，棚里零零散散悬挂着灯笼。有时候往来的车马不想在深夜过谷，就会停歇在那里。老老少少聚在驱灵的灯火边，一旁是束着尾巴休息的马匹。其中一些会点儿仙术的人，会在四周巡看几圈，确认安全。

这是大悲谷一带日日可见的常态。此时茶棚里就远远歇着一些车马，乌行雪的装扮就像那四处巡看之人，掩饰得正好，挑不出什么破绽。

他答完这句，心想着萧复暄应当信了，不会再生疑。不过至此，他们也确实无话可说了。

就在这念头闪过的时候，萧复暄居然又开了口。低沉的声音顺着夜风扫过来，说：“你的眼睛怎么了？”

乌行雪一愣，下意识抬手摸了一下。他摸到眼尾并不平整的疤痕，才想起自己给眼睛动了一点儿手脚。他想了想，答道：“先前受过一点儿伤，留了一点儿疤，瞳仁里也偶尔会生出白翳。”

萧复暄：“你不是随身带了药吗？”

乌行雪顿了一下，想起来其实很多丹方能治白翳，往往立竿见影。他自己先前既然说了随身带药，没道理等到白翳蒙眼。他“唔”了一声，掩饰那一瞬的停顿，摇头道：“普通法子不见效。”

一旦开了这个头，后面的话便顺口就来。乌行雪指了指大悲谷狭长的谷口说：“这次过谷，也是想去找大一些的仙门求医求药。”

萧复暄顺着他的手指瞥了一眼，又收回眸光。

乌行雪本以为，以对方的性格，“噢”一声便会了结话题。谁知他居然又开了口，淡声道：“梦都封家？”

自从有了照夜城，又有了一个大魔头，人间仙门便多了一茬，不过名声最响的依然是那几家。去往那个方向，又是“大一些的仙门”，多数人第一时间想到的确实是封家。

不过乌行雪却皱了一下眉。曾经那道乱线的缘故，他对封家印象算不上佳，便否认道：“不是。”

那个方向除了封家，同样常有人求医问药的便只有花家了。于是乌行雪答道：“我去春幡城。”

萧复暄“噢”了一声。

乌行雪挑了一下眉，心说这才是传闻里寡言少语的天宿样子。但他转而又想起先前萧复暄望着深谷的侧影……明明只是握着剑站在崖边，却莫名让看见的人心生难过。

他忍不住问道：“你呢？”萧复暄转眸看向他。

乌行雪问：“你又为何来这大悲谷？”

萧复暄其实很少会回答别人这样的问话，他这一生所行之事大多关于天诏，不能多言。久而久之便成了习惯，什么问话都是简洁答过，要么“有事在身”，要么“无可奉告”。

但他听了乌行雪的问话，沉默了，微微出神。过了片刻，他才道：“碰巧经过。”

这句回答很不像萧复暄会说的。他脾性一贯冷淡，不会在一个碰巧经过的地方忽然驻足，凝望那样久。

乌行雪其实很想再问几句，可作为一个萍水相逢的陌生人，他没有丝毫立场追问。所以在后来的很长时间里，他始终不知道萧复暄那天为何会伫立在大悲谷前。

只有萧复暄自己知晓，他那天之所以会在大悲谷面前停步，是因为他曾在无意间听闻：当初云骇在大悲谷一带丧生于邪魔之口，明无花信负剑下人间斩杀邪魔，之后便在这大悲谷里立了一座云骇的雕像以作怀念。

再后来，据说所有被打落人间的仙，都在这里有了一尊雕像。

整座大悲谷就像一片不为人知的静谧坟墓，永眠着那些不再为凡人所知的仙。

萧复暄从不是满心愁绪之人，也无意进谷打扰。但他偶尔从这片荒凉深谷路过时，只要想起“被打落人间的仙”或是“不再为凡人所知”之类的只言片语，便总会怔然停步，望向那片看不到尽头的深谷。

不知为何，每当他站在这里，望着大悲谷迷蒙的尘雾，他总会觉得自己应该也在想念着什么人……那是一种古怪而矛盾的感觉。

他只要站在这大悲谷边上，便会无端生出一抹想念。但他又知晓，那并非想念谷底雕像中的任何人。他不知道自己在想念谁，可只要那种想念倏然冒了头，就好像……他此生都不会再高兴起来。

他上一次忽然冒出这种念头，是在南边，远远看见那个世人皆知的魔头乌行雪时。

在那之后，他有近六十年被苍琅北域之事缠身，再没能到过人间。而这次途经大悲谷，已近清河两百年。

乌行雪原本只打算佯装一时，等“碰巧经过”的萧复暄离开，他便会褪了易容，转身避过山谷，往另一端去。然而世事总在他意料之外。

那天大悲谷一带有异动，也不知是阴物作祟还是什么，总之颇为惊险，以至于天宿上仙居然改了主意，在大悲谷边逗留了一夜。

他不离开，乌行雪便也只好将哄人的谎话圆下去，顶着那副假模样，在茶棚里歇了一夜。

谢天谢地，那里有不少马车，其中一辆刚巧帮他挡住了人群手中那些驱灵灯的光。

堂堂照夜城城主，连张卧榻都没有，在漫天尘雾的荒郊野外，坐在一张方桌边，支着头，有一搭没一搭地听那帮赶路人一整晚的聊笑闲言，居然比雀不落自在。

他半眯着长眸，懒懒地看着那些人，心里知晓，就在这方草棚顶上，一个人正无声静坐，镇着这一方地界。那是曾经许诺过……一百年、三百年，乃至更久也要陪着他的人。

他们曾经在漫天辰星下对饮，如同人间那些永远赤忱的挚友。而一眨眼，已经过去了整整两百年。

翌日清早，那些围着茶棚歇脚的车马纷纷动身，驮着商货，带着过谷的老少百姓，排成长长一列，沿着狭窄的谷道前行。

乌行雪在心里叹了一声，心说：我这一日一夜过得着实有些荒唐。但他还是不紧不慢地跟在那条车马队里，停停走走地穿过了大悲谷。

偶尔有飞鸟划过天空时，他会掩着光抬起头。虽然看不见踪影，但他还是知道，萧复暄就在山崖顶上。

车马队里有老人也有孩童，他们脚程慢，花了将近一整个白天，才穿过那条长谷。多数人往梦都主城区而去，还有一小部分转而上了支道，去往春幡城。

乌行雪依然不紧不慢，穿过春幡城城关后，同行的那些人很快没入纵横的街巷里，再无踪影。唯有乌行雪的步子顿了一下……因为他余光瞥见一个高高的身影抱着剑，倚靠在窄巷的青石砖墙上。他本想装作不知，但因为已经停了一小步，再装反而会显露破绽。

于是他停了步，转头朝一侧的窄巷看去。他佯作不知，略带疑惑地问萧复暄："你也是跟着马车队过来的吗？怎么一路都不曾看见你？"

萧复暄未答，而是开口道："你要在花家落脚？"

乌行雪想了想，道："那倒不是，今日走了太久，灰头土脸，太不得体。我得歇整一番，明日再去打搅。"

萧复暄移眼朝巷外看去，不远处就有客店。乌行雪看着他，忽然问道："你为何也要来这春幡城？"

萧复暄轻蹙了一下眉又松开，道："算是……谢你打算给我的丹药。"

乌行雪怔了一下。其实某个瞬间他都快有错觉了，尤其在他说什么萧复暄都有问有答的时候，他差点儿忘记他如今是照夜城那个赫赫有名的魔头。

萧复暄一路送他过来，还能是因为什么呢？比起对他身份怀有猜疑，答谢丹药已经是很好的答案了。以萧复暄的性格，也确实会如此行事。

乌行雪"噢"了一声，笑了一下。

萧复暄看了他一会儿，沉声道："还有事在身，你——"萧复暄不知为何顿了片刻，道："算了，先走了。"话音落下，他的身影便消失在长巷里。

乌行雪在原地站了很久，感觉对方真的走了，紧绷的肩背这才缓缓松下来。那道气息向北而去，他等到那气息彻底消失，才抬眸朝北望了一眼。

时近傍晚，绯色满天，映得春幡城的官道都泛着淡淡的红。

乌行雪就站在官道上，一层一层褪掉易容。

他其实很久没有与人说过那么多话了，也很久没有在某一瞬间挑起眉或是带上笑意。他有一瞬间心情很不错，但在褪下易容的这一刻，又变得神色恹恹起来。

他同曾经亲密无间的人闲聊谈天，却顶着陌生人的脸。

他走出春幡城时，收到了一封照夜城的传书。他所谓的几个"下属"去了雀不落，却发现府宅空空如也，传书来问："城主您去哪儿了？"

他懒得回，指尖轻搓了几下，传书就成了一片灰烬。他在心里说：谁知道呢。

乌行雪原本出来确实有事要办，他要找人——当年他在那两个小童子身上留了一点儿无伤大雅的印迹。也没有别的作用，只是倘若有朝一日他们转世成人，他能感知一二。

好歹也跟了他那么久……

这次出门，就是因为那印迹有了一点儿动静。照理说，应当是那两个小不点儿转生了。

那印迹分各两处，一个在靠近无端海的某座村落，一个在冕洲南郊。总之，哪个都离春幡城数千里。他倒也没别的打算，只是去看一眼，知道大概就行。

谁知当乌行雪去了那两处地方时，那两道印迹却已经消失了。

民间常说，隆冬天里生的孩子易夭折，难养活。那两个小不点儿偏偏都转生在北方寒地，又非富庶人家，刚落地便没了。

乌行雪寻过去时，只看到冰雪天里小小的坟包。

就连那两家人自己也不知道，在他们抹着眼泪的那天夜里，那个声名狼藉的魔头曾经去过他们屋后，在他们新堆的坟包旁，无声无息地搁了一小把曾经仙童爱吃的松子糖。

那之后，乌行雪便常会放一些寻人用的符，折成人或是鸟的形状，两只用来嗅那两个小童子的转生印迹，还有一只……嗅的是天宿上仙。

他本意想早早探到踪迹，方便回避。可偏偏他的寻人符总在萧复暄身上失灵，于是他还是会在人间撞见对方。

有时候避闪不及，有时候是其他种种说不明白的原因。或许是注定避不开吧，不知从哪一次开始，乌行雪再看见萧复暄时，总会给自己套上最不易分辨的易容。

就像在大悲谷的那次相遇一样，他顶着不同的模样和皮囊，在那些年里，成了萧复暄身边面容不一的过客。

有时是因为他看见对方孤单的身影，心里有些难过；有时他发现对方带着伤，禁不住有些担心。他总会在那些时候套上一个陌生人的壳，走过去同萧复暄说话。

天宿上仙在百姓面前似乎要比在仙都众仙面前要温和一些。于是很奇怪，明明萧复暄是出了名的难以接近，但他们每一次遇见都会说话，每一次相处又都算得上愉悦。

可那过程有多高兴，过后的乌行雪就有多低沉。

天宿在那些年里事务裹身，踏足人间的次数不算多，时常一眨眼五年、十年便过去了。

于是，那样的状态持续了很久……久到乌行雪又一次探到了那两个小童子转生的动静；久到他分别在不同的地方，将那两个过得很苦的人捡回雀不落。他们成了雀不落另外两个长住者，就像当年在坐春风时一样。

他们一个叫宁怀衫，一个叫方储。方储是曾经的哥哥，稍稍沉稳一些，总

不见上仙三百年
乌行雪
×
萧复暄
非卖品©晋江文学城

能把雀不落弄得井井有条；而宁怀衫好动得多，常跟着乌行雪出门……偶尔会跟着他撞见萧复暄。

后来的宁怀衫总是不明白，为何城主每次见到那天宿上仙，回来之后总是神色恹恹。有时甚至接连几天都会陷在沉默里……倘若见面那样糟糕，干脆避而不见不就好了吗？

可惜这话他一直没有胆子去问乌行雪，不过就算问了也不会有答案。

因为他家城主没法同他说明白，其实他和萧复暄之间的见面一点儿都不糟糕，正是因为不糟糕，他才越是如此——因为他跟萧复暄聊笑时，可以顶着世间任何一张脸，除了他自己的。

他当过不同模样的陌生人，说着胡乱编造的假名，今朝聊笑过几句，明日便淹没在人潮里，再无交集。他可以是那街市上的任何人，唯独不能是照夜城城主乌行雪。

他很清醒，但避免不了难过。

他一度以为，这会像他当年奉天诏斩乱线一样望不到头。直到又是一回相遇。

那次是因为乌行雪感觉到神木的一半灵魄略有异动，虽然并不明显，但他依然不大放心，想去看一眼，于是便去了无端海海边。

那天的无端海海边不算太平，不知为何，聚集了一众仙门弟子，个个还都负了些伤。有些相互扶着，有些就地盘坐，还有一些拎着锦囊穿行其中，给各位弟子派发着丹药。

整个渡口上的水寨都被他们占据了，显得有些乱。

乌行雪听了一耳朵，从他们乱七八糟的议论里听到了“邪魔作祟”之类的字眼。他倒是不意外，近百个仙门弟子都挂上彩，总不会是因为他们内部打了一场群架。

他疑惑的是在这儿作祟的是谁？

众所周知，照夜城门外悬浮着守城的青冥灯，每一盏都出自乌行雪之手。人人都知道青冥灯的作用是防止外人乱闯照夜城，殊不知那些灯也在帮乌行雪盯着城内的邪魔。

每日哪些邪魔出了城，哪些进了城，他都知晓得很清楚。

他记得这两日出城的邪魔屈指可数，而且没有往无端海方向来的。况且那些出城的邪魔里也没什么麻烦人物，不至于将这近百弟子弄成这副模样。

不过很快他就无心去想是哪位邪魔了，因为整个渡口陷入了更乱的境地——那些吃了止伤丹药的弟子一个接一个地痛呼出声，更有甚者，痛得龇牙咧嘴、满地打滚，吓得剩余弟子都不敢吃了。派发丹药的弟子也不敢动了，拿着满兜丹药惊疑不定。

那兜子敞着口，丹药的味道很快随风飘过来。乌行雪在这些年里见了实在太多次，一嗅就明白问题在哪儿。

他本可以放之不管，但这乱七八糟的场景闹得他头疼，况且他还得经这渡口过。于是他摇了一下头，匿了身形，抬脚上了水寨高高的檐顶。

乌行雪站在檐顶上，解了自己腰间的锦袋，长指在里面拨弄了几下。屋檐上就是在那时候多了一声轻响的。

乌行雪听到那剑鞘轻响时，手指僵了一下。不用回头他也知道自己又碰到了谁。再熟悉不过的天宿气息被风扫过来，一并被扫来的，还有一股淡淡的血味。

又是血味，怎么总是带着伤呢……乌行雪闭了一下眼。剑鞘轻响在他身边停下，萧复暄的声音淡淡响起来："下面那么多人，你为何站在屋顶？"

乌行雪睁开眼，心脏被什么东西细细密密地扎着似的，脸上却神色如常。

他这会儿正顶着神鬼难辨的易容，一如往常是一副全然陌生的模样。他用陌生人的口吻说道："上来帮点儿小忙。那你呢，你是什么人？为何也上了这屋顶？"

说完，他才转头看向身边的人。有一阵子没见，萧复暄似乎瘦了一些。眉骨、鼻梁的线条更锋利了，眼窝也更深了。不知是不是受血味影响，他看起来带着一丝罕见的疲意。不过那疲意微不可察，几乎被他周身的锋利感盖住了。

他垂着薄薄的眼皮，朝渡口俯扫了一眼，而后看向乌行雪。

他的眸光在乌行雪脸上停了好一会儿，没有回答那句"你是什么人，为何也上了屋顶"，而是瞥了一眼乌行雪指间的丹丸，沉声道："帮什么忙，喂药？"

乌行雪的眸光从他身上扫过，没见到明显伤口，那血味也在风里淡了许多。他才答道："算是吧，准确来说是想悄悄换一下药。他们受了邪魔伤，吃的那丹药可能受了海潮，有些问题，叫了有一会儿了。"

萧复暄淡声问："你打算如何悄悄？"

乌行雪噎了一下。原本他可以神不知鬼不觉穿行于人群，比倏然而过的风还要轻。换个药而已，还能难倒他这举世闻名的魔头吗？但萧复暄一来，他便没法这么办了，毕竟寻常仙门弟子或是寻常邪魔可做不到这个程度。

于是乌行雪佯装想了想，问萧复暄："大意了，我确实办不到。那你呢？你是哪门哪派，有办法定住下面的人吗？"

萧复暄问："哪些？"

乌行雪："所有。"

萧复暄淡淡“噢”了一声，话音落地的同时，整个渡口上的所有人都凝滞在了那一瞬，一动不动。

乌行雪挑起眉来，又继续翻着锦袋。结果翻了一圈，他默默抬起头。

萧复暄的眸光一直落在他脸上，见他一副不太妙的模样，动了动唇道：“怎么？”

乌行雪说：“丹药不大够。”

萧复暄：“有多少？”

乌行雪：“……十枚。”

萧复暄：“？”

底下嗷嗷待药的有近百人，他却只有十枚药，这缺得委实有点儿多。不过更有意思的是萧复暄的表情。在反应过来之前，乌行雪已经捏着锦袋笑了起来。

等他笑完一抬眼，发现萧复暄在看他。乌行雪顿了一下。

檐角有一瞬间的安静。乌行雪动了一下唇，道：“怎么了？”

萧复暄收了眸光，道：“无事。丹药不够，你要如何？”

乌行雪垂眸又在锦袋里随意翻拨了一下，道：“那只能用点儿损招了。”

萧复暄：“嗯？”

乌行雪指了指那些被定住不动的仙门弟子，问道：“有办法让他们都张一下口吗？”他当然知道萧复暄有办法。

果不其然，话音落下，那近百名仙门弟子无声张开了嘴，又凝住不动了。那是一副震撼又好笑的场面，确实有些损。

乌行雪笑了一会儿，冲萧复暄道：“那我先下去了。”说完，他从高高的屋檐上一跃而下，像倏然而过的游云。萧复暄在檐边站了一会儿，垂眸看着那抹游云悄静无声地落在地上。过了片刻，也翻身跃下檐角。

乌行雪将那仅有的十枚丹药化进符纸，又捻着符纸烧成细细的灰烬，然后穿梭于那近百名弟子之间，往每一个口中都捻了一点点纸灰。

他捻着、捻着，忽然刹住步子，转头问萧复暄：“他们看不见我吧？”

萧复暄：“怎么？”

乌行雪道：“倒也没什么，只是担心他们记住模样，觉得被作弄了，回头找上门来。”

其实记住了也没关系，本来就是一副假容貌，记住了也无处可找。

他越过那些弟子看向萧复暄时，忽然想起先前对方身上隐隐的疲意。他静了一瞬，抬脚走到萧复暄面前，说：“总得拉个作陪的，不能我一个人被记住。伸手。”

萧复暄半垂眸光看着他，某一瞬间似乎想说点儿什么。但他只是动了一下唇，默然片刻后，冲乌行雪摊开了手掌。

乌行雪看着那只曾经交握过的手，心里忽然复杂难言。

很奇怪，两百余年过去了，他依然忍不住想逗对方，想看一贯不近人情的天宿频频破例。但当萧复暄真的破例时，他又高兴不起来。因为此时此刻让萧复暄破例的他，顶着陌生的面孔，用着陌生的名字，是别人，不是乌行雪。

乌行雪站了一会儿。弯着嘴角，眼眸却始终垂着。他把手里剩余的符灰拨给萧复暄，言语带笑地说："剩下的就靠你了。"

直到萧复暄走到远一些的地方，乌行雪才转头朝对方望过去。他的神色无异，看不出丝毫端倪。只要他不想，好像从来都不会叫人看出端倪。

萧复暄给最后一个小弟子捻了一点儿符灰，抬眸朝他这里看了一眼。乌行雪瞬间了然，笑着避到了水寨后。

萧复暄一动，那些仙门小弟子便从凝滞不动中恢复过来。他们下意识抿了唇，只觉得口中莫名有微微的苦意。没等他们心生疑惑，之前痛得打滚的那些人便惊呼一声，欣然叫道："好像……好了！"

其他人也纷纷发现，身上的邪魔伤不再血流如注，也不再被黑气缠绕了，不知不觉地弥合了。

乌行雪倚着墙，听着那群仙门弟子叽喳议论，接着呼前喊后地准备离开渡口。没过多久，整个渡口便从喧闹恢复成寂然。乌行雪直起身，从墙后出来，迎面撞见了朝他走来的萧复暄。

他顿住步子，看着对方。有那么一瞬间，他眼里和唇角的笑几乎维持不住。但他最终还是指了指渡口方向，道："顺路的小忙帮完了，我该走了。"

他其实有些舍不得……每次都是如此，就像饮鸩止渴。

萧复暄背对着本就黯淡的天光，神情有些模糊。乌行雪只看到他极轻地蹙了一下眉又松开，问道："打算去哪儿？"

原本乌行雪是要去苍琅北域一带，但萧复暄出现在这里，想必也是要往苍琅北域去。那他就得另改地方了。乌行雪想了想，没说具体某处，只说了个方位："往南。"

他顶着虚造的模样，以陌生人的身份出现，自然也无可作别。

这是个一生只会出现一次的过路人。每一回出现在萧复暄面前的他，都是如此，所以他连"后会有期"之类的话都没有说过。他弯起眼睛笑了笑，然后从萧复暄身边擦过，走往渡口。

如同过去的每一次。

渡口的高杆上挑着长长的灯笼，在风里轻轻摇摆着。

乌篷船靠岸时，乌行雪脸上的笑已经褪下去，长眸半垂。就在他掀了一下灯串，正要低头上船时，有人从身后而来，抓住了他的手。

乌行雪愣怔良久，乍然回头，听见萧复暄的声音沉沉响起。

他说："乌行雪，你不易容会是什么样子？"

他说："乌行雪，我想看看你的脸。"

这是两百多年后的一天，同清河初年有着相似的夜，无端海的渡口边，还是天灰欲雪。

当年那个被抹杀的灵王，至今依然不曾被记起。可这世上总有那么一个人，从未认错过他的眼睛。

第 93 章　陪伴

太多记忆蜂拥而至的滋味其实并不好受。一场二十五年的鹊都长梦都能让人神魂不清，何况漫长的两百多年？

对乌行雪而言，仿佛一切从头来过。他在重新走一遍那条曾经走过的、冗长的路。最难受的不是那条路几乎望不到头，而是它混乱不清，颠倒无序。

他总是上一刻还站在落花台的无尽大火里，听那些灵魄歇斯底里地冲他骂喊。下一刻就到了城南街市，抬手挡晃眼的驱灵灯，听身后的人问他是谁。

他既承受着大火灼身之痛，又经历着筋骨彻寒的冷。周遭是亡魂最刺耳的尖叫号啕，但又空无一人、寂静旷寥。

他满手是霜，又满手是血。他是灵王，也是魔头。

这样交错混乱又如重临的感受绝非豁然开朗，而是癫狂和茫然。到了最后变成了疼。就好像世间任何一个活人的身体都负载不了这些，它无法同时承受如此之多、如此矛盾的东西，于是通通化作了最为直白的疼。

那是比撕开灵魄还要难忍的疼，疼到乌行雪在那一刹那将自己封闭起来。那是一种全然无意识的反应，是他此生第一次因为疼而产生抗拒。这种自封比五感皆丧更加彻底，就像把自己缚在一个看不见的茧里。

雀不落从未有过这样难熬的长夜。

宁怀衫走进他家城主的卧房时，不可控制地打着寒战，因为卧房里太冷了。

他从没想过，原来房间也能变成这副模样——梁柱、桌椅、屏风、挂画、灯盏，甚至连墙面和白石地面都满是霜冻。乍看起来，这里甚至不像一个房间，更像冰窖。

倘若寻常百姓来到这里，待上一刻就能冻出病。就连他都承受不住，牙齿咯咯作响，不停地发着抖。

这一切霜寒，都源自乌行雪。

先前封薛礼和笑狐闯入雀不落，又在交手中因为不敌而裹风退散。那两人消失的时候，雀不落那棵苍天巨树的树根上出现了白玉精。

那时候，宁怀衫听见了几声很轻的铃铛响声。他循声望去，发现他家城主腰上坠着的白玉铃铛在轻晃。

当时宁怀衫颇为惊诧。因为那只白玉铃铛在他家城主身上挂了不知多少年，他却从未见过那铃铛自己晃出声响。而那铃声确实不同寻常，震慑人心。就连宁怀衫都听得头脑嗡然作响，灵魄震荡不安。

他听着细碎铃声，脑中倏然闪过一些零碎画面——诸如他和方储搂着厚实的银白狐裘，头凑头站在偏房里，正说着关于劫期的话；诸如他们余光一瞥，发现城主就倚在门边，不知听他们说了多久，而他们当时吓得心脏都漏跳了一下；再诸如……那一刻的城主身上缓缓逸散着天宿的仙气。

宁怀衫在那些零碎画面里茫然无措，一时间想不起来那是什么时候发生的事。他捂着发胀的头，想问城主这是怎么回事，结果一抬眼，就看见城主跪倒下去，像山崖上轰然塌落的雪。

他当时吓蒙了，根本反应不及，只看见天宿仓皇出手，将人抱住，带回了房里。

再后来，就是如今的状况了——乌行雪静坐在榻上，合着双眸低垂着头。他面容全无血色，比霜雪还要白，薄唇抿着，是一条平直的线。若是自上看下去，他的唇角甚至是微微向下的。

明明没什么表情，却看得人心里密密扎扎的，几乎要跟着难受起来。

他身体四周有一层看不见的屏罩，将他自己封在其中，也将整个世间屏蔽在外，没有任何东西能靠近。

之前宁怀衫关心则乱，没注意到屏罩，伸手想探一下城主的情况。结果差点儿手指不保。

他猛退回来，甩走满手指的血，才发现就连榻上搁着的桌案都已经在那层屏罩下碎成了木屑。

不仅如此……他家城主的气劲还蓬然向外，从屏罩里源源不断地流泻出来。于是白霜结满了整间屋子，甚至延伸到了屋外，布满整个府宅，以致如今的雀不落冷得像一座冰窟。

那气劲里甚至带着威压，宁怀衫只是站在榻边，都觉得自己喘不过气起来。那白霜仿佛顺着他的口鼻嗅进去，就要结满他的五脏六腑了。

宁怀衫当时是真的吓到了。他惊呼了好几声“城主”，却听到天宿打断他：“他听不见。”

宁怀衫又问：“听不见?！怎么回事？”

“自封了。”

“自封？”宁怀衫茫然片刻，道，“什么叫自封？”他自己从未经受过这种事，也从没见过谁陷入过这种状况。一时间反应不过来，也无法理解。

“不听，不看，不感，不知。”天宿的声音低沉里透着微微的哑，一字一顿地说着。

不知为何，光是听着这些“不”字，宁怀衫居然都能莫名感受到一种悲意，一种疲惫和厌弃。他看着城主，喃喃道：“为何啊？为何要这样自封？”

天宿看着他家城主，良久之后哑声道：“……太疼了吧。”

“可是……”宁怀衫还要开口。就他所知，他家城主这腰间的白玉梦铃轻摇几下，就是解梦而已。就是让尘封的记忆解封，想起往事而已。

想起往事……为什么会疼呢？他家城主从来都不是怕疼的人，究竟是怎样的疼，竟然让他自封至此？

但宁怀衫最终还是没有说完，因为他看见天宿蹙着眉，黑沉如墨的双眸里满是温煦。

明明是说城主太疼了，那疼却好像也落在天宿身上似的。

不过也确实是落在天宿身上了……因为城主的威压如此之重，能将寻常人压得粉身碎骨，天宿却坐在威压最盛的地方。

那道自封的屏罩能将靠近的一切东西伤得血肉模糊，天宿却探过屏罩，握着城主结霜的手，就好像是怕那只手太冷了似的。

宁怀衫看着天宿的手淌满鲜血，血脉一根一根地爆裂开，模样可怖。而下一瞬，天宿又会催动气劲，那些伤口便会一点一点缓慢弥合，那些血也会被收回去。一滴都没有落到城主手上。

如此，反反复复。光是看着都能感觉到痛，但天宿始终不曾变一下脸色。

宁怀衫无话可说，悄然离开。他后来又进出过几次，发现天宿从来不曾动过，一直催动着气劲缓缓往屏罩里流注。无数次被挡回来，又无数次笼罩过去，就像执着拂过冻水的暖风。

这样的状态不知持续了多久……一日？两日？到最后，不仅宁怀衫，就连萧复暄自己都忘记了时间。他一直在陪着自封中的那个人，陪对方一步一步走过回忆里冗长的二百多年，像是在不断地兑现曾经的承诺。

他曾经在心里许诺过，永远不会让乌行雪孤寂一人，不论对方是活着，还是死了。

第 94 章 苏醒

乌行雪在错乱的记忆和痛楚里浮沉着，在茧里自封着。一度以为自己又回到了神木里——

他尚未化身成人，周遭一片混沌，而他赤足站在那片混沌里。

有一瞬间，他不知怎么，无声笑了一下。

他发现自己真是奇怪，当初悲哀至极、愤怒至极时是笑着的；如今疼到极致、几乎承受不来时，下意识的反应还是笑。

他在无声的笑里轻颤着，到最后几乎站不直，弓下身去。人在疼的时候，总会想要用力摁住疼痛作祟的地方。他抬了手，却无处可落，到最后又垂下去。

记忆里有无数人、无数种声音，在不同的年岁里叫着他不同的名号。

“神仙？”

“灵王。”

“大人——”

“魔头！”

……

曾经他每一句都会听，每一声都会应；如今他却像是忽然累了，置若罔闻。数百年里从未显露过的疲累和厌弃都在这一刻涌了上来，他不想再动也不想再睁眼了。

就在那种厌弃和痛楚山呼海啸般达到巅峰时，他忽然又听到有人低低叫了他一声。

叫的不是名号，不是神仙、不是灵王、不是什么大人，也不是魔头。

就是简简单单的名字——乌行雪。

他怔了一下，抬起头，看见面前有一道模糊的身影，穿过混沌牵住了他。不是要将他拽向哪里，也没有强行把他从自封的茧里拉出去，只是站在他面前。

那道身影低头问他：“乌行雪，要不要出去？”

乌行雪还没答，对方又低声道：“不要也无妨。”他低沉的声音在这片混沌里显得有些温和。他说：“我在这里。”

陪你。

铺天盖地的记忆依然如狂风海潮一般朝乌行雪涌过来，笼罩他，淹没他。他也依然很疼，疼到还不想从茧里出去。但好像……没那么难熬了。

这是雀不落被霜雪封冻的第七天，整座府宅煞白一片。

卧榻上的屏罩依然将整个世间封挡在外。极寒的气劲带着攻击性，也依然源源不断地朝外流泻。榻上的冰霜结了又化，化了又结。就像萧复暄伸在屏罩内的手，流血了又止，止了又流。

明明已经看了七天，但宁怀衫每次踏进卧房，每次看到萧复暄那只反复愈合又反复血流如注的手，还是会觉得触目惊心，忍不住头皮发麻。

他起初还试图劝两句，后来发现天宿仿佛也进入了自封一般，根本劝不动。于是他每天都是轻手轻脚地来，满目担忧地杵在榻边照看一会儿，再轻手轻脚地走。

他本来以为这天也会一样。谁知他刚到榻边，就听到了一道极轻的声音。

宁怀衫一愣："什么声音？"他差点儿以为是自己忧心太重，出现了幻觉。却见天宿抬了一下眼，似乎也听见了。宁怀衫道："天宿你也听见了？我听着像是有东西碎了。"

萧复暄久未开口，又反复受伤，声音带着一些沉哑。他的眸光循声落向某处，道："是梦铃。"

宁怀衫一惊，立马跟着看过去，发现那声音果然来自他家城主腰间垂挂的那只梦铃。

那白玉铃铛受白玉精的感应，先前一直轻晃不息。此时不知是因为乌行雪散出来的威压太盛，有些承受不住，还是因为别的什么，身上居然出现了细碎的裂纹，比原本的裂纹更深、更多。

刚才那极轻微的裂响就源于此。

宁怀衫吓了一跳："这铃铛怎么了？不会要彻底碎了吧？"

萧复暄抿唇未答。

彻底碎裂应当不至于，不过梦铃响时可解梦境，让人想起前尘往事。这会儿梦铃不堪其力，生出新的裂痕，铃音戛然而止，那便意味着梦铃的效用很快会停。梦铃的效用若是停了，困陷在前尘往事里的人，或许很快就要醒了。

萧复暄盯着那白玉铃铛，怔了一瞬才意识到了这一点，猛然抬眼。他太久没动，又一直坐在威压和气劲最盛的地方，眉眼上沾了霜星。此时一抬眼，那几点霜便落下去，洇进眼里。

霜星凉得惊人，萧复暄半眯了一下眸子。就是这一垂又一抬间，屏罩里的乌行雪真的睁开了眼。

那一刻，整座雀不落都是寂静无声的，一瞬间被拉得无限长。

萧复暄看着那动了一下的眼睫，怔然失语，良久才回过神。

"乌……行雪？"他轻声道。

屏罩里的人垂首坐着，姿态没有丝毫的变化。要不是眼睫动了一下，甚至不会有人意识到他醒了。

萧复暄低头看过去，看到了乌行雪通红的眼睛。他看见乌行雪眼睛里蒙着一层水雾，更显得那抹红色灼进了眼底。虽然醒了，但那双眸子一眨不眨，茫然地垂落着，像是看着榻上虚空的一点。

“乌行雪。”萧复暄又低低叫了他一声。屏罩里的人全无反应。

萧复暄却不在意，还是放缓了语速，叫道：“乌行雪。”屏罩里的人依然没有反应。一旁宁怀衫也跟着叫了两句“城主”，转头冲萧复暄道：“天宿！城主怎么没动静？”

萧复暄沉默片刻，静声道：“……他听不见。”回忆太多、太久，叫人困陷其中，即便睁了眼，也难以从那深渊似的情绪里抽离。

那道屏罩还是封着，将一切都格挡在外，所以那一遍一遍的“乌行雪”，其实屏罩里的人根本听不见。可这话说完，他又叫了对方一声“乌行雪”。

宁怀衫疑问道：“天宿您刚才不是说城主听不见吗？听不见的话，一切就都是白用功了。既然是白用功，天宿为何还要这样叫城主？看着……看着叫人怪难受的。”他低声说。

难受……萧复暄重复着这个词，心道：确实难受。

但这不是说他，而是说当年的乌行雪。他因天道抹杀而忘记乌行雪的那些年里，他们之间的关系与眼下的有什么区别吗？

其实没有，还是一道屏罩，两个人。

只是当初，忘记一切的他是屏罩里的那个，而乌行雪则是站在屏罩外的那个。不知乌行雪当年站在“屏罩之外”，究竟说过多少他根本听不到的话。

如今，不过是调转了一下而已。他怎么能停？

宁怀衫并不知晓那些过往，只知道眼下这会儿，他在卧房里待得鼻子反酸，心里难受，实在有点儿待不下去。于是他借口“烧个汤婆子”以及“找几件厚衣来”，匆匆躲去了偏房。

萧复暄浑然不在意，甚至没有听清宁怀衫又说了什么。他只是一遍一遍地叫着乌行雪的名字，不厌其烦。

不知过了多久，那个自封在屏罩中的人极轻地动了——那双通红的眸子朝旁瞥动一下。于是乌行雪看到了自己被人握着的手。

那只手筋骨长直，瘦而有力，如今却不断筋骨爆断，鲜血流注。都说十指连心，那滋味应当痛极了，那手分毫没有后缩过。

乌行雪看着那片刺目的红，忽然抬手，想要擦去那只手上的血。被对方反手牵住的那一刻，他轻轻一怔，终于从缠裹满身的回忆里脱离出来。

乌行雪抬起头，隔着屏罩看向面前的人。良久之后，轻而沙哑地叫了一声："萧复暄。"叫出这个名字时，他身周自封的屏罩缓缓褪下去，长眸却倏然蒙上了一层红。

萧复暄就是在那个时候探身过去的。他能感觉到面前的人从绷直到慢慢松下来，再到最后，扣着的手指居然极轻地发着抖。人常会如此，倘若之前绷得太紧，承受的痛苦太多，突然卸下力，反而会有明显的颤抖。

可乌行雪从来不是常人，他从未如此，这是此生第一次。他极轻地抖着，听着对方问他："乌行雪，还疼吗？"

"不疼。"他下意识轻轻应了一句。

应完，他静了片刻，忽然道："其实……"他顿了顿，轻眨着眼睛低声道："其实会有一点儿难受。"

他装样子时常说"害怕"和"难受"，真正临到头来却总是不吭一声，只在这一刻，他忽然想卸了劲，对萧复暄说一句"确实很疼"。

他说："萧复暄，我梦到了很多事。有仙都的，也有人间的。我还想起来跟你聊过鹊都。所以当初，我跟你说我来自鹊都，你就已经明白了，是吗？那后来呢，那些易容你也都认出来了？

"怪不得每次易容你总要动我的眼睛。"

他有一句没一句地说着，说完静了很久，合了眼眸轻声道："萧复暄。"

"嗯？"

"二百三十多年真的好长……"

第 95 章　消融

乌行雪从来不是一个话多的人。在仙都的时候，他只是容易亲近，爱开玩笑，但算不上热情。后来成了魔头，连容易亲近这一点都不见了。

但他在萧复暄面前，总会说上很多。后来他发现，这是因为萧复暄会问。

每当他说完一些，萧复暄都会接一句问话，于是他又会开口说上一会儿。他不爱提苦事，那二百三十余年里，可说之事原本只有寥寥，但他不知不觉间，竟然说了很久……

那些混乱、颠倒的场景和过往，就这么缓慢地变得清晰。

他说完又一件事，蓦地停下来，怔怔了一会儿，道："可还有一些事，我没能想起来。照理说梦铃响了，我该想起所有才对。"

萧复暄："梦铃又出了些问题。"

“它怎么了？”

“碎得更厉害了。”

乌行雪低头钩起腰间那枚白玉铃铛，仔细看才发现上面的裂纹更明显了，不再止于里侧，而是延伸到了外面。乍看上去，似乎一碰就要彻底碎裂。乌行雪用拇指轻抹过铃铛沿口，疑惑道：“怎么碎的？我先前无知无觉时，碰过它吗？”

萧复暄答道：“不曾，忽然便是如此了。”

乌行雪轻声道：“那就奇怪了……”他之前封了屏罩，无人能轻易靠近。这白玉梦铃就挂在他腰间，除了他自己，确实没有谁能触碰到它。而萧复暄说他不曾动过，那这裂纹究竟是怎么回事？

是因为他一下子想起太多往事，梦铃之力经受不住？还是……另有原因？

这事一时半会儿想不出答案。乌行雪想了一会儿，未果，思绪又不禁落到了他醒来前想起的最后一幕上。他闭眸试着回想了一会儿，却怎么也想不起来那个场景的结局。他又睁开眼，出神良久后抬起头，低低地叫道：“萧复暄。”

“嗯？”萧复暄温沉应着。

乌行雪看着他，问道：“……我那天有没有褪掉易容？”萧复暄愣了一下。

乌行雪轻声道：“在无端海的渡口边，给一群仙门弟子换药的那天，你还记得吗？”

“记得。”萧复暄答道，“自然记得。”那样的一天如何会忘？

乌行雪说：“你在渡口边说的话，我是如何作答的？我……答应了吗？”

记忆就戛然休止在那一刻，以至他只要闭上眼睛，就会看到萧复暄抓着他的手，哑声问他：“乌行雪，你不易容会是什么样子？我想看看你的脸。”

而他不论如何回想，怎么费尽力气，也没能想起后来。他答应对方了吗？还是转身上了船，头也不回地离开了？

萧复暄问他：“为何想知道？”乌行雪：“我怕我说不。”

尽管那是已经发生的事情，过去了不知多少年，尽管那是他自己，没有人比他更了解自己。他应当不用问也猜得到自己会说什么，但他还是担心。他担心那一刻的自己对萧复暄说“不”，然后将那道高高的身影独自留在由渡口延伸而出的板上。

萧复暄又问：“为何怕自己说不？”

乌行雪静了一会儿，答道：“因为会难受。”

萧复暄听了这个答案，眸光沉沉落在乌行雪脸上。他低声说道：“你没有说不，也褪了易容。”

乌行雪道：“当真？”

“当真。”

“没有骗我？”

“没有。”

乌行雪片刻之后含糊地咕哝了一句：“骗也没用，我迟早会都想起来的。”

“嗯。”萧复暄应了。他没有骗人。那天的无端海渡口边，乌行雪在他咫尺之前一层一层褪去易容，露出了原本的脸。

但他没有说的是，那天之后，那个总是易了容同他聊笑说话的人便再也没有出现在他的面前。他拦截过一些对方的探寻符，但对方似乎又有了新的回避之法，于是他怎么也抓不到对方的踪迹。

他那时候同灵台天道有些嫌隙，正在查一些事，过得并不平顺。他能去人间的机会并不算很多，但每一次去人间都在找同一个人，又每一次都是兜兜绕绕，空空而归。

直到有一回，他带着一身麻烦的伤和满身血锈味，径直横穿人间，落在那个被称为“魔窟”的照夜城城门外。

照夜城的构造有点儿像人间城镇，也有高塔和长长的门墙，作为入城的城关。不过城关外没有任何邪魔外道把守，也不见什么城主手下，只有数十盏青冥鬼火似的火团列阵于城门外。

世间传闻，那些青冥鬼火皆出自照夜城城主之手，可嗅探出一切不属于照夜城邪魔的气息，尤其嗅得出仙气。只要有仙都之人靠近照夜城，那些青冥鬼火当即就会有反应，将擅闯之人拉入一片无边火海。

照夜城城主绝非俗类，那火不论仙魔都忌惮至极，而萧复暄并没有接到任何关于照夜城和城主的天诏。他来得其实名不正也言不顺。

那天，他抹着颈侧的血看着那些青冥灯，一边在心里嗤笑自己真是疯了，一边朝入口门关处走去。他即将撞到青冥灯时，那些苍青色的火焰猛地蹿了几下，眼看着就要形成火墙、火海。

一道穿着素衣的人影忽然贯穿火海，落在萧复暄面前。他落下的那一刻，背手一扫，苍青色的火海便陡然收束在他手里。

那天的照夜城城主没有顶着陌生人的易容，也没有带上笑。他眸光扫过萧复暄颈边的血迹，蹙了一下眉，说：“你知道带着伤擅闯照夜城的仙，有什么后果吗？”

萧复暄：“略有耳闻。”乌行雪：“那就是知道了，知道为何还来？”

萧复暄未答。他颈侧的伤暴露在青冥灯下，伤口越发深，久久不得愈合，血液就顺着颈骨的线条流淌不息。解铃还须系铃人，众所周知，青冥灯留下的伤，还得亲手做青冥灯的人来解。

乌行雪看在眼里，静峙片刻，忽然闭了一下眼，拽过萧复暄的手，带着他穿过了青冥灯。

那些灯火大概被他悄然动了一些手脚，没有再那样疯长成无边的焚仙火海，仿佛今后就认得萧复暄似的。

他们穿过门墙高拱的门，穿过早已荒凉的落花台。顺着山道而下的时候，萧复暄在深浓的雾霭里低下头，忽然对那个带他入城的人说："乌行雪，好久不见。"

拽着他的乌行雪脚步一刹。或许是因为雾霭浓重，谁也看不清谁，不分魔头也不分上仙。乌行雪极轻地"嗯"了一声，才又抬脚向前。

就是自那日起，萧复暄往来照夜城，再也没有惊动过门外守城的青冥灯。

此间种种说来话长，那"久不曾见"的时间也一度酸涩难言，所以萧复暄没有提。他跳过那些年，对乌行雪说："你那天褪了易容，我见到你了。"所以不要难过。

听了他的回答，乌行雪心情好了许多。他兀自静了一会儿，忽然又冲萧复暄道："仙都时候的事，你如今都记得？"

萧复暄道："都记得。"乌行雪问："怎么记起来的？"

萧复暄静了一刻，道："……仙都没了，便记起来了。"

乌行雪想想也觉得有些道理，毕竟抹杀由灵台天道发动，用于惩戒神仙。如今仙都都没了，惩戒很可能也不作数了，抹杀便有了松动。他静了一会儿，又道："还有一事。"萧复暄让开一些。

乌行雪问道："你既然都记得，我当初问你我是什么样的人时，为何不直接告诉我呢？"

他其实没有很在意这件事，只是忽然记起，便顺口问了。谁知萧复暄却蓦地静下去，过了片刻问道："如何说？"

乌行雪想了想，似乎也不知该如何说，便道："成过仙，成过魔之类。"

乌行雪说得有些随意，却听见萧复暄低沉的声音响起来。

他说："我不答应。"

乌行雪一怔，听见那个在混沌中陪他承受痛楚的人说："那是你经历的所有，谁都不能以寥寥字句轻描淡写地说给你听。我也不行。"

乌行雪定定地看着他，眸子里映着窗外的天色。过了片刻，那里漫开一层温润亮意。

他说："萧复暄。"萧复暄抬了眸，被久违的笑晃了眼。

有一绺风顺着窗缝溜进来，雀不落在那一刻霜雪俱消。

那曾经的二百三十余年，在这一瞬间忽然邈远起来，真正有了"过去"的模样。所谓"过去"，就是皆往矣。

第六卷

灵台

第 96 章 找人

后来的宁怀衫时常后悔，自己为什么要在那个时候去推城主的门？是格外想不开吗？他为什么看到雀不落霜雪解冻，就一骨碌蹿起来要去告诉天宿呢？解冻就解冻嘛，让它静静地化完不好吗？

事实却是他一边大叫着“天宿！霜冻突然化了，城主是不是要醒了——”一边“砰”地推开门，冲进卧房。他一个急刹卡在榻边，正好看到他家城主从天宿身边让开……他当时就不敢动了。

九天玄雷直劈脑子是什么感觉，大概就是如此了。

那一刻，宁怀衫脑中只有三个想法——我瞎了，我完了，我还离得这么近。

乌行雪也没料到居然有人直接冲进来，顿了一下，疑问道：“房间没罩结界？”问完一抬眼，看到萧复暄一言难尽的脸。

那张冷冷的俊脸半是麻木，半带懊恼，从唇缝里蹦了两个字：“罩了。”

“罩了？”乌行雪转头看向宁怀衫：“那你又是如何进来的？”

宁怀衫动了动唇：“我怕你们那个状态会出事，求着天宿把结界撤了，方便每天进来看一眼。”

乌行雪：“……”

他无话可说，低头掏梦铃。

宁怀衫以为他要掏武器，当即缩了一下捂住头，叫道：“我错了城主！我什么都没看到，我——”他叫着，发现可能叫也没什么用，于是他撒腿就跑。

乌行雪本想给这傻子摇个铃，结果梦铃上满是裂纹，眼看着暂时是不能用的。而他一抬眼，这傻子已经一溜烟跑没了踪影。他拎着铃铛，问萧复暄：“你就这么任他跑了，都不帮我抓一下？”

萧复暄："抓回来继续看？"

乌行雪噎了下，又见他表情实在好笑，再回想刚刚那三人面面相觑的一幕，一个没忍住，钩着铃铛线笑了起来。

他支着一条腿，手肘就架在膝上，长指上绕着线，拨弄着铃铛笑了好一会儿，显露了几分恣意。萧复暄看着他，半晌低声道："不羞恼了？"

乌行雪坦然道："你这话说的，我何时羞恼过？"

萧复暄点了一下头，过了片刻指了指自己颈侧，沉声道："自宁怀衫撞进来起，你这里红到了现在。"

乌行雪："……"

萧复暄说完这句话，眸光就落在他颈侧，看了片刻沉声道："还红着。"

乌行雪失笑一声，转眼间那银色丝线做的铃铛线就绕到了萧复暄颈上。他钩着线轻拽了一下，眯着长眸半真不假地说："你不是出了名的寡言吗，哪来这么多话？"

萧复暄答道："分人。"

乌行雪挑了一下眉，一瞬间又陷入了怔然里。他忽然想起曾经还在仙都的时候，他总是很喜欢萧复暄的这些破例，一句话、一个举动就能让他心情大好。他一度以为凡人常说的"情意"就是如此，只有悸动和欢愉。后来成了魔，他在近三百年的岁月里慢慢意识到，原来不仅如此，原来那里头还有酸苦和割舍不清。

有过酸涩、痛苦、割舍不掉又纠缠不清。到头来，却依然能因为一句话、一个举动、一些破例就高兴起来。

"在想什么？"萧复暄问他。

"没什么。"乌行雪笑道，"就是胡乱算一算。"算一算一生可以有多长。

宁怀衫逃命之后，本想决不擅自靠近卧房一步。但没躲一会儿，他家城主就放了一封符纸来招他。他在心里硬气地想：再去我是狗。

但他又不敢不去。最终，他揣着袖子磨磨叽叽到了卧房门边，眼观鼻、鼻观口地说："城主。"

他家城主居然还咕哝了一句："找你半天，怎么才来？"

宁怀衫憋了半天，憋了一句："我在清扫霜冻化了之后的院子和房间。"

先前雀不落冻得像冰窟，这会儿全化了，到处都湿漉漉的。其实不只偏房和院子，乌行雪的卧房里也是半斤八两，梁柱上都是水痕，看起来颇触目惊心，只是先前顾不上在意而已。

乌行雪默默回头打量了一圈，一脸无辜地问萧复暄："我干的？"

"我干的。"萧复暄没好气地蹦了一句。

乌行雪老老实实收回视线，下一瞬，那些由他而起的霜雪潮雾又被他一扫而空。宁怀衫才收了他那不堪大用的洒扫术。他捏了符纸，冲乌行雪道：“城主要问什么？”

乌行雪“唔”了一声，说：“这几日，方储有过消息吗？”

宁怀衫：“？”他有一点儿纳闷，总觉得城主这问话略为奇怪。先前回到雀不落的“方储”是“封薛礼”套的壳，真正的方储应该还在过去。他都能想到这一点，城主没道理想不到。要想知道方储的音信，恐怕还是得往过去探寻，城主和天宿的办法肯定比他多，为何会问他呢？

不过他转而一想，可能是因为方储跟他更亲近一点儿，再加上这几日是他守的府宅。

宁怀衫没再疑问，摇头道：“没有。”这么说着，他也露出了担忧之色，说道，“城主，方储迟迟不归，不会出什么事了吧？”

乌行雪蹙了眉，转头问萧复暄：“你留在那条线上的灵识找到他了吗？”

萧复暄摇了一下头：“有一些踪迹，但迟迟没有找到灵魄。”

先前乌行雪迟迟不醒，他无法分心。这会儿乌行雪恢复不少，他便能腾出手了。他想了想，说：“我再去探一遭。”话音落下，他便垂了眸，顺着灵识去往了那条乱线。

他看起来与平常无异，还是那副抱剑倚门的模样，仿佛只是忽然想起一些事，有些出神。

“城主，天宿这是灵识离体了吗，他还能听见周围的动静吗？”宁怀衫伸头过去，想试一试天宿可否有反应，却见乌行雪抬了眸，竖起一根食指抵在唇边，示意他不要说话。接着，乌行雪抬手搭住了他的肩。

宁怀衫有些疑惑，就见城主薄唇未动，传音过来：“我问你一些事。”

宁怀衫张了张口，又猛地反应过来，传音回道：“城主，什么事？为何要用传音说话？是不能让天宿听见吗？”

乌行雪“唔”了一声：“算是吧。”

宁怀衫不解道：“可你们不是都……”他一贯毛躁，没什么情趣，当初看见其他邪魔度劫期，回头跟方储提起来，张口就是一句“饮血”，然后被方储用看“傻子”的目光嫌弃了好久。

他直觉冲着城主这么说有点儿找死，于是含含糊糊地哼过去了。结果城主看他的目光依然让他发慌。宁怀衫当即退缩了，道：“我什么也没说，城主你问。”

乌行雪没好气地瞥了他一眼，问道：“你还记得二十五年前的事吗？”

宁怀衫愣了一下：“记得啊，自然记得。”

乌行雪沉默片刻，问："记得就好，那我去仙都之前，你和方储在吗？"

提起去仙都，宁怀衫神色黯淡了一些。

乌行雪问："我可曾同你们交代过什么？"

因为梦铃受损，他没能想起所有，恢复的记忆戛然歇止在二百三十多年的节点上。往后发生了什么，他还是一概不知。

他只能凭借已经恢复的记忆略作猜测。但有些关窍，他怎么也想不通。诸如……他后来为何会杀上仙都？

他确实想象过无仙无魔的世间，想过如果这世上既没有仙都也没有魔窟，应当是一番不错的盛景。但他同大半仙都众仙无仇无怨，与世间百姓也无仇无怨，就算仙首花信惹了祸事，以他的性子，也不可能就那样杀到九霄之上，弄得整个仙都崩毁覆灭。

更何况，众仙里还有一个萧复暄呢。

在那二百三十余年的往事里，没有任何明显的证据，能告诉他，他后来为何会那样做。

他之前从传闻和萧复暄的一些话语得知，当初他杀上仙都的时候，萧复暄最初是不在的；而当萧复暄赶到时，灵台十二仙已经身死，整个仙都天崩地毁，覆没在即。

他不知道当初的自己是特地挑了萧复暄不在的时候，还是天道作祟的结果。

若是后者也就罢了，若是前者……若是前者，天宿大人铁定是要不高兴的。

要命的是，乌行雪过去没少干这种哄骗人的事，就连他自己都拿不准是哪种。只好趁着萧复暄的灵识不在，悄悄地问宁怀衫，也好心里有个数。回头若是需要哄人，也能有些准备。

结果他问完了话，宁怀衫却眨巴着眼睛，吞吞吐吐，迟迟不答。

乌行雪没好气道："说话支支吾吾的干什么？你要是拖到旁边这位天宿大人灵识归体，你就完了。"

宁怀衫瞬间脸拉得比驴长，终于憋出来一句长的。他说："对不起城主你去仙都之前我和方储都在但你有事一贯都更喜欢交代给方储我只知道个大概您不如直接去找方储问话，还有——"他顿了一下，轻声挤出一句："天宿正看着你呢……"

乌行雪："……"他僵了片刻回过头，默默看向萧复暄，眨了眨眼。

就见萧复暄垂眸看着他，问："又想骗人？"他满脸写着"门都没有"，气劲探进乌行雪身体里，将大魔头一并逮进了过去那条乱线。

穿过雾气落到过去那条乱线上时，乌行雪感觉萧复暄牵着他，低低沉沉的声音落在他耳里：“猜到你想做什么了，找到方储当面问，别想跑。”

第 97 章 仙都

大魔头颇有自知之明，听了萧复暄的话不禁心虚起来，但他还是想挣扎一下。

“天宿大人。”他叫了一声。萧复暄没应，大约一听他这语气就觉得无甚好事。

大魔头又叫：“萧复暄！”

萧复暄认命道：“说。”

大魔头空着的那只手伸出小指，道：“你看这样如何，过去的事就权当它过去了，回头见了方储，不论问出什么，别生气。”

萧复暄顿了一下步，瞥了一眼那根手指头。

大魔头提前哄上了。他见有戏，趁热打铁又补一句：“只要不生气，怎样都行。”

萧复暄抬起眸，似乎在确认他的“怎样都行”是怎么个都行法。

乌行雪张了张口，欲言又止。他刚刚说这话的时候本意不是如此，如今再往下续，好像就有点儿青天白日要流氓的意思了。

好在没等他再多说，萧复暄已经觑着他支棱的手指开了口：“还要摁印？”

乌行雪：“自然，否则答应了又反悔怎么办。”萧复暄沉思。乌行雪屈了屈手指，催他。

“过去的权当过去，怎样都行？”萧复暄淡声重复了一遍。

乌行雪：“你故意的？”

萧复暄：“没有。”

“重点是不生气。”乌行雪没好气地强调了一句，直接上手钩了萧复暄的手指，在虎口处摁了一下，又将自己的虎口往萧复暄手指上碰了一下。

萧复暄任由他抓着手胡作非为，三两下便结了一道印。如此，大魔头总算满意下来，放宽了心。

这次进这条乱线，与上回不同。上回乌行雪是身灵都在，这次更像是被萧复暄带着灵识离体。两人的灵识幻化成了两道身影，都是普通人装扮，在郊野落地。

刚落地，乌行雪就听到自己身上传来细碎的叮当轻响，乍一听像银铃之类的东西。但他如今只是一抹灵识，身上并没有系铃。

他颇纳闷地低头一看，在幻化而成的衣袍间隙里，看到了锁链虚影。

有那么一瞬，他怔愣住了。他平日身上总挂着不少东西，有当初刚进大悲谷时萧复暄给他系扣的银铃，也有他的白玉梦铃。遮掩之下，就连他自己都快忘了，他身上还有苍琅北域里带出来的天锁呢。

天锁一贯无形无影、无人能见，如今或许是因为他以灵识来到此处，那无形无影的天锁居然显露了极为模糊的轮廓。那锁链虚影在衣袍间若隐若现，穿行交错，就扣在他周身几大关窍处，极细也极轻。

曾经刚出苍琅北域的时候，乌行雪一度觉得这锁链的响声有些恼人，如今他却觉得有些稀奇……因为这段时间以来，这些锁链虽然一直在，却迟迟没有任何动静。否则他也不会忘了它们的存在。

乌行雪看着那些若隐若现的细影，伸手拨弄了一下，道："萧复暄？"

"嗯。"

乌行雪手指上钩着一根细链，还没开口，就听萧复暄的声音沉沉响起："会疼吗？"

"不疼。"乌行雪答道。

萧复暄伸出手来，轻碰了一下那根细链。确实不疼，这点乌行雪并没有哄骗人。不过他能感觉到细链极轻的晃动，就像细脚伶仃的蚂蚁在扣住锁链的地方爬了几下。

那感觉颇不自在。虽然乌行雪神情没变，但萧复暄敏锐地觉察到了，当即收了手。

乌行雪见他垂着眸，眉心始终轻蹙着，便道："真的不疼，倘若不是这会儿听见响声，我都忘了这些小玩意儿了。"

普天之下，大概头一回有人用"小玩意儿"形容这东西，萧复暄抬起眸。

乌行雪又道："说到这些，我正想问你：苍琅北域的天锁，都是这么乖顺听话的吗？不应该啊……"听他越形容越奇怪，萧复暄的神色终于变得复杂起来。

"倘若一直这么乖顺听话，那些邪魔为何会怕？戴上个十年百年也无甚影响。"乌行雪低声说着，"抑或是还没到时机？"

"我所见过的邪魔，都已经同天锁一并灰飞烟灭了。"萧复暄沉沉的声音响起来。

乌行雪愣了一下，反应过来——也是，苍琅北域里的邪魔就没有能活着出来的，遑论戴着天锁过上十年百年了，更不可能知道它为何毫无动静，又在等什么时机。

不过这念头刚闪过，他就感觉萧复暄用手指碰了碰他的脸。他抬起眼，见萧复暄看着锁链，沉声说：“乌行雪，会解的。”

他说得沉而笃定，听到的瞬间，乌行雪笑了一下，就像当年知道他静坐于屋檐上就能镇住整个仙都煞涡，或是敲一声钟响就能告诉百姓“万事太平”一样……

乌行雪应了一句：“好。”说完，他见萧复暄神色还是沉郁，顺口又补一句，“一时半刻解不了也无妨，权当添兴。”

萧复暄静了一刻抬起眼：“权当什么？”

乌行雪“唔”了一声，道：“你若是多撞见一些劫期中的邪魔就会发现，有些邪魔身上的锁链比我这天锁唬人多了。”很难形容那一刻，天宿上仙究竟是什么表情。

乌行雪转过身就开始笑。他在银白衣袍外面又披了一层薄如山雾的青灰罩衣，将那些锁链若有似无的影子遮掩了。

两人放了寻人用的符，一路找着方储的痕迹。他们穿行了许多地方，只能找到一些残存的气息，始终不见方储灵魄，如此南北往来了两回。

萧复暄抬手接了寻人归来的符，那符纸在他手指间自燃成了灰烬。他皱眉道：“依然不对。”

乌行雪沉吟：“一个灵魄而已，这么难找？”不应该啊。何止不应该，简直是离奇，尤其找人的还是他和萧复暄。

萧复暄道：“如此还没有结果，便只有两种可能了。”

乌行雪如今想起了大半的事，不再像之前一样需要事事询问。不用萧复暄说，他也知道是哪两种可能——要么，方储的灵魄已经散了，所以才遍寻无果；要么就是他的灵魄在一个探寻符去不了的地方。

正常而言，其实是前者可能性更大。方储毕竟是现世之人，在一条过去的乱线上久待不是妙事，灵魄飞散也不无可能。但若是真的灵魄飞散，他残余在世间的气息就不是如今这样了。

在乌行雪看来，应当是后者——他的灵魄在一个探寻符不能探的地方。

他和萧复暄对视一眼，抬头往九霄之上望去。在这条乱线里，仙都还好好地存在着。若说有什么探寻符探不到的地方，那就仅有仙都了。

方储睁眼的时候，发现自己身在一个奇怪的地方。那是一间卧房，入目皆是玉色，卧榻临窗，窗棂宽大，飘着的挡帘如云如烟。还有不知何处来的落花顺风而来，在白玉窗台上闲作了堆。

房里的布局让他想起了雀不落，但这里俨然不是。因为能听到依稀的鸟雀声，这是雀不落里从未有过的。他扶着胀痛的头，艰难起身，却有种颇为奇怪的感觉，好像身体并不是自己的。

等他低头仔细看清自己的手和身体，便立刻僵住了——这真的不是他的身体，他成年已久，个头也不矮。可如今的身体却像个少年人的，说是宁怀衫被他上了身，他都信。

他浑身寒毛都奓起来了，正要一骨碌蹿起，余光瞥见旁边有两道身影。

方储猝然抬头，发现那是两个小童，扎着朝天髻，衣袍挂着飘带，手里还一本正经搭着拂尘，有几分仙气。

方储怔了一下，面上茫然，心里却咯噔一下。因为民间神像旁常有这样的仙童像，他见得多了，只是每次多看一会儿就会吐，反应极大。

他心说完了，不会被弄进哪家仙门了吧？连孩童都打扮成这样，绝不会是什么小门小派，多半是名声颇盛的仙门，诸如花家或是封家。

他怎么说也是个小魔头，要是真被弄进了仙门，那真是危机四伏、凶多吉少了。要么他一路杀出重围逃出去，要么就等着受那些仙门子弟折腾吧。

方储如此想着，一边试着运转体内气劲，一边试探地问那两个小童子："你们是哪家门派？"

两个小童子凑作堆，一边瞅着他，一边咕咕哝哝地说着悄悄话。过了片刻，其中矮一点儿的那个答道："我们这不讲门派。你这是彻底醒了吗？还要睡吗？不睡我就叫人啦！"

"不讲门派？"方储满头雾水，更是疑惑。他见那个小童子甩了拂尘就要往外跑，也不知他要叫什么人，当即面色一凛，伸手就要去抓，结果还没碰到小童子的衣领，就被一道风挡开了。

那道风挡得并不重，不带任何攻击的意思，倒有些落花迷眼之效。方储抬手挡了一下，就感觉自己被风扫回到了榻上。能有如此气劲的，必然是个极厉害的角色。

方储心下一惊，道："谁？！"

话音落下，就听见一道声音由远及近，顺着风传进来："用不着这么慌，你这身体是我用符纸信手捏的，架不住太重的力道和太大的动作，你悠着点儿用。"

方储在听到那声音的时候就愣住了。因为那道声音他再熟悉不过，曾经日日都会听见。那是他家城主乌行雪的声音……他循声抬头，看见一个戴着银丝面具的人手里转着一柄剑，走进了屋。

第 98 章 “梦铃”

方储一声“城主”差点儿叫出口，但看到那张镂着银丝的面具，又咕咚咽了回去。

这人是他家城主，但又不完全是。他见过这样戴着面具、拿着剑的乌行雪，在大悲谷底，天宿对云骇的那场诘问里。诘问里的人将这样的乌行雪称为——“灵王……”方储喃喃。

来人听到了这句话，似乎愣了一下，语气颇有些意外：“你叫我什么？”

方储这才意识到自己将所思所想说出了声，立刻摇头道：“没什么，我没说什么。”他没有宁怀衫那么莽撞，眼下还没摸清自己的状况，自然不敢胡乱应答。

对方却没有任由他糊弄过去，说道：“我耳朵灵得很，你方才分明叫了一声灵王。”方储依然不敢答，一眨不眨地盯着他。

“你们呢，听见了吗？”那人朝身后偏了一下头，问了一句。

两个小童子趴在门边，一边一个伸出了头，附和道：“听见了！他是叫了大人一声灵王。”

“看。”那人又转回头来，语气并不十分严肃，颇有些春风拂面之感。

但方储还是不敢动，半晌才憋出一句：“不能这么叫吗？”

“当然可以，仙都的人都这么叫。”那人笑了一下，又缓下声来，带了几分疑问，“可你不是仙都的人。我不掌凶吉，也不问福祸，人间没有哪处会供我的神像，自然也没有名号流传出去。所以你为何会叫我灵王，你认得我？”那人将面具掀开一点，露出极好看的眼睛。眼尾微微下垂，深浓如墨。

确实是乌行雪。方储已经彻底蒙了……他居然见到了还在做神仙的城主？

他悄悄用指甲掐了一下肉，确实是痛的，并非做梦。

“我……”他张了张口，却不知该怎么答话，总不能说“我是你成为邪魔之后的手下”吧？

最终，他憋出一句：“我也不知。”说完他就想给自己一下，这是什么牛头不对马嘴的回答。

谁知灵王只是挑了一下眉，轻声道：“这样啊……”他有一瞬的走神，没再问话，似乎若有所思。

方储用眸光飞速地扫了一圈，后知后觉地惊了一跳，道：“等等，城……灵王大人，我这是在仙都吗？”

灵王回过神来，点头道：“是啊，不然你以为是在何处？”

这一句宛如五雷轰顶，方储简直是猝然而起！动作之迅疾，神情之戒备，看得屋里众人十分惊诧。

两个小童子纳闷道：“那床榻上有钉子扎你吗？”

何止床榻？地上似乎都有钉子扎他脚底板。方储连连抬腿，仿佛无处下脚。他悚然一惊，声音绷得极紧：“我？我为何会在仙都？”

他好歹是一介邪魔，碰见尊灵气重一点儿的神像都能吐半天，更何况在灵气最重的仙都呢，那不得吐它个——嗯？

这念头刚一闪过，方储就愣住了。因为他突然意识到自己并没有什么反应，没有天旋地转，也没有吐得昏天黑地。如果不是方才那下弹起得太快，他的心跳都不会变快。

这状态让他十分纳闷。没等他想出个所以然来，那两个小童子就咕咕哝哝地说：“你好生奇怪，常人若是得知自己有缘上了仙都，高兴都来不及，你怎么这么害怕？”

“就是。”

“要不是碰到了天宿和我们大人，你这会儿已经稀碎了。”

“没错。”

“天宿？”方储又听到了一个熟悉的名号，不禁多问了一句。

那两个小童子话多，你一言我一语，没过多会儿，方储便想起了来龙去脉——他自从进了落花台，就与城主他们走散了。找寻其他几人的时候，他不小心遭了背袭。那位背袭他的人是个世间罕见的高手，他甚至连那人是谁都没能看见，就被生抽出了灵魄。

那具空空的躯壳被背袭之人带走了，也不知要借他的皮囊做些什么。而他的灵魄在离体之后，就陷入了浑浑噩噩的状态。

起初，他还记得自己要找人。城主、天宿、宁怀衫或是医梧生，找到哪个都行。后来他就迷糊了。没有躯壳的灵魄在世间游荡越久，越是懵懂、茫然。他的“找人”慢慢变成了一种本能。

他忘了自己要做什么，便下意识往南边去，一直走到了雀不落所在的地方。但此时的雀不落还是一片郊野，没有那棵参天巨树，也没有府宅。

他到了那里，却不认识那里了。于是他茫然转了一圈，又游荡去了别的地方。

凡人以灵魄生死轮回，他本能地去了几个地方，或许是与他这一世、上一世甚至上上世相关之地。他一路由南至北，游荡到了冕洲郊野的一处山村。

那处山村的人家不多，他在那处徘徊了一夜，吓到了不少村民，以为邪魔作祟。

小童子搭着拂尘一本正经地说：“天宿大人碰巧途经，听闻山村有邪魔作祟，便去看了。后来又传了书来，把我们大人也叫上了。”

另一个小童子嘀咕了一句：“也不知道为何，居然还将你带回仙都了。”

“可能是看你孤零零的吧。”

“也可能是大人嫌我们两个不机灵了，想再捡个人回来当童子。”

两个小童子说着，还来了劲，扁着嘴，一副委屈巴巴的样子。

灵王没好气地拎着他们的朝天髻，用下巴指了指门外说：“没嫌你们不机灵，出去守会儿门，我有话问他。”

那两个小童子“哎”了一声，一步三回头地走了。等他们走远不见踪影，灵王玩着手里的面具打量方储，似乎在斟酌。

倒是方储没忍住，问他：“城……灵王大人。”

灵王：“嗯？”

方储迟疑道：“就我所知，常人是不能随便上仙都的。”

灵王点头：“确实，你还不能算常人，你灵魄上的邪魔气可不轻。”

方储道：“那为何天宿没有对我就地降刑，还把我带回了仙都？”

灵王闻言先是笑了一下，说：“你对萧……唔，对天宿误解不轻啊，他也不是逮住一个人就抬手降刑的。”说完他又打量着方储，道：“他在山村碰到你的时候，你同他说了一句话，你还记得吗？”

凡人以灵魄生死轮回，离体的灵魄若是长时间没有凭依，飘飘荡荡，就会神识混沌，将几世的残留记忆混淆在一块儿。方储试着回想，却只能想起山村里烟雾朦胧的夜，还有一些荒凉坟包。其他的一概都记不清了。

他摇了摇头。

灵王沉吟片刻，道：“他传书告诉我，你看到他的时候，提了一句‘南窗下’，还提到了‘我家大人出事了’。”

方储一愣。他听到这句话，脑中终于有了一点模糊的画面——他徘徊在山村里，飘飘荡荡地绕过一座拱桥，看见天宿一身皂袍、提着银剑走来时，不知为何有点儿透不过气。

就好像他因为什么事慌张，跑了很久，跑过长长的玉石路和一座又一座拱桥，拼命想找一个人说一件要紧事，却怎么都跑不到地方，也怎么都见不到人。

直到天宿出现的那一刻，他在浑浑噩噩之中瞪大眼睛，轻声喃喃道：“天宿大人，我总算找到你了，南窗下怎么那么远，我跑了好久。”

天宿神情有些错愕，片刻后轻蹙着眉：“你从何知晓……算了。”话说一半，他改口道：“找我何事？”

只有灵魄的方储说："我家大人出事了。"

天宿眉心拧得更紧了："你家大人……是谁？"

方储却没能答出来。他那一刻只觉得仿佛数百年的力气忽然耗尽，灵魄几乎随风散去。他淌着眼泪，失了意识。再醒过来，就是此时此刻，在这仙都里了。

灵王朝宽大的窗棂外瞥了一眼，半是自语地咕哝了一句："趁着他这会儿去人间办事，我问你……"他眸光静静地看着方储，说："你当时所说的你家大人，是指……我吗？"

方储愣住，神情有一瞬的茫然。其实他也不知道自己口中所说的"我家大人"是谁，那大概是他上一世，甚至上上世残留的执念吧。他这会儿怎么可能记得起来？

"我也不知。"方储想了想，道，"大人你为何这么觉得？是因为我先前见到你就叫了一句'灵王'吗？"他想说，那其实是因为我认识后来的你，与那些前世无关。

结果他还没张口，就听见灵王说道："你灵魄上有印记。"

方储诧异道："印记？何种印记？"他低头打量着自己，却看不出有什么不同，更不可能透过纸捏的躯壳看清自己的灵魄。

灵王说："不用找了，那印记你看不见，别人都看不见，只有我能看见。"

方储心生疑问。

灵王说："方才那两个小童子，你见过了。我在他们两个的灵魄上各做了一道印记，也没别的用处，只是想着往后如果有一天，他们在仙都待腻了，想要回人间入轮回，转世之后，我能知道一点儿音信。"他静了一瞬，道："你灵魄上的印记，同我那小童子的一模一样。"

方储蒙了半晌，猛然抬头。那一刻，许多过去的场景山呼海啸一般涌过来。

他忽然想起很久以前，自己流落荒野，被邪魔阴物啃食得不成人形。他浑身是血，像一块破旧血衣一般被弃在草木间，痛不欲生、意识不清的时候，看见一辆漆黑的马车在道边无声骤停。

他依稀看见一道高瘦身影弯下腰来，将他带进了马车里。从此，他有了一个叫"雀不落"的住处。

他像照夜城的许多人一样，对城主总有畏惧。但他总依稀记得，当初那道身影弯下腰来，伸手向他额头探灵时，半垂的眸光温和而悲悯。

他一度以为那是错觉，有时候同宁怀衫那个傻子聊起这些，总会纳闷地你一言我一语：照夜城大小邪魔那么多，为何他俩会成为雀不落最长久的住客？

直到这一天，或许机缘巧合吧，他在数百年前的过去碰到了那个灵王。

他终于知晓，那道温和悲悯的眸光真的存在过，不是错觉。

方储怔然良久，又听见灵王道："这个模样的印记，我只给那两个小不点儿落过，你也看到了，这两个小童子还好好地在这儿，那……你是从何而来的呢？"

有那么一刻，方储是想回答的。他很想告诉面前这个人，他从数百年后而来，在那个时候，世间已经没有灵王了，倒是多了一个叫作乌行雪的邪魔。他想提醒面前这个人，或许能帮对方避开一些祸事。

但将要开口的时候，方储还是犹豫了。他不确定这样说完，所造成的影响是好是坏。

更何况，他也不能完全确定面前这人真的是当年的灵王。他需要再多一点儿证明，这样才能稳妥一些。比如见到同一时期的天宿。

一个人还有可能是假扮，两个人就有些难了。

方储迟迟不答，灵王倒也没有恼。他只是笑着嘀咕道："小时候傻得可以，这会儿防备心还挺重。"

外面小童子忽然叫了他一声："大人，天宿传了一封书信回来了。"灵王拎着面具，抬帘出了门。

方储松下肩，忽然听见耳边响起一道模糊的声音，有人在叫他的名字："方储。"

他身形一僵，转头四顾，就听见那声音又道："不要张望。"这一句字多一些，声音便没那么模糊了。

方储满头雾水，嘀咕道："天宿？"

"嗯。"那声音应了一句。方储静了片刻，极小声地问："你是哪个天宿？"

那声音："……"

没等对方回答，方储立刻反应过来：如果是数百年前的天宿上仙，就不会管他叫"方储"了。

我这问了一句什么蠢话，这下可好，天宿铁定不搭理我了。方储在心里骂了自己一句。

就听那声音又响起来："没有。"

方储一惊。至此，他终于反应过来，这是某种不会被他人察觉的传音。

方储试着在心里问道："天宿，你在哪里？我们城主呢？跟你在一块儿吗？"

萧复暄的声音响起来："他在。"他顿了一下，又沉沉地道："我们在太因山。"

方储："太因山？"

倘若说落花台是魔窟照夜城的入口，那么太因山那座三十三层通天高塔就是仙都的入口。

在现世，仙都崩毁的时候，太因山和通天高塔跟着一并塌了。如今他们在数百年前，仙都还在，太因山和通天高塔自然也在。

方储愣了一下，反应过来："我在仙都！所以你跟城主就在仙都正下方？"

萧复暄："嗯。"

方储朝外间屋子瞄了一眼，心跳突然变快，问："你们要上来吗？"

临近极北，曾经的皇都旁边，有一座终年雪封的高山，那山远望皆是白色，山顶还有一座同雪一样白的高塔。高塔一共三十三层，最顶上那层永远萦绕着云雾。

倘若有人登上塔顶，没入云雾，就会发现那上面别有洞天。穿过云雾，就是通往仙都的那段高高的白玉台阶。来乱线找方储的萧复暄和乌行雪，此刻就在塔下。

但他们并没有立刻沿塔而上。因为在他们看来，这个仙都的存在十分古怪。

乌行雪曾经斩过数不清的乱线，那些乱线的起点总在人间，因为人间才会被生死所困，才会有人贪心不足，想要从头来过，才会牵连出那么多乱线。

所以在那些乱线里，人间是清晰的，仙都却始终模糊，就像镜中花、水中月，只是现世投照过去的虚影。太因山巅的那层云雾之上，不该有能比拟现世的灵台天道，也不该有真正能斩乱线的灵王。

但这条乱线不太一样，或许是因为它虽由封家而起，仙首花信却也掺和其中，以至这条乱线的起点不再是人间，把仙都也牵了进去。

萧复暄百般尝试，成功传音，确认方储位置的那一刻，乌行雪低声道："怪不得……"

萧复暄："什么？"

乌行雪抬头看往云霄之上，道："怪不得这条乱线会成为最特殊的例外，因为这条线上居然有仙都。"萧复暄蹙了一下眉。

乌行雪戳了他一下，道："你问方储，他这会儿在仙都哪里？"

其实不用问也能猜到，方储自己不可能无端摸去仙都，只可能是被人带上去的。他只是一抹灵魄，会将他带上仙都的，还能是谁？

萧复暄不用问，就蹦了一句："十有八九，坐春风。"但他还是传了音，果不其然，方储答道："我在城主……不是，以前的城主这里。"

乌行雪的表情顿时复杂起来，咕哝道："还真有个灵王。"他想了想，又戳萧复暄一下：“你再问他，那灵王是何模样，戴着面具还是摘了面具，露过真容吗？”

问这么多话，其实目的只有一个，就是想探查一番仙都上面的那个灵王究竟“真”到哪种地步。

萧复暄自然知道他是何意，传音给方储时，只说了一句：“你所见的那位灵王，同他有多少区别？”

方储一时没反应过来，回了一句：“他？谁？”过了片刻，他又“噢”地明白过来：“天宿你的意思是……这个仙都的灵王与城主有多少区别吗？”

方储小声地咕哝了一句，才发现萧复暄同别人说话时，很少会用“乌行雪”这个名字，更不可能用“你家城主”之类的称谓，总是用“他”。而他每一次叫“乌行雪”，都只对着本人。

“我看看。”方储沉吟片刻，道，“我当初在云骇的诘问里见过一眼，这个灵王就是那样，好像……没什么区别，也戴着面具，也拿着剑。这会儿面具摘了拎在手上，长得也同城主一模一样。说话语气挑不出差别。唑……啊，有一个！”他描述了半晌，终于找到了一点儿区别。

萧复暄沉声问：“什么？”

方储道：“他腰上没挂铃铛。”

“没有梦铃？”乌行雪愣了一下，道，“是从来没有，还是……？”

那边方储没了音，似乎想办法去打探了。

过了许久，方储的传音才重新响起，说：“灵王出门去了，我方才想办法套了那两个小童子的话。”

萧复暄：“如何？”

方储道：“这个灵王是有梦铃的，但遗失了。”

“遗失？”

“对。那两个小童子说，灵王有一次到人间，不知误入了哪个地方，再回来时，腰间就空了，梦铃不见了。灵王为此有好一阵子心情不佳。后来这两个小童子每次跟去人间，都会嚷嚷着说要再找一找那枚梦铃。照理说，梦铃遗落世间应当是容易找的，那毕竟是仙宝嘛，落到谁的手里都会被觊觎或是艳羡的。流言和传说必定满天飞。当初花家关于“仙宝”的传闻不就是如此嘛。总之，不管遗落在人间哪里，应该是有些痕迹的。灵王却说不必找了，找不到的。”

“找不到？”

“我也问了，怎么那么笃定找不到？据说灵王说了，那地方并非寻常人间，若是不小心落在那里，就很难再寻了。”

萧复暄不知想起了什么，沉声重复道：“并非寻常人间……”

乌行雪闻言怔了一会儿，忽然低头看向自己腰间的梦铃。这些描述让他蓦地生出一个想法……

当初关于花家的传闻都说：花家的梦铃是“机缘之下偶得的仙宝”，一直由家主花照亭看护。后来大魔头乌行雪去了一趟花家，那梦铃便丢了。可没过多久，那梦铃又回到了花家手里。接着，便是乌行雪杀上仙都。

很长一段时间，乌行雪都在猜测其中的来龙去脉，猜测自己为何拿走了梦铃，又复还回去。倘若还回到花家手里，他又是凭借什么在苍琅北域入梦的呢？

这时间节点怎么都对不上，似乎难以说通。可如果……现世不止一枚梦铃呢？如果这位灵王误入的不是某条乱线，他那枚梦铃也并非遗落在乱线里，而是落在真正的现世呢？

如果世间有两枚梦铃，那些矛盾的节点也就不再成问题了。

更重要的是，这说明乱线上的这位灵王来过现世。如果他来过现世，那么在他眼里，现世算什么？一条乱线吗？

第 99 章 交错

乌行雪感觉自己似乎摸到了一点儿边。他看着腰间的梦铃，沉吟片刻，冲萧复暄道：“二十五年前我之所以会上仙都，或许就同这位乱线上的灵王有关。”他缓声说道：“我试想了一番，倘若当年我的那枚梦铃自始至终都没有丢过，但又得知花家拾得一个仙宝梦铃，那我一定会去花家看一眼。如若花家偶得的梦铃与我自己那枚一模一样……”

萧复暄：“你会想知道它从何而来。”

乌行雪点了一下头：“一定很想知道。”

其实当年很多人都纳闷过，以照夜城城主的能耐，真想弄走花家的仙宝，完全可以做到神不知鬼不觉的。可他丝毫不加掩饰，不论拿走或是归还，都闹得沸沸扬扬，几乎尽人皆知。

如今想来，或许那一切本就是故意——他想引线索上门，去证实一些猜测。诸如另一个灵王是否去过那里。

而如果这样的猜测得到证实，那就注定是一场大乱了。所以当初仙都覆没，必定同这件事脱不了干系。乌行雪这么想着，戳了戳萧复暄，让对方传音给方储。

萧复暄看了他一眼，才道：“二十五年前他去仙都之前，可有交代过你什么？”

刚问完，萧复暄的手就被抓住了。他瞥过去，就见魔头的手指头在他虎口处捏捏摁摁，那道许诺印记在捏摁之下若隐若现。

萧复暄很轻地抬了一下眉，道：“做什么？”

魔头道：“噢，无事，就是提醒一番，说好了的，不管问出什么都一并揭过，留着印呢，你可不能反悔。”

萧复暄任他捏着，道：“心虚？”

魔头干笑一声，心说：谁想这么心虚？还不是因为记不起来又颇有自知之明。

不过他先前觉得自己多少会给宁怀衫、方储留点儿交代，如今却改了想法。倘若真与“乱线”或“灵王”有关，他恐怕留不了什么话。毕竟乱线和灵王延伸下去，关乎的又是灵台天道。

果不其然，方储回话道：“城主当时没交代什么。”

乌行雪瞄了身边人一眼，就见萧复暄面色并不意外，只低低沉沉蹦了一句：“就知如此。”

方储又传音过来：“其实当初城主离开雀不落前，应当是有话要说的，他叫住了我。我以为他有事要交代我去办，可城主最后只留了两句话。”他回忆着，“一是让我和宁怀衫那几日别待在照夜城。”

他和宁怀衫都是听话的人，当夜就离开了照夜城。但他们也没有去人间城镇，而是冒险去了太因山，因为上不了仙都，便忧心忡忡地在太因山下打转。

后来仙都崩毁时，世间最深浓的仙气自九天灌下来，直冲往魔窟照夜城。照夜城的万千邪魔差点儿跟着众仙一块儿殁了，即便没死也元气大损，耗费了很久才恢复。

而他和宁怀衫逃过了那一劫。

方储又道：“二是……第二句有些奇怪，我当初一直想不明白。”

萧复暄问：“他说了什么？”

方储答道：“城主当时同我说，若是以后见到他，先别急着凑上前去，也别立马认定那就是他，要多一点儿提防心。尤其让我提醒宁怀衫。”他讪讪道：“我当初以为，城主是在提醒我们小心有人易容冒充。”

这句话他记了很久，久到二十五年后去苍琅北域找乌行雪，他还总想起这句话，以致他看失忆的乌行雪怎么看怎么古怪，于是认认真真提醒了宁怀衫一句“城主有可能是别人假扮的”。

刚进大悲谷的时候，他和宁怀衫甚至合谋想让“假冒的”乌行雪吃点儿教训。如今再想起来，那些往事简直不堪回首。

方储说：“我这会儿在仙都见到了灵王，才明白那句话真正的意思。不过这个灵王看起来其实不像危险之人，为何城主当年会特地留话，让我们多加提防？”

他知道这问题有些蠢，若是以前，他一定不敢多问。可自打他知道自己身上有小童子的印记，胆子忽然就大了起来。

乌行雪听了这话，一边心说造了反了，一边戳着萧复暄给他回道：“若让他知晓你并非来自这个世间，那便两说。”

方储闻言一惊：“完了。”

乌行雪：“？”

方储：“他应该已经知道了……”他将灵王之前告知他的话告诉了萧复暄和乌行雪，包括他身上的印记，还有那句“这两个小童子还好好地在这儿，那你是从何而来的呢”。

听到这话，乌行雪眉心一蹙。因为他设想了一下，倘若当年还是灵王的自己碰到方储这样的人，必定会觉得是某条乱线上的人误闯进了现世。

他会因为方储的来历心生亲近和感慨，但并不会心软，放任不管。哪怕再多感慨，他也会提着剑将那条乱线翻找出来，斩得干干净净。他会这么做，那么眼下这个仙都的灵王恐怕也是如此。

他们问方储：“你方才说灵王出去了，去了哪儿？”

乌行雪私心希望他去的是南窗下，或是仙都别处。但方储却说：“他带着面具和剑，那两个小童子说是下了人间。”

乌行雪面色一变。没有带童子，却带上了面具和剑，那就十分不妙了。若是两个灵王直直撞上，各自都认为对方身处乱线，自己所在的才是真正的现世，那结果恐怕不堪设想。除非……

萧复暄断然开口：“去封家。”

乌行雪一怔，立刻反应过来。两个灵王猝然相会的结果必然惨烈，但如果能让其中一个意识到他自己所在的才是乱线，那一切就都不一样了。

这条乱线的起始是封家，弄出这条乱线的人是封家家主。那里有最有力的佐证。

就在萧复暄和乌行雪转而去往封家，想要将灵王引过去时，梦都的封家已经有人提前登了门——封家弟子们还穿着白麻丧服，提着的灯笼上都带着“奠”字。他们听到门外禁制被碰时，还以为是有宾客前来吊唁。

结果一开门看到来人，他们就齐齐愣住了。

小弟子们僵立半晌，其中有几位惊道：“天……天宿？！”

门外所立之人面如冠玉，冷峻至极。一边的耳骨上钉着三枚黑色丧钉，煞意凛凛。

不是别人，正是这条线上的天宿上仙。

封家弟子们看见这张脸就怵得慌。毕竟在他们的认知里，这已经是他们第二次见到天宿上仙萧复暄了。

第一次见时，萧复暄将他家一众弟子捆缚在落花山市的一家客店里，激得封徽铭和封殊兰一并去了落花台；后来萧复暄又随封徽铭他们来到封家；再后来就是封家高塔禁地崩塌，封徽铭和家主双双殒命。因此，他们才会穿着丧服，披着孝衣。

这些小弟子自然不会知晓，两次登门的天宿上仙并非同一个。他们只会在看到来人时崩溃地想：您怎么又来了啊？！

但他们并不敢将心里话说出口，只能脸色煞白地行着礼，问："不知上仙为何事而来？"

门外的人答道："除祸。"

封家弟子一愣："啊？除、除祸？"没等他们多言，一阵劲风横扫而过——门外的天宿上仙已然擦着他们进了门，根本不是他们能拦、能问的。

其实即便问了，天宿也是无可奉告。因为他此行来封家，是接了天诏。

他将山村里遇见的那个灵魄安置在灵王的坐春风后，就接到了天诏，让他来封家清理邪魔之祸。

他以往所接的天诏多是两种：一种是某地邪魔正在作祟，猖獗无忌，并非人间仙门能敌，让他去斩杀降刑，将那些邪魔清理得干干净净；另一种则是邪魔已然身死，但后患颇多，他去了便是收拾残局。

此次前来封家，便是后者。

天宿上仙穿过那些弟子，来到封家高塔旁，看到了满地狼藉。狼藉里依稀有阴晦邪气残余，他又顺着那些气息去了封家灵堂，看到了四口棺木。

两口是长棺，一边是封徽铭的，一边是封家家主的；还有两口小一些的棺木，从灵牌上看，是封家家主一双早夭儿女的。

仙门大家一家之主的恶念至深，沦为与邪魔无异之人，确实后患颇多。

这四口阴气缠绕的棺木以及满目狼藉的高塔废墟，致使整个封家都被笼罩在邪秽之气下。

天宿上仙静立着，四下扫量。他展开天诏看了一眼，抬手给仙都的灵王传了一封书信，说自己要在封家耽搁片刻。这才拔剑出鞘。其实灵王接到天宿传书后，并没有即刻去查所谓的"乱线"，而是拐往了封家。

另一边，乌行雪和萧复暄也在朝封家的方向去。原本，封家的种种就是乱线最好的佐证，可一切就相差在天宿所接的那道天诏上。

当乌行雪和萧复暄赶到封家偌大的府宅前，却发现不论是高塔废墟还是封家家主和封徽铭，那些能证实这条乱线起始的所有，通通在天诏之下被清理一空。

第 100 章 机缘

这一天，最崩溃的其实还是封家守门弟子。他们先是被天宿上仙找上了门，开口就是一句“除祸”，然后果真给他们除得干干净净，走了；接着他们见到了灵王——那位把玩着面具、提着镂花银剑的人落在封家府外的一棵高树上，扫量着没有任何邪气残余的偌大仙门，给他们留了一句“节哀”，也走了；然后不出半刻，门外又有了动静。

守门弟子出去一看……又是天宿，又是灵王。

要不是碍于天然的畏惧和威压，他们真的想问一句：“两位神仙能不能换一家人折磨……”但他们最终还是没胆子说，只冲那两位来人深深作了个大揖。结果身子还没直起来，就听见那两位沉声说一句：“已经有人来过了？”

总之，封家弟子们抬头的时候，脸真的快要绷不住了。好在这两位没有折磨他们太久，只扫了一眼便是了然的模样，面色一沉又离开了。

最后离开的这两位，就是萧复暄和乌行雪。

封家的一切都被收拾得干干净净，唯一残留的是天宿上仙的剑意。天宿轻易不会这样扫荡某个仙门，如今这么做，只能是奉了天诏。

两人的灵识化身落在梦都城外，一黑一白落在山道上。

萧复暄抬手撩了一抹风在指尖捻了捻，嗅了一下，判断出乱线那位灵王和天宿的踪迹：“也走了这条道，一前一后，往北去了。”

“那这错过还真是巧，但凡快一步或慢一步都能两厢撞上。”乌行雪原本还蹙着眉，说到最后简直想笑了。但那笑意转瞬就淡了下去，他沉声道：“这意图简直再明显不过，封家一清，这条乱线的起始就被抹了。”

而起始消失，这条线的存在就变得模糊不清了——没有谁会愿意承认自己只是一道投影，人人都觉得自己所处皆是真实。

只要没有凿凿的佐证，谁都可以指着这条乱线说“这就是现世”。

乌行雪抬眸朝九霄之上望了一眼，那里有现世已然不在的仙都和灵台。当年他以为天道默许乱线横生，是因为要这世间始终有祸患才会香火连年、灵台长存。

如今却猛然发现，那或许只是天道灵台得以永恒保留的一道后路而已。

只要还有一道乱线在，哪怕现世仙都崩毁、灵台覆灭也无甚要紧。因为只要将乱线慢慢变为“现世”，再让灵王将现世当作乱线斩了，就又是一番安和太平了。

“我先前就觉得十分奇怪。”乌行雪轻声道，“刚从苍琅北域里出来，看到那些人间城镇的时候尤其如此。我心想，既然仙都崩毁、灵台不再，那些神仙都已经殁了，为何人间所立的神像还带着灵呢？那些神像带着灵，所以百姓供奉的香火依然旺盛不息。可那些香火又是供给谁的？”

都说善恶依存，有福便要有祸，有仙便要有魔。这是天道所谓的恒常。

可二十五年前，仙都崩毁，灵气冲往照夜城时，为何那些集聚的邪魔没有一并身死，反而全都活了下来？

在这二十五年里，邪魔一日比一日猖狂无度，人间仙门明显无法与之抗衡，主城越来越小，活人越来越少。整个人间阴云惨惨、晦晦暝暝，再没有见过艳阳晴天。这又怎么能叫善恶依存的恒常？

“我一度觉得这人间太奇怪了，全无道理。如今再看——”乌行雪语气带着嘲弄，“原来道理在这儿呢。”

这里有一条将要变成“现世”的乱线，这条乱线上有清晰完整的仙都。

现世的神像依然带灵，是因为乱线上的众仙都在。现世百姓们香火不断，那些香火也通通供往了这边。

所以现世的邪魔并没有在二十五年前一并身死，反而在这二十五年里远远压过了人间仙门。那是因为它们所要平衡的，不仅是现世仙门，还有这条乱线上的灵台。

“可是凭什么？”乌行雪收了嗤嘲笑意，转眸看向萧复暄，道，“凭什么它说该生便是生，该死便是死？它说要善恶依存，结果尸骸遍野？它不想消亡，就挥一挥手换个人间？”

萧复暄看着他满是恹色的眼睛，偏头过来，低声道：“那就换它消亡。灵台仙都能覆灭一次，就能覆灭第二次。”

乌行雪心尖一跳。他忽然想起，这条乱线虽因封家而起，却有另一个更为隐晦的源头——花信。哪怕除了花信，也还有其他蹊跷因果。只要引得这条乱线上的灵王心生疑窦，就总有办法。

在去往北边的路上，灵王忽然被风沙迷了眼，偏头眨了一下。再睁眼时，他只感觉有什么东西从脸侧擦过，不注意就会当成被风卷过的碎叶。但他抬了一下手，长直的两指便夹住了一封符书。

先前他刚从仙都下来时，接到过两封这样的符书。第一封是天宿传来的，告诉他自己要在封家耽误一会儿。第二封符书上还是他熟悉的天宿字迹，言简意赅地写着三个字：

来封家。

两封符书的内容瞧不出端倪，灵王一时不疑有它，便先放下查乱线的事，拐来了封家。

谁知到了封家，却不见天宿踪影，对方显然已经办完事离开了。

灵王当即便觉得有些蹊跷，毕竟天宿从不失约。他再看那两封符书，便觉得符纸有一些极微渺的区别，不是出自同一人之手。可那字又确确实实是萧复暄的字迹，他不可能认错。

灵王心怀疑惑，行了一路。本想直接去找天宿，谁知在途中又收到了这封新的符书。

他将符书捻开，就见上面依然是萧复暄的字迹，写了一处地名：

大悲谷。

"大悲谷……"他低声嘀咕了一句。那是云骇的执掌之地，常年有车马行经，谷口的庙宇里香火鼎盛，是个不错的地方。这封符书提到那里是何意？

灵王迟疑片刻，捏了符书，脚一拐，转而往大悲谷去。与此同时，乱线的仙都之上，坐春风的白玉门府被人嘟嘟敲响。

方储闻声望去，就见一位身着淡青色罩衫的俊美仙官站在门边，手里拎着的两只长颈玉酒壶磕碰在一起叮当作响。他乍一看，觉得那仙人有些面熟，却没有立刻想起在哪儿见过。直到听见坐春风那两个小童子嚷嚷道："云骇大人。"

听到"云骇"这个名字，方储一震。这才想起来，这人当真同大悲谷底镇着的那个邪魔长着同一张脸。只是那邪魔的半边脸遍布伤疤，看不出原样；而完好的那半张脸又苍白如纸，远没有眼下这股生灵活气。

那两个小童子颠颠地迎出去，纳闷地问："大人你今日怎么突然敲起门来了，以往不都是直接叫人的吗？"

云骇摇着头道："怪我这几日在灵台闷久了，被仙首大人带了一身酸里酸气的破毛病。"

小童子上下打量着他，狐疑道："灵台……闷吗？"

云骇点了点头："闷，特别闷，仙使童子个个都像小老头子。"

小童子直乐，乐完又纳闷道：“可大人看起来十分高兴啊，也是闷的吗？”

云骇指了指两个小童子，道：“血口喷人。”他说完，转头扫了一圈，问道：“你家大人呢？不会又被天宿大人拽走了吧……”

小童子道：“唔，是接了天宿大人一封传书，然后就说有事要办。”

云骇挑拨：“没带你俩？”

小童子扁了扁嘴：“没带。”

云骇：“那完了，你们大人嫌你们了，要不跟我回宫府吧？我那几个小童子都跟某些仙首大人一个样，笑都不会。”

小童子摇头道：“那不行，我们有要事在身。”

“要事？什么要事？”

“喏。天宿和大人捡了个人回来，我们看着呢。”小童子朝方储这边指了指。

云骇直起身，朝这边看过来。他性子随意，居然朝方储抬了抬酒壶说：“既然你们大人不在，我跟他浅酌几盅也行。”

方储：“……”

不过最终云骇并没能随便抓一个陌生人喝酒，他刚要进门，就收到了一封自己宫府的传书。那传书用纸的纹路很是特别，云骇一看就知道有正事——一般收到这样的符书，便说明他所执掌的地方出了一些问题，需要他下界去处理一番。

他所执掌的地方，叫大悲谷。

小童子见他正了神色，问道：“大人，还喝酒吗？喝的话，我们去备一些玉盏。”

云骇道：“今日恐怕喝不了了，改日吧。我得下一趟人间。酒送你们了。”他将那两只玉壶递给小童子，转身掠出宫府，眨眼便如青烟一般散了。

片刻之后，人间大悲谷香火鼎盛的庙宇里，多了一道身着青衫的身影。

大悲谷口的这座庙宇一直没有立神像，所以前来进香的百姓哪怕就站在云骇身边，也认不出他就是执掌这里的神仙。不过他们一时半刻也顾不上，因为所有人的注意力都落在地上那个偌大的坑洞上——大悲谷忽然地动，以致这座庙宇的地面豁开了一个黑黢黢的洞口，有百姓不慎掉进去了。

这事若是发生在庙外或是山道，倒也用不着云骇这个神仙亲自前来。偏偏在庙宇里，就有些讲究和忌讳了。

他不来还好，一来就觉察到这洞底有些不寻常，有一股阵局的阴邪味。在他的执掌之地有这种蹊跷之物，自然不能放之不管。

于是云骇自称是路过的花家弟子，驱开围观百姓，跃进了深洞里。这一跃，便落到了大悲谷地底。他在地底直起身，看到了一座自己的神像，低垂着眉眼，一手经幡，一手花枝。枝头的花朵遮住了他半张脸。

云骇怔然站在神像前，没有回过神。过了好半晌，他才慢慢蹙起眉。因为他身为大悲谷山神居然从不知晓，这大悲谷地底有一座他的神像。

这神像从何而来？谁人立的？又为何立在地底……云骇满心疑惑，绕着神像转看一圈，伸手摸了摸背后的供印。那供印不知是谁刻的，但当手指触碰到的时候，他的心脏莫名跳空了一下。

他直起身时，有风从更深处扫过来，风里夹杂着一股浅淡的血味。

"怪事……"云骇低语一声，下一刻，便如影一般掠进了谷地深处。

十数里的长谷对他而言，不过几步之遥。他在途中半步未停，径直到了深谷最里端。

在大悲谷的凄凄风音里，他看见了那个被人藏匿的"以命供命"的大阵。

第 101 章 阻拦

云骇从未见过如此阵局。他看见大阵中央是一处深穴，虬然葱郁的藤蔓交织成一片网，覆在深穴上。大悲谷底不见天日，那些藤蔓上却遍生花枝，鲜翠欲滴，生机勃勃。

云骇离深穴有些距离，他就那么不远不近地看着，迟迟没有走过去。

良久，他才回过神来，咕哝了一句："真是奇怪……"他明明没见过这个阵局，却满心抗拒，不想靠近，好像那深穴里埋着什么东西似的。

太奇怪了。云骇自嘲一笑，心说自己真是越活越回去了。这辈子哪样的邪魔妖道没见过？居然会在一个故弄玄虚的阵局旁踌躇不前。

"这要是让某位仙首大人知道，他就是面上不说，心里恐怕也要嫌我这个弟子丢……"他摇着头，低声自语着走到藤蔓旁边，用脚尖拨着藤蔓上遍生的花枝。他透过花枝缝隙，朝深穴里窥看一眼。

"空的？"云骇愣了一下。他拎着袍摆半蹲下身，不信邪地挑开花枝，又仔细看了一眼，深穴里确实什么都没有埋——没有人，没有尸骨，也没有什么布阵的物件。只有那些藤蔓花枝诡异地盘绕着。

阵局中间空养一堆藤蔓花枝……会是何意？

云骇查看着，在袖间抽了一道空白符书。他凭空抓了一只虚笔，在符书上划写道：

我有些后悔平日太过倦怠偷懒了，如今在大悲谷下碰到一方阵局，居然瞧不出端倪，又得拜求仙首指点一二了……

他当然能凭自己探究出原委，但如此好的问询机会，放过了多可惜。他一贯都是如此，佯装不明，递一张符书去灵台，然后便能骗得仙首大人当一回“弟子堂的先生”。

不过这把戏近日用了两回，有些多了。云骇想了想，又在后面添了一句：

此番往后，我一定改了这懒病。

他两指一夹，正要将这符书甩出去，忽然嗅到了一股味道。那味道自藤蔓生根处幽幽散开，混杂着血味和一股若有似无的淡香。

云骇嗅到那股味道的时候，倏然一愣。他莫名觉得那味道有些熟悉，却又一时形容不出究竟在哪儿闻过。但他无意识间，将那封快要送出去的符书收了回来。

就在那一刻，那些纠缠的藤蔓忽然有了动静！

大约是方才写符书时有仙灵之气逸散，激到了那些藤蔓。只听风声呼啸而至，藤蔓仿佛骤然活了过来，如长蟒一般，猛地朝他窜过来！

“这可是你们自找的啊。”云骇说着，抬手便是厉招。

他如游龙一般从那些藤蔓中贯穿而过，青色罩衫像密林深处被风扫得瞬息消散的烟。他所过之处，疯长的藤蔓瞬间僵直，下一刻便纷纷裂开了无数道深口。

浓稠的邪气从那些裂口中喷薄而出，一并散出来的还有混杂不清的嘶声尖叫。那尖叫声男女老少的皆有，变了调子，听得人头皮发麻。

云骇脸色瞬间拉了下来。他差不多知道这阵局是怎么回事了——藤蔓花枝在一些邪阵里有共生之意，有人用灵肉骨血养着这满穴的花枝，隔空供着不知何人的性命。

而这阵局镇在大悲谷底，乍看起来只耗着布阵人的命。可藤蔓吸食惯了血肉灵魄，不可能安安分分。只运转一日两日便罢了，若是经年累月地运转着，那些枝枝蔓蔓只会越来越贪，越来越容易饿，疯起来时会吸食更多路经之人的残魂碎灵，以求生生不息。藤蔓里的尖叫便来源于此。

这种东西布在大悲谷底，他执掌大悲谷这么久，居然至今才发现！

云骇自然不可能任由它继续运转下去，当即身形一转，如利箭般直捣阵局中央。他背手横空一抽，一道经幡虚影猝然横张开来。

藤蔓疯扫到哪里，那长幡便挡到哪里！而他一脚踏在幡上，青鹞一般顺幡而下。

所过之处，藤蔓俱断。

他在长幡尽头向下掠身而去，伸手探向深穴，五指抓住藤蔓的根，悍然一拔——

现世的照夜城，“封薛礼”所住的“礼宅”内。

“弟子堂”里那些没有脸的少年依然伏在桌案前，心不在焉地抄着经文。其中一个不知怎么，忽然打翻了笔洗，就听当啷一声脆响。堂内所有少年都怔住了，面向那碎瓷一动不动。

那声脆响在安静的宅院里突兀得让人心慌。卧榻上躺着的人心口猛地一震，猝然睁开眼睛。

“少爷……”笑狐原本倚坐在榻边，靠着柱子调伤，面容苍白无色。但他还是第一时间注意到了榻上人的动静，低低叫了一声，勉力撑直身体，道：“少爷你总算醒了。”

他们那日去雀不落没能占到丝毫上风，笑狐自己更是差点儿折在那里。

只庆幸临到关头时，真正的封薛礼残魂苏醒了一瞬，压过仙首花信的灵魄，占据了躯壳，收了攻击的招式，拽了他匆忙身退。还庆幸雀不落里的那两位被一道铃音绊住了脚，没有穷追不舍。他们才得以避退，回到“礼宅”封门闭院。

笑狐承伤颇重，昏昏沉沉静修几日才勉强缓和一些。至于“封薛礼”，更是从那日起便人事不省。

笑狐一度忧心至极，直到此刻才松了一口气。他看着榻上的人，起身说：“我弄了些丹药，去给少爷——”“拿”字还没出口，他就僵住了。

因为他发现他家少爷睁眼的瞬间，肩颈已经收紧了，那是一种下意识的行为。这说明从躯壳里醒来的并非真正的封薛礼，而是明无仙首，花信。

笑狐悚然一惊！却发现对方大睁着眸子，胸口的震颤连他都能看得清清楚楚，可见心跳有多猛烈。他本该畏惧，却还是下意识问了一句：“少爷……你怎么了？”

就听“封薛礼”冷然道：“有人要毁阵。”

笑狐一愣，没听明白：“阵？哪里的阵？”他没等到回答，因为“封薛礼”在那一刻已经合上了眸子。

笑狐看见他浑身极轻地一震，接着便微微颔了首。

“少爷？”笑狐轻叫了几声，惶然伸手探了一下。这才发现，对方的灵识已然离了体。

花信早就将自己的灵魄命格与大悲谷底的阵局捆在了一起，所以他一闭眼，灵识就已经在大悲谷的阵局中了。他落地时，就见黑色的邪气从藤蔓断枝处逸散，几乎填满整个地底。他根本顾不上毁阵的人是谁，便祭出了杀招。

那一招带着灯火之息划破黑气，直朝藤蔓生根处而去！

掌风所至之处，火光蓬然亮起，照清了藤蔓根部那一片。他看到有一只手正要将藤蔓连根拔起，于是杀招尽出的同时，他一把攥住那只手，道："这里由不得你——""放肆"两个字尚未出口，那蓬火光翕张之下照亮了更多地方。

他在火光之下抬起头，看到了毁阵之人的样子。

那是大悲谷山神云骇，曾经的灵台仙使齐齐叫过他一声"郎官"。

而曾经的明无仙首在那一刻看着眼前那个身着青袍的人，忽然想起当年云骇刚入仙都的那一天，他穿的……应该是白衣素袍？

当年云骇刚飞升入仙都时，衣袍还守着花家弟子的规矩，除了腰间的芙蓉玉弟子牌，周身都是素色。后来是哪一日，云骇忽然对他说："仙首的宫府好白啊。"

他当时抬眸四扫，道："仙都玉瑶宫府皆如此，何来感慨？"

云骇摇了摇头，笑道："仙首要么极少去其他仙官的宫府，要么去了也没入眼。各处宫府差了不是一星半点。礼阁桑奉的宫府里就满是鱼池，各色仙鲤游起来浑然似锦；另一位梦姑就全然不同了，屋后全是嶙峋山石，因为她养了一头白虎；灵王大人的坐春风与人间同色，落花、落雪没断过；就连天宿大人的院里，据说都草木葱郁……"

他问："你去过天宿那里？"

"噢，那倒没有。我听灵王说过，灵王总不至于在这种事上还诓人，想必八九不离十吧。"云骇顿了顿，说，"整个仙都大概就属这里最素了。"

他早已习惯，全无在意，却听云骇问他："仙首是厌烦那些花鱼鸟兽吗？"

他道："自然不是。"

云骇又问："那总是一片素白，你会闷吗？"

他静了片刻，略作思忖道："不会。"

他答的是"不会"，可云骇却似乎将那片刻的思忖认定成了"犹豫"和"迟疑"。于是从那之后，每次来他宫府，云骇总是背着手，袖里藏着东西。

后来，他时常发现窗台上多了一盆会学人说话的花，或是笔洗里多了两条小小的仙鲤。

再后来，云骇也变了，不再穿那些素色的衣服，罩衫有时是天青色，有时是明黄色，每回穿过门庭进来，就成了他宫府那一片素白里唯一的颜色。

即便负责仙都宫府杂务的礼阁，也不到如此地步。

他当时有些不解，问过：“你这是作何？”

云骇想了想，道：“就当是……弟子的孝心吧。”

“弟子的孝心”总是一点儿一点儿地添进来，从不惹眼，他不知不觉便习惯了。直到很久之后，久到仙都里已经没有大悲谷山神了，他有一日回宫府时，在门庭前猝然止步。

跟着的仙使一板一眼问他：“大人怎么了？”他站在那里，扫过整个宫府，不知过了多久才抬步。

他没有回仙使的话。他只是想起曾经有人感慨过：“那总是一片素白，你会闷吗？”

会的吧。

第 102 章　扯平

花信遽然收手，猛地撤回杀招。回撤的杀招威压未减，倒朝他这个出招者横扫过来。

一时间，整个大悲谷底雷霆作响，碎石崩裂。

他疾退一步，灵识却还是被轰击得散了。不过下一瞬，他便又重新凝出了身形。

藤蔓里逸散的黑色邪气就是在那一刻被扫荡开的，地底的场景顿时清晰起来——那片生长着藤蔓的深穴居于当中，两道身影则落于两端，隔着阵局和深穴相对而立。

云骇瞥了一眼被攥过的手，背到了身后。那道长长的经幡带着风声，也一并被收拢。

他抬头朝这边望过来，开口道：“看来……你便是立这邪阵的人。”

这语气实在陌生，眼神更是陌生，花信被问得一怔。片刻之后他才记起，自己这抹灵识化形时，下意识用了封薛礼的模样。于是，一声“云骇”还未出口，就咽了回去。

而除了那一声“云骇”，花信便不知要说些什么了。

他看着对面仙官青色的身影，良久才道：“你为何会来这大悲谷底？”

云骇正打量着他，闻言失笑道：“稀奇了，这话本该由我问你才对。这整片山谷都由我看顾，我在大悲谷的任何一处都是天经地义，倒是你……”

云骇瞥了一眼阵局，那些如狂蟒一般的藤蔓此时已然安静下来，伏在深穴里，显出了一副乖顺模样。他又抬了眼，经幡在他身后簌簌作响，说明气劲始终流转不息，随时都能出招。

但他并没有立刻动手，而是开口说道：“我实在好奇，你究竟是何许人也，居然能如此悄无声息地在这里布下阵局？若不是今日接到了传书，我不知要何时才会发现这地底的蹊跷。”

花信静立片刻：“你接了传书？”

云骇愣了一下，神情变得意味深长起来：“你这语气……你知道我说的是哪种传书？”

作为曾经的仙首，花信当然知道。那些有执掌之地的仙人，若是所掌的地方出了一些问题，需要他们下界处理，便会收到传书。归根结底，这是灵台天道的意思。

天道在这个时机，驱使着云骇来到大悲谷底，驱使他发现这道阵局……花信的神色沉了下去。

云骇思索片刻，得了结论：“你是仙门中人？”花信猝然抬眸。

云骇说：“这反应，看来是说中了。”

花信：“何出此言？”

“直觉咯。”云骇道，“你听到我说这整片山谷都由我看管，也没有露出什么意外的神色。说明见过我，知道我，或是在仙谱上翻到过我。你还知道我口中的传书是什么意思。而且……”他忽然顿了顿，眉心轻蹙了一下。他的眸光从花信身上扫过，在肩颈处停留片刻，似乎有些出神。

“而且如何？”花信点了一句。

“而且你站得太过板正了，有点儿像……”云骇蓦然回神，改口道，“简直比我这正经仙人都像样得多，一看就是仙门出身。你姓什么？”

花信静了静：“封。”

云骇一脸了然：“啊，封家，难怪难怪，人间最大的几家仙门之一。”他感慨完，换了神色，缓缓道：“那既然是仙门出身，为何沦落到要在这大悲谷底立一方邪阵？”

花信闭口不答。过了片刻，他问道：“为何同我说这么多话？”

云骇也是一怔，他自己似乎也有一瞬间想不明白，下意识回答：“不知道。”但紧接着，他便恢复了神色，不甚在意地道：“我这人做事一贯随性，觉得好奇当然要问上几句，否则憋得慌。不过……也可能是因为你方才撤了杀招，礼尚往来，我自然也要缓一缓再打，多同你说两句。”

这番话让花信沉默了好一会儿。他不是第一次听到这种话了，很久以前他就听云骇说过。他当时不能理解，也无法苟同，只觉得对方做事太凭心情，容易惹祸上身。可如今，他只觉得白云苍狗，好久未闻。

云骇看向深穴，说：“你这邪阵里又是灵肉又是骨血，供着这些藤蔓，是要改命还是要害人？”

花信第一次发现，对方说起这些话来居然还有咄咄逼人的一面，叫人无从作答。

他没答，云骇又道：“我碰到过的那些人多半会在这时候答一句，两者皆非，他是为了救人。你呢？也是吗？”花信眸光落在他身上，静默无言。

云骇见他不答，摇了摇头：“救人的法子很多，为何挑了这么邪的？”他说着，似乎“礼尚往来”的好奇已经到了头，手里的经幡轻抖了一下。

正要出招之际，花信忽然开口道：“寻常办法无济于事。”云骇抬眸看过来：“为何？”

半晌，花信轻声道：“因为想救的是已死之人。”

整个大悲谷底在那一刻突然寂静下来。

云骇不明所以，却不知不觉跟着变了语气。他问：“那是何人？”

“我的……”对方说了两个字便沉静下去，神色却模糊不清，似乎不知该如何形容。过了不知多久，云骇才听到一句：“爱徒。”

“爱徒……”云骇跟着念了一遍，又问，“那他如何死的？”

这似乎是一个更加难答的问题，因为对方垂了眸，沉默了更久，才道：“被一剑钉穿。”

云骇的心脏重重地砸了一下，仿佛能想象被剑刺穿心脏是什么感觉似的。

他眸光又落到深穴中，望着藤蔓怔忪出神。等他回过神来，才发现自己无意间问了一句话，他说：“你会难过吗？”

对方答道：“会。”云骇点了一下头。

“也是，我问得着实有些多余。”云骇看着那深穴道，道，“若非如此，也不至于要以命供命。”

他似是忽然想起般开口：“说起来，我也有个师父。我闲来无事时还当真想过，倘若哪天我出了什么事，受了伤或是死了，他会难过吗？”没等对方接话，他就又开口道：“但我现在又希望他不要太过难受了。”

“为何？”

“因为怕他变成你这样。”这话落下的时候，四周再没了声音。

“不过他不会的……”云骇在心里说了一句。

他可是明无仙首啊。云骇这么想着，手里经幡一转。数十道布帛直窜出去，朝对面那道身影攻去。

对方撤了一次杀招，他便奉还了一刻时间，礼尚往来，扯平了。

这邪阵布在大悲谷底，虽为救人，但也害人，留着祸患无穷。他虽然唏嘘，却也不会手软。这是他所认的公平。

可当经幡带着能绞杀邪魔的威压，将要缠住那个布阵人的时候，云骇却愣了一下，因为他发现对方还在出神，丝毫没有要还手的意思。

他看着那道长影身边浮着的灯火，忽然有些恍惚。那一豆荧光莫名让他想起了花信的那盏照世灯，在夜里穿林过野时，被雾气一罩，也是这样模糊成团的一片光。

云骇眼皮蓦地一跳！一切仿佛冥冥之中……

经幡碰到那人脖颈的时候，云骇在空谷的风声里隐约听到了一个名号——有人跟进了大悲谷底，冲着那个布了邪阵的陌生人叫了一句："明无仙首。"

第 103 章 诘问

跟进大悲谷底的人是笑狐。他原本打算守在现世的"礼"宅，照看少爷封薛礼的身体。他甚至在想，既然花信的灵识离了体，或许真正的封薛礼能借机再出现一回。

可他没有等到那缕残魂冒头，反倒发现封薛礼的唇角忽然溢出了血。

他当即吓了一跳，匆忙伸手去探——应当是花信的灵识碰到了什么事，致使身灵巨震，痛苦攻心，才会这样吐出血来。

他忧心忡忡，又担心躯壳就此损坏，索性一咬牙，灵识脱体跟了过去。

在照夜城里，魔头们都会给下属身上落一道印，以便危急时刻随召随到。当初封薛礼其实没打算如此，但笑狐自己坚持要落。

如此二十多年，没想到在这时派上了用场。

于是，笑狐的灵识刚一离体就落到了大悲谷里，出现在花信身边。而他一出现，看见的就是数十道经幡绞杀花信的一幕，惊愕之下脱口叫了一句："明无仙首！"

下一瞬，他就感觉颈后的下属落印一阵滚烫，一道传音落在他耳里。那是花信的声音，虚弱至极却带着喝止之意："别提。"

笑狐愣住："什么？"

又是一道传音紧跟而来："别在他面前提这个名号。"

笑狐才发现经幡之上，有一青衣仙官俯身而下。

那速度之快，他根本看不清对方面容，却觉得身形和出招时的姿态有些似曾相识。

紧接着，笑狐反应过来，他确实没有见过这位仙官。之所以会觉得似曾相识，是因为“礼”宅“弟子堂”的那些无脸少年身上，有这位仙官几分影子。

那仙官在听到“明无仙首”四个字时，身形巨震，击向花信的手颤抖了一下。他遽然抬眸，朝这边看过来，眸光里惊愕混杂着茫然。

笑狐看见他动了一下唇，声音几不可闻：“你说……谁？”笑狐欲答，但想起方才花信的传音，又将话咽了回去。

于是在云骇眼里，他只是步子顿了一下便攻杀上前，抽了双刀欲斩经幡，像个急急赶来的帮手。而笑狐又长了一张雷打不动的笑面，看起来颇有一番算计在心，就连刚才那声“明无仙首”仿佛也是故意为之，为了让人分神而已。只是……

云骇眼里的震惊未消，心脏猛然砸了一下之后便是无尽地狂跳，那是一种极不舒服的感觉，好像他真的慌了一下似的。

可是慌什么呢？明无仙首此时应该正端坐在灵台十二峰的最顶上，身边环绕着那些刻板、规矩、小老头子似的仙使、仙童。

至于眼前这个将要被经幡绞杀的人，虽然身形一样板正，带着仙门之风，但他周身都散着邪魔之息，大片的花枝纹绣从肩颈一直蔓到半边脸侧，显得不伦不类、鬼气森然。

这是天差地别的两个人，找不到半分联系。

就在云骇分神的那一瞬间，被经幡缠裹的人似乎找到了破绽，反手便是一记回招。

霎时，数十道经幡同时响起了裂帛声！

云骇面容一紧，心道果然，这一记回招证实了所有——那声“明无仙首”就是一道诡计，让他分心，露出破绽而已。

经幡撕裂之下，那个差点儿被绞杀的人在交错的幡影中露出面容。他虚弱极了，却露出了一抹笑。那笑在这一刻带着嘲弄之意，似乎在说“仙首的名号威力不减，居然真能骗到你”。

就是这个笑，让云骇确认自己被摆了一道，因为明无花信从来不会露出这样的神情。

云骇满心思绪登时烟消云散。他面色一凛，一手挽过所有正在撕裂的经幡，一手悍然出招。凌厉的身形如疾光闪电，从白色的经幡中一梭而过。一切仿佛隔着生死轮回形成了一个圆……

花信肩背砸地，看着那道青衫长影带着杀招直贯下来时，心想：这一幕同数百年前的大悲谷还真有几分相似。

原来当年云骇眼里所见，就是这样的场景——他负剑而下，穿过邪魔满身的黑雾，握着剑柄狠钉过来。

只是当年云骇被一剑钉穿时是笑着的。如今，他却笑不出来。

他总听那位爱徒抱怨“博仙首一笑着实不易，当真难倒我了”，他始终颇为不解，直到此时才意识到，确实不易。

难为你了……他看着云骇从高处到咫尺，双眸却一眨不眨。

被杀招轰散灵识时，花信抬了一下手。那只手碰到云骇背上的那一刻，灵识散如飞尘。

云骇被飞尘迷了一下眼。他合了眸再睁开，身下的泥石地面已然空了，那个布阵之人不见踪影。

这是死了还是逃了？云骇有些茫然，怔然良久才站起身。

数十道白色经幡成了碎帛，在方才杀招的冲击之下推到了极高处，又慢慢飘落下来。

云骇就站在那其中。明明是接了传书，敬守职责来大悲谷除祸的；明明对付的是邪魔，他却忽然陷入了空落落的茫然里。

他四下环看一圈，忽然没了追找的兴致，一言不发地拆了藤蔓，毁了邪阵。那藤蔓被他亲手连根拔起时，他的心脏不知为何漏跳一下，那极种不舒服的感觉又来了。

他抓着藤蔓，看着那上面盛放的花枝顷刻皱缩、枯萎，零落，与泥石混为一色，只觉得自己的仙力也被抽离了一股似的。

他蹙眉良久，掏了一封符书，凭空抓了笔在上面写画：

> 我在大悲谷碰到了一些异事，想求教一二，不知仙首在灵台还是在官府？

他将符书散出去，顷刻就收到了回音。他将符书展开，上面是熟悉的花信字迹，写着：

> 灵台，正当无事，有何异动？

云骇神色松下来。他提笔回了一句：

> 碰到一个十分古怪的邪魔，说来话长，回去讲与你听。

他散了符书，不想再在这大悲谷底多留一刻，连狼藉都没清，便一个掠身离开了。

萧复暄和乌行雪赶到大悲谷，跃进地底仙墓时便有了不好的预感。乌行雪朝长谷深处掠去时，低声道："我猜又是将将晚了一步。"

尽管有所预料，但当他们行到最深处，看到满地狼藉时，脸色依然沉了下来。

乌行雪环扫四周，道："封家如此，大悲谷亦是如此，上面那位算得精准，时间也总掐得正好，不早不晚，永远只差一步。"

这种永远只错失一步的感觉，与其说是戏耍，不如说是惩戒，仿佛灵台天道在借这一次又一次感觉，让他们明白，有些争斗不能叫争斗，而是徒劳。

这就像在回答之前乌行雪的责问——它要世间有善有恶，便有善有恶；要世间生死无常，就可以无常。它要换个人间，那就谁都不能挡。

他们一直试图将乱线上的灵王引过来，让对方亲眼看一看这些端倪。但灵台永远快他们一步。如此下去，眼看着就要变成僵死之局。

余光里，萧复暄长剑一挑，一抹白色浮了起来。乌行雪转头去看："那是何物？"

萧复暄接了，在指尖捻了捻，道："经幡。"

乌行雪愣了一下，才想起众仙之中，常用经幡的只有一个人："……云骇？"

"我先前不动这阵，是担心无端惊动布阵之人。眼下阵局如此……"萧复暄沉声道，"花信一定来过。"确实，大阵被毁，花信若有意识，必能感知到，不可能端坐不动。一定会想办法前来。

倘若是别人来毁阵，花信无论如何也要挡下。可偏偏来毁阵的是云骇……

乌行雪道："怪不得挑了云骇来。"面对如今已是邪魔的花信，只有云骇才可能在交手中占上风，将这阵局毁损至此。

"那花信呢？"乌行雪疑问道。看这满地狼藉，落下风的人恐怕下场不会好，只是不知会糟糕到何种程度？

"毕竟是乱线，匆匆赶来的也只会是灵识。"萧复暄长剑出鞘，四下扫看着，沉沉说道，"若是交手之下受了重创，灵识被打散，反而归不了躯壳，只会困留此地，恒久——不见天日。"他说着，似乎探到了被打散的灵识，当即转身，长剑横扫之下，剑影四出。

散如浮尘的灵识在罡风裹挟之下聚于一处。下一刻，金光剑影穿过那蓬浮尘悍然楔进泥石里。

云骇原本收拢了经幡，直奔太因山去，想要赶往灵台。他想见一见灵台上的仙首，看着对方好好端坐在高椅上，身边跟着仙气化生的白鹿，提着一盏照世明灯。但他走着、走着，便慢下步子。

他莫名想起了那句“爱徒”，想起杀招直贯下去时，那人看向他的眸光。还有那个匆匆赶来的帮手脱口叫“明无仙首”时，声音里的惊慌似乎大过算计。

更何况……为何会有邪魔知道，一声“明无仙首”能让他心神不宁？

云骇猛然刹住步子。片刻之后，他转身返往大悲谷。身形之疾，迅如雷电。

他此生从未赶得那么快过，快得他几乎喘不过气来，等到他回到谷底时，连眼睛都烧红了。他绕过弯弯曲曲的山壁，拐过最后一道崖石，刚巧看见天宿的金光剑影轰然落下。

剑鸣声嗡然响起，震彻大悲谷底。

云骇在那片虚影之中茫然僵立，良久才明白过来……那是天宿上仙的诘问之音。

第 104 章 半生

早在世上只有神木、尚未有仙都的时候，人间就已经有许多修士了。但那时候，修士各有各法，总是独来独往，少有聚集，也不成体系。

当时西南一带以异术为主，那里的修士研习的多是傀儡术、蛊药以及奇门法阵。北边自太因山往冕洲无端海一带天寒地冻，修士往往钻研的是火炼丹药、盘修以及符咒之术。而东南多战事，那里的修士则偏向于以兵戈刀剑入道。

兵戈刀剑总免不了切磋较量，加之东南多城镇，修士之间往来渐深，最早的门派就起始于此。

那些门派之中，有两家传承数百年，成了后世仙门中颇有名望的存在。那两家一家是梦都的封家，一家是春幡城的花家。

后世人只知这两大仙门离得并不远，算是世交，往来甚密。但少有人知，这两家在最初的时候其实同为一门。

封家和花家最初的先祖拜过同一位修士，跟着后者修习剑法。说起来，也算是师兄弟。

虽是同门同源，两边心性却天差地别，以至学出来的剑法是截然不同的两种路数——一边锋芒尽显，一边则温暾如水。花家是后者。

又因为同门同源，师兄弟各自成家、各立门派后，便免不了常被提及比较——谁家声名更盛，谁家修为更高，谁家弟子卓荦不凡。

可那时候的花家毫不起眼，不论同哪家比较都落尽下风。修行中人提到花家，最常说的评判便是“天赋庸常”。

如此几代百年，碌碌庸常的花家终于出现了一个例外。那是花家那一任家主的长子，单名一个“信”字。小小年纪就显露了绝佳根骨，在其他弟子剑招还背得磕磕绊绊、剑都拿不太稳时，他已经能以长枝同长老打一个来回了。

而他尚不满七岁。

那时候世上常有传闻，谁谁少时灵慧又颇有仙缘，大了却不过尔尔。

对花家来说，被评判了百年的“碌碌庸常”，好不容易碰到这么一个奇才，自然半刻不能放松，免得让奇才成为那个“不过尔尔”。

于是，明无仙首花信那场诘问的起始，便是诸多重复而单调的记忆——花家弟子修习都在弟子堂，另外几位家主的儿女也都与弟子们无异，常在府间玩闹。唯独他被安顿在剑场旁的高阁上。

那高阁共有数层，一层静修，一层书室，再往下有药堂和起居卧榻。在弱冠之前，他日日除了修习便是修习，除了每年岁末的敬拜之仪，几乎没有出过那座高阁。

家主也从不准许其他人靠近这里，以免喧吵。

那些年里，他见得最多的人是一位教习法阵和方丹的先生。据说那位先生脾性严苛，总板着个脸，所以鼻旁有两道深深的褶，看着就极不好相处。

据说从他口中听一句夸赞，比登天还难，倒是训诫从不离口。可他在花家的那座高阁里时恰恰相反，一句训诫都不曾有过。

起初，他常常忍不住赞叹，说花信确实是百年难遇的好苗子，灵慧至极。后来这种夸赞翻来覆去也变不出花样，渐渐便少了。再后来，那位先生偶尔会露出愁容，无端轻叹一口气。

花信很少过问他人之事，所以常常将叹气声听在耳里，抄着阵书和丹方的手却不停。

直到有一回，先生的眸光显露得实在直白，他才停了笔，抬头问道：“先生因我而叹气？”

对方良久道：“我看花家一众弟子都在弟子堂修习，既有刻苦用功之时，也会玩笑嬉闹。唯独大公子你一人自幼在此，日日修习不曾放松，不会愤懑不平吗？”

花信平静道：“幼时偶尔会贪懒，后来便不曾再有。”

先生又道：“我常训斥一些弟子不知刻苦，到了你，倒想劝你歇一歇，偶尔也玩闹放松一番。”

花信道：“先生费心。”他这么说着，平静地收回眸光，又动起了笔。

倒是那先生愣了好一会儿，实在没忍住，问他：“大公子如此刻苦修习，是因为外人的那些评说，想要替花家争口气吗？”

花信微微愣了一下。

他还没回答，先生就懂了：“看来不是。那是为何？修士们总有所求，但我在你身上似乎从来看不到。”

花信：“修士们所求何事？”先生说：“大多求长生。你呢？”

花信：“从未想过。”他刚及弱冠，尚无惧于生死。

先生道：“我料想也是如此，人得先有舍不得，才想求长生。”他又道：“还有些人修行是为了护住某一个人，或是某一些人。大公子有格外想护的人吗？”

花信道：“没有。”他自幼便算是离群索居，就连亲缘都十分浅淡，与人交集点到即止，也早已习惯如此。

倘若碰到邪魔阴晦之物来犯，他自然会出手相挡，不论是为了花家还是大街上过往的车马行人。可要说为此而修行，又着实谈不上。遑论什么“格外想护的人”了。

他见先生面露忧色，缓声道：“若是为了护住某一个人，或是某一些人，那道便太短了。”

先生头一回听他说起“道”，忧色减了一些，问：“哦？”

花信说：“若是格外想护的人不在了，那他们的道当如何？就此荒废，或是再找一些支撑？”

先生点了点头：“确实如此。”又迟疑着，问：“那……大公子是如何想的？”

花信想了想，道：“只要没有那个格外想护的人，没有极度想成的事，那便世人皆可，事事皆行，自然也不会有道途垮塌、重来的一日。”先生看着他，一时间也不知如何评判。

良久之后，先生才道：“倒也是个道理。只望你一直如此，那便是个好事，能成大道。”

他顿了顿，便收了话音。

花信一直都知道，那句话还有后半句，既然有“一直如此，那便是个好事”，那便应该有“倘若某天骤然变了”。但他那时候并不在意。因为于他而言，有前半句就行了，后面的与他无关。

这位先生的前半句说得很准。花信年纪轻轻便修行大成，弱冠之后不再整日闭于高阁。他在花家地位甚高，有时甚至能隐隐超过家主，但他很少插手门派事务。

他常去外边游历，亦常作举手之劳，但与人交往依然如故，始终“点到即止”。

数十年下来，他从花家大公子慢慢变成了“高人”“前辈”。而有人在他面前提一句“故交”时，他第一个想到的居然还是当年那个教他阵法和丹方的先生。

或许是因为那位先生曾经认真地同他聊过那些话。他同那位先生也一直保有联系，不多，只是偶传音书。

那些年因为他，花家变得颇有名望。但他并不关心。

也有人会在他面前提起一些封家的光景。说封家出了位佼佼后辈，颇有天分，只可惜刚及弱冠就成了婚，生儿育女去了，荒废了修行。更可惜的是，听闻那双儿女还在前两日死了。

那天花信刚巧从梦都城里穿过，远远地看了封家一眼。

偌大的府宅挂着苍白灯笼，那位据说“颇有天分”的后辈正在送宾客，整个人几乎脱了相。那是他第一次看到，一个修者会因为生死之事颓然至此。

花信并非不能理解生死，相反，在外游历的那些年里，他见过数不清的生死离合。他能明白那些人为何悲痛，也偶有触动。但他生性如此，即便触动也是“点到即止”，从不过度，也从无失态。

如此，一直延续了很久。

后来人间神木不再，九霄之上多了一个仙都。他有幸成了最早飞升的众仙之一，甚至坐到了灵台仙首的位置上，那种“点到即止”的触动就更浅淡了。因为他从此再看人间，便是数不清的模糊面孔，而非某一个痛哭的人。

他一度以为自己永远不会再因为“某一个人的痛苦”而有所触动了，结果有一天，他忽然收到了一封人间传书。那封传书所用的符纸带着一股浅淡的丹药味，于花信而言十分熟悉。

曾经那位教过他阵法丹药、被他认作“故交”的先生，每每给他传来音信，所用的符纸便有这种味道。

后来那位先生离世，临终前给他传了最后一封书，说自己的独女尚在人世，也不知将来过得好不好，托他偶尔去人间时帮忙探看一眼。

先生的独女身在王都，嫁了问天寮的寮使。当时的问天寮负责卜问天机，供的就是灵台十二仙。花信承了丹方先生的托付，偶尔下人间一趟，一来二去，就成了寮使尊称的“仙友”。

他那日收到的传书，便来自寮使夫妇。

只是那传书经历了一番波折，到他手里时，已是物是人非——那对寮使夫妇受人构陷丧了命，留下的独子也早已不在王都，跟着流民栖身山野。

那几年，仙都正是盛时，人间却并不太平。山野阴物邪魔十分猖獗，一个不通术法的孩子流落其中，恐怕连骨头都剩不了。

花信料想如此，但还是下了一趟人间。他在山野里见到了寮使夫妇留下的独子，瞎了一只眼，瘸着一条腿，满脸、满身带着血，看着他。

他以为那少年会哭，因为疼，因为怕，或是因为委屈。他所见的凡人大抵如此，都会在这种时候号啕出声。但对方没有。

那少年只是两眼通红地看着他，然后狠狠地咬住了他的手。

时隔不知多少年，他终于又看清了人间“某一个人”的脸。红着眼睛无声地撕咬，竟然比号啕大哭给他的触动更多一点儿。

也不知是因为“故交”渊源，还是因为撕咬和血让他感知到了对方的宣泄和痛苦。于是，他生平头一回解释了一句：“灵台自有天规，我不能插手人间事。”

他一贯少有触动，不擅宽慰。但那天，他看着那少年慢慢松开口，瘸着的腿一直在抖却犟着不吭一声时，还是出言宽慰了几句。

只是他确实不擅于此，只好说些打岔的闲话，甚至给少年取了一个名字，叫作云骇。

曾经还在凡间时，花信听过一句话，说倘若想与某件东西牵连得深一些，就给它取个名字。

他生性平淡，所以从不觉得一个名字能有什么区别。他也确实没显露什么区别——他将那个叫云骇的少年带去了花家。

那些年里，花家常会收一些流离失所的孩子进门，弟子堂有吃，有穿，有教习先生，自然会安排好一切。云骇去了也一样，从此一生都随造化机缘，不用他再多过问。

他至多像当年承丹药先生所托一样，偶尔下人间时探看一眼。

一切本该如此的。然而他在离开花家时，无意瞥见云骇的神情——那少年看着花家练剑的弟子，眼里是汹涌的渴求。

他蓦地想起当年先生的话：“修士们总有所求……”

他知道那少年此刻所求的必定不是长生，也不会是要护某一个人，因为已经家破人亡无人可护了。那眼里翻涌的，只会是报仇和恨。

可恨意能坚持多久呢？报完仇之后呢？倘若报完仇就此休止便罢了，若是停不下来又该如何？而世上沾了血就停不下来的人，他见得多了。

他不希望那个少年变成其中一个。于是他临行前，同花家交代了一句，先别给云骇佩剑，也别教习术法。

花家当时的家主听得一愣，满脸惊诧地看向他。但最终，家主也没敢置喙，只问了一句："不练剑也不习术法，那他每日做什么？"

花信道："先养伤吧。"直到回了仙都宫府，花信才在某一刻乍然反应过来，花家家主为何满脸惊诧，因为他不知不觉又破了一道例——他在过问旁人之事。

曾经教习先生一日三叹，他都不会多问一句。如今，他居然交代花家该如何对待那个少年。这大抵就是"取了名字"的后果。

或许是为了恢复如常，那之后将近两年，他都没有再下过人间，那少年也渐渐成了一个与世间万千人无异的存在。

直到两年后，他因事去了一趟花家。

那个少年从墙头翻下来，跳进连廊，一把拽住他，叫了一声"师父"，跟着便佯装潇洒地说："师父是不是后悔带我回来了？若真是如此，师父大可开口，我自行离去便是。"

那时候云骇伤早已养好，个头蹿了一截，有着少年抽条拔节的凌厉感，像是换了一个人，骨子里却还透着当年瘸着腿发抖，死咬着不吭一声的犟。

于是，花信一如当年一样，又给了他一句解释。

很久之后，花信再想起当年的那些往事，后知后觉地意识到，从最初起，他们之间就充斥着一次又一次无端的破例。他的每一次"罕见""难得"和"破天荒"，都落在这个叫作云骇的人身上，不论是笑还是怒。

或许是因为普天之下，只有这么一个人当他是"师父"，而不是束于高阁之上的"明无仙首"。

他一直觉得，云骇做什么事，都带着一种天然的"理所当然"之感——因为他算是师父，云骇算是弟子。他们便理所当然要比仙都其他人亲近一些。

云骇理所当然地出入他的住处，往他一片素白的宫府里摆放各种玩意儿；也理所当然地在闲时去往灵台，找几个不痛不痒的问题请教一番，一逗留便是大半日。办了好事，理所当然能向他要几句夸；出了岔子，也理所当然跑来讨几句斥。

久而久之，花信便习惯了。甚至无须"久而久之"，他从最初好像就是习惯了的。

其实习惯是最温暾如水的东西，像静湖之下的暗流，湖面不动，便永远察觉不了。

于花信这种性情的人来说，更是如此。但他并非真的无波无澜。

有一日，他在宫府一座楼阁之上誊抄灵台经卷。仙使和仙童怕打扰他，都规规矩矩地待在偏屋，离楼阁远远的。四周素白无色，也没有一丝人声，楼阁之下还有丹炉药香隐隐传上来。

他誊抄了一卷，嗅着那股药香，忽然有些怔然。某一瞬间，他几乎以为自己还在少时，未及弱冠，被远远安置在花家剑场边的高阁上，十数年如一日地当着花家一众弟子中的标杆和例外。无人叨扰也无人靠近。

就在他饱蘸了墨，换了一卷仙帛，古井无波地打算继续誊抄时，一道青色身影撞进余光。

那道身影手里拿着一盆会学人说话的语草，一边跟语草胡乱斗着嘴，一边身轻如柳絮般绕过高阁横梁，一跃而入，不偏不倚落在经案前。

“乖巧一点儿，多学好听话，少招人烦。”云骇指着那语草警告一句，将那盆跟他衣衫同色的语草搁在经案上，当啷一声轻响。他撑着经案，笑着说道：“师父誊抄经卷烦闷吗？我来陪你。”

花信笔尖一顿，抬了眸。笔尖饱蘸的墨不知何时滴在仙帛上，化了一大片。

那其实是往静湖里投了一颗石……只可惜时机不对，有些晚了。因为在那之后没多久，云骇就一贬再贬。大悲谷香火零落，近百年没有一丝供奉。于是某一天，天际寒星滑落，仙都少了一位被叫过“郎官”的仙。

依照灵台天道的规矩，被打落人间的仙是会被整个仙都淡忘的。不会有人想起这个人，哪怕看到与他相关的东西。所有与他相关的记忆和过往就像蒙了一层浓重的雾，朦朦胧胧拨扫不清。

但是花信与其他人不一样，因为在他的宫府里，到处都是那人留下的痕迹——那些平添活气的灵物，还有那些摇头晃脑说着“仙首今日还不曾笑过”的语草。

他一边在天道作用下淡忘，一边又会看着那些灵物语草，想起那抹跃过横栏、撞进高阁的青色长影。那是一种极为矛盾的感觉，就像有人反复往湖里投落石块，再反复将涟漪压平。

他开始经常将自己束在那座楼阁上誊抄经卷，一模一样的仙帛、一模一样的笔，有时候甚至连天都像那日一样泛着绯色。但不论他誊抄多少卷，不论他何时顿住笔尖抬起头，都不会再有那样一个人笑嘻嘻又理所当然地落在他面前了。

于是，他又有了一次破例。

依照灵台天规，被打落人间的仙，他是不能过问的。但他有一次借事去了花家，在花家留了一道符书，帮忙探看那人的痕迹。

在那些年的符书回音里，云骇落回人间后过得其实还不错。他忘记了曾经仙都的所有，像世间万千百姓一样，过着普通而平静的日子。他就住在春幡城边角，在花家日常可以探寻的范围里，学了一些简单的术法，但一直没有再入仙门。

仙都之人不记年岁，但明无仙首是个例外。倘若有人突然问起，他连想都不用想，就能答一句如今是人间多少年。明明他作为仙首，必须常守灵台，很少得空去人间。

曾经，花信觉得这样的日子会持续很多年，直到云骇在平静中慢慢走完凡人的一生。

可实际并非如此，所谓的“平静”比他所以为的要短得多。

某一天，他在花家的符书回音里收到信，说云骇跟着车马行经大悲谷时碰到了邪魔作乱，花家已经在往那里赶了，但是恐怕凶多吉少。

很久以前，在他还不及弱冠之龄的时候，教习先生曾同他聊起过生死。他当时回答说：“那自有一番机缘，短命或长生都各有造化，我不在意。”而不久之前，他甚至还想过，凡人自有生老病死，云骇免不了这些。

可当他真的看见符书上“凶多吉少”四个字时，他才发现自己先前所说皆为空话。在他反应过来之前，他已经负剑直下了人间。

他心想：倘若云骇尚有一丝活气，无论如何也要将其救回来；倘若云骇已经身死……

那一瞬，他正穿过大悲谷上方的云烟。明明没到隆冬却凉得心惊。他忽然发现，自己根本没法去想后一个“倘若”。

第105章 后半

对负剑下人间的花信来说，最不敢想的事就是“云骇已经身死”。可后来他才明白，原来“身死”还不是最坏的结果。

最坏的结果，是他亲手杀死对方。那天的明无仙首跪在大悲谷的山道上，看着自己剑下钉着的邪魔长着云骇的脸。那双眸子永远合上之前，对方无声说了最后一句话。

他说：“你会记得我吗……”那个瞬间，明无仙首忽然理解了他曾经不能苟同的许多事。

他满心只有一个想法：只要能让剑下钉着的人活过来，怎样都行。

他把云骇的灵魄拘进躯壳里，就地埋进大悲谷底，用灵藤缠住，又以阵法镇之。那阵法乍看之下，仿佛是要使被镇的邪魔永世不得超生，可实际是让云骇的灵魄不要飞散。

他圈禁了那个人的灵魄，等一个契机。

做完所有，花信收了剑，在大悲谷庙宇前加了封，然后回到了仙都。

后来，仙都众仙偶尔提及那天，总说：“明无仙首是去替弟子报仇的，但斩杀邪魔是天宿的职责，仙首算是违了仙规。他回到仙都后，自行去灵台领了罚，又在宫府闭门静修了一段时间，再之后便一切悉如往常了。”

几乎所有人都觉得，事实就是如此。这也是花信希望众人所相信的。但凡事总有那么一些例外。比如礼阁。

礼阁专掌仙都杂务，所处理的皆是登不上台堂的琐碎小事，不甚起眼，也影响不了什么。

仙都众人都如此觉得。

早先花信也是这么想的，但那次从大悲谷归来，他却变了想法。因为在领罚闭门静修的时候，他忽然意识到，在仙都，有一些人他无论如何也避不开——遍布仙都的仙使和仙童。

灵台有，宫府有，仙都每一个角落几乎都有。

那时候花信身上沾着邪魔气，而那些邪魔气里带着云骇的踪迹，他不想被任何人察觉蹊跷。越是这么想，他就越觉得身边所有人都是妨碍。

妨碍最多的就是仙使、仙童。而那些仙使、仙童，都来自礼阁。

于是那时候的明无仙首对礼阁颇为防备。有一回他与人说起杂事，淡声提了一句：“若有不解，与其问我，不如向礼阁的两位仙官请教一二。”

对方纳闷道：“为何这么说？”

他答：“礼阁操劳，与仙都众仙皆有往来，知悉之事甚多，比我这灵台要灵得多。”

对方恍悟，附和道：“还真是，礼阁同灵王和天宿两位大人都有几分薄交呢。”

那时候花信心想：谁没有秘密？哪怕是独立于灵台之外的那两位，恐怕也免不了。甚至于那两位就是秘密本身。说不定连看不见、摸不着的天道都有秘密。而有礼阁在，仙都有多少秘密能被长久守住？若想知道什么，抓着桑奉、梦姑聊问几句，说不定就能窥见几分天机。

那次闲话之后没过多久，礼阁的桑奉就因为插手了一些人间事，违背仙规，受了罚，从礼阁调出，成了执掌不动山的山神。

再之后又是十数年，桑奉作为不动山神，在人间处理杂事时惹了些麻烦。梦姑出手相帮时也违了一些仙规，同样从礼阁调出去，改为执掌京观。

对众仙而言，不论是罚还是调令，都得经过灵台仙首。花信看过每一道调令和每一次处罚，其实挑不出任何问题，确实是他们违犯仙规在先，无甚可说。

但他自己心怀诡事，便看什么都会深想三分。在他眼里，那两位调出礼阁就像天道有意为之。而天道无形无相，并不会真的去操控谁，所以花信慢慢按下了这种猜疑。

此后依然偶有仙人违犯仙规，受罚的受罚，听调的听调。他仔细看过那些调令，依旧没有再去多想。直到有一天，一则颇为例外的罚令从他手里经过。

那道罚令罚的不是受灵台调遣的众仙，而是人间仙门。那仙门对花信来说并不陌生，甚至还有一些浅淡的渊源。

那个仙门就是封家。

就是那道不痛不痒的罚令，让花信窥见了一些所谓的“秘密”。他发现，数百年前传说中“只有婴孩和将死之人才能得见”的神木确有踪迹，就被灵王封禁在落花台，而封家就是奉天诏秘守禁地的人。

那道罚令是因为封家看守不严，差点儿让封禁之地被人钻了空。虽说是虚惊一场，但这件事若是发生了，便是极大的祸患。然而如此大的祸患，罚令却不痛不痒。

那天，花信因为罚令罕见地下了一趟人间，不过没有现真身。他隐匿身形去了一趟梦都城，从封家门前经过。

那天于花信而言，颇有白云苍狗之感。当年那位儿女夭折的后辈已经成了封家家主，在高位稳坐了好多年，甚至隐隐有了暮年之相。而人到暮年、功成名就时，便会渴求更多曾经得不到的东西。那位家主也不能免俗。

花信听闻，这些年，那位家主总是将当年夭折的儿女挂在嘴边，据说尝试了不知多少办法，想让那对儿女活过来再看他一眼，想得简直有些魔怔了。

花信忽然记起数百年前，他从梦都经过时，封家挂满门额的白灯笼，还有丧子丧女之人一夜颓然的脸。他竟然觉得，自己同这位封家家主有几分缘分。

就在那一刻，明无仙首心想：这便是等候多年的契机。

他甚至觉得，这个契机，天道是默许的。否则，他怎么会因为一纸不痛不痒的罚令，就能窥见那位灵王和神木的秘密？但这也只是猜测，并无凭据。

于是他试探了一番——他想法子入了封家家主的梦，借着梦境给对方指了两条路。一条还算正路，另一条却不然。他想，一切全凭天意。

花信静候多年，等到了答案。

那位封家家主先选择了正路，却迟迟不见结果，到最后终于耗尽耐心，偏执成魔。于是改选了另一条——利用封家镇守封禁之地的方便，监守自盗“借”了神木之力，想要从头来过。

于是，明无仙首亲眼看着世上多了一条乱线。他亲眼看着作为因果起始的封家家主，在现世如同骤然失魂一般变得疯癫无状，然后陷入沉眠。

封家人也不知缘由，只能说家主闭关自修，不见外客。只有花信知晓，那是因为封家家主正沉溺在乱线之中。

这与花信最初的设想并不一样。因为封家家主的状况，他清楚地知道乱线并非现世，乱线里的一切皆如镜中月、水中花。而开启乱线的人，只会落得一个狼狈不堪的下场，甚至乱线上的种种还会干扰现世。

花信清醒地知晓所有……但“镜中月”太诱人了。

他还是借着封家家主的因果机缘，进入了乱线，将当年在现世中无处安放的邪阵布在了乱线的大悲谷底下，借用共生的灵藤汲取活人的灵肉骨血，曲折地供着现世云骇的灵魄，换取一点儿几不可见的生机。

他不断提醒自己，乱线上的一切不可当真，不可沉溺。

可当他听闻乱线的仙都之上，有个叫云骇的仙官接到调令，成了大悲谷山神时，他还是没能忍住，插了一点儿手。

于是云骇执掌的大悲谷不再是荒地，那里车马络绎不绝，香火鼎盛不息。那个被供奉的山神，便不用再担心香火凋敝，落回人间了。

但他一直回避着，并未真正见过乱线上那个大悲谷山神。他怕见了之后，从此将虚影当真。于是他留了一点儿灵魄在乱线上守着，自己回到了现世。

再后来极长的时间里，他一直在试着找寻其他办法。既然他知晓了神木的封禁之地，知晓由封家镇守那里，他总能试出一个办法，让大悲谷底的那个人真正起死回生。

在后来的那些年里，花信借过许多人的手，封家家主的乱线并非唯一一条。但其他乱线他都没再亲自踏足过，再后来他发现那些乱线又一条一条消失了，那些歪掉的路被人一次又一次地拉了回来。

就是那时候他终于知道，所谓灵王，究竟执掌的是世间何事。而他甚至连“点到即止”的歉意都不再有。

当年那位教习先生说过“只望你一直如此，那便是个好事”，但还有半句没说的话——倘若某日忽然有了想护之人或执念之事，以你这性子，易入歧途。

最荒唐的是，他知道这是歧途。

花信一次又一次尝试，然后越来越确定，灵台天道对这条歧途的存在真的是默许的。

他一度有些好奇，天道为何会默许？总不至于是护着他或者云骇。

后来他逐渐摸到了端倪。他感觉灵王在有意无意地对抗灵台天道，而天道便以默许和推波助澜将那种对抗强压下去。他恰好窥见了这一点，恰好利用了这一点，而他的所作所为又恰好成了天道需要推助的“波澜”。

这大概是灵台仙首最讽刺的作用了。但他无甚所谓。

花信一直如此猜测，后来的种种事情似乎都证实他所猜没错。直到二十五年前，仙都崩毁、众仙殆尽的那一天，他才忽然发现他的猜测不太对。

第 106 章　末尾

二十五年前的那天，最先闯入仙都灵台的人其实不是乌行雪，而是乱线上的那位灵王。

花信始终记得那一天，仙使慌忙来报：“有人擅闯仙都！”

花信一愣：“何人？”仙都从来不是寻常人能乱闯的，通往仙都的太因通天塔也绝非常人能登。“擅闯仙都”这种事在此之前从未发生过。所以这简简单单一句话，震惊了灵台。

仙使答道：“不知。那人连样貌都不曾显露，始终戴着一张面具。”

花信：“面具？”

“银色镂着花纹！”

花信心下猛地一惊，低声念了一句：“怎么是他……”

其他人却茫然道：“谁？那是何人？仙首认识？！”

当年乌行雪沦为邪魔后，灵王的存在便被灵台天道抹杀了。照理来说，这世上任何人都不该记得那位常戴面具、转着一柄剑的神仙。

花信却有些许特殊——他为了照看邪阵，分了一点儿灵魄守在封家那条乱线上，那部分灵魄不受现世的抹杀影响。所以，他不论经受什么抹杀都抹不完全，他对灵王始终留有一些印象。

仙都众人看到擅闯者认不出来，花信却不同，一听那面具就知道来者是灵王，而且是乱线上的灵王。因为现世的那位，已经是众人皆知的魔头了。

可乱线上的灵王为何会出现在现世？花信：“那人可曾说什么？”

“有！”仙使用一种极茫然又极慌张的语气说，“他一进仙都就叹了口气，说得罪了。”

“得罪？”花信双目一凛，“冲谁说的？”

仙使道：“……所有人。”

花信腾然起身。他绝非愚笨之人，万事一点就通，这次也不例外。

因为天道有意无意地默许和推波助澜，他知晓了灵王的秘密，知道灵王每每接了天诏，究竟是在做什么事。

如此一串，他便明白这位灵王为何而来了——那位灵王将现世当成了乱线，要一举清理殆尽。

花信当即拔剑而出，自灵台之巅疾扫而下！灵台十二峰的镇守仙人紧跟其后。

当年假借神木之力的时候，明无仙首就曾料想，迟早有一天，他同灵王之间会有交手。

他以为会是因为神木，却从未想过是今日这种情形。

他更没有想过，平日无事时好开玩笑、形如春风的灵王，在斩线之时居然狠厉至此。每一招都是杀招，每一招都带着荡平山海的威压之力。或许是因为斩线时，越是优柔犹豫，被清理的人越是痛苦吧。

那种狠厉在此时此刻，显得尤为可怕，因为深不见底。一人对上他，他便是一人之力。十人对上他，他便是十人之力。

灵台众仙在那位灵王面前，居然占不到一点儿上风。惶恐和震惊瞬间蔓延开来，有人叫喊了一句："为何没有传书急召回在外的那些人？！"

就是在那一刻，花信猝然一惊！他罕见地感觉有冰冷寒意兜头而下——确实，仙都动荡至此，灵台天道却全无反应。

就好像……一切又是默许。

倘若再深想一步——灵王斩线，也是因为接了天诏。

至此，花信终于明白天道曾经的重重默许，究竟是因为什么了——他借别人的手利用神木，天道又何尝不是在借他的手开乱线？！如今，天道又促使乱线的灵王来斩现世，分明是想彻底清除掉现世。

它不想要这个现世了，它想将乱线扶成真。可为何……灵台天道不要这个现世了？！花信想。

但他根本没有时间多想，因为又有一个人闯了上来。那是一个魔头，叫作乌行雪。

那是众仙从未见过的，最动荡也最混乱的仙都——乱线的灵王要斩断现世，现世的乌行雪悍然去拦，与此同时，直捣天道灵台。

花信欲出招挡下，情急中厉喝一句："灵王不可——"

乌行雪当时凛然抬眸："你叫我什么？"天道既然抹杀一个人，就绝不该有谁记得他。除非因为某种缘由，抹杀不净。

对方何其灵慧，几乎瞬间就明白过来："神木……"花信的反应证实一切。

他听到灵王冷然道："自从见到另一个灵王留下的痕迹，我就始终在想为何如此？是哪路神仙牵扯其中，才会使得乱线之上居然有仙都、有灵王。居然是你！"他还听到灵王说："我见过太多世人执着于神木，祸人祸己，从没料到你会是其中之一。”

花信并无辩解之意，只以长招相抗。招式相撞之下，掀起的风如通天彻地的寒刃，从灵台十二峰一路劈斩而上。高悬的山崖被劈开巨大的裂口，碎石飞崩！

他看得出乌行雪要做什么。同样是明白天道的意图，他拦的是那位来斩线的灵王，而乌行雪想直接毁掉灵台天道。可是这怎么可能！

花信被招式撞得神灵巨震，面上却依然沉稳不动，哑声拦道：“你……今日必败。”

“为何？”

“那是天道。”花信道。他太明白了。他作为灵台仙首，替众仙承接天诏数百年，见了太多。

天道无形无状，却总有办法将人引到它要引的路上去。它永远能让人堪堪错过，永远能让人只差一步，让人在万般苦痛又万般无力之下，最终只能叹一句“天意弄人”。

他经受过，比谁都清楚。所以这么多年来他从无违背，只借着天道的默许，去做想做的事。

哪怕到了今日，天道想要斩掉现世，他这些年所做的一切或将成为泡影，他也不会去动灵台天道。因为知道不可能，知道必败无疑。

他挡在灵台之巅，在厉风之下对乌行雪说：“天道欲行之事无人能拦——它能将一切掐得分毫不差，让你在最糟的状态下，迎最强的对手，又刚好孤立无援。它有万般办法让你救不到想救的人，也有万般办法将帮你的人拦下。”

那一刻，花信不知自己是在告诫对方，还是借着那些，同自己说话。他顿了一下，对乌行雪道：“灵王还没意识到吗？否则，这偌大的仙都，唯一可能同你一起与天道相抗的那位，为何此时刚好不在。”他看见乌行雪诧然抬眸。

“灵王由仙入魔，经受如此之多，应当比我更清楚。天道就是如此。它能让天宿赶不回来一次，就永远有办法让他赶不回来第二次。”

这句话音落下的时刻，仿佛在印证花信所说，一切都分毫不差——那一瞬，灵王的斩杀之招带着叹息悍然而来。众仙几乎同时调转矛头，法器直指杀上灵台的人，而花信手里明灯一划，长剑裹着冲天火光飞出。

冥冥之中，混乱和动荡在顷刻间变成了极为清晰的两方——所有人对乌行雪。这就是天道要的。

尽管几方目的不一，却总能在某个时机下，成为天道所需要的。

就在寒芒直逼的千钧一发之际，一道金光横贯而来！穿过仙都三万白玉阶和十二座灵台高崖，破开万钧罡风，直砸乌行雪身前。

那是一柄寒剑，斜楔入地之时，无数剑影乍然而显，环于乌行雪身侧，将其笼罩于剑意之中。于是，无数招式在那一刻与那剑意相撞，白芒几乎照彻整个仙都。

在那什么都看不见的白芒之下，花信听见天宿冷冷的声音穿风而来：“谁说我必然赶不回来。”那一瞬，数百年根深蒂固的认知动摇了一分。花信几乎要相信，天道也有拦挡不住的时候，也会有漏算的天机。

但只是那一瞬而已。因为仙都那一场动荡和混战的结果，或许有偏差，却依然如天道所愿。

那是仙都自始以来最悲烈的一幕——仙都分崩离析，众仙于一瞬殆尽。

花信所见的最后一幕，是天宿的命招金色王莲在垮塌的仙都上轰然绽开。只是不知那王莲金影里，谁生谁死。

直到数月之后，他借由封薛礼的身躯重新睁眼，才知晓现世还在，没被完全斩除，但世上已经没有仙都了。天宿萧复暄据传身死，而魔头乌行雪则被钉进了苍琅北域里。剩下的传言纷纷芸芸。

但花信没有被那些传言迷了眼，他的一部分灵魄守在乱线上，两边都看着，所以知道的比众人多得多。他知道灵台天道已经转到了乱线上，如此下去，终有一日，它要将这现世清斩干净。

可是不行……因为他知道乱线皆为虚影，他和他想救之人还在现世，倘若现世被斩，他所做的就成了虚无。他得想办法让天道重新以现世为真。

于是花信又捡起了当初没来得及想的那个问题：灵台天道为何不要这个现世了？那时候的花信只能想到一个缘由——现世的神木自从乌行雪堕魔之后，就无人再能找见了。而乱世的神木还能在天道的默许之下为人所用。

他依然觉得天道无可阻拦，但或许能用别的方式，让天道改变主意。既然它放弃现世的缘由是神木不再，那就让神木重新“活”过来，重新能够为人所用。

于是自那之后，花信借着封薛礼的躯壳一直在做这一件事——让神木重现于世。不知不觉深困其中，至今整整二十五年。

直到此刻，明无花信在乱线的大悲谷中，散如飞尘的灵识经受着天宿诘问。他残余的最后一点儿意识透过渐歇的诘问剑影，看着乌行雪和萧复暄，忽然觉得或许他还是弄错了一件事。

天道放弃现世的缘由并不仅因为一株神木，而是因为现世有它所不能驱使的人。

或许他弄反了……从来都不是灵王或天宿在抵抗天道，而是天道在抵抗它不能驱使的人，所以它永远先动一步。那并非全然的压制，而是一种隐匿的忌惮。

第 107 章 意外

巨大的金色剑影逐渐变浅，嗡然的震颤和剑鸣也缓缓歇止。那是诘问到了尽头。那些散如飞尘的灵识在淡金色的光芒里汇聚成了一道人影，浅而模糊。正是花信。

整整二十五年，他一直借着封薛礼的躯壳，顶着封薛礼的样貌，即便在这条乱线上以灵识化形，也依然如此。直到这一刻，他才终于显出原貌。

乌行雪看着曾经的灵台仙首，忽然有些复杂难言。

他、萧复暄和这位仙首之间确实称不上一声“仙友”，曾经仅有的一些了解也都来自云骇。

没想到数百年后的如今，他们会有这些或明或暗的牵扯。

花信最后的残影以原貌出现时，乌行雪忽然觉察到身后不远处有极轻微的声音，听起来像是砂石滚动。

是风还是有人？他正想查看，花信的残影忽然地开了口：“曾经有人闲谈时同我说，他时常好奇，天宿为何会在邪魔的最后一刻落下一道诘问……”乌行雪一怔，转过头来。

“是希望邪魔幡然悔悟？”即便这时，花信的声音听起来也依然平静，“他说他尚为凡人时见过邪魔，他不觉得那些邪魔临到终时，会因为一场诘问便真心觉得自己错了。”

乌行雪看向萧复暄，就见他握住剑柄的手指一顿，抬起了眉眼。

“这世间没有人会因为被惩罚就觉得自己错了，即便认错也只是不想被惩罚而已。我曾经如此认为，如今也依然未变。”花信的虚影半垂着眸，与其说是问询，不如说是在问询中兀自回想着往事。他慢而轻低地说：“我倒是从无好奇，但当年没能同他聊出个所以然，多少有些惦念。如今……我也受了一回天宿诘问，便替他问一句答案。”

尽管已经没有人在等这个答案了。

“为何诘问？当真是为了让邪魔在最后一刻懊悔不已？”花信说。

萧复暄扶握着剑，抬着眉眼看着他，片刻后冷声开口：“谁管邪魔懊悔？”

花信面露一丝愕然。

“懊悔都是假意，‘怕’才是真。”萧复暄淡声道，“怕就够了。”他斩杀降刑的邪魔千千万万，会真心懊悔的少之又少。可那又怎样呢？谁会在意邪魔的那点儿懊悔？

他们所害之人都早已身死，即便懊悔了又能给谁看？除了萧复暄，还有谁看得到？所以他根本不在意这些，他要的是让那些邪魔感到怕。

诘问之下，那些或长或短的人生和种种画面总能让那些邪魔畏惧死亡。他们看着自己如何一步一步走到末路，总是心有不甘、狼狈挣扎。但他们又知道自己挣脱不掉，于是害怕、惊慌、癫狂、绝望。

那些曾经为他们所害的凡人在临死前经历过什么，这些邪魔便该经历什么。“懊悔”只是其中最无人在意也最微不足道的一种而已。

萧复暄从来不在意邪魔是否真心懊悔，他要的只是“还于彼身”。这是他惯来所求的公平。

“你是我平生所见最不像仙的仙。”花信说。就连告慰凡人亡灵，用的都是这种带着杀伐之气的方式。全然不见仙人常有的温和悲悯。这在众仙之中，从来都是独一份的。

“难怪。”花信敛了眸，道，“难怪你们会是灵台天道都驱使不了的唯二之人——”

“错了。”萧复暄道。花信道：“何错之有？”

萧复暄道：“不是唯二。”花信：“还有谁？”

“从来不少。”萧复暄，“我锦袋里就有一位，我替他殓了躯壳尸骨。”

“何人？”

“医梧生，你花家后人。”

恐怕就连灵台天道也预料不到，当“从头来过”“起死回生”的机会摆在眼前，这世上居然真的有人拱手谢绝，拂袖离去。这样的人或许不多，却从来不是“唯二”两字所能概括的。

花信静默无言。他已经很久没有注意过花家了，那个颇有名望的家族后来可曾出过皎如名月的后辈？那些后辈如今又怎么样了？

那些人间传闻随风入耳，他却并不过心，只兀自钻在泥墙深处，从未回过头。

即便到了这一刻，花信也是如此。他的身影越来越淡，灵识越来越微弱，但其他邪魔有的恐惧、不甘、怨愤和挣扎，他却始终不曾有过。

直到最后，花信转而看向乌行雪，声音模糊到几乎听不清。他说：“我还有最后一件事……想问灵王。”

乌行雪没料到他突然发问，意外道：“何事？”此时花信的神情看上去同之前的不同，似乎依然无波无澜，却又透着一丝微妙的紧绷。仿佛之前的所有皆为铺垫，接下来才是他真正想问的。又仿佛这不合他的性子，本不打算问，最终却还是没忍住。

花信盯着乌行雪，一字一句道："云骇当年落回人间后，本不该记得仙都发生的一切。但我负剑奔往大悲谷见到他时，他又分明记得所有。"

乌行雪轻轻蹙了一下眉，觉察到了他的意思。

果不其然，就见花信朝乌行雪腰间的梦铃瞥了一眼，沉声说道："仙被打落人间忘却前程，其中恐怕有灵王一份力。既然灵王出了手，想必不是轻轻松松能解的。他从来不是头一位，也并非最后一位。在他之前，在他之后，都有仙忘却所有，落回人间。就我所知，从未有谁成为凡人后忽然记起仙都所有。唯有云骇是例外。"花信顿了片刻，问乌行雪："灵王可曾做过什么？"

乌行雪立刻道："不曾。"花信沉默，看起来并不相信。

乌行雪："我同云骇私交不浅，当年亲自送他下的人间，亲手摇的铃。我比谁都希望他忘记所有，什么都不要记得。"

花信："既然是灵王亲手摇的铃，恢复记忆有多难，便不用我赘述了，想必灵王自己最有体会。"乌行雪的眉心深深蹙了起来。

花信又道："灵王都没能即刻做到的事情，云骇如何能做到？"当初在大悲谷一剑钉住云骇后，他常会记起云骇望向他的眼神，也常会反复想起云骇说的话。那眼神和话语，分明记得曾经身在仙都时的所有事情。

曾经无人可怪时，花信对乌行雪升起过几分怨意。

他心想：被梦铃抹去的记忆怎么可能轻易恢复？看一看如今的魔头乌行雪便知，想要恢复记忆究竟有多艰难。

连乌行雪本人都如此艰难，何况其他人？云骇怎么可能在没有梦铃相助的情况下，忽然之间想起所有？！

而以云骇的性子，想起过往仙都所有会是多么痛苦的一件事。那数十年云骇又是如何度过的？花信根本不敢去猜。

他有时候会想，倘若云骇从不记得过往旧事，不记得少年时在山野为谁所救，不记得在花家修习过法术，不记得飞升去过仙都，不记得仙都里发生过的一切，会如何？还会发生后来那些事吗？还会有大悲谷的那一剑吗？应当不会了吧。

每每想到这些，花信便会陷入更深的泥墙里，更加回不了头。

曾经的数百年里，花信从未提及，自然也从未在外显露过分毫。直到这一刻，他的灵识即将散去，才终于带着怨意问了出来。他想要一个答案，否则不能瞑目。

他看着乌行雪说："除了你，我想不到还有谁能有意无意解了云骇被封的记忆。"花信顿了一下，沉声道："只有你。"

乌行雪有些默然。倒不是他真的被问得哑口无言，而是花信这话确实有几分道理——他亲手给云骇摇的梦铃，对方不可能一夕之间恢复如初，除非无意间听过解铃之音。

倘若真是如此，确实不会再有其他人能做到此事了。只有他。

身侧的萧复暄面容一冷，正欲开口，忽然听闻一道煦如清风的声音响起：“也不是只有一人，还有我呢。”那声音分明同乌行雪如出一辙，却来自他们身后！

乌行雪一愣，同萧复暄对视一瞬。就连花信的残影都怔了一下，猝然抬眸。

他们循声望去——两道人影一前一后掠风而来，落到近处！长靴触地时轻如点水，砂石无声，却又有万丈威压横荡开来，震得整个地底崖壁响动。

萧复暄手下扶握的“免”字剑似有所感，轻鸣一声，流过微光。

乌行雪立刻朝剑看去，却听萧复暄低声道：“无事。”他长指一动，在剑柄上点了点，那轻鸣声便戛然而止，灵剑瞬间乖顺地安静下去。

他才又淡然抬眼，朝来人看去。其中一人身着鎏金黑衣，个头极高，眉眼利落冷峻，颈侧的“免”字金印微微亮起又隐匿下去，就连身侧掀起的风都带着寒芒剑意。

另一人则是白衣银靴，束着白玉发冠，戴着一张镂银丝的面具，手提一柄同样镂着银丝的灵剑。剑鞘轻磕在衣饰上，当啷作响。

那不是别人，正是乱线上的天宿和灵王。而方才回答花信的那句“也不是只有一人，还有我呢”，就出自灵王之口。

第 108 章 归去

那大概是大悲谷底最奇异的场景。那几人视线相对之时，风瞬间静止。

那是一个极微妙的刹那，却显得无限长。几乎所有人周身的气劲都无声流转起来，带着一种剑拔弩张却又牵连至深的紧绷意味。

直到一个声音刺破了寂静。那是花信的。他盯着忽然而来的灵王，哑声轻问：“你方才那话是何意？你说，云骇恢复记忆与谁相干？”

灵王微微侧了脸，转向花信：“应当是我。”

花信深深拧着眉，似乎听不明白他的意思。那种茫然混杂着震愕的表情极少会出现在他脸上：“应当？为何叫作应当？”花信沉声道：“你们明明毫不相干，为何会碰上？”

一个是乱线的灵王，一个是现世的人，即便这位灵王曾经去过现世，甚至将现世当作乱线斩断，也对不上年份，怎么可能牵扯上？！

灵王思索片刻，答道：“我每找到一条乱线，总要沿着线往前再追溯十年、百年，找一找乱线的因果源头在何处……”

灵王顿了一下，尚未往下说，乌行雪就已然明白了。不会有人比他更清楚。

灵王之责是斩去乱线，这位灵王当年既然将现世看作乱线，那必然要往上查找一番，看看他以为的“乱线”究竟从何而始。

“我往前追溯了数百年。”灵王说。

花信脸色一变，似乎预料到了灵王要说什么。果不其然，灵王说：“我曾在追溯时看见过你所说的那位云骇。”

花信的虚影在那一刻几乎变得黯淡无光。他声音喑哑，僵立着问：“何时？”

灵王沉吟片刻，答道：“几百年前，他那时不是仙，而是一介凡人，会些简单术法招式，但都是皮毛，没有仙气。”

花信的虚影颤了一下，轻声自语：“被打落人间的仙，仙元会碎，再不能聚合……”所以当年的云骇只能学到皮毛，永远不会再凝出仙元。

“凡人……”花信低低重复了一遍，又道，“你见到他时，他在做什么？”

灵王道：“被邪魔围困。”花信闭了眼。

乌行雪听到这里，忽然想起云骇诘问里的一幕——当年凡人云骇碰到邪魔，将死之时隐约记起自己曾抵抗过一道铃音。自那一刻起，云骇记起了一切前尘过往。

如今想来，那确实有些蹊跷。人不会莫名想起自己根本不记得的声音，除非他在那一刻听到了相似的响动。他之所以会在那一刻突然想到梦铃之音，只能是因为他真的听到了。

只是濒死之时意识不清，将“听到”和“想起”混淆了。

就听花信低声问：“之后呢……”

灵王答道：“那时我的梦铃尚在，佩于腰边。在追溯之时停过一瞬步。梦铃有响动，大抵传进了他耳里。”

时间间隙里的一声梦铃铃音，无意间让云骇尘封的记忆松动。那一切或许是阴差阳错，但云骇确实从此走上了另一条路。

花信沉默未言。他的虚影在风里轻动，看起来仿佛在抖。

不知过了多久，他缓缓低下头，看着自己的双手。他此生第一次感觉到了巨大的荒谬。

曾经那数百年里他总在想，如果当初云骇没有恢复记忆，没有想起任何仙都过往，是不是就不会再有后来种种？不会变成邪魔，不会避而不见，然后造一个傀儡哄骗人，更不会在大悲谷遮住面容、迎着剑尖被钉在谷底。

他想得怨恨横生。

如今他却发现，云骇后来所做的种种起始于记忆松动的那一夜，记忆松动是因为恍然听见了一道铃音，那道铃音来自乱线的灵王。而灵王所在的乱线是他诱着封家开的。

一切因果绕成了一个巨大的圆。他想救之人，原来在更早之前已经为他所杀。

花信的虚影抖得越发厉害，几乎溃不成形。他忽然觉得，这数百年来自己所撞的南墙、所谓的孤注一掷，通通成了莫大的讽刺。

哪怕没有人来逗他，他也想笑。

“我这些年究竟在做什么……”他动了动唇，自问了一句。

没有人能看清他的表情，只能看到曾经永远板正的明无仙首低着头，整道虚影都在战栗。

不知是崩溃，还是已近癫狂。

“他是因我而死……”花信轻声喃喃，“他因我而死，一切皆由我起，我却在这儿假惺惺地端出一份虚情。”他一个人在两条线上来来回回，一个人躲避着乱线上的大悲谷山神，一个人供着那个不知结局的邪阵，又在乱线的云骇找上门时，收着杀招送上命门。

如此种种，端给谁看？其实根本没人在看，在意的那个人早就看不到了。他不过是自我打动，自欺欺人。

花信怔怔地抬起头。曾经那个明无仙首就像忽然从一场空梦里醒来。他的眸光在那四道身影间滑过，最终落在萧复暄身上。他哑声开口，第一次提了那个地方：“你们去过现世的大悲谷底？”

萧复暄答道：“去过。”

“见过他吗？”

“见过。”

“也有诘问？”

“有。”

“他……后来如何？”

萧复暄顿了一瞬，道：“他以为你死了。”

花信静立着，久未开口。后面的话不用说他也能知道——以为他死了，所以便不会再留于世间了。他终于在这一刻笑起来，仿佛这漫长一生的笑都积留在了此时。

许久之后，笑完的明无仙首点了点头，眼也不抬地轻声说道：“那便如此吧。”

他说得太淡，乌行雪他们一愣，尚未反应过来。直到狂风席卷而过，花信的灵识碎片汇聚而成的虚影轰然崩塌，众人才明白那句话的意思——那便如此吧。

那他便……死了吧。

霎时间，那些崩塌的灵识碎片仿佛无数萤火，倏地散开，淹没在了曾经吹拂过大悲谷的万里长风里。

那道长风顺谷而散时，在一道崖壁拐角后骤停了一瞬，就像亡魂最后的屏息。因为那个拐角后面有一个人……大悲谷山神正背靠着石壁站在那里。

他在那里站了很久很久，从诘问伊始到了诘问歇止，从难以置信到眼眸通红。他一度想转过拐角，去到近处看一看那个承受诘问之人的脸，看一看那张脸是否真的同明无仙首的一模一样。

但那一步比世上任何事都艰难。最终，云骇只是大睁着发红的眼睛，定定看着地上虚空一点。

那道长风极轻地环绕着他打了个旋，但他一无所知。他在那道旋彻底消失的同时一扫青袍广袖，从大悲谷底飞身而出，仿佛自始至终从不曾来过。

云骇顺着太因塔而上，裹着云雾落进仙都。他下意识地如曾经的每一日一样先去灵台，却在台阶的最高处停住脚步。

不知过了多久，一道传书撞到眼前。云骇将传书拢进手里，慢慢展开，就见传书上是灵台仙首的字：

仙使说你站在灵台门前发呆?

云骇盯着传书上的字，又呆立许久，终于抬步上了灵台。灵台的山崖之巅，乱线上的仙首正端坐于高椅中，见到云骇时露出了一分微讶：“脸色如此差，碰到事了？”

云骇有些怔然，不知如何作答。又是很久过去，他才低低开口冲灵台仙首说：“碰到了一些怪事……”

仙首等着他的下文，半晌没等到，便提点一句：“你先前传书说大悲谷底有异状，可曾解决？”云骇眼里淡红未消，又不想被看到，便转开头：“嗯……”

仙首问：“那便好，是何怪事？”

“我见到了一个很像你的人”

“有多像？”

“像到我都分辨不清。”云骇说完，顿了很久才道，“我差点儿就被骗了。”

“那你被骗到了？”

“没有。”云骇又轻声重复了一遍，“没有。我哪会轻易被骗到。他同你不一样……你不会像他那样。”

仙首还要再问，云骇已经兀自道：“罢了罢了，不提了。”

只是在好一会儿后，众人的聊说之言已不知转过多少轮，云骇忽然没头没尾地冲仙首说了一句：“假使有一日我死了——”仙首正同仙使交代事情，闻言乍然一停，转头看向他。

云骇：“只是聊笑。”

仙首一点儿不像要聊笑。

云骇颇为吊儿郎当的，仿佛真就是随口一句的闲话：“假使我死了，师父会想要留我吗？”

没等仙首开口，他又开了口，“其实你记得我，我便高兴了，不要强留。”

仙首轻蹙眉宇看着他，半晌才道：“为何说起这些？”

云骇说：“忽然想到而已。只是忽然觉得，像凡人一样生老病死、轮回转生其实很不错。所以假使有朝一日命到终时……”不如就那样乘风归去。

最后一抹长风带着亡魂散去之时，大悲谷底的四人再度相对。那种微妙的寂静蔓延开来。

灵王将面具拉开一些，露出半边漂亮眉眼。他的眸光从乌行雪和萧复暄身上扫视而过，最后手指一指乌行雪腰间，淡声道：“我若是没弄错，你挂着的梦铃，应当是我的。”

第 109 章　本体

乌行雪的手指钩着梦铃，拨弄着翻看两眼，道：“小东西都长一个样，如何确定这枚是你的，而不是我的？”

灵王轻轻转了手里的剑，歪头道：“用不着确定。是不是自己贴身佩戴了几百年的东西，难道不是自己最清楚吗？”

乌行雪：“那倒不一定。”灵王：“为何？”

乌行雪坦然道：“缺了一部分记忆，忘了啊。”灵王：“那你就问没忘的。”

那一瞬间，乌行雪和乱线的灵王转头看向另外两人，动作和神色如出一辙。

萧复暄："……"

此时乱线的灵王和天宿一前一后，错着一步的距离。但乌行雪和萧复暄站得极近。于是乌行雪借着衣袖遮挡，用一根手指头戳着萧复暄腰肌，传音道："你说，我算大度之人吗？"

萧复暄不知道乌行雪又想干什么，只是瞥了那根手指头一眼。

其实他们这会儿同是灵识离体来到乱线，不用这样戳着也能悄悄地传音。但萧复暄对这类小动作颇为受用，便没有提醒乌行雪，任由他戳着。

"算吧。"萧复暄答道。乌行雪手指上用了点儿力："你怎么答得勉勉强强？"

萧复暄："为何突然发问？"

乌行雪："倘若我发现自己的梦铃被人弄得稀碎，你觉得我会不会一剑捅了对方？"

萧复暄："……"

乌行雪："你说，对面这位何时会发现这枚梦铃快裂成八瓣了？"

萧复暄："……"

乌行雪："万一过会儿打起来，我们只有灵识的是不是要吃点儿亏？"虽然大魔头语气有些不正不经的，但他当真仔细盘算了一番——眼下看起来是二对二，甚至连人都是一模一样的，理应势均力敌。

可他们早前在雀不落已经同花信打过一轮，耗过灵神。而且他并非巅峰，萧复暄也没了本体。这么一想，他们确实略落下风。

谁知萧复暄却回了一句："未必。"乌行雪："嗯？"

不过没等萧复暄多说，对面灵王已经开口道："若是其他小东西，我也就不与你计较了。但梦铃不行。"这反应倒是与乌行雪料想的一模一样——其他任何东西都好说，但梦铃例外，还是得讨要回去。

乌行雪弯了长指，将挂梦铃的丝绳钩在手里，却没有要立刻解下的意思。他钩着雪白的丝绳，道："你也说了这是梦铃，那我自然要谨慎一些，哪能你说什么便是什么。"

灵王露出来的眉眼轻轻挑起来："你打算怎么谨慎？"

"譬如你得解释一下……"乌行雪也一指对方空空如也的腰间，"既然你说这是你的梦铃，那本应该挂在你的腰上才对，为何伸手冲我讨要？"

灵王道："因为丢了。"

乌行雪又道："梦铃怎么会丢？"他当然知道乱线上这位的灵王的梦铃丢了，丢在了现世。这点方储先前就同他和萧复暄提过。

但这梦铃是怎么丢的，是有意还是无意，就十分重要了。若是有意，总得事出有因。若是无意……那就意味深长了。

谁知灵王顿了一下，答道："稍不留意便不见了。"

"居然当真是无意……"乌行雪无声咕哝了一句。他挑起了同样漂亮的眉眼，也轻歪了一下头，问那位灵王："'稍不留意'这个词说出来你自己不觉得奇怪吗，梦铃这种东西怎么会'稍不留意'？"

灵王道："自然是奇怪的。所以才要将梦铃拿回来，仔细琢磨。所以——"他冲乌行雪摊开手掌，道："还我。"

话音落下时，灵王身影一虚。他看上去没有任何动作，但眨眼之间，就已经瞬移到了乌行雪咫尺前。接着手掌一翻，五指一探——乌行雪只觉得腰间挂着的梦铃猛地一颤，似乎要被一股力道揪走。

乌行雪立刻长指一钩，绕住了悬挂梦铃的丝绳。另一只手"掸扫"一下，威压混着招式便扫了出去——眼看着乌行雪的招式正要碰上灵王探过来的手，整片山谷骤然地动山摇。

乌行雪和灵王俱是一愣。在他们眼里，对方的身影忽然模糊了一下，就好像随时要消失于视野中似的。

怎么回事？乌行雪眉心一蹙。

他听见萧复暄的声音低低传来："后撤一点儿。"下一刻，他就被人抓着手往后拉了半步。与此同时，他看见乱线的那位天宿也抬了一下手，隔空将灵王朝后拉了一点。

"我不能碰他？"乌行雪立马反应过来。

"嗯。"萧复暄应了一声，又补道，"眼下看来确实如此。"

"为何？"

"忌讳见面。"

乌行雪瞬间了然。先前他们和灵王就始终错过：想让灵王去封家看一眼乱线源头，结果慢了一步；想让灵王看见大悲谷底的阵，结果还是慢一步。

天意之下，他们似乎永远都错开了一步，确实是"忌讳见面"。

方才身影模糊那一下也是同样。那就像一道无形的屏风横插下来，格挡在两方之间。若不是后撤了一步，恐怕下一瞬他和萧复暄就要被扫出这条乱线了。

可是……乌行雪道："这么说来便又有些奇怪了。"

萧复暄："嗯？"

"既然不想让我们两厢撞上，不想让灵王看见乱线的源头，也不想我们碰上面说上话，那它大可在那位灵王出现的时候，直接将我们扫出这条乱线。或是像之前一样，索性让我们继续错过，再慢一步，不就好了？"

乌行雪蹙眉沉思，越想越觉得古怪：依照天道先前的所作所为，他们该一直错过才对。可事实令人意外——他们居然在大悲谷底碰到了，那位灵王甚至还看到了花信的诘问。

想到这里，乌行雪在地动山摇间稳了稳身形，问几步之遥的灵王和天宿："你们何时来的山谷，明无仙首的诘问看到了多少？"

这话问得颇为直白，那地动山摇便更猛烈了，他们的身影也更加模糊起来。

灵王抬了一下头，朝砂石俱下的山顶望了一眼，又收回目光看向乌行雪，静思一瞬，道："我虽同明无仙首不相熟，但也知道他此时正好端端地待在灵台之巅，不会忽然来到这大悲谷。"乌行雪同他眸光对上。

灵王道："方才魂散于此的是你们那条乱线上的人，我最后同他所说的也都是你们那边的事。只是眼见诘问将歇，出来答了一句话，了结他最后一点念想而已。至于诘问本身——"他顿了一下，道："不巧啊，只看到了一点儿尾巴。"

乌行雪轻轻"噢"了一声。花信的诘问里有不少与乱线相关的事，那位灵王即便只看到了一点儿尾巴，只要细想一番，也足够心生疑问了。

这位灵王定然不会是蠢笨之人，乌行雪笃信，他将诘问看进去了，也确实心下生疑了。否则他们不会站在这里，氛围微妙却有问有答，像一种双向的试探。

但这就十分矛盾了，灵台天道怎么会在层层阻拦的同时，给这样一道缺口？这不论怎么想都很奇怪。

乌行雪的眸光扫过乱线上的灵王和天宿，同他们目光相对。有一瞬间，他似乎模模糊糊抓到了一点儿什么，但没等他深想，那位灵王就看着这边开了口。

"所以你们传这两道书，就是为了让我来看这场诘问？"灵王说着，两指之间多了两道符书。

那两道符书一道写着"来封家"，一道写着"大悲谷"，确实出自乌行雪和萧复暄之手。

不过他们传符书时并没有那么天真，觉得灵王一定能如愿及时赶到。他们所抱的其实是另一种想法——灵王赶上了最好，若是赶不上也无妨。任谁连续两次到了地方却只看到被清理得干干净净的场景，都会心生疑窦。对于机敏之人，只要心有疑窦，就一切好办。

乌行雪道："就当是吧。"

"那踩着尾巴也算看了吧。"灵王说着，手指一甩，两道符书带着灵王纯澈的威压气劲直钉而来。

萧复暄剑鞘一挡，就听“叮”的一声，符书便刚刚好落进乌行雪手里。灵王的声音传来：“乱线的人和物在现世难以久存，你们既然自乱线而来，看这地动山摇的架势，恐怕离被扫回去不远了。”

就像在印证他的话，乌行雪和萧复暄的身影瞬间模糊了一瞬，眼看着要随时消失。

“趁着这最后的工夫，符书还你，梦铃还我。”灵王说完，于地动山摇中将镂着银丝的面具重新戴上，手里长剑一动。就听“锵”的一声清音长鸣，灵王的身影如一绺游云，绕过坠落的泥沙和石崖瞬间而至。

而乌行雪已然一笑，如云烟倏地散开，又绕至他身后倏地聚形。

灵王要去钩挑梦铃的剑一击落空，被萧复暄以剑鞘拨开。他当即翻身朝后，银白衣袍在风里划过一道利落的弧，再次朝乌行雪探来。

几个瞬间的变化之下，乌行雪的位置颇为麻烦——他身前是迎面而来的灵王，身后是乱线的天宿，便于一次位置刚好的夹击。

乌行雪没有避处，便挑起眉来，手指上气劲瞬间绕转。正要迎下一招，忽然被人从身后轻拍了一下。

乌行雪一愣，猛地转头。就见乱线的天宿侧了一下身，颈侧的“免”字泛着极淡的金色。

就因为这一转头一侧身，乌行雪和灵王没能真的以招对招，微妙地错开了。遭殃的就成了四周的石壁。擦身而过时，乌行雪忽然冲灵王说道：“我其实不明白。”

灵王：“什么？”

乌行雪道：“梦铃这么重要的东西，你丢了居然不去寻，任由它丢了这么些年？”

灵王以剑尖抵地，疾掠而过的影子刹止了一瞬，转眸道：“你当说寻就能寻？”他几乎满脸写着“你居然会问这种傻问题”，但很快便反应过来，轻轻“噢”了一声，道：“是了，你记忆不全。”

乌行雪也没恼，只道：“那你就当说清楚一些。”灵王道：“因为我去不了。”

乌行雪：“什么意思？”灵王说：“乱线容易去一次，却没那么容易去第二次。”

人间那样广袤，更何况要去寻人间之外错生的另一个人间，该在何时进？从何处进？进去了之后又要如何确定这是所要寻找的那条线，而非另一条？如此种种，皆是问题。

灵王说，常理而言，一条乱线进去了一次而未能斩断清除，可能就再也找不见它了。否则他也不会任由梦铃那么重要的东西流落在另一条线上，迟迟没有找回来。

乌行雪听了一愣。对方脚步刹止的瞬间，大悲谷的场景终于在震荡之中变得模糊，就像倒映着一切的湖面被一枝长杆搅乱。

那些石壁悬崖变得凌乱交错，巨大的深谷在他们眼前分崩离析。就连乱线上的灵王和天宿也是如此。

那意味着他和萧复暄又要被扫出这条乱线了……而乌行雪长久怔愣的原因就在于此。

灵王说，一条乱线容易进一次，却极难进第二次。而花信和封家所引起的这条乱线，他分明进来了一次又一次，只要他想进。倘若在数百年前，他还是灵王时是无意地误入这条乱线，还算容易。那他如今的这几次呢？

先前那个模模糊糊一闪而过的念头，终于在这一刻成了形，仿佛水落石出，越来越清晰——乱线上那位灵王，之所以接了他们的传书愿意往封家和大悲谷赶，而不是直接动手或当作废纸一张，是因为他在那之前见到了方储。方储身上有着与小童子一模一样的印记，让灵王心里生过一丝疑惑。

而方储之所以会被灵王带回仙都，是因为天宿在冕洲郊野的山村见到他时，传书叫来了灵王。由此再往前，方储之所以会流落在乱线上，是因为他们几个踏进落花台时不小心进入了这条乱线。而他们之所以会去落花台，是因为萧复暄说“……落花台有白玉精”。

乌行雪忽然想起曾经的诸多细节。当初在苍琅北域醒来的那一天，他在萧复暄的棺椁里碰到那尊白玉雕像，听到有声音说“想回去吗？去找他”。

他当时忘了自己是谁，以为是生魂夺舍，听到“回去”两个字，自然以为是“回鹊都”。可如今再想，倘若那句“回去”，并非指回鹊都，而是指“再去一趟乱线”呢？

况且当初宁怀衫口口声声嚷嚷的都是要回照夜城。而等他们一觉醒来，那船已经行往春幡城了。因为萧复暄掉转了船头方向。

而当初去往落花台时，也是萧复暄走在最前面，乌行雪跟在他身后。宁怀衫、医梧生、方储又在乌行雪之后。因为萧复暄带着，他们从踏上落花台的那一瞬间起，就踏进了那条乱线。一切都是由萧复暄引着，才能一路走到如今。

乌行雪愣在原地，怔怔地想：他是如何做到的？既然乱线第一次进容易，第二次难如登天，萧复暄如何能一次又一次地将人拉进这乱线中？

半晌乌行雪才意识到，他恍然之间将疑问喃喃出了口。于是在大悲谷的场景缓缓消失之时，他听见灵王最后一句话模模糊糊传来：“只有留了灵魄躯壳在乱线上，才能精准无误地将你再拉过去，如此说来我倒有些后悔了……”

再往后的话，乌行雪已经听不到了，更何况他也无心去听。被乱线强扫出来的瞬间，时间和场景混乱交错，还有浑身难言的痛顺骨而上。他都顾不上了。

因为在乱线场景彻底消失的那一刻，他瞥见乱线那个天宿颈侧有一道金印若隐若现，那是一个“免”字。那个天宿穿过支离破碎的场景看了他一眼，跟着乱线一并消散无烟。

世人都说，曾经的仙都有两位神仙最是特别，其中一位就是天宿上仙。他并非靠修炼飞升，而是点召成仙，掌天下刑赦，受天赐字为“免”。他的本体颈侧，就有一道“免”字金印，时隐时现。

而二十五年前仙都崩毁之后，世人又说，天宿上仙跟着仙都一块儿殁了。

他的棺椁被封在苍琅北域地底三十三层，陪着困锁其中的那个魔头。陪其沉睡，又被其唤醒。他本体的躯壳却始终不见踪影。

直到此时此刻，才终于露出端倪。灵王说了，如果一次未能斩断清除乱线，想要精准无误地再进一次，难如登天。除非留了灵魄躯壳在乱线上，静守在那里。

大悲谷的场景终于褪去，雀不落的一切显露出来。他们的灵识在横扫之下，终于复归于躯体。乌行雪大睁着眼睛，转头看向身边那道高高的身影。

好像不知从何时开始，不论身在何处，现世也好，乱线也好，不论是困锁囹圄，还是自由来去，身边这个人都再没有缺席过一次。

“萧复暄。”乌行雪叫了他一声。萧复暄转眸看他。

乌行雪涩声开口：“乱线的那个天宿……是你本体的躯壳吗？”没等萧复暄回答，他又道，“我看到你的‘免’字金印了。”

于是萧复暄安静片刻，道：“是我。”

“你把本体留在那边，是为了拉我进去吗？”

“嗯。”

“为何是本体？”

“因为傀儡躯壳没有‘免’字金印，那条乱线有仙都，有灵台，容易被认出，不是本体待不久。”

一瞬间，乌行雪脑中恍然闪过一道场景。那或许是他尚未想起的二十五年前，那场仙都混战的末端。他在天宿上仙本命王莲的巨大金影包裹之下，感觉有人带着淡淡的血味，对他说：“乌行雪。会结束的，再等等。你会再去到那里的。我会拉你过去。”

你可以再去任何你想去的地方，能终结任何有待终结的事情，自由来去。

我保证。

第 110 章 起始

“可是萧复暄，你是怎么把本体留在乱线上的？”乌行雪反扣住萧复暄的手，“乱线上不是本该有一个天宿吗？乱线上的那个你呢？”乌行雪看着萧复暄的眼睛，声音有些涩哑。

萧复暄没有立刻回答。他只是看着乌行雪的眼睛，低低答道：“不在了。”

二十五年前的那场仙都混战，他们最初其实是不落下风的。

一切转折都在那场混战的末尾，他们真正要攻毁天道灵台的时候，萧复暄发现了一丝古怪。

他发现天道灵台受创时，乌行雪的状态也变得极差。明明即将倾颓崩毁的是天道，乌行雪却骤然鲜血长流。

萧复暄原本并不知道灵台天道究竟从何处起始，自然也不知道天道和乌行雪同根同源。但在混战末尾的那一刻，他意识到了这种联系。只要有这种联系在，他下手便不可能毫无顾忌。

就是在那个攻击稍缓的间隙里，灵台天道借机转往了乱线。后来世间常说的所有传闻之事，几乎都发生在那千钧一发的瞬间——天道转往乱线的那个瞬间，现世和乱线的仙都其实有过一刹那的重叠。

天道转过去的同时，弃毁了现世的仙都。于是，现世受灵台所管的众仙皆殁于那一刻。凌驾于九霄之上的现世仙都也自此土崩瓦解，断裂的山崖和无边威压直冲向人间。

那番变化让萧复暄对灵台天道的反感升到了顶点——因为在它看来，一切都是说弃便弃，不论是仙都众仙还是活生生的世人。它说影子是真，便是真。它说活人是假，便是假。那并非世间众生的公平，那只是它要的“公平”。偏偏它无形无状，骂名只会落到有心有情的人身上。于是如此种种，在不知实情的世人眼里，便成了“魔头攻上仙都，杀了灵台十二仙，引得仙都崩毁”。

仙都平日由萧复暄所镇，被天道弃毁之时，煞涡溃散，他也因此受了重创。但乌行雪伤得更重。因为灵台天道转往乱线之时，将所承受的都转到了同根同源的乌行雪身上。

萧复暄永远记得那一幕——因为天道的转移，现世与乱线两厢重叠。

一边是现世的仙都崩毁，巨大的灵崖山石裹着火砸向人间太因山；另一边的乱线就要从眼前消失。而乌行雪的衣袍浸满了血，摇摇欲倾，像要融散的云烟。

他不能看着那条乱线就此隐匿，再无踪影；也不能看着乌行雪经受灵神消殒、四分五裂的痛楚。于是在那一刻，太因山巅的九霄云上炸开了天宿上仙的本命王莲。金色的光影通天彻地，照透了厚重的云雾，落到人间的山上。

世人都说：天宿上仙有两大命招。一招俱亡魂，一招万物生。前者让人死，后者叫人活。传闻二十五年前照彻仙都的就是前者，是为了镇压魔头。

但传闻错了。那天萧复暄其实同时落下了两招。

金色王莲的照彻之下，那招万物生裹住了倒下去的乌行雪，而那招俱亡魂则落在了即将隐去的乱线仙都上，落在乱线的天宿身上。

他在千钧一发之际杀了乱线上的自己，以本体躯壳取而代之。而他离出躯壳的灵魄凝成了虚形，抱住五感衰退、浑身是血的乌行雪，说：“再等等，乌行雪。”

再等一等。这次不行便是下次，会有终结之时的。我陪你。

他知道灵台天道只是转去了乱线，没有消失。而那一刻不论是他，还是乌行雪，都需要一个地方静修养息。那个地方不该引天道追疑不歇，也无其他邪魔胆敢靠近。

世间这样的地方只有一处——他的执掌之地。

那里仙魔不至，还有他曾经留在域底镇守洞天的傀儡躯壳。于是那一日，王莲金影照进人间之时，萧复暄的灵魄裹着乌行雪直坠无端海，落进了苍琅北域里。

世间邪魔只要进了苍琅北域，就会有天锁加身，日夜经受拷问。但乌行雪身上的不是。

他身上的细锁从未拷问过什么，也从未给他带来过痛楚。因为真正的天锁在钉上身的时候已经被人强挡替换了。

他身上所扣的乍一看与天锁无异，其实是扣住命门要穴，以防灵魄消殒碎散之物，与天宿耳骨上的丧钉异曲同工。

但那时候萧复暄的灵魄离了本体躯壳，已经没有丧钉相护了。他的灵魄本就是碎的，聚形到苍琅北域时，已是强弩之末。在挡下天锁之后，便彻底散开。

他散在苍琅北域终年萦绕的冷雾里，陷入了长达二十五年的深眠，不算活着，也不算死了，就像他这一世的起始一样。所以他没能看到，在他灵魄散开之后，被“困锁”的人其实睁过一次眼。

乌行雪从五感皆衰的状态里挣扎着睁过一次眼，但触目皆是茫茫冷雾。而他记忆的最后一幕，是天宿命招下的王莲金影，以及萧复暄灵散于云烟。

无人能想象那一刻的乌行雪究竟是何感受，只有苍琅北域的青黑石崖会记得——苍琅北域上下三十三重洞天，每一寸石壁都被他寻人的灵血撞过。

很多人都不知道，寻人的符纸上若是添一点儿灵血，便能探得更准确一些。那时候的乌行雪遍身没有一张灵符，也无力抬手写画。

他寻人直接用灵血。灵血一滴一滴飞散出去，刻着“萧复暄”的名字，却始终找不到那个带着“免”字印、拎着长剑的身影。

灵血四万三千滴，随着无端海夹着碎雪的风去过人间各处。他在风里听见世人说：“天宿上仙跟着仙都一块儿殁了。”就如他记忆里的一样。

那一刻，盘坐于深域的乌行雪周身命穴俱震，涌出血来，就像被人生生剖出了心脏。

于是最后一抹强撑的活气便尽了。他的眼前越来越黑，听到的声音越来越轻，周遭一切都像隔了一层雾。他可能又要像当年一样，陷入漫长的静坐中了。

这一次他却格外抗拒那种无声又无边的黑暗。他厌烦死寂无声，也厌烦无尽黑暗。他不想听见那句“天宿上仙殁了”，他想看见萧复暄。

于是他动了手指，在黑暗中于腰间摸索一番，攥住了那枚白玉梦铃。

那时候的乌行雪已经看不见了，所以他没有发现，那枚白玉梦铃因为与另一枚同出现于一个世间，已经布满了细小的裂纹，造梦是会出现异状的。

他在攥紧梦铃的时候，想起曾经同萧复暄聊笑过的鹊都，那是他们都很想见一见的地方。那里没有仙都也没有魔窟。人世间烟火丛起、街巷宽阔，车马行人，熙熙攘攘。没有强作平衡的善恶，只有最普通的生老病死，来去由己不由天。他想和萧复暄并肩走在那样的街市上，照着暄和日光，听着悠长鸟鸣……

那是他此生第一次也是唯一一次，想要在梦里躲一会儿懒。

可惜那枚梦铃在最后一刻碎了，在他手中碎成了齑粉，散落在苍琅北域满是浮冰的冷湖里。于是这唯一一次躲懒，是在一场并不完整的梦里。

那场梦里有曾经描述过的一切，唯独没有萧复暄。而即便是在造梦之下，即便他并不知道缺失了什么，也依然夜夜不得安眠。

如此整整二十五年，直到他身灵恢复，直到苍琅北域行将崩塌，他才从倒错的梦里惺忪睁眼。于是，一切由此开端。

第 111 章　相遇

萧复暄在说起往事时，总是跳过那些会引得乌行雪难过的部分。于是，那二十五年非生非死的状态，在他口中就成了言简意赅又颇为平淡的四个字——休养生息。

乌行雪在听到那句话时，却隐约想起了萧复暄灵散的情境。他怔然良久，道：“萧复暄，灵散的时候难受吗？”

萧复暄：“不会。”他的语气平静，仿佛真的毫无感觉。

他见乌行雪要蹙眉，便微微低了头，用手指去抹，沉沉道：“我不一样，乌行雪，我的灵魄本来就是如此。”从最初起就是碎的，而他不过是从头开始而已。

“那你不怕休养不回来？”乌行雪又问。

“也不会。”萧复暄道。语气依然很笃定。

他似乎总是笃定，常常开口就是“不必”“不会”“免了”“一定”，有时会显得有些倨傲，又让人莫名安心。

“苍琅北域里有留存的灵力，能供休养。”萧复暄道。

苍琅北域之所以数百年运转不休，就是因为他会以灵力维系。当初他每年会去苍琅北域待一阵子，就是在做这些。所以他二十五年前才会把乌行雪安置在那里，因为即便对方无知无觉，也会有灵力无声地供养着。

乌行雪轻轻“啊”了一声，道：“怪不得……”

萧复暄：“嗯？”

乌行雪：“怪不得快醒的时候，苍琅北域会崩塌。”因为灵力供到了他们两个身上。

萧复暄薄唇动了一下，看上去欲言又止。

乌行雪：“怎么？”天宿上仙蹙着个眉心，没吭声。

乌行雪用银靴磕了他一下：“说话。”

天宿架不住磕，蹦了一句：“崩塌是料想之外。”

乌行雪问道：“那你料想的是什么样？”

萧复暄沉沉道：“苍琅北域泰然无事。”他又道：“我先醒。”

苍琅北域泰然无事，就不会引发那么大的动静，乌行雪出去的时候，就不必听到四处纷飞的流言，比如“那个魔头出来了”。而他若是先醒一步，也能提前解决一些事，不至于匆忙。

乌行雪想了想才反应过来，天宿可能是觉得这“料想之外”有点儿失了面子。

乌行雪逗人之心被勾起来，自然不能放过，又揪着这话问道：“哦，那你是何时醒的？”

萧复暄：“……”乌行雪抬起靴尖磕了他一下，催他答话。

然后他就听见萧复暄低声道：“你叫醒的。”

萧复暄受创比他自己料想的要严重一些，在苍琅北域不生不死、沉沉浮浮了整整二十五年，才养活了散碎灵魄。

乌行雪离开养息之地的时候，留下看护的王莲金影在苍琅北域里轰然炸开。萧复暄浮散四处的碎灵就是在那一瞬有了动静，汇聚进了最底层的傀儡的躯壳里，又在乌行雪打开棺椁的刹那，睁开了眼睛。

那句“你叫醒的”落在耳里，乌行雪感觉心里被挠了一下。但逗弄之心又有些意犹未尽。便又开口道：“那你为何一睁眼就拔剑？起早了发脾气？”

“不是。没有。”天宿连否两句。

“那又……”大魔头被他堵得闷了一下，依然要把话说完，“是为何？”

萧复暄默然片刻，沉声答道：“刚醒时有些分不清今夕何夕。”

碎灵相汇于一体的感觉，太像数百年前他这一世的伊始了。因为同一个人散灵，又因为同一个人聚灵。因他而死，又因他而生。

所以那一瞬间，骤然苏醒的萧复暄的记忆是颠倒混乱的，甚至弄不清这是哪一年，而他又是什么人。

他既想起了当初在京观生生死死，又想起了南窗下的屋檐，还想起了仙魔两别时在人间的无数次相遇。

他下意识像曾经的无数次一样，将人压抵在咫尺之下，一生百年、万种情绪换作了一句名字：“乌行雪。”如果那时候对方冲他弯起眼睛……

乌行雪静了一瞬，此时再想起当初苍琅北域的那一幕，忽然感觉心像被最细密的针尖扎着。当初萧复暄叫他名字的时候，一定以为会有回应的吧。结果他却连自己是谁都忘了……

他不再逗笑，哑声道：“我当时都说了些什么啊……”他越想越有些心疼，却听见萧复暄淡声道：“你说天宿上仙名号听起来很厉害。”

乌行雪一愣。就听萧复暄沉沉道：“那时有一点儿不高兴，但如今已经记不起来了。还有……”

乌行雪心里瞬间酸软一片。都说萧复暄寡言少语，有些倨傲又不善辞令。偏偏是这样一个人，总能轻而易举就让人好起来。还会转话题。

就听天宿低低沉沉道：“你比我先醒，开我棺椁，还动我的玉雕。”

乌行雪让开一点儿，舔了舔唇缝：“嗯？”

“那玉雕里的话不就是留给我听的？”乌行雪道。

“不是。”

乌行雪心知肚明萧复暄是在安抚他，但几句下来，当真被引起了好奇：“那是留给谁的？”

萧复暄："我自己。"

乌行雪："为何留这些？"

萧复暄："以防万一。"经历过一次抹杀，他实在不想再碰到任何意外和万一。所以他在玉雕里注入了一抹灵气。倘若他醒来的时候忘记了要做的事，还有玉雕提醒他。

"所以我听到的那些话是留给你自己的？"乌行雪道，"那为何第一句是到春幡城花家找医梧生？"

萧复暄道："因为对那时候的我而言，还有一些事尚未弄明。"

在乌行雪杀上仙都之前，世间传闻他去了花家一趟，杀了医梧生的父兄妻女。如此恶名在人间传得沸沸扬扬。而那时候的萧复暄还没来得及弄明原委。

倘若睁眼忘了所有，他会由花家的医梧生找起。即便查不明其他，也能了结乌行雪的那道恶名。

乌行雪觑了一眼他的腰间锦袋，十分不见外地拉开袋口，朝里看去，纳闷道："既然是个灵物，后来为何藏在锦袋里，也不见你拿出来？"

萧复暄："……"

乌行雪半晌没听见答话，抬眼看他。就见天宿金口不开，满脸却明晃晃是一行大字——因为傻。

既然没有忘记，这番提醒就显得有些傻了。乌行雪看着他一言难尽的表情，没忍住笑了起来。他边笑边道："那我就要追究一番了，你为何要用我的声音，用你自己的啊。"

萧复暄任由他笑，道："免了。"

乌行雪促狭道："为何？"

萧复暄蹦了一句："因为根本不会听。"倘若真的什么都不记得，手里却有一尊雕像，用他自己的声音引他去某个地方，以他的脾性，只会觉得有人找死，给他使诈吧。

乌行雪想了想那番场景，又笑了好一会儿。但过了片刻，他忽然想起什么般顿了一下。思索片刻，忽然钩了萧复暄的手，将他拉得近了一些："等等……"

萧复暄："？"

乌行雪道："我上回问你，既然当年我在仙都的所有都被抹杀了，你是如何想起来的。你说是因为仙都崩毁，天道不在这处人间，所以抹杀的效力便散了。"

"……嗯。"

"还嗯，听你方才所说，分明在仙都崩毁之前就想起来了。"乌行雪眯了眼。他太知道萧复暄的脾性了，但凡这样掩过去的，都是不想让他知道实情，怕他难过或是担心的。

过了片刻他问道："所以……你是做了什么才想起来的？"他眸光扫向萧复暄的各处要穴，气劲顺着相勾连的手指朝萧复暄身上探过去，想看一看有没有隐藏起来的伤或是旁的什么。

萧复暄命门全敞，不带丝毫阻碍和防备，任由他察探，声音温温沉沉："没那么糟。"

乌行雪确定他各处没有明显的伤，也没有找到什么不可逆转的损耗。这才松了一口气，忧色稍缓，道："那是什么？"萧复暄静了片刻，道："诘问。"

乌行雪的呼吸滞了一下。过了一会儿，他才轻声道："诘问？"

萧复暄应了一声："嗯。"当年他在人间认出易容的乌行雪后，曾经有很长一段时间都陷在一种复杂的情绪里。

他不知道那个魔头有何来历，为何会成为照夜城城主，又为何有比世间任何人都重的邪魔之气。他不知道对方手里沾过多少血，真正杀过多少人。

他也不明白，为何每次看见那个魔头，自己都会屡屡破例，又屡屡心疼。

矛盾就在于他所听闻的魔头乌行雪和他亲眼所见的乌行雪，常常不像是同一个人。

万幸，他一贯不会妄信传闻。哪怕对天诏他都保留一分猜疑，更何况人间流言。他只信自己亲眼所见的。

所以在那之后的几十年里，他为了那个魔头，犯了仙魔之间的诸多禁忌。

他们在人间各处相遇。他同对方喝过同一壶酒，望过同一轮月，走过同一条街市，看过同一树花。他进过照夜城，进过雀不落，也帮忙度过劫期……不止一次。

越到后来他越觉得，一定有什么东西被他弄丢了或是遗忘了。

那些年里，他因为人间陡然四起的邪魔祸乱以及相悖的天诏，对灵台天道的质疑渐深。

而这世间能对他的记忆和过往干涉至此的，屈指可数，思来想去，也只有灵台天道。

可天道的有意干涉，并不是那么容易解的。萧复暄其实试过不止一种办法。

都说人在将死之时会想起许多事。他曾试着摘过丧钉，让灵魄由聚到散，想借着最接近死亡的瞬间想起一些事，但未能有结果。后来，他想到了诘问。

说来依然是"天意弄人"，那一日不早不晚，刚巧是清河的最后一年。

清河末年末天，天宿上仙去了一趟苍琅北域，借着苍琅北域里无数邪魔残留下的混淆邪气，以一柄长剑钉身，诘问了自己。

他在诘问里看到了这一生所有，也由此记起所有。在想起乌行雪曾为灵王的那一刻，他听闻了仙都混战的消息。

他掩下所有痕迹，拔剑赶去。那天于他而言，在某种意义上其实是同乌行雪的郑重相遇。只是相遇即别离。

第 112 章 唯一

“萧复暄——”乌行雪声音干涩，蓦地滞顿了一下，“这叫没那么糟？诘问是冲着邪魔去的，你冲着你自己？”他的唇苍白无色，神情沉了下来。

照夜城的大小邪魔都曾说过，城主生气的时候也会笑，倘若他连半点儿笑意都没有了，那就真的无人敢近身了。

萧复暄却毫厘未撤。他抬手摁着乌行雪的眉心，说：“别皱眉。”

乌行雪还欲开口。萧复暄沉声说道：“当年去照夜城找你，你就常皱眉。”

乌行雪：“……”那些年仙魔相别，他不想邪魔本性展露在萧复暄眼下，便常挂着厌弃之色说些反话，想激对方离开。

如今再提起来，他又会想起萧复暄孤身站在照夜城外的样子。心疼和心软瞬间占了上风，这气就生不下去了。

他只得破罐子破摔地闭了一下眼，再次伸手去探萧复暄的各大要穴。

他一听对方诘问过自己，指尖碰到萧复暄心口和颈侧时，轻得几乎有些小心。

他的气劲是极寒的，手指便冰冰凉凉的，那样一下一下轻点在各处着实有点儿闹人，所以没过片刻就被萧复暄握住了手腕。

天宿道：“方才不是探过？”

“方才探得匆忙，我不放心。”乌行雪说，“你自己也说，诘问是为了让被诘问者绝望畏惧、痛不欲生。那样声势凌厉的长剑一钉而下，怎么可能没有损耗、不留痕迹。”他又换了一只手点点按按，咕哝道，“你是不是做了什么障眼法，匿了旧伤？”

萧复暄：“没有。”

乌行雪狐疑道：“当真？”

萧复暄：“当真。”

乌行雪：“我不信。”

萧复暄：“……”

乌行雪："你别说话，你这会儿已经了无信誉了。"他边说边探，这次仔细无比，却依然没有找到明显的痕迹。他正纳闷，就听萧复暄还是说了一句："你不是看过明无花信的诘问？"

乌行雪一愣。

花信的诘问里有二十五年前发生的事，在花信所见的场景中，萧复暄赶回仙都时似乎不是浑身带伤、经受过重创的样子。但诘问中的场景总是一闪而过，不甚清晰，也难下定论。

乌行雪的神色变化都被萧复暄看在眼里，萧复暄默然片刻，有些无奈地温声道："我说给你听。"

乌行雪："一点儿不落？"

"一点儿不落。"

"发誓？"

"嗯。"

其实最初萧复暄不打算将细枝末节说出来，起码不会在眼下这个时候说出来。他性格如此，讲起事情来也总是三言两语，常常只有起始和结果，中间所有关乎受伤、受罪的部分都会通通省去，怕徒惹后怕和担心。

但他发现，这一点在乌行雪面前总是行不通。他所有省去的东西，总有一天会被对方觉察，再一点儿一点儿补全原貌。所有与他相关的，似乎注定都会见于昭光之下，一点儿都不会被错过，也一点儿都不会少。

"那日诘问之后，确实有些伤损。"萧复暄缓声道，"但那伤损后来有了逆转之相。"

乌行雪一愣："逆转？"

萧复暄点了一下头："嗯。"

乌行雪十分疑惑："为何？"

其实当日的萧复暄自己也颇为疑惑。

诘问对灵魄的冲击究竟有多大，身灵受损究竟有多重，他自己最清楚不过。他赶到仙都，一剑横穿十二悬峰，落身挡于乌行雪身前时，都是身灵带伤的状态。只是面上不曾显露分毫。

但随后不久，他因诘问所受的损耗就有了好转恢复的势头。那是一种十分奇怪的状况。因为他一没有静坐休养，二不曾服过什么仙灵丹药，他甚至还在与人兵戈相向。

照理说，损耗应当越来越重才对。

那时候，萧复暄刚在诘问中想起过往，记忆还有些模糊混乱。他隐约在那些被抹杀的记忆里捕捉到了一点——早在乌行雪还是灵王的时候，他同乌行雪之间就有了无形的牵系，荣损相连。

乌行雪每每斩完乱线回到仙都，身灵有亏时，萧复暄身上的仙灵之气会不知不觉供向乌行雪，助他恢复。

想起这一点时，萧复暄心下一惊。他以为那种供养还在，而且是双向的。他以为自己之所以会不知不觉好转，是因为吸了乌行雪的灵。所以他在仙都混战之中，时不时就要确认乌行雪安然无恙。

几次之后，萧复暄便放心下来——他可以笃定，那好转并不是因为乌行雪。

紧接着他又想起来，灵王被抹杀的那天，他已经将两人之间的牵连改换成了另一种，就藏在他亲手所雕的玉像里。那不是双向的，而是单向的——倘若乌行雪抱恙或重伤，他会帮到对方。反之，却不会有动静。

如此一来，他因诘问所受的损伤究竟为何会慢慢地自主修复，便依然是个疑问。

这个疑问得到解答，是在仙都混战的末尾。

那时候，现世的仙都与乱线的仙都有一瞬间的重合，而萧复暄的一道命招护在乌行雪身上；另一道命招落在乱线的天宿身上。

就是那一刻，萧复暄明白了缘由。因为当他的命招落在乱线的天宿身上时，他发现对方的灵魄居然也是有所损耗的，而那损耗上居然也带着“免”字剑的剑意气息。

乌行雪听得皱了眉：“剑意？你确定那是你那把灵剑的剑意？”

萧复暄道：“我自己的剑，自然不会认错。”

“灵魄受损，还带着剑意……”乌行雪低语着，他一贯灵慧，瞬间便明白这意味着什么，“只有诘问会留下那种痕迹？”

萧复暄点了点头：“只有诘问。”

乌行雪：“所以他为何也会身带诘问的痕迹？总不可能是同你经受过一模一样的事。”

看一看云骇和花信便能知晓，乱线虽为虚影，但同现世并不一样。

萧复暄在苍琅北域诘问自己，是因为想要记起被抹杀的往事。那乱线的天宿呢？他没有任何理由要诘问自己。

“退一万步而言，就算他因为一些事诘问过自己，也不可能连时机都跟你一模一样。”乌行雪沉吟着，道，“那就只有一种可能了。”他抬眸看向萧复暄，“他那一模一样的损伤，就是来源于你。”

当时的萧复暄也是如此猜想的，而下一瞬，这个猜想就得到了印证——当他以燃耗灵魄为基，祭出的命招落在乱线天宿身上时。对方的灵魄也出现了急速燃损之势。

一切几乎一模一样，两方状态也总是持平，就好像在照镜子。而在这个“总是持平”的过程中，相峙的两方身上都有一处印记微微亮了起来。

那是受天所赐的“免”字金印。

那道印记平日多是隐匿的，只在一些特别的情况下才会显露——要么是因为刚除完邪魔祸乱，身上沾染了邪魔气，灵魄受了损耗；要么是因为意识迷离不清。

曾经萧复暄也好，乌行雪也罢，都以为这道印记只是天宿和灵王的象征，与凡人身上辨识身份的胎记别无二致，印记本身没有任何作用。

直到这一刻，当萧复暄和乱线上的天宿两相对峙，两道金印同时亮起时，他才发现那印记并非无用。那两道印记相对流转的方式，同一种咒印一模一样。

那种咒印，叫作贡印。大悲谷那些童子、童女像身上的便是这种。曾经医梧生、花照亭脖颈背后所落的也是这种。

那曾经是仙都众仙最常用也最熟练的咒印——他们在人间各处供奉的神像身上落下独属于自己的贡印，从此那些神像所受的香火供奉便会转为灵力，通通传递到本尊身上。

众仙由此保证自己灵力不褪，仙元不毁。

听到贡印的那一刻，乌行雪心头一跳。他下意识摸着萧复暄的颈侧，手指落在本该有“免”字金印的地方，道：“所以……受天所赐的这个字印，其实是贡印？”

萧复暄点了点头：“嗯。”

其实在二十五年前，他与乱线天宿的对峙只有极为短暂的一瞬间。他尚未来得及细想，一切就已经走到了终时。

那之后仙都崩毁，乌行雪被安置于苍琅北域，而他自己匆忙之下散灵于冷雾之中，根本顾不上思考所谓的“贡印”究竟意味着什么。

直到他于棺椁中被叫醒，又与乌行雪突然遇上大悲谷的“凡人点召”，同时借着本体里的一抹碎灵，不动声色地盯着乱线琐事，才疏通了所有。

他对乌行雪说：“乱线上的‘你我’，与云骇、花信他们有些差别，并非生于乱线因果，也并非简单的投照和虚影。这应当与你和灵台天道之间的关联有关。”萧复暄顿了一下，淡声道：“这世间灵台天道既然只有一个，又何来第二个灵王？”

乌行雪闻言一怔。听到这里，他差不多已经明白了原委——既然灵台天道只有一个，那他与灵台天道同根同源，便理应一样。哪怕乱线之上也不该出现跟他一模一样的灵王。

天宿亦是如此。世上又何来第二个替神木挡下雷劫、支着剑身死于树下的萧复暄？

所以乱线之上不管有谁，也不该出现天宿萧复暄以及灵王乌行雪。但他们就是出现了，那么乱线上的“天宿”和“灵王”究竟从何而来，就值得深思了。

萧复暄说：“我找到过一些痕迹，只能确定是灵台天道借由一些灵物塑了躯壳，此后那两具躯壳又借由你我脖颈上的贡印，汲取灵力，成了所谓的天宿和灵王。”

如果说乱线上的其他人是现世的投照和虚影，算是另一个自己，那么乱线上的“天宿”和“灵王”便是例外。他们起始于灵物塑成的躯壳，与萧复暄和乌行雪本无关系。但躯壳本是空物，那空空躯壳里填补的所有都来自萧复暄和乌行雪。

那些灵气仙元本就是萧复暄和乌行雪的一部分，所以乱线的“天宿”和“灵王”有着和本体如出一辙的习惯、动作、神态和语气，甚至比那些投照和虚影，更像他们自己。

除此以外，还多了一道“贡印”的牵连。

乌行雪沉默良久，神色复杂。他想起萧复暄所说的二十五年前仙都混战的场景，道：“怪不得你因为诘问受了损耗，乱线上的那位慢慢也会带上损耗，都是因为那道贡印。那不是……两边始终处于平衡？”

萧复暄道：“应当是。”

这大概就是天道最初想要的状态——乱线的“天宿”和“灵王”对上现世的，永远不会落于下风。

只不过这成了一把双刃剑而已。

当初的萧复暄受了伤损，不在巅峰状态。乱线的“天宿”因为贡印相连，也变得一样。反倒没那么棘手了。更何况两方还有一个最大的差别——这一生的起始不同。

萧复暄的灵魄天生就是散的，而乱线的“天宿”只有一具由贡印养成的完整虚灵。所以在二十五年前的最后一刻，同样是灵散，一者生，一者死。

乱线“天宿”在殒殁的那一刻，曾经汲取而来的灵力和仙元又复归于萧复暄。这也使得萧复暄在那一刻聚出了虚形，抱着乌行雪坠入苍琅北域里。

乌行雪沉吟道：“照这么说来，那位灵王如今的实力应当同我大差不……”他话说到一半顿了一下，哑然失笑。

“噢，不对。”他兀自否掉了前半句，淡声道，“不一样，差得还挺远。毕竟我已经没有那道印了。”他脖颈上那道代表灵王的“昭”字金印，在三百年前成为邪魔的那一刻已经没有了。

两边相连的贡印从他这里断了。于是他由仙成魔，成了照夜城的城主乌行雪，有了劫期，受过伤创。而乱线上的那位却停留在他三百年前的那一刻，还是那个巅峰状态下的“灵王”。

乌行雪想了想道：“那可不妙。”萧复暄以为有什么蹊跷，道：“怎么了？”

乌行雪：“三百年前巅峰状态下的我……你怕是打不过。”

萧复暄：“？”乌行雪瞥了他一眼：“你这是什么表情？”

萧复暄：“没什么。”乌行雪强调道：“你打不过。”

萧复暄瞥着他，欲言又止。他想起当年京观穿过冷雾的利落身影，配合道：“就当是吧。”

“你在乱线上同他交过手吗？”乌行雪又问。

萧复暄没忍住，提醒某人：“我留在那的只是个躯壳以及一抹碎灵。为何要找架打？”是生怕自己不暴露吗？

他的表情着实好玩，乌行雪没忍住笑起来。但他笑了没一会儿，又收了笑道：“不知乱线上那位眼下是什么情况，他意识到了自己身在乱线吗？”他想了想道：“我其实有点儿不知怎么看待那位……‘灵王’。”

那其实应当算是他的一部分，在他无知无觉的情况下汲取着他的灵力仙元，被此供养而成。这与他们分出的躯壳、捏成的傀儡本质并无区别。

但分出的躯壳和傀儡由他们本人驱使，同思同想。那位“灵王”却不一样。

他不知道那位“灵王”现今的所思所想，有多少是从他而来，受他影响。如果是全部，那再好不过。如果不是全部，那剩下的是那“灵王”自然而有的，还是……受灵台天道的影响？

如果是后者……那便是真的麻烦。乌行雪把这个疑虑提了出来。

萧复暄沉吟片刻，答道：“难说。”乌行雪心下一紧：“何意？”

萧复暄并不总会盯着乱线，多是那具躯壳跟着碎灵日常行事。他回想一番道：“我接触其实不算多，就我所见，那位‘灵王’有时候反应会有些古怪。”

或许是因为乱线的“天宿”和“灵王”本不存在，只是借着萧复暄和乌行雪的灵力仙元成形，所以他们与真正的“人”之间存在着一些差别。

他们的语气、习惯以及乍看之下的脾气与本尊如出一辙，但会在那基础上浅淡几分，就像是只学到了一层壳。

“他像你一样，称礼阁桑奉他们几人一声‘仙友’。”萧复暄道，“但你当年同桑奉他们常有往来，他却寥寥无几。与云骇的交往也相似。”但因为云骇常主动提酒到访，稍显得多一些。

“同乱线那位‘天宿’呢？”乌行雪问道。

“亦是如此，否则我早被识破了。”

他们同现世的本尊相仿，在仙都众人口中“常同行”“常有往来”“常会传书”。众人常说的是如何，他们便是如何。再多就没有了。

依然只有一层壳，仿佛所有都笼罩着一层雾似的。

乌行雪听着，咕哝道：“这么听起来确实古怪。不仅是浅淡一点儿了。好像乱线那位“灵王”长成了仙都众人认知里的样子。换句话说……”他顿了一下，道，“那不就是灵台天道所认知的样子？”怪不得萧复暄会答“难说”。

由此想来，古怪之处甚至不止如此。那位‘灵王’既然去过现世，甚至试着往前追溯，找过现世的开端和源头，还引发了二十五年前那场仙都混战，依照常理，这些事情过后，他多多少少会心生疑虑。但他的疑虑很浅淡，依然如常过了许多年。

先前在乱线大悲谷底，那位‘灵王’明明看见了花信的诘问，突然现身同花信说梦铃一事时，那语气分明已经觉察到自己所在的世间不太对劲了。

可当他与乌行雪、萧复暄两厢对峙时，话锋和态度便陡然转了向。仿佛他的疑虑只是倏然冒了一下头，便生硬地转了个角，变淡了，甚至消失了。

乌行雪边回想，边缓声道：“那位‘灵王’的情绪确实不似常人，寻常人哪有那样改主意的。倒像是……”他顿了一下，萧复暄接话道：“半途受了影响。”

乌行雪：“没错。”那位“灵王”每每要到豁然开朗的节点，就好像会受到某种影响，一切又都会被闷下去，日子还是一如既往地朝前走。

这种影响从何而来，不言而喻。

乌行雪其实之前就纳闷过——天道觉得现世不可控，转去了乱线。那它如何确定乱线是可控的？如何笃定乱线的“灵王”不会反叛？倘若也反叛了，它又要找谁再引一条乱线出来？

如今看来，倒是清楚了几分。

乱线的“灵王”虽然由乌行雪的灵力仙元而生，算是乌行雪的一部分。但恐怕受了灵台天道的影响和干涉。所以天道才笃信他不会反叛。

乌行雪问萧复暄：“你何时感觉他有些古怪，有可能受了天道影响的？”

萧复暄道：“略早些时候。”

“那为何还要试着将人和物往他面前引？”乌行雪疑问道，“不怕做了无用之事吗？”

萧复暄道：“天道影响并非一直都在。”他静了一瞬，道：“况且这世上总有天道所不能驱使之事，也总有天道不能驱使之人。”

乌行雪思索着：“这倒有点像赌一把了，不过那位‘灵王’倒是——”他还没有说完，萧复暄看着他，道：“乌行雪，我在说你。”

乌行雪愣了一下。“我？”

“嗯。”萧复暄道，“他因你而出现，由你的灵力和仙元化形为人。一言一行皆自你而来，即便浅淡一点儿，薄了几分，那也是你。”

所以哪来什么“那位灵王”？世上从来就只有一位灵王，三百年前、三百年后皆如此，独一无二。

他敢剐一身血肉与天道相抗，成仙成魔成鬼成人。不会因为浅淡一点儿、薄了几分，或是偶受天道干涉影响，就顺服地接受强作的善恶和罔顾生死的平衡。这其实不是赌。

“因为是你，所以敢试。”萧复暄说。

第 113 章 人桥

乱线的仙都之上，方储趴在坐春风门前的玉桥栏杆上，使劲往桥下张望。

那两个小童子在他腿边打转，抱着跟他们一样高的拂尘劝道：“你在看什么呀？”

“你别趴得那么低，小心掉下去。”

“就是！掉下去可就没命了。”

“你没命了我们就惨了，我家大人下人间前特地嘱咐我们看好……照看好你。”

小童子这话中间打了个磕巴，但方储心思全在桥下，根本没认真听，自然也就没注意。他被小童子叨叨得脑瓜子疼，顺口应付着：“掉不下去，我就是看一看人间。”

仙都这些玉桥底下并非真的流水，而是流动的云雾。透过云雾，能依稀窥见一点儿人间的影子。但方储并不是真的好奇赏景，而是半天没有他家城主的音信了，他怕出意外，便有点儿坐不住。

他其实很想跟去人间看看情况，却不敢轻举妄动，只好趴在玉桥栏杆上抓耳挠腮。

我这猴急样子，快赶上宁怀衫那傻子了。方储在心里自嘲着。

“人间有什么可看的？”小童子还在一旁纳闷，“你不就是从人间来的吗？日日看，还这么新鲜？”

方储干巴巴地应付道："那不一样，我可没有站在这么高的地方看过人间。常人一辈子也没几次上仙都的机会，我好不容易捞着一回，自然要好好瞧瞧。"

"那你瞧出什么稀奇了吗？"小童子问。

"呃……"方储正要编，忽然发现桥下的云雾流动起来，眨眼的工夫便浓重许多，像白汤。于是人间隐没在浓云之下，一点儿都看不见了。

"这云雾是怎么了？"方储指着桥下，问那两个小童子，"怎么突然就浓起来了？"

小童子却一脸欣慰地道："是好事。"

方储问："什么好事？"

小童子道："说明人间多了许多供奉，仙都的香火更旺盛了！"

这么突然？方储心里直犯嘀咕。他在现世做了几十年的邪魔，听过的真假传闻数不胜数。其中就有许多关于仙都的——众所周知的一条便是"香火越鼎盛，仙都越厉害"。

可香火总不会无故鼎盛。这点他太清楚了。祈福者日日年年，该是多少还是多少，总不会一瞬之间突然变多。那些突然兴起的，往往不是祈福，是祈求。

危急时的祈求，惊惧时的祈求，将死时的祈求。

方储见过，当年重伤得像块破布时还亲身体会过，所以再明白不过——人间最险的地方神像立得最多，最乱的时候香火供得最勤。百姓不知该如何是好的时候，才会紧攥最后的稻草去，指望神仙。

"可是，你们这里的人间很乱吗？"方储疑惑道。

两个小童子面面相觑，也不知该如何作答："啊？"

"被带来仙都之前，我在底下游荡过好一阵。"方储嘀咕道，"依稀记得还行啊。"

除非陡然碰到声势浩大的祸乱，否则哪来那么多人同时祈求神仙护命？可这里的人间看着不像正在经受祸乱……方储正纳闷，忽然听见小童叫道："大人！大人你可算回来了！"

他闻声抬头，就见那位戴着面具的"灵王"从人间回来了。一个掠身，倏然落在玉桥上。

方储一见到他，差点儿脱口而出："我家城主呢？你们碰上了吗？"

好在他没宁怀衫那么莽撞，出口之前止住了。因为他感觉这位"灵王"去了一趟人间，变得有点不一样了。

"大人，怎么去了这么久，是碰上事了吗？"小童子仰着脸，还在叨叨。

"灵王"却没应声。他似乎没听到小童子的问话，只是站在桥边，摸着玉栏若有所思。

或许是没摘银丝面具、看不到神情的缘故，这样的“灵王”莫名让方储有点儿怵。若不是身形未变，他都要怀疑面具之下换过人了。

“灵王”不开口，两个小童子也跟着安静下来。他们端着拂尘不说话的样子，同仙都千人一面的仙使、仙童没什么两样，忽然就没有了活气。

这真是当年的我和宁怀衫？方储瞄了几眼，心里直犯嘀咕。

玉桥之上的氛围，便在沉默中变得紧张诡异，直到另一道身影落后“灵王”几步而来。

“天宿大人。”方储叫了一声。他万万没有想到，自己有朝一日会靠天宿大人破除紧张。主要是天宿始终如此，从无变化，反倒让人安心一点儿。

天宿闻声朝这边掠了一眼。这一抬眼的眸光太熟悉了，以至方储觉得他同现世的萧复暄并无区别。

受这种心理影响，他主动冲天宿开了口：“大人，你们在人间可曾……可曾碰到些什么？”

比如，跟你们长得一模一样的人？交谈过吗？动过手吗？谁占上风？方储试探着，又不敢说得太明显。

结果话音刚落，“灵王”动了一下，转头朝向他。方储心下一惊，立马转了话头：“人间是正在闹祸乱吗？我看这桥下的云刚刚突然变浓了。”

天宿正走到桥边，闻言脚步一刹，朝桥下看去。他看到浓如白汤的云雾时，眉心不易察觉地蹙了一下。

现世的雀不落里，萧复暄动作一顿，露出了一模一样的神情。

乌行雪见状问道：“怎么了？”萧复暄：“乱线那边，仙都多了许多香火供奉。”

乌行雪：“突然之间？”萧复暄点一下头。

乌行雪并不意外，但脸色还是微微沉了下来。

香火供奉越多，仙都便越是鼎盛长久。换言之，倘若灵台天道有意干涉影响一些事，在这种情况之下，那干涉和影响也会越发厉害不可抗。

“如此这般，是为了彻底控住那位‘灵王’，还是想推着那位‘灵王’更进一步？”乌行雪低声道，“最要紧的是……那些香火供奉是如何突然多起来的？”

他问萧复暄：“那边的人间起了灾祸？”

萧复暄安静片刻，似乎在借乱线的躯壳察探人间。过了一会儿，他沉声道：“未见大祸。”

“那边既不是有天灾的时节，也不能凭空撒一堆邪魔作乱。何况那位本就有些动摇，再惊现一堆祸乱，不是更显古怪，更容易起疑？”

“那倒是。”乌行雪点了点头，“确实不可能在那位‘灵王’正动摇的时候弄出祸乱，太突兀显眼——”他说到一半，猛地顿住话头，与萧复暄对视一眼。

在那位“灵王”目之所及处弄出祸乱，自然突兀显眼。可如果是在“灵王”看不到的地方呢？比如现世！

下一刻，乌行雪长袖一扫。紧闭的房门猝然大开，重重撞向两侧。

“砰”的一声重响！门外的宁怀衫被惊得蹿起来：“我——”他把吓出来的粗鄙之言咽回去，叫道：“城主！你们……你们灵识归体了？！”

先前萧复暄抓着乌行雪灵识离体去了乱线，宁怀衫便将他们的躯壳好好地安置在了屋里，然后蹲守门外。他好奇得抓耳挠腮，想知道方储如今怎样，也想知道城主和天宿那边究竟是怎么回事。

但鉴于之前闯进屋时撞见过一些不该看见的场景，他这回学乖了，打死不再乱闯，老老实实等城主和天宿自己开门。只是万万没想到，一开门就是这么大的动静！

“发生何事了？”宁怀衫意识到情形不对，连忙问道。

就见城主掠出门时，身形顿了一下，问他：“方才这段时间里，可有人出城？”

“您说照夜城？”宁怀衫愣了一下。以往乌行雪从来不会问他们这种话，因为照夜城镇守城门的青冥灯都出自乌行雪之手，但凡有邪魔进出城门，他都有感有知，用不着问。

但因为花信所扮的“封薛礼”在照夜城布下的重重法阵，青冥灯受了干扰，便作不得准了。

宁怀衫冷不丁被问，没答上来，正支支吾吾着，只感觉鼻前有寒风惊扫而过——城主和天宿已然没了踪影。

只有一句话顺着风落进他耳里。城主说：“别乱跑，留下守家。”

宁怀衫原本急急要跟上，闻言一刹脚步，在院里团团转了两圈，大马金刀盘坐在了雀不落的巨树之下。

照夜城横纵百余里。乌行雪和萧复暄身如疾风，转瞬掠到了头，脸色皆是一变！

因为偌大的照夜城，在这一刻几乎是空的！万千邪魔不约而同都出了城。这太不对劲了。

先前他们两人和“封薛礼”的对峙引动了照夜城里的重重阵局，后来阵局爆开之时，那些邪魔应当都承了伤。

大多邪魔在身有损伤时，都不会急着出城，以免运气糟糕撞上棘手的仙门，把自己折进去。偏偏今时今日，他们同时一反常态。

如此之多的邪魔，若是像往常一样独自来去也就罢了，若是他们弃了本性，不再相互算计着，而是凑聚成团……那所到之处，恐怕皆是大乱。

如此场景，光是想一想都叫人头皮发麻。而那些遭殃的城镇百姓，走投无路之下，可不得祈求神仙庇佑吗！再联想乱线仙都骤然鼎盛的香火，恐怕便是由此而来。

乌行雪的脸色瞬间冷若寒霜。他嗅了嗅寒风里的邪息，同萧复暄一起循着气息直追而去。

“人间仙门说来也有百家，总不至于半刻都截挡不了。”乌行雪在疾风中说道，“香火怎么会涨得那样快？”

“真正堪当一用者，屈指可数。”萧复暄道。

这二十五年来，乱线仙都越发明晰、鼎盛，在灵台天道所要的善恶平衡之下，现世邪魔便猖獗横行，仙门也一再衰落。虽然提起来总说是仙门百家，但看苍琅北域崩塌那一夜的场景，便可知晓真正堪当一用的，确实屈指可数。

花家家主和长老都出了事，难免自顾不暇。于是声名最盛的，还是封家。封家弟子数千，挡倒是能做一挡，但能撑多久谁也不好说。

况且今日挡了这遭，明日又会横生新祸。只要转去乱线的灵台天道还能干涉现世，这些便没有尽头。

“与其这样追着祸乱四处跑，不如将源头截断。”乌行雪思忖道，“叫灵台天道的手伸不到现世来。”

如此一来，现世便不会再横遭灾祸，生灵涂炭。而灵台天道也相当于画地为牢，将自己困锁在了乱线之上。到那时再清毁乱线灵台，它便无处可转了。

“何谓源头？”萧复暄问。

乌行雪沉吟道：“这点我其实想过不止一回，后来便发现，当初乱线横生时，天道居于现世灵台之上，能执掌乱线之事，是因为它们是相勾连的。每一条乱线都是由现世的某个人所开。”乌行雪解释道：“开线者本是现世的人，却将因果带进了乱线中。这便好比从现世往乱线砌了一座桥。灵台天道自然而然能顺着这座桥，干涉乱线。”

“确实。”萧复暄道，“顺理成章。”

“倘若将‘桥’截断，那干涉也自然而然到不了另一端。”乌行雪说着顿了一下，道，“不过眼下与我当年所猜有些出入。”

“哦？”

乌行雪道：“因为这条乱线的‘桥’照理说应当是封家家主，再算上一个花信。如今这两人都已经散了灵，灵台天道的干涉却还在。”况且，灵台天道清理这两位的时候，可半点儿不见犹豫，每一步都在乌行雪和萧复暄之前。

虽说天道无形无状，无心无情，某一个人的生死在它看来根本不算什么，但如果它干涉两边需要倚赖于此，那应当不会主动引人斩断。

它如此干脆，只能说明所谓的“桥”，并不止这两位。可除此之外，还有谁呢？

乌行雪反复回想着封家家主的诘问，还有花信的诘问。试图找出除了这两人还有谁牵连在这因果中，会是那座“桥”。

就在他回想之时，忽然听见萧复暄开了口：“会是相反的情形吗？”乌行雪一愣：“什么？”

萧复暄道：“天道居于现世灵台，干涉乱线时，倚赖的是现世砌往乱线的桥，那——”

没等他说完，乌行雪猛然反应过来。那一瞬，他自嘲一笑。

他见的乱线太多，“桥”也太多，反倒让他下意识钻进了死胡同里。其实正如萧复暄所说，应当要反一下的。如今灵台天道居于乱线，它要干涉现世，倚赖的就不该是封家家主、花信这样的人，而是从乱线砌往现世的桥。

“是我想岔了。”乌行雪道，“那咱俩要寻的就得是乱线之人，那人因为某种因果，正身处现世。”

理出这一点时，乌行雪莫名有点儿心惊。究竟什么人自乱线来到现世，还不曾被人起疑？数十年乃至百年都安安稳稳，没有引起过什么波澜？

乌行雪脑中模模糊糊闪过一道念头，正要开口，就听见萧复暄说道：“你还记得封家埋于高塔底下的那对棺木吗？”

乌行雪眼皮一跳，那道模糊的念头瞬间清晰起来：“记得，是封家家主那双儿女的！”

乱线之上，封家家主依然没能躲过儿女双双夭折的命，于是他心有不甘，将儿女尸骨入殓，封进棺材，圈在高塔之下的阵局里。只等着某一天的某个时机，借他收养的封徽铭，给那双儿女续上命。

只是……直到他和封徽铭双双身死，那续命的阵局也没能成功。

萧复暄道：“我留在乱线的本体躯壳先前接了天诏，去封家清理残局时，发现那对棺材里并没有封家那双儿女的灵魄残余。”

“一点儿都没有？”乌行雪问。

“没有。”

如果一点儿灵魄都不剩，那就无怪乎续不成命或换不成命了。连根基都没有，该怎么续？怎么换？

这个道理，封家家主不可能不知。他既然布下了阵局，说明至少在布阵之初，那双儿女的尸身并非空空如也，应当是有灵魄残余的，绝没有散尽。

“我当时不曾多想，以为是时间太久，自然耗尽了。”萧复暄道，“如今再想，或许另有原因。”倘若那双儿女的灵魄并非自然消散，而是在“天意机缘”之下离开了躯壳，去了别处呢？比如……现世。

乌行雪在疾风中猛一刹步，抓了萧复暄一下，道：“那棺材毁干净了吗？快告诉我没有，你留了后手。”

萧复暄看了他一眼，道：“留了。”

乌行雪道：“我真以为你那本体过于麻利，将封家清扫得干干净净，你但凡慢一步呢！”

萧复暄：“那就等着被轰出乱线。”既然是天诏，他自然不能明着违反，否则会早早暴露身份。所以即便知道会错过一步，还是依天诏去封家收拾了残局。

但他确实留了一点儿后路，没有直接将所有东西清毁一空，而是送进了苍琅北域里。

这既不违诏，也能留下一星半点儿的痕迹。

“那痕迹能用来寻人探物吗？”乌行雪道。

“足够。”

不出片刻，一道探寻灵魄的符咒自乱线而来，如同天宿上仙一贯的剑意一般，悍然楔入现世。萧复暄拽着乌行雪，跟着寻灵符咒横穿人间。

其实他们心里已经有了一些预料。但当他们在梦都城外，看到整座梦都城乃至周遭一些小城和村落都被笼罩在浓郁的邪魔之息下，黑雾弥漫，不见天日时，还是微微愕然。

这座庞大的主城曾经也有繁华的时候，佳节时有彻夜不歇的街市，灯火如龙，煌煌成片。

南边临江处还有一座名山，每逢人间春三月，杏花大开。若是碰上最热闹的时节，离城数里，就能听见城里喧嚣的人声。

但在这一年又一年所谓“平衡”的善恶之下，这些早已面目全非。梦都无一日可得太平，也无一日可得安宁。

天意授之的邪魔肆虐之下，这片人间甚至听不到哭叫之声，那些鲜活的凡人尚未来得及发出叫喊，就已经被邪魔攫住喉咙，连皮带骨啃食干净。

唯一来得及的，大概就是临死之前，于惊惧之中躲藏在神像背后念一句“神仙保佑”。

这大概是一种莫大的讽刺——这座城里神像最多的地方，最像炼狱。

萧复暄冷了脸，一声金音长鸣通彻天地——长剑带着浩瀚的威压，贯穿浓重的邪魔黑雾，轨迹如流星，直钉进那座炼狱似的城池里。那柄长剑砸地之时，掀起的冲击赫然向外，瞬间将层层邪魔冲得灵魄离身，筋骨粉碎。

于是骤然间，长剑所至之处，空了一大片。而那些被横掀开的邪魔试图借用邪术将扭曲碎化的肢干聚合起来，却感觉一阵凛冽寒风横扫而过。

霜雪瞬间结了满身，他们忽然之间便不得动弹。而那种寒意还在顺着五脏六腑爬着。于是他们眼睁睁看着自己冻结成冰，又眼睁睁看着自己在倾泻而来的气劲之下，蓬然碎成齑粉。

这处人间炼狱有一瞬间，死寂无声。就连缠斗的仙门弟子也纷纷一惊。

那些仙门弟子穿着统一，发冠的飘带上纹绣着一个“封”字，俨然来自坐镇梦都的封家。

乌行雪和萧复暄同封家打过几回交道，但在现世，如此场面还是第一回 。

他们没有忘记，自己是跟着什么东西来的。在那些仙门弟子身形一顿的瞬间，他们望向了人群中间。

就见那道由乱世天宿放出来的寻灵符咒，穿过那些或狼狈或错愕的封家弟子，直直落进了最深处。那里一前一后，错身站着两个人，一女一男，模样有七分相似，俊秀异常，能称一句人中龙凤。

那位女子长眉凤目，高挑凌厉。男子则清隽一些，带着几分病意。世间常与仙门打交道的人，没有谁不认识他们。他们一个是封家如今的家主封居燕，一个是她的兄长封非是。

那两道带着棺木残余之息的符咒，不偏不倚，就落在他们身上。

这一落，既是意料之中，也是意料之外。乌行雪曾在封家家主的诘问里，见过他那一双早夭的儿女，也在花信的诘问和言谈中听过他们的踪迹。

世人皆知，封家上一任家主封殊兰育有三位儿女，长子封非是，女儿封居燕，幺子封薛礼。都说封非是和封居燕生来便有些特别，几乎是那双早夭儿女的翻版。应当是冥冥之中转生而来，了却旧人执念，还一分圆满。

当时乌行雪只觉得太巧。如今才知那根本不是什么转生，而是乱线的一双灵魄穿行到了现世，自婴儿初生便稳稳地占据了躯壳。

从此成了灵台天道砌过来的又一座“桥”。

第 114 章 钢刀

要想现世不再受牵连、生灵涂炭，就得将这座“桥”截断。但这“桥”不是石头所砌，也不是木头所搭，而是两个人所建。

所以乌行雪的招式在冲向那两人时有一瞬间的停顿，他在那停顿里轻叹了一口气。

那声叹息让封居燕猛地回神！

她瞳孔骤缩，一个闪身，横剑挡于兄长封非是和一众少年弟子之前，蹙着秀眉冷声道："魔头……"

乌行雪怔了一下。已经很久没有人这样当面叫他了。大概是曾经医梧生冲着他"公子"长、"公子"短所带来的错觉。

封居燕头也不回，冲身后的封家弟子们喝令："列剑阵！"

弟子们训练有素，瞬间散开成鹞鹰之形！他们立剑于身前，祭出剑招！

一时间莹白色的光跟着嗡鸣声乍然而起，有无数道剑影在阵中穿梭来去。每一道都掀起了烈烈风声。

他们方才还陷在恶战之中，身上挂着伤和血，剑阵也列得摇摇欲坠。

封居燕就站在所有人之前，是那残破剑阵的鹰首。她面容苍白，发髻隐隐有血。飞速扫了一眼那群被震成粉末的邪魔，又死死盯着乌行雪道："你将群魔引来此处，又杀了一片，究竟在玩什么把戏？！"

她的反应有些出乎预料，乌行雪骤然收招，云一般绕过高翘屋檐，瞬间落地。落地之时，霜冻连带着威压化作冷雾，顷刻弥散。

列阵的弟子们"轰"地朝后撤让半步。

乌行雪这张脸实在让人过目难忘。即便没有立马认出的小弟子，看到疾速卷来的冰霜、听到封居燕那声"魔头"，也都知道了来者是谁。

千百张脸上的血色刷地消失。而当楔入地面的长剑从震颤中缓缓静止，众人终于看清了剑上的"免"字，神情又从面无血色转成了惊愕。

就连封居燕也不例外。

"那是……"天宿萧复暄。

她动了动唇，后半句却没能出声。

就见萧复暄从邪魔黑气中横扫而来，穿过白茫茫的冷雾，身形利落，如长剑般落在乌行雪身侧。他一伸手，"免"字金剑就劈风而来，稳稳落进掌中。

周遭瞬间鸦雀无声。

乌行雪就是在这时开的口。他的声音很轻，但所有人都听得清清楚楚："邪魔不是我引来的，杀了这一拨也毫无用处，这里的死了，还有别处。今日的死了，还有明日。"

封居燕秀眉越蹙越紧："什么意思？"

"杀不尽的意思。"萧复暄道。

众人不明所以，但还是脸色骤变。倘若这里站着的只是一个魔头，这对话恐怕根本不会发生，偏偏有个天宿上仙。

所以封居燕满面警惕，却还是开口道：“何谓杀不尽，又为何杀不尽？”

“说来话长，没那些时间。”

“你！”封居燕沉下脸色，正要开口。就听乌行雪道：“唯一的办法便是斩断源头，所以……”

“所以什么？”

“我们找到了这里。”

“这里？”封居燕满身依然缠绕着随时击发的剑意，眸光飞速扫过四周，“源头在哪儿？”

“在人。”乌行雪话音一落，周遭哗然一片。几乎所有仙门弟子都在那一瞬间打了个寒战，感到了毛骨悚然。他们下意识瞥向了身边众人，剑攥得更紧了。

封居燕见剑阵哗动，偏了一下头，正要喝令。就听乌行雪又说道：“有两个本不属于这里的灵魄，有违常理来到人世，占了本不属于他们的身体。这是引得邪魔祸乱四起的源头，我同天宿循着痕迹找来了这里。”

“强占躯壳？那不就是邪术夺舍！”封居燕厉声说着，漂亮的凤目冷然转动，转头扫了一眼自家的弟子们。

乌行雪一直在观察她的神情，看到此刻终于眉心一皱，微微偏头，用仅有两人能听到的声音对萧复暄说：“这位封家姑娘……有些奇怪。”

“确实。”萧复暄低低应道。

封居燕扫向身后的神情，仿佛正在观察自家弟子，看其中有没有混进邪魔妖道。

那厉声的语气更像是一种试探。倘若真有夺舍之人混迹其中，在这厉声恫吓之下，或许会露出一丝马脚。

她从头到尾都没有流露一丝心虚之色。要么当真是滴水不漏，要么……就是真的不知？

“看另一个。”萧复暄忽然说。乌行雪眸光一动，落到了封居燕身后的封非是身上。

那是封居燕的兄长，也是封家长老，据说性情文雅。虽然天资不错，但众所周知体质偏弱，上限有限，所以比起家传剑术，更加醉心丹药符咒之术，与花家的医梧生交情不浅。

他从不觊觎家主之位，一心一意护着亲妹，所以兄妹俩感情甚笃。

此时，单从封非是所站之位也能看出一二。虽然封居燕镇在剑阵之首，封非是被挡在她身后，但他也护住了妹妹的命门要害，就像一道从不离身的影子。

而就在封居燕扫量一众弟子之时，封非是手指几不可见地动了一下。

“那是……”乌行雪极轻地动了一下唇。

“清除咒印。”萧复暄传音道。

那是乌行雪和萧复暄寻灵用的符咒，于方才的混乱之中落在他们二人身上。其他弟子，包括封居燕自己都没有注意到。

唯有精于符咒之术的封非是察觉到了，还想不动声色地清除它。

就在符咒痕迹即将消失的瞬间，金鸣声起！一道剑气直射而出，“锵”的一声横挡其中。

封非是悄然放出的清除之术刚好撞在剑气上，就见星火蓬然四溅，尖鸣引得所有人一怔，齐齐循声望去。

封居燕也猝然回头——封非是拧了眉，猛地蜷起手指。然而已经晚了，众目睽睽之下，那两道寻灵咒印因为他的举动，反而在那一瞬间明晰起来，浮起一层血色光痕。

众弟子中，不乏有人知之甚广。尤其那符咒一亮，便好辨认得多。

于是有人脱口惊道：“这……这是寻灵……咒？”

那弟子话说到一半才反应过来，所谓的“寻灵咒”就落在他们家主、长老身上。然而这时话已出口，再收不回来。

众所周知，凡间但凡用到寻灵符咒，总跑不出两种境况——要么是灵魄受创或受病，离了躯壳，游荡在外；要么就是灵魄进了不属于它的躯壳，那便是世人常说的邪术夺舍。

若是前者也就罢了；若是后者，因为被夺的躯壳残留着冤屈怨恨，那咒印泛着邪术才会有的血色红光。封居燕、封非是身上的正是此种。

眼见为实，比千百句你来我往的说服和争辩都有用。

即便没有先前封居燕和乌行雪之间的对话，在场的所有弟子也会陷入这般死寂——不管是不是邪魔祸乱的源头，这都是邪术夺舍。无可辩驳。

那一刻，乌行雪和萧复暄看见了封居燕的神情，终于确定……她真的不知道。

那位常被评价为“秀美如画又刚硬如刀”的封家家主大睁着凤眼，一眨不眨地盯着自己身上的寻灵咒印。她的鬓发微乱，绣着“封”字纹样的发带绑在脑后，缠在长发里，飘散于风中。她低着头，肩背却笔直如刀锋。

如今，那刀锋正在轻颤。

过刚易折。封非是看着她的肩脊，忽然想起不知多少年前，有人评价他妹妹的一句话——天纵英才，奇峰隽秀，秉性如刀。但是……过刚易折啊。

他其实都快不记得那些了，毕竟偶尔想起百年之前、少年之时的事，也只有浮光掠影，何况更早之前呢。

“阿燕……”封非是轻轻开了口。

封居燕猛地抬了眼。那双凤目少时长露聪慧顽皮，后来成了家主，便多是稳重和凌厉。唯独在他们兄妹至亲聊笑之时，才会露出那些之外的温和娇意。

而此刻，那双眼里却没有上述任何一种，只剩下难以置信的茫然和震惊。

他这个亲妹不是好骗之人，自小就不是。所以在封居燕开口之时，他便无可辩驳了。

封居燕说：“你我身上，为何会显出夺舍印记？”她看着封非是被剑气挡下的手指，道：“如果没有这道剑气，倘若我方才不曾回头，你在做什么？”

“我……”

“你是要清除掉它吗？”

封非是咽下话音，良久闭眼道：“是，我会清除它。”

封居燕道：“所以你知道啊……”她攥着剑的手指太过用力，虎口崩开了伤口，顺着剑柄淌下血来。她手指发着抖，剑就在震颤中轻轻嗡鸣。

她在嗡鸣里盯着兄长，问道：“所以方才的话都是真的，当真有两道不属于这里的孤魂野鬼，强占着本不属于自己的躯壳……我当是这千百人中混进了什么邪魔妖道。”封居燕一字一句地，仿佛含着血，道：“我还找得那么仔细，原来是你和我啊……这些，你都知道？”

封非是很轻地点了一下头，道：“知道。”他当然知道。因为最初的最初，就是他徘徊在封家高塔之下的续命阵中，在日复一日的阵局影响之下，不甘和遗憾越来越重。

某一日受了引导，带着亲妹早无动静的灵魄，一并到了另一处世间，成了那座“桥”。

第 115 章 易折

“所以，小时候同你说过的那个噩梦。”封居燕喉咙哑了一下，停顿了好久才继续道，“究竟是梦还是真的？”

她很小的时候常做同一个噩梦。梦见自己躺在一个昏暗的地方，像是一间四面皆墙壁的空屋。总有一个满身是血、看不清脸的人来拉扯她，想要将她推开、轰走。

那双手几乎要将她血肉抓下来，痛得她在梦里号啕大哭。可那个血人哭得比她还凄厉，那哭声听得人又害怕又难过，拉扯之下还急得捶胸顿足。

对当年的她来说，那是一个歇斯底里的疯鬼，是幼时摆脱不掉的梦魇。

她时常在夜半惊醒，不肯承认害怕，又不敢继续睡，便跑去院门口坐着，能看到外面提灯经过的巡夜弟子。那些大弟子问她，为何不睡？

她折一根小树枝，小动作地比画，说："我练剑，先生明日要查的。"

几乎所有人都被她骗过去了。乃至后来的十年、百年，封家总流传着她少时天纵英才还勤学刻苦的传闻。

唯有封非是，唯有这个兄长，会在她撑着下巴坐在门槛上，比画树枝、假装练剑的时候，走过来问她："阿燕，你是不是睡不着？"

她起先也不承认，后来有一次怎么都缓不过来，坐在门槛上还在哭，便同封非是说了梦里的场景。

那是她百来年人生里屈指可数的眼泪。

她睁着红通通的眼睛，带着浓重的鼻音，同最亲近的兄长说梦里那个血淋淋的人如何推她、扯她，如何弄得她满床是血，还如影随形，如何哭喊着驱赶她，一会儿磕头求她，一会儿叫着骂她。不论她让到哪个角落，转往哪个方向，总是躲不掉。

封非是听完，轻轻拍了拍她的头，陪她坐在门槛边，看了一整夜梦都城的月亮。

到最后她抓着树枝靠在门边，在快天亮的时候睡着了。闭眼前还委屈地嘟哝了一句："那人为何总要赶我呢……"

如今想来，哪是恶鬼赶她。分明她才是那个鸠占鹊巢的恶鬼啊。

她看着封非是，回想着近百年不曾回想过的少时梦魇，字字如刀："你我这两具躯壳被占据时，也那样撕扯过吗？那两个本该存活的灵魄，也是那样哭着、叫着、骂着的吗？那样捶胸顿足，急得哀求甚至跪地磕头吗？"

她本以为梦里的细节早已记不清了，没想到如今一字一句逼问起来，简直历历在目，以至她都快分不清那究竟是梦见的，还是她真的见过。

"阿燕……"封非是叫了她一声，不知是想打断她，还是想安抚她。

但是封居燕不依不饶。她总是如此，凡事容不得不清不楚，总要揪出个分明："我只问你，是那样吗？是像梦里一样痛苦吗？"

封非是沉默下来。其实他可以否认，可以编造一个谎话，说自己根本不记得了，或者说这两具躯壳生来无主。

但他知道这个妹妹的秉性，到了问出口的时候，就已经无可挽回了。到最后，他只能看着对方，低声说道："阿燕，可是你做过很多善事。你做过很多、很多善事，救过很多人，除过很多邪魔，收过很多弟子，递出去很多把剑，你——”他顿了一下，声音蓦地哑下去：“……疾恶如仇。”

封居燕听着，半晌之后笑了一下。她确实疾恶如仇，世间每一次大难她都不曾退缩过，不论是邪魔横行还是苍琅北域崩塌，不论她挡得了还是挡不了，她永远握着那柄剑站在最前面。

她一度觉得“疾恶如仇”是世间最好的评价，比什么天纵英才、天赋异禀好听得多。因为后者是天生的，但“疾恶如仇”是她一步一步走出来的，是她自己选的。

众所周知，她并不是什么温和柔善的人，她的脾气又犟又硬，认定了一条路便一直走到黑，决不回头。

她疾恶如仇，决不回头。

那一瞬，封居燕松开了始终紧蹙的眉心。她四下环顾了一圈，眸光扫过千百名带着伤流着血的弟子，扫过恶战后的满城狼藉，还有暂时被抵挡但还会铺天盖地的邪魔黑雾。

最终，她看向乌行雪和萧复暄的方向，动了动唇。她说：“引来邪魔的源头该如何截断？以身相殉是不是就行了。”

她的声音太低太轻，根本听不清。等到乌行雪明白过来那句“以身相殉”，那个秉性如刀的姑娘已经立起了莹白色的风涡结界。

她骤移到了兄长最近处，剑上祭满了杀意最盛的剑气。

其实在那个瞬间，她是打算先杀了封非是，再自我了断的。但她在落下剑气之时，还是调转了方向。于是那一刻，封非是只感觉自己的眼睛被人遮蔽住了。

他听见那个跟着他长大的小姑娘叫了他一声许久没叫过的“哥哥”，又说：“谢谢你陪我看了十多年梦都城的月亮。但是……你知道的，我眼里容不得半粒沙。”

她疾恶如仇，强占来的百年人生，不要也罢。

封非是听到了灵魄被剑气重击的声音，那种震动与他的心跳同步，狠狠地砸了一下。

他头脑一片空白，整个人不受控制地颤抖起来。

“阿燕……阿燕？！”他脱口叫着，却听不见任何应答。

眼前遮蔽撤去之时，封非是甚至忘了自己是仙门出身，会仙家术法，只是本能地伸出手，想要撑住面前的人。

但他只看到那个生来要强的姑娘闭着眼，了无生色地倒下来，像枝上整朵凋落的花。他架扶不住，踉跄着跟她一并倒下去。

都说封家长老文雅得体，即便体质有恙、常带病容，也从未在人前失过色。但如今，他狼狈地跪倒在地，全无斯文之相。

他忙乱地试图去捞碎散灵魄，却徒劳无功，只在最后一刻隐约听见封居燕的遗音：“你呢？”

我疾恶如仇，眼里容不得半粒沙……你呢？

封非是的动作瞬间僵停。我吗？我好像早就没有资格说什么“疾恶如仇”了。

从他带着亲妹的灵魄，强占住这两具躯壳的那日起，他这一生就再无资格说“疾恶如仇”了。

他永远都记得，那一日那两具躯壳里本该存活的灵魄是如何哀号的。就像封居燕描述过的那个噩梦，那两个陌生而悲惨的小小灵魄撕扯过，恸哭过，挣扎过。

但他那时候不顾一切地想要活。他想活着，想长大成人，想去实现一切尚未来得及实现的抱负——少时与妹妹常说的那些，要斩妖除魔，还一个清明世间。

他还想看着妹妹成人，她有着世人少见的天分和根骨，就那样离去太可惜了，那是跟着他一块儿长大的小姑娘，他舍不得。因为他不甘、不舍，所以他以从未有过的凶狠之态，带着妹妹在这个世间存活下来。

而那两具倒霉的生灵，却因他而死，消失殆尽了。

他本以为只要活下来，他就可以大展拳脚，去做所有想做的事。他会是高兴的。

可事实上，他再没有真正高兴过。封居燕常做的噩梦，封非是自己也日日在做。后来封居燕已经不再做梦，也不再受困扰了，他却依然如故。

他之前同封居燕说的那些话，其实也是对自己说的。

在这百来年里，他做过许多善事，他门下收了数不清的浪人、孤童。他无心剑术，一心扑在丹药符咒上，同花家的医梧生常来常往，制出许多救人救命的丹方。

他这一生的大半时光，都在做一件事——赎罪。

但活得越久，这罪其实越绵长，因为活着本身就是他抢来的。到最后，他有点儿分不清自己算善还是算恶了。他在这个问题里，整整困了一百多年，不知如何解脱。直到这一刻……

那些暂时被萧复暄和乌行雪横扫的邪魔污秽，就是在那一刻卷土重来的。

或许是因为封居燕自废灵魄，那座“桥”断了一半，摇摇欲坠，且另一半也开始松动。

于是一切便疯狂起来。

“看那边——”不知谁失声惊叫了一句。

乌行雪和萧复暄循声转头，只见冲天的邪魔之息乌泱泱扫过来，如黑云压城。仿佛从整个世间所有藏污纳垢之处涌出来的邪魔阴物，都汇聚在了一起。

但他们心里又十分清楚，这其实不是真的全部。世间城镇、村落那么多，除了梦都，大大小小还有百十座。正如之前乌行雪所说，他们杀了这一拨，还有下一拨。拦得住这里，还有别处，保住了今朝还有明日。

萧复暄在黑云急速而来，将要吞天吃地时，一挽长剑，悍然迎去。划出来的剑气如长虹贯天。两厢冲撞之下，整座梦都城乃至周遭的山河湖水都在波荡。

乌行雪手指上寒风缠绕，冰霜飞星。无端气劲源源不断流泻，仿佛深不见底。

他身形一动，瞬间如雪雾一般消散在原地。但他并没有同萧复暄一道去格挡邪魔，而是在萧复暄未曾注意时，转身去了另一边——他用了最凶的杀招，附上了最澎湃的气劲，缠裹着最冷的寒霜。

瘦长苍白的手指探向封非是的命门。

这是他曾经身为灵王时，经历过万千次的场景——清除那些乱线，看着那些或善或恶的人在他手里死去。

他避了整整三百年，依然避不过今日这一遭。他还是要杀人，还是要看着某个活人死在他手里。

封非是天生体质虚弱，上限有限。乌行雪又用了最快、最烈的招，他其实挡无可挡。

但在触及封非是命门的那一瞬，乌行雪还是滞了一下。他有一刹那的遗憾和犹豫。

封非是就是在那一刻抬起了头，但没有挣扎也没有出招抵抗，而是问了一句话。那是他困陷百年的囹圄。他说：“你会犹豫，是不是说明……我还算是一个好人？”

乌行雪道：“你在害过的人眼里是恶人，在救过的人眼里是善人。我是杀你的人，两者皆非，无权评断。倒是你……可以恨我。”话音落下，风雪俱寂。

他早已不是灵王，也没戴银丝面具，遮不了脸上的悲喜。他的模样会映在所杀之人的眼睛里，而他会看着那个倒影跟着对方眼睛里的活气一并慢慢黯淡下去。

他经历过无数回，依然觉得那是世上最孤寂的一瞬。

可这一次，在那个瞬间发生之时，另一道影子落了进来。萧复暄的声音低低沉沉，顺着雪末而至。他说：“别恨他一个。”

第 116 章 天诏

当年封家弟子堂的长老在授课时曾经说过，人在将死之时恨意最深。

“不论是好人还是坏人，不论是善是恶，不论是无辜被害还是罪有应得，只要有过一丝一毫的不甘心，都会怨恨那个杀了他的人。那种深刻的怨恨会缠绕在那双杀人的手上，缠绕在那柄杀人的剑上，缠绕在杀人者的灵魄上，日日叩问。”

长老如是说。

那时的封非是心里有鬼也有愧，便问长老：“ 总有些消除之法吧？”长老看向他。封非是生怕叫人瞧出端倪，便补了一句：“毕竟咱们仙门弟子的剑常要沾血。”

结果长老还没答，阿燕就反驳：“咱们杀的是邪魔，又不是活人。”

她开了口，封非是便不再多辩，只轻轻补了一句：“话不能说得太满，万一碰上一些两难的时候，不得不为呢。”

这次长老开了口：“那就认下吧。”封非是听得一滞。

长老说：“倘若真碰上了两难的情况，不得不为，愿意去做那个‘恶人’的人，大多有孤勇之气，心下是有准备的。不过——”长老说道：“那怨恨一旦缠上了，确实没有消解之法。这一点，连飞身成仙者都得认。你瞧那些九霄云上的众仙，哪位不是只降福祉，不沾血腥？将死之人的恨，那是连神仙都畏啊……”

如今，封非是当真碰到了“不得不为”的境地。只可惜，他不是那个孤勇之人，而是那个将死之人。他在最后一刻唯一能做的，大概就是不恨。

封非是隐约听见了那句“别恨他一个”，他想说“我哪来的资格”，但他已经说不出话了。他命门受击，神灵俱灭，此生已到尽头，再也不会有开口说话的机会了。

那双映着人影的眸子急速黯淡下去，像燃尽的烛火。那具空了的躯壳同妹妹一并向地上倒去。于是，他这一生看到的最后一幕，是梦都的天。

那里本该有一轮明月，与百年之前他和阿燕少年时同看的那轮一样。然而邪魔之气未退，遮天蔽日，人间不见月光。所以除了灰蒙蒙的暗夜，他什么都没能看见。

“还能有来生吗，阿燕？希望你会有吧。希望有朝一日你再睁开眼睛，人间已没有你所憎恶的一切，你抬头就能看见梦都城的月。”

躯壳轰然砸落在地，震起尘烟，横跨现世和乱线的“桥”彻底断裂。

梦都城上，铺天盖地的邪魔黑气在与萧复暄剑气相撞的那个刹那骤然凝固，一切仿佛静止。

无数邪魔的尖啸声四起——仙门弟子本就个个带伤，承受不了那种尖啸带来的冲击，即刻立剑一杵地面，支住身体。但许多人还是闷哼一声，唇边溢出血来。

下一刻，他们就看见那些邪魔黑气轰然消散。而更远之处，原本无休无止、滚滚而来的那些，也猛地一刹，急速退了下去。

一众弟子茫然而立。不知谁惊叫着高呼了一声“家主”，他们才回过神来。

“家主！”

“长、长老？”

“家主——”

他们看着倒地的两个人，已然顾不得之前所见所听的“邪术夺舍”等令人悚然的事情，纷纷扑了过来。

倒是有几个人低声交语，望着乍然消退的邪魔和倒地的人，喃喃道：“所以斩断源头的那些话，并非唬人，而是真的？”

“看来确实如此。”

“可方才说这话的是那个魔头啊！倘若这话是真的，那……那个魔头该算什么？他是在帮人吗？”

“他……”

一众弟子转身四顾，却发现魔头也好，上仙也好，都已经悄然不见了踪迹。

乌行雪和萧复暄匿着身形，站在梦都城一座高高的楼阁屋檐上。从这里不仅能看到方才交战之处，还能俯瞰整个梦都城。

虽然“桥”已被截断，邪魔不再因灵台天道的影响而聚群肆虐，但发生过的事就是发生过，死去的已然死去。梦都城曾经繁华过的街巷上只剩荒凉，洞开的门扇在风里轻轻晃动着，发出“吱呀吱呀”的声音。

那声音此起彼伏，笼罩着整个梦都。

那些洞开的门扇边，总有被邪魔吞吃殆尽的空空皮囊。那曾经是嬉笑鲜活的人，如今却成了遍布满城的狼藉。而那些被护着活下来的，也都蜷缩在墙边屋角，茫然而惊恐地发着抖。

不仅梦都城内是如此景象。从他们这里能看到城外山野、庙宇，乃至更远之处。目之所及，皆是阴霾苦楚。料想不动山下、大悲谷口、无端海边……种种地方定然都有邪魔扫荡而过的痕迹。

这便是受了影响的困顿人间。

乌行雪眸色平静地扫过所有。他曾经与最热闹的喧嚣日夜为伴，听过无数关乎生老病死、悲喜离合的祈愿，又因为最纯粹而不求回报的庇护化身成人。

他初见的人间不是这样的，也不该成为这样。

他指着满城哀恸和狼藉，轻声对萧复暄说：“它要如何偿还？仙魔杀人都会沾来满手怨恨，缠绕一生不可消除，它凭何能免？！”

萧复暄道：“我拉你过去。”

乌行雪转过头，见萧复暄眼眸如天边最冷冽的寒星，说：“去乱线，找它讨要回来。”

乱线之上，封居燕、封非是所成的“桥”断裂之时，整个仙都出现了变故——由现世源源不断供过来的香火骤然歇止，于是仙都千百座玉桥下的云雾不再浓重，南窗下坐镇的煞涡陡然不安分起来。

彼时“灵王”还站在坐春风的玉桥上，银丝面具依然罩在脸上，手里握着的长剑一下一下轻轻敲在长直腿的一侧。没人看得出他在想什么。

煞涡隆动的时候，整个仙都都在震颤。方储全无准备，踉跄了一下，猛地扶住玉桥，才稳住身形。他惊疑不定地问：“这是怎么了？”

“灵王”没开口。倒是那两个小童子回答道：“一定是天宿大人的南窗下出现异动了。”

有那么一瞬，方储看见“灵王”轻敲腿侧的剑停了，身体朝某个方向动了一下。那反应就像一种与生俱来的本能。但他没有抬脚，只是静立片刻又转回身。

小童子抱着拂尘，脆声问：“大人不去南窗下瞧一瞧吗？”

“灵王”这才开口，用与乌行雪如出一辙的声音轻声道：“不了，天宿大人自有办法。”

方储在旁看着，莫名觉得有些怪异，又有些别扭。就好像他刚睁眼时所见的那个灵王只是一层浮影。看得越久越觉得，这“灵王”身上有他家城主浓重的气息，却透着一丝微妙的不同。

就像两种东西在这具躯壳里矛盾对撞着，左右着“灵王”的举动和反应。所以这位“灵王”时常出神。

就在方储纳闷之时，“灵王”身侧忽然出现了一道浮光。

方储一愣，就见“灵王”利落地抬了手，两指一夹。那道浮光便被稳稳夹在他两指之间。

方储才看清那浮光化作了一道符书。只是那符书与平时常见的截然不同，上面隐隐浮动着一个金印的“昭”字。

“这是什么？”方储讶异地问道。小童子悄声冲他说：“这是我家大人又接到天诏了。”

方储一愣。他其实并不知道“灵王”所接的天诏究竟是什么。但他就像冥冥之中有所感知似的，眼皮猛地一跳，变得不安起来。

“天诏……”方储喃喃了一句，“这时候来天诏？是要大人做什么？”他言语模糊，没人听清。而且这次，小童子眼观鼻鼻观口，也没再答话。

倒是“灵王”，扫看完符书两指一动，那符书就兀自起了一团光，在他手指间烧尽了。

紧接着，他转头朝向方储，另一只手里的银丝长剑轻轻巧巧转了一圈，又啪地停住。

他的神色掩在面具里，歪头问方储：“你自别处来，现在想回去吗？”

方储：“我……”

没等方储说完，他又道：“该回去了。我正要去一趟，刚好送送你。”

话音落下，“灵王”已然瞬间闪现在方储眼前。

方储惊得一跳，本能地要避开，就感觉自己被一只无形的手紧紧钳住了衣袍。

下一刻，天旋地转——他被拽下了仙都。没于云雾时，小童子的声音还隐约可闻：“大人是要去办事吗？要同天宿大人说一声吗？”

方储的眼睛根本睁不开，他快被风撕碎了。只听见“灵王”的声音在身边响起，淡淡回了小童子一句：“不用。”

他新接了一道天诏，要去解决多年以前没能解决的一条“乱线”。以往他去人间办事，都会同天宿打一声招呼。

但这次没有。仿佛冥冥之中什么东西在催促他，尽快斩掉那条“乱线”，越快越好。他能隐隐感觉到天道的急，因为这次的天诏甚至直接指明了他该如何前去。

至于其他，惊动的人越少越好。尤其是天宿。

此时此刻，倘若有人能横贯两边，便会看到现世的乌行雪和萧复暄正凌然往乱线而来；而乱线的灵王也正穿行九霄，往现世去。

就在“灵王”拔剑出鞘，要以长剑直劈而入时，就听“锵”的一声。有人裹挟着剑气，于千钧一发之际横冲过来，挡住了“灵王”的剑。

剑气相抵之下，两种威压轰然相撞。来者的剑气里带着隆冬和冷铁的味道，像葭暝之野的寒风……那是天宿。

第 117 章 新印

剑刃相撞之时，“灵王”有一瞬间的怔愣。

他握剑的手极轻微地捏了一下，仿佛有一丝松动。在那丝松动之下，“灵王”身上属于乌行雪的那一部分倏地冒了一下头。

他盯着剑刃迸溅的星火，张了张口，轻声道：“萧……”

天宿一顿。

在这乱线上，“灵王”对他的称呼从来都是“天宿”“天宿大人”。只有在属于乌行雪的那部分冒头，对乱线产生怀疑之时，提起他才会说名字。

但每一次都只是说一个“萧”字，便怔愣一下，又改了口。每到那时萧复暄便能知道，灵台天道的影响又占了上风。

那这一次呢？天宿环绕周身的凌厉剑气有一瞬间的收敛，看着那张银丝面具，在等下面的话。然而灵王沉静片刻，面具后的眼睛闭上又睁开，便是周身轻震。那轻震连带着传到了剑刃上。

天宿蹙了一下眉，有了不好的预感。

果然，就听“灵王”开口道：“不是说仙都煞涡正动荡不息吗，你不去南窗下坐镇，却来这里？”

那一声名字又只开了一个头，便没了后文。说明此刻，“灵王”依然被笼罩在灵台天道的影响里，几乎密不透风。

天宿沉声道：“事有轻重缓急。”

“轻重缓急。”“灵王”重复了一遍，道，“可是，煞涡动荡不是重中之重吗？若是无人镇守，整个仙都便不得安定。倘若仙都根石不稳，有崩塌之相又无人兜着，那遭殃的就是九霄之下的人间百姓，你不是向来最在意这个？”

天宿眸光动了一下。就是这种瞬间最让人复杂难言。因为这些话语都是乌行雪身为灵王时真的说过的。

如今在这乱线之上、在灵台天道的影响下，换了一番场景，换了一种语气，同样的话就成了另一种意味。这就像是一种隐约的覆盖。

如果最终的结果是失败，如果现世消亡，留下的是这条乱线，那么曾经的私语闲笑便不复存在，只会有一个又一个像这句话一样被覆盖的、变了意思的东西。

天宿朝九霄云上灵台的方向扫了一眼，眸底尽是厌色。他又看向“灵王”的面具，道：“想过为何煞涡在此刻动荡不息，而你又刚好在此刻接到天诏吗？”

"灵王"静声未答，握剑的手指一动。那一刻，他的剑都跟着颤动起来，就像属于乌行雪的部分又强挣了一下。

天宿的眸光落到他手上。

"知道你想说什么，你想告诉我——""灵王"顿了一下，轻声说道，"这里是假的。"

天宿倏地抬起眼。

那个怔愣只是极短暂的一瞬，但在能耐极强、威压极盛的人这里，足够成为一个空档了。

就见"灵王"手腕一转，长剑瞬间猛然一撤，又猛然改了方向。它朝上挑开天宿剑气，又以劈山倒海之势凌空而下。那带着灿烂光华的剑影自上而下，掀起的风如灵鹰长鸣。

"天宿小心上面——"方储失声叫道！

他方才受灵王和天宿相撞的威压冲击，灵魄震荡，形容狼狈。却没能从灵王无形的捆束中挣脱，一时间做不了什么，只能在旁干着急。

他眼睁睁看着那道灵光剑影直劈下去，天宿却并没有抬手出招相抵，而是对那道剑影视若无睹，转身向后。

方储差点儿呼吸骤停。然而下一瞬他便发现，那道华光剑影在碰到天宿的时候，就被迫显露了原形——只是一道虚招。

而"灵王"本身却在那剑影落下之时，身形骤然一散，又顷刻凝聚于天宿背后。握剑的手指间已经蓄满了气劲。

倘若天宿刚才真听了方储的提醒抬手去挡头顶的一剑，那背后命门便会彻底敞露，根本来不及挡。

万幸，他没有。天宿恰到好处地转身了！还好……

方储看着那边，心脏差点儿蹦出来，又猛地松了一口气。然而这一口气还没呼出去，他的瞳孔就陡然缩了一下！因为他自己的肩膀被人拍了一下，"灵王"清清淡淡的声音响在他耳边，说："别看热闹，该送你走了。"

方储差点儿灵魄出窍！他这时才猛地反应过来，那个转去天宿身后的"灵王"依然是一个虚影，真正的"灵王"在他这里。

而这接二连三的虚招和根本分辨不出真假的剑影、身形，都只发生在一瞬间，快得叫人根本反应不过来。偏偏那些虚招分化的威压和气劲，都是实打实的。否则根本不足以骗天宿。

这就好比在一瞬间将自己一分为三，放在任何一个人间仙门家主或是邪魔身上，都要极费灵神。但在灵王这里，却如吹灰。

不过方储根本来不及想这些。他只看到"灵王"虚影所在之处，剑招伴随着惊雷电光连击一片，连周遭的山野都哗然作响，崖石炸裂。而天宿的身影就没在尘烟里。

完了，看穿第一个虚招已是不易，第二个天宿避不过去了。方储被“灵王”带往“现世”的那一瞬，满身冷汗俱下。然而他们刚转身，就见寒光浮动，本该困在惊雷电光里的天宿，正长身而立，扶着剑挡在他们面前。

“灵王”身形一刹。天宿低沉的声音响起：“虚招骗不了我。”

方储这辈子的心跳都砸在这一刻了，简直大起大落。他听见“灵王”叹了口气，用几乎没人能听见的声音说道：“你……既然虚招骗不了，那就只能动真的了。”

话音落下的刹那，方储身边已经空了。骤然而起的狂风掀得他根本稳不住身形，狼狈地滚了一圈，撑起满身结界去挡，却崩出了无数细小伤口。

他吃痛地闷哼一声，半跪在地。再抬起头，只见雪亮光芒，晃得他眼前一片煞白。他听见两剑相击的鸣音，等到白光缓和，他只看见两道剑光悍然而去。

他生生见识到了何为剑劈山海。

乱线上的天宿毕竟只是萧复暄的本体躯壳以及一抹灵，要以这一抹灵原地挡下“灵王”全力的一剑，根本不可能。于是他抵住剑刃之时，身形已在剑压之下后掠数百里。

他们上一瞬还在某处城郊，下一瞬就到了连绵山间。

四周是层峦叠嶂和高耸山崖，天宿原本要借嶙峋山石横绕一下，挡过那一剑。却在将要绕过掠过时，隐约听到了山里有人声。

天宿一怔，转眸瞥去。就见十二里灯火如龙，从群山之中蜿蜒而上，直抵天边。隐约可见茶酒旌旗伴着喧嚣人语，在风里扬展。

他们一退数百里，所落之处居然是落花山市。倘若真的借山石挡下这一剑，断裂的山崖便会直直砸落，那又将是一场无端灾祸。

天宿身形一顿，于半空改了主意，以一抹灵魄生生接下灵王一剑。

剑气毫不避挡，重重相接之时，天际九霄雷动。数百里的云雾都被猛吸而来，在那一处流转成长长的云涡，通天彻地。

就连“灵王”都没有料到，他会生接那一剑。

“你不是想说这世间一切都是假的吗？”“灵王”问道，“你想说这里才是乱线，所有的都是虚影。既然是虚影，既然都是假的，你为何还怕惊扰落花山市，强接这一剑？！”

云涡里白茫茫一片，俱是湿冷的雾。

天宿的声音就散在雾里，他说：“因为有人曾生于这里，又亲眼看着这里烧为焦土灰烬。”他不希望等那人来到这里，还要再看一次山市灯火尽熄，哪怕是在乱线。

焦土……灰烬……“灵王”的躯壳里有什么东西猛地搏动了一下。

有那么一瞬间，他似乎有些错乱，仿佛同什么人血脉相连。那种感觉很奇怪，就像被闷在一个巨大的罩子里，偶尔顶开一丝缝隙，于是隆冬的风透了一缕进来。

他眼前隐约闪过一些画面——冲天的山火烧了不知多久，烧到天边都浸透着猩红。而他就在火里，看着曾经热闹的一切化作焦土，然后以剑分灵……

萧复暄和乌行雪就是在那时闯进了乱线，被拽进了白茫茫一片的云涡里。

那一刻仿佛被拉得无限长——在那个瞬间，天宿那一抹灵在剑气巨震之下碎裂如烟，空了的本体躯壳直坠向地。而云涡里的萧复暄抬了眼。

本体和傀儡躯壳裹着金光剑气相接之时，傀儡躯壳融散于雾。依照现世的年岁来算，时隔整整二十五年，天宿萧复暄终于复归本体。

灵王也从云霄直落而下。他身如银雪鹞鹰，以长剑点地。

当他与乌行雪同处一处时，他躯壳里的搏动就变得更加剧烈，几乎是一下一下地砸。

落花山市陷于大火的场景又一次直贯进他脑海中，提着剑劈开灵魄的那一幕也随之而来。大火烧身的灼热和灵魄分劈的剧痛同时涌起，像无端海最高的海潮，兜头将他笼罩进去。

那一刻，灵王和乌行雪恍若重叠。他们似乎想起了一样的事，有着一样轻而急的呼吸，身形一样紧绷如弓弦，脸也一样苍白无血色。

在劈分灵魄的痛苦重卷而来时，乌行雪身形晃了一下，一如当年在落花台的山火中一样，半跪于地。

萧复暄听到那声闷音，猛地扫开浓雾。他隐约看到乌行雪的状态，脸色骤变，一把抱扶住倒下去的人，低声道：“怎么回事……”

话音刚落他就止住了。因为他发现乌行雪另一边颈侧有一道新伤，应当是刚被弄出来的，汩汩的血自伤口流淌下来，顺着颈骨洇进领口，染得布料一片殷红。

那新伤并非什么创口，而是有意为之。因为那伤的形状是一道咒印，萧复暄一眼就认了出来……那是贡印。

曾经乌行雪还是仙的时候，脖颈上有天赐的“昭”字。那道贡印在他无知无觉的情况下牵系着乱线上的这位“灵王”，为其源源不断地提供灵力。

后来他堕为邪魔，“昭”字印消，两者之间牵系便断了。

如今，他居然又生生在脖颈上新落了一道贡印。贡印以血落成，效力便格外重。他靠着这道贡印，将自己与乱线灵王之间又拉起了一道牵连。

怪不得始终被天道影响、死死封禁的灵王忽然有了一丝松动。又怪不得他会跟灵王一样想起过去的事，承受着曾经承受过的痛苦……

“乌行雪！你——”萧复暄哑声说着，就要去愈合那道伤，却被半跪的人一把抓握住手。

乌行雪抓得极用力，骨节泛白。他扯了扯苍白无色的唇，用几不可闻的声音说：“萧复暄，你信我。”

第 118 章 来源

贡印相连，就能将两人的状态一点一点缓缓拉到持平。

如果贡印的效力足够强、建立的联系足够深，乌行雪还能试着去影响那位“灵王”。

倘若成功，他能压制“灵王”身上受控于灵台天道的那一部分，让那位“灵王”彻底醒来。

倘若失败……倘若失败，那就是现世被斩。他曾倚坐在树顶俯瞰过的那个人间将万灵消亡、光华俱灭。

曾经热闹过、沉寂过、有过爱恨悲欢、生离死别，听过哭，听过笑，见过阳春三月，亦见过隆冬白雪的那些地方和那些人，就再无存在过的痕迹了。他输不起。

乌行雪攥紧了萧复暄，轻声重复了一遍：“你信我……”

贡印之效在那一刻飞速启动。那位“灵王”本能相抗，周身爆发出惊天的威压与仙力——狂风猛卷而来！

周遭忽然遍生结界，以仙力而成的禁制拔地而起，像无数道通天贯地的墙，将所有人分隔开。

“城主！天宿！”方储一蹿而起，想要冲破禁制去乌行雪身边。

然而他往左一步，一道泛着银白华光的禁制便贴着鼻尖轰然砸落。他转身往右，第二道也直砸下来。他再急退一步，背后又是一道。

眨眼之间，八面紧锁。他被箍在方寸之地，一步不得动弹！他的招式、气劲、邪魔之力以及惶急而嘶声的喊叫，都被封在其中，再传不出去。

另一侧，萧复暄的剑气能快过一切。那些禁制拔地而起的瞬间，数千道属于天宿的张狂剑气就已经抵到了那些流转着华光的高墙上。

可是当万钧剑气势如破竹，将要贯穿高墙时，那些剑尖所抵之处却汩汩流淌出血液，殷红色的痕迹蜿蜒出现，自上而下，万丈不息。

禁制渗出血来的时候，萧复暄看见“灵王”和乌行雪的身形同时颤了一下。

萧复暄脸色一变，猛地收回剑气。千般剑气撤回的刹那，风雾弥合。白茫茫的雾在狂风席卷之下，眨眼淹没了他身侧围箍的八方禁制。于是他再看不见乌行雪……

数万道禁制强势砸落人间，足以将江河湖海、山野城巷通通分隔，令天崩地裂都不能相通。

唯有一处地方共存着两道身影，正是乌行雪和那位“灵王”的。

乌行雪捏紧空了的手，抬眸看去。

那位“灵王”身上华光笼罩，有着如今最强悍的仙元、周身流泻出最纯净的灵力，那通通来自曾经巅峰时候的乌行雪自己。

但在贡印流转相连之后，“灵王”身上便缭绕上了浅淡的邪魔之息，黑色的雾岚丝丝缕缕地缠绕在灵王的衣袍上。这一幕莫名有些触目惊心，就像血流进纤尘不染的雪里。

乌行雪微怔了一瞬，沉默下来。因为这一幕与他当年成魔的场景有些相似。只不过当年他身上缠绕的黑雾并非这样丝丝缕缕，而是汹涌澎湃，仿佛能侵吞万物。

这一刻，他就像隔了三百年的时光，看着当年的自己；他看着自己缠上邪魔之息，看着血从不知哪些要穴渗出来，一点一点浸染衣袍；他看着自己从“华光耀目”的仙，慢慢变得苍白斑驳、鬼气森然……

后悔吗？

乌行雪似乎听到有声音如此问道。

谁在说话？乌行雪蹙了一下眉心。

那声音淹没在结界内呼啸的飓风里，模糊至极。一时间难以分辨那是他自己脑中一闪而过的自语，还是灵台天道借着那位“灵王”之口在问他。

就在他怔愣之时，以长剑支地的灵王骤然抬头。仙力在刹那爆发，巨大的冲击力震得禁制之内山川震动。那相连的贡印在震动之下被冲断了一瞬。

“灵王”就是在那时一转灵剑，卷风而来！那一道身形太快，疾如电光。

上一瞬还在百丈之外，下一瞬剑尖已然到了乌行雪喉前。

乌行雪在那一刻倏然抬眼。他冲“灵王”歪了一下头，刚好在千钧一发之际，错开剑尖。与此同时，他的两指点在了灵王颈侧的“昭”字上。于是剑尖倾注的威压重重撞在一侧山峰上。

百丈高崖轰然崩为砂石之时，最凛冽的冰霜混着血落在“昭”字印上，转瞬蔓延乌行雪半身。

“灵王”和乌行雪灵魄同时重重地搏动了一下。贡印又在那一刻连接起来。

乌行雪在高崖崩毁的巨响中，又一次听到了那个声音，问他：

后悔吗?

“是你在问？”乌行雪动了动唇。

“灵王”依然戴着曾经乌行雪从不离手的银丝面具，身体在贡印越来越重的效力之下微颤了一下，像是一种挣动。

“什么？”“灵王”的声音掩在面具后，“不是。”

其实不用他答，乌行雪也意识到了。

那声音并不在近处，而是响彻四面，在结界和通天彻地的禁制里来回撞着。这样巨大的、无可掩盖的声响，灵王却毫无所觉，仿佛自始至终，只有乌行雪自己能听见。

就在这时，刚连上的贡印又一次断开。

“灵王”的身影瞬间淡下去，挣动和微颤骤然熄止。乌行雪眯了一下眼，只觉背后一寒。

不用抬头他也知道是怎么回事，毕竟“灵王”出的都是他自己曾经最熟悉的招。

此刻恐怕有千万飞剑蓄满灵力，拉到云间，正要猛地朝他直射而来！

乌行雪头也不抬，背手便挡。就见漫天雪末聚拢，在万千剑尖前凝结为屏障。

冰霜顺着飞剑迅速蔓延，而后轰然炸开。那就像在禁制之内，下了一场世间最大的雪。

“灵王”被震开的同时，乌行雪的背骨也重重砸在险峰山石之上。血液从已有裂口的要穴汹涌流出，瞬间染红了衣袍。

那声音又一次响起：

你后悔吗?

乌行雪咳了一声，用手背擦了脸侧的血，这次终于平平淡淡回了一句：“后悔什么呢？”

又一记招式袭来！乌行雪堪堪避开，反手便是一招。

禁制之内有着世上最大的雪，铺天盖地。他和“灵王”互看不见，但每一道招式都能精准落下。他们有着一模一样的攻击习惯、一模一样的格挡和回击。

但“灵王”尚在巅峰，用的是剑。而乌行雪的剑，早在三百年前他成为邪魔之时，就一并被封存在了他曾经最喜欢的落花山市里，再没有用过。

于是转瞬之间，乌行雪的衣袍就已浸满了血。他承接着自己曾经最熟悉的攻击，挡着曾经最熟悉的剑意。在又一次撞上山石时，听见那声音一句一句地问他：

> 你分劈神木，自毁灵魄，由仙成魔。
>
> 你从九霄云上跌落进魔窟深潭。从灵王变成人人谈之色变、避如蛇蝎的魔头。
>
> 被抹杀、被遗忘、被咒骂、被畏惧。
>
> 如今还要被取代。

那声音八方皆是，重重叠叠，铺天盖地，和着最猛烈的风和漫天大雪。明明模糊不清，却仿佛带着最重的威压，震彻山川。

> 仙元俱碎、仙躯不再，就连最简单的贡印都落得断断续续，起不了效力。
>
> 你后悔吗？

罡风横扫而来。

乌行雪抬起眸，在那一刻轻而坚定地开了口：“不。”下一刻，他就在狂卷的飓风中抬起手，在脖颈的贡印上加了一重。

霎时间，风雪蓦地一静，似乎刹止于半空中。新鲜的血就从第二重贡印里流淌出来。

曾经在仙都有一个众所周知的道理——那些人间神像上的贡印只能落一重，不能多落。因为神像泥塑金身，承受不住。多落一重，神像便会爆裂成砂。

后来又有人说，倘若换作傀儡肉身，能承之力便强一些。贡印能勉强落到两重。但这就是极限了，即便是仙躯本尊，也万万不能超过三重。

然而这一刻，在雪漫青天的禁制里，乌行雪瘦长苍白的手指一次又一次落到贡印上，以血饲之。

他每落一重，“灵王”的身形就会僵顿一分。

每落一重，“灵王”就变得更像他。

每落一重……他同另一个自己之间的联系便更紧密一点儿。

他生生落了五重贡印，到最后连手指都是抖的，浑身满是血纹。但他垂着眸，扯着嘴角，无声地动了动唇，又对那无形的天地罡风说了一句：“看，这样的贡印，你要怎么拦？”

话音落下的一瞬，风雪长啸，他和另一个自己同知同感。

他们孤拔地立在风雪里，一样的身形、一样的姿态，一样满身血迹却不落尘埃。

那一刻，乌行雪似乎身在两个躯壳里。他既是魔头，也是灵王。

“你究竟是从哪里来的……”他在心里轻轻问了一句，然后催动了最澎湃的气劲。

下一瞬，他在同知同感之下，看清了“灵王”的来历。

乌行雪其实一度有过疑惑。究竟是什么灵物化成的躯壳，能承受住他巅峰时候的灵力仙气？不仅没有爆体而亡，周身碎裂，甚至还能像真的灵王一样，往来于所谓的“乱线”。

不仅如此，这位“灵王”就连回忆所见的场景，都与他如出一辙。

世间哪有灵物能轻易做到如此？又哪有躯壳能化成这样的灵王？直到此时此刻，乌行雪才终于知晓。

他在“灵王”的躯壳里感受到了曾经最熟悉的东西——剑意。不是模仿出来的，亦不是凭空捏合的，而是曾经独属于灵王的剑意。

世间从来只有一样灵物，会拥有这样的东西——乌行雪的剑。

第 119 章 归位

怪不得“灵王”的回忆会与他如出一辙。既有曾经窗台积花的坐春风，也有十二个童子环绕、煞气隆动的南窗下，还有他走过的每一段路、穿过的每一条热闹街市、遇到的每一个人、见过的每一次生死。

怪不得他的一招一式由这位“灵王”使来，不见半点儿拖泥带水，连剑意都一模一样。

怎么能不一样呢……那本就是他的剑。

他分劈神木之后，将这柄灵剑封存在落花台。此后整整三百年，再没有用过。

不曾料想，灵台天道居然以这柄剑作为灵物，造出了一具躯壳，再借贡印汲取灵力，最终使之成了乱线之上的灵王。

那一瞬，乱线的“灵王”倏然睁眼。他躯壳里属于乌行雪的灵力重重颤动着，而他的身体轮廓在震颤中变得朦胧，远远望去，就像一道直楔入地的长直剑影。

那道剑影微微抖了一下，就像曾经作为灵剑有所感应时一样。

无边剑意从他身上照出来！每一道都裹着霜寒冷意，锋利之中又透着乌行雪常有的那种悲悯。

那些剑意自里向外，那层封裹在他身上的灵台之力便被刺得四分五裂，就像笼罩在昭昭日光周围的浓云被扫开了一些。

那种松动，乌行雪体会得最清楚。他能感觉到那位“灵王”正一点儿一点儿让开“路”，由他去掌控那具躯壳。

时隔三百年，他久违地握住了自己的剑。

可就在那位“灵王”彻底松动、他握住剑的那一刻，铺天盖地的尖啸和号哭声突然朝乌行雪笼罩过来。猝不及防的剧痛和严寒瞬间席卷他全身。

那是一种根本无法抵御的痛楚，来得太过突然，乌行雪弓了一下脊背，一把扶住了崖边的尖石。

那山石棱角锋利如刀，乌行雪攥得极紧，手指被棱角划破，瞬间染红了一片。但他毫无感觉。因为身上的剧痛和严寒早已盖过了一切。

起先，乌行雪没有反应过来这种剧痛和严寒从何而来。直到他感觉那种剧痛如万蚁噬心。他才明白，那是与劫期相似的痛。

那痛楚并非无端无缘，而是来自他杀过的人。

世间所有仙门弟子都曾学到过一种说法——人在将死之时恨意最深。不论是好人还是坏人，不论是善是恶，不论是无辜被害还是罪有应得，只要有过一丝一毫的不甘心，都会怨恨那个杀了他的人。那种深刻的怨恨会缠绕在那双杀人的手上，缠绕在那柄杀人的剑上，攀附在杀人者的灵魄上，日夜叩问。只要有机会便会冒头，如同万蚁噬心。

那是连神仙都畏惧的怨恨。

邪魔的劫期就来源于此……灵王的痛苦亦来源于此。

当乌行雪的手再度握住他的剑，那种连神仙都畏惧的怨恨便朝他袭来，像万尺黑雾。

他在不见天日的黑云里，看到了无数张苍白面容。那些是他在天诏之下杀过的人。

他有一个很糟糕的习惯——看着随性恣意，却在这些事上记性极好。

他记得那些乱线上，自己亲手杀过的每一个人。记得那些人走在街巷、与人闲聊时的模样。甚至其中有一些最初见到他时，不知他是做什么的，还冲他露出过笑意，最终却或哭叫或茫然地死于他手下。

正是因为他每一个人都记得，每一句咒骂和怨恨都听着，每一次被亡魂撕咬灵魄时的剧痛和寒冷都安静承受着，才不能容忍灵台天道那样一次又一次地引人去开乱线，一次又一次地将凡人生死算计在它强扯的平衡里。

所以他不会后悔。从未后悔。从九霄云上跌落深渊如何？从灵王变成魔头又如何？

如果再碰到与三百年前一样的时刻，他依然会分劈灵魄，刮尽满身神力，自碎仙元，让神木消匿于世。

他依然会直直站着，带着缠裹满身的怨恨，望向苍空之上的灵台天道，问一句："看见了吗，这是凡人之死。"

万灵生死重若千钧，缠裹满身的时候简直叫人寸步难行。它从未背负过一寸，从未体会过一分，凭何算计？！

那些铺天盖地的怨恨以及一个又一个曾经杀过的人，在此时突然袭来，就像一种威慑。

威慑乌行雪，更是威慑那位"灵王"。

"灵王"躯壳由那柄灵剑所塑，乌行雪所承受的那些怨恨，他同样在承受。但他过往不曾有过躯壳，这是第一次。

他从不知道，原来亡魂聚于一处时，怨恨会这么浓，这么多，什么仙剑灵力也劈扫不开；原来生死怨恨真的这么重，重到他几乎要被压弯下腰；原来灵魄被撕咬啃食会这么难挨，亡魂的冷会冻到人忍不住发抖。

但这所有一切，都比不上他看见那些苍白面容时的痛楚。他掌中攥着的长剑在颤抖中发出嗡鸣。接着，数不清的裂纹从剑柄蔓延下去，一直到剑尖。

似乎有一道声音环绕着他，在巨大的嗡鸣和痛苦中对他说：

那是一只杀人的手，那只手上缠满了怨恨，他无权握剑……他本就不该出现在这里，他该回去。送他回去。

"灵王"松动的一切，又在这万般痛苦中慢慢弥合，云雾又一次缓慢笼罩回去。乌行雪和他之间的贡印再一次变得不稳。

他在痛苦之中本能相抗，又要截断贡印。而在贡印效力渐轻的过程中，那种万蚁噬心似的痛苦居然真的好了一些。那些怨恨于他而言也变得模糊起来，仿佛自始至终，都只萦绕着乌行雪一个人。

他只是受了牵连。只要他截断牵连，便不用再承受任何苦痛。

一切就是在那个刹那发生的——整个天地猛地震动起来，一如之前在大悲谷底。

乌行雪被数以千计的亡魂围裹着，甚至没有觉察到那种震动。而等他眨去眼睫上的血，再睁开眼，就感觉一阵天旋地转……

他慢了一刻，才反应过来那种震动和天旋地转的含义——他和萧复暄，甚至方储，又要被强扫出那条乱线了。

他在混乱之中隐约感觉到了禁制高墙消散，他听到了萧复暄的声音，还有方储的一声“城主”。下一刻，他就被人扶住了。

他想说其实差一点点就成功了，可惜……这次他们没有后招了。

萧复暄复归本体，方储也一并被扫了出来。乱线之上已经没有什么能拉他们一把了。

如此一来，他们和整个现世就成了被动的一方，只能等那位“灵王”提剑而来。

乱线的山河消失于黑暗，只有卷着大雪的风还在呼啸，扫过耳边。然而就在一切消止之时，呼啸的风雪忽然一静。

那一刻被拉得无限长。后来不管过了多少年，他们都始终清晰地记得这个瞬间。

这一瞬，风雪在黑暗中归于死寂，整个世间仿佛骤停，再不往前流动。

乌行雪呼吸轻轻一顿。只听已经远去的风骤然猛烈起来，漫天大雪又一次扑面而来。消失于黑暗的乱线山河突然变得清晰起来，瞬间到了咫尺，就连万丈禁制高墙的华光都在。

原本断裂的贡印突然自主流转起来，乌行雪摸了一下颈侧，抬眼一看。就见“灵王”长剑支地，身上缠裹着同他身上一样的亡灵怨恨，在漫天黑雾和猎猎长风中直起了身。

那一刻他们意识到，他们在千钧一发之际被人又拉回了乱线。拉他们回来的人，是“灵王”。

第 120 章 守家

将人拉回乱线时，“灵王”身上原本消退下去的剧痛和寒冷又迅速席卷上来。

那样彻骨的寒冷，只需要一丁点儿就能让人身灵俱僵。他裸露出来的脖颈和手指变得苍白无色，又瞬间泛起了淡淡的青。

那种剧痛绝非常人能扛，就连神仙也会发着抖弯下腰去。他隐约听见脑中有一道声音，模糊得不知来自哪里，却和着旷野山川的狂风一样呼啸。

痛吗？冷吗？亡人的怨恨就是如此，世间无人能消，也无人能挡。

“灵王”闷在面具之后的声音又轻又低，手指不可控制地颤着，却回了一句：“是吗？”语气与乌行雪一模一样。

呼啸声更凌厉，连带着地面都在抖。

你会如同根骨寸寸碎断，会如同埋在冰崖之中。

更剧烈的风卷裹而来，似乎要将他掀翻或是吹得再站不稳。但他以剑尖抵地，便站得笔直，再没有动过。

你会千疮百孔，会血流遍野，会痛不欲生。你会后悔，会呼天不应，叫地无门。

“那你错了。”他依然轻轻回着脑中的声音，“我不会。”

那些紧紧压制着他、封裹着他的灵台之力，在那一刻被彻底破开。仿佛大地龟裂，光透百丈云层。他顶开压制着他的万钧之力，轻扯了一下嘴角道：“我永远不会。”

他的躯壳是灵王的剑，骨血里是一部分的乌行雪。

剑不会千疮百孔，不会痛不欲生，不会后悔。他从来只指向前。而更早的时候，他是一根裹着白玉精的神木长枝。

他起始于生死无畏和不求回报的庇护，从存在于这世间的那一刻起，就注定不会有害怕和后退。

“所以啊。”他轻轻动了动唇，无声回道，“你吓不倒我。我醒了。”

那一瞬，整个乱线天地变色！

“灵王”抬头看了一眼风云际会的天幕，又朝乌行雪、萧复暄以及方储的方向看去。他们本为一体，无须多言。

但“灵王”还是在那一刻开口道：“我知道该做何事，但要提醒一句。”他抬手指了指九霄云上的仙都灵台，道：“它既然能影响压制我，就一样能影响压制旁人。甚至要容易得多，毕竟……”

他在这条乱线上待了很久，即便已经彻底醒了，说到灵台的时候依然会停顿一下。即便戴着面具，也依然能感觉到他有一瞬的怔然。

但他很快便定然如石，道：“毕竟这条乱线就某种程度而言，由它灵台衍生。乱线上的每一位仙也因此而来。只要它有意，就能让仙都所有人同我们兵戈相向，无须缘由。”

“所以？”

“所以要以一当百、以一当千，不会有更多的帮手了。”萧复暄道，“不是惯来如此吗。”

众人静了片刻，哂笑一声。二十五年前便是如此，不过是再来一回罢了。

下一瞬，那些通天彻地的禁制高墙轰然碎裂。禁制之外最张狂的风混杂着川流之声齐灌入耳。他们迎风数万里，如同华光穿透九霄云上，直捣灵台！

另一边，从“灵王”苏醒之时起，九霄云上的仙都灵台便有了动静，无数道传书在那一刻飞散而出——桑奉之前感到山川异动，正在他所执掌的不动山里巡看。他巡看到半途，在曲折难行的山道间猝然停了步，伸手接住穿林而来的传书。

那传书展开是一片空白，没有任何内容。但他身形一僵、眸光忽定，片刻后飞身掠至太因山，顺通天高塔上了仙都。

千里之外，遍地巨大坟冢的京观里，梦姑同样接到了传书。她从一处坟冢碑前直起身，捏着同样空白一片的传书，定定怔了半晌，而后一扫裙袍，同样飞身而去。

还有雪池的或歌。她穿过雪池终年不散的雷鸣电光，接到传书后一挽长发，扎了一个方便的髻子。带着雪池的云雷，从南端赶赴北地。

世间各处执掌之地，仙都众仙都在同时同刻接到了同样的空白传书。

正如“灵王”所说，他们无须任何缘由便直赴灵台。他们身伴仙光，仿佛千道飞虹，在顷刻之间，会聚往九霄之上。而灵台高崖的仙堂里，同仙首说话的众人忽然噤声。

整个仙堂陷在一片空寂的安静里。那种安静给人一种很奇怪的感觉——明明这里站着许多仙，却好像空无一人，皆是虚影。

“怎么了？”有仙打破安静，谨慎问道。

下一瞬，有仙使连上十二层高峰，嘶声叫道：“有人强闯仙都灵台！”

一切场景都与二十五年前的现世如出一辙，仿佛昨日重现。

只是这一次，乌行雪这边多了一道身影——他一身素衣卷风楔入灵台高崖时，苍白的霜顺着高崖上的瑶宫仙殿疾速蔓延。转眼之间，他所过之处皆为冰雪。

而在灵台众仙身携法宝而来，仙首明灯一扫、火光耀目之时，一道银白长影横贯而来，带着朗如清风的剑鸣，落进乌行雪一贯空空如也的手中。

时隔整整三百年，他早已不再是灵王，却重新握住了那把剑。

这一次，萧复暄也不会再匆匆赶来。他那张狂的剑意与乌行雪并肩而至，像最汹涌的海潮，卷天而过。

万道金色剑影直落于灵台众仙身前，砸地之时，瑶宫仙殿的地面碎裂有声，白石飞溅。

剑影一张，众仙便分寸不得向前！乌行雪则直穿照世灯所燃起的大火，身如光电，挽了个银白剑花，凌然直劈下去。

仙都的万座瑶宫在那一刻震如惊雷，同时蔓延出了无数裂痕。

仙都震荡之时，灵台万座玉桥底下的云雾涌动不息。倘若此时有仙看着，便会知晓，那是一种征兆——预示着仙都灵台根基不稳，煞涡隆动不息，有衰败之兆。

要想压制这种衰败，让仙都灵台在转瞬之间鼎盛起来，便需要更多的香火、更多人间祈愿和供奉。然而乱线和现世之间的“桥”已被截断，封居燕、封非是已然消散，两边香火不通、供奉不连。

要想在这极短的时间里，汲取更多人间香火供奉，唯有一个办法——重新架一些“桥”。

能做“桥”的，多是不甘消亡、游荡不息的灵魄。它们想要新鲜的躯壳，想要能容它们寄生的地方，想要活着。而世间这种灵魄最多的地方，便是坟冢满地、亡人聚集的京观。

执掌京观的梦姑在这一刻已经赶到了仙都，在灵台天道全然的压制和影响下，与她昔时的旧友刀剑相向。所以她没能看到她所执掌的京观出现了异状——在巨大的坟冢里，零零碎碎不甘消亡的亡人灵魄正从六尺之下的黄土里挣脱出来，携着阴潮的冷风，往同一个地方集聚。

那些灵魄聚集的地方是一处荒野山坳，高山嶙峋，崖石散落，四处都有灵剑扫过的凌厉痕迹。就在不足一刻之前，乌行雪、萧复暄还有乱线的“灵王”曾交战于此。

这是通往现世的地方。

高山之间，狭道狂风。那数百具不甘消亡的灵魄，在灵台天道影响之下破开了一道缝隙。只要它们由此踏进现世，在那个人间落了脚，“桥”就又立起来了。

这次不只一座“桥”，而是百座。如此数量，一旦建立，再想斩断便要大费周章。哪怕是乌行雪和萧复暄此时回头也来不及。

那些灵魄尖啸着穿过缝隙，直奔现世人间。然而在将要落地之时，它们看见了一道人影。

那人个头不高，身形单薄瘦弱，乍一看似乎只有十五六岁，但看向它们的眼眸凶冷得不似少年。

不是别人，正是宁怀衫。

现世和乱线之间的牵连之口由萧复暄和乌行雪所开，所以乱线的入口在荒野之间，现世的出口在照夜城的雀不落。

宁怀衫起初不知城主为何留他在这空空的宅院里，让他“守家”。他以为城主是嫌他不够做个帮手。但他一贯听话，即便心里有些难受，还是乖乖盘坐在雀不落的巨树之下。

直到这一刻，他才明白城主和天宿的用意。原来没人觉得他不够格做个帮手；原来这个地方，真的要有可信的人来守。

宁怀衫看见那些不知来源的灵魄，带着乱线上的阴冷潮气以及深重到无法忽视的怨意，出现在雀不落一角。他眯起眼，瞬间从巨树之下站起了身 。

他扭了扭脖颈和手脚，一步十丈闪现在那些灵魄之前。

那些灵魄的怨气在尖啸声中高涨如烈焰，浩浩滔滔，眨眼便将雀不落高高低低的楼阁淹没。而宁怀衫就站在那高涨如焰的怨气前。他沉了眸光，两手凌然一张，错综的青色筋脉隆了起来，由额头到脖颈，到手臂，再到指背。毒气便源源不断地自他身上逸散。

那一刻，毒气和怨气猛烈相撞！地动楼摇伴随着灵魄长啸，响彻在照夜城最南端。

宁怀衫在那长啸中扯起一边嘴角，露出了一个邪魔的笑，在悍然出招的同时哑声说道：“抱歉啊，雀不落这个空门你们钻不了，有人守家！”

第 121 章　兄弟

那些试图扎根现世的灵魄嘶叫着，相互拉扯着，张牙舞爪猛扑向宁怀衫！它们的声音尖厉刺耳，就像用刀在耳蜗里生剐。

“吵死了！”宁怀衫低低咒骂一句。他一招劈上那些灵魄，承招的几个灵魄当场粉碎，在毒雾中融开，烟消云散。

可剩下的却像流水，猛地冲往两边，又掀起更高的浪，号叫着再度扑向宁怀衫。

他“呵”地讥嘲一声，招式更凶。

这人平日好动，总不安分。在这种时候，却成了一种好事。因为他反应奇快！一招刚出，另一招就已经攻往另一个方向。

近百灵魄和滚滚怨气，在他手指的虚影里、在汹涌不息的毒雾里，被消磨得粉碎！然而这并不是尽头……

宁怀衫刚把那近百灵魄彻底打散，还没来得及歇一口气，狭缝里就又涌出了新的灵魄，带着更浓郁的阴风和怨气，嘶叫着扑咬上来。

宁怀衫一抹下巴上挂着的血珠，狠狠甩在地上：“还来?！”他啐了一声，带着满身毒雾，又没入了灵魄狂潮里。

那些灵魄并非怪形怪状，它们跟活人很像，有手，有脚，有身体，只是面容模糊不清，就像有人往水里投了一颗石子，于是被涟漪破坏了的倒影。

它们乍看起来单薄无害，似乎挥一挥手就散了，稍微懂点儿术法的人都能对付，费不了什么力气。然而真正触碰到它们就会发现，那些灵魄以及它们身上的滔天怨气究竟有多凶险难缠！

它们口中无齿，又好像无处不是利齿。只要将人包裹住，无尽怨气便会将人剐得血肉模糊。到处都是伤口，到处都是血。

所以当宁怀衫又一次撕尽灵魄，从怨气中显露身形时，他已经快成一个血人了。血从他额头流淌下来，洇进眼睛里，于是他连眼睛都是鲜红的。

他捏碎了手里紧攥的一抹灵魄，悍然回身看向那道缝隙，哑声道：“再来啊！”然后又没入了更深浓的怨气中。

每当一拨灵魄消散在宁怀衫手里，就有更多灵魄从乱线各处冒出头，穿过荒野，源源不断地聚向此处。

世上的亡人那样多，连“万”字都计不过来，遍布各处，却仿佛在同一时刻被弄醒了，由一双无形的手推过来。结果便是……无穷无尽。

宁怀衫已经数不清自己究竟挡下了多少灵魄，也弄不清自己在这道缝隙前守了多久。

起初，他的咒骂和自语没有停过。每挡一拨，便会半讥嘲半发泄地喊几句粗言。但只要是人，就总会有累的时候，哪怕是好动又碎嘴的宁怀衫也不例外。

慢慢地，雀不落里的咒骂粗语便越来越少。

不知从哪一刻起，宁怀衫再没有出过声，只是沉默地、一下又一下地祭出杀招。

这大概是宁怀衫今生最像“邪魔”的一刻。

他的呼吸声越来越重，手脚速度终于慢下来，但他没有停。乱线上有数以万计的灵魄穿过缝隙，扑向现世，却被他绞杀在雀不落里。整整一个时辰，一刻未停。

他带着满身毒雾守在这里，没有错漏过一个。终于，他在撕碎一道灵魄时，出招太重，脚下踉跄了一步。

从踉跄到稳住身形只是一个瞬间。但那些灵魄却看准了这个瞬间，一下子反扑上去！它们同时撕咬宁怀衫的脖颈、肩膀、手和腿，还有更多则掏向他心口。

那一刻，雀不落里几乎出现了一片血雾。

宁怀衫就在那片血雾里闷哼出声。他低低吼了一声，隆起的血脉纹路重重搏动了一下！接着，他两手毒雾便连成了一个巨大的旋涡，狠砸下去。

“轰——”

一声惊天巨响，就见毒雾形成的旋涡将百千灵魄卷入其中，又猛地炸开。

雀不落肆虐的怨气瞬间被清扫一空。宁怀衫却身形一晃倒塌下去。他一只膝盖重重地磕在石地上，一手撑住地面。鲜血淅淅沥沥在地上滴成了一洼。

但他心里知道，这依然不是终结。因为他已经嗅到了更多、更浓的阴潮味，就来自他背后的缝隙。不用回头他也知道，又有数以千计、万计的灵魄被操控着赶聚过来。

这一次，不知道他还能挡住多少……就在他低吼一声，攥着拳要强站起来时，缝隙里隐约传来了一道声音。那声音远得像在另一个世界，喊了他一声：“宁怀衫！”

“谁？”宁怀衫茫然地眨了一下眼。他守在现世的雀不落里，仅能从一道无形的缝隙嗅到来自乱线的风，其他一切皆看不见。所以他并不知晓就在方才，万千灵魄又一次汇聚在乱线山野之间，想要顺着缝隙扑往现世之时，有一道人影从乱线仙都穿云而下，两手蓄满杀招，如飞星一般砸落在灵魄漫天的怨气中。

他重重落地的瞬间，杀招陡然而开——那万千灵魄便被那道人影拦截下来！

那千钧一发之际赶赴下来的不是别人，是方储。方储在乱线这头拦住了奔往现世的灵魄。他背对着那道通往现世的缝隙，喊了宁怀衫一声，问道：“还撑得住吗？”

乱线和现世之间的相隔，既不能以时间来算，也不能以距离来算，本不该相互听闻。

但在这一刻，乱线上的方储总觉得自己能听见雀不落的声音。于是他用脊背挡住通道，头也不回地又喊了一声：“傻子！还活着吗？！”

这句问话顺着不知多长的通道，依稀传到了现世。

宁怀衫半跪在雀不落的院子里，在满地鲜血中缓慢地笑起来。这声音太熟悉了，再邈远再模糊，他也认得出来。

曾经每一次听见方储叫“傻子”，他总会在翻脸的边缘回敬几句。唯独这一次，他是笑着的。

宁怀衫笑着骂了一句，睁开眼，同样背对着缝隙通道说：“你怎么来了？”

他的声音早就哑了，声量并不大。但乱线上的人却好像听见了。

过了片刻，他依稀听见了方储模糊的回答：“还能怎么，城主让我来帮你。”

宁怀衫吐掉嘴里的血，道：“滚吧，我厉害得很，用不着你帮！况且你来了，城主和天宿那边怎么办？！”

方储似乎在那边骂了一句什么，然后说：“闭嘴吧你。”

宁怀衫又笑起来。他抹掉了满脸的血，扭动着脖颈肩骨，又慢慢直起身来。他说：“我活蹦乱跳，还能撕它几万个，你别抢功劳，让它们放马过来啊！”

下一瞬，他两手一张，毒雾再次腾然而起，滔天如云。

这一刻，距离他们抱着拂尘在坐春风门边打瞌睡，已经整整三百年。距离再上一世，更是不知多久。

他们早已不是亲兄弟了，却在这时恍然有了数百年前的影子——一个在乱线，一个在现世，挡在通道两端，背对着背。

无尽的怨气和灵魄朝他们扑涌而去。他们啐骂着彼此，然后相依为命。

某个瞬间，宁怀衫将撕咬脖颈的灵魄狠拽下来。他眼前黑了一下，扶住身边的院石缓了缓。

他脑中没来由地闪过一些念头，他以前从未想过的“矫情”念头——这毕竟是同“天”在斗，结果恐怕不会太好。倘若他们没守住，倘若连城主和天宿都出了事，倘若大家都死了……

宁怀衫借石头撑住身体，忽然开口：“方储，要是这次咱们死了，会转生吗？”

方储似乎被他突如其来的反常弄得愣了一下，半晌才回了他一句：“你说什么晦气话。”

宁怀衫重重喘了一口气，道：“谁说晦气话，就是忽然想起来，说道说道。”

乱线那边是招式不断砸下的声音，伴随着阴潮的风。

过了好久，方储的声音才依稀传来，也带着喘息和招式的响动：“要是乱线还在，现世没了，那咱们、恐怕、要一块儿消失，就……就没有转生。”

宁怀衫艰难地撇了撇嘴。

方储又道：“可若是现世好好的，那……那就另说了。那我无论落到什么结果也不怕。”

宁怀衫：“怎么说？”

“现世好好的，咱们就能转生。”方储那边似乎也有伤，话语断断续续，“这邪魔之体又有劫期，又缠着怨魂……没了就没了，我不可惜。”

宁怀衫跟着自嘲起来，又喘息道：“可转生了，那就真的谁都不认识谁了。”

方储的声音隔了一会儿，顺着风传过来：“我在乱线……知晓了一些事，咱俩身上有一道特殊的印记。”

宁怀衫：“什么印记？”

方储道：“城主落的。有那两道印记，咱们不论转生在哪儿，城主都能知道。这几百年，不管转了多少回，只要还在这世上，城主都知道。”

“宁怀衫。”方储的声音很远，却字字落进宁怀衫耳朵里。他说：“生生死死的，一直有人看着咱们。”

有人始终记着他们、看着他们，在无处可归时接过他们……那还怕什么生死不相逢。

第 122 章 问天

有宁怀衫和方储牢牢守着那条“通道”，没有灵魄能在现世落脚，“桥”便始终没能再架起来。

收取不到更多香火供奉，又承受着萧复暄和乌行雪的猛攻，仙都的衰颓之相慢慢显露——万座瑶宫有如冰裂。

千里之外乌云陡生，瞬间便覆盖了整片青天。人间跟着暗下去，随着爆裂惊雷的一声炸响，顷刻间，风雨如注。

方储在滔天风雨中艰难直起身，抹去脸侧雨血混杂的水珠。他朝仙都的方向看了一眼，头也不回，冲通道另一端的宁怀衫哑声说了一句：“再撑一会儿，看着似乎快……”

他想说“快结束了”，然而话说一半就顿住了，因为他在风雨的尽头看见了一片白色。

起初方储以为那是雨太大了，砸起的水雾。直到他发现那片白色正疾速朝这里卷来，速度之快，近乎眨眼百里。

那绝不是水雾！方储瞳孔骤缩，下一刻便发现那是人。

看衣着打扮，那应当是这乱线上的人间仙门。他们或许是追着那些聚集的灵魄而来，或许是受灵台天道冥冥驱使而来。不管哪种，对方储来说都糟糕至极。

因为在拦了数以万计的灵魄之后，他身上的邪魔之息早已滚滚冲天。在围聚而来的仙门弟子眼里，他就是这片山野里最该铲除的问题。

“傻子。”方储看着那边，突然沉沉开口，“你那张嘴真是……”好好的为何要聊“要是这次咱们死了”呢？

“我嘴又怎么你了……”宁怀衫的声音从现世那头传来，如此巨大的雨声都盖不住他声音里的喘息和疲累，“你上句话也……没说完。”

方储想说“这里来了大麻烦，我可能要拦不住了”，话到嘴边又改了口。

他看着数千仙门弟子抄着兵戈法器，朝他猛卷而来，却只字未提，最后只说了一句：“算了，没事，但我打累了，要偷一下懒。一会儿涌去现世的灵魄可能会变多，你……”方储顿了一下，道：“你会被打趴吗？”

宁怀衫在那边啐骂了一句什么，嘶声道：“趴不了……来！”

世间常有仙门围堵邪魔，除魔卫道，天经地义。但如今这样的场景，实在是世间少见。因为人太多了……

仙门弟子长袍如云如盖，还有源源不断攒聚过来的亡人灵魄。刀剑法器的利光混杂着怨气，像巨浪洪流一泻而下，瞬间笼罩过来。

那是方储拼上所有也无法抵挡的攻势，更何况他早已力竭。

“真要应验宁怀衫那句晦气话了……”方储在心里对自己说。他一咬牙，在满口血腥味里猛撑起来，正要自爆灵神以命相搏一把。

然而在自爆之时，有什么东西忽然冒头，在他命门和心窍之处挡了一下。方储一怔。

那挡护的灵力带着霜冷之意，是城主的气息。

他猛然想起许多年前的一幕——他像破布一样残缺不堪，被乌行雪捡回雀不落，整个人浸泡在大树下的血池里，痛不欲生又昏昏沉沉，感受着自己在鬼门关里来来回回，直到断肢重新生长、创口缓慢愈合。

他挣扎着睁开眼的那一天，城主一身素衣站在血池边，弯下腰，用手掌拍了一下他的额头。他当时发着抖，以为这个声名狼藉的魔头要杀他，却发现对方只是往他身体里注了一抹灵力。

从那之后，他好手好脚地活了下来；从那之后，他再也没有真正地碰到过濒死之境。因为总会有一抹灵力拉他一把。

正因如此，方储才不愿辜负任何心意，想竭尽全力帮城主和天宿一把。可眼下除了自爆灵神，他别无他法。在短暂的愣神间，万千兵戈法器锋利的刃口已至眼前。方储呼吸一滞，已然来不及再做反应。

那是这片山野最为千钧一发的瞬间——最前面的剑尖距离方储的眼珠只有毫厘，下一刻就会贯穿头颅，将他狠狠钉在崖石上。

就在那一刻，无数莹白飞剑自九霄云上而来，每道虚影都成了长长的"线"，如流星坠落。那些"线"兜天罩地，交错成一张巨大的仙网，横空出世一般于方储眼前猛地张开，挡住那万千兵戈法器的同时猛地一收！

那些飞身扑向方储的仙门弟子和灵魄被死死拦在网后。下一刻，他们周身裹上了雪白冰霜，僵冷之下再握不稳兵戈法器，于是分寸不得向前。

"城主？！"方储一看霜雪，就知道这招出自谁。

在这横挡之下，他堪堪保住了一命。而此时的仙都之上，一切正到了千钧一发之时。

乌行雪刚从人间收了招，就又听到了那道声音。在他和萧复暄扫开重重众仙，带着一身血味和肃杀之气杀向灵台的时候，那道模糊难辨的声音又响了起来。

或许是因为同根同源，依然只有乌行雪一个人能听见。可落在他耳里，却仿佛从四面八方而来，响彻整个仙都。

你想过吗？为何频频落入困境？

因为你总是如此。在不该分心之时分心，插手去拦无关之事。

"好一个无关之事……"乌行雪提剑又上了一座灵台高峰，剑尖在崖石上扫过，雪末飞溅，"何谓无关之事？某个人的命？还是生灵万物皆是？"

在他身后，上一座灵台高峰发出巨大的爆裂之声，支离破碎，化为石末，轰然砸落。

仙都灵台共高悬着十二座灵峰，每一座都有禁制。在平日，那些刀山火海和丛生幻境都是众仙违犯仙规的惩罚。而此时此刻，那些就成了拦挡乌行雪和萧复暄的屏障。

乌行雪以传音回答道："在你这里，一个人的生死确实是无关痛痒之事，可以拿来填善充恶，拿来'算计'生死。在我这儿，我带来的人，一条命都不能少。"

乌行雪提着剑，直起身。他身上的邪魔之气盛烈如焰，生灵怨恨缠裹不歇，尖啸着，撕咬着，折磨着。他面容苍白，周身是血，与这满目皆无瑕的仙都格格不入。

他明明曾静坐于这云端之上，被称过温和悲悯，也被称过一句“惊鸿一瞥”；他明明是这里最早的仙。如今却因为与灵台相对，成了这里最格格不入的存在。除了萧复暄和他手里的剑，这里的所有人都要称他一声“邪魔”。

被横扫开的众仙不知第几次朝他攻来，云骇、梦姑、桑奉、或歌……

那些曾经的故交旧友，在这乱线之上全然由灵台天道所控。他们绷着毫无笑意的脸，操纵着各种法器从四面八方而来，一次又一次地与他们兵戈相向。那攻势比二十五年前的现世仙都混战时的更重、更难缠，更叫人遗憾，因为他们这次是以命相搏。

众仙狂烧着灵神，在那一刻祭出的全部都是命招，因为乌行雪和萧复暄离灵台还剩一步之遥。

而灵台天道拿准了一点——这些仙，他现在不能杀。

乌行雪手握灵剑，身上已有此生最重、最不堪承受的亡魂怨恨。而灵台众仙常降福祉于人间，满身挂着人间最好的祈愿和祝福。这样的一位仙能抵万万人。

多杀一个，缠缚在乌行雪身上的怨恨就能压得他再站不起来，再握不住剑。

而乌行雪不能弃剑。因为他早已是邪魔之身，他需要这把灵剑，需要乱线的“灵王”在最后一刻劈下最重要的那一剑——斩断这条乱线，从此灵台不存。

这就像一个死结。在这死结之下，众仙受灵台所控，要将他和萧复暄拦截在终点之前。

那将是这座仙都最耀目也最悲烈的一幕——数以千计的仙人同时祭出命招，朝这座灵峰砸下来。

从此一切不受控的、跳脱出天道之外的矛盾和麻烦，都将不复存在。而在那个瞬间之前，那道虚渺的声音对乌行雪说道：

你总说算计，然则并非如此，个中一切，皆为平衡。

“平衡？平衡……”乌行雪重复念了一句，嗤笑出声。他轻声说：“我其实一直在想……你还能算最初那个无心无情、无形无状的天道吗？我想了很久，如今算是有了答案。”他抬了一下眼。

众仙围攻而来的身影倒映在他眸子里，如漫漫云雾。那些法宝逼人而来的刃口和锋芒从云雾中刺出，裹着最快、最烈的风呼啸而来。

他同萧复暄对视了一眼，又看向不远处的灵峰之巅，道：

“你早就不是了。

“当你希望自己长存，希望仙都鼎盛，厌恶自己崩毁消失之时，你就有了‘生死’。

“当你为了‘生死’，干涉仙魔凡人之事，引出乱线和是非时，你就有了‘善恶’。

“当你身处在‘善恶’之中，你便无权凌驾于众生之上，再去平衡善恶。

“你早已不配，还说什么‘平衡’？”

话音落下的瞬间，仙都风云骤停。

巨大的吸力自仙都地面而来，堪比众仙威压之和，就像有千钧万力狂卷而来，攫住所有悬峰高崖朝地上重重一掼——下一刻，仙都万仞俱碎！

那大概是滔滔而来的天之怒。在那滚滚滔天的狂灾之中，一道声音冷冷响起：“我倒是能试一下这话真假。”

说话的是天宿上仙萧复暄。他脖颈上的淡色金印在那一刻微微亮起，紧接着，他那柄灵剑便在风起云涌和纷落的断崖碎石中呼啸而过，直直钉在灵台之上。

那剑震颤得比任何时候都厉害，剑刃一下一下地流过金光。

那剑被萧复暄带在身边，至今数百年，第一次出现了裂纹。裂纹自剑尖而上，瞬间蔓延到了剑柄。仿佛下一刻灵剑就会碎裂成冷铁之屑。

更猛烈的狂风呼啸着，盘绕在剑周，到最后形成了一道狂龙似的风涡。就在灵剑彻底碎裂的前一刻，剑刃终于亮了起来，金光流动。

那些见过天宿的人一眼便能看出来，每当那柄灵剑变成如此模样，就是在做一件事——诘问。

世人都说，天宿上仙在斩杀和降刑于邪魔之前，总会一剑钉下，代天诘问，缘何至此。

此刻却反了过来。

不论在乱线还是现世，不论在曾经还是尚未有的将来，这都是最盛大的一场诘问。

这是天宿上仙萧复暄代世间万物生灵，反诘问天。为这数百年里强作的善恶之下死去的所有、消失的所有，以及那个岌岌可危、暗无天日的尘世间问一句……凭何至此？！

第 123 章 煞涡

那数百年里发生的所有，不论是在现世还是在乱线，不论是活着的还是死去的，种种往事如走马，同如梭的光阴一起匆匆而过。那里面有太多事，太多生死，太多天意弄人，太多冥冥之中。

一切闪得太快，众人却依然能在浮光掠影之中，看到许多熟悉的身影——能看到桑奉落入凡间，仙元尽碎、往事皆忘，独居于西园一个破落的坊间。

那条街上有一间极不起眼的酒铺，墙上挂着一些风马牛不相及的书画。有一回他路过那里，看见其中一幅画上画了个女子，眉目有些凶巴巴的，脚边躺着一只乖顺的老虎。

那画不怎么样，却让他驻足看了许久。久到酒铺的老板都纳了闷，问他在看什么。

桑奉却摇了摇头，说他也不知。他只是在看到那幅画的时候莫名有些怅惘。就好像他应当认得一个那样的女子——脾气很凶，喜欢在家宅里养颇有灵性的猛兽。

他有点儿怀念。

还能看到梦姑落回人间后，久居于冕洲北边。那里常年很冷，她受过一场冻，落了病根，身体始终不好。她的脾气还是如在礼阁时一样，也真的在屋边野林里养了一只受过伤的山虎。

偶尔的一瞬，她会觉得山林太过安静了，要是有个碎嘴爱操心的人在旁边也不错。有时候想着想着，会伏在窗边出一会儿神。

然而他们一南一北，终生没有遇见过。

其中还闪过了或歌，她住在梦都南边一个临河的街巷上，靠着一座名叫“迎仙桥”的拱桥。但那桥上没有走过神仙，倒是常有乞丐和流民。她帮过一些，也收留过一些。

后来那条小街在邪魔肆虐之时空了，她替那些亡人埋了皮囊。然后在某个月色正清的夜里，哼完一首挽歌，跳进了河里。

还有云骇。他跳下了废仙台；他濒死于荒野邪魔口下；他恍惚听见了乱线“灵王”的梦铃之音，于一瞬之间想起所有，在不甘中挣扎着反吸魔元……他变成邪魔。

他捏了个傀儡，躲了花信数十年，最终却死在大悲谷的花信剑下。

所有一切，都在天宿的诘问之音中飞速闪过。

那大概是乱线仙都最惊险的一幕——数以千计的仙人祭出命招，带着撼天之势攻向距离灵台一步之遥的乌行雪和萧复暄。

衣袍翻云，法器破风。他们从高处俯身而下，却在法器最尖利的锋芒将要刺到乌行雪和萧复暄时，猛地浑身一震。

其中反应最大的便是云骇。他交错的经幡带着绞杀之力，原本兜天罩地，一道一道重钉过去，钉得玉柱石崖碎石飞溅！

整个经幡交错成了一个巨大的网，只要他屈指一收，就能将灵崖上的二人绞进经幡里。

然而他的手指剧烈地抖动着，似乎灵台天道的影响与他自己正在拼命拉扯。于是他用尽力气也无法屈起手指。

他与其他人一样，没有丝毫表情。但他在颤抖和挣扎之下，眼睛红了一圈，或许是又想起了大悲谷底那个不愿再想的“诘问”吧。

其他众仙也露出了挣扎的迹象，几乎所有招式都堪堪止在最后的分寸之处。他们没有向前，但也没有后撤。

那挣扎反反复复，却并没能维持太久。没过片刻他们便慢慢平稳下来，似乎又要被天道的影响占据上风。然而萧复暄却在那千钧之刻，又加了一分力。

诘问的嗡鸣声再次猛烈之时，仙都某处忽然爆发了骇人的尖叫和号哭。

在那号哭声响起之时，整个仙都开始猛烈摇晃起来，仿佛这个九霄云上的洞天已近强弩之末。

众仙在号哭和尖叫中一惊，茫然循声望去。他们愣了好一会儿才意识到，那声音来自南窗下。而众所周知，南窗下是整个仙都最特别的地方，因为那里有个不知因何而有的“煞涡”。

在此之前，仙都众仙从未想过那煞涡究竟是什么。只知道那里煞气极重，堪比世上亡人最多的京观或是最煞的魔窟。

直到这一刻，所有人才猛然反应过来它是什么。那是亡魂永不安息的怨恨。那是这数百年来，所有在冥冥之中或天意弄人之下死去的人对灵台天道的“怨恨”。

世上每个仙门弟子都曾过学到这样的说法——人在将死之时恨意最深。不论是好人还是坏人、不论是善是恶，不论是无辜被害还是罪有应得，只要在有过一丝一毫的不甘心，都会怨恨那个杀他的人。那种怨恨无人能消除。

每每讲到这里，那些弟子堂的长老都要加一句：“连神仙也不行。”

如今，恐怕还要再加上一句——不仅神仙，哪怕灵台天道也不行！

正因为那怨恨连灵台天道都无法消除，所以只能找一个命格极煞的人替它镇着，于是南窗下有了萧复暄。

而萧复暄稳稳镇在其上的理由，从来不是他听调于灵台。他只是为了仙都瑶宫的断垣永远不会砸落在九霄之下的那个人间。

乌行雪在意识到这一切的瞬间，怒意和后怕烧到了顶。他尝过怨恨缠身的滋味，他太明白一旦压不住，那些亡魂怨恨反噬起来究竟有多痛苦。

而他直到现在才知晓，原来自己最珍重、最不舍的那个人，在世间最浓烈、最蓬勃的怨恨上坐镇了数百年。

“你凭什么？！”乌行雪看着那处灵台，攥着剑的手指骨节发白。

下一刻，只见一道高瘦身影提剑而上，仿佛一道骤然掠过的惊风，直赴灵台。

萧复暄紧随而至，他锋利的剑气浩然狂张，环护四周，形成了牢不可破的金光结界！剑气乍然向外，每一道锋芒都朝向那些受灵台天道影响的仙人，以防他们再度以命招相搏。

然而就在那个刹那，煞涡蓬然散开，一道道亡魂残影从最汹涌的怨恨旋涡里钻了出来。乱线皆为虚影，其中的亡魂皆为现世遗恨。

于是众人看到了云骇、花信、桑奉、梦姑、或歌……封家，甚至花家……

那些残影从煞涡里散开后，有些跟随乌行雪和萧复暄直奔灵台，有些则去了另一个方向——就见云骇的残影落到了乱线的云骇身后，花信的残影落到乱线仙首身边，一道道身影全部落到了乱线的自己身侧。

只见虚影一闪，两厢重叠，合二为一。

那一刻的场景会让人想起一个词——众仙归位。

在合二为一的那个刹那，仙都众仙终于从灵台天道的影响和掌控中艰难挣脱。他们相互看了一眼，转头杀上了灵台。

第 124 章　灵王

仙都应灵台而生，亦应灵台而化，于是这里的万物都能成为灵台天道的兵戈。

倘若吹过身侧的风、缭绕各处的云、投照而来的日月华彩、数不清的仙使仙童，还有千万座玉瑶宫堂……一切所见之物、所闻之声都成了攻击，那就是寸步难行。

这一刻的仙都便是如此寸步难行，可是直赴灵台的众仙无谁能挡。

桑奉的行舟图别有神机，梦姑的花月镜能造幻境。两厢一合便不见瑶宫。

众仙如行图上，纵穿山海。云骇的经幡缠裹八方，遮天蔽日；花信明灯横扫，光耀千里；或歌指如飞星，琵琶斜抱，惊弦如急川，声盖云雷。

萧复暄的灵剑在问天之刻碎尽，他两手空空，却烧着灵魄化出一道巨剑金影，飞纵而去，在震荡之际托在了九霄云下。

于是世间在那一刻出现了奇景——仙都碎裂的山崖倾覆，本该砸落人间，却凝于金光照彻之中，震颤着，一星半点都没有落下。

那凌驾众生的灵台其实只有一步之遥，但那一步里，却是百祸丛生、万劫横挡。那是这世间最漫长的一步，一瞬如一年，可能终其一生都落不到地。

然而有人身灵不复，在众仙之前已经走了整整三百年。所以最终他们法器尽毁，却还是踏上了那灵崖之巅。

或歌满手是血，抱着琵琶在那一刻扫下了最后一道音。声到半路时，四弦俱断，弦上蹿起的猩红猛掀数丈，将仅剩的法器卷进了冲天大火里。

弦声戛然而止。

下一刻，灵台上有如兵戈的风雷雨火倾天覆地扑过来，众仙下意识以手挡眼。却有一道血影反向行之，如飞星梭过，没进了风雷雨火里。

那是乌行雪。他已经记不清这是自己斩断的第几道乱线了。

他握过太多次剑，杀过太多的“人”。曾经那条无穷无尽的路，如今终于快到终点。

曾经每一次去斩乱线，他总是身带仙光。唯独这次，他身无仙光，满身缠绕的尽是怨恨，而那怨恨是数不清的亡魂的。

乌行雪冲那些亡魂轻声说：“这是该给你们的一个交代。”话音落尽，他手握乱线“灵王”化成的剑影，自灵台之上直劈而下！

百年间数不清的乱线、数不清的亡人，尘世间历历而过的生死爱恨就都付在这一剑里……然而这一剑落空了。

那道能斩乱线的灵剑在劈落之时，他本该有身灵俱裂之感，然后是天塌地陷，乱线化作虚无。然而乌行雪一剑下去，却只感到了空。

怎么回事？为何……会这样？他满目愕然。紧接着，他又听见了那道虚渺之音。那声音响彻灵台，环绕着乌行雪，在风云万雷中说道：

> 由乱线而起的灵王，要如何斩去乱线？那是他存在的来由。
>
> 荒谬。
>
> 愚钝。
>
> 螳臂当车。

乌行雪瞳仁骤缩，心脏猛地一塌。他忽然体会到了凡人自嘲时常说的一句话——哪怕搭上全副身家、万般性命，也不过是徒劳无功。徒劳无功啊……

他如同身坠无端海底彻寒的冰窟里。

万般变故就此突生，急转直下。

乌行雪几乎砸落在地，灵剑“当啷”一声响。紧接着便是风雷骤变。陡然而来的剧烈震荡极不寻常，每震一下，都让人有身灵撕裂之感，好像一半还在乱线，一半却将归于现世。

闷哼和钝响掩盖在崩塌炸裂的声音里，微不可闻，本该无人能听到，但乌行雪在一阵一阵的昏黑里猛然转眸。

支离破碎的场景之下，他满身是血、满眼是血，其实什么都看不清。但他能感觉到众仙再难支撑，纷纷崩塌跪地。

这种滋味他再熟悉不过。这是灵台天道在他一剑落空的境地里，要将所有现世之人扫出乱线！

只是这次不仅如此……他还能感觉到脑中一切事物正在急速褪淡下去，他所看见的、听见的、经历过的所有都被一点儿一点儿从脑中抽走。

乌行雪在逐渐空白的状态里茫然片刻，忽然伸手抓住了剑刃。剑刃割破手掌的刺痛让他清明了一瞬！

在那一瞬里他意识到，这次灵台天道不仅要将他们扫离这里，还要让他们忘记这里。或许不只这里，还有与此相关的所有。

乌行雪眸光乱了一下。他忽然踉跄起身，低声叫了一句：“萧复暄……”

这世间没人比他们更明白遗忘的滋味，他早已领教过数百年。刀山火海、身灵俱灭之痛都不能让他皱一下眉，唯独这点，他是真的有点儿怕了。

他不想再听萧复暄问一句“你是乌行雪”？也不舍得让萧复暄再听一次“你认错人了”。

乌行雪在无可歇止的清扫和遗忘里，只身穿过如刀如剑的风雨云雷，在满眼血色里寻找着，然后用力抓住了萧复暄。然而就在这一刻，支离破碎的场景和山河俱崩的震荡突然凝滞，就连记忆从脑中抽离的感觉都慢了下来。

那种感觉很奇怪，就像……在要归于现世的路上，有人强拽住了所有。

那一瞬间的刹止来得极其突然，没人能反应过来这是怎么回事，包括乌行雪。

但下一刻，他就在一片冰冷里骤然明白过来。因为他抓住萧复暄的时候，看见对方低垂着头，唇色苍白，耳骨上的三枚丧钉却滚落在地。

乌行雪慌忙摸索，却探不到对方躯壳里的灵魄。

萧复暄那具天生碎裂的灵魄确实不在躯壳里。

他曾在极北之地，握着一尊白玉雕像，经历过世上最漫长的一场遗忘。他尝过重要的一切被抽离的滋味，他比谁都清楚灵台天道在这一刻想做什么。

可这一次他要拦住，在所不惜。于是在清扫和遗忘开始的那一刹那，萧复暄摘了丧钉。

天生碎裂的灵魄在那一刻飞散出去。那些碎灵一点一处，八方不落，像隆冬漫漫长夜里寂寥冷清的远星。

半跪于地的天宿上仙萧复暄就这样以满身灵魄为“线”，强行钉于乱线，拉住了所有。于是，一切清扫和遗忘被生生拦住，不得进不得退。那个刹那，灵台上的漫天风雷骤然死寂，又更疯狂地呼啸起来。

那道乌行雪听过许多次的灵台之音在呼啸声中缓缓响起，落向那个半跪于地的人，也落向漫天远星。

如此之人……

其实早在数百年前，仙都伊始，就曾有人这样问过萧复暄，问他：“天宿为何成仙？”

凡人修行总有所图，或图长生，或图护人，或图强盛。这些在萧复暄身上总显得很淡，可他又一生坚定、无畏无惧。

到头来，连灵台天道都要道一句“如此之人”。

一个会将素不相识的孩童尸体背上山崖的人；一个会在濒死之时替参天神木挡下雷劫的人；一个为了祸不及人间，在最浓稠的怨恨上坐镇数百年的人；一个在乱线将要隐匿时，以一身灵魄强拉拦截的人……如此之人，究竟为的是什么？

然而萧复暄与天道并非同根同源，这一句灵台天音，他根本听不见。否则他或许会答：“因为答应过。”

因为他曾经答应过乌行雪：你能去任何想去的地方，终结任何有待终结的事情，来去自由、无所禁忌。

君子一诺，诀不食言。

还有一点，是连他自己都不记得的——他三世生于行伍，又三世死于沙场。有着世间最重的煞气、最硬的命格、最碎的灵魄和最张狂的剑，他剑下的亡魂其实同灵王一样遍数不清。

他曾经最想看见的，是有一天自己抱剑四顾，发现世间再无需要斩杀之人。于是他能还剑入鞘，好好地看一眼春三月的十二里繁花。

有人曾端坐树冠间，听到过这样的话。所以即便萧复暄自己忘了，这世间依然有一个人替他记得，并且惦念至今。

乌行雪双眼通红，跪于萧复暄身前。手指碰着萧复暄的额心，指尖极轻地抖着，冰冷如霜。没有人的灵魄能长时间脱离身体，亦没有人的躯壳能长时间居于空茫。

他能感觉到萧复暄的额心正由温热一点儿一点儿地冷下去，他知道这种强力阻天撑不了多久。多一瞬他都舍不得。

灵台的那道虚音说：你们荒谬、愚钝、螳臂当车。

太多事情告诉他：有时候搭上全副身家、万般性命，最后往往不是柳暗花明，而是徒劳无功。但是不行。

他如何舍得让这些人、让他面前的这个人拼尽性命，却只是徒劳无功？他舍不得的。

在那一刻，乌行雪抬头看了一眼远星。然后侧过头去，在那人耳边哑着声音说了一句话。

他说："萧复暄，等下一个人间三月，一起看落花。"

话音落下的那一刹，他手边的灵剑咯咯作响，化出了乱线"灵王"的躯壳。

与此同时，乌行雪脖颈上那道强落五遍的贡印再次流转起来。借着这道贡印，他能以灵神牵系，控住乱线"灵王"的躯壳。

或者说，在此时此刻，他就是乱线的"灵王"。

乌行雪将本体躯壳留于原地，然后只身跃下仙都。

他想到了一个办法。不得已却也是唯一的办法。

他在被萧复暄强行暂停的刹那里，如一道银芒星线，从九霄云上直贯入地。他所去之处，是乱线的落花山市。

乌行雪以乱线"灵王"之躯，进入了落花山市的封禁之地。然后，他做了三百年前曾经做过的事——在封禁之地苍青色的天幕之下，分劈神木，生生刮尽自己一身神力。

他又一次承受了分灵之痛，又一次血流遍地，看着自己这副身躯仙气散尽，邪气滔天。而在他由仙变魔的那一刻，与三百年前相同的惩罚被触发，又一次落到了他身上。

那是天道的抹杀。那是世间最浩大也最孤寂的影响，所有关于乱线"灵王"的一切，不论是存在还是痕迹都就此消亡。于是，乱线"灵王"自始不存。

而就在同一时刻，原本僵止的乱线突然动摇起来。这次动摇却并非要将谁横扫出去，而是真正的天崩地裂、万物虚无。

因为……倘若这乱线从未有过"灵王"，当初便从未有人带着另一只梦铃踏入现世，也没有人为了寻找源头，循着现世的时间回溯。

于是不会有人在回溯的间隙里路过一片荒野，也不会有人看见当时在邪魔口下濒死的云骇，不会在那一刻响起梦铃之声。

云骇没有在濒死之际听见那道铃音，没有在那一刻想起自己曾身为仙的过往。他没有不甘，没有遗恨。曾经的仙都郎官、后来的凡人云骇没有在那一刻挣扎着反噬成魔。他安静地轮回往生，而非死于大悲谷花信剑下。

乱线自始不存，于是万物崩塌。灵台天道抹杀乱线“灵王”的那一刻，便等于抹杀了它自己。

乌行雪在剧痛之中再不能支，跪坐在荒芜孤寂的封禁之地里，袍摆铺散一地，血从各大要穴流淌而下，染得满处殷红。他在昏沉中咽下口中的血，在两耳的嗡鸣声中抬了一下头。他五感褪尽，什么也看不见。他所见的最后一幕，是满眼黑寂。

可其实那日的天并非黑寂无色，而是亮的。

乱线分崩殆尽的那一刻，现世终于显露。那是几近天明的时分，旭日天光从最高远处缓缓地漫过来……他做了与三百年前一样的事，却不再是徒劳无功，也不再是孤注一掷。

尽管后来的凡间已经甚少有人知晓了，但这世间曾经是有一位灵王的。

他字号为昭。昭者，旭日之明也，光辉灿烂。

第 125 章 天宿

灵台崩毁消亡似乎只是一夕之间的事，很快，快到人们来不及反应。好像就是太阳落下山去，寂静一夜，又一如往常升了起来。但对乌行雪来说并非如此。那不是一朝一夕，更不是短短一瞬，而是漫漫不知尽头。

当年他由仙成魔，坐在落花台的滔天大火里，烈火焚身、灵魄撕裂、仙元尽碎……种种加之于身的痛楚，都抵不过这次。

因为这次的是他最抗拒的那种死寂。

这与当初的三年静坐也不一样。在那静坐的三年里，他至少知道自己的气劲正在流转，灵魄正在休养。

这次却什么都没有。就好像……他其实已经死了，只是自己尚未知晓。

其实乌行雪确实是死了的，就在天道彻底崩毁的那一刻。

他先前责问灵台时说的那些话，在那一刻得到了印证——它确实有了“生死”，也确实有了“善恶”。所以它在消亡之时生出了它本不该有的东西，凡人常称之为不甘，仙门中人则称之为临终之前的“怨恨”。

凡人怨恨会缠绕在杀他的人身上，而灵台消亡时，那些“怨恨”如云如龙，如天之盖，通通砸向了与它因果最深的两个人，也是亲手将它送向覆灭的两个人。

没人能在强弩之末下再承受这样的怨恨。所以，在灵台崩毁消亡的那个瞬间，萧复暄和乌行雪其实都是死了的。

可这世间还有一个凡人常挂口中，却又总无从印证的东西，叫作“一报还一报”。

无从印证是因为这并非规整的平衡，也并非必定的道理，没人敢说它一定会来，会在何时来，它永远无可预料。

它之所以存在，仅仅是因为人行天地间，任何善恶都会留下痕迹。有人记得，就或许有人会还回去。而很久以前，曾经有一个人在神木树底、雷劫声中豁出过一命。

他自己都已经不记得了，却在又一次将死之时，等来了故事的后续——天道的“怨恨”砸落到萧复暄身上的那一刻，久违世间的神木之力光华尽显，抵了一切。于是，他在死去的那个瞬间新生，曾因雷劫而碎的灵魄复归完整。

时隔数百年，善意和庇佑终有结局，一报还一报。

曾经，人间有过一个传说：落花台最高的崖石之上有一株参天神木，华盖如云。它悲悯有灵，记刻生死。不论是显贵还是乞儿，不论是有人惦念还是无人问津，在那棵树上，永远生是繁花，死为落英，灿若云霞。

传说那株参天神木，常人一生能得见两回。一次是呱呱坠地，一次是将死之时。后来白云苍狗、物是人非，连传说都已销声匿迹，世间自然再无人能得见。

可这一次，萧复暄“见”到了。他在将死之际，于一片黑寂之中恍然看见了一片高崖，那崖上是融融树影。

直到他感觉自己提着一把剑，艰难地走向高崖。他才猛然反应过来，他并非真的“看见”，而是想了起来。

他在这一世的将死之时，终于想起了上一世的末端——他穿过葭暝之野的狼烟战地和无边死寂，走上那片高崖，在神木脚下以剑支身，抬起了头。

他没有看到传说中灿如云霞的满树繁花，但他在满眼血色中隐约看见树冠间有一道倚坐的素白身影，像枝丫交错间漏下来的煦和日光。

他知道是看错了，但那确实是他那一生得见的最后一道白日光。那是乌行雪。

萧复暄在将死之时记起了一切，那是后来所有纠缠最初的开端。从此往后，两个人的事完整如初，再不会只有一个人记得。

萧复暄死而复生的那一刻，腰间锦袋中的白玉雕像咯咯震动起来，无数道金色丝线从白玉之中飞出来，将所雕之人缠裹得严丝合缝。

那是三百年前留在雕像里的深浓情义，是他静坐于极北之地，一剑一剑刻下的咒术。在这道咒术之下，他和乌行雪生死牵连。

所以他躯壳里的万象生机，都在那一刻供往这世间另一个人身上。

所以萧复暄活了，乌行雪便活了。他们曾经与太多事物因果相连，其中牵连最深的便是神木和天道。如今天道消亡，神木还报，两相抵消。

他们死去过又复活，从此，一切最深的羁绊只在彼此之间，再无负累因果。

乱线“灵王”被抹杀之际，现世与之相关的一切皆不复存。而神木抵去天道“怨恨”之时，不仅还了当年萧复暄身挡雷劫的一报，还应了它曾听过的无数祈愿，还了众生一个清明世间——“灵王”不存，乱线“不存”，于是天道强行平衡善恶之下所干涉的那些，也不复存在。

整个世间于自洽之中，落在了最平静的时候，然后由此缓缓向前……

如此种种对乌行雪和萧复暄而言，是一条生死拉锯的漫漫长路，他们走了三百年才堪堪望到尽头。

但对现世人间来说，一切只是一场夜来惊梦。他们只是囫囵睡了一觉，梦到了暗无天日和尸横遍野。

等到东方既白、天光乍亮，他们睁眼醒来，看到燕雀掠过屋檐，那一切悲恸号哭和惊魂不定就像清早笼罩在河上的薄雾一样，倏然邈远了。

世间一切都落在煦和日光中，人们怔怔坐了片刻，那场惊梦就甚少有人再记得起来。

后来的后来，也只在一些民间话本的只言片语中偶尔乍现。

话本里说，世间曾经有一株神木，也有一座仙都，只是后来都不见了。它们彻底消失之时，正是三月。据说天光笼罩万物，于是所有杏花在初三那天一夜缀满枝头，在初七开到最盛。

繁花动山城。人间满是春色，唯有落花台最高的山崖之上站着一株斑驳枯树。那棵树很大，参天而立，却无一叶也无一花。

有人说那就是神木的遗迹，它之所以斑驳干枯，是因为世间有万枝杏花在恰好的时节替它开了；还有人说，神木不开人间之花。倘若在某处看见一株无花无叶的枯树，而当下恰好有云霞漫天而来，映衬枯枝，那就是有缘见过它了。

话本里常说，世间是有过仙的，但人们再说不出来那些仙姓甚名谁，曾经为何成仙，后来又去往何处。

所以后来同样甚少有人知晓，这世上曾经有一位被称为“天宿”的仙。

第七卷

『鹊都』

第 126 章　伊始

梦都城南临江处，有一片极好的地方。长巷纵横近百条，有燕雀常临，有流水拱桥。若是找一个楼阁高处，还能望见一条白石马道，直入林中。马道连着十里亭山，三月初时，那里的杏花会开遍山野。

这里安逸又热闹，邻里相熟，但凡有点儿新鲜事，一朝一夕之间就能传遍街巷。而这些天，他们偶尔会聊及同一件事，说：“东南角那边新添了一座宅院，你们听说了吗？”

“哪条巷子？”有人辨不太清东西南北，问道。

百姓喜欢以奇闻大事取名，这百十条巷子并非都有名字。他们聊的，刚好就是一条无名长巷。

于是他们连比画带猜，费了好些工夫才聊准了地方。

接着就怪了起来——有一位说：“那宅院可不是新添，一直都有，就在那条巷尾，只是以前空置着，长藤蔓蔓，盖住了院墙，往来过路的人没注意到而已。”

还有一位说：“错了，那里以前明明是一处废墙荒草地，都不知道是哪个年岁遗留下来的了，我还在那儿逮过蛐蛐。那宅院就是新建的。”

“绝无可能！你肯定记错地方了。那样的宅院，若是新建的，起码闹一年，你听见过动静吗？”

“没有……”

“那不就行了。”

“可是……”

茶坊里的几人越争辩越糊涂，其中一人听得累，索性道：“眼看日头将西，左右无事，不如去看一眼。院墙是新石还是旧石，根脚生没生青苔，一看就知。”

另一人道：“有道理，走吧，去看一眼。你们聊得我直起鸡皮疙瘩，我今日说什么也要弄个明白。否则照这么辩下去，该成鬼宅了。”

对于这些坊间争辩，宅院的主人此时一无所知，因为根本顾不上。

这间宅院确实是前些日子新出现在巷尾的。它之所以出现得悄无声息，就连往来路过的人也说不清来历，是因为它笼罩在一层浅淡的结界里。

结界出自萧复暄之手。

同天宿曾经立过的无数结界截然不同，这层结界没有攻击性。它就像萦绕的薄雾一样，不会伤到谁，也不会阻拦谁，只会模糊周遭百姓的认知，让路过的行人习惯这座宅院的存在……噢，还要挡一下宅院里的声音，因为院子里的人略有些闹。

至于为何会闹，这就得从萧复暄睁眼的那天说起。

萧复暄死而复生，睁眼所在的地方，其实应该是照夜城的雀不落院里，毕竟那是乱线到现世的出口。但因为灵台消亡、神木相抵，整个现世数百年所历经的种种，都已经在自洽之中改天换地。

所以世上已经没有那个魔窟照夜城了，自然也没有那座鸟雀不敢靠近的城主宅院。

那处地方还是山野。萧复暄就在那片山野里醒来，裹挟着满身冷铁似的血味，抱着衣袍殷红、尚未睁眼的乌行雪，下了山踏进人间。他本想寻一处无人惊扰的灵地，守着乌行雪醒来。但临到关头又改了主意。

那些灵地总是方圆数里之内不见人迹，太过偏僻，也太过安静。总叫人想起苍琅北域云雾不散的三十三层地底。

有人生来喜欢长灯如龙的街市，喜欢人语喧嚣、燕雀环绕。倘若睁眼所见只有寂寂云雾，会觉得冷清吧。于是萧复暄转而去了梦都，挑了城南最安逸也最热闹的地方，在一处巷尾落下宅院。

这座宅院既不像南窗下和坐春风，也与雀不落截然不同。就是梦都城南最常见的院子，只是楼阁高一些，檐下鸟雀能栖的木梁多一些。院子里有一株树，不像神木那样参天如云，但依然华盖亭亭，半倚院墙半倚屋。

这里总能听见墙外行人聊笑，即便是在最深的夜里，也能偶尔听见青石板路被压得翘起一角又落下，发出的咕咚一声响。

安定，却从不会落入死寂。

乌行雪躺在正对宽阔窗台的卧榻上，身下灵阵静静运转着，日夜不息。萧复暄就守在榻边，静坐修养，几乎寸步不离，而他所做的其实不止这些。在梦都安顿下来的当日，萧复暄就在这宅院门上贴了一道“引灵符”。

他睁眼后，一直没有找到宁怀衫和方储的踪迹。料想他们或许也受了现世自洽之效的影响，不知变成了什么模样，也不知流落去了哪里。

这道“引灵符”以乌行雪的一点儿灵气做媒。宁怀衫和方储曾经是仙都童子，身上有乌行雪留下的痕迹。相吸、相引之下，不论他们身在哪里，都会不知不觉往这处宅院而来。

“引灵符”的作用比萧复暄预想的还要大，贴在门上的第三天清早，宅院的门就被拍响了。

萧复暄听到拍门声时，心里隐隐觉得不对劲。但他没做多想，掠身到门边，解了片刻结界。等他以剑鞘挑开宅院门，乍一眼扫出去，却没有看到雀不落那两道熟悉的邪魔身影。

他正要拧眉，忽然听见两道声音从更矮的地方传来，齐齐叫了他一声：“天宿大人。”

萧复暄怔了一瞬，循声垂眸。就见两个不足腿高的小童子抓着门，仰着脸，眼巴巴地看着他。他们脸上依稀有宁怀衫和方储的影子，也不知是从哪里赶来的，颇有风尘仆仆的意思。

萧复暄脸上少有地露出了错愕之色，良久问道：“你们从何处来？”

两个小童子七零八落地说了起来。先是说仙都没了，又说他们不知怎么流落在了山野，做了一个极长的梦，直到嗅见了“引灵符”的味道，才茫然醒过来，匆匆往这里赶。

萧复暄问道：“什么梦？”

那个小一点的弟弟说：“梦到我们变成了邪魔……”

略高一些的哥哥说：“梦到我们都住在魔窟里，那地方很冷也很安静，连鸟都不敢停。”

“对。”弟弟点了点头，抬眼看到院里的树，忽然指着它说，“魔窟的院子里也有一棵特别高的树，那院子还有个名字呢，叫……叫……”

他刚醒来的时候双眸通红，喘着粗气。好像刚从一场生死之战里脱身出来，差点儿连命都不保。梦里的种种清晰至极，让他和哥哥都有一种错觉，仿佛那不单单是梦，而是真的经历过……他们真的有过那样的一生。

可当他们行了一天路，梦里的场景便渺然远去了。再提起来，甚至连那间院子的名字都叫不出来了。明明他们在梦里说过无数回……

弟弟绞尽脑汁半天，忽然就急了起来，眼圈泛红，眼泪大颗大颗地往下掉，挠着头说：“那院子……叫什么来着？”半晌，他仰起脸来：“大人，我忘了。”

萧复暄默然片刻，道：“雀不落？”

“噢！”弟弟一拍腿，“好像是！”他又掐了掐哥哥，“是吗？”

哥哥点头道：“是。应该是。”

“可大人是怎么知道的？”哥哥纳闷地问萧复暄，“那不是我们两个的梦吗？”

萧复暄答非所问，道：“梦里难熬吗？”

“有点儿。”哥哥顿了一下，又道，“……还好。”他隐约记得，那梦格外漫长，之前的所有都极其难熬。可最后有一句话安抚了他。

尽管他现在已经不记得那是什么话了，但当他说出来的那一刻，生生死死、梦里梦外，他什么都不怕了。

“那就行。”萧复暄道。他让两个小童子进了门。

他们忘性快，转头就不再提梦里的事，而是直奔卧房，挤在榻边，“大人”长、“大人”短地小声叫着乌行雪。

“大人身上怎么有血味？”弟弟的鼻子比什么都灵，耸着鼻尖，转头问跟进门的萧复暄。

萧复暄道：“先前衣服上沾的。”他弯下腰，将乌行雪已经纤尘不染的白袍理了理。

哥哥又问：“大人身上有伤吗？”

萧复暄道：“现在没有了。”

“那为何迟迟不醒呢？”

萧复暄握住乌行雪露出衣袍的手指，答道：“因为太累了。”因为曾经太累了，因为曾经在漫长的时间里始终不得安眠，所以如今想要多睡一会儿。

“不过快了。”萧复暄看着乌行雪身下的灵阵，那阵同他全然相系。他能由此感受到阵中的人慢慢恢复，将会醒来。

弟弟想了想道：“我们哭一哭，有用吗？以往只要我们一张嘴，大人就会塞一个纸团过来，那不就醒了嘛！”他说着，狠狠掐了哥哥一把，张嘴就要号，结果还没出声，就被一块黑布捂住了嘴。

萧复暄道：“免了。”

弟弟：“唔唔唔？”

萧复暄：“别唔，听不懂。”

弟弟：“……”

鉴于天宿大人不让他们哭，但他们又真切希望自家大人早点醒过来，不看到对方睁眼不能安心。于是这两个童子就见天地在院里闹出各种动静。

那动静倒也不惹人烦心，反倒平添了不少热闹，同这街巷市井居然贴合得很。于是萧复暄也不管他们，由着他们折腾。

如此又是三天。直到这天，兄弟俩终于忍不住了。

他们趁着萧复暄难得从榻边起身，去院里给乌行雪身下灵阵挑拣新灵石的间隙，颠颠地溜进屋，准备把自家大人哭醒。但他们又怕被天宿逮个正着，便背靠着床榻，面冲着窗户，时时刻刻盯着天宿在院里的动作。

他们看见天宿身影转进了视野的死角处，互相掐了一把腰间最怕疼的肉，两眼一红，张嘴就开始号。结果一嗓子刚出去，弟弟就感觉鼻前一凉——一只手从他身后伸过来，懒懒地捂住了他的口鼻。

那手苍白修长，手指松松地屈着，仿佛只是在睡梦中抬了一下，没带什么力气，随时又会滑落下去。

弟弟眼里还挂着泪泡，一低眸，大颗的水珠就掉在了那只手上。他模模糊糊看到了雪白的袖子，刚想叫一声：“天宿！大人醒了！”

然而话还未来得及出口，他就感觉面前一阵料峭冷风猛扫而过——上一刻还在院中挑拣灵石的人，此刻已经到了榻边。

在醒来之前，乌行雪其实做了一个冗长的梦。都说这世间神仙无梦，他已无梦铃可摇，却又一次陷入了梦境里。

他在濒死之际，梦见自己如同三百年前一样，在分劈完神木之后，便长久地跪坐在落花台的封禁之地里；他梦见周遭依然有山火，从冲天之势慢慢烧到透尽，最终彻底熄灭。而他望着满目焦土，站起身，隐匿了衣袍上的血迹，然后一步一步朝山外走去。

那条山道好长，旷寂安静。他走走停停，仿佛几百年才终于走到尽头。

他却在尽头之前，蓦地停了步。因为这一刻与三百年前太像了，他在梦里总有点儿分不清今夕何夕。以致他恍然觉得，只要自己再踏出去一步，就又会看到当年的场景：人间飘扬的旌旗上的字从“岁宁”变成了“清河”，山间路过的百姓会指着他大叫“邪魔”。

他甚至听到了哭声……就在他垂了眸光、自嘲一笑的时候，有人如鹞鹰般落到山道尽头，伸手过来抓住他，声音低低地说道：“乌行雪，没人在害怕，也没有人在哭。你想醒了吗？”

乌行雪怔然抬眸，猛地抓紧了那只手。他倚着那人的力道踏出山道，撩开崖石上低垂缠绕的枯枝藤蔓，看见了光。

乌行雪就是在那一刹那睁的眼。他在梦中曾感觉自己冗长的一生在灵台消亡之时已经跟着终止了。那之后的所有都是新的，恍若凡人转生。

他的这一生起始于这一瞬。

他睁开眼看到的第一个人，是萧复暄。他看见萧复暄眨去眼底淡色的红，低头看过来，良久之后，叫了他的名字：“乌行雪。”

“看窗外。”萧复暄又低低说了一声。

乌行雪被他抵了一下脸侧，转眸朝左看去。

那是比坐春风还要宽大的窗棂，正在时节，院里的树落英不断。浅绯花瓣被风卷着斜扫向窗台。燕雀绕着屋檐飞，有两只拥挤地停落在高高的木梁上。不知谁家孩童嬉闹着从长巷里跑过，青石板咕咚作响，笑声翻过了墙。

那是曾经数百年不可窥见的天光，却在这一生的伊始就照透过来。

乌行雪在天光里，听见萧复暄温沉开口，说：“这次，记得我吗？”

第127章　音书

当然记得。此生都不会再忘了。

死而复生初醒之人，五感皆虚，总是张口无声。

乌行雪看向眼前的人，垂在床侧的苍白手指抬了一下，搭在萧复暄的手背上，又抓住衣袍将人往下拉了一点儿。

萧复暄倾身过去，听见他用轻低沙哑的声音说：“萧复暄，我又梦见你了。”

“梦见我什么。”萧复暄的声音同样很低。

“梦见你说……我一直欠着一样东西。”

“什么东西？”萧复暄温温沉沉地问了一声。

屋里那两个小童子的耳朵眼里像塞了棉絮，从方才起就什么都听不清。这会儿颇为纳闷，想要扭头去看。结果刚要动，两条黑布凭空而来蒙住了他们的眼睛。

小童子：“？”

接着又是一道风铲过他们足底，像端酒壶杯盏一样，将他们两个端出了屋。

小童子：“？”

弟弟认认真真的声音从窗外传来：“大人，有人偷袭我们。”

萧复暄动作顿了一下，甚是无言。乌行雪的唇角微微翘了翘。过了片刻他实在没忍住，让开毫厘，偏头笑起来。

他在转头的时候，弯起的眼眸里含着窗外的光，晃亮一片，煦如春风。在后来更为漫漫的长生里，再没有消散过。

或许正如萧复暄所说，乌行雪曾经太累了，即便在梦铃声里也始终不得安眠，所以昏睡时迟迟不醒，睁眼后也没能即刻恢复如初。

萧复暄摆弄着新挑的阵石，仔仔细细换了一个阵，乌行雪就盘坐于阵中慢慢调养。

这位大人自己一身遗留毛病还没调养完全，就开始操心旁人。

他先是揪着萧复暄，不依不饶地用气劲探查了好半天。又把两个童子隔空捉进屋里，刚要从头到尾查一遍，就被一阵拍门声打断了动作。

乌行雪一怔，诧异道：“有客人，你没落结界？”

“落了。”萧复暄也颇为意外。

照理说有那结界，街头巷陌的普通百姓即便心生好奇，至多就是在屋外多走上几回，瞄看几眼，不会真的拍门拜访。

谨慎起见，萧复暄去开门时还顺手拿了剑。结果门一打开，相似的场景又来了，梅开二度——他乍一眼没有看到访客，倒是余光里瞥见一片白，低低矮矮不到腿高，就在墙边。

萧复暄转眸看去，就见一溜排身着仙袍的小童子贴着墙根而站，齐齐抬头，委委屈屈地看着他。

萧复暄：“……”

小童子人数众多，但他不用数，也知道一共十二个。不是别的人，正是当年乌行雪动过手脚，硬塞进南窗下的那一拨。

萧复暄张了张口，刚要说话。那群小童子就使出了当年屡试不爽的绝技。他们瞬间将萧复暄围住，仰起脸张嘴就开始哭。

这些小童子都是戏子的底子，哭起来一点儿准备都不用，眼泪说来就来，个个肝肠寸断，哇啦哇啦间还口齿不清地嗷着一些话。

萧复暄辨认了一下，才勉强听出来他们说的是“大人别赶我们走”“我们以后都听话”之类的言语。

萧复暄：“……”他被嗷得头疼，薄唇微起，蹦了一句：“没人赶你们。”

小童子瞬间消声，一个个抹着眼泪睨着他，一副想雀跃又有点儿狐疑的样子。

一大……十二小，愣是在门口弄出了两相对峙的架势。

小童子们一动不动，默默盯了他片刻，确认他真的没有开口轰人，立马眉开眼笑，然后从天宿长直的腿边挤过，一溜烟跑进了院子里。

乌行雪原本还想问萧复暄一句“来客是谁”。奈何那些小不点儿哭得太惨，他一听就知道怎么回事，当即把问话咽了回去。

他忽然有种恍如隔世之感，想起了当年同萧复暄的初见。不过他很快就回了神，因为那一排小童子列队进来了，而跟在小童子身后的天宿大人表情……太好笑了。

乌行雪笑吟吟看着萧复暄进门，在一连串“大人”长、“大人”短的问候里“嗯嗯”应声，然后他用口型问道：“他们怎么来的？”

萧复暄抬起手，就见他指间夹着一张符：“先前为了找宁怀衫和方储，在门上贴了引灵符……”忘记揭了。

但“忘记揭了”这几个字，天宿大人这直脾气的人愣生生吞了回去。免得这群戏子出身的小童子感觉自己多余来这一趟，又哇啦哇啦开始哭。

这群小童子身上也有乌行雪留下的痕迹，那张引灵符对宁怀衫、方储有用，对他们就同样有用。只是萧复暄没想到他们居然还在。

乌行雪同样很诧异。但这群小不点儿十分敏感，他不好直着问，便绕了弯道：“仙都没了之后，你们去哪儿了？”

这群小童子登时七嘴八舌地解释起来。一个小童子顶五个方储、三个宁怀衫，十二个小童子……那就是吵吵闹闹。

都不用发问，他们就把前前后后说了个遍。

乌行雪和萧复暄从那些话语里得知了不少——诸如现世的自洽是从云骇死于邪魔之口的那个时间点开始的，那之后仙都消失，世间肆虐的邪魔也几乎销声匿迹。仙都消亡之时没有祸及人间，但在曾经直通九霄的太因山上留下了一些灵气冲撞的痕迹。

后来的百年乃至千年时间里，太因山会因为那些痕迹偶现山火……但那些都是后话了。

而剩下的所有人间不堪承受的仙灵气，通通涌向了南方，本该是照夜城的地方。不过自洽之下，照夜城从未存在过，同样的位置之下半是荒野，半是池海。那些仙灵气便冲进了那片海里。

百姓总是热衷话本传说，窥见一丝痕迹，便会编织出许多故事。故事里有着或善或恶的仙鬼，有着永恒不衰的爱恨离合。

其实偶尔也能歪打正着，但百姓们自己并不知晓。诸如那些传闻里有一则说，南方的那片海不知为何有着极盛的灵气，说不准能弄醒一些深眠于海的存在。但那同样也是后话了。

乌行雪问那些小童子：“仙都那些人呢，还在吗？”

小童子争相道：“仙都散时都不见啦。”

乌行雪问：“如何叫不见了？”小童子也说不清。

倒是萧复暄补了一句：“仙都灵台不再，仙元应当也归于虚无。”

乌行雪点了点头：“差不离。”

那或许是变回修者了。所谓的不见不一定是消亡，可能只是归于人间某处，做着他们修行之初想做的那些事，护着曾经想过要护的那些人。

所有发生过的、存在过的并非全无残留，偶尔能在人间的只言片语里听见一丝痕迹，包括自洽之前的，以及自洽之后的。

乌行雪和萧复暄后来就听说过。那是在这条长巷暂居的半月后，有一回他们走过不远处的一座拱桥。乌行雪无意瞥见了拱桥一侧的刻字。他脚步一顿，“咦”了一声。

萧复暄跟着朝那边看去，就见那桥上写着三个字“留仙桥”。

乌行雪指着那处道：“你看那个‘留’字，石凿的痕迹更新一些，还有一个棱角没磨，像是后改的。”他本就生得极好看，说话时眉目含光，风姿飒飒。声音又煦如山岚，实在很容易引得路经行人回首顾看。

恰好一个婆婆挽着竹篮而过，听到他的话忍不住答了一句：“这桥是改过名字的。”

乌行雪冲萧复暄一挑眉，小声道：“看我这双灵眼。”他转头冲婆婆点头行了个轻礼，笑吟吟叫了一声：“婆婆。”

萧复暄默默转开了脸。以这位活过的年岁，这一声“婆婆”听得人牙疼。

但乌行雪浑不在意，叫得十分顺口：“这桥为何要改名？”

婆婆咂了咂嘴，说：“修桥匠改的，说是做了梦。”

乌行雪：“是吗？”

“是呀，改的时候多少人看呢。”婆婆道，“说是梦见一个什么仙女，不忍心看百姓受苦，唱着小曲跳进这条河里了。那修桥匠说他醒了之后左想右想不定心，难受啊，就四处跟人说。这一带常有那种算命瞎子，算命的说，这桥要改名。按照那个梦，留仙比迎仙更合适，后来就改了。”

乌行雪起初颇有兴味，听到“哼着歌跳进河里的仙女”时，兴味便褪淡下去。那是一种奇妙的滋味……那些令人难过的往事已经不再，都有更改。于百姓而言是话本，是梦境。但在乌行雪和萧复暄听来，更像偶尔听闻的故人音书。

他这边有些怔然，婆婆却以为他是年纪轻轻不信传说，也不信仙迹，拽着他说：“这些事啊，该信的时候还是要信的。别说那修桥匠了，我也碰见过的，还不是做梦，是见过。”

“见过？”

“对呀！”婆婆也不知同多少人说过，一提这事就来了精神，说，“我有一回清明去山里烧纸，下山的时候有点儿晚了，看见特别远的那个山道上有个影子一晃就过去了。我没看清，但是那个人后面还跟着一只特别灵气的鹿。”

“鹿？”乌行雪同萧复暄对视了一眼，倒是都想到了一个人。

曾经在仙都，身边总跟着一头仙鹿的只有一位。他们始终称不上一句“仙友”，却在那些已经无人知晓的往事里瓜葛万千。

那是曾经的灵台仙首，明无花信。

那个婆婆没有看错，他们也没有猜错。那个山间一晃而过的身影确实是明无。只是仙都消亡之后，世间已经再无仙首，只有修者花信。

他在漫长的年岁里一直穿行各处，找寻一个转世之人的踪迹。

当年云骇身死，他没来得及在对方灵魄上留下印迹，后来再寻便是人海茫茫。他花了两百余年的时间，才在一座山城找到那个已经转世两轮的人。那个婆婆见到他的那天，就是他赶往山城之时。

那是一个深秋傍晚，花信跟着灵符，步履匆匆走到山城脚下。在飘绕的烟火气中绕过两株桂树，看见一座颇为率性的屋宅，不高的柴扉箍着一片院子。

院里有修习之人常用的木桩，上面俱是兵戈痕迹。其中一个木桩上还挂着一只白瓷酒壶，以红线随意系着，在风里微微晃荡。

处处都是人迹，唯独门户紧闭，灯火全无，宅院的主人并不在家。看痕迹应当有些日子未归了，也不知还会在外漂泊多久。

但花信脸上全无异色。因为他就是挑的这个时候，来看的也就是这一座空屋。

很难说那是一种什么心理，或许是临到终头反而有些惶恐吧。

那就是一间无人空屋，他却看了很久。久到身后尘土漫漫的山道上，有人策马而来，他都没有发现。待他听到之时，马蹄声已到近处，想避想躲都已来不及。

他几乎是仓皇转身，看见一道长影飞扬而来。

那人原本已经从他身边疾驰而过了，却又在几步之遥的地方一拽缰绳。马蹄高扬间，马背上十七八岁的少年转头看他，眸光扫过那只仙鹿，忽然开口道：“你是……神仙吗？”

第 128 章　鹊都

相较于春夏秋三季，梦都的冬天要稍稍难熬一些。

临江之地常显湿冷，易生疮冻，城南这处的百姓几乎袖炉不离手，屋里也得常生盆火，拔一拔潮气。这些之于巷尾住着的两位，本来并不成问题。

乌行雪复生之后，便不再是当初的邪魔之躯，满身怨恨消散于烟，自然也不会再有亡魂噬体所致的劫期。

但那些东西毕竟在他灵魄上缠绕过数百年，即便一朝散尽，也会在初期偶现隐痛。这就好比在浮浮沉沉的小舟上待久了，冷不丁踏上岸边实地，依然会有摇晃之感。这并非真正的损伤，但还是需要静修两年才能彻底恢复。

乌行雪睁眼至今尚不足一年，梦都的春夏极其养人，到了冬天，灵气就有点儿运转不周，静修起来略有阻滞。

乌行雪从不畏痛，对于这点儿阻滞更是浑不在意，惯来不当回事。

但萧复暄在意。他只要看乌行雪脸色有一丁点儿苍白的迹象，或是手指开始转凉，便将人拽回卧房，起一道灵阵，用自己的气劲探进去。

这其实是一个办法。萧复暄气劲纯烈，某种意义而言确实能缓解。各大要穴一处一处探过去，循环往复一日一夜，灵气运转就会流畅许多。

但这只是“照理说来”，等落到实际，那结果可就大不一样了。因为气劲在体内游走、按压的滋味着实有点儿……难以言说。

每一次以“调养”为始，行至中途都会歪去另一个方向。于是宅院里乌泱泱的小童子们就会莫名其妙被堵上耳朵，然后一并端走。

有一回可能是不信邪吧，他们断了再续，续了又断，尝试了好几回，结果就是这间屋子的结界罩了五天。

……

萧复暄和乌行雪在这条长巷里住了大半年，离开于隆冬。他们在北边另寻了一处灵地，将在那里调养至完全恢复。

走的时候，乌行雪给那座宅院又套了一层结界。在那结界的作用之下，往来行人看向那个巷尾，曾经所见是何模样，往后就还是什么模样，从始至终没有改变过。仿佛那处从未有人搬来，也从未有人离开。

他们只是偶尔掠过的浮光，无意惊扰任何人，也没有留下任何痕迹。但其实……是有人记得他们的。

当初那几个在茶酒坊里争辩过的百姓，一道去过那处巷尾，后来又常有驻足，常会路经。

其中一位就曾在某个暮春傍晚，看见一道雪白身影在楼阁外直掠而上，轻轻落上高檐，伸手拢了一把落花，然后低下头，同楼阁之下的什么人笑着说话。

那日其实是童子顽皮，弄得屋宅结界漏了一丝缝隙，乌行雪踏上飞檐，转眼便补上了。但旁人并不知晓这些缘由。对恰好经过的行人而言，那便是惊鸿一瞥，是难得窥见的仙踪。

那百姓常与人提起那一幕，说楼阁上的仙人一身白衣胜雪。还说这条长巷是有仙缘的，巷子尾住过神仙，往后或许还会再出神仙。

于是，那条曾经无名的长巷便在口口相传中有了名字，叫作雪衣巷。

后来百年千年世事更迭，城名江名换了不知多少遭，唯独那条巷子的名字亘古未变。但那依然是后话了，当时的乌行雪和萧复暄并不知晓这些。他们在巷尾落下结界后，没有即刻动身去往北边，而是在城内多待了一夜。

因为听闻这夜的梦都城有一场冬市，更因为听到了一个名字——医梧生。

梦都城的冬市是腊月里难得热闹的存在，因为临近年关。就连主城附近的人也都会年年来，诸如近郊、村野、白鹿津还有春幡城。

那几位闲聊的是往冬市上运送散货的百姓，平时应该就常往来各处，说起“春幡城”来更是极熟。在扶着板车穿过街巷时，不知谁聊起了：“这几天总下雪，比往日要冷，老毛病断断续续不见好。”

另一个人便接话道：“春幡城有位十分厉害的先生，叫医梧生，心肠极好，你可以找他求点儿药。”

他身旁的人连声附和：“对对对，哎，将将好！前两年冬市他都来了，今年应当也会来。你可以去守着，他的马车一贯喜欢歇停在……”那人抬头找望了一下，不远处冬市已经挂起了灯火，同人间的每一场热闹集市一样，煌煌一大片。

那人一指前面临近市口的客店，道：“就那家，离得近，据说——哎？！”他话说到一半，忽然低呼一声，用力拍了拍那个畏病的同伴：“巧了！看你这运气，那辆马车！那不就是吗！”

乌行雪和萧复暄走在他们前头一些，几乎已经跨进了冬市。听到那句“巧了”时，两人同时刹步，循声转头看去。

那家客店离他们也就几步之遥，而那辆马车刚拐过街口，嗒嗒数声后刹止在了客店门前。

马车门吱呀一声响，一个斯文清瘦的熟悉身影便从车里走了下来。但他没有即刻朝客店里走，而是站在车边，伸手去扶一个从车里下来的女子。

不远处，那几个百姓的话音隐隐传来：“瞧，那就是医梧生和他妻子，花家副堂呢。”

彼时天上已经飞起了雪，灯火映照下，迷迷蒙蒙，洋洋洒洒。地上有前两日积留的雪，被踏成了薄薄一层，有些滑。花照台抓着医梧生的手，从车上下来时，刚巧踩在那层薄冰上。

修行过的人，不至于因薄冰滑到。但她像是吓唬人似的，“哎哟”一声装了个趔趄。医梧生下意识匆忙一拽，倒是拽出一个真趔趄。

花照台：“……”

两人撞到一块儿又踉跄一步，终于稳住身形。再想想方才那“多此一举”，没忍住笑了起来。

医梧生就是在那时候抬的头，刚巧撞上了乌行雪和萧复暄看过去的视线。他有着斯文人常有的习惯，同任何一个过路行人撞上目光，总会周全地点头，行个轻礼。于是他冲乌行雪和萧复暄点了点头，笑着温声道：“二位公子见笑了。”

乌行雪怔愣片刻，同样笑着应道：“哪里。”他的心情在那一瞬变得极好。他们先前经受的又被世人遗忘的所有，就是为了这样的一些时刻吧……

掌柜出门来迎，接了医梧生和花照台进店。那几个有求的百姓在集市口卸下板车上的货袋，也赶了过去。

雪就是在那一刻变大的，宽阔的车马道瞬间蒙上了一层雪色，像白玉石。

飞鸟结伴而来，在雪雾里掠过天际，又隐入漫漫而来的夜色里。一边是车马嗒嗒之音，一边是冬市灯火相织之下的喧嚣人语。

乌行雪抬眸扫了一圈，冲萧复暄挑了一下眉，轻声说道：“看，‘鹊都’。”

“嗯。”萧复暄四望一圈，温沉应道，“鹊都。”

他们在灯火街市中穿行而过。这里有茶肆酒馆，有说书先生，有散着迷蒙热气的摊车和吆喝的堂倌，有琳琅万物。其实同三月的杏花灯市，或是落花山市并没有太多分别。但那个天性喜欢人间烟火的人，就是看得饶有兴味。

就好像热闹总是相似，而人们依然会一场又一场地赶赴着，不问春冬；就好像话本里的爱恨别离相差无几，而听书的地方依然有人为着故事哭哭笑笑，日日满堂。

乌行雪在一座摊车前停了步，伸手摘了一只颇有意思的面具。正翻看着，忽然感觉肩膀被人轻拍了一下。他转过头，看见了灯火错落下的萧复暄。

就连这样的一瞬间也是相似的，一如数百年前。

这是乌行雪曾经设想过的，在人间最好的初见。

不远处的茶堂里，说书先生拍了惊堂木，声音穿过灯光和飞雪传来：“清河三百年，冕洲大雪。无端海雪封十万里，茫茫一片直盖到天边……”

乌行雪愣了一下，忽然想起最初睁眼时，萧复暄从街头巷陌里探听而来，告诉他的话。

说如今的年号还是清河，最初改年号的年岁同自洽之前一样，却不再是因为落花台的连天大火了，而是因为海清河晏。所以话本故事里没有了“天殊”，也不见“苍琅北域”。

唯有万事太平，海清河晏。至今，整整三百年。

这是没有仙也没有魔的第三百年……从此高山流水清风明月，都只相逢于这人世间。

番外 姻缘树

（一）

清河三百四十一年，夏。

这一年的夏天在百余年的太平之景里显得略有些特别，用民间常有的话来说，叫作“五行犯水”。因为雨水格外稠密。

这对良田美池、瓜竹桃李来说，其实算是一件好事，早早就能预见又是一个丰年；但对常在江河行船的人来说，就颇为头疼了。

那风浪一旦掀起来，着实吓人。

六月末，东江一带的舟船在渡口停了好些天。

船夫们敞着褂衫，蹲在船上，手搭凉棚朝远处看了一眼。他们在水上走了二三十年，有些平日连吃住都在船篷里，对常走的江河实在太过熟悉。说得夸大一些，那真是瞄一眼就知道风浪几时起。

其中一位长叹一声，道：“得嘞，又是一日不能行远船。”

另一位从船里捞了酒来当水喝，道：“这都几天了？”

“六天了。”

“六天，哎……再不摇两下橹，我胳膊都要细瘦了，回头一撅就断。”

“就这涨水的架势，那几个江弯不知多了多少明涡暗涡，要是再碰上夜里风急、浪急，那就不是胳膊撅了的事了。”

“就是，头都给你撅成几节！”

“用你们说！我就是随便叹一口气，抱怨两句而已，又不当真。就这种天，沿江百来里都找不到一个船影子，哪有人敢出啊——”

他话还没落，旁人就道：“有。”

“啊？”

“真的有。”

那船夫惊了：“谁啊，疯啦？”

“你没听说啊？”另几位船夫朝渡口后的城里一指，道，“李家那公子。”

这渡口紧挨着一座城，城内百姓万户，姓李的自然不止一家，大小公子也绝不止一位。但城里人只要说起“李家公子”，就都知道指的是谁。

原因无他，主要那位李家公子着实是个奇人。

倘若行善别人能称一句“热心肠”，那这位李家公子就不是“热”了，得是“烫”。他极热情，极爱行善，极好成人之美，以一人之力操着满城人畜的心。

城里人常开玩笑，说这李家公子走在街上，就是路过一只鸡，他都要咯咯哒哒地搂过来喂一把粮，再帮它觅个良配。

大约是善事行得太多了，他也常有奇缘。随便挑一件说出来，都是寻常人家一辈子难遇的事。那些奇缘常常让他大难不死、险境脱身。所以城里谁提到他，都要称一句“福大命大”。

然而福大命大的李家公子，这次真的差点儿折在东江里。

东江有一段两岸夹山，走势奇诡，水流在那处折了数十道急弯，暗涡明涡更是遍数不清。

正如渡口那些船夫所料，这天夜里，骤雨一来，这一段江水便湍急得声势骇人。白浪撞在那些尖利如刀的山石上，形如碎玉，声如雷鸣。

倘若那浪里还卷着一艘船……那碎的就不仅是玉了。

李家公子的船就是卷在浪里的那艘。

“真是倒了血霉——”

“啊啊啊——”

“小心！”近乎翻倒的船里一片尖叫。

这些常行东江的舟船，舱肚里到处都勾着麻绳，就为了浪急的时候有个能抓手的地方。但再多麻绳也经不住这种风浪。

船被卷进一道暗涡，顺着巨大的涡洞飞快旋转的同时，船上的人就被甩得七荤八素了。

李家公子的手腕狠狠地折了一下，再拽不住麻绳。整个人撞了船柱又撞船壁，最后几乎被甩出了舱肚。

骤雨和浪比石头还硬，劈头盖脸砸向他。他拼命眨着眼，勉强一看，就见整艘船被旋涡裹着，重重撞向山峰！尖利山石瞬息之间就近在眼前。

完了……李家公子心想，再福大命大，我今日也过到头了。

就在那时，有两道长影掠风破雨而来！

那是千钧一发的时刻，根本不可能看清。所以在那个瞬间，李家公子脑中只来得及掠过两个词——惊鸿、飞剑。

江上风浪滔天，总不至于是人。结果下一瞬他就发现，还真的是人。

就见那两道身影在滔天翻倒的江浪之中，稳稳落到了船上。一个落在船头，一个落在船尾。

落在船尾的人身着黑蓝滚金的劲袍，手里提着一柄寒剑。皂靴踏上船板之时，剑鞘尖端“锵”的一声杵在足前。于是被旋进暗涡的船尾瞬间定住，风雨不动。

至于船头那边，船头形尖而上翘，形如飞檐。端头上还雕了一个保平安的兽首，左右不过半拳大小，根本不是能立足的地方。

那道白衣身影衣袍翻飞，却能稳稳站在船尖。就见那人抬手一拍，撞过来的庞然山崖便瞬间远了——船破浪疾退十数丈。

又见他银白长靴微微抬起，然后轻轻一踏！船头也在那一刻稳如泰山。

漫天风雨如注，这艘船却再没有过一丝摇晃，穿风而行。

李家公子惊魂甫定，茫然失语，只喃喃了一句：“飞仙……”便哇地呕了一口血，脱力歪倒过去。

这两人不是别人，正是乌行雪和萧复暄。

乌行雪从高高的船尖落下来，在李家公子身边半蹲下，用指节叩了一下对方的额心，又捏着他的手腕翻看着。

萧复暄下了一趟舱肚，又很快掠上来。

“底下人怎么样，有重伤的吗？”乌行雪问道。

“都有拉拽麻绳，多是磕碰伤，不算重。”

“处理好了？”

“全都睡过去了。”萧复暄说着在乌行雪身边半蹲下来，冲李家公子抬了抬下巴，“这个怎么样？”

“他要比底下的惨多了，毕竟被甩出了船舱。也不知道撞过多少个地方，伤及肺腑了，你看这满嘴血沫。这只手也折了几处，应当是痛的吧，这会儿晕了个彻底。”乌行雪捏着一处将李家公子的手抬起来。

就见那只手晃荡了两下，不该弯折的地方弯着，看起来软塌塌的，十分诡异。

乌行雪用手掌抵住李家公子心口，给他把肺腑里的伤治了，瘀血化了。又握住手臂断节处，一节一节攥过去。皮肉之下碎断的骨头便一点儿一点儿被压合如初。

这个过程本该痛得钻心，但乌行雪的气劲用得恰到好处、十分轻巧。别说那李家公子尚还晕着，就是醒了估计也觉不出痛。

但是有点儿……太轻了。

灵王大人的手指本色极白，又十分清瘦。运起气劲来，关节处便会在威压之下泛起浅浅的红。

而他压合碎骨的动作又毫不费力，所以乍看起来，那只手便就好像只是顺着那李家公子的断臂抓握一下，微微松开。往下一节再抓握一下，又微微松开……

一旁的天宿看了片刻……发现看不下去。

“乌行雪。”萧复暄道。

“嗯？”乌行雪从手臂顺下来，正要捏合李家公子的腕骨，就被人拦了一把。他有点儿纳闷，转头去看萧复暄：“怎么了？”

“我来。”萧复暄道。

乌行雪没反应过来：“就剩腕骨这一处断口了，为何换你来？”

萧复暄薄唇动了一下，并说不出个“为何”来。于是他默默垂了眸光，伸手握住李家公子的腕骨一节，五指一收，就听“咔”的一声。

“好了。”萧复暄道。

乌行雪道：“会不会有点儿重？”

萧复暄：“不重。”确实不算重，他虽然没有刻意压得很轻巧。但下手干脆利落，快得根本来不及感觉到痛。

乌行雪点了点头，虽然依然不明所以。但既然好了，他也没再多想，便要松开那李家公子的腕骨。

谁知李家公子被那“咔”的一下，咔醒了，挣扎着睁了眼。

他可能想努力留一下救命之人，奈何神志尚未清楚。所以刚恢复的那只手伸长了，一通乱抓——一把抓住了乌行雪刚松开的手。

萧复暄：“？”

但这还没完。李家这公子虽然半晕着，但他记着之前落到船上的一共有两人，他绝不能只拦一个。他依稀看到面前有两道影子，于是他又伸了另一只手，一通乱抓——抓住了乌行雪另一只手。

萧复暄：“……”至此，天宿大人的表情终于没绷住。

李家公子毫无所觉，他半晕半醒，抓着乌行雪两只手，大着舌头含含糊糊地说道：“二位……二位恩人留……留步。别走，别走……救命之恩，我得……得好生谢谢，要重谢！”

乌行雪觉得这场景悲惨又滑稽，简直哭笑不得。

“我还是头一回碰到这种谢法，谢得我——”他压低了声音冲萧复暄嘟哝。

结果一转头便发现，天宿大人可能也是第一回碰见这种谢法，正盯视着李家公子那两只手，被谢得脸色乌青。

乌行雪：“欸？”

（二）

灵王大人如醍醐灌顶。他突然反应过来之前“咔”那一下的接骨究竟是怎么回事，顿时有点儿想笑。

可笑归笑，为了避免这位李家公子再被“咔”几次，接几回骨，乌行雪老老实实将手抽了回来——他手腕一动，那李家公子只觉得手里一空，仿佛抓的是两绺清风。

结果这么一抽，李公子更急了。这简直坐实了两位救命之人正有要悄悄离开的意思！那他能答应吗？

必然不能。

东江沿岸一带的人惯来淳朴，有时候为了送人一袋瓜果，或是好友近邻之间抢着结一桌酒水钱，都要连拉带拽，连扑带抱。

更何况李家公子呢。据说这李家公子有时为了抢付银钱，那真是……热情似火。

他行走城间二十余年，没有人热得过他。但这一点乌行雪并不知晓，也从没有领教过。

他抽回手后，正带着满眼笑意要逗萧复暄。刚欲开口，便瞥见余光里人影一动。就见那李家公子又连挣几下，两手一伸。

乌行雪当即脚尖一转，转到了萧复暄身后。眼见着那李家公子胡乱之下要去扑萧复暄了，乌行雪抓了萧复暄的手，将那裹着玉色长鞘的剑朝前一挑。

于是李家公子紧紧搂住了萧复暄的剑。

萧复暄：“……”又抱人又搂剑的……他转头看着乌行雪，毫无起伏蹦了一句：“我救他作甚。”

那表情实在好笑，乌行雪扶着他的肩笑了好半天。

会哭的孩子有虫吃。总之，这位李家公子靠着那股百折不挠的劲，以及抱着灵剑还敢死不撒手的勇猛之气，硬是拖住了乌行雪和萧复暄的脚步。

不过真正让他们选择多留片刻的，还是天气和风浪。

原本稍有好转的风浪又掀了起来，虽然船已行过那九曲十八弯的多山地段，但难保不会再遇险境。

本着救人救到底、送佛送到西的意思。天宿大人一边满脸写着“多余救他”，一边倚着桅杆成了这船上的“定心丸”。

就是这定心丸煞气好重。

李家公子彻底清醒后，所见的第一个人就是萧复暄。他迎着天宿大人半垂的眸光，讪讪爬坐起来，又讪讪撒开手，把拿命搂的剑恭恭敬敬递出去。

萧复暄抬了手，那灵剑便自动飞落进他手里。整个剑鞘的花纹上都流转着浅浅的金光。

李家公子一看那金光，眼珠子都变得晶亮，登时忘了怕，开口问道：“二位……是神仙吗？”

“不是。”萧复暄答得斩钉截铁。

李家公子满脸写着“你谦虚，我不信”，于是他又转而看向乌行雪。一身白衣的这位气质和煦如春风，想必是个好说话的，应当不会只有硬邦邦的一句话。

李家公子这么想着，又眼珠子亮晶晶地等着回答。乌行雪哭笑不得，道：“确实不是。”

死而复生之后，他和萧复暄体内也没有了仙元。一身修为倒是重拾了回来，会的那些术法也依然还会，符咒傀儡之流也依然能使，或许还有数千年，甚至更长的寿命。

但他们确实不是九霄云上的仙了，至多能称一句半仙之躯。

李家公子听了回答，倒也没有流露出半分失望之色，依然眸光晶亮地说：“就算不是那天上的神仙，也是人间仙客。”他拱手行了个礼，道：“先前为了让二位多留片刻，实在有些莽撞失态，是我唐突了，希望二位不要介怀。总之，多亏了二位及时相救，否则我怕是已经成了这东江底下的一只死鬼了。还得连带着赔上一群人。”他勾头朝船舱里看了看：“人家各个有老有少的，若是真折在这东江里，那我这罪过可就大了。”

乌行雪打量了他一番，戳着萧复暄的腰肌，传音道：这人有点儿意思。生得像个纨绔，留人时像个泼皮，这会儿稍作收敛又有了几分文人样。”

萧复暄瞥了一眼他的手指头，传音回去：“你戳着我，夸别人。”

乌行雪：“我没有。”他登时想起当年在雀不落过劫期，天宿大人也是如此，说“你抓着我，想宁怀衫”。异曲同工了属于是。

反正为了哄人，他最终都得搭进去好几天……

灵王大人正走神，就听那李家公子茫然问道：“什么你没有？”

“嗯？”他抵着鼻尖咳了一声，干笑道，“噢，没什么。对了，最近风雨这么稠密，你们怎么挑这种日子出游江上？”

这个“对了”就对得很生硬，一听就是强转的话题。萧复暄挑了一下眉，没有拆穿。

李家公子愣了一下，才跟上话头。他连忙摆手道：“不是出游，不是出游，沿江一带的人都知道，哪有这个时节出游的。我可没有大风天来江里找刺激的癖好。”

乌行雪：“哦？不是出游，那是为何？”

李家公子答道：“我是上月听闻，阆州那边闹了一场虫患。”

“虫患？”乌行雪略作思忖，想了起来。

阆州先前确实闹过一场虫患，还是春日里的事。他和萧复暄知晓后易了容，在那边一间常做布施的山庙作了几日停留，分了些丹药下去。还因此又碰到了医梧生。

他们没有刻意地亲近和聊笑。但在那样的场景下，医梧生那位药痴对他们就是一见如故，说：“不知为何，我总觉得二位公子有些面善。”

他一边琢磨乌行雪和萧复暄带去的丹药，一边回想。好半晌忽然道：“噢，我想起来了，梦都城南的冬市！”他眼里慢慢透露出惊喜来：“我同照台从马车上下来时，差点儿摔作一团，二位刚巧经过是不是？我记得还同二位作过揖，说见笑了。那是好多年前了。”医梧生叹道：“没想到那么早之前，我与二位就已经有过一面之缘了。”

乌行雪当时同萧复暄对视了一眼，笑着附和道：“确实，原来早在那么久之前，就已经见过了。”

他们和医梧生清了阆州虫患后，又并行去了春幡城，把酒言笑。后来又受了医梧生的邀，在桃花洲小住了几日。

这一次的桃花洲，没有邪魔，没有满林坟地，繁花似锦。而他们从那之后，多了一位新识的“故交”。

李家公子自然不知其中原委，更不知他们做过什么。只道：“那虫患据说来得突然，但去得也快。二位若是从那一带经过，兴许听说过。”

乌行雪没多说，道：“略有耳闻。”

李家公子道：“我家有表亲在阆州，说是虫患过后，有善人去那边布施丹药，百姓服了丹药个个都好，不再有疫病流传。就是粮地谷仓遭了点儿殃。这不，刚入夏没多久，据说阆州的粮就不太够了。”李家公子顶着一副操心脸，说道：“我既然知晓了，那必然不能坐视不理！便找人盘算了一下，咱们这边的粮绰绰有余。这不……七七八八装了一船，送去了阆州。”

“为何不走地上？车马运总要安全一些。”乌行雪说。

“慢嘛。”李家公子说着拍了拍肚子，“肚腹不等人，送粮这种事还是越快

不见上仙三百年

越好。”

乌行雪怔了一下，反应过来。他和萧复暄一步千丈，来去各处都不费功夫。一时间忘了这些天风雨稠密，若是马车运粮，过山道时一样又危险又费力。

“马车没个十天半月都到不了。但这船就快多了，去的时候顺流而下，两天就到了。就是这回程实在要命。”李家公子讪讪道。

乌行雪听完他出行的原因，颇有些刮目相看。就连萧复暄都朝这李家公子瞥了几眼。

这样的人总会让他们想起许多故交，如梦姑、桑奉、医梧生等。也不是全然相像，只是某一瞬间会有那一群人的影子。

就因为这种感觉，乌行雪和萧复暄在某一刻稍稍放松。于是当李家公子后来问他们住在哪儿时，他们居然真的答了一句：“这两年落脚在江洲。”

“江洲?！”李公子面露喜色，又稍顿了一下，道，“是在……江洲那座青竹山上吗？”

乌行雪：“？”他眨了眨眼，转头问萧复暄：“青竹山上有房宅？”

萧复暄：“有坟。”

“唐突了，唐突了，我不是那个意思。”李家公子连忙拱手，道，“主要话本里提起修行之人或是仙客，都管他们的住处叫洞府。”

乌行雪道：“……我住城里不住洞。”

李家公子又连声道：“好的，好的，那真是太好了！”

这时候，乌行雪和萧复暄还不知道这位李家公子口中所说的“太好了”是什么意思。直到他们将整艘船平平稳稳送到李家公子所指的渡口，才猛地反应过来。

因为那渡口连通三座城，江洲城就是其中之一。

乌行雪没忍住，盯着渡口问那李家公子：“你……住哪儿？”

李家公子一指渡口紧挨着的城关，说：“喏，就是这边，卧龙县。”卧龙县就在江洲城隔壁，从这处城关过去，车马若是行得快一点儿，不足半日就能到。

那李家公子下船时，冲他们深深作了个揖，说：“救命之恩，感激不尽，往后见二位一回就必要报答一回。”

起初，乌行雪和萧复暄没把这句话当真。他们虽然住在江洲城，但宅院有结界，平日出门又爱易容。想要找见他们，绝非易事。

一次找不见，两次找不见……落空几回自然就打消念头了。结果没过半月，他们就发现自己大意了。

那位李家公子格外热情，格外能折腾还格外认死理。他平日广行善事，什么都掺和一把，同谁都十分熟稔。但凡被他帮过忙的，又都乐意顺手帮他一把……

于是，李家公子一介凡人，愣是让两位曾经的真仙体会到了什么叫“无处不在”。这恩报得那叫一个劈头盖脸、密不透风。但这报恩又并不太成功……

原因无他，主要是在凡人看来，这两位简直无欲无求。

金银钱财，他们根本不用。李家公子也不怎么敢送，总觉得这是俗物，会唐突仙客。

田宅地皮，他们也不用。话本里都说了，修者就地一划便能落脚，山巅城间，就没有他们不能住的地方。

要说帮忙，那就更不用。那二位神通广大，实在没有什么忙是寻常人能帮得了的。

于是那李家公子悄悄搜罗了好一阵子稀奇物事，什么鲛珠白玉照世灯，只要名字取得大一点儿，他就通通往家搬。据说到最后还觉得不够，信了不知从哪里来的传言，要去南边搞龙涎。好在被一些事绊住了脚，没能成行。

结果有一次，这李家公子无意间发现，乌行雪和萧复暄可能是活得久吧，稀奇物事比他多得多……

李公子登时又没了辙。后来有一日，李家公子闲来翻话本，也不知翻了个什么乌七八糟的东西，瞥见了“双修”二字。

李公子登时福至心灵，一拍大腿心说：“对啊！怎么把这遭给忘了！”

他本就出了名地好操心，喜欢牵缘拉线，喜欢成人之美。哪怕路过一只鸡，他都能给它觅一个良配，更何况是人。仙人也占个“人”字呢。

这李家公子能牵缘拉线，促成那么多好姻缘，本质是因为他广积善缘，认识的人遍布四处。依仗这一点，他托人探问，由此结识了一些修士。没过多久，他就带着两幅画卷，喜滋滋地进了江洲城。

他在江洲城守了两天，瞧见了萧复暄。

他当即支棱起来，兴冲冲地赶过去，一边同萧复暄说明来意，一边掏出了画卷。

于是，当慢一步的乌行雪转着手中面具，走到近处时，看到的就是这么一幕：李家公子杵在天宿面前，徐徐展开一张仙女图卷，嘴里说要给天宿牵一根旷世红线。

乌行雪：“……”

很久以后，江洲城里偶尔会惊现这么一句俗语，叫“李公子报恩”。

李公子报恩，差点儿把自己报没了。

（三）

乌行雪和萧复暄这些年其实都是如此，不会在一个地方久住。人间变化很快，他们常游历，边行边看。若是哪里景致不错，或是有什么颇有意思的事物，他们便会在附近落脚，小住上两三年。

之前在江洲城落脚，是因为这片城地势依山而上。若是住在高处，推窗便可见云绕远山、清江明月。若是再碰上风雨，那整片阔江都是烟水蒙蒙，确实是别处难遇的景色。

如今，因为这位李家公子孜孜不倦地报恩，乌行雪和萧复暄差点儿从江洲城搬出去。

不过他们到底没搬成。因为被一样东西留住了脚步。

这东西说起来其实一点儿也不稀奇——就是隔壁卧龙县大戏楼里的一出戏。

灵王大人喜欢看戏、听戏，这一点别人不大知晓，萧复暄却最是清楚。毕竟当年还在仙都时，他就不止一回见识过灵王是如何入睡的。更别说他那十二个小童子是如何来的了。

但即便如此，他们也很少会为了某个戏楼、戏班而停留在某地。因为人间流传的戏文总是相似的。在数百年的时间里，乌行雪已经听过太多、看过太多了，少有格外新鲜的。

可这回不同。这回的戏文还真有点儿新鲜，可以算得上独一无二了。

因为这戏文与卧龙县同名，就是在这处地方诞生的，只在这里演，别处根本听不到。

乌行雪第一回听见那戏全因偶然。那日他和萧复暄从卧龙县内横穿而过，途径那栋大戏楼时，见窗门洞开，便透过宽大的窗棂朝里看了一眼。

就见那戏台之上，不仅有人影，还有龙影。在锣镲声里翻江倒海，好不热闹。

萧复暄只看一眼就知道，他们天黑之前进不了门了。毕竟某位灵王大人看见这种东西就走不动路。

果不其然，乌行雪人都掠过去了，又转身回来。饶有兴味地拽着萧复暄进了楼，说："走，去看看。"这一看，就看了近两个时辰。

卧龙县的百姓大约都受过那位李家公子的影响，极富热情。旁桌的那位老伯瞥了乌行雪和萧复暄好几眼，问他们说："生面孔嘛，你们不是本地人？"

萧复暄："不是。"

老伯指了指台上："第一次来啊？"

乌行雪笑着应了一句："在外面看着很有意思，热热闹闹的，就进来了。"

老伯也操心："这戏话音重，听得懂吗？"

乌行雪"唔"了一声，谦道："听个半懂吧。"

老伯道："你们来得不算时候，没听着前头，我给你们补上？"

乌行雪要过一壶茶，这会儿斟了一杯递给老伯，又端起自己的那杯，冲老伯举了举，笑吟吟道："那就有劳。"

老伯见他这态度，兴致更高，便讲了起来："这是个新戏，讲的也是真事。咱们这县城不是叫卧龙吗，你可知道这卧龙的县名是如何来的？"

"如何来的？"

"因为瞧见龙啦。"

乌行雪同萧复暄对视一眼，又看向老伯："是吗？"待老伯絮絮叨叨地讲起来，他们才慢慢知晓。所谓的"瞧见龙"，也不是真的瞧见，而是一场蜃楼。

不知多少年前，这个挨着渡口的县城刚有些规模的时候，曾经出现过一次蜃楼之景。

那是在某个冬日的清早，天气骤冷，整座县城里都浮着一层不薄不厚的雾，白茫茫一片。

百姓们推窗望了一眼天，便惊住了。因为那白茫茫的雾忽然翻起了浪花，能看到巨浪滔天，冲撞着黑黢黢的礁石，还能看到岸边歇停的舟船。

就在百姓们望着天上的浪和舟船，不知所以时，那巨浪当中隐约有一道黑色长影翻腾而过。虽然那只是虚影，无声无息，但那长影穿海而过时，满城百姓似乎都能想象那浩荡的浪潮和呼啸的风音。

他们不知这是投照之景，亦不知从何而来。在他们看来，那条穿风劈浪的龙影就像静卧在满城街巷之中，于白茫茫的雾里露出了一点儿痕迹。

那之后，这个县城便有了名字，叫作"卧龙"。

老伯说："这出戏，就是续着那突现的龙影往下写的。"

老伯说了一些，乌行雪听完，感觉这故事里的一些细节和走向似曾相识。但他一时间没能领会，这种似曾相识之感究竟从何而来。直到他听到见老伯说："有人拿着美人画卷去拜会龙君，龙——"老伯没说完就被打断了。

只见天宿大人一脸木然地问道："我冒昧问一句，这戏文……是谁写的？"

老伯大手一挥，道："李公子。"

乌行雪："……"

原来，这李家公子一生多奇遇，有些讲不出来又憋着难受，便索性真假相掺，通通写进了戏文里。

他家业殷厚，不想白费笔墨，便盘下了这栋戏楼，请了远近闻名的戏班子在这儿搭台献唱。一年一出，已经唱了好几年了。

乌行雪无言片刻，转头冲萧复暄道："我平衡了。"毕竟那李家少爷爱当红娘的毛病已经延续到了戏文里，就连那海市蜃楼里的龙，他都见不得人家形单影只，上门送了美人图呢。

还有什么事他干不出来？

本着"想看看这戏文还能如何离奇"的初衷，灵王大人决定常来。

老伯又说了一句："李家那公子也时不时会来戏楼听一会儿，他是个奇人，心肠极热，远近闻名。保不齐你们能见一见他呢。"

乌行雪干笑一声，心说大可不必，已经领教过了。那位李家公子的热情，他和萧复暄着实招架不住。

就冲老伯这句话，灵王大人决定易了容常来。

易容这种事，对萧复暄和乌行雪来说，简直是家常便饭。当年去落花山市，他们就常会易容，后来游历人间时更是如此。几乎每去一个地方，都会换一副面孔。

这是顺手为之的小事，没必要争抢。之前动手的一直都是萧复暄，如今便也还是他来。

天宿大人给人易容其实很有讲究——他能将人五官通通改换，改得截然不同，却又能与身形风姿浑然一体。全然看不出是易过容的，好像天生就该是如此。

这本是个长处。他们行走世间数百年都是如此，没出过什么问题。

可如今在这小小的卧龙县，却阴沟里面翻了船……还翻了不止一回。

那李家公子当真是个奇人。他们顶着不同的容貌，来了戏楼六回，撞见李家公子三回，回回都被认了出来。

有一次乌行雪实在没忍住，问他究竟是如何做到的。

就听那李家公子兴致勃勃地解释道："话本里常说，修士仙客游历人间总爱易容。我料想二位恩人不爱以真容来这吵闹之地，必然会改换容貌，所以脸是当不得真的！但二位这身形姿态渺然出尘，那是挡都挡不住的，远远一看就能认出来，决计错不了！"

乌行雪服了。自那之后，再来卧龙县听戏，动手易容的人就换成了乌行雪。

倒不是因为他技法更高。易容小术实在谈不上什么技法，自然也难分伯仲。之所以让他来，是因为……灵王出手，那就是相当随性。

两个人会变成什么样，全凭某人当下的兴致以及所闻所见。用乌行雪的话来说，叫作“体味人间百态”。

那真是不开玩笑的百态。

易完容后，他们不一定是年轻人，不一定是两人，有时候甚至不一定是人。

于是，卧龙县城关外的野林边常会出现这样一幕——他们落地之时，恰好看见一位披着蓑衣的老翁提着竹篓从旁行过。

乌行雪扫量一眼，便会说：“萧复暄，你看这位老伯，就易成这样如何？难得能体会一下须发皆白之感。”然后，卧龙县的戏楼里便会多两位饮茶的老者。

倘若他们在落地之时，恰好看见书生背着竹制箱笼而过，乌行雪扫量一眼，又会说：“你看那位书生，文质彬彬……”

然后，那日的戏楼里便会多两位青衫飘摇的书生。

如此往复，屡试不爽。别人不知道，反正李家公子一次都没认出来过，灵王大人也越玩越高兴。

有一回，他们落地之后无人行经，倒是有两只花斑燕雀停在枝头。

乌行雪饶有兴味地看了一会儿，忽然拽了拽萧复暄的袖子，说：“你看那对鸟雀。”

萧复暄：“……”人已经当不过瘾了吗？

天宿大人满脸写着“不”，乌行雪挑眉看了一会儿，又拽了拽他的袖子。

这举动基本可以定性为撒娇了。可是这种事情，撒娇有用？

有的。

所以那日的戏楼窗边，有一对鸟雀浑不怕人，足足停留了一整个晌午。

但“撒娇”也不一定回回都有用，就好比这一日。

这一日，卧龙县戏楼里的那出戏据说快到结尾了，那李家公子十有八九是要去的。

乌行雪早早便拽着萧复暄出了门，没有御风而行，而是溜溜达达地穿过一条又一条长长的街巷，从江洲城逛到了卧龙县。

他们又在惯常易容的野林边停了步，乌行雪四下看着，找寻灵感。忽然听见一阵叽里呱啦的吵闹声。

乌行雪转头，就见几个小童扎着羊角辫，围着水绿肚兜，额心还点了一点儿朱砂红，三五成群，跟着一头水牛从旁走过。

他又饶有兴味地看了一眼，开口道：“萧复暄……”

萧复暄一把将某人要易容的手指头按回去，在他开口说“你看”之前蹦了三句话：“不看。瞎了。今天我来。”

（四）

灵王大人很不甘心，问道："为何要你来？"

萧复暄："因为戏楼不让水牛进。"

乌行雪嘴角动了动，明显有点儿想笑，但又绷住了。

天宿大人神情麻木。可能是真怕变水牛吧，他说动就动，话音未落，便抬手去改乌行雪的五官容貌，坚决不给某人一点儿可乘之机。

乌行雪一边任他在脸上点点碰碰，一边又回了一句："也没说是水牛，不是还有一群小娃娃吗？"

萧复暄的手指顿了一下，瞥了一眼他不停开开合合的嘴唇，道："乌行雪。"

乌行雪："嗯？"

萧复暄动了动薄唇，蹦了一句："你是喜欢他们眉心的一点儿朱砂，还是喜欢那个肚兜？我也可以给你易。"

乌行雪："……"不必！

灵王大人只是想逗人，觉得萧复暄的反应很好玩，并不想真的把自己搭进去。他颇为无辜地眨了眨眼，道："哎，不闹了，快易快易。今日你说了算，是个人就行。"

以这两位的技法，易容不过是一瞬息的事，可他们愣是耽搁了好一会儿。等到两人进茶楼的时候，灵王大人唇色都浓了几分，颈侧淡淡的血色还未褪尽。

萧复暄的易容一贯不会太过出格，为了避过李家公子，这次还稍稍动了一下两人的身形。

这似乎颇有成效。因为直到他们穿过整个戏楼茶堂，都没有谁咋咋呼呼地迎过来。

"这戏楼今日好安生，那位李公子是不是根本没来？"乌行雪用手指抵着萧复暄的腰，一边推着他往前走，一边传音冲他咕咕哝哝。

"差不多。"萧复暄回了一句，在堂倌的招呼下寻了一处空桌。

"那还挺稀奇，上回那老伯说这出戏快讲到头了，这几日唱的都是新续的。以那李公子的脾性，总要来戏楼热闹一番，四处招呼招呼。居然没来？"乌行雪还是觉得十分奇怪。

"或许……"萧复暄在茶桌边坐下，刚回了"或许"二字，话音便是一顿。

"怎么了？"乌行雪纳闷地问。

就见萧复暄朝旁边那桌偏了一下头，道：“看隔壁。”

乌行雪转头一看，拎着茶壶的手差点儿没端稳。

隔壁那桌坐着一个人，穿着湖蓝罩衫，斜支着头，手里攥着一把未开的折扇。那不是李家公子又是谁?!

乌行雪拎着茶壶一动不动，片刻后转头悄悄冲萧复暄眨了眨眼：“我们现在起身换一桌，是不是太过刻意了？”

萧复暄：“你说呢？”

乌行雪又去看那李家公子，发现对方依然维持着那个姿态，一动不动。旁边这桌来了人，他却毫无所觉，似乎人在戏楼，魂已经飞去了天外。

兴许就这么坐到天黑，那李公子都回不了魂，更别说认人了。这么一想，乌行雪便放下心来，给自己和萧复暄都斟了一杯茶，优哉游哉地饮了起来。

可他们并没有能安安生生地坐到天黑。

楼台上的戏刚唱过半时，那李家公子被一声锣镲惊回了神。他晃了晃脑袋，又用折扇敲了敲额心，似乎在缓解困劲。这么挣扎了一会儿，才放下支头的手，给自己提壶倒茶。

他倒茶的时候半转了身。乌行雪和萧复暄只要斜瞥一眼，就能清晰地看见他的全脸。

那李家公子本有一张称得上俊朗的脸，咧嘴而笑时颇有纨绔相，算是有副好皮囊。然而此刻，那张纨绔脸苍白无光，眼下还有两片乌青，快掉到脸颊了。

乌行雪：“……”这得是嗑了二斤铁丹药，才能有这效果吧？

他和萧复暄毕竟只是招架不住李公子的热情，并非同他有过节。看见对方如此模样，也就顾不上什么回避不回避的了。他们对视一眼，乌行雪屈指在李公子桌上敲了一下。

就听“笃”的一声响。李家公子慢了片刻才反应过来，抬眸看向他们。

乌行雪指了指那硕大的黑眼圈，问道：“你这是怎么了？又遇奇缘，碰见妖精了？”

李家公子眨巴眨巴眼，又慢半拍，恍然道：“啊……”

乌行雪：“？”做什么一惊一乍的？

李家公子微微直起身：“二位恩人是何时来的？”

乌行雪干笑一声，头也不回又戳了萧复暄一下，无声道：“天宿大人，看看你这易容术。”

萧复暄：“……”

天宿大人已经不想在这位李家公子面前探究什么易容术了，他抬了抬下巴，冲那李家公子道：“不如先说你自己。”

李公子搓了搓自己的脸，道：“脸色差得很吗？”

乌行雪道：“眼下那乌青能占半张脸了，你说呢？你这究竟是如何弄出来的？”

李公子蔫了吧唧地说：“十来日没睡一场整觉了，能不青吗？”说着，他又张口打了个哈欠，盈了满眼泪花，看起来泫然欲泣。

他就这么泪汪汪地看向乌行雪和萧复暄。乌行雪：“……你十来日不睡觉作甚？”

李家公子抹着眼泪，说：“哪是我不想睡啊，是根本睡不安生。”

乌行雪：“为何睡不安生？”

李家公子道：“有人托梦骂我。”

乌行雪：“？”

见恩人满脸困惑，这李家公子也不再乱打哑谜了，细细说道起来。他指了指戏台上翻江倒海的黑色长龙，道：“起因就是我写的这出戏。二位听说过这戏的来历吧？”

“听过啊。”乌行雪点了点头，“卧龙县名嘛。”

李家公子道：“对，这卧龙县名的由来是我少时听来的，后来机缘巧合之下去了一趟南边，走的是水路。有一天夜半醒来，我从船篷里探了头，迷迷糊糊之下，在海雾里看见了一道黑色长影。”

乌行雪“噢”了一声，饶有兴味：“那不就同卧龙县当年的蜃楼一样吗？”

李家公子点头：“没错。我料想当年咱们这县城浮现的蜃楼之景，应当就是从南边映照过来的。而我在船上所见的，应当就是真迹了。”

乌行雪转头看了萧复暄一眼，道：“怪不得说这李家公子一生多奇遇呢，这都能叫他碰见。”

“这不是福缘吗，好事啊。”乌行雪宽慰了一句。他想说，你不会见着龙迹也热情似火地扑过去吧？但忍住了没出口。

李家公子道：“确实是奇遇福缘，这还不止呢。我当初半梦半醒嘛，看到那龙影不敢相信，愣了好半晌。等我拍着脸把自己打清醒了……”

乌行雪：“……”

李家公子道：“就发现龙影已经不见了，倒是那海雾里有个人影。”

“哪样的人影？”

“没看见脸，只看到模模糊糊的背影。我记得个头很高挑，黑衣黑靴，跟那夜色都快融为一体了。”李家公子比画着，说，“我看见他就那么凭空走在海上，一边走，一边将散发束起来。我一眨眼，他就没进雾里，再看不见了。”

“后来呢？”

“后来……”李公子讪讪了一瞬，道，“后来我迷迷瞪瞪睡过去，等到第二天日上三竿才从船篷里醒过来。一时间就分不清前一夜所见是真还是梦了。倘若是真，那便是一生难得一见的谈资；倘若是假，那就纯属白日发梦了，也不好与人乱讲。所以我就写了这出戏文。以卧龙县的县名来由为头，以那海上的黑衣人影为底，然后……”然后胡编乱造了一个凄美曲折、比翼双飞的爱情故事。

乌行雪听到这处，隐隐料到了一点儿后续：“所以你说那个托梦骂你的人是……”

李家公子眼泪淌了下来：“就是我在海上见到的那个人。有好一阵子了。”李家公子声音里带着哭腔：“自打这戏唱到‘美人图’，我就开始夜夜做梦。夜夜梦里都有一个黑衣公子，长得倒是十分俊美，但那脾气……他在梦里同我说，这戏文一派胡言、乌七八糟。还说他脾气坏得很，我如果不是不想活了，就赶紧改了。可戏文嘛。”李家公子一脸委屈，辩解道：“戏文哪有当真的，本来就是胡说嘛。何况我还给他配了一段良缘……”

他说着说着，忽然想起面前这两位也被他配过“良缘”，差点儿把命配进去，又讪讪收了话音。

“哎，不提也罢、不提也罢。”李公子略过了良缘那段，继续哭诉道，“他还日日在梦里吓唬我。”

乌行雪：“哦？怎么吓唬的？”

李家公子：“扮鬼。”

乌行雪：“？”

李家公子道：“他经常说着话，语气就变得幽幽的，特别虚，也特别轻，然后眼里就淌下血泪，还会猛地拍我一下。我一转头，他就咧嘴笑一笑，笑得特别邪性，拍我的手说断就断，然后血淋淋地滚到我手里。我……”

这李家公子毕竟是锦衣玉食长大的，虽然多奇遇，却一贯福大命大，没有真正遭过什么罪。哪里受得了这种场景，更何况还夜夜都是呢……

于是十来天下来，眼下的乌青就十分显眼了。

乌行雪觉得那梦里的人还挺有意思，但嘴上还是宽慰了李家公子一句：“兴许再过几日他便消停了，不至于真的夜夜来骂你，哪有那闲心呢。”

结果李家公子哭得更惨了，一拍大腿道：“有的，他说自己就是世间一闲人。”

乌行雪：“……”

灵王大人擅长怂恿别人围着天宿哭，但并不擅长应对冲着自己哭的人。他想了想，劝道：“那你就把戏文改了嘛。”反正他听稀奇也听得差不多了。

李家公子道：“晚了，今日这出就是末尾了，马上都要唱完了。”他抹了抹眼泪，忧愁道，“倘若这么夜夜熬，我这寿命得折好几年吧，会不会连而立之年都过不了？”

乌行雪刚想说“不至于”，就听这李家公子道：“那我四处欠的人情恩情，可就还不完了……”乌行雪怔了怔，又默默把话咽了回去。

他和萧复暄在这江洲城、卧龙县两边往来，听到最多的话便是“李家公子又帮了谁谁一个忙”“李家公子又给谁家牵了个好姻缘”，从未听过他欠着谁的。

到他自己这里却截然相反——只字未提所行善事，满口都是“我四处欠的人情恩情”。

乌行雪同萧复暄相视一眼，忽然觉得这位哭哭啼啼的公子甚为讨喜。他想了想，同这李家公子说：“你欠的恩情里，有我们两个的吗？”

李家公子道：“自然是有的！”

乌行雪道：“那今日起，你就可以将它勾销了。”

李家公子纳闷道：“为何？我还没找到报答之法呢。”

乌行雪指了指戏台说：“我就爱听戏，可近百年不曾听到新事了。你这是头一个，虽说是胡编乱造，却也很是稀奇，我们应当能记很久。这比那金银图卷、稀奇物事有意思多了，算作报恩，绰绰有余。”

他难得正经，李家公子听了一会儿，颇有些赧然，攥着折扇支支吾吾半晌，问道：“听二位恩人的话音，是要离开江洲城，去别处了吗？”

萧复暄道：“嗯，本来也是为了你这戏文多留了一阵。”

乌行雪笑了笑，道：“这小半年，多谢招待了。”

他们于那年夏末秋初离开江洲城，如先前一样，又游历去了人间其他地方。

这位卧龙县的李家公子并没有如他自己担忧的那样短命折寿，梦里那位脾气乖张的人吓唬过了瘾，也没再捉弄他。他平平安安地活着，依然广行善事，广牵良缘，远近闻名。

他还是常有奇缘，常遇奇事，福大命大。从一脸纨绔相的年轻公子，慢慢有了美须发，再慢慢成了颇为慈祥的老者。

他在八十大寿的庆宴后寿终正寝。

江洲城、卧龙县一带的百姓受惠颇多，常有惦念，于是在邻山望江的地方砌了一座庙宇。庙里以这李家公子为形，立了一尊石像，摆了供桌香案。

再到后来，这一带的老人一一离世，后辈再去那庙里上香添果时，都会说：“这是积善德、保姻缘的‘神仙’。”

乌行雪和萧复暄再来此地，就是那时候。他们路过那座庙宇时，看见庙里香火络绎不绝，庭院里还站着一棵造型颇为好看的树，树枝上挂满了红色笺符。

有个专门布香的人站在庙门边，问他们：“你们也是来上香的吗？”

乌行雪问道：“这是哪家的庙？”

斋公点了点头，打量了他们一番，道：“啊，二位不是这江洲卧龙一带的人，兴许没听过，这是李善人庙。”

“李善人？”乌行雪转头冲萧复暄说，“李……会是咱们见过的那位吗？”

“进去看看便知。”萧复暄道。于是他们接了斋公递过来的一把香，踏进了庙宇。

这庙宇并不算大，侧边各有一间屋，中间便是正堂。同当年仙都随处可见的瑶宫府宅全然不同，就是人间凡宅的模样。

正堂里立着一尊石像，旁边有一块方形的石碑，碑上记刻着李善人生平，大小诸事在这有限的石碑上缩成了赅言。一共不过五六列，但足以让乌行雪和萧复暄认出来，这确实是他们当年认识的那位李家公子。

由此可见，人间还是喜欢敬香祈拜，只是庙里供奉的不再是仙谱图里列着名姓的仙人了，而是凡人。

百姓将那些颇受敬爱的奇人记述下来，为其刻碑，立庙。然后依照那些奇人生前所行之事，给他们取了一个又一个名号，五花八门，数不胜数。不知不觉间，庙宇已然遍布城间山野，香火鼎盛。

乌行雪抬头打量着石像的面容，拱了拱萧复暄：“你说这么多年了，庙里的石像还是这模样，一点儿都不像真人。”

萧复暄道：“无一不胖。”

还真是，乌行雪笑了半天。

当年的李家公子生得一副纨绔相，称得上俊朗。这庙里的石像却宽圆许多，颇有慈眉善目之感。或许是参看他年老时的模样吧。

庙里还有一个看顾香火的人，年纪不大，讲起话来像鸟雀似的，颇为叽叽喳喳的。他看乌行雪和萧复暄不似当地人，便来了兴致，将他听来的李善人的故事讲了个滔滔不绝：“这李善人啊，一生可谓奇缘不断……”

其实那些事，乌行雪他们早在几十年前就听过了。还有一些事，本来就同他们有关。

“……他在江上遇见过真仙，还在海上见过龙君。”那看顾香火的人一边说，一边端起长明烛火，要给这两位英姿俊美的香客点香，却见这两位香客手指在香头上兀自一捻，袅袅的烟便升腾起来。

看香人："？"

当年在仙都，灵王和天宿不吃人间供奉。他们没享过香火，也甚少给别人点香。这大概是屈指可数的一次。

庙宇里香客往来，没人知道这一幕其实是世间罕见——曾经的神仙给后来的凡人敬了一炷香。

他们转头从正堂出来，那年轻的看香人才猛然回神，匆匆追出来。他叫住了这两位香客，嘴巴开开合合，却不知道该说些什么。他尴尬地直挠头，最后只好随便找一个话头。

就见他朝庭院那株挂满笺符的花树一指，道："二位……二位既然上了香，不妨再挂个符牌吧！"

乌行雪朝那花树瞥了一眼，问道："那符牌是作何用处的？"

看香人道："保姻缘的！那是远近闻名的姻缘树，当年李善人好牵红线，他拉的媒就没有不成的，所以这姻缘树可灵了！哪怕是路过的一只走地鸡来挂个符牌，出门都能觅到另一只，凑个良缘。"

这话似曾相识。乌行雪听得一愣，然后笑了。

他们本就渺然出尘，这么一笑，看香人便看得呆了。他呆了好一会儿才回神，以为这香客在笑他的话，连忙面红耳赤地强调道："真的很灵！这卧龙县、江洲城的百姓都亲身验过。甚至冕洲、阆州那些地方的人都慕名而来呢，那可是要过海过江的。可见这效力多厉害！"

乌行雪见他越说脸越红，便道："我也没有不信，我只是有个疑问。"

看香人道："什么疑问？您尽管问，我知道的可多了。"

于是乌行雪指了指自己，又指了指萧复暄，道："你方才说那姻缘树挂了符牌是为了觅良缘。那要是已经有了良缘，不用另觅呢？"

看香人："啊？"他刚回过神，就又被问呆了，眸光在那两位之间来来去去、去去来来。片刻之后，不知为何，脸红得更甚了。好半晌，他才憋出一句，答道："那……那也一样，能保良缘长长久久。"

乌行雪点了点头，说："这倒是可以。"他冲看香人伸手要了一个笺符。

看香人要递笔给他，他却摆了摆手道："不用，那墨时间久了易斑驳。"

看香人："……不用笔用什么？这可是硬木的。"

乌行雪冲他晃了晃手指。

没等看香人再生疑问，他就已经落指在符上。借着指尖剑气流转，在那符上行云流水刻了字。

不消片刻，那棵远近闻名的姻缘树上多了一枚红色笺符。符的一面上写着两个名字：

乌行雪。

萧复暄。

从此这良缘长长久久，与山云同寿。

另一面是四个字，给那庙里的李家公子：

故交敬上。

番外

弟子

（一）

有一段时间，宁怀衫和方储所化的那两个小童子有一些问题。说严重倒也不算严重，就是会有神魂不宁之相，走着路呢都能犯困，常常一边走，一边小鸡啄米似的直点头。迷迷瞪瞪间撞过乌行雪的腿，也撞过萧复暄的腿。

乌行雪给他们探过灵。但探灵的结果总是好的，探不出什么伤损，好像神魂不宁只是错觉似的，与寻常百姓家小孩爱犯困、老人爱犯困无甚区别。

这种时候，丹药总不能乱吃。

小童子的灵魄又脆，乌行雪和萧复暄两人气劲太过纯洌，也不好轻易动手去调，容易把那俩小不点儿直接送走。最稳妥的办法，就是找天然的定灵安神之物，给小童子挂在身上，慢慢休整。

所以他们去了一趟西南。西南一带山多林密，多奇术也多奇物，常在海市做交换。海市里面总能见到一点儿还不错的东西。

原本乌行雪和萧复暄算好了时间，准备一道去海边，等一等将开的海市。但行到半路，两个小童子就又闭着眼睛找不着北了。海市人杂，小童子这状况不宜去。

于是，他们难得分了两路——萧复暄继续往南，去海市踅摸灵物；乌行雪则带着小童子，去他们约定好的地方先行落脚，起个温和的阵，将那两个小童子圈进去。

他们约定好的地方是一片颇有特色的海寨。乌行雪还没行到，就在中途被绊了脚。

绊住他的，是一片叫三坊十二巷的地方。那地方顾名思义，有三条长坊、十二条窄巷，是个百姓聚居之地，本该车马往来、行人络绎。

可乌行雪踏进街巷，却见家家门户紧闭。官道上唯有秋风卷落叶的沙沙之声，萧瑟冷清。

乌行雪四下扫了一圈，脚步一顿。身后跟着的马也嗒的一声停了蹄，尾巴卷扫着。挂在马背上的两个小童子未觉异样，还在呼呼大睡。

其余十二个小童子聚到乌行雪腿边，其中一个小声道：“大人，咱们是不是来错地方了，不是说西南一带的百姓能歌善舞，十分热闹吗？”

一串小童子纷纷点头如捣蒜：“就是，这里别说热闹了，连个人都没有。好生奇怪。”

“简直像鬼城。”

是奇怪，乌行雪心说，但也不至于成了鬼城。

虽然门户紧闭，但他稍一凝神，就能听见家家宅院里都是有人声的。估计是遇见过什么事，防备心重，才如此早就关了门。

乌行雪想了想，伸出一根手指，抵着最近处的小童子后脑勺，将他往前推了一步：“小不点儿，去问一问。”

小童子“哎哟”一声，捂着后脑勺，转头道：“大人怎么不问？”

乌行雪：“懒。”

小童子：“……那为何是我？”

因为你倒霉离得最近。乌行雪顺口道：“这里的人防备心重，你脸圆眼睛大，水灵讨喜，往人家面前一站，人家就说不出‘不’字了。”

小童子咕咕哝哝：“可是每次大人往天宿面前一站，天宿也没说过‘不’字啊。”

乌行雪：“……”

小童子挣扎了一下，没用，还是哼哼唧唧地去了。

不远处有一处茶摊桌椅未收，乌行雪在那儿坐下没多久，就收到了一封符书。

符书展开是萧复暄锋利的字迹。问他：

到海寨了？

这百十年来，他们几乎事事一道。难得分了两路，还有些不大习惯。一路上符书往来不断。乌行雪正要给他写一写这三坊十二巷的怪状，就见那个被指派出去的小童子颠颠地回来了。

“大人，我果真讨喜，敲了那巷子里第一家的门就问出来了。”小童子说。

“哦？”乌行雪回符书的手指顿了一下，冲他道，“说说看是怎么回事。”

小童子道：“这里闹凶匪呢。”

乌行雪：“凶匪？”

小童子点头，匆匆道来：西南一带多山地，尤其是这三坊十二巷，三面邻山，就是被山峦半圈着。而且那些山峦重叠奇诡，不论从哪个角度看，都长得一模一样，常人根本分辨不清，就像天然的迷魂阵局。

那个作祟的凶匪懂一些奇门异术，白天见不着，就喜欢趁着夜色顺山摸下来，在坊巷里挑一两户倒霉人家，劫些财物。

被劫的人家索性装睡过去还好，若是拽着财物不撒手，或是想要奋起抵抗，那十有八九是要遭殃的。

而那凶匪一旦得手，就会借着坊巷小道，急急往山那边赶。只要入了山，他三弯两绕就没了踪影，想追想找都无从下脚。

“据说这凶匪都闹了有几个月了。”小童子说。

乌行雪：“怪不得天还没黑，就门户紧闭。”他想了想，问：“劫过多少户，问过吗？”

小童子说：“好像有二十来户都遭了殃，还闹出过好几条人命呢。”

“好几条人命？”乌行雪脸上的神色冷了不少，又轻轻“噢”了一声。

每到这种时候，他又会隐隐流露几分照夜城城主的气质。但不再是那种萦绕着冷雾、沉沉郁郁的了，要轻灵肆意得多。

毕竟他们身上都已经再无负累，扶善罚恶，皆是自由。

乌行雪想了想，捏了一张新符书，给萧复暄回道：

还没到海寨，但我想换个落脚之地，如何？

符书转瞬传了过去。没过片刻，乌行雪脸侧微光一闪。他两指一夹，接到了两张新符书。

乌行雪：“？”

小童子在旁边“嚯”的一声，小声跟同伴咬耳朵：“天宿大人这是写了多少字，一张符书都写不下？”

乌行雪听在耳里，心说你就是白送萧复暄一张嘴，他都凑不够两张符书的话。还写不下……

他展开两张几乎同时送到的符书一看。果不其然。

第一张就写了一个字：

好。

堂堂天宿，果然如小童子所说，冲着某人基本就没说过“不”字。他应当是下意识写了一个“好”字送出来。答应完了才反应过来，又连忙补问了一张：

为何要换地方？你不是一直想去那海寨住一阵？

所以才有了这两张同时送到的符书。乌行雪有些想笑，心情顿时明快起来。他又捏了一张新符，行云流水地写下：

海寨过几日再去也不迟，先在这三坊十二巷住几日怎么样？

他有意逗人，学着萧复暄把一封符书送出去。又捏一封，继续写道：

我杀个人。

写完他审读一番，觉得这话显得他凶。他“唔”了一声，把这封符书揉了，捻成纸灰。再捏一封，写道：

海市开了吗，你几时才来？

萧复暄接到乌行雪这封符书的时候，其实连海市的鬼影子都还没看见。他看着符书上那句“几时才来”，尤其是那个“才”字，脑中闪过某人一贯轻轻懒懒的语气。

萧复暄当即拦了一个熟悉海市的当地人，问道：“劳烦，你可知今夜的海市几时能开？”

对方就在海市边，大抵见过奇人异士。一看他手里展着一封符书，就能明白他的意思。

那人也是热心，答得很详尽：“这海市说是今夜开，其实一切就绪、大开市口就该到深夜了。你这是给亲眷写家书？”

萧复暄已经展开了一封新符书，淡声道：“问我赶完海市几时归。”

热心人哈哈一笑，更悉心地指点道：“今夜就算能开市口，也该到夜里三更了，正经走一遭怎么也要一天。你可以同家里人说，明后天差不多能回了。”

萧复暄倒也不回避，应了一声，抬手就在符书上写道：

> 若是快些，今夜三更能回。

热心人：“？”

（二）

就是三更天，对某人来说也相当久了。

乌行雪在三坊十二巷的摘星坊尾，添了一个空宅院又落了一圈结界。一切事宜全都安顿妥当，他问身边跟前跟后的小童子：“几更天了？”

小童子常帮他们算时，答得熟门熟路：“刚二更。”

夜已深了，天黑得透透的，只是离三更还有一个整时辰。

对天宿、灵王这样的人来说，一个整时辰实在很长，够他们从最南边往北方无端海走一个来回。

乌行雪心里默算了一番，打算趁这工夫去那山里转看一眼，找一找那作祟的凶匪。他顺手在庭院里折了一根长直的树枝。青灰枝条在他指尖转了个圈，就成了一柄映着月光的长剑。

他拎着剑正要出门，忽然听到坊巷间有轻不可闻的脚步声，伴着一股阴森的锈味。

乌行雪曾在魔窟里当过几百年的城主，见识过这世间无尽的东西。这种味道寻常百姓根本觉察不出，他却隔着百丈都能嗅见。

那是杀过人的人才会有的味道。

小童子们是他变出来的，自然随他。很快也觉察到了异样，纷纷支棱起来，问乌行雪：“大人、大人，是那凶匪来了吗？”

确实是那作祟的凶匪又来了。

乌行雪见过的邪魔不计其数，杀过的同样不计其数。这凶匪不过就是个会些奇门异术的活人。真动起手来，也就是一瞬间的事。

乌行雪转着剑，又问了小童子一句：“方才说几更了？”

小童子道：“刚二更啊。”

乌行雪：“噢。”

小童子们眼睛亮晶晶的，搓着手跃跃欲试：“大人，要打架吗？”

乌行雪想了想，食指竖在唇边，“嘘”了一声。

左右还有一个时辰。而他又正愁无事，那干脆耗一耗嘛。他扫了一眼那群小童子，捏了捏近处的几个朝天髻，轻声问道："想唱戏吗？"

小童子："……嗯？"

凶匪沿着小道在坊巷之间转绕着。这三坊十二巷里的百姓一共数千户，每一户的情况他都知道个大概。

他劫财从来不是乱劫，每次都是踩好了点儿、认对了门才下手，算得上谨慎，否则也不会数月下来没被人揪住一根头发。

今晚亦如此。他其实早就挑选好两家了，下山的时间也是那两家人休息的时间。只要顺着小道摸过去，手脚利索点儿，就能速战速决。

但不知怎么的，他在坊巷之间绕了好几圈，眼珠子总忍不住朝计划外的摘星坊那儿转。就好像那里藏着什么稀世财宝，冥冥之中格外吸引他。

凶匪纠结了好一会儿，还是脚尖一转，进了摘星坊。刚进坊口，他就看见了一户人家。

那间宅院乍看起来不算大，就坐落在摘星坊的一端，看起来跟旁边几座宅院几乎一模一样。

只是其他宅院门口的灯笼架是木质的，这家不同，这家的灯笼架鎏着一层淡金，映着月光，看起来清冷冷的，有一种矜贵感。

"这是什么人家……连灯笼架都鎏金？"凶匪在心里直犯嘀咕。他努力在脑中搜索了一番，发现自己居然对这户没什么印象。

这就很诡异了。事出反常必有妖。凶匪很明白这个道理，所以他的脑子指使着自己赶紧走，但本能让他走了几步又绕回来。

他在墙边抓心挠肺、抓耳挠腮。好半晌，终于对自己说："我不冒险，我就先探一眼，也好有个底。"

凶匪这么想着，便攥着自己的保命符和迷魂香，悄无声息地趴上了这户的墙头。

这宅院不算大，却十分精巧，是那种书生墨客会喜欢的布置——小小一方院子，有花树，有一泓浮莲池，池上居然还架着一座几步能到头的石桥。

屋子倒是不多，他趴在院墙上，就能透过宽大窗棂望到屋里。有个一看就十分清贵的公子身着素白袍，支着头，靠在榻案上翻着书。

屋里院里没一个护卫，倒是有好几个伴读书童，在屋里屋外忙活着洗笔、研墨。其中两个还时不时张着嘴，哇哇打哈欠。

"就这……"凶匪在墙头扪心自问，这都不进去看一眼，岂不是血亏？

俗话说得好，过度谨慎是为"㞞"。于是凶匪摸出迷魂香，手指在香头一抹一捻，袅袅烟雾就朝院子里漾开。

那几个小童子鼻子倒是灵。他们挤在池边洗着笔，突然抬头耸了耸鼻子，冲屋里人说道："大……公子，你闻到了吗？院里有股味道，好香啊。"

倚在榻案上翻书的公子抬了眼，朝那几个小童子看去。就见那几个小童子又用力吸了吸鼻子，然后"哎呀"叫了一声，扶着太阳穴开始原地摇晃。

公子："……"

他们踉跄了几下。只听"咚咚咚咚"几声闷响，他们以绝不重样的姿势，在池边倒了一排。

公子："……"

凶匪趴在墙头上，在那一刻是屏息的。他怕那位公子被那群小书童的反应弄得一惊，反而抵消了迷魂香的药效。

但书生就是文弱。下一刻，就见那公子支着头的手一晃，也无声歪倒在了案几上。

凶匪并没有立刻进院，而是又捻了两根迷魂香，在院里散尽了。确定这些人连装都装不了，一点儿动静都无，才翻身进了宅院。

他先前就猜，这是哪位富家公子出门游学来了，在这儿暂时歇脚。进屋一搜罗，猜想就被证实了大半。

屋里的布置不算多，稀奇玩物却不少。随便一方镇纸、一个笔架都能让他看直了眼。还有些从没见过的东西，流光溢彩的，看着比金银色漂亮多了。

这凶匪会些奇术，从腰间掏了个能纳百宝的乾坤袋，将那些认识的、不认识的东西都扫了进去。

就在他将乾坤袋挂回腰间，准备离开的时候，忽然一眼瞥见了那公子腰间挂着的坠子。

凶匪犹豫了一下，无声走到榻边。从近处看，就见那公子腰间的坠子确实稀奇。乍一看是白玉质地的，却比他见过的所有白玉都要净润有灵，简直不像人间会有的东西。

凶匪一时间有些恍惚，等他反应过来，就发现自己已经伸了手，拽住了那个白玉腰坠的扣绳。眼看着就要摘下那白玉坠。

一只手攥住了他的手腕！

事出突然，那凶匪胆子再大也被惊了一跳，差点儿蹦起来。他定睛一看，攥他的是那位公子。

那只手清瘦匀长，既没有练习刀剑防身术留下来的茧，也没有能提举重物的筋肉，一看就只能拨一拨棋子、逗一逗鸟雀。

这会儿却力气极大。那凶匪感觉自己不像是被人手抓住了，倒像是被冰链给铐住，怎么都挣脱不开。

于是他一个情急，脸上闪过狠戾之色。抽了刀，狠狠给了那公子一下，就见那公子手骤然一松，滑落下去，彻底没了声息。

凶匪无心留恋，扭头就跑。什么白玉坠子、罕见灵物，他也顾不上要了。看见院墙就赶紧一步蹬上去！

等凶匪从院墙上翻过，踉跄落地，他才发现自己张皇间跑错了方向——没有翻进巷子，而是翻进了隔壁人家。

“倒也……行。”凶匪心下咕哝着。他今夜决不能就这样匆忙收场！

隔壁这户他倒是有印象，没弄错的话，住着一对年轻夫妇。夫妇俩在坊间经营着一家小酒坊。算不上多么富庶，但也不缺金银。只是这种人格外怕被偷，爱把银钱贴身带着，夜里睡觉也得搁在枕头边上。

凶匪这会儿贪心上了头，朝已经熄了灯的卧房里又点了一根迷魂香。绕了好几圈，才摸进去。屋里黑灯瞎火的，但他练过一些奇术，所以依然能看得清楚。

那卧榻的被褥鼓着包，随着呼吸声平缓起伏，应当是在迷魂香的作用下睡得正熟。

凶匪放下了心，走到榻边，想要去摸枕边钱袋。结果刚摸索两下，就又被人攥住了手腕。

凶匪心下猛地一跳，就见那被褥之下的人翻了个身，露出脸来。哪是什么小夫妻？凶匪定睛一看，看到了跟刚才那富家公子一模一样的脸。

凶匪蹦起来又是一刀，狠狠给了那公子一下，然后夺命狂奔。

这下他彻底不敢再生贪心了，只想赶紧奔回山里。他狼狈地跃上院墙，又跌跌撞撞地摔进巷子里，还不小心崴了脚，提着刀一瘸一拐贴着小道墙根疾行。

结果刚到拐角，不小心撞上了一个从巷子拐过来的人。对方衣袍飘飘，有股幽幽的霜雪味，也不知用了什么香囊。

凶匪刚想说，讲究人，有钱，就瞄见了那腰间的白玉坠子。他咕咚咽了一下唾沫，默默抬头。

就见那富家公子扯着嘴角笑了一下，眼眸如墨，半垂着看他，说：“唔，好巧啊。”

凶匪扶着墙就开始往下滑。

那公子歪头看着他，忽然轻声开口道：“这会儿几更天了？”

凶匪还没反应过来，就见那公子背后如雨后春笋般伸出几个小童子的脑袋，七嘴八舌地说道：“二更过大半了。”

那公子“噢”了一声，一副终于把闲时打发了的模样。抬起那不沾阳春水的手，隔空一抓，凶匪就被拖进了摘星坊一端的精巧宅院里。

这鬼打墙似的“富家公子”不是别人，正是乌行雪。他掠墙而过，将凶匪丢在院中，自己从屋檐踏风翻下来。落地的时候，手里长剑一转，松松地拎着，走到凶匪面前，弯了腰问：“我听闻这一带最近总有匪患，还闹出过好几条人命，说的都是你？”

凶匪耷拉着眉眼，死不开口。乌行雪等了一会儿，道：“哑巴了？那我帮一帮你。”

凶匪眼看着他的手指朝自己探过来。还没靠近，他就感觉自己的天灵盖咯咯地震颤起来，骨骼结合之处透着一股酸痛，好像下一刻就要被生生掀开了。

向来只有他砍别人的份，这阵仗他还是第一次感受。他当即就不行了，抖了一会儿，哭道：“是我、是我、是我！别、别掀。”

乌行雪点了点头，道：“那我等一会儿。”凶匪听到这句，感觉自己三魂已经没了七魄。

乌行雪又问：“你一共劫过几户？”

凶匪道：“十……十五户。”

“杀过几人？”

“三两……七八人。”凶匪哆哆嗦嗦地答完，连忙道，“我对天发誓，以后再也不行祸事！再也不杀一人！我……我还能告诉你那些珍宝藏地，能不能、能不能换一条生路？！”

乌行雪歪头冲他笑了笑，那笑意很淡，却因为一副极好看的模样而显得煦如春风。接着他把笑意一收，淡淡道：“那你想得可真美。”

没过片刻，小童子们就被蒙了眼睛，捂了耳朵。

紧接着，院里的鬼哭狼嚎便惊天动地。得亏有结界，才没有惊扰三坊十二巷的百姓安眠。

萧复暄从海市带了灵物，踩着三更天的点赶回来时，就看到院里有个被五花大绑的人歪在那里哭。

萧复暄从檐上落下来，手里的剑挽了个花，收进鞘里。讶然一瞬，问道：“这是？”

凶匪哇哇哭叫，涕泪模糊。也看不清来人，只当有一线生机，连忙道：“救命，救命啊——”

谁知下一瞬，那个把他弄得鬼哭狼嚎的公子眨了眨眼，脚尖一转便到了来人身后，道：“萧复暄，这人刚刚捅了我三刀。”

天宿大人刚入鞘的剑当场就又拔了出来。

凶匪：“……”啊？

（三）

总而言之，结果是喜人的。

三坊十二巷闹了数月的凶匪，在他们住下的第一夜就被彻底解决了。

坊巷间的百姓起初并不知道发生了什么事，毕竟那宅院有结界。他们一没听到哭，二没听到叫。只感觉那凶匪一反常态，有些日子没下山了。

直到被劫的财物又莫名其妙回到了自家宅院里，那些百姓才后知后觉地反应过来：凶匪十有八九被除了。

没过多久，这里就流传起了一种说法。说凶匪被除之前，有人家曾被一个穿着似小仙童的娃娃叩过门，问道："这里的人为何家门紧闭？"

那人答道："因为有凶匪作祟。"

这么一想，那不就串上了吗！一定是那小仙童或是小仙童的主人除的凶匪，保了平安。

西南一带的人本就喜欢研习奇术，那阵子因为这凶匪之事，便风靡起了一种物事——在遗留的傀儡之术上进行变通，再同民间之法交杂的结果。就是用木头雕一个小人，或是在纸皮碎布上画一个小人，以丝绳相绕。既能操控，也能挂在门口当门神。

它也能像那个小仙童一样，冥冥有灵，护着主人，保家宅平安。那一带的人给这种东西取了个名字，叫作"木童子"。

多年之后，同样有贵公子模样的人行经西南一带，看见了"木童子"的模样，一眼便能瞧透做法。后来经他几番精改，便有了一种奇门异法，叫作"傀"。

但那也是后话了。在眼下的西南三坊十二巷里，"木童子"还是个颇为新鲜、热闹的玩意儿。

重新热闹起来的长街上，常能看见一些支着方旗的术士，盘坐在街边帮人雕这种东西。

灵王大人就喜欢这种有意思的东西。即便他自己眨眼就能捏一排活灵活现的真童子，也不妨碍他在街上看见人家术士雕这个，能津津有味地看好一会儿。

一般来说，他只看，不乱来。但那天，他和萧复暄在摘星坊外碰见了一个术士，那雕工……可真是鬼斧神工。

灵王大人醉心看了一会儿，当即就走不动路了，拽了拽萧复暄的袖子，道："你等等。"

萧复暄直觉没好事，并不太想等等。但天宿大人的腿比人好骗，一被某人拽袖子，就迈不了步，只能等等。

就见乌行雪半蹲下，冲那术士道：“先生还有空闲吗，我们也想要一个。”

术士木刀一挥，道：“有的是空闲！”

这里的人雕木童子颇有些讲究，一般会以自家孩童或某个先祖的模样为基，描述给术士。所以术士们常常一边雕，一边听，一边同对方确认。

这位术士同样不例外，问道：“要雕哪样的？不用格外具细，大致说说便行。”

乌行雪“唔”了一声，眸光瞄到了萧复暄身上。

萧复暄：“……”可以说毫不意外、果不其然。

他停步时就能料见结局。他动了动唇，道：“乌行雪。”

乌行雪冲他“嗯嗯”两声，冲术士道：“先雕脑袋吗？”

术士：“对，你还挺懂。”

乌行雪道：“那就束发，戴冠。”

萧复暄闭上了眼。就听那术士一声“好嘞”，窸窸窣窣磨了起来。

过了片刻，天宿上仙抱着剑瞥眼一看——那术士雕了个丸子头。

就这样，那术士还有脸把雕好的头给乌行雪看，问道：“这样？”

乌行雪明显带了笑音，道：“先生继续。”

术士又问：“身子呢？还有衣着。”

乌行雪又瞄萧复暄一眼，眼睛像湖里透亮的月牙，说：“宽肩、窄腰。腕处是收着的，足下蹬一长靴。”

术士又是一声“好嘞”，埋头忙碌起来。就他那鬼斧神工的技法……那腰自然没有窄得起来，腕也收不住，就不提什么长靴了。

总之，他雕得像个墩。

术士的木刀终于迟疑了一瞬：“嗯……”结果灵王大人不吝鼓励地道：“挺好，憨态可掬。”

说这话的时候，萧复暄眼看着他的肩膀轻动着，明显已经忍不住笑了。

就这样，他还不过瘾，冲那术士道：“我家有八处檐角，两重门庭，可以多雕几个，多几种模样姿态。”

术士一听，来了个大户，只觉得今日简直开门红。当即刀影翻飞，一边雕还一边假模假式地确认着：“还是那宽肩窄腰？”

“嗯，对。”

“足蹬皂色长靴？”

“没错。”

“头上的是白玉鎏金冠？”

“是啊。”

术士雕着、雕着，换刀的时候又瞥了萧复暄一眼。落在他皂色长靴上时，刀尖顿了顿。接着眸光慢慢往上，看到了他紧束的窄腰、抱剑时显露的黑色绑腕……然后是他面无表情的脸。

术士：“……”好吓人！

这时候收手已经来不及了，他面前已经摆了一排成品。五花八门，多姿多样，各个都憨态可掬。

完犊子的术士手都抖了。但灵王大人一点儿也不手抖，十分满意地收了那些“木童子”，腾不出手了，便转头冲萧复暄说：“天宿大人，给钱。”

萧复暄看着他，低低沉沉道：“拿我取乐，还得我给钱。”

乌行雪：“不行啊？”

萧复暄：“行。”

他们带着那一堆小玩意儿进了门。小童子们围过来看稀奇，忍不住问道：“这是什么呀？”

乌行雪道：“你家镇宅的天宿大人。”

小童子：“？”

他们茫然看着那堆玩意儿，还没来得及再问，就又被一阵罡风连结界地端走了。

然后，灵王大人就亲身体会了一番何谓“行”，何谓绑腰、绑腕。

第二天过了晌午，被一锅端的小童子们才从楼阁里出来，伸懒腰的伸懒腰、打哈欠的打哈欠。

宁怀衫和方储所化的小童子的脖颈上挂着萧复暄从海市带回来的灵物，盘腿坐在庭内的木台上晒太阳。其他十多个小童子待不住，三五成堆地分散在各处，长得十分相像不说，衣服也大差不差。

乍眼看过去，数都数不清。其中一个小童子还真就支棱着手指头，在那儿费劲地数着，越数脸越皱。

这个时节，西南一带多潮雨。难得有个艳阳天，昭光有灵。主屋的窗棂大敞着，乌行雪披了一身如云如雾的白衣，懒洋洋地倚在案几边，看着萧复暄擦他的剑。

仙人灵剑就同那小童子一样，在合适的时候，也是要照晒日月昭光的。他看了一会儿，抬眸就瞥见了一脸困惑的小童子，问道：“皱着脸做甚？”

小童子道：“大人，这庭院里的童子，数不对。”

乌行雪这会儿正处于半是懒散、半困倦的状态里，声音还有微微的哑，说话便不爱费劲，问道：“什么叫数不对？”

小童子：“这里所有童子连我在内应当是十四个吧？可我今早怎么数都好像有十五个。莫名其妙就多了一个，是怎么回事啊？”这些小童子常犯点儿小傻，全都在走动的情况下，数不对也正常。

乌行雪没太当回事，支着头顺口胡说道：“那是你家大人一夜风流的证据。”

小童子：“？”

萧复暄：“？”

天宿大人擦剑的动作一顿，转头沉沉看向乌行雪，正要开口，就听见另外一个待在窗台边的小童子说道：“噫？大人，这剑柄上好像有怪痕。”

萧复暄和乌行雪一并转头，就见小童子蹲在一旁，煞有介事地指着剑柄上的那个“免”字，说：“就是这里，好像被人改过似的。”

尽管那痕迹极浅淡，寻常人甚至盯着瞧都瞧不出端倪。但小童子毕竟是用仙灵气捏就，还是曾经灵王的仙灵气，眼睛总要尖一点儿。

萧复暄用拇指抹了一下剑柄，又扫了一眼乌行雪道：“嗯，被人改过。”

曾经仙都众人都知道，法器于仙人来说是重中之重，牵动着命元，哪能让自己以外的人碰？所以小童子听闻这话，瞪大了眼睛：“谁这么大胆子？”

就见他家天宿大人动了动唇，道：“你说呢。”

小童子就同灵王对视上了，片刻后见怪不怪地“噢”了一声。这位确实可以随便碰。

当年在仙都的时候，天宿这柄剑确实是任灵王随便动。不过灵王倒也没有乱来……也就是逗萧复暄玩儿时，改过几次那个“免”字。

“免”本是萧复暄的字号，将这“免”字篡改了，就好比给萧复暄乱取花名。

灵王大人好开玩笑，乐在其中。影响倒也不算大……

也就是萧复暄时常接了天诏去人间去办事，途中拔剑一看，剑柄上的名号不知何时偷偷变了模样。正面写着“不高兴”，反面写着“哄不好”。

诸如此类，五花八门。天宿有时神色精彩纷纭，有时候摇头一笑。

但不论哪种，都是私话，“你知我知”而已。

唯独有一回，萧复暄任其乱动，又忘了改回来。就那么拎着剑回了仙都，沿着玉台阶去灵台时，被眼尖的桑奉瞧见了。那个碎嘴子的好操心，当即说道：“天宿大人，你那剑好像叫人动了手脚。怎么感觉剑柄……呃……不太一样？”

萧复暄自然不会让旁人看见某人胡写的东西，便掩了剑柄，淡声道：“别名而已。”谁知这瞎编的托词也不知怎么有一搭没一搭地流传开，以至连人间都常有人提到，却又从未有人能说出一二来。

再后来两两相忘……这剑便如其他人的法宝一样，再没被人胡乱动过了。

萧复暄因为小童子那一句问话，蓦地晃了一瞬神。他的神色一贯很淡，这一瞬的出神照理说应当无人能看出来。但他身边有那么一个人，从来都不存在“照理说来”。

所以萧复暄是在灵剑牵动下回神的。

而他之所以会被灵剑牵动，是因为有人时隔数百年，又一次动了他剑柄上的字。

他垂眸一看，就见那剑柄果然变了模样……

正面写着“萧复暄”，反面写着“我腰疼”。

天宿：“……”他没好气地转过头，就见灵王支着头，浸于昭光之下，半困懒、半是笑意吟吟地看着他。萧复暄静了一瞬，探身过去。

第二天，小童子又多一个。

（四）

要说这事十分离奇——十来个小童子互相数了一早上，叽叽喳喳争辩不休，愣是没数明白。最后只得乌泱乌泱地挤到卧房窗台前，仰着脸等两位大人主持大局。

于是乌行雪一开窗，看到的就是十来张眼巴巴等着的脸。

“干什么，你们大早上这么看着我。”他有点儿想笑，扶着窗扇问道，“祈福啊？”

“不是，大人。”

“嗯，说。”

“怪事情！”

“什么怪事情？”

“小童子又多一个！”

乌行雪以为自己听错了：“什么又多一个？”

“小童子。”

萧复暄走到窗边时，就听到这么一句。他下意识看向乌行雪，低沉沉道：“你捏的？”

乌行雪：“我没有。”

尽管他昨天还在说什么“一夜风流的证据”，但那时毕竟是没当回事，以为那个小童子数错了，便信口胡说逗弄人。

今日就不同了，总不能天天数错吧？结果乌行雪粗粗一扫，发现真的能。

“哪来的又多一个。”他没好气道，“这不还是十四个吗？”

“这件事怪就怪在这里。”离得最近的小童子字正腔圆地认真说道，“我们今早真的都数出了十六个人。”

“都？”天宿大人揪住了一个字。

“对！”小童子们纷纷点头，“好几个人都数了。”

他们七嘴八舌地把清早的情形讲了一遍——原来是昨日那个数人头的小童子不信邪，今日特地趴在二层的楼阁上，俯瞰着院里三五成堆的同伴们，仔仔细细数了好几次。

怎么数都是十六个。他纳闷了好久后，伸手又招了另一个小童子上来，让人家也数一数。

他还挺机灵，没说自己数了多少，就问人家：“你数的是多少个？”

那个小童子伸着手指头点了几遍，答：“十六！”

他又叫了第三个、第四个人。数出来的答案一模一样，都是十六。

可当他们噔噔跑下楼，给所有人说了这件事，大家老老实实盘坐一圈，互相数时，人数就又变回了十四。这才有了一整个上午的争辩不休。

“大人，你说这怪不怪？”那个爱数人头的小童子嘟嘟哝哝，“若是数错了，总不能我们几个都错得一样。若是没数错，那……那现在看又确实是十四个。”

就好像那多出来的两个小童子都是虚影，时有时无似的。

“会不会有什么东西悄悄摸进咱们院子里了，扮成了咱们的模样？”有一个小童子蹦了一句。其他人瞬间就否认了：“怎么会，大人的结界还在呢！”

乌行雪和萧复暄的结界笼着，什么东西也做不到“悄悄”摸进院里来。

小童子们琢磨琢磨，又没了主意。

乌行雪放了一道飞符出去，顺着院子转了一圈，确实没有探到陌生灵气。便拍了拍小童子的脑袋，说：“那就再等等。”

“等什么？”

“等再数出十六个的时候。”

“噢，好。”

这群小不点儿忘性快，既然已经禀明给自家两位大人了，他们便不再操心，很快就将其抛诸脑后。而这怪事就如浮光掠影一般，那天之后久久没有再现。

直到有一日，乌行雪和萧复暄出门办事归来，穿过庭院时无意一瞥，将要踏进屋的脚便顿住了。因为他们看见其中两个小童子的身上笼着一层重影。

在那两个小童子拌着嘴朝这边走来时，他们身上的重影时有脱离，乍眼看去，就好像是身后还跟着两个同伴似的。

先前所谓的“十六个人”，恐怕就是这么数出来的。

偏偏那两个小童子自己一无所觉，还在为了不知什么事你来我往地说个不停。左边那个矮小一些，话多嘴碎，喜欢比画。右边的则高一些，稳一些，像兄长。

他们的脖颈上挂着萧复暄从海市上带回来的灵物，随着步子在胸前一晃一晃的，显得与其他十二个小童子不大一样。

不是别人，正是宁怀衫和方储所化的那两个小童子。

乌行雪怔了一下，大步过去。身影一闪，便出现在了那两个小童子面前。

“大人？”两个小童子停下话题，仰起脸来，叫了乌行雪一声。

他们起初没有觉察异样，直到在自家大人漆黑如墨的瞳仁里，看见自己身上虚实难辨的重影。

两个小童子吓了一跳，连忙扭头，去找自己背后的影子。却发现那虚影并非陌生的附身物，而是和他们自己长得一模一样。

他们刚开始有点儿慌。后来发现自己不痛不痒，也没什么难受的，便没了惧意。看稀奇似的戳着虚影，问道：“大人，这是什么啊？”

跟过来的萧复暄眉心极轻地蹙了一下，薄唇微动，同乌行雪对视了一眼。

小童子无知无畏，还能看个稀奇。他们不一样，他们知道这是什么。

这是一种……身灵相离之相。它不算伤损，不算病症，平日不显露时也探不出什么古怪来。因为它不是古怪，只是一种恒常自然，就像花叶到了浓秋随风而落，像凡人自然老去，无伤无痛，寿终正寝。

它出现只意味着一件事——到时候了。

仙都童子、仙使众多，芸芸如海，从没有谁出现过这种状况，因为他们都是由符纸捏成的，顶多是纸里多灌注了一抹灵气而已。

唯独乌行雪的这两个童子不同。因为他们真的是人。是人，就不会永远停驻在小小仙童的躯壳里。所谓时候到了便是如此。

这就是告诉他们，该入轮回了。这是什么定魂灵物、符咒术法都拦阻不了的恒常。

人总有冥冥之中的感知。尽管那日乌行雪和萧复暄都没有说什么，两个小童子却渐渐意识到了一些东西。

他们开始频繁入梦，梦见许多陌生又似曾相识的画面，梦见一座叫作雀不落的院子，院里有参天大树。有时候恍惚间，会迷迷糊糊叫乌行雪一声“城主”。

都说人在将死之时，会记起一生乃至三生之事。

这点，两个小童子都听说过。于是有一天，他们眼睛、鼻尖通红地抓着乌行雪问：“大人，我们是不是要死了？”

乌行雪弯腰看着他们，捏了捏那朝天髻，道：“没那么坏。”

经一场轮回，换一番模样，换个名姓，然后拥有完整的、贯穿着世间所有情感的一生。那其实是一件好事。

他们依然红着眼睛，抽抽噎噎地问：“那样……是不是就不认识大人了？”

乌行雪说：“也不会。”

“真的吗？”

“真的，因为我能找到你们。”

两个小童子消散于清河四百一十二年。那之后，乌行雪和萧复暄便放了探灵符在人间。

他们在西南三坊十二巷和海寨各住过数月。在极北之地闭了两年关，聊作修整。

巧得很，他们出关后不到半月，冕洲常平镇有一对双生婴孩呱呱坠地。

乌行雪一探到音信，便拽着萧复暄去了那里。

那是一户很好的人家。家眷会因为婴孩一道啼音就团团围聚，高兴得语无伦次、手足无措；会带上薄礼，奔走两边，告谢亲邻。

乌行雪和萧复暄避开了往来道贺的宾客，绕去了安静无人的屋后。他们在那里放了一张平安符、落了一道护印。

乌行雪还在窗台上搁了一包曾经的小仙童常馋的松子糖和一对护心锁，然后轻声道：“走了。”

两人在离常平镇不远的东郊落了脚。那是冕洲与梦都交界之处。

同过去的每次一样，他们在那里落了一座院子。院里有四角悬铃的屋檐，有靠着卧榻的宽大窗棂，还有白石地面和常如云霞的满树绯花。

这座宅院成了乌行雪和萧复暄后来留驻最久的地方之一。他们会在这里住上十余年，而后收进一对少年弟子。

那对弟子一个天生急脾气，举手投足间透着一股野劲；另一个则俊秀稳重一些，日日常思常省。他们是一对兄弟。

其实早在数百年前，他们就已经是兄弟了。一个叫作宁怀衫，一个叫方储。

世人常说，天下从无不散之宴席，故人终会离去。可只要长相惦念，散了的又会再聚。

就像日月昭光总会自西落下，也终将再次升起。

不见上仙三百年

完结篇

特约番外

观三月

江南一带即便入了春，也是带着料峭寒意的，深夜里尤其如此。临河一带水汽极重，过了二更天，城坊四处便湿雾蒙蒙。

更夫提着纸皮灯笼和梆子每隔一个时辰巡一次夜，梆子敲响时会惊起一些飞鸟，扑棱着翅膀划过清夜，除此以外，整座城都陷在深寂里。

“丑时四更，天寒地冻——”更夫拉长调子吆喝，沿着城中主道从东往西走。他拐过一道长巷，走向更偏边郊处时，鞋尖不知踢到了什么东西，发出一点声响。那声音又轻又脆，像是银钱相磕碰。

更夫一惊，提着灯笼循声照过去，发现那是一只不算起眼的荷包，素得连一点花色都没有，根本看不出是谁遗落在这儿的，他也不想知道是谁遗落的。

“那主人家要是真在意这么只小荷包，至于由它在这儿躺到深更半夜吗？”更夫心里嘟囔着，挑开荷包一看，里面果然只有几粒碎银。他左右张望一番，捡起这荷包揣进怀里就要离开。

他裹着衣襟匆匆走了一段，也不知是不是心虚，后脖颈被夜风撩起了一片鸡皮疙瘩。他莫名顿住步，缩着脖子回头看了一眼。

不看不要紧，一看惊出他一身白毛汗——就见方才捡到荷包的地方多了一片惨白色，夜风一吹，那片惨白就被轻飘飘地卷了起来，“呼”地散开。

常年走夜道的更夫，别的不说，眼力是极佳的。只定睛瞧了一眼便发现，那散开的惨白色物事不是别的，是外圆内方的白纸钱。

更夫惨叫一声，吓得两腿一软跌坐在地！

这下他哪还敢贪什么钱财啊，赶紧扯开前襟，把怀里那荷包掏出来扔了出去，连滚带爬地跑了。

翌日，更夫特地趁着青天白日车马往来，又去昨夜那地方瞧了瞧，没有找到丝毫遗迹。

他还问了周围的住家："可曾看到荷包或是纸钱？"

住家都说："不曾看到，清早推门，外面是干干净净的，什么都没有。"

附近街坊都相识，知根知底，根本没有人家在办白事，何来纸钱？

如此一来，更夫更是心有余悸。他将昨夜发生的诡事与人说了，但无凭无证又无踪迹，众人半信不信，当成了一则饭后闲谈，添油加醋地讲来吓唬人。

谁知没过多久，这样的事情竟接连发生了好几次。撞见的人各不相同，但都是在荒僻之处捡到银钱珠玉，还寻不到失主。多数人胆小，又听过城里的传闻，觉得太过蹊跷不敢据为己有。可保不齐也有几个胆大的莽人，将那来路不明的横财纳入囊中。

结果数日之后，那几个莽人就都成了短命鬼，死了。

一时间城内人心惶惶，传闻四起。城郊一带变得少有人迹，夜路也无人敢走了。只剩下更夫有差事在身，还得硬着头皮日日巡夜。原本胆如斗大的人，如今愣是变得一点都不禁吓。

这天，更夫照例在巡夜。

他拐进一条偏巷时，夜风扫过鬓边，几乎是顷刻之间，那种浑身直起白毛汗的感觉又来了——他隐约听见风里有极轻的人语声，还伴着一声笑。

倘若单是人声也就罢了，偏偏这巷子狭长，两边皆是高墙，极其轻微的动静都带着回音，近得就像贴在身后。

更夫当即吓得浑身梆硬！

他越想越害怕，甚至不敢回头看一眼，提着梆子和灯笼撒腿就跑。他感觉自己使出了毕生之力，两腿直奔，耳边的风都有些刮脸，应当是跑得极快的。却在奔跑中感觉有一只手轻轻地拍了一下他的头顶。

"啊啊啊——"更夫当即绊摔在地，梆子、灯笼全吓掉了。他连滚带爬，口中念道："不能回头不能回头没有人没有人听不见听不见——"

结果那手又拍了一下他的头顶。

更夫这下软得爬都爬不动了，趴在地上便开始哭："别找我、别找我！我又没有贪那买命财，我当时就扔掉了，我、我扔掉了呀！你不能来要我的命！"

他捂着脸，也不敢睁眼看，本能地一边打滚一边胡乱踢蹬。

"别怕，我们只是路过。"一道声音在他踢打的间隙里说着，声音轻轻慢慢，怪好听的。

但更夫哪里顾得上好不好听，依然一边哭叫一边踢蹬。

"没人要你的命。"那声音又说道。

更夫依然没听进去，还在踢踹。

"……还挺有劲。"那声音咕哝了一句。大约见安抚无效，他顿了一瞬，又道："即便真撞见了鬼，你这乱踢乱蹬若是蹬到鬼脸上，原本没打算要你命的，这会儿都该改主意了。"

这话说完，更夫突然僵住，捂着脸一动不敢动了。

"你看，还真稀奇，好声好气不管用，吓人反倒立竿见影。"那道声音又咕哝了一句，也不知是对谁说的，听上去仿佛身边还有另一个人似的。

结果还真有另一个人。

就听一道更沉一些的声音淡声开口说："再吓该晕了。"

那个轻慢的声音道："照理说打更人惯走夜路，都是胆大者担之，他怎么不一样？"

这话更夫可听不得，差点儿要出声反驳。他捂着头的手撤了一下，睁眼就瞄到了一片黑和一片白。

妈耶，黑白无常。

他又赶紧把手捂了回去，生怕视线再往上会看见高帽子和长舌鬼脸。

但更夫终究还是没忍住。须臾，他又试探性地动了一下手肘，从肘弯后面偷偷瞄了一眼，这回他一眼便看清楚了——那是两道高挑的身影，既没有长舌高帽，也并非形容可怖。相反，那两人容貌生得……生得……

更夫不识几个大字，更没念过书，自然想不出那些文绉绉的形容，只觉得那两人真真好看，仿佛从画卷里走出来的。

不似鬼，更像仙家。

更夫看得呆了，半晌才合上嘴。

身着黑衣的那位腰间挂着剑，袖腕收得很紧，袍摆靴沿都鎏着烟金丝线。他见更夫不再捂着脸，问道："缓过来了？"

更夫点了点头。

"说得出话吗？"

更夫又点了点头。

"方才在巷子里碰见什么了，何故突然夜奔？"

更夫茫然道："碰到你们了啊。"

黑衣人乍然无言，倒是那位一身雪白衣裳的笑出了声。他轻提袍摆半蹲下来，同更夫说："我们是想问，你既然是巡夜的更夫，不该是个胆小的，是不是碰见过什么才如此反应？"

他越是离得近，更夫越觉得这容貌不像自己生平能见的，朝后缩了一下问："你、你、你们当真不是鬼？"

雪衣公子颇有些无奈，摇了摇头伸出手来："人间常说的鬼没有肉身，飘来荡去摸不着。即便是阴尸，也是又冷又僵，笨得很，不灵巧。要不你摸一下试试？"

更夫犹犹豫豫地抬起手，正要壮着胆子摸一下。却见那一脸冷峻的黑衣人忽然横插过来握了更夫的手。

更夫：“？”

黑衣人声音沉沉的，问：“有肉身吗？”

更夫：“有。”

黑衣人：“冷吗？”

更夫下意识点了一下头。

那双极英俊的眉眼动了一下，更夫又连忙摇头。

手不冷，您吓得我冷。

黑衣人又问：“僵如阴尸吗？”

更夫头摇得像拨浪鼓：“没有没有，不像不像。”

等他答完，黑衣人收回了手。那雪衣公子不知为何满眼带笑，似乎笑了有一会儿了。他指了指地面，对更夫说：“你看，我们还有影子。”

“也是，也是……”更夫直到这时才慢慢放松下来。

确实，哪有怨鬼索命之前笑吟吟跟人闲聊天的？

“那你们怎么深夜还在街上，这都快四更天了。”更夫讪讪地说，“虽说这两年没了宵禁，但咱们这一带近些日子可不太平，夜里根本无人走动。”

“本来是闲游至此，半途有事耽搁了一会儿，来的便不是时候了。”

“二位从哪儿来的呀？”

“冕洲。”

这两位不是别人，正是萧复暄和乌行雪。这些年因为收了宁怀衫和方储转生的少年兄弟做弟子，他们便定居在冕洲与梦都交界处的东郊，距离此处有千里之遥。

只是眼看着要到三月了，某位灵王大人惦记着江南的好时节，拽着萧复暄一溜千里，打算去远近闻名的十里亭山看落花。

结果到了地方却发现这一带一反往日喧闹，从傍晚起就开始变得死气沉沉，这才想要借着夜色探一探究竟，谁知差点吓死个打更的。

更夫听闻他们是来看花的远客，彻底没了戒备，叹道：“往年到了三月，这一带那叫一个热闹。”

老少妇孺王孙公子，走马踏花往来如织。春意正好的时候，不仅有十里杏花杨柳荫，还有漫天纸鸢因风起。

“但这城里前阵子出了好几起邪乎事，除了我这个有差事的，现在谁还敢走夜路啊，可不就死气沉沉了嘛。”

“邪乎事？”乌行雪想了想，“你方才误将我们认作鬼怪时说过‘买命财’，还说‘扔掉’了什么物事，是同这个有关吗？”

更夫点头："是啊！我也碰见过，所以怕呀！"

"仔细说说？"

更夫便将半夜捡到荷包的事一五一十地讲了。

"如今大家都说，那些银钱珠玉是怨鬼的买命财，谁要是贪心捡了拿回家去，就是答应把命卖出去了，回头怨鬼要来索命的！这不，才几天的工夫，坊里坊外都死了七八个人了。都是身子骨没毛病的人，淹死的、吊死的，还有爬房梁修修补补结果摔到后脑勺死的——"

更夫掰着指头在那数，乌行雪有些疑惑："这些人捡到银钱珠玉带回家，还会四处说的吗？"

"那自然不会，只有一两个人提起过，其他人都是悄悄的。这种事只有没拿的才会到处说。"

"噢，这样啊。"乌行雪点了点头，"那你们如何笃定知道那些人是拿了'买命财'被怨鬼索命，而不是刚巧因意外横死的？"

"因为他们不管是怎么死的，死相都差不离。"更夫说得有鼻子有眼的，"我这些年见识的也算多。您二位想想，倘若是淹死的，在水里泡着，那皮相都是胀着的。吊死的，舌头肯定是掉出来的。竟还有摔死的，或是睡着了被褥子缠住捂死的，各种死法有各种死法的样子。可他们不是……"更夫想来还有点怕，左右看了看，压低声音道，"据说啊，那些人死时都跟被抽干了似的，瘦得像柴火棒棒，别的都不提了，就说那位淹死的，要是也瘦得像柴火棒，得多怪啊。"

乌行雪闻言同萧复暄对视一眼。

"不太像啊，你觉得呢？"乌行雪说。

"确实。"萧复暄道。

更夫听不懂他们的奇怪对话："啊？什么不太像？"

"不太像怨鬼索命。"乌行雪解释了一句，"索命哪有这么索的，太费事了。"

更夫："……"你不对劲。

没等更夫又开始感到害怕，萧复暄便问道："城中那些亡人还在吗？"

更夫一时没听明白："亡人？什么叫……还在吗？"

乌行雪又好心给他解释了一句："就是指那些横死之人的尸身，还在城里住处吗？"

更夫蒙了："尸身？那都硬挺了呀，钉了棺材下葬了呀！一般不是停灵七日就埋了吗？"

乌行雪面上露出一丝微微的可惜，又问："那你知道那些人都被埋在何处吗？"

"知道啊。"更夫下意识答道，答完顿觉不对，低头给了自己一巴掌。

“那太好了。”乌行雪捡起滚在地上的灯笼，长长的手指探进罩口轻轻一捻，烛火就又亮了起来。他将灯笼杆递过来，风姿翩翩，浅笑着问：“方便领个路吗？”

果然……更夫心说当然不方便！四更天领两个陌生人去山里看坟，是你疯了还是我疯了？

一盏茶的工夫后，更夫默默念叨着“我疯了”，哆哆嗦嗦站在坟山里。

“讲究的人家都是有祖坟山的，没有那些的人家一般都在这里。”更夫并不敢细看，伸着灯笼囫囵乱扫。

这一整片山从上到下全是隆起的土堆，少有立碑刻字的，乍看起来都差不离。那些土堆盖着坟帽子，帽子下面压着被风雨吹得斑驳的五色纸。更夫扫到几个颜色尚未褪去的，道：“喏！这几座新坟应该就是了。”

民间在白事上的讲究忌讳颇多，像这种无端横死的，都说不能离亡者的坟太近，因为怨气重，被冲撞了能接连倒霉一整年。

然而更夫尚未来得及提醒，乌行雪就已经伸手去摸坟帽子了。

“叨扰了，见谅。”他举手投足都像个矜贵的王孙子弟，但干出来的事又总叫人心惊胆战。就见他那只看上去只会赏花玩玉的手覆在潮湿的坟土上，却一点儿尘泥未沾。

更夫不敢看，又忍不住想瞧个究竟，下意识往坟那边倾了身。

下一刻，银色剑柄就抵了过来，在他身前挡了一下。

更夫吓得一蹦。

萧复暄瞥了他一眼：“枉死之人，不宜靠近。”

更夫眨了眨眼，心说原来你们知道啊？知道还摸？

山里本来就又湿又冷，深夜更是冷得人直跺脚。更夫裹紧了袄子，还是感觉一股寒气直扑脸面。他连打了几个寒噤才发现，寒气就来自那几座新坟——就见乌行雪手掌所覆的地方，居然在眨眼之间就结了一层薄薄的霜。

“确实不是什么怨鬼索命，倒像是被邪术抽干了精气灵魄。”他说。

更夫瞠目结舌地盯着那层薄霜：“邪、邪术？”

“嗯，一些心术不正之人用的些个低劣法子，掏空别人来补足自己。”

“活人干的？”

“活人。”

“活人弄这劳什子事做甚！”

“有时是残病之人想换个好身体，有时是短寿的想续个命，也有人仅仅为了修行，都是些邪门歪道。”乌行雪收了手，略有一瞬出神，“很久以前发生过，近些年倒是很少听说了。”

更夫听得面露迷茫。他这一生过得平平静静，至多也就听过些鬼鬼怪怪的话本传说，从未见过也从未听过什么邪魔肆虐的世道。他看面前这两位公子年纪轻轻，顶多弱冠之龄，也不知他们口中所说的“很久以前”，究竟是何年何时。

“那、那……那个什么邪门歪道害死了这么些人，补够了没？”更夫问道。

萧复暄摩挲着剑柄，扫了一眼山间的乱坟堆，又望向城郭：“多半还在城内。”

“啊？”更夫慌了，“可近些日子没再听说有谁捡到银钱，也没人横死了呀。”

乌行雪：“那人也不傻，照你所说，城内如今流言四起，那些蹊跷的银钱珠玉已经无人敢捡。那他总得想点新法子吧？”

“那能找见他吗？”

“也好找，也不好找。”

好找在于，这样的人同寻常百姓是不一样的，身上聚合了不同人的精气灵魄，散发的气息是复杂而混乱的；不好找则在于，他但凡有点心眼，必定会让自己融于人堆。多半日夜都待在勾栏酒肆、鱼龙混杂之处，越是热闹之地越容易隐匿。而他们不能随意翻找惊扰百姓，因为受了惊吓的人灵魄不稳，也会显出一丝混乱之相，反而容易混淆。

因为这件事，原本只是出来观花的乌行雪和萧复暄在城内暂住下来。

更夫日日巡城，对城中各处都熟悉得很。他说这城里夜间最鱼龙混杂之处是五福客店，而白日最热闹的地方莫过于临江舫。

于是乌行雪和萧复暄便落脚在五福客店旁，翌日晌午就去了那临江舫。

临江舫一如其名，就在江边，形制像一双并行的船楼，上下两层，白玉石底朱红柱，江风拂柳穿窗过，很是风雅。

据说这里常有王孙公子借着春花秋月大摆曲水流觞宴，平日里则是戏班茶客琴师画匠常驻之所。

今日一看，委实热闹。

萧复暄扫过楼阁，就要抬步，被某人揪住了。

鉴于过往经验实在丰富，天宿大人不问也知，但凡被这样揪一下，必定没好事。

他颇有些无奈，瞥向乌行雪：“说，又要易容成什么样？”

乌行雪被抢了词，笑意吟吟：“不愧是天宿大人，真是冰雪聪明。”

聪明就聪明吧，还“冰雪聪明”，萧复暄被“夸”得头疼。

“不要这般不情愿。”乌行雪说，“主要是你这番气质模样实在不像是去喝茶听曲的，更像是要一剑荡平整个临江舫的，还是换个能混迹其中不打眼的模样比较好。”

有人使坏还带理，偏偏声音轻轻慢慢的实在好听，叫人说不出一个“不”字。天宿便是其中之一。

萧复暄认命道：“怎么叫作混迹其中不打眼？”

乌行雪：“哪种装扮的人最多，哪种便不打眼。”

他说着朝临江舫望去，就见那双舟两层的船楼之上，细数下来，最多的是舞姬，穿着水袖丝衣，画着远山眉，细腰婀娜，窈窕多姿。

乌行雪冲萧复暄眯眼一笑，然后低头伸手，沿着萧复暄劲瘦的绑腰比画起来，“唔”了一声说：“我觉得你这窄腰其实同他们也差不离。”

萧复暄：“……”这要再不说“不”就有点离奇了。

片刻后，一心想把天宿大人易容得“漂漂亮亮”的灵王被金丝剑气缠住了每一根手指头，老老实实以本相同萧复暄一起踏进了临江舫。

真进了舫才知，这舫内比外头看见的还要热闹。脂粉味里不仅混着茶香酒香，还夹杂着琴师常有的松香以及画匠的墨味，是个隐蔽踪迹的好地方。待在这里不仅能掩住气息，甚至还能借机再吸点生人精气。

如此一来确实不好找。

来这里的茶客酒客都是熟门熟路，并不会在楼上楼下穿行，听曲听书也好，看戏看舞也罢，多是安坐一隅，这时候寻人的便会显得格外突兀。好在灵王天生一副闲敲棋子的矜雅之相，走走停停，像个顺道而来、偶拾意趣的富家公子，引人注目，却并不引人疑心。

楼内有好些个画匠，各占一方桌案，泼墨挥毫。他们会挑满意的画卷，在桌案前挂上一排，以期某日被贵客相中，赚些茶酒雅钱。

乌行雪和萧复暄在其中一位画师桌案前驻留了一会儿。倒不是因为他的画工精湛超群，而是因为他挂在案前的画作有些特别。其他画师挂出来的多是江山花鸟和闲趣美人，他也画了一些，只是其中夹着一幅仙鹿图。

那只鹿身带一股灵气，半隐在雾里，身上还挂着一盏灯。

“这鹿……”乌行雪迟疑开口。

画师看见二人目光落处，顿了一下笔道：“这鹿怎么了？”

“噢，没什么。”乌行雪问道，“这是先生自己凭空拟画的吗？”

画师摆手：“不、不，不是凭空，是我曾经见过的。”

“见过？”

“说来公子兴许不会信。”画师用玄之又玄的语调说道，“那是我少时在家见到的。有天夜里我正收拾笔墨，收完一抬头，就看见窗外远一些的地方站着这么一只鹿。那还是冬天呢，夜里冷得起雾，那鹿身上挂着一盏灯，就那么凭空出现在雾里。不过当时凭空出现的不只这鹿，还有一个人。”

“哦？”乌行雪同萧复暄对视一眼。

画师道："不过可惜，当时雾太浓，那灯只将鹿照清了，那人只有一道淡淡的影子，便没画进这画里。那时关于这鹿还有些传闻呢。"

"什么传闻？"

画师说："那时我家宅子隔壁住着一个书生，看着文文弱弱，常抱病在身，但都说他是个有福相的，而那凭空出现的人和仙鹿就是冲着他来的。我瞧见的那回，一人一鹿就站在那书生家院门外。"

"哦，后来呢？"

"后来那书生进京赶考去啦，便没人再见过那鹿了。"画师蘸了墨，道，"再后来我也离家来了这儿。"

乌行雪略有些出神，然后点了点头。

后来这画师还有些微微的遗憾。

他本以为这二位贵公子是看上了这幅仙鹿图，打算买了回去挂在堂前或书室呢。谁知只是听了个没头没尾的故事，行了个浅礼，笑一笑便离开了，仿佛只是闲游途中碰到了一个久未见过的人，停步寒暄了几句。

不过这画师更多的是高兴，他今日原本格外困懒，画什么都不在状态，废了好几张纸。这会儿见过方才那两位公子，忽然觉得曾经迟迟不能动笔的仙客图有了底。

于是他灵思奔涌，有如神助——不到半个时辰，画了一张乌行雪的像。

画师登时觉得自己画技果真厉害，正揭了画纸美美端详，就听见桌案上当啷一声响。他闻声一愣，放下画纸，便对上了天宿大人那张俊如冷玉的脸。

画师眨了眨眼，没反应过来，就听见萧复暄手指在桌案上敲了两下。

他循声低头，看见桌上多了一个镂着烟金丝线的白玉璧，那灵润的光泽一看便知价值连城。

画师吓一大跳，问："公子这是？"

萧复暄指了指他手里刚画完的图："来买画，这玉够吗？"

"……够！够！太够了。"画师心道别说买画了，买我都行！

可惜这公子看不上他，只要画。而且这位是个利落寡言的主，也不问别的，丢下白玉璧，从他手里抽了画便离开了。

剩下这画师捧着白玉璧，觉得自己可以就此搁笔，去颐养天年了。

当然，他并没有真的搁笔。

第二日，画师还是占着这方桌案，还是画画停停，一上午揉了不知多少张纸。正当他叼着笔一脸愁苦时，余光瞥见楼下两道熟悉的身影穿过白沙堤，又进了临江舫。

画师一边狠狠唾骂自己真是个奸商，一边试着……又画了一幅乌行雪。他其实没抱什么期望，毕竟哪有人这么买画的，多大家业也不够这么砸呀，他就是试一试。

谁知还真让他试中了。

这天快傍晚的时候，那位一身黑衣的公子又裹挟着夜风提剑独自上来了，依然搁下一枚缠金白玉璧，买走了画。

画师："……"欸？！

整个临江舫二楼为此暗暗震动了一番。

第三日，给乌行雪画画像的画师变成了三个，萧复暄一个未落，全都买走了。

第四日，画师增至五位，萧复暄依然一个未落，全都买了。

待到第五日，整个临江舫的画师几乎都在画同一个人，不仅画了，还都挂在桌案前，生怕没被看见。

于是灵王大人一进舫，就同十来幅自己的画像面面相觑。

乌行雪："？"他前脚进去，后脚又默默退了出来，满头雾水地看向萧复暄："临江舫怎么了？"

起初他以为这些画师集体中了邪，后来他在暂住的地方看见一木箱的画纸，这才明白是怎么回事。他哭笑不得问某位天宿大人："萧复暄，你偷偷买这些做甚？"

因为不得半分神韵，不想看这样的画像四处供人品赏。

不过这话说出来，够灵王逗趣小一个月。于是萧复暄瞥了他一眼，道："计谋。"

乌行雪："？"

不过萧复暄这话也并非凭空而来，这做法当真起了一些捉人的效用——待到第五天，当整个临江舫的画师几乎都奔着缠金白玉璧去画乌行雪时，不画的那位便格格不入了。

后来的后来，直到那个吸人精气灵魄的邪门歪道被连窝端了，最初领过路的那位更夫仍然有些闹不明白："为何不给公子画画像的那位画师必定有问题？"

"因为画像与其他物事不同，跟镜子里的木雕以及石雕的人像有些相似，容易带灵。尤其是修行之人画的画像，更不寻常。"

"带灵是何意？"

"就是他平日能靠描摹作画，吸取一些往来之客的精气。但他若是画了我，我便能借着画像对他有所感应，那他就藏不住了。"

修行之人在这方面十分敏感，知道哪些人能惹，哪些人最好避让得远远的。

乌行雪道："所以寻常画师会奔着玉璧作画，他却分毫不敢动。"

更夫难以想象，能让那个能靠着几袋银钱珠玉就害人性命、吸人精气的妖邪都万分畏惧，不知这两位公子究竟是何方神圣，是更厉害的修者，还是寻常人终其一生都难以得见的飞仙?

话本常说神仙总是居于山云之外，看不见、摸不着，吃着人间香火供奉却不入人间，寻常人不可妄议，不能不敬，见了是要上香磕头的。

话本还说，这世上已经没有神仙了。

更夫曾经深信不疑，如今却微微有一丝动摇。他感觉眼前这两位年轻公子缈然出尘，仿佛自山云之外而来，误入城间。像神仙，又不像话本里的神仙。

起码话本里的神仙不会这样眉眼灵动地说笑，也不会收拾完作祟的邪魔之后，在城间碰到他这样不起眼的凡夫，还要行个浅礼说："那夜劳烦领路，多谢。"

更夫少有被这样的人道谢的经历，挠着头有些无所适从。他一时间也不知如何作答，余光扫过打闹而过的孩童，忽然想起什么般说道："二位公子不是说来这儿是观花的吗？这两日城中太平无事，城郊也开始热闹了，刚好到了杏花节，走马踏花的人能从这里排到城外。城南还有专门扎纸鸢的匠人，手艺可好了。"

乌行雪道："好。"

"二位公子没骑马来，那观花的亭山离城有些脚程，走过去也成，就是要半个时辰，会有些累。城东那边可以租借马匹，若是买的话记得杀价，否则就亏了。"

乌行雪又点了头说："好。"

更夫想了想，又嘱咐了一句："咱们这一带三月常有雨，看这天啊，傍晚估计也要有一场，早点到亭山，有观花阁能避雨。"

乌行雪笑道："劳心了。"

他和萧复暄并没有去城东租马匹，毕竟半个时辰的脚程于他们而言不过是乘风一瞬。但他们路过城南，看见扎纸鸢的匠人摊边围满了嬉笑的孩童和少年人。

看到那场景时，他们想起了另外两个少年人，于是捏了一封符书随风送去了冕洲。

冕洲东郊一座偌大的庭院里，一对少年兄弟把十来个小童子连哄带轰地"打发"了，忽见半空金光一闪，便抬手去接。

"师父传了符书。"哥哥斯文俊秀，性子也沉稳一些，展开符书扫看内容。

弟弟性子急，浑身上下透着一股野劲。这会儿正咬着不知从哪里薅来的草茎，盘坐在屋檐上，跟一堆竹篾子较劲。屋檐下的石桌上，还铺着新画的纸绢，墨色淋漓地展着，等风吹干。

他含含糊糊地问：“符书上写什么了？有说哪日回来吗？”

哥哥道：“明日便回来了。说他们在那边看见了扎纸鸢的匠人，手艺很不错，问要不要带一个回来。”

他们这兄弟两个有些怪癖，明明生在冰天雪地的冕洲，却莫名喜欢许多江南的小玩意儿。

弟弟吐掉草茎，道：“不用，我这不是正在扎嘛，我这手艺也很不错。”

哥哥：“……好吧。”

他也抽了一张新符书，给溜去江南的那两位回信。也不知为何，脑子里想的是“师父”二字，起手写下的却是“城主”。

他咕哝了一句，把错的涂了，继续往下写道：

谢谢师父，不过阿宁不肯要，这会儿正坐在房顶上跟那几根竹篾子较劲，已经拗了有一会儿了，不知还要多久。姑且信他是真的会扎吧，起码一个晌午下来并非毫无进展，至少画好了纸鸢的绢面。

他一边写，一边往石桌上晾着的绢纸瞥了一眼，又蓦地收了回来，摇头继续写道：

极丑。

收到这封回信时，乌行雪和萧复暄正往城边走。他接了符书，最先看到的是开头被涂抹掉的“城主”二字，怔愣一瞬又忽地笑了。

“说了什么？”萧复暄看了一眼他的笑。

“说不要买的，要自己扎。”乌行雪道，“不要就不要吧，等回去看看能扎出个什么花来。”

他捻掉符书的时候，两人刚好穿过青灰色的城门。郊野里孩童混杂着少年们的笑闹声语灌耳而来。他们抬起头，看到了乘风而起的漫天纸鸢。

乌行雪眼眸盛着光，笑着一扯萧复暄的袖摆：“走！”

下一瞬，两道长影便踏着层林枝梢，如纸鸢般迎风直上，隐没于长天烟云。

而当他们落在亭山观花阁顶时，本该傍晚才来的江南雨提前落了下来，沾衣不湿，却能惹得十里杏花飘零如雾。

这是曾经某一世的萧复暄设想过又忘却过的日子，现如今，抬眼便是。

不仅有喜乐清平、还锋入鞘，还有人与他抱剑共倚高楼上，静听落花。

图书在版编目（CIP）数据

不见上仙三百年. 完结篇 / 木苏里著. -- 北京 :
中信出版社，2023. 5（2025. 8重印）
ISBN 978-7-5217-5430-8

Ⅰ. ①不… Ⅱ. ①木… Ⅲ. ①长篇小说－中国－当代
Ⅳ. ① I247. 5

中国国家版本馆 CIP 数据核字 (2023) 第 034639 号

不见上仙三百年 . 完结篇
著者：　木苏里
出版发行：中信出版集团股份有限公司
（北京市朝阳区东三环北路 27 号嘉铭中心　邮编　100020）
承印者：　嘉业印刷（天津）有限公司

开本：787mm×1092mm 1/16　　印张：23.5
插页：5　　字数：435 千字
版次：2023 年 5 月第 1 版　　印次：2025 年 8 月第 11次印刷
书号：ISBN 978-7-5217-5430-8
定价：54.80 元